DONNA TARTT

Die geheime Geschichte

Roman

Aus dem Amerikanischen
von Rainer Schmidt

GOLDMANN VERLAG

Die Originalausgabe erschien unter dem Titel
»The Secret History« bei Alfred A. Knopf, New York

Die Übersetzung der Stelle aus »The Waste Land« wurde dem
Band: T. S. Eliot, »Das wüste Land. Übertragen von Ernst
Robert Curtius«, Insel Verlag Leipzig, 1990, entnommen.

Das Zitat aus der »Orestie« wurde dem Band:
Aischylos, »Die Orestie. Deutsch von Emil Staiger«,
Reclam, Stuttgart, entnommen

Umwelthinweis:
Alle bedruckten Materialien
dieses Taschenbuches
sind chlorfrei und umweltschonend.

Der Goldmann Verlag
ist ein Unternehmen der Verlagsgruppe Bertelsmann

Copyright © der Originalausgabe 1992 by Donna Tartt
Copyright © der deutschsprachigen Ausgabe 1993
by Wilhelm Goldmann Verlag, München
Umschlaggestaltung: Design Team München
Made in Germany · Verlagsnummer 43510

ISBN 3-442-43510-2

*Für Bret Easton Ellis,
dessen Großzügigkeit nicht aufhören wird,
mein Herz zu erwärmen,
und für Paul Edward McGloin,
Muse und Mäzen:
Ich kann nicht hoffen, je einen lieberen Freund
auf dieser Welt zu finden.*

Ich frage nun nach der Entstehung des Philologen und behaupte
1. der junge Mensch kann gar nicht wissen, wer Griechen und Römer sind,
2. er weiß nicht ob er zu ihrer Erforschung sich eignet...

FRIEDRICH NIETZSCHE
Unzeitgemäße Betrachtungen

So kommt und laßt uns eine Mußestunde mit Geschichtenerzählen zubringen, und unsere Geschichte sei die Erziehung unserer Helden

PLATO
Die Republik, Buch II

PROLOG

Der Schnee in den Bergen schmolz schon, und Bunny war seit ein paar Wochen tot, ehe uns der Ernst unserer Lage allmählich dämmerte. Er war zehn Tage tot gewesen, als sie ihn gefunden hatten, wissen Sie. Es war eine der größten Suchaktionen nach einem Vermißten in der Geschichte Vermonts – Staatspolizei, FBI, sogar ein Hubschrauber der Army; das College geschlossen, die Färberei in Hampden dichtgemacht; Leute, die aus New Hampshire, aus dem Staat New York, sogar noch aus Boston herbeikamen.

Es ist schwer zu glauben, daß Henrys bescheidener Plan diesen unvorhergesehenen Ereignissen zum Trotz so gut funktionierte. Wir hatten nicht die Absicht gehabt, die Leiche an einem unauffindbaren Ort zu verstecken. Genau genommen hatten wir sie überhaupt nicht versteckt, sondern einfach liegengelassen, wo sie hingefallen war, in der Hoffnung darauf, daß irgendein Passant das Pech haben würde, über sie zu stolpern, ehe irgend jemand überhaupt gemerkt hatte, daß Bunny verschwunden war. Es war eine Geschichte, die sich selbst erzählte, einfach und gut: die losen Steine, der Leichnam am Grunde der Schlucht mit gebrochenem Hals, die schlammigen Rutschspuren von auf dem Weg nach unten in den Boden gestemmten Fersen – ein Wanderunfall, nicht mehr, nicht weniger, und dabei hätte man es belassen können, bei ein paar stillen Tränen und einer kleinen Beerdigung, wäre da nicht der Schnee gewesen, der in dieser Nacht fiel; der deckte ihn spurlos zu, und zehn Tage später, als es schließlich taute, da sahen die Staatspolizisten und das FBI und die Suchmannschaften aus der Stadt, daß sie allesamt über der Leiche hin und her gelaufen waren, bis der Schnee darüber wie Eis zusammengepreßt worden war.

Es fällt schwer zu glauben, daß es zu einem solchen Aufruhr wegen einer Tat kam, für die ich teilweise verantwortlich war, und es fällt noch schwerer zu glauben, daß ich dort mitten hindurchspaziert bin – durch die Kameras, die Uniformen, die schwarzen Scharen, die auf dem Mount Cataract wimmelten wie Ameisen in einer Zuckerschüssel –, ohne auch nur dem Funken eines Verdachts zu begegnen. Aber durch das alles hindurchzuspazieren war eine Sache; davonzuspazieren hat sich leider als eine völlig andere erwiesen, und obwohl ich mal dachte, ich hätte diese Schlucht an einem Aprilnachmittag vor langer Zeit für immer verlassen, bin ich da jetzt nicht mehr so sicher. Jetzt, wo die Suchtrupps weg sind und das Leben um mich herum wieder still geworden ist, weiß ich, daß ich mir vielleicht jahrelang eingebildet habe, woanders zu sein, daß ich aber in Wirklichkeit die ganze Zeit da war: oben am Rand der Schlucht, bei den schlammigen Wagenspuren im neuen Gras, wo der Himmel dunkel ist über den zitternden Apfelblüten und wo der erste Frosthauch des Schnees, der in der Nacht fallen wird, schon in der Luft hängt.

Was macht ihr denn hier oben? hatte Bunny überrascht gefragt, als er uns vier sah, wie wir ihn erwarteten.

Na, wir suchen nach neuen Farnen, hatte Henry gesagt.

Und nachher standen wir flüsternd im Unterholz – ein letzter Blick auf die Leiche und ein letzter Blick in die Runde, keine Schlüssel fallen gelassen, keine Brille verloren, hat jeder alles? – und gingen dann im Gänsemarsch durch den Wald, und ich warf noch einen Blick zurück durch die Schößlinge, die sich hinter mir wieder aufrichteten und den Pfad verschlossen. Und so wie ich mich an den Rückweg und an die ersten, einsamen Schneeflocken erinnere, die durch die Fichten heruntergeweht kamen, daran, wie wir dankbar nacheinander in den Wagen kletterten und die Straße hinunterfuhren wie eine Familie in den Ferien, wobei Henry mit zusammengebissenen Zähnen durch die Schlaglöcher fuhr und wir anderen, über die Lehne gebeugt, plauderten wie die Kinder, so wie ich mich nur zu gut an die lange, schreckliche Nacht erinnere, die vor uns lag, und an die langen, schrecklichen Tage und Nächte, die darauf folgten, so brauche ich bis heute nur einen Blick über die Schulter zu werfen, und all die Jahre fallen von mir ab, und ich sehe sie wieder hinter mir, die Schlucht, wie sie sich in lauter Grün und Schwarz zwischen den Schößlingen erhebt, ein Bild, das mich nie verlassen wird.

Ich nehme an, es gab eine Zeit in meinem Leben, da hätte ich eine beliebige Anzahl von Geschichten gewußt, aber jetzt gibt es keine andere mehr. Dies ist die einzige Geschichte, die ich je werde erzählen können.

BUCH EINS

ERSTES KAPITEL

Gibt es – außer in der Literatur – wirklich so etwas wie den »Keim des Verderbens«, diesen auffälligen dunklen Riß, der sich mitten durch ein Leben zieht? Ich dachte immer, es gebe ihn nicht. Jetzt denke ich, es gibt ihn doch. Und ich denke, bei mir ist es dies: das morbide Verlangen nach dem Pittoresken um jeden Preis.
A moi. L'histoire d'une de mes folies.
Mein Name ist Richard Papen. Ich bin achtundzwanzig Jahre alt, und ich hatte New England oder Hampden College nie gesehen, bis ich neunzehn war. Ich bin Kalifornier von Geburt und, wie ich kürzlich herausgefunden habe, auch von Natur aus. Das letztere ist etwas, das ich erst jetzt zugebe, im nachhinein. Nicht, daß es darauf ankäme.

Aufgewachsen bin ich in Plano, einer Kleinstadt im Norden, die von der Chip-Industrie lebt. Keine Geschwister. Mein Vater führte eine Tankstelle, und meine Mutter war zu Hause, bis ich heranwuchs und die Zeiten härter wurden und sie als Telefonistin in der Verwaltung einer der großen Chip-Fabriken außerhalb von San José arbeiten ging.

Plano. Das Wort beschwört Drive-ins herauf, Bungalowsiedlungen, Hitzeflimmern über dem Asphalt der Straßen. Die Jahre dort haben mir nie viel bedeutet; eine entbehrliche Vergangenheit, wegwerfbar wie ein Plastikbecher. Was vermutlich ein sehr großes Geschenk war, in gewisser Hinsicht. Als ich von Zuhause wegging, konnte ich mir eine neue, sehr viel befriedigendere Geschichte zulegen, geprägt von einem ebenso außerordentlichen wie klischeehaften Milieu: eine farbenprächtige Vergangenheit, leicht zugänglich für jeden Fremden.

Der Glanz dieser fiktiven Kindheit – voller Swimmingpools und Orangenhaine und mit verlotterten, aber bezaubernden Eltern aus dem Showbusineß – hat das triste Original so gut wie überlagert. Ja, wenn ich über meine wirkliche Kindheit nachdenke, bin ich außerstande, mir davon viel mehr als ein betrübliches Gewirr von Gegenständen in Erinnerung zu rufen: die Turnschuhe, die ich das ganze Jahr über trug, Malbücher aus dem Supermarkt und den zerdrückten alten Fußball, den ich zu den Spielen in der Nachbarschaft beisteuerte – wenig Interessantes, noch weniger Schönes. Ich war still, groß für mein Alter, hatte eine Neigung zu Sommersprossen. Ich hatte nicht viele Freunde, aber ob das auf mich oder auf die Umstände zurückzuführen war, weiß ich nicht. In der Schule war ich, wie es scheint, gut, aber nicht außergewöhnlich gut; ich las gern – *Tom Swift*, die Bücher von Tolkien –, aber ich sah auch gern fern und tat es reichlich, ausgestreckt auf dem Teppich in unserem leeren Wohnzimmer an den langen, langweiligen Nachmittagen nach der Schule.

Ich kann mich ehrlich nicht an viel mehr aus diesen Jahren erinnern – abgesehen von einer gewissen Stimmung, die sie größtenteils durchdrang, einem melancholischen Gefühl, das ich damit assoziiere, daß ich Sonntagabends »Die wunderbare Welt des Walt Disney« sehe. Der Sonntag war ein trauriger Tag – früh zu Bett, am nächsten Morgen zur Schule, und die beständige Sorge, daß meine Hausaufgaben nicht in Ordnung waren –, aber wenn ich sah, wie das Feuerwerk im Nachthimmel über den flutlichtbestrahlten Schlössern von Disneyland hochging, erfüllte mich geradezu ein Gefühl der Beklemmung, des Gefangenseins im öden Rund von Schule und Zuhause. Mein Vater war gemein, unser Haus häßlich, und meine Mutter kümmerte sich wenig um mich; meine Kleider waren billig, mein Haarschnitt zu kurz, und niemand in der Schule schien mich besonders zu mögen, und da all das so lange galt, wie ich mich erinnern konnte, glaubte ich, daß es zweifellos in alle Zukunft in diesem deprimierenden Stil so weitergehen würde. Kurz: Ich hatte das Gefühl, daß mein Leben auf irgendeine subtile, aber grundlegende Weise befleckt war.

Vermutlich ist es insofern nicht merkwürdig, daß ich mein Leben nur schwer mit dem meiner Freunde in Einklang bringen kann – oder zumindest mit ihrem Leben, wie ich es wahrnehme. Charles und Camilla sind Waisen (wie habe ich mich nach diesem harten Schicksal gesehnt!), von Großmüttern und Großtanten in einem Haus in Virginia aufgezogen: eine Kindheit, die ich mir gern vorstelle, mit Pferden und Flüssen und Süßharzbäumen. Und Francis: seine Mutter war erst siebzehn, als sie ihn bekam – ein dünnblütiges, kapriziöses Mädchen mit rotem Haar und einem reichen Daddy, das mit dem Schlagzeuger von *Vance Vane and His Musical Swains* durchbrannte. Drei Wochen später war sie wieder zu

Hause, sechs Wochen später wurde die Ehe annulliert, und die Großeltern zogen sie, wie Francis gern sagt, Geschwistern gleich auf, ihn und seine Mutter, zogen sie in so großmütigem Stil auf, daß selbst die Klatschweiber beeindruckt waren – englische Kinderfrauen und Privatschulen, Sommer in der Schweiz, Winter in Frankreich. Oder nehmen Sie sogar den gutmütigen alten Bunny, wenn Sie wollen. Keine Kindheit mit Blazer und Tanzunterricht, ebenso wenig wie bei mir, aber doch eine amerikanische Kindheit: der Sohn eines Football-Stars aus Clemson, der Banker geworden war, vier Brüder und keine Schwester in einem lärmerfüllten Haus in einem Vorort, Segelboote, Tennisschläger und Golden Retriever; die Sommer dann auf Cape Cod, Internat bei Boston, endlose Picknicks in der Football-Saison – eine Erziehung, die man Bunny in jeder Hinsicht anmerkte, angefangen bei seinem Händedruck bis zu seiner Art, einen Witz zu erzählen.

Ich aber hatte nichts mit ihnen gemeinsam – und das ist bis heute nicht anders –, nichts außer meinen Griechischkenntnissen und dem Jahr, das ich in ihrer Gesellschaft verbracht habe. Und selbst wenn mir klar ist, daß dies im Lichte der Geschichte, die ich erzählen werde, merkwürdig klingen mag, außer vielleicht der Liebe – wenn denn Liebe etwas ist, das man gemeinsam hat.

Wie fange ich an?

Nach der High School ging ich auf ein kleines College in meiner Heimatstadt (meine Eltern waren dagegen; sie erwarteten, das war unmißverständlich klargemacht worden, daß ich meinem Vater in der Tankstelle half, und das war einer der vielen Gründe, weshalb ich so sehr darauf brannte, aufs College zu gehen), und in den zwei Jahren dort studierte ich Altgriechisch. Nicht daß ich diese Sprache besonders geliebt hätte; aber ich wollte ein vormedizinisches Examen machen (Geld, müssen Sie wissen, war die einzige Möglichkeit für mich, mein Schicksal zu verbessern, und Ärzte verdienen bekanntlich eine Menge Geld), und mein Studienberater hatte vorgeschlagen, für das erforderte geisteswissenschaftliche Nebenfach eine Sprache zu nehmen; und weil der Griechischunterricht zufällig nachmittags stattfand, belegte ich Griechisch, damit ich montags ausschlafen konnte. Es war eine absolut willkürliche, und doch, wie sich zeigen sollte, schicksalhafte Entscheidung.

Meine Leistungen in Griechisch waren gut, ja, exzellent, und ich gewann im letzten Jahr sogar einen Preis der Altsprachlichen Fakultät. Mein Lieblingskurs war es deshalb, weil es in einem richtigen Klassenzimmer stattfand – keine Gläser mit Kuhherzen, kein

Geruch von Formaldehyd, keine Käfige mit kreischenden Affen. Anfangs hatte ich gedacht, mit harter Arbeit könnte ich die fundamentale Empfindlichkeit und Abneigung gegen meinen Beruf überwinden, und mit noch härterer Arbeit könnte ich vielleicht sogar so etwas wie Begabung dafür simulieren. Aber das war nicht der Fall. Die Monate vergingen, und ich blieb desinteressiert, wenn nicht sogar regelrecht angeekelt von meinem Studium der Biologie; meine Noten waren schlecht, und Lehrer und Klassenkameraden betrachteten mich mit Verachtung. In einer Geste, die sogar mir selbst wie eine unheilsträchtige Pyrrhus-Geste erschien, wechselte ich zu englischer Literatur als Hauptfach, ohne meinen Eltern etwas davon zu sagen. Ich spürte, daß ich mir damit selbst die Kehle durchschnitt, daß es mir auf jeden Fall schrecklich leid tun würde, schließlich war es besser, auf einem lukrativen Gebiet zu versagen, als in einem Fach Erfolg zu haben, von dem mein Vater (der weder von finanziellen noch von akademischen Dingen etwas verstand) versichert hatte, daß es höchst unprofitabel sei – einem Fach, das unweigerlich dazu führen würde, daß ich für den Rest meines Lebens zu Hause herumhängen und ihn um Geld anbetteln würde, Geld, das er mir, wie er mit Nachdruck versicherte, nicht zu geben beabsichtigte.

Ich studierte also Literatur, und es gefiel mir besser. Aber mit meiner Heimatstadt kam ich immer weniger zurecht. Ich glaube nicht, daß ich die Verzweiflung erklären kann, die dieser Ort in mir hervorrief. Zwar habe ich inzwischen den Verdacht, daß ich angesichts der Umstände und meiner inneren Natur überall unglücklich gewesen wäre, in Biarritz genauso wie in Caracas oder auf Capri, aber damals war ich davon überzeugt, daß mein Unglücklichsein allein jener Stadt zuzuschreiben war. Vielleicht stimmte das auch zum Teil. Milton hat wohl bis zu einem gewissen Grad recht – der Geist ist ein eigener Ort und kann in sich die Hölle zum Himmel machen und so weiter –, aber es ist dennoch unbestreitbar, daß die Gründer von Plano ihre Stadt nicht gerade nach dem Paradies geformt hatten. Auf der High School machte ich es mir zur Gewohnheit, nach der Schule in Einkaufszentren herumzuspazieren, durch strahlend helle, kühle Geschosse zu taumeln, bis ich so geblendet war von Waren und Produkt-Codes, von Gängen und Rolltreppen, von Spiegeln und Musikberieselung und Lärm und Licht, daß in meinem Gehirn eine Sicherung durchbrannte und auf einmal alles völlig unverständlich wurde: wie Farbe ohne Form, wie ein Gestammel unzusammenhängender Moleküle. Dann wanderte ich wie ein Zombie zum Parkplatz und fuhr zum Baseballstadion, wo ich aber nicht mal ausstieg, sondern mit den Händen am Lenkrad im Wagen sitzenblieb und auf den Stahlzaun und das gelbe Wintergras starrte, bis die Sonne unterging und es so dunkel wurde, daß ich nichts mehr sehen konnte.

Zwar hatte ich die konfuse Vorstellung, daß meine Unzufriedenheit bohemehafter, unbestimmt marxistischer Natur sei (als Teenager spielte ich töricht den Sozialisten, hauptsächlich um meinen Vater zu ärgern), aber in Wirklichkeit begriff ich sie nicht annähernd, und ich wäre wütend geworden, wenn mir jemand gesagt hätte, wie sehr sie in Wirklichkeit puritanischen Ursprungs war. Vor kurzem habe ich in einem alten Notizbuch folgende Zeilen gefunden, geschrieben, als ich ungefähr achtzehn war: »Für mich umgibt diesen Ort ein fauliger Geruch, der faulige Geruch, den reife Früchte verströmen. Nirgendwo sind die scheußlichen Mechanismen von Geburt und Paarung und Tod – diese monströsen Aufwerfungen des Lebens, die die Griechen *miasma*, Gifthauch, nennen – jemals so roh oder auch so hübsch kaschiert gewesen, haben so viele Menschen ihr Vertrauen in Lügen gesetzt, in Unbeständigkeit, in den Tod Tod Tod.«

Das ist, glaube ich, ziemlich starker Tobak. Wie das klingt, wäre ich, wenn ich in Kalifornien geblieben wäre, schließlich in einer Sekte gelandet oder hätte zumindest meine Ernährung irgendwelchen gespenstischen Einschränkungen unterworfen. Ich erinnere mich, daß ich um die gleiche Zeit etwas über Pythagoras las und ein paar seiner Ideen auf wunderliche Weise ansprechend fand – weiße Kleidung zu tragen, beispielsweise, oder die Abstinenz von allen Speisen, die eine Seele haben.

Aber statt dessen landete ich an der Ostküste.

Nach Hampden kam ich durch einen Winkelzug des Schicksals. Eines Abends im Verlauf langer Thanksgiving-Ferien mit schlechtem Wetter, Preiselbeeren aus der Dose und eintönig hindröhnenden Baseballspielen im Fernsehen ging ich nach einem Streit mit meinen Eltern auf mein Zimmer (worum es dabei ging, weiß ich nicht mehr, aber wir hatten immer Streit, um Geld und um die Schule), und ich wühlte in meinem Schrank und suchte meine Jacke, als sie herausgeflattert kam: eine Broschüre vom Hampden College, Hampden, Vermont.

Sie war zwei Jahre alt, diese Broschüre. Auf der High School hatten mir viele Colleges Infomaterial geschickt, weil meine Ergebnisse bei den Studieneignungstests ziemlich gut gewesen waren (leider nicht gut genug, um auf irgendein nennenswertes Stipendium hoffen zu dürfen), und die Broschüre hier hatte ich das letzte Schuljahr über in meinem Geometriebuch aufbewahrt.

Ich weiß nicht, weshalb sie in meinem Wandschrank war. Vermutlich hatte ich sie aufgehoben, weil sie so hübsch war. Im letzten Schuljahr hatte ich Dutzende Stunden damit zugebracht, die Fotos zu studieren, als brauchte ich sie nur lange und sehnsüchtig genug anzustarren, und schon würde ich durch eine Art Osmose in ihre klare, reine Stille entrückt werden. Noch heute erinnere ich mich an diese Bilder wie an die Bilder in einem Märchenbuch, das man als Kind geliebt hat. Strahlende Wiesen, dunstige Berge in der Ferne; knöcheltief das Laub auf einer windüberwehten Herbststraße; Reisigfeuer und Nebel in den Tälern; Cellos, dunkle Fensterscheiben, Schnee.

Hampden College, Hampden, Vermont. Gegründet 1895. (Das allein war schon staunenswert; in Plano kannte ich nichts, was lange vor 1962 gegründet worden wäre.) Studentenzahl: 500. Koedukation. Progressiv. Spezialisiert auf die Geisteswissenschaften. Äußerst wählerisch. »Hampden bietet einen abgerundeten Studiengang in den Geisteswissenschaften und strebt damit nicht nur danach, den Studenten solide Grundkenntnisse im Gebiet ihrer Wahl zu vermitteln, sondern darüber hinaus einen Einblick in alle Disziplinen westlicher Kunst, Zivilisation und Gedankenwelt. Wir hoffen das Individuum dabei nicht nur mit Fakten auszustatten, sondern mit dem Grundstock der Weisheit.«

Hampden College, Hampden, Vermont. Schon der Name klang wie eine strenge, anglikanische Kadenz, zumindest in meinen Ohren mit ihrer hoffnungslosen Sehnsucht nach England und ihrer Taubheit für die süßen, dunklen Rhythmen kleiner Missionsstädte. Lange Zeit betrachtete ich das Bild eines Gebäudes, das sie »Commons« nannten. Es war eingetaucht in ein schwaches, akademisches Licht – anders als Plano, anders als alles, was ich je gekannt hatte –, ein Licht, das mich an endlose Stunden in staubigen Bibliotheken denken ließ, an alte Bücher und an Stille.

Meine Mutter klopfte an die Tür und rief meinen Namen. Ich antwortete nicht. Ich riß das Anforderungsformular hinten aus der Broschüre und fing an, es auszufüllen. *Name:* John Richard Papen. *Adresse:* 4487 Mimosa Court, Plano, Kalifornien. Wünschen Sie Informationen über Möglichkeiten finanzieller Unterstützung? Ja (natürlich). Und ich schickte es am nächsten Morgen ab.

Die folgenden Monate waren ein endloser, öder Papierkrieg,

immer wieder unentschieden, ein Grabenkampf. Mein Vater weigerte sich, die Anträge auf Studienbeihilfe auszufüllen; in meiner Verzweiflung stahl ich schließlich seine Steuerbescheide aus dem Handschuhfach seines Toyota und machte es selbst. Wieder warten. Dann eine Mitteilung vom Zulassungsdekanat. Es sei ein Vorstellungsgespräch erforderlich, und wann ich nach Vermont fliegen könne? Ich konnte mir den Flug nicht leisten, und das schrieb ich ihnen. Wieder warten, wieder ein Brief. Das College werde mir die Reisekosten erstatten, wenn ihr Stipendienantrag akzeptiert werde. Inzwischen war die Beihilfeberechnung eingetroffen. Der Beitrag, den meine Familie zahlen sollte, war höher, als mein Vater sich angeblich leisten konnte, und er weigerte sich, ihn zu übernehmen. In dieser Art zog sich der Guerrillakrieg über acht Monate hin. Noch heute begreife ich die Kette der Ereignisse, die mich nach Hampden brachte, nicht vollständig. Mitfühlende Professoren schrieben Briefe; Ausnahmen der unterschiedlichsten Art wurden meinetwegen gemacht. Und knapp ein Jahr nachdem ich mich auf den goldbraunen Plüschteppich in meinem Zimmerchen in Plano gesetzt und impulsiv den Fragebogen ausgefüllt hatte, stieg ich mit zwei Koffern und fünfzig Dollar in Hampden aus dem Bus.

Ich war nie östlich von Santa Fé, nie nördlich von Portland gewesen, und als ich nach einer langen, bangen Nacht, die irgendwo in Illinois begonnen hatte, aus dem Bus stieg, war es sechs Uhr morgens, und die aufgehende Sonne schien auf Berge und Birken und unglaublich grüne Wiesen; und für mich, benommen von der Nacht und der Schlaflosigkeit und drei Tagen auf der Landstraße, war es wie ein Land aus einem Traum.

Die Wohnheime waren überhaupt keine Wohnheime – jedenfalls nicht Wohnheime, wie ich sie kannte, aus Hohlblocksteinen und mit deprimierendem Neonlicht –, sondern weiße Schindelhäuser mit grünen Fensterläden, die ein Stück weit abseits vom Commons in Ahorn- und Eschenwäldchen standen. Trotzdem wäre ich nie auf die Idee gekommen, daß mein eigenes Zimmer, wo immer es sein mochte, irgend etwas anderes als häßlich und enttäuschend sein könnte, und es war fast ein Schock, als ich es das erstemal sah – ein weißer Raum mit großen, nach Norden gerichteten Fenstern, mönchshaft kahl, mit narbigem Eichenholzfußboden und einer schrägen Decke wie in einer Turmstube. An meinem ersten Abend dort saß ich in der Dämmerung auf dem Bett, während die Wände langsam erst grau, dann golden, dann schwarz wurden, und lauschte einer schwindelerregend auf- und absteigenden Sopranstimme irgendwo am anderen Ende des Korridors, bis das Licht schließlich völlig verschwunden war und der ferne Sopran in der Dunkelheit immer weiter seine Spiralen zog wie ein Engel des Todes, und ich kann mich nicht erinnern, daß ich mich je weiter weg gefühlt hätte von den flach gestreckten Konturen des staubigen Plano als an jenem Abend.

Die ersten Tage vor Unterrichtsbeginn verbrachte ich allein in meinem weißgestrichenen Zimmer und in den leuchtenden Wiesen von Hampden. Und ich war glücklich in diesen ersten Tagen, wie ich es wirklich noch nie gewesen war, als ich nun wie ein Schlafwandler umherstreifte, benommen und trunken von lauter Schönheit. Eine Gruppe rotwangiger Mädchen mit flatternden Pferdeschwänzen beim Fußballspielen, ihr Rufen und Lachen, das schwach über das samtige, zwielichtige Feld wehte. Bäume, knarrend unter der Last der Äpfel, und Fallobst, rot im Gras darunter, das mit schwerem, süßem Duft verfaulte, und das stete Summen der Wespen ringsum. Der Uhrturm am Commons: efeubedeckte Ziegelmauern, ein weißer Turm, wie verzaubert in diesiger Ferne. Der Schreck, als ich das erstemal nachts eine Birke sah, wie sie in der Dunkelheit vor mir aufragte, kühl und schlank wie ein Geist. Und die Nächte von unvorstellbarer Majestät: schwarz und windig und gewaltig, ungeordnet und wild die Sterne.

Ich hatte vor, mich wieder für Griechisch einzuschreiben – es war die einzige Sprache, die ich ein wenig beherrschte. Aber als ich das dem Studienberater sagte, dem man mich zugewiesen hatte – einem Französischlehrer namens George Laforgue mit olivfarbener Haut und einer schmalen Nase mit länglichen Nasenlöchern wie bei einer Schildkröte –, da lächelte er nur und drückte die Fingerspitzen zusammen. »Ich fürchte, da kann es ein Problem geben«, sagte er, und sein Englisch hatte einen Akzent.

»Wieso?«

»Es gibt nur einen Lehrer für Altgriechisch hier, und er ist sehr eigen mit seinen Studenten.«

»Ich habe zwei Jahre Griechisch gelernt.«

»Das wird wahrscheinlich keinen Unterschied ausmachen. Außerdem, wenn Sie Ihr Examen in englischer Literatur machen wollen, brauchen Sie eine moderne Sprache. Es ist immer noch Platz in meinem Grundkurs Französisch, und bei Deutsch und Italienisch läßt sich auch noch etwas machen. Die Spanischklassen« – er konsultierte seine Liste –, »die Spanischklassen sind größtenteils voll, aber wenn Sie möchten, rede ich ein Wort mit Mr. Delgado.«

»Vielleicht könnten Sie statt dessen mit dem Griechischlehrer sprechen.«

»Ich weiß nicht, ob es etwas nützen würde. Er nimmt nur eine begrenzte Zahl von Studenten an. Eine *sehr* begrenzte Zahl. Außerdem geschieht die Auswahl meiner Meinung nach eher auf persönlicher als auf akademischer Basis.«

In seinem Ton lag ein Hauch von Sarkasmus und außerdem die Andeutung, daß er, falls es mir recht wäre, dieses spezielle Thema lieber nicht weiter verfolgen würde.

»Ich weiß nicht, was Sie meinen«, sagte ich.

In Wahrheit glaubte ich es durchaus zu wissen. Laforgues Antwort überraschte mich. »Es ist nichts Derartiges«, sagte er. »Selbstverständlich ist er ein ausgezeichneter Gelehrter. Zufällig ist er auch ganz charmant. Aber er hat ein paar meiner Ansicht nach sehr merkwürdige Vorstellungen von Unterrichten. Er und seine Studenten haben buchstäblich keinen Kontakt zum Rest der Fakultät. Ich weiß nicht, weshalb man seine Kurse weiter im allgemeinen Vorlesungsverzeichnis aufführt – das ist irreführend; jedes Jahr gibt es die gleiche Verwirrung deshalb; praktisch gesehen ist sein Seminar geschlossen. Wie ich höre, muß man, um bei ihm zu studieren, die richtigen Dinge gelesen haben und ähnliche Ansichten vertreten wie er. Schon mehrmals sind Studenten wie Sie abgewiesen worden, auch wenn sie schon früher eine klassische Sprache studiert hatten. Was mich betrifft« – er hob eine Braue –, »wenn ein Student lernen will, was ich lehre, und wenn er qualifiziert ist, dann nehme ich ihn in meinen Kurs auf. Sehr demokratisch, nicht? So ist es am besten.«

»Kommt so etwas hier oft vor?«

»Natürlich. Schwierige Lehrer gibt es an jeder Schule. Und viele« – zu meiner Überraschung senkte er die Stimme –, »*viele* hier, die sehr viel schwieriger sind als er. Wenngleich ich Sie bitten muß, mich damit nicht zu zitieren.«

»Natürlich nicht.« Ich war ein bißchen verblüfft über diese plötzliche Vertraulichkeit. »Wirklich, es ist ziemlich wichtig, daß Sie es nicht tun.« Er beugte sich vor und flüsterte, und sein winziger Mund bewegte sich dabei kaum. »Ich muß darauf bestehen. Vielleicht ist es Ihnen nicht bewußt, aber ich habe ein paar schreckliche Feinde hier. Sogar – auch wenn Sie das vielleicht kaum glauben – sogar *hier in meinem eigenen Fachbereich*. Außerdem«,

fuhr er in normalerem Ton fort, »ist er ein Sonderfall. Er unterrichtet hier seit vielen Jahren und läßt sich für seine Arbeit nicht einmal bezahlen.«
»Warum nicht?«
»Er ist reich. Sein Gehalt stiftet er dem College; allerdings nimmt er, glaube ich, aus steuerlichen Gründen einen Dollar pro Jahr.«
»Oh«, sagte ich. Ich war zwar erst ein paar Tage in Hampden, aber ich war bereits an die offiziellen Berichte über finanzielle Engpässe, begrenzte Mittelausstattung und Kürzungen gewöhnt.
»Nehmen Sie mich dagegen«, sagte Laforgue. »Ich unterrichte durchaus gern, aber ich habe eine Frau und eine Tochter, die in Frankreich zur Schule geht – da kommt einem das Geld gerade recht, nicht wahr?«
»Vielleicht spreche ich trotzdem mit ihm.«
Laforgue zuckte die Achseln. »Sie können es versuchen. Aber ich rate Ihnen, sich nicht anzumelden, denn wahrscheinlich wird er Sie dann nicht empfangen. Sein Name ist Julian Morrow.«

Ich war nicht besonders versessen darauf gewesen, Griechisch zu nehmen, aber was Laforgue da erzählt hatte, faszinierte mich. Ich ging nach unten und betrat das erste Büro, das ich sah. Eine dünne, säuerlich aussehende Frau mit welken blonden Haaren saß am Schreibtisch im Vorzimmer und aß ein Sandwich.
»Ich habe Mittagspause«, sagte sie. »Kommen Sie um zwei wieder.«
»Entschuldigung. Ich suche nur das Zimmer eines Lehrers.«
»Na, ich bin die Collegesekretärin, nicht die Information. Aber vielleicht weiß ich's trotzdem. Wer ist es denn?«
»Julian Morrow.«
»Oh, der?« sagte sie überrascht. »Was wollen Sie von ihm? Er ist oben, nehme ich an, im Lyzeum.«
»In welchem Zimmer?«
»Ist der einzige Lehrer da. Hat es gern still und friedlich. Sie werden ihn schon finden.«

Tatsächlich war es ganz und gar nicht einfach, das Lyzeum zu finden. Es war ein kleines Gebäude am Rande des Campus, alt und dermaßen mit Efeu bewachsen, daß es von der Landschaft ringsherum fast nicht zu unterscheiden war. Im Erdgeschoß lagen Hörsäle und Seminarräume, allesamt leer, mit sauberen Wandtafeln und frischgebohnerten Fußböden. Hilflos wanderte ich umher, bis ich schließlich in der hinteren Ecke des Hauses, klein und schlecht beleuchtet, die Treppe entdeckte.

Oben stieß ich auf einen langen, verlassenen Korridor. Genußvoll hörte ich das Knarren meiner Schuhe auf dem Linoleum, als ich beherzt hindurchmarschierte und auf den geschlossenen Türen nach Namen oder Zahlen suchte, bis ich zu einer kam, an der ein Schildrahmen aus Messing angebracht war; darin steckte eine geprägte Karte mit der Aufschrift JULIAN MORROW. Ich blieb einen Moment stehen und klopfte dann dreimal kurz.

Ein paar Augenblicke vergingen, und dann öffnete die weiße Tür sich einen Spaltbreit. Ein Gesicht schaute zu mir heraus. Es war ein kleines, weises Gesicht, wach und aufmerksam, und obwohl gewisse Züge Jugendlichkeit andeuteten – der elfenhafte Aufwärtsbogen der Augenbrauen, die energischen Konturen von Nase und Kinn und Mund –, war es doch keineswegs ein junges Gesicht, und das Haar war schneeweiß. Ich bin nicht schlecht darin, das Alter anderer Leute zu erraten, aber seines hätte ich nicht annähernd treffen können.

Ich stand für einen Moment einfach da, während seine blauen Augen mich verblüfft anblinzelten.

»Was kann ich für Sie tun?« Die Stimme klang vernünftig und freundlich, wie nette Erwachsene manchmal Kindern gegenüber klingen.

»Ich... also, mein Name ist Richard Papen...«

Er legte den Kopf auf die andere Seite und blinzelte noch einmal mit strahlenden Augen, liebenswürdig wie ein Spatz.

»...und ich möchte in Ihre Altgriechisch-Klasse.«

Seine Miene verschloß sich. »Oh. Tut mir leid.« Sein Ton schien, es war kaum zu glauben, anzudeuten, daß es ihm wirklich leid tat, mehr noch als mir. »Ich wüßte nicht, was mir besser gefallen würde, aber leider ist meine Klasse bereits voll.«

Etwas an diesem anscheinend aufrichtigen Bedauern gab mir Mut. »Sicher gibt es doch da noch eine Möglichkeit«, sagte ich. »Ein Student mehr oder weniger...«

»Es tut mir schrecklich leid, Mr. Papen«, sagte er, und es klang fast, als tröste er mich über den Tod eines lieben Freundes und als versuche er mir klarzumachen, daß er außerstande sei, mir in irgendeiner Weise zu helfen. »Aber ich habe mich auf fünf Studenten beschränkt, und es wäre mir ganz unvorstellbar, einen weiteren dazuzunehmen.«

»Fünf Studenten ist aber nicht sehr viel.«

Er schüttelte den Kopf, schnell und mit geschlossenen Augen, als wären Beschwörungen mehr, als er zu ertragen vermöchte.

»Wirklich, ich würde Sie zu gern nehmen, aber ich kann es nicht einmal in Betracht ziehen«, sagte er. »Es tut mir schrecklich leid. Würden Sie mich jetzt bitte entschuldigen? Ich habe eine Studentin hier.«

Mehr als eine Woche verging. Mein Unterricht fing an, und ich bekam einen Job bei einem Psychologieprofessor namens Dr. Roland. (Ich sollte ihm bei irgendwelchen unbestimmten »Forschungen« helfen, deren Natur ich aber nie herausbekam; er war ein alter, benebelter, unordentlich aussehender Knabe, ein Behaviorist, der die meiste Zeit über im Lehrerzimmer herumlungerte.) Und ich fand ein paar Freunde, die meisten davon Erstsemester, die in meinem Haus wohnten. *Freunde* ist vielleicht kein ganz zutreffendes Wort. Wir aßen zusammen, und wir sahen einander kommen und gehen, aber hauptsächlich verband uns die Tatsache, daß keiner von uns irgend jemanden kannte – eine Situation, die einem damals nicht einmal unbedingt unangenehm vorkam. Bei den wenigen Leuten, die ich kennengelernt hatte, die schon seit einer Weile in Hampden waren, erkundigte ich mich, was es mit Julian Morrow auf sich habe.

Fast alle hatten schon von ihm gehört, und ich erhielt allerlei widersprüchliche, aber faszinierende Informationen: Er sei ein brillanter Mann; er sei ein Hochstapler; er habe kein College-Examen; er sei in den vierziger Jahren ein großer Intellektueller gewesen, befreundet mit Ezra Pound und T. S. Eliot; das Geld seiner Familie stamme aus einer Beteiligung an einer feinen Ostküstenbank oder, wie andere sagten, aus dem Erwerb von Pleite-Immobilien während der Depression; er habe sich in irgendeinem Krieg vor der Wehrpflicht gedrückt (was allerdings chronologisch schwer nachzuprüfen war); er habe Verbindungen zum Vatikan, zu einer abgesetzten Königsfamilie im Nahen Osten, zu Francos Spanien. Der Wahrheitsgehalt all dieser Spekulationen war natürlich nicht abzuschätzen, aber je mehr ich über Morrow hörte, desto größer wurde mein Interesse. Ich begann, auf dem Campus nach ihm und seiner kleinen Studentengruppe Ausschau zu halten. Es waren vier Jungen und ein Mädchen, und aus der Ferne betrachtet waren sie nicht weiter ungewöhnlich. Von nahem gesehen aber erwiesen sie sich als fesselnde Truppe – zumindest für mich, der ich noch nie etwas Vergleichbares gesehen hatte.

Zwei der Jungen trugen Brillen, merkwürdigerweise von der gleichen Art: klein, altmodisch, rund und stahlgerändert. Der größere der beiden – und er war ziemlich groß, deutlich über eins achtzig – war dunkelhaarig und hatte ein eckiges Kinn und grobe, blasse Haut. Er hätte gut aussehen können, wenn seine Züge weniger verbissen oder wenn seine Augen hinter den Brillengläsern nicht so ausdruckslos und leer gewesen wären. Er trug dunkle englische Anzüge und hatte stets einen Regenschirm bei sich (ein bizarrer Anblick in Hampden); er lief steif durch die Scharen von Hippies und Beatniks und Preppies und Punks und zeigte dabei die befangene Förmlichkeit einer alten Ballerina, was bei seiner Größe überraschte. »Henry Winter«, sagten meine Freunde, als ich auf ihn deutete, wie er in einiger Entfernung einen weiten Bogen um eine Gruppe Bongo-Spieler machte, die auf dem Rasen hockten.

Der – nicht viel – kleinere der beiden war ein nachlässiger Blonder, rotwangig und kaugummikauend, von unerschütterlicher Fröhlichkeit, die Fäuste stets tief in den Taschen der an den Knien zerrissenen Hose. Er trug jeden Tag dieselbe Jacke, ein formloses braunes Tweedexemplar mit verschlissenen Ellbogen und zu kurzen Ärmeln, und sein sandblondes Haar war links gescheitelt, so daß immer eine lange Stirnlocke über das eine Auge fiel. Bunny Corcoran war sein Name, und Bunny war aus irgendeinem Grund die Abkürzung für Edmund. Seine Stimme war laut und quäkend und hallte weithin hörbar durch den Speisesaal.

Der dritte Junge war der exotischste in der Gruppe. Eckig und elegant, bedenklich dünn, mit nervösen Händen, einem gewieften Albinogesicht und einem kurzen, flammenden Schopf von so rotem Haar, wie ich es noch nie gesehen hatte. Ich fand (irrtümlich), er kleide sich wie Alfred Douglas oder wie der Comte de Montesquieu: wunderschöne gestärkte Hemden mit französischen Manschetten, prachtvolle Krawatten, einen schwarzen Mantel, der sich im Gehen hinter ihm blähte und ihn aussehen ließ wie eine Kreuzung zwischen einem Studentenprinzen und Jack the Ripper. Einmal sah ich ihn zu meinem Entzücken sogar mit einem Kneifer. (Später fand ich heraus, daß dieser Kneifer keine echte Brille war, sondern Fensterglas enthielt, und daß seine Augen ein gut Teil schärfer waren als meine eigenen.) Er hieß Francis Abernathy.

Und dann war da noch ein Paar, ein Junge und ein Mädchen. Ich sah sie oft zusammen, und anfangs dachte ich, sie gingen miteinander, bis ich sie eines Tages aus der Nähe sah und erkannte, daß sie Geschwister sein mußten. Später erfuhr ich, daß sie Zwillinge waren – die einzigen Zwillinge auf dem Campus. Sie hatten große Ähnlichkeit miteinander mit ihrem schweren dunkelblonden Haar und den androgynen Gesichtern, so klar, so fröhlich und so ernst wie bei zwei flämischen Engeln. Und vielleicht das Ungewöhnlichste im Kontext von Hampden – wo es Pseudointellekt und Teenagerdekadenz im Überfluß gab und wo schwarze Kleidung *de rigueur* war –: Sie kleideten sich gern hell, vorzugsweise in Weiß. In diesen Schwärmen von Zigaretten und kultiviertem Dunkel tauchten sie hier und da auf wie Gestalten aus einer Allegorie oder wie die längst verstorbenen Festgäste irgendeiner vergessenen Gartenparty. Sie hießen Charles und Camilla Macaulay.

Alle erschienen sie mir äußerst unnahbar. Aber ich beobachtete sie fasziniert, wann immer ich sie zufällig sah: Francis, der sich in einer Tür zu einer Katze bückte und mit ihr sprach; Henry, wie er am Steuer eines kleinen weißen BMW mit Julian auf dem Beifahrersitz vorüberflitzte; Bunny, als er sich oben aus einem Fenster lehnte und den Zwillingen unten auf dem Rasen etwas zubrüllte. Nach und nach kamen mir weitere Informationen zu Gehör. Francis Abernathy kam aus Boston und war den meisten Berichten zufolge ziemlich reich. Auch Henry, hieß es, sei reich; aber mehr noch, er war ein Sprachengenie. Er sprach mehrere alte und neue Sprachen und hatte eine Übersetzung des Anakreon samt Kommentar veröffentlicht, als er erst achtzehn war. Die Zwillinge hatten ein Apartment außerhalb des Campus und kamen irgendwoher aus dem Süden. Und Bunny Corcoran hatte die Angewohnheit, spät abends in seinem Zimmer mit voller Lautstärke Märsche von John Philip Sousa zu spielen.

Das soll nicht bedeuten, daß ich mich mit all dem übermäßig viel beschäftigt hätte. Ich richtete mich zu jener Zeit im College ein; die Kurse hatten begonnen, und ich war mit meiner Arbeit beschäftigt. Mein Interesse an Julian Morrow und seinen Griechischstudenten war zwar noch wach, fing aber doch an zu schwinden, als sich etwas Merkwürdiges ereignete.

Es geschah am Mittwoch morgen in meiner zweiten Woche auf dem Campus; ich war in der Bibliothek, um vor dem Elf-Uhr-Seminar ein paar Fotokopien für Dr. Roland zu machen. Nach etwa einer halben Stunde schwammen Lichtflecke vor meinen Augen, und als ich zur Theke am Eingang ging, um der Bibliothekarin den Kopiererschlüssel zurückzugeben, drehte ich mich um und sah sie – Bunny und die Zwillinge. Sie saßen an einem Tisch, der übersät war mit Papier, Federhaltern und Tintenfässern. An die Tintenfässer erinnere ich mich besonders, weil ich sie so bezaubernd fand, und auch die langen, schwarzen, geraden Federhalter, die unglaublich archaisch und unpraktisch aussahen. Charles trug einen weißen Tennissweater, Camilla ein Sommerkleid mit einem Matrosenkragen und einen Strohhut. Bunnys Tweedjacke hing über der Stuhllehne, so daß man mehrere große Risse und Flecken im Futter sehen konnte. Er stützte die Ellbogen auf den Tisch, eine Haarsträhne fiel ihm in die Augen, und gestreifte Ärmelhalter hielten die verknitterten Hemdsärmel. Sie hatten die Köpfe zusammengesteckt und redeten leise miteinander.

Ich wollte plötzlich wissen, was sie redeten. Also ging ich zu dem Bücherregal hinter ihrem Tisch – außen herum, als sei ich nicht sicher, was ich suchte, und dann ganz daran entlang, bis ich ihnen so nah war, daß ich Bunnys Arm hätte berühren können. Mit dem Rücken zu ihnen zog ich ein beliebiges Buch heraus – ein lächerliches soziologisches Lehrbuch, wie sich zeigte – und tat, als studiere ich das Register. Sekundäre Abweichung. Sekundäre Analyse. Sekundäre Gruppe. Sekundärschulen.

»Ich weiß nicht«, sagte Camilla eben. »Wenn die Griechen *nach* Karthago segeln, dann müssen wir den Akkusativ nehmen. Erinnert ihr euch? *Wohin* segeln sie? So lautet die Regel.«

»Kann nicht sein.« Das war Bunny. Seine Stimme klang nasal, zänkisch – W. C. Fields mit einer schlimmen Long-Island-Maulsperre. »Wir müssen hier nicht fragen: ›wohin‹, sondern ›wo‹ ist ihr Ziel. Ich wette, wir brauchen den Ablativ.«

Man hörte ratloses Papiergeraschel.

»Moment«, sagte Charles. Seine Stimme hatte große Ähnlichkeit mit der seiner Schwester; sie war heiser und hatte eine leichte Südstaatenfärbung. »Schaut mal, hier. Sie segeln nicht einfach nach Karthago, sondern sie segeln, *um es anzugreifen.*«

»Du bist verrückt.«

»Nein, es stimmt. Guck dir den nächsten Satz an. Wir brauchen den Dativ.«

»Bist du sicher?«

Neuerliches Papiergeraschel.

»Absolut. *Epi tō karchidona.*«

»Sehe ich nicht ein«, sagte Bunny. »Ablativ heißt die Parole. Bei den schwierigen ist's immer der Ablativ.«

Eine kurze Pause. »Bunny«, sagte Charles. »Du verwechselst da was. Der Ablativ ist lateinisch.«

»Ja, *natürlich*, das weiß ich auch«, sagte Bunny gereizt nach einer verwirrten Pause, die auf das Gegenteil hinzuweisen schien, »aber du weißt doch, was ich meine. Aorist, Ablativ, ist doch alles das gleiche im Grunde...«

»Hör mal, Charles«, sagte Camilla. »Dieser Dativ geht nicht.«
»Doch, er geht. Sie segeln zum Angriff, nicht wahr?«
»Ja, aber die Griechen segeln über das Meer *nach* Karthago.«
»Aber ich habe das *epi* davorgesetzt.«
»Na, wir können angreifen und immer noch *epi* benutzen, aber wir brauchen den Akkusativ wegen der Grundregeln.«

Segragation. Selbst. Selbstvorstellung. Ich starrte auf das Register und zermarterte mir das Hirn nach dem Kasus, den sie suchten. Die Griechen segelten über das Meer nach Karthago. Wohin. Woher. Karthago.

Plötzlich fiel mir etwas ein. Ich klappte das Buch zu, schob es ins Regal und drehte mich um.

»Entschuldigung«, sagte ich. Sofort hörten sie auf zu reden und drehten sich erstaunt nach mir um.

»Tut mir leid – aber würde der Lokativ gehen?«

Eine ganze Weile sagte niemand etwas.

»Lokativ?« wiederholte Charles dann.

»Man muß nur *ze* an *karchido* anhängen«, sagte ich. »Ich glaube, es ist *ze*. Wenn ihr das benutzt, braucht ihr keine Präposition, abgesehen von dem *epi*, wenn sie in den Krieg ziehen. Es bedeutet ›karthagowärts‹; damit braucht ihr euch auch nicht mehr um den Kasus zu kümmern.«

Charles blickte auf sein Papier und dann mich an. »Lokativ?« sagte er. »Ziemlich obskur.«

»Bist du sicher, den gibt es für Karthago?« fragte Camilla.

Daran hatte ich nicht gedacht. »Vielleicht nicht«, sagte ich. »Ich weiß, daß es ihn für Athen gibt.«

Charles beugte sich vor, zog das Lexikon über den Tisch zu sich heran und fing an, darin zu blättern.

»Ach, verflucht, spar dir die Mühe«, sagte Bunny durchdringend. »Wenn man es nicht deklinieren muß und wenn keine Präposition nötig ist, finde ich es schon prima.« Er lehnte sich auf seinem Stuhl zurück und schaute zu mir auf. »Ich würde dir gern die Hand schütteln, Fremder.« Ich reichte sie ihm; er ergriff sie und schüttelte sie kräftig, und dabei stieß er mit dem Ellbogen fast ein Tintenfaß um. »Erfreut, dich kennenzulernen, ja, ja«, sagte er und hob die andere Hand, um sich das Haar aus den Augen zu streichen.

Ich war verwirrt von dieser plötzlich auflodernden Aufmerksamkeit; es war, als hätten die Figuren auf einem Lieblingsgemälde, sonst immer versunken in ihre eigenen Belange, von der Leinwand aufgeblickt und mich angesprochen. Erst einen Tag zuvor war Francis, ein Nebelstreif von schwarzem Kaschmir und Zigarettenrauch, in einem Korridor an mir vorbeigestrichen. Einen Augenblick lang, als sein Arm den meinen berührte, war er ein Geschöpf aus Fleisch und Blut gewesen, aber im nächsten Moment hatte er sich wieder in eine Halluzination verwandelt, ein Fragment meiner Phantasie, das den Gang hinunterschritt, ohne mich zu beachten, wie Geister auf ihren schattenhaften Runden die Lebenden angeblich nicht beachten.

Charles, noch immer mit dem Lexikon beschäftigt, erhob sich und streckte mir die Hand entgegen. »Mein Name ist Charles Macaulay.«

»Richard Papen.«

»Ach, du bist das«, sagte Camilla plötzlich.

»Was?«

»Du. Du bist vorbeigekommen und hast nach dem Griechischkurs gefragt.«

»Das ist meine Schwester«, sagte Charles, »und das ist – Bun, hast du dich schon vorgestellt?«

»Nein, nein, glaube nicht. Ihr habt einen glücklichen Mann aus mir gemacht, Sir. Wir hatten noch zehn solche Dinger zu machen und fünf Minuten Zeit dafür. Edmund Corcoran ist mein Name.«

Wieder ergriff er meine Hand.

»Wie lange hast du Griechisch gelernt?« fragte Camilla.

»Zwei Jahre.«

»Du bist ziemlich gut darin.«

»Schade, daß du nicht bei uns im Kurs bist«, sagte Bunny.

Angespanntes Schweigen.

»Tja«, sagte Charles voller Unbehagen, »Julian ist komisch in solchen Dingen.«

»Geh doch noch mal zu ihm«, sagte Bunny. »Bring ihm Blumen mit und sag ihm, daß du Platon liebst. Dann frißt er dir aus der Hand.«

Wieder trat Schweigen ein, unfreundlicher jetzt als beim ersten Mal. Camilla lächelte, aber es galt eigentlich nicht mir – es war ein reizendes, zielloses Lächeln, durchaus unpersönlich, als wäre ich ein Kellner oder ein Verkäufer in einem Laden. Neben ihr lächelte Charles, der immer noch stand, ebenfalls und zog höflich eine Augenbraue hoch – eine Geste, die nervös hätte sein, die eigentlich alles mögliche hätte bedeuten können, die ich aber als Frage verstand: *Ist noch was?*

Ich murmelte etwas und wollte mich abwenden, als Bunny – der in die entgegengesetzte Richtung starrte – seinen Arm vorschießen ließ und mich beim Handgelenk packte. »Warte«, sagte er.

Erschrocken blickte ich hoch. Henry war gerade zur Tür hereingekommen – mit schwarzem Anzug, Regenschirm und allem Drum und Dran.

Als er am Tisch angelangt war, tat er, als ob er mich nicht sähe. »Hallo«, sagte er zu den anderen. »Seid ihr fertig?«

Bunny deutete mit einer Kopfbewegung auf mich. »Schau mal, Henry, wir müssen dich mit jemandem bekannt machen.«

Henry blickte auf. Sein Gesichtsausdruck veränderte sich nicht. Er schloß die Augen und öffnete sie wieder, als empfinde er es als ganz außerordentlich, daß jemand wie ich sich in sein Gesichtsfeld stellte.

»Ja, ja«, sagte Bunny. »Dieser Mann heißt Richard – Richard wie?«

»Papen.«

»Ja, ja. Richard Papen. Studiert Griechisch.«

Henry hob den Kopf und sah mich an. »Doch sicher nicht hier?«

»Nein«, sagte ich und schaute ihm in die Augen, aber er starrte mich so unhöflich an, daß ich meinen Blick abwandte.

»Ach, Henry, sieh dir das doch an«, sagte Charles hastig und raschelte wieder mit seinen Papieren. »Wir wollten hier den Dativ oder den Akkusativ benutzen, aber er schlägt den Lokativ vor.«

Henry beugte sich über seine Schulter und inspizierte die Seite. »Hmm, ein archaischer Lokativ«, sagte er. »Äußerst homerisch. Natürlich wäre es grammatisch korrekt, aber es fällt vielleicht ein wenig aus dem Kontext.« Wieder hob er den Kopf, um mich zu mustern. Das Licht fiel in einem solchen Winkel herein, daß es auf seiner kleinen Brille blitzte und ich die Augen dahinter nicht sehen konnte. »Sehr interessant. Du bist also Homer-Student?«

Ich hätte vielleicht ja gesagt, aber ich hatte das Gefühl, er würde mich mit Vergnügen bei einem Fehler erwischen und er würde mühelos dazu imstande sein. »Ich mag Homer«, sagte ich lahm.

Er betrachtete mich mit eisigem Abscheu. »Ich liebe Homer«, sagte er. »Natürlich studieren wir hier modernen Stoff, Platon etwa, die Tragödiendichter und so weiter.«

Ich überlegte immer noch, was ich antworten sollte, als er desinteressiert wegschaute. »Wir sollten gehen«, sagte er.

Charles schob seine Blätter zusammen und stand wieder auf; Camilla stand neben ihm, und diesmal reichte sie mir auch die

Hand. So Seite an Seite betrachtet waren sie einander wirklich sehr ähnlich, weniger vielleicht in ihrem Äußeren als vielmehr in Manieren und Haltung; es war eine Korrespondenz von Gesten, die wie Echos zwischen ihnen hin- und hersprangen, so daß ein Augenzwinkern wenig später in einem Lidzucken des anderen widerzuhallen schien. Ihre Augen waren vom gleichen Grau, intelligent und ruhig. Sie, fand ich, war sehr schön, auf eine verstörende, beinahe mittelalterliche Weise, die dem beiläufigen Betrachter gar nicht ersichtlich wäre.

Bunny schob seinen Stuhl zurück und schlug mir zwischen die Schulterblätter. »Tja, Sir«, sagte er. »Wir müssen uns gelegentlich mal zusammensetzen und über Griechisch plaudern, was?«

»Auf Wiedersehen«, sagte Henry mit einem Kopfnicken.

»Auf Wiedersehen«, sagte ich. Sie spazierten davon, und ich blieb stehen, wo ich war, und sah ihnen nach, wie sie die Bibliothek verließen, in breiter Phalanx, Seite an Seite.

Als ich ein paar Minuten später in Dr. Rolands Büro kam, um die Kopien abzuliefern, fragte ich ihn, ob er mir einen Vorschuß auf mein Hilfskraftgehalt geben könne.

Er lehnte sich in seinem Sessel zurück und richtete die wäßrigen, rotgeränderten Augen auf mich. »Nun, wissen Sie«, sagte er, »in den letzten zehn Jahren habe ich es mir zur Praxis gemacht, das nicht zu tun. Und ich will Ihnen sagen, warum.«

»Ich weiß schon, Sir«, sagte ich hastig. Dr. Rolands Diskurse über seine »Praktiken« konnten gelegentlich eine halbe Stunde oder noch länger dauern. »Ich verstehe. Bloß, es ist eine Art Notfall.«

Er lehnte sich wieder nach vorn und räusperte sich. »Und was für ein Notfall«, fragte er, »wäre das?«

Er verschränkte die Hände vor sich auf dem Tisch; sie waren knorrig von Adern, und die Knöchel hatten einen bläulichen, perlmutternen Schimmer. Ich starrte sie an. Ich brauchte zehn oder zwanzig Dollar, dringend, aber ich war hereinplatzt, ohne mir vorher zu überlegen, was ich sagen wollte. »Ich weiß nicht«, sagte ich. »Da ist was passiert.«

Er furchte beeindruckend die Stirn. Dr. Rolands seniles Benehmen war angeblich eine Fassade; mir aber kam es durchaus echt vor, obgleich er manchmal, wenn man nicht aufpaßte, eine unerwartet aufblitzende Klarheit zeigte, die – auch wenn sie häufig nichts mit dem gerade in Frage stehenden Gegenstand zu tun hatte –

ein Hinweis darauf war, daß in den schlammtrüben Tiefen seines Bewußtseins stockend immer noch rationale Prozesse abliefen.

»Mein Wagen«, sagte ich in einer plötzlichen Inspiration. Ich hatte gar keinen Wagen. »Ich muß ihn reparieren lassen.«

Ich hatte nicht damit gerechnet, daß er sich eingehender erkundigen würde, aber er merkte sichtlich auf. »Was ist denn los?«

»Irgendwas mit dem Getriebe.«

»Doppelte Nockenwelle? Luftgekühlt?«

»Luftgekühlt.« Ich verlagerte mein Gewicht auf den anderen Fuß. Es gefiel mir nicht, wie dieses Gespräch sich entwickelte. Ich habe keinen blassen Schimmer von Autos und gerate in große Verzweiflung, wenn ich nur einen Reifen wechseln soll.

»Was haben Sie denn – eine von diesen kleinen V-6-Kisten?«

»Ja.«

»Die Jungen sind anscheinend alle ganz versessen darauf. Ich würde meine Kinder nie etwas anderes fahren lassen als einen V-8.«

Ich hatte keine Ahnung, wie ich darauf antworten sollte.

Er zog eine Schreibtischschublade auf und fing an, Gegenstände herauszunehmen, sie dicht vor die Augen zu heben und wieder wegzulegen. »Wenn das Getriebe einmal kaputtgeht«, sagte er, »ist ein Wagen meiner Erfahrung nach hin. Vor allem ein V-6. Ebensogut können Sie das Auto gleich verschrotten. Was mich betrifft, ich habe einen 98 Regency Brougham, zehn Jahre alt. Bei mir heißt es: regelmäßige Inspektion, neue Filter alle fünfzehnhundert Meilen, Ölwechsel alle dreitausend. Läuft wie ein Traum. Hüten Sie sich vor diesen Werkstätten in der Stadt«, fügte er scharf hinzu.

»Wie bitte?«

Endlich hatte er sein Scheckbuch gefunden. »Na, eigentlich sollten Sie zur Zahlstelle gehen, aber das hier ist wohl in Ordnung.« Er klappte es auf und fing an, mühselig zu schreiben. »Ein paar der Firmen in Hampden brauchen nur herauszufinden, daß Sie vom College kommen, und gleich berechnen sie das Doppelte. Redeemed Repair ist meistens am besten – die gehören zu einer Sekte, ›wiedergeborene Christen‹, aber sie werden Sie auch noch ziemlich tüchtig ausnehmen, wenn Sie nicht ein Auge drauf haben.«

Er riß den Scheck heraus und gab ihn mir. Ich warf einen Blick darauf, und mein Herz setzte einmal aus. Zweihundert Dollar. Er hatte unterschrieben und alles.

»Lassen Sie sich nicht einen einzigen Penny mehr abnehmen«, mahnte er.

»Nein, Sir«, sagte ich und konnte meine Freude kaum im Zaum

halten. Was würde ich mit all dem Geld anfangen? Vielleicht würde er ja sogar vergessen, daß er es mir gegeben hatte.

Er schob die Brille herunter und schaute mich über den Rand hinweg an. »Redeemed Repair«, sagte er. »Das ist draußen am Highway 6. Das Firmenschild sieht aus wie ein Kreuz.«

»Danke«, sagte ich.

Mit jauchzendem Herzen und zweihundert Dollar in der Tasche ging ich den Korridor entlang. Von einer Telefonzelle im Erdgeschoß aus rief ich mir ein Taxi, um nach Hampden Town zu fahren. Wenn es etwas gibt, worin ich gut bin, dann ist das, zu lügen, ohne rot zu werden. Es ist irgendwie ein Talent.

Und was tat ich in Hampden Town? Offen gestanden, ich war so überwältigt von meinem Glück, daß ich kaum etwas tat. Es war ein wunderschöner Tag; ich hatte es satt, arm zu sein, und so betrat ich, ehe ich mich besinnen konnte, ein teures Herrenausstattergeschäft am Platz und kaufte mir zwei Hemden. Dann ging ich hinunter zur Heilsarmee, wühlte dort eine Zeitlang in den Tonnen herum und fand einen Mantel aus Harris-Tweed und ein paar braune Schuhe mit weißen Spitzen, die mir paßten, dazu ein Paar Manschettenknöpfe und eine komische alte Krawatte mit Bildern von Männern, die Rehe jagten. Als ich aus dem Laden kam, stellte ich beglückt fest, daß ich immer noch fast hundert Dollar hatte. Sollte ich in die Buchhandlung gehen? Ins Kino? Eine Flasche Scotch kaufen? Mir war so wirr von all den Möglichkeiten, die sich mir feilboten, daß ich sie wie ein von einer Schar Prostituierter in Verwirrung gebrachter Bauernjunge einfach links liegenließ, mir in einer Telefonzelle ein Taxi bestellte und geradewegs nach Hause fuhr.

In meinem Zimmer breitete ich die Kleider auf dem Bett aus. Die Manschettenknöpfe waren verschrammt und trugen fremde Initialen, aber sie sahen aus wie echtes Gold und blinkten in der trägen Herbstsonne, die zum Fenster hereinschien und den Eichenholzfußboden mit gelblichen Flecken tränkte – schläfrig, satt, berauschend.

Es war ein Déjà-vu-Gefühl, als Julian am nächsten Nachmittag die Tür genauso öffnete wie beim ersten Mal, nur einen Spaltbreit, und wachsam herausspähte, als sei da etwas Wunderbares in seinem Büro, das er bewachen mußte und das nicht jeder zu sehen bekommen sollte. Es war ein Gefühl, das ich in den nächsten Monaten noch gut kennenlernen sollte. Noch heute, Jahre später und weit fort, finde ich mich manchmal im Traum wieder vor dieser weißen Tür und warte darauf, daß er erscheint wie der Torwächter in einem Märchen: alterslos, wachsam und schlau wie ein Kind.

Als er sah, daß ich es war, öffnete er die Tür ein Stückchen weiter als beim ersten Mal. »Mr. Pippin noch einmal, nicht wahr?« sagte er.

Ich machte mir nicht die Mühe, ihn zu korrigieren. »Leider ja.«

Er sah mich einen Moment lang an. »Sie haben einen wunderbaren Namen, wissen Sie«, sagte er. »Es gab Könige in Frankreich, die Pippin hießen.«

»Sind Sie gerade beschäftigt?«

»Ich bin nie zu beschäftigt für einen Erben des französischen Throns, falls Sie das tatsächlich sein sollten«, antwortete er freundlich.

»Leider nein.«

Er lachte und zitierte ein kleines griechisches Epigramm über die Ehrlichkeit, die eine gefährliche Tugend sei, und zu meiner Überraschung öffnete er die Tür ganz und ließ mich eintreten.

Es war ein schönes Zimmer, überhaupt kein Büro und viel größer, als es von außen erschien – luftig und weiß, mit einer hohen Decke und gestärkten Gardinen, die im Wind wehten. In der Ecke neben einem niedrigen Bücherregal stand ein großer runder Tisch voller Teegeschirr und griechischen Büchern, und überall waren Blumen, Rosen und Nelken und Anemonen, auf seinem Schreibtisch, auf dem Tisch, auf den Fensterbänken. Die Rosen dufteten besonders stark; ihr Geruch hing satt und schwer in der Luft, gemischt mit dem Aroma von Bergamotten und schwarzem chinesischen Tee und einem schwachen, tintigen Hauch von Kampfer. Ich atmete tief ein und fühlte mich berauscht. Wohin ich auch schaute, überall war etwas Schönes – orientalische Teppiche, Porzellan, winzige Gemälde wie Juwelen –, eine Flut von gebrochenen Farben, die über mich hereinbrach, als wäre ich in eine dieser kleinen byzantinischen Kirchen getreten, die von außen so schlicht aussehen und innen ein paradiesisch bemaltes Juwel voller goldener Mosaike sind.

Er setzte sich in einen Sessel ans Fenster und winkte mir, ebenfalls Platz zu nehmen. »Ich nehme an, Sie kommen wegen der Griechischklasse«, sagte er.

»Ja.«

Seine Augen blickten gütig und offen; sie waren eher grau als blau. »Es ist schon ziemlich spät im Semester«, sagte er.

»Ich würde es gern wieder studieren. Es wäre schade, nach zwei Jahren damit aufzuhören.«

Er zog die Brauen hoch und betrachtete einen Augenblick lang seine Hände. »Ich höre, Sie sind aus Kalifornien.«

»Ja, das stimmt«, sagte ich ziemlich verblüfft. Wer hatte ihm das erzählt?

»Ich kenne nicht viele Leute aus dem Westen«, sagte er. »Ich weiß nicht, ob es mir dort gefallen würde.« Er schwieg und machte ein bekümmertes Gesicht. »Und was tut man in Kalifornien?«

Ich spulte meinen Vortrag ab. Orangenhaine, gescheiterte Filmstars, Cocktailstunden im Lampenschein am Swimmingpool, Zigaretten, Überdruß. Er lauschte und schaute mir dabei fest in die Augen, anscheinend gebannt von diesen hochstaplerischen Erinnerungen. Nie war ich mit meinem Märchen auf solche Aufmerksamkeit gestoßen, auf so eifrige Zuwendung. Er wirkte so absolut fasziniert, daß ich mich versucht fühlte, die Sache ein wenig mehr auszuschmücken, als vielleicht klug gewesen wäre.

»Wie *spannend*«, sagte er warmherzig, als ich, selbst halb euphorisch, schließlich fertig war. »Wie überaus romantisch.«

»Na, wir sind alle ziemlich daran gewöhnt da draußen, wissen Sie«, sagte ich und bemühte mich, ganz erhitzt von meinem brillanten Erfolg, nicht zu zappeln.

»Und was sucht ein Mensch mit einem romantischen Temperament in der Beschäftigung mit den klassischen Sprachen?« Er stellte diese Frage, als brenne er nun, da er einmal das Glück gehabt hatte, einen so seltenen Vogel wie mich zu fangen, darauf, meine diesbezüglichen Ansichten aus mir herauszuholen, solange ich in seinem Büro eingesperrt war.

»Wenn Sie mit ›romantisch‹ einzelgängerisch und in sich gekehrt meinen«, sagte ich, »dann sind Romantiker, glaube ich, häufig die besten Klassizisten.«

Er lachte. »Die großen Romantiker sind häufig gescheiterte Klassizisten. Aber darum geht es nicht, oder? Wie finden Sie Hampden? Sind Sie glücklich hier?«

Ich lieferte – nicht so kurz, wie sie hätte ausfallen können – eine Exegese der Umstände, weshalb ich das College zur Zeit für meine Zwecke zufriedenstellend empfand.

»Junge Leute finden es oft langweilig auf dem Land«, sagte Julian. »Was nicht heißen soll, daß es nicht gut für sie ist. Sind Sie viel gereist? Sagen Sie mir, was Sie hierhergezogen hat. Man sollte meinen, ein junger Mann wie Sie wäre außerhalb der Großstadt verloren, aber vielleicht sind Sie des Stadtlebens überdrüssig; ist das so?«

So gewandt und gewinnend, daß ich völlig entwaffnet war, führte er mich zügig von einem Thema zum andern, und ich bin sicher, daß es ihm in diesem Gespräch, das mir nur wenige Minuten lang zu sein schien, in Wirklichkeit aber viel länger war, gelang, alles aus mir hervorzuholen, was er über mich wissen wollte. Ich kam nicht auf den Gedanken, sein Interesse könne etwas anderem entspringen als tiefster Freude an meiner Gesellschaft, und während ich unversehens ganz offen selbst über persönliche Dinge sprach, war ich überzeugt, aus eigenem Antrieb zu handeln. Der einzige Punkt, in dem er nicht mit mir übereinstimmte (abgesehen von einer ungläubig hochgezogenen Braue, als ich Picasso erwähnte; als ich ihn besser kannte, war mir klar, daß er dies fast als persönlichen Affront hatte werten müssen), war das Thema Psychologie, die mich schließlich sehr beschäftigte, weil ich ja für Dr. Roland arbeitete und so weiter.

»Aber glauben Sie wirklich«, fragte er besorgt, »daß man die Psychologie als Wissenschaft bezeichnen kann?«

»Sicher. Was wäre sie sonst?«

»Aber schon Platon wußte, daß Herkunft und soziale Zwänge und all das eine unabänderliche Wirkung auf das Individuum haben. Mir scheint, Psychologie ist nur ein anderes Wort für das, was die Alten Schicksal nannten.«

»Psychologie *ist* ein schreckliches Wort.«

Er pflichtete mir energisch bei. »Ja, es ist schrecklich, nicht wahr?« sagte er, aber wie seine Miene ahnen ließ, fand er es ziemlich geschmacklos, daß ich es überhaupt benutzte. »Vielleicht ist es in gewisser Hinsicht ein hilfreiches Konstrukt, um über eine bestimmte Art von Geist zu sprechen. Die Landmenschen hier in der Umgebung sind faszinierend, weil ihr Leben so determiniert ist, daß es wirklich von einer Art Faktum bestimmt zu sein scheint. Andererseits« – er lachte – »sind meine Studenten, fürchte ich, nie besonders interessant für mich, weil ich immer genau weiß, was sie tun werden.«

Ich war bezaubert von diesem Gespräch, und auch wenn es mir die Illusion vermittelte, ziemlich modern und weitschweifig zu sein (für mich ist es ein Kennzeichen des modernen Geistes, daß er es liebt, vom Thema abzukommen), sehe ich jetzt doch, daß er mich auf Umwegen immer wieder zu denselben Punkten führte. Denn wie der moderne Geist launenhaft und geschwätzig ist, so ist der klassische schmalgleisig, unbeirrbar, unnachgiebig. Es ist eine Art von Intelligenz, der man heutzutage nicht oft begegnet.

Wir unterhielten uns noch eine Weile und verstummten dann. Einen Augenblick später sagte Julian höflich: »Wenn Sie möchten, würde ich Sie mit Vergnügen als Schüler annehmen, Mr. Papen.«

Ich schaute aus dem Fenster und hatte halb vergessen, weshalb ich eigentlich da war, und jetzt glotzte ich ihn an und wußte nicht, was ich sagen sollte.

»Aber ehe Sie annehmen, müssen Sie sich mit ein paar Bedingungen einverstanden erklären.«

»Nämlich?« Ich war plötzlich hellwach.

»Werden Sie morgen ins Sekretariat gehen und einen anderen Studienberater beantragen?« Er griff nach einem Stift in einem Becher auf seinem Schreibtisch, in dem lauter Montblanc-Füller standen, »Meisterstück«, mindestens ein Dutzend. Er schrieb rasch eine Notiz und reichte sie mir. »Nicht verlieren«, sagte er. »Das Sekretariat teilt mir niemals Studenten zur Beratung zu, wenn ich nicht darum ersuche.«

Die Notiz war in einer männlichen, ans neunzehnte Jahrhundert erinnernden Handschrift verfaßt, und die »*E*« sahen griechisch aus. Die Tinte war noch feucht. »Aber ich habe einen Studienberater«, sagte ich.

»Es ist mein Grundsatz, keinen Studenten anzunehmen, den ich nicht auch berate. Andere Mitglieder unserer Fakultät sind mit meinen Unterrichtsmethoden nicht einverstanden, und Sie werden Probleme bekommen, wenn jemand anders ermächtigt ist, Einspruch gegen meine Entscheidungen einzulegen. Sie sollten sich auch ein paar Abmeldeformulare geben lassen. Ich denke, Sie werden sich aus allen Kursen, die Sie derzeit belegt haben, abmelden müssen, mit Ausnahme des Französischkurses, den Sie lieber behalten sollten. Mir scheint da ein Defizit auf neusprachlichem Gebiet vorzuliegen.«

Ich war erstaunt. »Aber ich kann nicht *alle* meine Kurse absagen.«

»Warum nicht?«

»Die Belegfrist ist vorbei.«

»Das ist vollkommen unwichtig«, sagte Julian heiter. »Die Kurse, die Sie statt dessen belegen sollen, sind bei mir. Wahrscheinlich werden Sie für den Rest Ihres Studiums hier drei oder vier Kurse pro Semester bei mir belegen.«

Ich sah ihn an. Kein Wunder, daß er nur fünf Studenten hatte.
»Aber wie kann ich das?«
Er lachte. »Ich fürchte, Sie sind noch nicht allzu lange in Hampden. Der Verwaltung gefällt es nicht besonders, aber sie können nichts dagegen tun. Gelegentlich versuchen sie, Schwierigkeiten wegen vermeintlich mangelnder Fächervielfalt zu machen, aber es ist noch nie zu einem echten Problem geworden. Wir studieren Kunst, Geschichte, Philosophie, alles mögliche. Wenn ich auf einem bestimmten Gebiet Defizite feststelle, entscheide ich vielleicht, Ihnen Nachhilfeunterricht zu geben, oder ich überstelle Sie unter Umständen auch an einen anderen Lehrer. Da Französisch aber nicht meine erste Sprache ist, halte ich es für klug, wenn Sie weiter bei Mr. Laforgue Unterricht nehmen. Im nächsten Jahr fange ich Latein mit Ihnen an. Das ist eine schwierige Sprache, aber Ihre Griechischkenntnisse werden es Ihnen leichter machen. Latein zu lernen, wird Ihnen ein Genuß sein.«

Ich hörte ihm zu und fand seinen Ton ein wenig unangenehm. Zu tun, was er verlangte, war gleichbedeutend damit, daß ich mich von Hampden College abmeldete und ganz und gar in seine kleine Altgriechischschule hinüberwechselte – mit fünf Studenten, mich eingerechnet sechs. »Alle meine Kurse bei Ihnen?« fragte ich.

»Nicht restlos alle«, sagte er ernst, und dann lachte er, als er mein Gesicht sah. »Ich glaube, daß es schädlich und verwirrend für einen jungen Geist ist, eine Vielfalt an Lehrern zu haben, genauso wie ich glaube, daß es besser ist, ein Buch gründlich zu kennen, als hundert oberflächlich«, sagte er. »Ich weiß, daß die moderne Welt mir da eher nicht zustimmt, aber Platon hatte schließlich nur einen Lehrer, und Alexander auch.«

Ich nickte langsam und bemühte mich dabei, eine taktvolle Rückzugsmöglichkeit zu finden, als unsere Blicke sich trafen und ich plötzlich dachte: *Warum nicht?* Mir war ein bißchen schwindelig von der Kraft seiner Persönlichkeit, aber die Radikalität seines Vorschlags war nicht minder reizvoll. Seine Studenten – falls sie als Beleg für die Qualität seines Unterrichts gelten konnten – waren eindrucksvoll genug, und sosehr sie sich auch voneinander unterschieden, sie hatten doch eine gewisse Coolness gemeinsam, einen grausamen, wohlerzogenen Charme, der nicht im geringsten modern war, sondern den fremdartigen kalten Hauch der antiken Welt atmete: Sie waren prächtige Geschöpfe, solche Augen, solche Hände, solches Aussehen – *sic oculos, sic ille manus, sic ora ferebat.* Und ich wollte so sein wie sie.

Das alles war sehr weit weg von Plano und der Tankstelle meines Vaters. »Und wenn ich meine Kurse bei Ihnen belege, wird es dann nur Griechisch sein?« fragte ich ihn.

Er lachte. »Natürlich nicht. Wir werden Dante studieren, Vergil, alles mögliche. Aber ich würde Ihnen nicht raten, loszuziehen und eine Ausgabe von *Goodbye, Columbus* zu kaufen« – Pflichtlektüre in einem der Englischkurse für Erstsemester – »wenn ich Ihnen das so ungehobelt sagen darf.«

Georges Laforgue war beunruhigt, als ich ihm erzählte, was ich vorhatte. »Das ist eine ernste Sache«, meinte er. »Es ist Ihnen doch klar, nicht wahr, wie begrenzt Ihr Kontakt zum übrigen Lehrkörper und zum College sein wird?«

»Er ist ein guter Lehrer«, sagte ich.

»Kein Lehrer ist *so* gut. Und sollte es sich ergeben, daß Sie eine Meinungsverschiedenheit mit ihm haben oder auf irgendeine Weise ungerecht behandelt werden, dann gibt es niemandem im Lehrkörper, der irgend etwas für Sie tun kann. Pardon, aber ich sehe nicht, was es für einen Sinn haben soll, dreißigtausend Dollar Studiengebühr zu entrichten, bloß um bei einem einzigen Lehrer zu studieren.«

Ich erwog, diese Frage an den Stipendienfonds des Hampden College weiterzuleiten, aber ich sagte nichts.

Er lehnte sich in seinem Sessel zurück. »Verzeihen Sie, aber ich hätte gedacht, die elitären Prinzipien dieses Mannes würden eher abstoßend auf Sie wirken«, sagte er. »Offen gesagt, ich höre zum ersten Mal, daß er einen Studenten aufnimmt, der so sehr von Studienbeihilfen abhängig ist. Als demokratische Anstalt basiert Hampden College nicht auf solchen Grundsätzen.«

»Nun, gar so elitär kann er nicht sein, wenn er mich angenommen hat«, wandte ich ein.

Meinen Sarkasmus nahm Laforgue nicht zur Kenntnis. »Ich vermute, er weiß gar nicht, daß Sie ein Stipendium beziehen.«

»Na, wenn er es nicht weiß«, sagte ich, »werde ich es ihm nicht erzählen.«

Julians Klasse traf sich in seinem Büro. Es war schließlich eine sehr kleine Klasse, und außerdem hätte kein Seminarraum sich an Komfort oder Ungestörtheit damit vergleichen lassen. Julian vertrat die Theorie, daß die Schüler in einer freundlichen, unschulischen Atmosphäre besser lernten; und dieses üppige Treibhaus

von einem Zimmer, wo mitten im Winter überall Blumen blühten, war eine Art platonischer Mikrokosmos dessen, was ein Schulzimmer seiner Meinung nach sein sollte. (»Arbeit?« sagte er einmal erstaunt zu mir, als ich unseren Unterricht so bezeichnet hatte. »Finden Sie wirklich, was wir tun, ist Arbeit?«
»Wie sollte ich es sonst nennen?«
»*Ich* würde es die prächtigste Art des *Spielens* nennen.«)

Auf dem Weg zur ersten Stunde sah ich Francis Abernathy, der wie ein schwarzer Vogel über die Wiese stelzte; sein Mantel flatterte dunkel wie Krähenflügel im Wind. Gedankenverloren rauchte er eine Zigarette, aber die Vorstellung, er könnte mich sehen, erfüllte mich mit unerklärlicher Bangigkeit. Ich drückte mich in eine Tür und wartete, bis er vorbeigegangen war.

Als ich im Lyzeum auf dem Treppenabsatz um die Ecke bog, sah ich ihn zu meinem Schrecken auf der Fensterbank sitzen. Ich sah ihn rasch an und blickte dann ebenso rasch weg und wollte den Korridor hinuntergehen, aber da sagte er: »Warte.« Sein Ton war cool, beinahe britisch.

Ich drehte mich um.

»Bist du der *neanias*?« fragte er spöttisch.

Der neue junge Mann. Ich bejahte.

»*Cubitum eamus?*«

»Was?«

»Nichts.«

Er nahm die Zigarette in die Linke und reichte mir die rechte Hand. Sie war knochig und weichhäutig wie bei einem Mädchen.

Er machte sich nicht die Mühe, sich vorzustellen. Nach kurzem, verlegenem Schweigen nannte ich meinen Namen.

Er nahm einen letzten Zug von seiner Zigarette und warf sie durch das offene Fenster hinaus. »Ich weiß, wer du bist«, sagte er.

Henry und Bunny waren schon im Büro; Henry las in einem Buch, und Bunny lehnte sich über den Tisch und redete laut und ernsthaft auf ihn ein.

»...geschmacklos, das ist es, mein Alter. Bin enttäuscht von dir. Ich hätte dir ein bißchen mehr *savoir faire* zugetraut, wenn ich das mal sagen darf...«

»Guten Morgen«, sagte Francis, trat hinter mir ein und schloß die Tür.

Henry blickte auf, nickte und wandte sich wieder seinem Buch zu.

»Hi«, sagte Bunny, und dann zu mir: »Oh, hallo.« Zu Francis

gewandt, fuhr er fort: »Was glaubst du wohl? Henry hat sich einen Montblanc-Füller gekauft.«

»Wirklich?« sagte Francis.

Bunny deutete mit dem Kopf auf den Becher mit den glatten schwarzen Füllfederhaltern auf Julians Tisch. »Ich habe ihm schon gesagt, er soll sich vorsehen, sonst denkt Julian noch, er hat ihn geklaut.«

»Er war dabei, als ich ihn kaufte«, sagte Henry trocken.

»Was kosten die Dinger überhaupt?« fragte Bunny.

Keine Antwort.

»Komm schon. Wieviel? Dreihundert Eier das Stück?« Er lehnte sich mit seinem ganzen beträchtlichen Gewicht an den Tisch. »Ich weiß noch, daß du immer gesagt hast, wie häßlich sie doch wären. Du hast immer gesagt, du würdest nie im Leben mit was anderem als einer einfachen Feder schreiben. Stimmt's?«

Schweigen.

»Laß mich noch mal sehen, ja?« sagte Bunny.

Henry legte sein Buch hin, griff in die Brusttasche, zog den Füller heraus und legte ihn auf den Tisch. »Da«, sagte er.

Bunny nahm ihn und drehte ihn zwischen seinen Fingern hin und her. »Er ist wie die dicken Griffel, die ich in der ersten Klasse benutzt habe«, sagte er. »Hat Julian dich dazu überredet?«

»Ich wollte einen Füller haben.«

»Aber deshalb hast du dir nicht diesen hier gekauft.«

»Ich hab's satt, darüber zu reden.«

»*Ich* finde es geschmacklos.«

»Du«, erwiderte Henry scharf, »hast hier nicht über Geschmack zu reden.«

Es folgte langes Schweigen; Bunny lehnte sich auf einem Stuhl zurück. »Na, was für Stifte benutzen wir denn hier alle so?« fragte er dann im Plauderton. »François, du bist ein Feder-und-Tinte-Mann wie ich, nicht wahr?«

»Mehr oder minder.«

Er deutete auf mich, als wäre er der Moderator einer Podiumsdiskussion oder einer Talkshow. »Und du, wie heißt du gleich, Robert? Was für Schreibgeräte hat man euch in Kalifornien zu benutzen beigebracht?«

»Kulis«, sagte ich.

Bunny nickte tiefsinnig. »Ein ehrlicher Mann, Gentlemen. Schlichter Geschmack. Legt seine Karten offen auf den Tisch. Gefällt mir.«

Die Tür ging auf, und die Zwillinge kamen herein.

»Was brüllst du hier, Bun?« fragte Charles lachend und warf die Tür mit dem Fuß hinter sich ins Schloß. »Wir haben dich durch den ganzen Korridor gehört.«

Und Bunny ließ die Geschichte von dem Montblanc-Füller vom Stapel. Voller Unbehagen verdrückte ich mich in die Ecke und fing an, die Bücher im Regal zu betrachten.

»Wie lange hast du die Klassiker studiert?« fragte jemand neben mir. Es war Henry, der sich auf seinem Stuhl umgedreht hatte und mich ansah.

»Zwei Jahre«, sagte ich.

»Was hast du auf griechisch gelesen?«

»Das Neue Testament.«

»Nun, selbstverständlich hast du *Koine* gelesen«, sagte er ungehalten. »Aber was noch? Homer doch sicher. Und die lyrischen Dichter.«

Dies war Henrys spezielles Revier, das wußte ich. Ich traute mich nicht zu lügen. »Ein bißchen.«

»Und Platon?«

»Ja.«

»Den ganzen Platon?«

»Etwas Platon.«

»Aber alles in Übersetzungen.«

Ich zögerte – einen Augenblick zu lange. Er sah mich ungläubig an. »*Nicht?*«

Ich bohrte die Hände in die Taschen meines neuen Mantels. »Das meiste«, sagte ich, und das war alles andere als die Wahrheit.

»Das meiste wovon? Die Dialoge, meinst du? Und was ist mit späteren Werken? Plotinus?«

»Ja«, log ich. Ich habe bis zum heutigen Tag kein einziges Wort von Plotinus gelesen.

»Und was?«

Unglückseligerweise war mein Kopf plötzlich leer, und mir fiel nichts ein, von dem ich sicher wußte, daß Plotinus es geschrieben hatte. Die *Eklogen*? Nein, verdammt, das war Vergil. »Ehrlich gesagt, mir liegt nicht viel an Plotinus«, behauptete ich.

»Nein? Warum nicht?«

Er war wie ein Polizist mit seinen Fragen. Wehmütig dachte ich an mein altes Seminar, das ich hierfür aufgegeben hatte: »Einführung ins Drama« bei dem munteren Mr. Lanin, der uns auf dem Boden liegen und Entspannungsübungen machen ließ, während er umherspazierte und etwa sagte: »Jetzt stellt euch vor, euer Körper füllt sich mit einer kühlen, orangefarbenen Flüssigkeit.«

Ich hatte die Plotinus-Frage für Henrys Geschmack nicht schnell genug beantwortet. Er sagte kurz etwas auf latein.

»Wie bitte?«

Er sah mich kalt an. »Nicht so wichtig«, sagte er und beugte sich wieder über sein Buch.

Um meine Fassungslosigkeit zu verbergen, wandte ich mich dem Bücherregal zu.

»Zufrieden?« hörte ich Bunny sagen. »Schätze, du hast ihn ziemlich ordentlich durch die glühenden Kohlen geschleift, he?«

Zu meiner großen Erleichterung kam Charles herüber, um hallo zu sagen. Er war freundlich und ruhig, aber wir hatten kaum mehr als einen Gruß gewechselt, als die Tür aufging und es still wurde. Julian schlüpfte herein und schloß die Tür leise hinter sich.

»Guten Morgen«, sagte er. »Sie haben unseren neuen Studenten bereits kennengelernt?«

»Ja«, sagte Francis, wie ich fand, in gelangweiltem Ton, während er Camilla den Stuhl zurechtrückte und sich dann selbst setzte.

»Wunderbar. Charles, würden Sie das Teewasser aufsetzen?«

Charles ging in einen kleinen Vorraum, nicht größer als ein Wandschrank, und ich hörte Wasser laufen. (Mir ist es bis heute ein Rätsel, was sich in diesem Vorraum befand oder wie Julian es gelegentlich fertigbrachte, Vier-Gänge-Mahlzeiten daraus hervorzuzaubern.) Dann kam Charles heraus, schloß die Tür hinter sich und nahm Platz.

»Also«, sagte Julian und sah sich am Tisch um, »ich nehme an, wir sind alle bereit, die Welt der Phänomene zu verlassen und ins Sublime vorzudringen?«

Er war ein wunderbarer Redner, ein magischer Redner, und ich wünschte, ich könnte hier eine bessere Vorstellung von dem vermitteln, was er sagte, aber für einen mittelmäßigen Intellekt ist es unmöglich, die Reden eines Überlegenen wiederzugeben – erst recht nach so vielen Jahren –, ohne daß bei der Übersetzung ein großer Teil verlorengeht. Die Diskussion an diesem Tag drehte sich um den Verlust des Ich, um Platons vierfachen göttlichen Wahnsinn, um Wahnsinn jeder Art, und Julian fing an, indem er von dem sprach, was er die Bürde des Ich nannte und weshalb viele Menschen das Ich überhaupt loswerden wollten.

»Warum quält uns diese hartnäckige kleine Stimme in unserem

Kopf so sehr?« fragte er und schaute in die Runde. »Vielleicht, weil sie uns daran erinnert, daß wir leben, an unsere Sterblichkeit, an unsere Seele – die aufzugeben wir letzten Endes doch viel zuviel Angst haben und die wir gleichwohl mehr leiden lassen als irgend etwas anderes? Aber ist es nicht der Schmerz, der uns unser Selbst oft am klarsten bewußt sein läßt? Es ist schrecklich, wenn ein Kind lernt, daß es ein von der Welt getrenntes Wesen ist, daß niemand und *nichts* Schmerz empfindet, wenn es selbst sich die Zunge verbrennt oder das Knie aufschürft, und daß Schmerz und Leid nur ihm selbst gehören. Und schrecklicher noch ist es, wenn wir älter werden und lernen, daß niemand, sosehr wir ihn auch lieben mögen, uns je wirklich verstehen kann. Unser eigenes Ich macht uns überaus unglücklich, und deshalb sind wir so erpicht darauf, es zu verlieren – glauben Sie nicht auch? Erinnern Sie sich an die Erinnyen?«

»Die Furien«, sagte Bunny, dessen staunende Augen halb unter der Haarsträhne verborgen waren.

»Richtig. Wie trieben sie die Menschen in den Wahnsinn? Sie ließen die Stimme des Ich anschwellen, verstärkten im Keim vorhandene Eigenschaften ins Extrem, machten die Menschen so sehr zu sich selbst, daß sie es nicht mehr ertragen konnten.

Und wie können wir dieses zum Wahnsinn treibende Ich loswerden, völlig loswerden? Durch *Liebe*? Ja, aber wie der alte Kephalos einst Sophokles sagen hörte: Die wenigsten von uns wissen, daß die Liebe eine grausame und schreckliche Herrin ist. Man verliert sich selbst um des anderen willen, aber gerade dadurch wird man zum elenden Sklaven des launischsten aller Götter. Durch *Krieg*? Man kann sich in der Begeisterung der Schlacht verlieren, im Kampf für eine glorreiche Sache – aber es gibt nicht mehr so viele glorreiche Sachen, für die man heutzutage kämpfen könnte. Blutvergießen ist etwas Schreckliches«, fuhr Julian fort, »aber die blutrünstigsten Stellen bei Homer und Aischylos sind oft die prachtvollsten – beispielsweise die herrliche Rede der Klytämnestra in *Agamemnon*, die ich so sehr liebe... Camilla, Sie waren unsere Klytämnestra, als wir die *Oresteia* aufführten; haben Sie noch etwas davon behalten?«

Das Licht vom Fenster schien ihr direkt ins Gesicht; in so starker Helligkeit sehen die meisten Leute ein wenig ausgewaschen aus, aber ihre klaren, feinen Züge erstrahlten bei dieser Beleuchtung nachgerade, so daß es schließlich ein Schock war, sie anzusehen, ihre hellen, leuchtenden Augen mit den schwarzen Wimpern, den goldenen Glimmer an ihren Schläfen, der nach und nach in ihr glänzendes honigwarmes Haar überging. »Noch ein bißchen«, sagte sie.

Sie schaute auf einen Punkt an der Wand über meinem Kopf und begann, den Text zu rezitieren. Ich starrte sie an. Ob sie einen Freund hatte – Francis vielleicht? Er und sie gingen ziemlich vertraut miteinander um, aber Francis sah nicht aus wie einer, der allzu großes Interesse an Mädchen hatte. Nicht, daß ich besonders große Chancen gehabt hätte, wo sie doch derart von klugen reichen Knaben in dunklen Anzügen umgeben war – ich mit meinen ungeschickten Händen und meinen Vorstadtmanieren.

Als sie Griechisch sprach, klang ihre Stimme rauh und dunkel und wundervoll.

So liegt er da, und seine Seele würgt er aus.
Und wie er ausbricht einen scharfen Schwall von Blut,
Mit dunklem Sprühn purpurnen Taues trifft er mich.
Und minder nicht bin ich erheitert als die Saat,
Die unter gottgesandter Feuchte Keime treibt.

Es folgte ein kurzes Schweigen, als sie geendet hatte, und zu meiner Überraschung zwinkerte Henry ihr feierlich über den Tisch hinweg zu.

Julian lächelte. »Was für eine schöne Stelle«, sagte er. »Sie wirkt noch immer wie beim ersten Mal auf mich. Aber wie kommt es, daß etwas so Gräßliches – eine Königin, die ihren Gemahl im Bad ersticht – uns so wunderbar vorkommt?«

»Es ist das Versmaß«, sagte Francis. »Jambischer Trimeter. Die wirklich grausigen Teile des *Inferno* zum Beispiel, mit Pier da Medicina, dem die Nase angehackt ist und der durch einen blutigen Schlitz in der Luftröhre spricht...«

»Ich kann mir Schlimmeres vorstellen«, sagte Camilla.

»Das kann ich auch. Aber diese Passage ist schön, und das liegt an der *terza rima*. An ihrer Musik. Der Trimeter läutet in der Rede der Klytämnestra wie eine Glocke.«

»Aber der jambische Trimeter ist in der griechischen Dichtung ziemlich verbreitet, nicht wahr?« sagte Julian. »Warum ist diese spezielle Stelle so atemberaubend? Warum finden wir etwas Ruhigeres oder Freundlicheres nicht anziehender?«

»Aristoteles sagt in der *Poetik*«, meinte Henry, »daß Gegenstände wie Leichen, die an sich schmerzlich zu betrachten sind, in einem Kunstwerk mit Genuß beschaubar werden können.«

»Und ich glaube, Aristoteles hat recht. Schließlich – welche Szenen aus der Dichtung haben sich uns am tiefsten ins Gedächtnis gegraben, welche lieben wir am meisten? Genau diese. Die Ermordung des Agamemnon, der Zorn des Achilles. Dido auf dem Scheiterhaufen. Die Dolche der Verräter und Caesars Blut – erinnern Sie sich, wie Suetonius den Leichnam schildert, der auf der Bahre fortgetragen wird, während ein Arm herunterbaumelt?«
»Der Tod ist die Mutter der Schönheit«, sagte Henry.
»Und was ist Schönheit?«
»Grauen.«
»Gut gesagt«, stellte Julian fest. »Schönheit ist selten sanft oder tröstlich. Ganz im Gegenteil. Echte Schönheit ist immer durchaus erschreckend.«
Ich sah Camilla an, ihr Gesicht, das von der Sonne überstrahlt war, und ich mußte an die Zeile aus der *Ilias* denken, die ich so sehr liebe, wo von Pallas Athene die Rede ist und ihren schrecklichen strahlenden Augen.
»Und wenn Schönheit Grauen ist«, fuhr Julian fort, »was ist dann Sehnsucht? Wir glauben, wir haben viele Sehnsüchte, aber tatsächlich ist es nur eine. Welche?«
»Zu leben«, sagte Camilla.
»*Ewig* zu leben«, sagte Bunny, das Kinn in die flache Hand gestützt.
Der Teekessel fing an zu pfeifen.

Als die Tassen auf dem Tisch standen und Henry, feierlich wie ein Mandarin, den Tee eingeschenkt hatte, redeten wir über die verschiedenen Arten des Wahnsinns, den die Götter herbeiführen: den poetischen, den prophetischen und schließlich den dionysischen.
»Der bei weitem der geheimnisvollste ist«, sagte Julian. »Wir sind es gewohnt, uns die religiöse Ekstase als etwas vorzustellen, was man nur bei primitiven Gesellschaften vorfindet, obgleich sie häufig bei den kultiviertesten Völkern vorkommt. Die Griechen, wissen Sie, waren eigentlich nicht sehr viel anders als wir. Sie waren sehr förmliche Menschen, außergewöhnlich zivilisiert, voller Verdrängungen. Dennoch wurden sie häufig *en masse* von wildester Verzückung erfaßt – in Tanz, Raserei, Gemetzel, Visionen –, die uns vermutlich als klinischer Wahnsinn erscheinen würde, irreversibel und final. Aber die Griechen – manche jedenfalls – konnten sich nach Belieben hineinstürzen und wieder dar-

aus hervorkommen. Wir können die Berichte darüber nicht vollständig in den Bereich des Mythos verweisen. Sie sind sehr gut dokumentiert, auch wenn die antiken Kommentatoren diesen Phänomenen ebenso ratlos gegenüberstanden wie wir. Manche meinen, sie seien das Ergebnis von Fasten und Beten gewesen, andere vermuten, sie seien durch Alkohol herbeigeführt worden. Sicher hatte auch die Hysterie als Gruppenphänomen etwas damit zu tun. Trotzdem ist es schwierig, das extreme Ausmaß solcher Erscheinungen zu erklären. Die Tobenden wurden offenbar in einen nichtrationalen, präintellektuellen Zustand zurückgestürzt, in dem die Persönlichkeit durch etwas völlig anderes ersetzt wurde – und mit ›anders‹ meine ich etwas allem Anschein nach Nichtsterbliches. Etwas Unmenschliches.«

Ich dachte an die *Bakchai*, ein Stück, das mir mit seiner wilden Gewalttätigkeit Unbehagen bereitete, ebenso wie der Sadismus seines mörderischen Gottes. Verglichen mit den anderen Tragödien, die von erkennbaren Grundsätzen der Gerechtigkeit regiert wurden – mochten sie noch so grausam sein –, war es ein Triumph der Barbarei über die Vernunft: dunkel, chaotisch, unerklärlich.

»Wir geben es nicht gern zu«, sagte Julian, »aber die Vorstellung, die Kontrolle zu verlieren, ist für Menschen, die sich wie wir unter Kontrolle haben, faszinierender als kaum etwas sonst. Alle wahrhaft zivilisierten Völker, die antiken nicht weniger als wir, haben sich zivilisiert, indem sie das alte, animalische Ich willentlich unterdrückten. Unterscheiden wir hier in diesem Zimmer uns wirklich so sehr von den Griechen oder den Römern? Die so besessen waren von Pflicht, Frömmigkeit, Loyalität, Opfermut? Von all dem, was dem modernen Geschmack ein solches Frösteln bereitet?«

Ich schaute in die Runde der sechs Gesichter am Tisch. Dem modernen Geschmack mochten sie in der Tat ein leises Frösteln bereiten.

»Und es ist eine Verlockung für jede intelligente Person, vor allem für Perfektionisten wie die Alten und uns, das primitive, emotionale, triebhafte Ich zu töten. Aber das ist ein Fehler.«

»Warum?« fragte Francis und beugte sich ein Stück vor.

Julian zog eine Braue hoch; die lange, weise Nase verlieh seinem Profil eine leichte Vorwärtsneigung, wie bei einem Etrusker auf einem Relief. »Weil es gefährlich ist, die Existenz des Irrationalen zu ignorieren. Je kultivierter ein Mensch ist, je intelligenter, je beherrschter, desto nötiger braucht er eine Methode, die primitiven Impulse zu kanalisieren, an deren Abtötung er so hart arbeitet. Sonst werden diese machtvollen alten Kräfte sich sammeln und erstarken, bis sie mächtig genug sind, um hervorzubrechen, um so ungezügelter, je länger sie verdrängt worden sind, und oft sind sie dann wuchtig genug, den Willen völlig fortzuschwemmen. Als Warnung vor dem, was geschieht, wenn ein solches Druckventil fehlt, haben wir das Beispiel der Römer. Denken Sie zum Beispiel an Tiberius, den häßlichen Stiefsohn, der sich bemüht, dem Befehl seines Stiefvaters Augustus gerecht zu werden. Denken Sie an die gewaltige, an die unglaubliche Belastung, der er sich unterzogen haben muß, als er in die Fußstapfen eines Erlösers, eines Gottes trat. Das Volk haßte ihn. Sosehr er sich auch bemühen mochte, er war nie gut genug, konnte niemals sein verhaßtes Ich loswerden – und schließlich brach der Damm. Er wurde von seinen eigenen Perversionen davongespült, und er starb alt und wahnsinnig, verloren in den Lustgärten Capris – nicht einmal dort glücklich, wie man hoffen möchte, sondern im Elend. Vor seinem Tod schrieb er einen Brief an den Senat. ›Mögen alle Götter und Göttinnen mich mit einer Vernichtung heimsuchen, die furchtbarer noch ist als die, welche täglich ich erleide.‹ Und denken Sie an die, die nach ihm kamen. Caligula. Nero.«

Nach einer Pause sprach er weiter. »Der Genius Roms, und vielleicht auch sein Makel, lag in der Sucht nach Ordnung. Man sieht sie in ihrer Architektur, in ihrer Literatur, in ihren Gesetzen – ihr wildes Leugnen der Dunkelheit, der Unvernunft, des Chaos.« Er lachte. »Leicht verständlich, weshalb die Römer, die für gewöhnlich gegen fremde Religionen so tolerant waren, die Christen plötzlich gnadenlos verfolgten – was für eine absurde Vorstellung, daß ein gewöhnlicher Krimineller von den Toten auferstanden sein sollte, und wie abstoßend, daß seine Anhänger ihn feierten, indem sie sein Blut tranken. Das Unlogische daran erschreckte sie, und sie taten alles, was in ihrer Macht stand, um es zu vernichten. Ja, ich glaube, der Grund dafür, daß sie so drastische Schritte unternahmen, bestand darin, daß sie nicht nur davor erschraken, sondern sich auch auf schreckliche Weise davon angezogen fühlten. Pragmatiker sind oft seltsam abergläubisch. Bei all ihrer Logik – wer lebte denn in größerer Furcht vor dem Übernatürlichen als die Römer?

Die Griechen waren anders. Sie hatten eine Leidenschaft für Ordnung und Symmetrie, ganz wie die Römer, aber sie wußten, wie töricht es war, die unsichtbare Welt, die alten Götter, zu verleugnen. Emotion, Dunkelheit, Barbarei.« Er schaute für einen Augenblick an die Decke, und sein Gesicht war beinahe besorgt. »Sie erinnern sich an das, was wir vorhin besprachen – daß blutrünstige, schreckliche Dinge oft die schönsten sind?« sagte er. »Es ist eine sehr griechische Idee, und eine sehr profunde dazu. Schönheit ist Schrecken. Was immer wir schön nennen, wir erzittern davor. Und was könnte schrecklicher und schöner sein, für Seelen wie die der Griechen oder unsere, als die Kontrolle über uns restlos zu verlieren? Die Ketten des Daseins für einen Augenblick abzuwerfen, die Zufälligkeit unseres sterblichen Ich zu zerschlagen? Euripides spricht von den Maenaden: die Köpfe zurückgeworfen, die Kehle den Sternen zugewandt, ›eher Rehen gleich denn menschlichen Wesen‹. Absolut frei zu sein! Man ist natürlich durchaus in der Lage, diese destruktiven Leidenschaften auf vulgärere und weniger sinnvolle Arten auszutoben. Aber wie herrlich ist es, sie in einem einzigen Schwall freizugeben! Zu singen, zu schreien, mitten in der Nacht barfuß im Wald zu tanzen, der Sterblichkeit so wenig sich bewußt wie ein Tier! Das sind machtvolle Mysterien. Das Brüllen der Stiere. Honigquellen, die murmelnd aus dem Boden springen. Wenn wir in unseren Seelen stark genug sind, können wir den Schleier abreißen und dieser nackten, schrecklichen Schönheit ins Gesicht schauen; mag Gott uns verzehren, verschlingen, unsere Knochen brechen. Und uns dann ausspucken, wiedergeboren.«

Wir alle saßen regungslos vorgebeugt da. Mein Unterkiefer war heruntergeklappt, und ich war mir jedes einzelnen Atemzugs bewußt.

»Und das ist für mich die schreckliche Verführung des dionysischen Rituals. Für uns schwer vorstellbar. Das Feuer reinen Seins.«

Nach dem Unterricht ging ich wie im Traum nach unten; in meinem Kopf drehte sich alles, aber ich war mir schmerzhaft bewußt, daß ich lebendig und jung und wie herrlich der Tag war; der Himmel war von tiefem, tiefem, peinigendem Blau, und im Wind zerstoben rote und gelbe Blätter zu einem Wirbel von Konfetti.

Schönheit ist Schrecken. Was immer wir schön nennen, wir erzittern davor.

An diesem Abend schrieb ich in mein Tagebuch: »Die Bäume sind jetzt schizophren und fangen an, die Kontrolle zu verlieren, rasend vom Schock über die feurigen neuen Farben. Jemand – war es van Gogh? – sagte, Orange sei die Farbe des Wahnsinns. *Schön-*

heit ist Schrecken. Wir wollen verschlungen werden von ihr, wollen uns verbergen in jenem Feuer, das uns läutert.«

Ich ging ins Postzimmer (blasierte Studenten, *business as usual*) und bekritzelte, immer noch unnatürlich benommen, eine Ansichtskarte an meine Mutter – feuriger Ahorn, ein Bergbach. Eine Notiz auf der Rückseite riet: »*Planen Sie jetzt Ihre Reise zum Herbsturlaub in Vermont zwischen dem 25. September und 15. Oktober, wenn es hier am prächtigsten ist.*«

Als ich sie in den Briefkasten steckte, sah ich Bunny auf der anderen Seite des Zimmers; er hatte mir den Rücken zugewandt und musterte die Reihe der numerierten Postfächer. Es war anscheinend meine eigene Box, vor der er stehenblieb und etwas hineinschob. Verstohlen richtete er sich wieder auf und ging rasch hinaus, die Hände in den Taschen und mit flatternden Haaren.

Ich wartete, bis er weg war, und ging zu meinem Postfach. Darin fand ich einen cremefarbenen Umschlag – aus dickem Papier, knisternd und sehr formell, aber die Handschrift war krakelig und kindlich wie die eines Fünfjährigen. Bunny hatte mit Bleistift geschrieben, winzig, ungleichmäßig und schwer entzifferbar.

Richard, Mein Alter,
Was hältst du davon, Wenn Wir Samstag zusammen essen, vielleicht um 1? Ich kenne da ein Tolles kleines Lokal. Mit Cocktails und allem Drum und Dran. Auf meine Rechnung. Bitte komm.

Dein Bun

PS: Zieh eine Krawatte an. Ich bin Sicher, das hättest du sowieso gemacht, aber die zerren sonst ein grausiges Ding aus der Kiste und die MUSST du dann tragen, wenn nicht.

Ich studierte den Brief, steckte ihn in die Tasche und wollte hinausgehen, als ich fast mit Dr. Roland zusammengestoßen wäre, der eben zur Tür hereinkam. Erst schien er gar nicht zu wissen, wer ich war. Aber als ich schon dachte, ich sei davongekommen, setzte sich die knarrende Maschinerie seines Gesichtes in Bewegung, und die Pappkulisse mit der Dämmerung des Erkennens wurde ruckartig aus dem staubigen Proszenium herabgesenkt.

»Tag, Dr. Roland«, sagte ich und ließ alle Hoffnung fahren.
»Wie läuft er, mein Junge?«

Er meinte meinen imaginären Wagen. »Prima«, sagte ich.
»Bei Redeemed Repair gewesen?«
»Ja.«
»Zylinderkopfdichtung.«
»Ja«, sagte ich, und dann fiel mir ein, daß ich ihm etwas von einem Getriebeschaden erzählt hatte. Aber Dr. Roland hatte inzwischen einen Vortrag über Pflege und Funktion der Zylinderkopfdichtung begonnen.

»Und das«, schloß er, »ist eines der Hauptprobleme bei einem ausländischen Fahrzeug. Sie können eine Menge Öl damit durch den Auspuff jagen. Da kommt eine Dose zur anderen, und das Öl wächst nicht auf Bäumen.«

Er warf mir einen bedeutsamen Blick zu. »Wer hat Ihnen die Dichtung verkauft?« wollte er wissen.

»Weiß ich nicht mehr.« Ich schwankte, unerträglich angeödet, wie in Trance, bewegte mich aber doch kaum merklich der Tür entgegen.

»War es Bud?«
»Ich glaube.«
»Oder Bill. Bill Hundy ist gut.«
»Ich glaube, es war Bud«, sagte ich.
»Wie fanden Sie die alte Elster?«

Ich wußte nicht genau, ob er jetzt Bud meinte oder buchstäblich eine alte Elster, oder ob wir jetzt auf das Gebiet der senilen Demenz zusteuerten. Es war manchmal schwer zu glauben, daß Dr. Roland ein ordentlicher Professor am sozialwissenschaftlichen Institut dieses vorzüglichen Colleges sein sollte. Er wirkte eher wie ein schwatzhafter alter Knacker, der im Bus neben einem saß und einem dauernd die Papiere zeigen wollte, die er zusammengefaltet in seiner Brieftasche aufbewahrte.

Er faßte gerade noch einmal einige Informationen über Zylinderkopfdichtungen, die er mir bereits gegeben hatte, zusammen, während ich auf einen günstigen Augenblick wartete, um mir plötzlich einfallen zu lassen, daß ich zu einer Verabredung zu spät kam, als Dr. Rolands Freund, Dr. Blind, auf seinen Spazierstock gestützt, strahlend herangehumpelt kam. Dr. Blind war ungefähr neunzig Jahre alt und gab seit fünfzig Jahren einen Kurs mit dem Titel »Invariante Sub-Räume«, der sowohl wegen seiner Monotonie und absoluten Unverständlichkeit bekannt war als auch dafür, daß die Abschlußprüfung seit Menschengedenken aus ein und derselben einzelnen Ja-oder-Nein-Frage bestand. Die Frage war drei Seiten lang, und die Antwort lautete »Ja«. Mehr brauchte man nicht zu wissen, um »Invariante Sub-Räume« zu bestehen.

Er war, wenn das möglich war, ein noch größerer Windmacher als Dr. Roland. Zusammen waren sie wie eines dieser Superhelden-Duos aus den Comics: unbezwingbar, das unüberwindliche Bündnis der Langeweile und der Konfusion. Mit einer gemurmelten Entschuldigung schlüpfte ich hinaus und überließ die beiden sich selbst und ihren ehrfurchtgebietenden Angelegenheiten.

ZWEITES KAPITEL

Ich hatte gehofft, es werde kühl sein, wenn ich mit Bunny zu Mittag äße, denn meine beste Jacke war aus kratzigem dunklen Tweed; aber als ich am Samstag aufwachte, war es heiß, und es wurde zunehmend heißer.

»Wird 'ne Gluthitze geben heute«, sagte der Hausmeister, als ich im Gang an ihm vorbeiging. »Altweibersommer.«

Es war eine schöne Jacke – irische Wolle, grau mit moosgrünen Flecken; ich hatte sie in San Francisco gekauft und dafür fast jeden Cent ausgegeben, den ich von meinem Sommerferienjob gespart hatte –, aber sie war viel zu schwer für einen warmen, sonnigen Tag. Ich zog sie an und ging ins Bad, um meine Krawatte zurechtzurücken.

Ich war nicht in der Stimmung zum Plaudern, und es war eine unangenehme Überraschung, daß ich Judy Poovey traf, die sich am Waschbecken die Zähne putzte. Judy Poovey wohnte zwei Türen weiter und schien zu glauben, weil sie aus Los Angeles war, hätten wir eine Menge miteinander gemeinsam. Sie schnitt mir auf dem Gang den Weg ab, versuchte mich auf Parties zum Tanzen zu zwingen und hatte mehreren Mädchen erzählt, daß sie mit mir schlafen würde – allerdings in nicht so zartfühlenden Worten. Sie trug ausgeflippte Klamotten und hatte gesträhntes Haar und eine rote Corvette mit einem kalifornischen Nummernschild und dem Kennzeichen JUDY P. Ihre Stimme war laut und schwoll häufig zu einem Kreischen an, das dann durch das Haus hallte wie die Schreie eines furchtbaren tropischen Vogels.

»Hi, Richard«, sagte sie und spuckte einen Mundvoll Zahnpastaschaum aus. Sie hatte eine abgeschnittene Jeans an, auf die mit einem Magic Marker ein bizarres, wildes Muster gemalt war, und ein elastisches Top, das ihren von intensivem Aerobictraining gestählten Bauch frei ließ.

»Hallo«, sagte ich und widmete mich meiner Krawatte.

»Du siehst niedlich aus heute.«

»Danke.«

»Hast du ein Date?«

Ich wandte mich vom Spiegel ab und sah sie an. »Was?«

»Wo gehst du hin?«

Inzwischen war ich an ihre Verhöre gewöhnt. »Essen.«

»Mit wem?«

»Mit Bunny Corcoran.«

»Du kennst Bunny?«

Wieder sah ich sie an. »Halbwegs. Du auch?«

»Na klar. Er war in meinem Kunstgeschichteseminar. Er ist irre komisch. Aber seinen Freund kann ich nicht leiden, diesen Spinner, den anderen mit der Brille, wie heißt er gleich?«

»Henry?«

»Ja, den.« Sie beugte sich dem Spiegel entgegen und fing an, ihr Haar aufzuplustern, und dabei drehte sie den Kopf hierhin und dahin. Ihre Fingernägel waren chanelrot und so lang, daß sie künstlich sein mußten. »Ich finde, er ist ein Arschloch.«

»Ich kann ihn irgendwie ganz gut leiden«, sagte ich beleidigt.

»Ich nicht.« Sie scheitelte ihr Haar in der Mitte und benutzte die Kralle ihres Zeigefingers als Kamm. »Zu mir ist er immer mies. Und diese Zwillinge kann ich auch nicht ausstehen.«

»Wieso nicht? Die Zwillinge sind nett.«

»Ach ja?« Sie verdrehte ein betuschtes Auge im Spiegel. »Dann hör mir mal zu. Ich war da auf so 'ner Party im letzten Semester, echt betrunken, und es war 'ne Art Slam Dance im Gange, okay? Jeder krachte so gegen jeden, und aus irgendeinem Grund ging das Zwillingsmädchen über die Tanzfläche, und *pow!*, rauschte ich voll in sie rein, richtig hart. Da sagt sie irgendwas Grobes, aber total fehl am Platze, und eh' ich mich's versehe, hab' ich ihr mein Bier ins Gesicht gekippt. So'n Abend war das. Ich hatte selber schon ungefähr *sechs* Bier abgekriegt, und es war einfach total normal, verstehst du? Jedenfalls, sie fängt an, mich anzuschreien, und ungefähr 'ne halbe Sekunde später ist ihr Bruder da und dieser Henry, und sie bauen sich vor mir auf, als ob sie mich zusammenschlagen wollen.« Sie raffte ihr Haar in einem Pferdeschwanz nach hinten und begutachtete ihr Profil im Spiegel. »Jedenfalls, ich bin betrunken, und die beiden Typen rücken mir auf die drohende Tour auf die Pelle, und du weißt ja, dieser Henry, der ist echt *groß*. Es war schon furchterregend, aber ich war so betrunken, daß es mir egal war, und ich sagte ihnen, sie sollten sich verpissen.« Sie wandte sich vom Spiegel ab und lächelte strahlend. »Ich trank

Kamikazes an dem Abend. Wenn ich Kamikazes trinke, passieren mir immer schreckliche Sachen. Ich fahre mein Auto zu Schrott, ich gerate in Schlägereien...«

»Und wie ging's weiter?«

Achselzuckend wandte sie sich wieder dem Spiegel zu. »Wie gesagt, ich sagte ihnen, sie sollten sich verpissen. Und der Zwillingsbruder, der fängt an, mich *anzukreischen*. Als ob er mich wirklich umbringen will, verstehst du? Und dieser Henry, der stand einfach nur da, aber vor dem hatte ich mehr Angst als vor dem anderen. Jedenfalls, ein Freund von mir, der früher hier war und der echt hart ist – der war in so 'ner Motorradgang, mit Ketten und all dem Scheiß – schon mal gehört von Spike Romney?«

Ich hatte – ja, ich hatte ihn auf meiner ersten Friday Night Party sogar gesehen. Er war gewaltig, ein Kerl von weit über zweihundert Pfund, mit Narben an den Händen und Stahlkappen an den Motorradstiefeln.

»Na, jedenfalls, Spike kommt an und sieht, wie diese Typen mich beschimpfen, und da schubst er den Zwilling mit der Schulter und sagt, er soll abhauen, und bevor ich hingucken konnte, hatten die beiden sich auf ihn gestürzt. Die Leute versuchten, diesen Henry wegzuziehen – viele –, und sie schafften's nicht. *Sechs Typen* konnten ihn nicht wegziehen. Hat Spike das Schlüsselbein und zwei Rippen gebrochen und das Gesicht ziemlich übel zugerichtet. Ich hab' Spike gesagt, er hätte die Bullen rufen sollen, aber er hatte selber irgendwie Ärger und durfte den Campus eigentlich gar nicht betreten. Aber es war 'ne üble Szene.« Sie ließ ihr Haar los, so daß es ihr ums Gesicht fiel. »Ich meine, Spike ist 'n echt harter Typ. *Und* skrupellos. Man sollte meinen, er wäre imstande, diesen beiden Stieseln mit ihren Anzügen und Krawatten und dem ganzen Zeug den Arsch aufzureißen.«

»Hmmm«, sagte ich und bemühte mich, nicht zu lachen. Es war eine komische Vorstellung, wie Henry mit seiner kleinen runden Brille und seinen auf pali verfaßten Büchern einem Spike Romney das Schlüsselbein brach.

»Das ist unheimlich«, meinte Judy. »Ich schätze, wenn so verklemmte Typen wütend werden, dann werden sie *wirklich* wütend. Wie mein Vater.«

»Ja, vermutlich.« Ich schaute wieder in den Spiegel und zog den Knoten meiner Krawatte zurecht.

»Viel Spaß«, sagte sie beiläufig und ging zur Tür. Dann blieb sie stehen. »Sag mal, wird dir nicht warm in dieser Jacke?«

»Eine andere gute hab' ich nicht.«
»Willst du mal die anprobieren, die ich hab'?«
Ich drehte mich um und sah sie an. Sie hatte ein High-School-Examen in Kostümdesign und bewahrte deshalb allerlei eigenartige Kleidungsstücke in ihrem Zimmer auf.
Warum nicht, dachte ich, und ging mit ihr mit.
Die Jacke war unerwartet schön – ein altes Brooks-Brothers-Stück aus ungefütterter Seide, elfenbeinfarben mit pfauengrünen Streifen. Sie war ein bißchen weit, paßte aber ganz gut. »Judy«, sagte ich und schaute auf meine Manschetten. »Die ist ja wunderbar. Du hast ganz sicher nichts dagegen?«
»Du kannst sie behalten«, sagte Judy. »Ich hab' sie aus dem Schrank im Kostümladen geklaut. Ich wollte sie auftrennen und so was wie 'n *Mieder* draus machen. Aber im Augenblick hab' ich eh keine Zeit, was damit zu machen. Ich hab' zuviel zu tun mit den verdammten Kostümen für das beschissene *Was Ihr wollt*. In drei Wochen ist Premiere, und ich weiß nicht, was ich machen soll. Ich hab' in diesem Semester lauter Erstsemester, die für mich arbeiten, und die können eine Nähmaschine nicht von 'nem Loch im Boden unterscheiden.«

»Übrigens, tolle Jacke, mein Alter«, sagte Bunny, als wir aus dem Taxi stiegen. »Seide, was?«
»Ja. Hat meinem Großvater gehört.«
Bunny nahm dicht bei der Manschette ein Stück von dem üppigen, gelblichen Stoff zwischen Daumen und Zeigefinger und rieb es prüfend. »Hübsches Stück«, sagte er wichtigtuerisch. »Allerdings nicht ganz das richtige für diese Jahreszeit.«
»Nicht?«
»Nee. Wir sind hier an der Ostküste, mein Junge. Ich weiß, bei euch da draußen gilt in Kleidungsfragen ein ziemliches *laissez-faire*, aber hier drüben lassen sie dich nicht das ganze Jahr über in der Badehose herumlaufen. Schwarz und Blau, das ist die Parole. Schwarz und Blau... Komm, ich halte dir die Tür auf. Weißt du, ich glaube, der Laden wird dir gefallen. Ist nicht gerade die Polo Lounge, aber für Vermont ist es nicht übel, findest du nicht auch?«
Es war ein kleines, schönes Restaurant mit weißen Tischtüchern; runde Erkerfenster blickten auf einen Cottage-Garten hinaus: Hecken und Spalierrosen, ein Steinplattenweg, von Brunnenkresse gesäumt. Die Gäste waren überwiegend mittleren Alters und recht wohlhabend: rotgesichtige Landanwaltstypen, die nach der

Mode von Vermont zu ihren Anzügen Schuhe mit Kreppsohlen trugen, Ladies mit glänzendem Lippenstift und Challisröcken, auf ihre sonnengebräunte, unprätentiöse Art hübsch anzusehen. Ein Ehepaar blickte zu uns herüber, als wir hereinkamen, und mir war sehr bewußt, welchen Eindruck wir machten – zwei gutaussehende Collegestudenten mit reichen Vätern und ohne Sorgen. Die Damen waren zwar fast alle alt genug, um meine Mutter zu sein, aber eine oder zwei waren tatsächlich sehr attraktiv. Ganz nett, wenn du drankommst, dachte ich, und ich stellte mir eine junggebliebene Ehefrau vor, ein großes Haus und nichts zu tun und einen Ehemann, der dauernd geschäftlich unterwegs ist. Gutes Essen, ein bißchen Taschengeld, vielleicht sogar was wirklich Großes, ein Auto zum Beispiel...

Ein Kellner kam herein. »Sie haben reserviert?«

»Für Corcoran«, sagte Bunny, die Hände in den Taschen, und wippte auf den Absätzen vor und zurück. »Wo steckt Caspar denn heute?«

»Er hat Urlaub. In zwei Wochen ist er wieder da.«

»Na, schön für ihn«, sagte Bunny herzlich.

»Ich werde ihm sagen, daß Sie nach ihm gefragt haben.«

»Ach ja, machen Sie das, ja? Caspar ist ein super Typ«, sagte Bunny zu mir, als wir dem Kellner zum Tisch folgten. »Oberkellner hier. Ein massiger alter Knabe mit Schnurrbart, Österreicher oder so was. Und nicht mal« – er senkte die Stimme zu einem lauten Flüstern –, »nicht mal schwul, falls du das glauben kannst. Homos arbeiten zu gern in Restaurants; hast du das schon mal gemerkt? Ich meine, *jede einzelne Schwuchtel*...«

Ich sah, daß unser Kellner einen steifen Nacken kriegte.

»...die mir je begegnet ist, ist besessen vom Essen. Ich frage mich, wie das kommt. Vielleicht was Psychologisches? Mir scheint...«

Ich legte einen Finger an die Lippen und deutete mit einem Kopfnicken auf den Rücken des Kellners, gerade als der sich umdrehte und uns mit einem unsagbar bösartigen Blick bedachte.

»Ist Ihnen dieser Tisch recht, *Gentlemen*?« fragte er.

»Aber sicher«, sagte Bunny strahlend.

Der Kellner reichte uns mit affektierter Delikatesse die Speisekarten und stolzierte davon. Ich setzte mich und klappte mit glühendem Gesicht die Weinkarte auf. Bunny machte es sich auf seinem Stuhl bequem, nahm einen Schluck Wasser und sah sich glücklich um. »Das ist ein tolles Lokal«, sagte er.

»Ja, nett.«

»Aber nicht das Polo.« Er harkte sich das Haar aus den Augen. »Gehst du da oft hin? Ins Polo, meine ich.«

»Oft nicht.« Ich hatte noch nie davon gehört, aber das war vielleicht verständlich, denn es war vierhundert Meilen von zu Hause entfernt.

»Scheint mir so ein Laden zu sein, wo man mit seinem Vater hingeht«, meinte Bunny versonnen. »Gespräche von Mann zu Mann und so'n Zeug. Für meinen Dad ist das die Oak Bar im Plaza. Da ist er mit mir und meinen Brüdern hingegangen, um uns den ersten Drink zu spendieren, als wir achtzehn wurden.«

Ich bin Einzelkind; die Geschwister anderer Leute interessieren mich. »Brüder?« sagte ich. »Wie viele?«

»Vier. Teddy, Hugh, Patrick und Brady.« Er lachte. »Es war schrecklich, als Dad mit mir hinging, weil ich der Kleinste bin, und es war eine so große Sache; er redete lauter so'n Zeug wie ›Hier, Sohn, ist dein erster Drink‹ und ›Nicht lange, und du sitzt an meinem Platz‹ und ›Wahrscheinlich bin ich bald tot‹. Die ganze Zeit hatte ich eine Heidenangst. Einen Monat vorher waren mein Kumpel Cloke und ich nämlich für einen Tag von Saint Jerome's heraufgekommen, um in der Bibliothek für eine Geschichtsarbeit zu recherchieren, und dann hatten wir in der Oak Bar 'ne dicke Rechnung zusammengesoffen und waren abgehauen, ohne zu bezahlen. Du weißt schon, jugendlicher Übermut – aber jetzt war ich wieder da, mit meinem *Dad*.«

»Und haben sie dich erkannt?«

»'türlich«, sagte er grimmig. »Ich wußte es. Aber sie waren ziemlich dezent. Haben nichts gesagt, sondern die alte Rechnung einfach bei meinem Dad drangehängt.«

Ich versuchte mir die Szene vorzustellen: den betrunkenen alten Vater in Anzug und Weste, wie er seinen Scotch, oder was immer er trank, im Glase kreisen ließ. Und Bunny. Er sah ein bißchen schlaff aus, aber es war die Schlaffheit von Muskeln, die sich in Fleisch verwandelt hatten. Ein großer Junge, einer von denen, die in der High School Football spielten. Und einer von den Söhnen, die sich jeder Vater insgeheim wünscht: groß und gutmütig und nicht so schrecklich helle, sportbegeistert und mit einer Begabung fürs Schulterklopfen und für blöde Witze. »Hat er's gemerkt?« fragte ich, »Dein Dad?«

»Nee. Er hatte einen schweren Schwips. Wenn ich der Bartender im Oak Room gewesen wäre, hätte er's auch nicht gemerkt.«

Der Kellner kam wieder auf uns zu.

»Guck mal, da kommt unser Zuckerschnütchen«, sagte Bunny und widmete sich der Speisekarte. »Weißt du schon, was du essen willst?«

»Was ist da eigentlich drin?« fragte ich Bunny und beugte mich vor, um in das Glas zu schauen, das der Kellner ihm gebracht hatte. Es war so groß wie ein kleines Goldfischglas und leuchtend korallenrot, und bunte Strohhalme, Papierschirmchen und Fruchtstücke ragten in irrwitzigen Winkeln daraus hervor.

Bunny zog einen der Papierschirme heraus und leckte den Stiel ab. »'ne Menge Zeugs. Rum, Preiselbeersaft, Kokosmilch, Triple Sec, Pfirsichlikör, Crème de Menthe, ich weiß nicht, was noch alles. Probier mal, es ist gut.«

»Nein danke.«

»Na los.«

»Schon gut.«

»*Na los.*«

»Nein, vielen Dank, aber ich möchte nicht.«

»Das erstemal hab ich so was auf Jamaika getrunken, im Sommer vor zwei Jahren«, sagte Bunny und versank in Erinnerungen. »Ein Bartender namens Sam hat es für mich zusammengebraut. ›Wenn du drei davon trinkst, mein Sohn‹, hat er gesagt, ›dann kannst du die Tür nicht mehr finden‹ – und ich schwöre dir, ich konnt's nicht. Schon mal auf Jamaika gewesen?«

»Nicht in letzter Zeit, nein.«

»Wahrscheinlich bist du an Palmen und Kokosnüsse und das ganze Zeugs gewöhnt, in Kalifornien und so weiter. *Ich* fand es wunderbar. Hab' mir 'ne pinkfarbene Badehose mit Blumen drauf gekauft. Hab' versucht, Henry zu überreden, daß er mitkommt, aber er meinte, da gäb's keine Kultur. Aber ich glaube, das stimmt nicht; die hatten da ein kleines Museum oder so was.«

»Verstehst du dich mit Henry?«

»Oh, klar.« Bunny richtete sich auf und lehnte sich zurück. »Wir haben uns ein Zimmer geteilt, in unserem ersten Jahr hier.«

»Und du magst ihn?«

»Sicher, sicher. Aber es ist schwer, mit ihm zusammenzuwohnen. Er haßt Lärm, haßt Gesellschaft, haßt Unordnung. Kommt nicht in Frage, daß man ein Mädchen mit aufs Zimmer bringt, um sich noch ein paar Art-Pepper-Platten anzuhören, wenn du verstehst, was ich meine.«

»Ich finde ihn irgendwie unhöflich.«
Bunny zuckte die Achseln. »Das ist nun mal seine Art. Weißt du, sein Verstand funktioniert anders als deiner oder meiner. Er schwebt immer über den Wolken, mit Platon oder so was. Er arbeitet zuviel, nimmt sich zu ernst, studiert Sanskrit und Koptisch und diese anderen verrückten Sprachen. Henry, sag ich zu ihm, wenn du deine Zeit verplempern willst, indem du noch was anderes lernst außer Griechisch – das und gutes Englisch ist alles, was ein Mann *braucht*, denke ich persönlich –, wieso kaufst du dir dann nicht ein paar Berlitz-Platten und polierst dein Französisch auf. Such dir ein kleines Cancan-Mädchen. Wulle-wuh kuscheh a weck moa und das ganze Zeugs.«
»Wie viele Sprachen spricht er denn?«
»Da hab' ich die Übersicht verloren. Sieben oder acht. Er kann *Hieroglyphen* lesen.«
»Wow.«
Bunny schüttelte liebevoll den Kopf. »Er ist ein Genie, dieser Junge. Er könnte Übersetzer bei der UNO werden, wenn er wollte.«
»Wo kommt er her?«
»Aus Missouri.«
Das sagte er mit solcher Pokermiene, daß ich glaubte, er mache einen Witz. Ich lachte.
Bunny zog amüsiert die Braue hoch. »Was denn? Dachtest du, er ist aus dem Buckingham-Palast oder so was?«
Ich zuckte die Achseln und lachte immer noch. Henry war so eigentümlich – es war schwer vorstellbar, daß er überhaupt irgendwoher kam.
»Jawoll«, sagte Bunny. »Aus Missouri ist er. Aus St. Louis wie der alte Tom Eliot. Der Vater ist irgend so'n Baulöwe – und ganz astrein ist er nicht, sagen meine Cousins in St. Lou. Nicht, daß du von Henry auch nur andeutungsweise erfährst, was sein Dad treibt. Tut, als ob er's nicht wüßte, und es ist ihm sicher auch egal.«
»Warst du schon mal bei ihm zu Hause?«
»Soll das ein Witz sein? Er tut so geheimnisvoll, daß man denken könnte, die arbeiten da am Manhattan Project oder so was. Aber seine Mutter hab' ich mal kennengelernt. Sozusagen per Zufall. Sie kam auf dem Weg nach New York in Hampden vorbei, um ihn zu besuchen, und ich bin ihr über den Weg gelaufen, als sie in Monmouth House im Erdgeschoß rumlief und die Leute fragte, ob sie wüßten, wo sein Zimmer ist.«

»Wie war sie denn?«

»Eine hübsche Lady. Dunkelhaarig und blauäugig wie Henry, Nerzmantel, zuviel Lippenstift und so Zeugs, wenn du mich fragst. Noch schrecklich jung. Henry ist ihr einziges Küken, und sie *betet* ihn an.« Er beugte sich vor und senkte die Stimme. »Die Familie hat ein Geld, das *glaubst* du nicht. Millionen und Abermillionen. Altes Geld ist es natürlich nicht, im Gegenteil, aber Kohle ist Kohle, wenn du weißt, was ich meine.« Er zwinkerte mir zu. »Ach, übrigens. Was ich fragen wollte. Wie verdient dein Daddy sich seinen schnöden Mammon?«

»Im Ölgeschäft«, sagte ich. Das stimmte ja irgendwie.

Bunnys Mund formte sich zu einem kleinen runden *o*. »Ihr habt Ölquellen?«

»Na ja, wir haben eine«, sagte ich bescheiden.

»Aber das ist 'ne gute?«

»Das sagen sie wenigstens.«

»Junge«, sagte Bunny kopfschüttelnd. »Der goldene Westen. *Mein* Dad ist bloß ein lausiger alter Bankpräsident.«

Ich fühlte mich genötigt, das Thema – wenn auch ungeschickt – zu wechseln, denn wir nahmen hier Kurs auf tückische Gewässer. »Wenn Henry aus St. Louis ist«, sagte ich, »wie kommt es dann, daß er so klug ist?«

Es war eine harmlose Frage, aber Bunny zog unverhofft den Kopf zwischen die Schultern. »Henry hatte als kleiner Junge einen schlimmen Unfall«, sagte er. »Wurde von 'nem Auto überfahren oder so was und wäre fast gestorben. Er ging zwei Jahre nicht zur Schule, hatte Hauslehrer und so weiter, aber lange Zeit konnte er nicht viel anderes tun als im Bett liegen und lesen. Ich schätze, er war eins von diesen Kindern, die auf College-Niveau lesen können, wenn sie ungefähr zwei Jahre alt sind.«

»Von 'nem Auto überfahren?«

»Ich *glaube*, das war es. Wüßte nicht, was es sonst gewesen sein könnte. Er spricht nicht gern drüber.« Er senkte die Stimme. »Hätte fast das Auge verloren dabei; kann auf dem einen auch nicht so gut sehen. Und er hat diesen steifen Gang, er humpelt fast. Nicht, daß es was ausmacht; er ist stark wie ein Ochse. Ich weiß nicht, was er gemacht hat, ob er *Gewichte* gehoben hat oder was, aber er hat sich jedenfalls wieder aufgebaut. Ein richtiger Teddy Roosevelt, der Hindernisse überwindet und alles. Dafür muß man ihn bewundern.« Wieder strich er sich das Haar zurück und winkte dem Kellner, um noch einen Drink zu bestellen. »Ich meine, nimm nur mal jemanden wie Francis. Wenn du mich fragst, der ist genauso clever wie Henry. Kind aus besten Kreisen, tonnenweise Kohle. Aber er hat's zu leicht gehabt. Er ist faul. Spielt gern. Nach der Schule macht er nichts, aber säuft wie ein Fisch und geht auf Parties. Dagegen *Henry*.« Er zog eine Augenbraue hoch. »Den könntest du mit 'nem Knüppel nicht von seinen Griechischbüchern wegprügeln – ah, danke sehr, Sir«, sagte er zu dem Kellner, der ihm mit ausgestrecktem Arm ein weiteres Glas seines korallenroten Drinks entgegenhielt. »Willst du auch noch einen Drink?«

»Nein, danke.«

»Na los doch, mein Alter. Geht auf mich.«

»Noch einen Martini, denke ich«, sagte ich zu dem Kellner, der sich bereits abgewandt hatte. Er drehte sich um und funkelte mich an.

»Danke«, sagte ich lahm und wandte den Blick von seinem verhaltenen, haßerfüllten Lächeln ab.

»Weißt du, ich hasse nichts so sehr wie einen aufgeblasenen Schwulen«, sagte Bunny freundlich. »Wenn du mich fragst, ich finde, man sollte sie alle verhaften und auf dem Scheiterhaufen verbrennen.«

Ich habe Männer gekannt, die gegen die Homosexualität wettern, weil sie ihnen Unbehagen bereitet, weil sie vielleicht selbst Neigungen in diese Richtung hegen, und ich habe Männer gekannt, die gegen die Homosexualität wettern, weil sie es ernst meinen. Zuerst hatte ich Bunny der ersten Kategorie zugerechnet. Seine leutselige Studentenbrüderlichkeit war mir völlig fremd und daher suspekt; außerdem studierte er ebenfalls die Klassiker, die zwar sicher harmlos genug sind, in manchen Kreisen aber immer noch hochgezogene Augenbrauen hervorrufen.

Je länger ich Bunny aber zuhörte, desto deutlicher wurde es, daß sein Lachen nicht affektiert und daß er nicht eifrig darauf bedacht war zu gefallen. Statt dessen war da die selige Unbefangenheit eines schrulligen alten Veteranen aus irgendwelchen Kriegen in Übersee – seit Jahren verheiratet, vielfacher Vater –, der dieses Thema grenzenlos widerlich und unterhaltsam zugleich findet.

»Aber dein Freund Francis?« sagte ich.

Vermutlich war ich scheinheilig; vielleicht wollte ich auch bloß sehen, wie er sich da herauswinden würde. Zwar mochte Francis homosexuell sein oder auch nicht – und ebenso gut hätte er nämlich ein notorischer Schürzenjäger sein können –, aber auf jeden Fall gehörte er zu jenem füchsischen, gutgekleideten, blasierten

Typ, der bei jemandem mit Bunnys angeblichem Riecher für solche Sachen eine gewissen Argwohn erwecken würde.

Bunny zog eine Braue hoch. »Das ist Unsinn«, sagte er knapp. »Wer hat dir das erzählt?«

»Niemand. Bloß Judy Poovey«, fügte ich hinzu, als ich sah, daß ihm »niemand« als Antwort nicht genügen würde.

»Na, ich kann mir vorstellen, weshalb die so was sagt, aber heutzutage ist ja jeder hier schwul und da schwul. Aber es gibt auch immer noch so was wie das altmodische Muttersöhnchen. Alles, was Francis braucht, ist 'ne Freundin.« Er blinzelte mich durch kleine, verschrammte Brillengläser an. »Und was ist mit dir?« fragte er eine Idee streitsüchtig.

»Was?«

»Bist du Single? Oder wartet da ein niedlicher kleiner Cheerleader zu Hause auf dich?«

»Na ja, nein«, sagte ich. Ich hatte keine Lust, meine eigenen Mädchenprobleme auseinanderzulegen, vor ihm jedenfalls nicht. Es war mir erst kurz zuvor gelungen, mich aus einer langen, klaustrophobischen Beziehung mit einem Mädchen in Kalifornien herauszuwinden; wir wollen sie Kathy nennen. Ich hatte mich anfangs zu ihr hingezogen gefühlt, weil sie den Anschein von intelligenter, brütender Unzufriedenheit vermittelte, wie ich sie empfand; aber nach etwa einem Monat, in dessen Verlauf sie sich fest an mich geleimt hatte, war mir allmählich und mit leisem Grauen klargeworden, daß sie nichts weiter war als eine anspruchslose, vulgärpsychologische Version von Sylvia Plath. Es war wie in einer von diesen tränenreichen, endlosen Fernsehserien – ewiges Geklammere, ewige Klagen, ewige Parkplatzgeständnisse von »Unzulänglichkeitsgefühlen« und »minderwertigem Selbstbild«, all die banalen Leiden. Sie war einer der Hauptgründe gewesen, weshalb ich so versessen darauf gewesen war, von zu Hause wegzukommen; sie war außerdem einer der Gründe dafür, daß ich so sehr auf der Hut vor den strahlenden, scheinbar harmlosen Scharen neuer Mädchen war, die ich in den ersten Wochen in Hampden kennengelernt hatte.

Der Gedanke an sie hatte mich ernüchtert. Bunny lehnte sich über den Tisch.

»Ist es eigentlich wahr«, sagte er, »daß die Mädels in Kalifornien hübscher sind?«

Ich fing an zu lachen, so heftig, daß mir mein Drink fast aus der Nase spritzte.

»Bikinischönheiten?« Er zwinkerte. »Strandmattenmuschis?«
»Darauf kannst du wetten.«
Er freute sich. Wie ein leutseliger alter Onkel lehnte er sich noch weiter über den Tisch und fing an, mir von seiner eigenen Freundin zu erzählen, die Marion hieß. »Ich weiß, du hast sie schon mal gesehen«, sagte er. »So'n kleines Ding nur. Blond, blaue Augen, ungefähr so groß?«
Tatsächlich läutete da eine Glocke bei mir. Ich hatte Bunny mal im Postzimmer gesehen, in der ersten Woche in der Schule, und da hatte er ziemlich wichtigtuerisch mit einem Mädchen geredet, auf das diese Beschreibung paßte.
»Jawoll«, sagte Bunny stolz und strich mit dem Finger über den Rand seines Glases. »Das ist mein Mädel. Die hält *mich* an der Leine, das kann ich dir sagen.«
Diesmal erwischte er mich beim Schlucken, und ich lachte so heftig, daß ich beinahe erstickt wäre.
»Und sie hat eine Ausbildung als Kindergärtnerin; findest du das nicht hinreißend?« sagte er. »Ich meine, sie ist ein echtes *Mädel*.«
Er breitete die Hände aus, als wolle er einen beträchtlichen Abstand zwischen ihnen andeuten. »Langes Haar, ein bißchen Fleisch auf den Knochen, hat keine Angst, auch mal ein Kleid anzuziehen. Mir gefällt das. Kannst mich altmodisch nennen, aber ich stehe nicht auf diese Intelligenzbestien. Nimm zum Beispiel Camilla. Sie ist lustig und ein guter Kumpel und das alles...«
»Komm«, sagte ich, immer noch lachend. »Sie ist wirklich hübsch.«
»Ist sie, ist sie«, pflichtete er mir bei und hob versöhnlich die Hand. »Ein reizendes Mädchen. Hab' ich immer gesagt. Sieht aus wie die Statue der Diana im Club meines Vaters. Ihr fehlt bloß die feste Hand einer Mutter – aber trotzdem, ich würde sagen, sie ist eine Heckenrose im Gegensatz zur hybriden Teerose. Gibt sich nicht soviel Mühe, wie sie sollte, weißt du. Und rennt die halbe Zeit in den schlampigen alten Klamotten ihres Bruders rum, was sich manche Mädchen vielleicht leisten könnten – na, ehrlich gesagt, ich glaube nicht, daß *irgendein* Mädchen es sich *wirklich* leisten kann, aber sie kann es bestimmt nicht. Hat zuviel Ähnlichkeit mit ihrem Bruder. Ich will damit sagen, Charles ist ein gutaussehender Bursche und in jeder Hinsicht ein tadelloser Charakter, aber heiraten würde ich ihn nicht, oder?«
Er war jetzt in Fahrt und wollte noch etwas anderes sagen; aber dann brach er plötzlich ab, und seine Miene wurde sauer, als sei

ihm etwas Unangenehmes eingefallen. Ich war verwirrt, aber auch ein bißchen erheitert; hatte er Angst, er könnte zuviel gesagt haben oder töricht klingen? Ich suchte nach einer Möglichkeit, rasch das Thema zu wechseln, um ihm aus der Klemme zu helfen, aber da drehte er sich auf seinem Stuhl um und spähte mit schmalen Augen durch den Raum.

»Guck mal da«, sagte er. »Meinst du, das ist für uns? Zeit wär's.«

Wir aßen gewaltige Mengen an diesem Nachmittag – Suppen, Hummer, Patés, Mousses, eine Speisenfolge von abscheulicher Vielfalt und Menge –, aber wir tranken noch mehr: drei Flaschen Taittinger auf die Cocktails, und darauf Brandy. So kam es, daß unser Tisch nach und nach zum Dreh- und Angelpunkt des Raumes wurde, um den sich in schwindelerregendem Tempo alles drehte und verwischte. Unaufhörlich trank ich aus Gläsern, die unaufhörlich wie durch Zauberei vor mir erschienen, und Bunny brachte Toasts auf alles mögliche aus, von Hampden College bis zu Benjamin Jowett und den perikleischen Athenern. Seine Trinksprüche wurden im Laufe der Zeit zotiger und zotiger. Als der Kaffee kam, wurde es schon dunkel, und Bunny war inzwischen so betrunken, daß er den Kellner bat, uns zwei Zigarren zu bringen, und er brachte sie zusammen mit der Rechnung, die mit der Rückseite nach oben auf einem kleinen Tablett lag.

Der halbdunkle Raum wirbelte jetzt mit einer unglaublichen Geschwindigkeit, und die Zigarre war mir dabei alles andere als zuträglich; sie führte dazu, daß ich eine Serie leuchtender Flecken mit dunklen Rändern sah, die mich unangenehm an diese schrecklichen einzelligen Kreaturen erinnerten, die ich früher durch ein Mikroskop hatte anblinzeln müssen, bis sich in meinem Kopf alles drehte. Ich drückte sie im Aschenbecher aus – das heißt, in dem, was ich für den Aschenbecher hielt, was tatsächlich aber mein Dessertteller war. Bunny nahm seine goldgeränderte Brille ab, hakte sie sorgfältig erst vom einen, dann vom anderen Ohr ab und fing an, sie mit seiner Serviette zu polieren. Ohne sie waren seine Augen klein und schwach und liebenswert, wäßrig vom Qualm, mit Lachfältchen an den Winkeln.

»Ah. Das war ein Lunch, was, mein Alter?« sagte er um die Zigarre herum, die zwischen seinen Zähnen klemmte, und hielt die Brille ins Licht, um sie auf Stäubchen zu inspizieren. Er sah aus wie ein sehr junger Teddy Roosevelt ohne Schnurrbart, kurz davor, die *Rough Riders* auf San Juan Hill zu führen oder hinauszuziehen und das Weißschwanzgnu zu jagen oder so was.

»Es war wunderbar. Danke.«

Er blies eine machtvolle Wolke von blauem, übelriechendem Rauch von sich. »Großartiges Essen, gute Gesellschaft, Massen von Drinks – viel mehr könnten wir kaum verlangen, was? Wie geht das Lied gleich?«

»Welches Lied?«

»*I want my dinner*«, sang Bunny, »*and conversation, and...* noch irgendwas, dam-ti-dam.«

»Weiß nicht.«

»Ich weiß es auch nicht. Ethel Merman singt das.«

Das Licht wurde matter, und als ich mich bemühte, die Gegenstände außerhalb unseres unmittelbaren Umkreises zu erfassen, sah ich, daß das Lokal leer war bis auf uns. In einer fernen Ecke verharrte eine blasse Gestalt, die vermutlich unser Kellner war – ein Wesen, obskur und leicht übernatürlich anzusehen, aber ohne jenen Anschein der Versunkenheit, der Geister umgeben soll: Wir waren der alleinige Mittelpunkt seiner Aufmerksamkeit, und ich fühlte, wie es die Strahlen seines Hasses auf uns konzentrierte.

»Äh«, sagte ich und verlagerte mein Gewicht auf dem Stuhl in einer Bewegung, die mich fast das Gleichgewicht verlieren ließ, »vielleicht sollten wir gehen.«

Bunny wedelte großherzig mit der Hand und drehte die Rechnung um, und während er sie studierte, wühlte er in seiner Tasche. Einen Augenblick später schaute er auf und grinste. »He, altes Haus.«

»Ja?«

»Tue dir das ungern an – aber wieso spendierst du das Essen nicht heute mal?«

Ich hob betrunken die Braue und lachte. »Ich habe keinen Cent in der Tasche.«

»Ich auch nicht«, sagte er. »Komisch. Hab' offenbar meine Brieftasche zu Hause gelassen.«

»Ach, komm. Du machst Witze.«

»Absolut nicht«, sagte er leichthin. »Ich hab' nichts bei mir. Ich würde meine Taschen umkrempeln, aber Zuckerschnütchen würde es sehen.«

Ich wurde mir unseres böswilligen Kellners bewußt, der im Schatten lauerte und diesem Wortwechsel zweifellos mit großem Interesse lauschte. »Wieviel ist es denn?« fragte ich.

Er fuhr mit einem unsicheren Finger an der Zahlenkolonne herunter. »Beläuft sich auf zweihundertsiebenundachtzig Dollar und neunundfünfzig Cents«, sagte er. »Ohne Trinkgeld.«

Die Summe verschlug mir die Sprache, und seine Unbekümmertheit verblüffte mich. »Das ist 'ne Menge.«

»Die ganze Sauferei, weißt du.«

»Was machen wir jetzt?«

»Kannst du nicht 'n Scheck schreiben oder so was?«

»Ich habe keine Schecks.«

»Dann nimm's auf deine Kreditkarte.«

»Ich habe auch keine Kreditkarte.«

»Ach, komm.«

»Ich *habe* keine«, sagte ich und wurde mit jedem Augenblick gereizter.

Bunny schob seinen Stuhl zurück und schaute sich mit bemühter Gleichgültigkeit im Restaurant um, etwa wie ein Detektiv, der durch eine Hotellobby schlendert, und einen Moment lang dachte ich, er würde ausreißen. Dann schlug er mir auf die Schulter. »Bleib hier sitzen, mein Alter«, flüsterte er. »Ich werde mal telefonieren.« Und weg war er, die Fäuste in den Taschen, und seine weißen Socken blitzten im Halbdunkel.

Er blieb lange weg. Ich fragte mich, ob er überhaupt zurückkommen würde, oder ob er durch ein Fenster hinausgekrochen war und mich mit der Rechnung sitzengelassen hatte, als schließlich irgendwo eine Tür geschlossen wurde und er wieder hereinspaziert kam.

»Keine Sorge, keine Sorge«, sagte er und schob sich wieder auf seinen Stuhl. »Alles in Ordnung.«

»Was hast du gemacht?«

»Henry angerufen.«

»Er kommt?«

»In zwei Sekunden.«

»Ist er sauer?«

»Nee«, sagte Bunny und wischte diesen Gedanken mit einer kurzen Handbewegung beiseite. »Er macht das gern. Unter uns gesagt, ich glaube, er ist verdammt froh, mal aus dem Haus zu kommen.«

Nach vielleicht zehn äußerst unbehaglichen Minuten, in denen wir so taten, als nippten wir die Reste unseres eiskalten Kaffees, kam Henry herein, ein Buch unter dem Arm.

»Siehst du?« flüsterte Bunny. »Ich wußte, er kommt. Oh, hallo«, sagte er, als Henry an unseren Tisch kam. »Junge, bin ich froh, dich zu sehen –«

»Wo ist die Rechnung?« fragte Henry mit tonloser, giftiger Stimme.

»Hier, bitte, alter Freund«, sagte Bunny und fummelte zwischen Tassen und Gläsern. »Tausend Dank. Ich bin dir wirklich sehr verbunden –«

»Hallo«, sagte Henry kalt und sah mich an.

»Hallo.«

»Wie geht's?« Er war wie ein Roboter.

»Prima.«

»Das ist gut.«

»Da ist sie, alter Knabe.« Bunny hatte die Rechnung gefunden.

Henry schaute mit kaltem Blick auf die Summe; seine Miene war regungslos.

»Tja«, sagte Bunny kameradschaftlich, und seine Stimme dröhnte durch die angespannte Stille, »ich würde mich dafür entschuldigen, daß ich dich von deinem Buch weggezerrt habe, wenn du es nicht mitgebracht hättest. Was hast du denn da? Was Gutes?«

Ohne ein Wort reichte Henry es ihm. Die Schrift auf dem Umschlag gehörte zu irgendeiner orientalischen Sprache. Bunny starrte einen Augenblick lang darauf und gab das Buch dann zurück. »Das ist nett«, sagte er matt.

»Bist du soweit?« fragte Henry abrupt.

»Sicher, sicher«, sagte Bunny hastig, und als er aufsprang, hätte er fast den Tisch umgeworfen. »Du brauchst nur das Zauberwort zu sprechen. *Undele, undele.* Jederzeit, wenn du willst.«

Henry bezahlte, und Bunny drückte sich hinter ihm herum wie ein unartiges Kind. Die Heimfahrt war eine Qual. Bunny saß auf dem Rücksitz und unternahm reihenweise brillante, aber zum Scheitern verurteilte Versuche, eine Konversation zu eröffnen; einer nach dem anderen loderte auf und verlosch, während Henry den Blick auf die Straße gerichtet hielt und ich vorn neben ihm saß und am Aschenbecher herumfummelte, ihn herausfahren und wieder einrasten ließ, bis ich merkte, wie aufreizend das war, und mich mit einiger Anstrengung zwang aufzuhören.

Er fuhr zuerst bei Bunny vorbei. Bunny brüllte eine Kette von unzusammenhängenden Freundlichkeiten, klopfte mir auf die Schulter und sprang aus dem Wagen. »Ja, also, Henry, Richard, da wären wir. Schön. Prima. Vielen Dank – tolles Essen – na, dann, Wiedersehen, ja, ja, goodbye –« Die Tür schlug zu, und er flitzte schnellen Schritts den Weg hinauf.

Als Bunny im Haus war, sah Henry mich an. »Es tut mir sehr leid«, sagte er.

»O nein, bitte«, wehrte ich verlegen ab. »Ein kleines Mißverständnis. Ich zahl's dir zurück.«

Er fuhr sich mit der Hand durchs Haar, und zu meiner Überraschung sah ich, daß sie zitterte. »Fällt mir im Traum nicht ein«, sagte er. »Es war seine Schuld.«

»Aber...«

»Er hat gesagt, er lädt dich ein. Nicht wahr?«

Seine Stimme hatte einen leicht anklagenden Ton. »Na ja«, sagte ich.

»Und *ganz zufällig* hat er seine Brieftasche zu Hause gelassen.«

»Das ist schon in Ordnung.«

»Das ist nicht in Ordnung«, blaffte Henry. »Es ist ein scheußlicher Trick. Woher solltest du es wissen? Er vertraut darauf, daß jeder, mit dem er gerade zusammen ist, im Handumdrehen jede Menge Kohle parat hat. Er denkt niemals darüber nach, weißt du, wie peinlich das alles für jeden ist. Außerdem – wenn ich nun nicht zu Hause gewesen wäre?«

»Ich bin sicher, er hat es wirklich nur vergessen.«

»Ihr seid mit dem Taxi hingefahren«, sagte Henry knapp. »Wer hat das bezahlt?«

Automatisch wollte ich protestieren und brach dann ab. Bunny hatte das Taxi bezahlt. Er hatte sogar ein großes Getöse darum gemacht.

»Siehst du«, sagte Henry. »Er ist nicht einmal besonders gerissen dabei, nicht wahr? Es ist schlimm genug, daß er es mit jedem macht, aber ich muß doch sagen, ich hätte nicht gedacht, daß er die Stirn hat, es mit einem völlig Fremden zu probieren.«

Ich wußte nicht, was ich sagen sollte. Schweigend fuhren wir zum Vordereingang von Monmouth House.

»So, bitte sehr«, sagte er. »Es tut mir leid.«

»Es ist wirklich okay. Danke, Henry.«

»Dann gute Nacht.«

Ich blieb unter der Verandalampe stehen und sah ihm nach, als er wegfuhr. Dann ging ich auf mein Zimmer, wo ich in dumpfer Betrunkenheit auf mein Bett fiel.

»Wir haben alles über deinen Lunch mit Bunny gehört«, sagte Charles.

Ich lachte. Es war am Spätnachmittag des folgenden Tages, und ich hatte fast den ganzen Tag an meinem Schreibtisch gesessen und im *Parmenides* gelesen. Es war schwieriges Griechisch, aber ich hatte auch einen Kater und mich so lange damit befaßt, daß die Buchstaben gar nicht mehr wie Buchstaben aussahen, sondern wie etwas anderes, Unentzifferbares, Vogelspuren im Sand. Ich starrte wie in Trance aus dem Fenster auf die Wiese, die kurzgemäht war wie kräftig grüner Samt und sich am Horizont zu Teppichhügeln aufwölbte, als ich weit unten die Zwillinge wie zwei Geister über den Rasen schweben sah.

Ich lehnte mich aus dem Fenster und rief zu ihnen hinunter. Sie blieben stehen und drehten sich um, die Hände schattenspendend über die Stirn gelegt, die Augen im abendlich grellen Sonnenlicht zu Schlitzen verengt. »Hallo«, riefen sie wie aus einem Munde. »Komm herunter.«

Und so spazierten wir jetzt zwischen den Bäumen hinter dem College daher, am Rande des struppigen kleinen Fichtenwäldchens am Fuße der Berge, und die beiden hatten mich in die Mitte genommen.

Sie sahen heute besonders engelhaft aus; ihr blondes Haar war vom Wind zerzaust, und beide trugen weiße Tennispullover und Tennisschuhe. Ich wußte nicht genau, warum sie mich heruntergerufen hatten. Sie waren zwar durchaus höflich, aber sie wirkten wachsam und ein wenig verwirrt, als käme ich aus irgendeinem Land mit ungewohnten und exzentrischen Sitten, so daß sie große Vorsicht walten lassen mußten, um mich nicht zu erschrecken oder zu beleidigen.

»Wie habt ihr davon gehört?« fragte ich. »Von dem Lunch?«

»Bun hat heute morgen angerufen. Und Henry hat es uns gestern abend erzählt.«

»Ich glaube, er war ziemlich wütend.«

Charles zuckte die Achseln. »Auf Bunny vielleicht. Nicht auf dich.«

»Die beiden haben nicht viel übrig füreinander, was?«

Sie schienen erstaunt, das zu hören.

»Sie sind alte Freunde«, sagte Camilla.

»Die besten Freunde, würde ich sagen«, meinte Charles. »Es gab eine Zeit, da sah man sie nur zusammen.«

»Aber sie scheinen sich ziemlich viel zu streiten.«

»Ja, natürlich«, sagte Camilla, »aber das bedeutet nicht, daß sie einander nicht trotzdem gern haben. Henry ist so ernst, und Bun ist so – na, eben *nicht* ernst –, daß sie sich eigentlich ganz gut verstehen.«

»Ja«, sagte Charles. »*L'Allegro* und *Il Pensieroso*. Ein Paar, das gut zusammenpaßt. Ich denke, Bunny ist vielleicht der einzige Mensch auf der Welt, der Henry zum Lachen bringt.« Er blieb plötzlich stehen und deutete in die Ferne. »Bist du schon mal da drüben gewesen?« sagte er. »Da ist ein Friedhof auf dem Hügel.«

Ich konnte ihn mit Mühe zwischen den Fichten erkennen – eine flache, unebene Reihe von Grabsteinen, rachitisch und kariös, in einer so verwinkelten Weise schief, daß der gespenstische Effekt von Bewegung entstand, als habe eine ungestüme Kraft, ein Poltergeist vielleicht, sie erst vor wenigen Augenblicken dort verstreut.

»Der ist alt«, sagte Camilla. »Aus dem achtzehnten Jahrhundert. Es gab auch eine Stadt dort, mit einer Kirche und einer Mühle. Außer den Fundamenten ist nichts mehr da, aber man kann die Gärten noch sehen, die sie angelegt haben. Pippinäpfel und Ehrenpreis und Moosrosen wachsen da, wo die Häuser standen. Gott weiß, was da oben passiert ist. Eine Epidemie vielleicht, oder ein Feuer.«

»Oder die Mohawks«, meinte Charles. »Du mußt es dir irgendwann mal ansehen. Vor allem den Friedhof.«

»Es ist hübsch da. Besonders, wenn es schneit.«

Die Sonne stand schon tief; golden brannte sie durch die Bäume und warf unsere Schatten vor uns über den Boden, lang und verzerrt. Geraume Zeit gingen wir so, ohne etwas zu sagen. Die Luft roch modrig nach dem Rauch ferner Laubfeuer, und die Kühle der Dämmerung gab ihr leichte Schärfe. Man hörte kein Geräusch außer dem Knirschen unserer Schritte auf dem Kiesweg und dem Pfeifen des Windes in den Fichten. Ich war schläfrig und hatte Kopfschmerzen, und alles kam mir ein bißchen unwirklich vor, fast wie in einem Traum. Mir war, als könnte ich jeden Augenblick von einem Stoß Bücher hochschrecken und mich allein am Schreibtisch in meinem dunklen Zimmer wiederfinden.

Plötzlich blieb Camilla stehen und legte einen Finger an die Lippen. Auf einem toten Baum, den der Blitz entzweigespalten hatte, hockten drei große, schwarze Vögel, zu groß für Krähen. Solche hatte ich noch nie gesehen.

»Raben«, sagte Charles.

Wir blieben stockstill stehen und beobachteten sie. Einer von ihnen hüpfte schwerfällig ans Ende eines Astes, der dabei unter seinem Gewicht knarzte und wippte, und schnellte sich dann krächzend in die Luft. Die anderen beiden folgten mit knatterndem Flügelschlag. Sie segelten in Dreiecksformation über die Wiese, drei dunkle Schatten auf dem Gras.

Charles lachte. »Drei von ihnen für drei von uns. Das ist ein Zeichen, darauf wette ich.«

»Ein Omen.«

»Wofür?« fragte ich.

»Ich weiß nicht«, sagte Charles. »Henry ist der Ornithomantist. Der Vogelflugbeschauer.«

»Er ist solch ein alter Römer«, sagte Camilla. »Er würde es wissen.«

Wir waren umgekehrt; auf dem Gipfel einer Anhöhe sah ich die Giebel von Monmouth House düster in der Ferne. Der Himmel war kalt und leer. Eine Mondsichel wie die weiße Wurzel eines Daumennagels schwebte im Dämmer. Ich war dieses triste Herbstzwielicht nicht gewohnt, diese kalte, frühe Dunkelheit; die Nacht kam so schnell, und die Stille, die sich abends über die Wiesen senkte, erfüllte mich mit einer seltsamen, bebenden Traurigkeit. Schwermütig dachte ich an Monmouth House: leere Korridore, alte Glaslampen, der Schlüssel, der sich im Schloß meiner Zimmertür drehte.

»Na, wir sehen uns später«, sagte Charles, als wir vor der Haustür von Monmouth House standen, und sein Gesicht war bleich im Schein der Verandalampe.

Weit hinten sah ich die Lichter in der Mensa, dem Commons gegenüber; ich sah dunkle Silhouetten, die sich an den Fenstern vorbei bewegten.

»Es war nett«, sagte ich und bohrte die Hände in die Hosentaschen. »Kommt ihr mit mir zum Abendessen?«

»Leider nicht. Wir müssen nach Hause.«

»Nun ja«, sagte ich enttäuscht, aber erleichtert. »Ein andermal.«

»Na, weißt du...?« sagte Camilla zu Charles.

Er runzelte die Stirn. »Hmnn«, sagte er. »Du hast recht.«

»Komm mit zu uns zum Essen«, sagte Camilla und wandte sich impulsiv zu mir.

»O nein«, antwortete ich sofort.

»Bitte.«

»Nein, vielen Dank. Es ist schon in Ordnung, wirklich.«

»Ach, komm«, sagte Charles freundlich. »Wir haben nichts Besonderes, aber wir würden uns freuen, wenn du kommst.«
Ich empfand eine Aufwallung von Dankbarkeit. Ich wollte ja gern mitgehen, sogar sehr gern. »Wenn es bestimmt keine Umstände macht...« sagte ich.
»Überhaupt keine Umstände«, sagte Camilla. »Gehen wir.«

Charles und Camilla bewohnten ein möbliertes Apartment im zweiten Stock eines Hauses in North Hampden. Wenn man eintrat, befand man sich gleich in einem kleinen Wohnzimmer mit schrägen Wänden und Gaubenfenstern. Die Sessel und das wulstige Sofa waren mit staubigen Brokatstoffen bezogen und an den Armlehnen fadenscheinig: Rosenmuster auf braunem, Ahorn- und Eichenblätter auf stumpfgrünem Hintergrund. Überall lagen verschlissene Deckchen, dunkel vom Alter. Auf dem Sims über dem Kamin (der, wie ich später herausfand, nicht funktionierte) glitzerten zwei Bleikristalleuchter und ein paar schwarz angelaufene Silberteller.

Es war nicht wirklich chaotisch, aber beinahe. Bücher stapelten sich auf jeder verfügbaren Fläche; die Tische waren übersät von Papier, Aschenbechern, Whiskeyflaschen, Pralinenschachteln; Schirme und Galoschen versperrten den Durchgang in der kleinen Diele. In Charles' Zimmer waren Kleider auf dem Teppich verstreut, und ein reichhaltiges Gewirr von Krawatten hing an der Tür des Kleiderschrankes. Auf Camillas Nachttisch war ein Durcheinander von leeren Teetassen, klecksenden Federhaltern, welken Ringelblumen in einem Wasserglas, und auf dem Fußende ihres Bettes lag eine halbvollendete Patience. Das Apartment war sehr eigenartig geschnitten; es gab unerwartete Fenster, Gänge, die nirgends hinführten, niedrige Türen, bei denen ich mich ducken mußte, um durchzugehen, und wohin ich auch schaute, sah ich eine neue Absonderlichkeit: ein altes Stereoptikon (Palmenalleen in einem geisterhaften Nizza, die in sepiafarbene Fernen führten), Pfeilspitzen in einem verstaubten Etui, ein Elchgeweihfarn, ein Vogelskelett.

Charles ging in die Küche und fing an, Schränke auf- und zuzumachen. Camilla goß mir irischen Whiskey aus einer Flasche ein, die auf einem Stapel *National-Geographic*-Heften stand.

»Warst du schon mal in den Teergruben von La Brea?« fragte sie sachlich.

»Nein.« Hilflos und perplex starrte ich auf mein Glas.

»Stell dir vor, Charles«, rief sie in die Küche, »er lebt in Kalifornien und ist noch nie in den Teergruben von La Brea gewesen.«

Charles erschien in der Tür und wischte sich die Hände an einem Geschirrtuch ab. »*Wirklich nicht?*« fragte er mit kindlichem Erstaunen. »Warum nicht?«

»Weiß ich nicht.«

»Aber es ist so interessant da. Wirklich, stell's dir nur mal vor.«

»Kennst du hier viele Leute aus Kalifornien?« fragte Camilla.

»Nein.«

»Du kennst Judy Poovey.«

Ich war verblüfft; woher wußte sie das? »Ich bin nicht mit ihr befreundet«, sagte ich.

»Ich auch nicht«, sagte sie. »Letztes Jahr hat sie mir einen Drink ins Gesicht geschüttet.«

»Davon hab' ich gehört«, sagte ich lachend, aber sie lächelte nicht mal.

»Glaube nicht alles, was du hörst«, sagte sie und nahm einen kleinen Schluck aus ihrem Glas. »Weißt du, wer Cloke Rayburn ist?«

Ich wußte, wer er war. Es gab eine schwer zugängliche, schicke Clique aus Kaliforniern in Hampden, überwiegend aus San Francisco und L. A.; Cloke Rayburn war ihr Mittelpunkt – gelangweiltes Lächeln, schläfrige Augen und Zigaretten. Die Mädchen aus Los Angeles, Judy Poovey nicht ausgenommen, waren ihm fanatisch ergeben. Er war der Typ, den man auf Parties in der Herrentoilette traf, wo er am Waschbeckenrand kokste.

»Er ist ein Freund von Bunny.«

»Wie kommt das denn?« fragte ich überrascht.

»Sie sind zusammen zur Schule gegangen. In Saint Jerome's in Pennsylvania.«

»Du kennst Hampden«, sagte Charles und nahm einen großen Schluck von seinem Drink. »Diese progressiven Schulen lieben den Problemstudenten, den ›Underdog‹. Cloke kam von irgendeinem College in Colorado hierher, nach seinem ersten Jahr dort. Er war jeden Tag Ski laufen gegangen und in jedem Kurs durchgefallen. Hampden ist die Endstation...«

»Für die Versager der Welt.« Camilla lachte.

»Ach, ihr übertreibt«, sagte ich.

»Na, in gewisser Weise, denke ich, stimmt es«, sagte Charles. »Die Hälfte der Leute ist hier, weil sie sonst nirgendwo angenommen worden sind. Nicht, daß Hampden nicht eine wunderbare

Schule ist. Vielleicht ist es ja erst deshalb wunderbar. Nimm Henry zum Beispiel. Wenn er in Hampden nicht aufgenommen worden wäre, hätte er wahrscheinlich überhaupt nicht aufs College gehen können.«

»Das kann ich nicht glauben«, sagte ich.

»Na ja, es klingt auch absurd, aber er ist auf der High School nicht über die zehnte Klasse hinausgekommen, und – ich meine, welches anständige College nimmt einen, der nach der zehnten Klasse abgegangen ist? Und dann die Sache mit den standardisierten Tests. Henry hat sich geweigert, sie abzulegen – er wäre wahrscheinlich oben aus der Skala rausgeschossen, wenn er sie gemacht hätte, aber er hatte irgendwelche ästhetischen Einwände dagegen. Du kannst dir vorstellen, wie das auf einen Zulassungsausschuß wirkt.« Er nahm einen Schluck von seinem Drink. »Na, und wie bist du hier gelandet?«

Der Ausdruck seiner Augen war schwer zu deuten. »Mir gefiel der Prospekt«, sagte ich.

»Und für den Zulassungsausschuß war das sicher ein absolut plausibler Grund, dich aufzunehmen.«

Ich sehnte mich nach einem Glas Wasser. Es war warm im Zimmer, ich hatte eine trockene Kehle, und der Whiskey hatte einen schlechten Geschmack in meinem Mund hinterlassen – nicht, daß es schlechter Whiskey gewesen wäre, im Gegenteil, aber ich hatte einen Kater, und ich hatte den ganzen Tag noch nichts gegessen, und mir war ganz plötzlich sehr übel.

Es klopfte an der Tür, und dann folgte ein ganzer Trommelwirbel. Wortlos kippte Charles seinen Drink hinunter und verschwand in der Küche, während Camilla zur Tür ging, um aufzumachen.

Bevor die Tür ganz offen war, sah ich das Blinken kleiner runder Brillengläser. Mit einem Chor von Hallos kamen sie herein: Henry, Bunny mit einer braunen Tüte aus dem Supermarkt, und Francis, majestätisch in seinem langen schwarzen Mantel; eine schwarz behandschuhte Hand umklammerte den Hals einer Flasche Champagner. Er kam als letzter herein, beugte sich herunter und küßte Camilla – nicht auf die Wange, sondern auf den Mund, mit lautem, zufriedenem Schmatzen. »Hallo, meine Liebe«, sagte er. »Was für einen segensreichen Fehler wir begangen haben«, sagte er. »Ich habe Champagner, und Bunny hat Stout besorgt; jetzt können wir Schwarz-Braune machen. Was haben wir heute zu essen?«

Ich stand auf.

Für einen Sekundenbruchteil verstummten sie alle. Dann drückte Bunny seine Papiertüte Henry in den Arm, trat vor und schüttelte mir die Hand. »So, so. Wenn das nicht mein Partner im Verbrechen ist«, sagte er. »Hast noch nicht genug vom Essengehen, eh?«

Er schlug mir auf die Schulter und fing an zu plappern. Mir war heiß und ziemlich übel. Mein Blick wanderte im Zimmer umher. Francis redete mit Camilla. Henry stand an der Tür und begrüßte mich mit einem knappen Kopfnicken und einem fast unmerklichen Lächeln.

»Entschuldige«, sagte ich zu Bunny, »ich bin gleich wieder da.«

Ich ging in die Küche. Sie sah aus wie die Küche im Haus eines alten Menschen, mit schäbigem Linoleumfußboden und – passend zu dieser wunderlichen Wohnung – einer Tür, die auf das Dach hinausführte. Ich ließ Leitungswasser in ein Glas laufen und stürzte es hinunter, zu viel und zu schnell. Charles stand vor dem offenen Backofen und stocherte mit einer Gabel an ein paar Lammkoteletts herum.

Ich bin – hauptsächlich dank einer ziemlich zermürbenden Besichtigungstour durch eine Fleischfabrik, die ich in der sechsten Klasse unternommen habe – nie ein großer Fleischesser gewesen, und den Geruch von Lammfleisch hätte ich selbst unter den günstigsten Umständen nicht sonderlich ansprechend gefunden, aber in meinem derzeitigen Zustand war er besonders widerwärtig. Die Tür zum Dach wurde durch einen Küchenstuhl aufgehalten, und ein Luftzug wehte durch das verstaubte Fliegengitter herein. Ich ließ mein Glas noch einmal vollaufen und stellte mich damit an die Tür: *Tief durchatmen*, dachte ich. *Frische Luft, das ist die Parole...* Charles verbrannte sich den Finger, fluchte und schlug die Ofentür zu. Als er sich umdrehte und mich sah, schien er überrascht.

»Oh, hallo«, sagte er. »Was gibt's? Kann ich dir noch was zu trinken besorgen?«

»Nein, danke.«

Er spähte in mein Glas. »Was hast du da? Ist das Gin? Wo hast du den denn ausgegraben?«

Henry erschien in der Tür. »Hast du ein Aspirin?« fragte er Charles.

»Da drüben. Trink doch was, ja?«

Henry schüttelte sich ein paar Aspirin zu einigen mysteriösen

Pillen aus seiner Tasche in die flache Hand und spülte sie mit dem Glas Whiskey hinunter, das Charles ihm reichte.

Er hatte das Aspirinfläschchen auf der Anrichte stehenlassen; verstohlen ging ich hin und nahm mir auch zwei, aber Henry sah es. »Bist du krank?« fragte er nicht unfreundlich.

»Nein, ich hab' bloß Kopfschmerzen«, sagte ich.

»Hoffentlich nicht oft?«

»Was ist?« fragte Charles. »Ist hier jeder krank?«

»Wieso sind alle hier drin?« Bunnys gequälte Stimme kam dröhnend aus dem Gang. »Wann essen wir?«

»Gedulde dich, Bun, es dauert nur eine Minute.«

Er kam hereingeschlendert und spähte über Charles' Schulter hinweg auf die Platte mit den Koteletts, die dieser eben aus dem Ofen genommen hatte. »Sehen fertig aus, finde ich«, sagte er, und er langte herüber, faßte ein winziges Kotelett am knochigen Ende und fing an, daran zu nagen.

»Bunny, nicht, wirklich«, sagte Charles. »Das reicht sonst nicht für alle.«

»Ich verhungere«, sagte Bunny mit vollem Mund. »Bin schon ganz schwach vor Hunger.«

»Vielleicht können wir die Knochen aufheben, damit du sie abkauen kannst«, sagte Henry grob.

»Ach, halt die Klappe.«

»Echt, Bunny, ich wünschte, du würdest noch eine Minute warten«, sagte Charles.

»Okay«, sagte Bunny, aber als Charles ihm den Rücken zuwandte, streckte er die Hand aus und klaute sich noch ein Kotelett. Rosafarbener Saft rieselte ihm in dünnem Rinnsal über die Hand und verschwand in seinem Ärmel.

Wenn ich sagen wollte, das Essen verlief schlecht, wäre das eine Übertreibung, aber besonders gut ging es auch nicht. Ich tat zwar eigentlich nichts Dummes und sagte auch nichts, was ich besser nicht gesagt hätte, aber ich fühlte mich niedergeschlagen und gallig, und ich sprach wenig und aß noch weniger. Ein großer Teil der Unterhaltung drehte sich um Ereignisse, von denen ich nichts wußte, und auch die erklärenden Bemerkungen, die Charles freundlicherweise einschob, trugen nicht viel zur Aufhellung bei. Henry und Francis diskutierten endlos darüber, in welchem Abstand voneinander die Soldaten einer römischen Legion gestanden hätten: Schulter an Schulter (wie Francis sagte) oder (wie Henry behauptete) drei oder vier Schritt weit auseinander. Das Ganze führte zu einer noch längeren – schwer zu verfolgenden und für mich zutiefst langweiligen – Debatte darüber, ob Hesiods urzeitliches Chaos einfach leerer Raum oder ein Chaos im modernen Sinne des Wortes bedeutete. Camilla legte eine Josephine-Baker-Platte auf, und Bunny aß mein Lammkotelett.

Ich ging früh. Francis und Henry erboten sich beide, mich nach Hause zu fahren, und aus irgendwelchen Gründen fühlte ich mich daraufhin noch mieser. Ich sagte ihnen, ich würde lieber zu Fuß gehen, vielen Dank, und verdrückte mich lächelnd aus der Wohnung, praktisch im Delirium und mit glühenden Wangen angesichts ihrer kollektiven Blicke voller kühler, neugieriger Fürsorge.

Es war nicht weit bis zur Schule – eine Viertelstunde vielleicht –, aber es war kalt, und ich hatte Kopfschmerzen, und der ganze Abend hatte ein durchdringendes Gefühl der Unzulänglichkeit, ja, des Versagens in mir hinterlassen, das ich mit jedem Schritt schärfer empfand. Unablässig ging ich den Abend in Gedanken durch, hin und her, und bemühte mich, mir genaue Formulierungen, verräterische Untertöne, subtile Beleidigungen oder Freundlichkeiten in Erinnerung zu rufen, die mir vielleicht entgangen waren, und mein Geist lieferte mir – höchst bereitwillig – die unterschiedlichsten Verzerrungen.

Als ich in mein Zimmer kam, lag es silbern und fremdartig im Licht des Mondes; das Fenster war noch offen, und der *Parmenides* lag aufgeschlagen auf dem Schreibtisch, wo ich ihn liegengelassen hatte; ein halb getrunkener Kaffee aus der Snackbar stand daneben, kalt im Styroporbecher. Es war kühl im Zimmer, aber ich schloß das Fenster nicht. Statt dessen legte ich mich aufs Bett, ohne die Schuhe auszuziehen, ohne das Licht anzuknipsen.

Ich lag auf der Seite und starrte in eine Pfütze von weißem Mondlicht auf dem Holzfußboden, und eine Windbö ließ die Gardinen hereinwehen, lang und fahl wie Geister. Als blättere eine unsichtbare Hand in dem Buch, flatterten die Seiten des *Parmenides* hin und her.

Ich hatte nur ein paar Stunden schlafen wollen, aber als ich am nächsten Morgen aufschrak, schien die Sonne ins Zimmer, und die Uhr zeigte fünf vor neun. Ohne mich erst zu rasieren oder zu kämmen oder auch nur die Kleider vom letzten Abend zu wechseln, raffte ich mein griechisches Prosa-Übungsbuch und meinen *Liddell and Scott* an mich und eilte im Laufschritt zu Julians Büro.

Mit Ausnahme von Julian, der immer darauf achtete, daß er ein paar Minuten zu spät kam, waren alle schon da. Auf dem Korridor hörte ich sie schon reden, aber als ich die Tür öffnete, verstummten sie und schauten mich an.

Einen Moment lang sprach keiner ein Wort. Dann sagte Henry: »Guten Morgen.«

»Guten Morgen«, antwortete ich. Im klaren Licht des Nordens sahen sie alle frisch aus, gut ausgeruht, erstaunt über mein Aussehen; sie starrten mich an, als ich mir befangen mit der Hand durchs Haar fuhr.

»Sieht aus, als ob du heute morgen noch keinen Rasierapparat zu Gesicht bekommen hättest, Alter«, sagte Bunny. »Sieht aus...«

Die Tür ging auf, und Julian kam herein.

Es gab an diesem Tag im Unterricht eine Menge zu tun, vor allem für mich, der ich so weit zurück war; dienstags und donnerstags mochte es angenehm sein, herumzusitzen und über Literatur oder über Philosophie zu reden, aber der Rest der Woche wurde auf griechische Grammatik und Satzbildung verwendet, und das war zum größten Teil brutale, knüppelharte Arbeit, eine Arbeit, zu der ich mich heute – da ich älter bin und nicht mehr ganz so ausdauernd – kaum noch würde zwingen können. Außerdem bedrückten mich eine Menge anderer Dinge; die Kälte, die meine Klassenkameraden anscheinend von neuem befallen hatte, die frostige Solidarität, die sie an den Tag legten, die Kühle, mit der ihre Blicke durch mich hindurchzugehen schienen. Da war eine Öffnung in ihren Reihen gewesen, aber die hatte sich wieder geschlossen; ich war, wie es schien, wieder genau da, wo ich angefangen hatte.

An diesem Nachmittag ging ich zu Julian unter dem Vorwand, mit ihm über die Zahlungsweise der Kursgebühren zu reden; tatsächlich aber hatte ich etwas ganz anderes auf dem Herzen. Denn mir schien es plötzlich so, als sei meine Entscheidung, alles andere zugunsten des Griechischen aufzugeben, übereilt und töricht gewesen und aus lauter falschen Gründen zustande gekommen. Was hatte ich mir vorgestellt! Griechisch gefiel mir, und Julian gefiel mir, aber ich war nicht sicher, daß seine Studenten mir auch gefielen – und überhaupt, hatte ich wirklich vor, meine College-Laufbahn und in der Folge dann auch mein Leben damit zu verbringen, Bilder von zerbrochenen *kouroi* zu betrachten und über griechischen Partikeln zu brüten? Zwei Jahre zuvor hatte ich eine ähnlich kopflose Entscheidung getroffen, die mich in eine alptraumhafte, einjährige Tretmühle voller chloroformierter Kaninchen und Tagesausflüge ins Leichenschauhaus gestürzt hatte und der ich nur mit knapper Not überhaupt wieder entronnen war. Das hier war nicht annähernd so schlimm (mit Schaudern erinnerte ich mich an mein altes Zoologielabor um acht Uhr morgens, an die Bottiche, in denen die Schweineföten dümpelten), nicht annähernd – sagte ich mir – so schlimm. Aber trotzdem kam es mir vor wie ein großer Fehler, und jetzt war das Semester zu weit fortgeschritten, als daß ich meine alten Kurse wieder hätte aufnehmen oder meinen Studienberater erneut hätte wechseln können.

Vermutlich war ich zu Julian gegangen, um meine wankende Zuversicht neu zu beleben, in der Hoffnung, er werde mir dazu verhelfen, daß ich mich wieder so sicher fühlte wie an jenem ersten Tag. Und ich bin ziemlich sicher, genau das hätte er auch getan, wenn ich nur bis zu ihm gekommen wäre. Aber wie es sich fügte, kam ich gar nicht erst dazu, mit ihm zu sprechen. Als ich die Treppe zu seinem Büro hinaufgestiegen war, hörte ich Stimmen im Korridor und blieb stehen.

Es waren Julian und Henry. Keiner der beiden hatte mich die Treppe heraufkommen hören. Henry ging gerade; Julian stand in der offenen Tür. Er hatte die Stirn gerunzelt und sah sehr ernst aus, als habe er etwas von tiefster Bedeutung zu sagen. In der eitlen – oder eher paranoiden – Annahme, sie redeten über mich, ging ich noch einen Schritt weiter und spähte, soweit ich es riskieren konnte, um die Ecke.

Julian hatte zu Ende gesprochen. Er schaute einen Moment beiseite, biß sich dann auf die Unterlippe und blickte zu Henry auf.

Dann sprach Henry. Er sprach leise, aber bedacht und deutlich. »Sollte ich tun, was nötig ist?«

Zu meiner Überraschung nahm Julian Henrys beide Hände in seine eigenen. »Sie sollten immer nur tun, was nötig ist«, sagte er.

Was zum Teufel ist hier los? dachte ich. Ich blieb oben an der Treppe stehen, bemühte mich, kein Geräusch zu machen, wollte verschwinden, bevor sie mich sahen, wagte aber nicht, mich zu rühren.

Zu meiner ganz und gar grenzenlosen Überraschung beugte Henry sich vor und gab Julian einen schnellen kleinen, geschäftsmäßigen Kuß auf die Wange. Dann wandte er sich zum Gehen, aber zu meinem Glück schaute er sich noch einmal um und sagte ein paar letzte Worte; ich schlich mich die Treppe hinunter, so leise ich konnte, und fing an zu rennen, als ich auf dem nächsten Absatz und außer Hörweite war.

Die Woche, die darauf folgte, war einsam und unwirklich. Das Laub wechselte die Farbe; es regnete viel und wurde früh dunkel; im Monmouth House versammelten sich die Bewohner auf Strümpfen unten vor einem Kamin, in dem sie Feuerholz verbrannten, das im Schutze der Nacht aus dem Fakultätsgebäude gestohlen worden war, und tranken heißen Cidre. Aber ich ging geradewegs zum Unterricht und geradewegs zurück nach Monmouth und hinauf in mein Zimmer, vorbei an diesen heimeligen Kaminszenen, und sprach mit kaum einer Menschenseele, auch nicht mit den Zutraulicheren, die mich herunterbitten wollten, damit ich an diesem gemeinschaftlichen Studentenheimvergnügen teilnähme.

Vermutlich war ich, nachdem der Reiz des Neuen abgeklungen war, nur ein bißchen deprimiert wegen der rettungslosen Fremdartigkeit des Ortes, an dem ich mich befand – in einem fremden Land mit fremden Sitten und Menschen und unberechenbarem Wetter. Ich glaubte krank zu sein, aber ich glaube nicht, daß ich es wirklich war; mir war bloß dauernd kalt, und ich konnte nicht schlafen – manchmal schlief ich nur ein oder zwei Stunden in der Nacht.

Nichts macht so einsam oder orientierungslos wie die Schlaflosigkeit. Ich verbrachte die Nächte damit, daß ich bis vier Uhr morgens Griechisch las, bis mir die Augen brannten und mein Kopf sich drehte, bis in Monmouth House kein Licht mehr brannte außer meinem eigenen. Wenn ich mich auf das Griechische nicht mehr konzentrieren konnte und das Alphabet sich in unzusammenhängende Dreiecke und Mistgabeln verwandelte, las ich *Der große Gatsby*. Es ist eins meiner Lieblingsbücher, und ich hatte es aus der Bibliothek geholt, weil ich gehofft hatte, es werde mich aufheitern; natürlich machte es mich noch niedergeschlagener, weil ich in meinem humorlosen Zustand nicht in der Lage war, darin irgend etwas anderes zu sehen als das, was ich mir als gewisse tragische Ähnlichkeiten zwischen Gatsby und mir zurechtlegte.

»Ich weiß, wie man überlebt«, sagte das Mädchen auf der Party zu mir. Sie war blond und braun und zu groß – fast so groß wie ich –, und ohne zu fragen, wußte ich, daß sie aus Kalifornien war. Vermutlich war es etwas in ihrer Stimme, etwas an der durchgehenden

Bräune der sommersprossigen Haut, die sich straff über ein knochiges Schlüsselbein, über ein noch knochigeres Brustbein und die Rippen spannte, völlig ungemildert von irgendwelchen Brüsten, und die sich mir durch die Lücken eines Mieders von Gaultier präsentierte. Ich wußte, daß es von Gaultier war, weil sie es sozusagen beiläufig angemerkt hatte. Für mich sah es bloß aus wie ein Taucheranzug, der vorn grob verschnürt war.

Sie brüllte mir über die Musik hinweg in die Ohren. »Ich schätze, ich hab' ein ziemlich hartes Leben gehabt, mit meiner Verletzung und all dem« – davon hatte ich schon bei früherer Gelegenheit gehört: Sehnenriß, ein Verlust für die Welt des Tanzes, ein Gewinn für die Performance-Kunst –, »aber ich schätze, ich hab' einfach ein starkes Gefühl meiner selbst, meiner eigenen Bedürfnisse. Andere Leute sind mir wichtig, sicher, aber ich kriege von ihnen immer, was ich will, weißt du.« Ihre Stimme klang schroff von dem Stakkato, das Kalifornier sich manchmal angewöhnen, wenn sie sich allzu große Mühe geben, aus New York zu kommen; aber dennoch konnte sie die Fröhlichkeit des »Golden State« Kalifornien nicht ganz verleugnen. Sie war ein hübsches, ausgebranntes, hohles Mädchen von der Sorte, die mir zu Hause nicht mal gesagt hätte, wie spät es ist. Aber jetzt erkannte ich, daß sie versuchte, mich aufzureißen.

»Willst du eine Zigarette?« brüllte ich sie an.

»Ich rauche nicht.«

»Ich auch nicht, außer auf Parties.«

Sie lachte. »Na ja, gut, dann gib mir eine«, schrie sie mir ins Ohr. »Du weißt auch nicht, wo wir Pot herkriegen können, was?«

Als ich ihr Feuer gab, stieß mir jemand den Ellbogen ins Kreuz, und ich taumelte vorwärts. Die Musik war irrsinnig laut, und die Leute tanzten, und auf dem Boden waren Bierpfützen, und an der Bar drängte sich eine wüste Meute. Ich konnte nicht viel sehen außer einer dantesken Masse von Leibern auf der Tanzfläche und einer Rauchwolke unter der Decke, aber wo das Licht aus dem Korridor sich in die Finsternis ergoß, sah ich hier ein umgestoßenes Glas, dort einen breiten, lachenden Lippenstiftmund. Was Parties angeht, war diese hier schauderhaft, und es wurde schlimmer – bestimmte Erstsemester hatten bereits angefangen, sich zu übergeben, während sie in jammervollen Schlangen vor den Toiletten warteten –, aber es war Freitag, und ich hatte die ganze Woche nur gelesen, und mir war es egal. Ich war sicher, daß keiner meiner Mitstudenten aus dem Griechischkurs dasein würde. Ich war seit

Schulbeginn auf jeder Friday Night Party gewesen, und ich wußte, daß sie sie mieden wie den Schwarzen Tod.

»Danke«, sagte das Mädchen. Sie hatte sich in ein Treppenhaus gedrückt, wo es ein bißchen ruhiger war. Jetzt war es möglich, sich zu unterhalten, ohne zu brüllen, aber ich hatte zirka sechs Wodka-Tonic getrunken und hatte keinen blassen Schimmer, was ich zu ihr sagen sollte.

»Äh, was ist eigentlich dein Hauptfach?« fragte ich schließlich betrunken.

Sie lächelte. »Performance-Kunst. Das hast du mich schon mal gefragt.«

»Sorry. Vergessen.«

Sie musterte mich kritisch. »Du solltest ein bißchen lockerer sein. Guck dir mal deine Hände an. Du bist ganz verspannt.«

»Das ist aber ungefähr das Lockerste, was ich hinkriege«, sagte ich durchaus wahrheitsgemäß.

Sie sah mich an, und in ihrem Blick dämmerte Erkennen auf. »Ich weiß, wer du bist«, sagte sie und schaute auf meine Jacke und meine Krawatte mit den Bildern von Männern, die Rehe jagten. »Judy hat mir alles über dich erzählt. Du bist der Neue, der mit diesen Gruseltypen Griechisch studiert.«

»Judy? Was heißt das, Judy hat dir alles über mich erzählt?«

Sie ging über die Frage hinweg. »Du solltest lieber aufpassen«, sagte sie. »Ich hab' beschissen unheimliche Geschichten über diese Typen gehört.«

»Zum Beispiel?«

»Zum Beispiel, daß sie den verdammten Teufel anbeten.«

»Die Griechen haben keinen Teufel«, antwortete ich pedantisch.

»Na, ich hab's anders gehört.«

»Na und. Du irrst dich eben.«

»Das ist ja nicht alles. Ich hab' auch noch andere Sachen gehört.«

»Was denn noch?«

Sie wollte es nicht sagen.

»Wer hat es dir erzählt? Judy?«

»Nein.«

»Wer dann?«

»Seth Gartrell«, sagte sie, als sei die Sache damit erledigt.

Natürlich kannte ich Gartrell. Er war ein schlechter Maler und ein bösartiges Tratschmaul mit einem Vokabular, das fast aus-

schließlich aus Obszönitäten und dem Wort postmodern bestand.
»Das Schwein«, sagte ich. »Kennst du ihn?«

Sie sah mich mit feindseligem Funkeln an. »Seth Gartrell ist ein guter Freund von mir.«

Ich hatte wirklich ein bißchen zuviel getrunken. »Ach ja?« sagte ich. »Dann erzähl mir mal. Woher hat seine Freundin dauernd diese blauen Augen? Und pißt er wirklich auf seine Bilder wie Jackson Pollock?«

»Seth«, sagte sie eisig, »ist ein Genie.«

»Tatsächlich? Dann ist er sicher ein Meister der Täuschung, nicht wahr?«

»Er ist ein wunderbarer Maler. Das heißt, konzeptionell. Jeder im Fachbereich sagt das.«

»Na, wenn das *jeder* sagt, dann muß es ja stimmen.«

»Viele Leute mögen Seth nicht.« Jetzt war sie wütend. »Ich glaube, viele Leute sind einfach neidisch auf ihn.«

Eine Hand zog hinten, über dem Ellbogen, an meinem Ärmel. Ich schüttelte sie ab. Bei meinem Glück konnte das nur Judy Poovey sein, die versuchen wollte, mich anzumachen, wie sie es jeden Freitagabend um diese Zeit tat. Aber die Hand zupfte erneut an mir, diesmal fester und ungeduldiger; verärgert drehte ich mich um und wäre dann fast nach hinten in die Blonde zurückgeprallt.

Es war Camilla. Ihre eisenfarbenen Augen waren zuerst alles, was ich sah – leuchtend, verändert, klar im trüben Licht von der Bar. »Hi«, sagte sie.

Ich starrte sie an. »Ha*llo*«, sagte ich und bemühte mich, nonchalant zu sein, strahlte aber doch entzückt auf sie hinunter. »Wie geht's denn? Was machst du hier? Kann ich dir was zu trinken besorgen?«

»Bist du beschäftigt?« fragte sie.

Das Denken fiel mir schwer. Die feinen goldenen Haare lockten sich auf ganz bestrickende Art an ihren Schläfen. »Nein, nein, überhaupt nicht«, sagte ich und schaute ihr nicht in die Augen, sondern auf die faszinierende Korona rings um ihre Stirn.

»Wenn ja, mußt du es nur sagen«, erklärte sie mit einem gewissen Unterton und blickte über meine Schulter. »Ich will dich nicht von irgend was wegschleifen.«

Natürlich: Miss Gaultier. Ich drehte mich um und rechnete halb mit irgendeinem giftigen Kommentar, aber sie hatte das Interesse verloren und redete demonstrativ mit jemand anderem. »Nein«, sagte ich, »es ist schon o. k.«

»Möchtest du dieses Wochenende aufs Land?«
»Was?«
»Wir fahren jetzt. Francis und ich. Er hat ein Haus, ungefähr eine Stunde von hier.«

Ich war wirklich betrunken; sonst hätte ich nicht einfach genickt und wäre ihr gefolgt, ohne eine einzige Frage zu stellen. Um zur Tür zu kommen, mußten wir über die Tanzfläche: Schweiß und Hitze, blitzende Weihnachtslichter, ein furchtbares Gedränge von Leibern. Als wir schließlich ins Freie hinaustraten, war es, als fielen wir in einen Teich mit kühlem, stillem Wasser. Gekreisch und animalische Musik dröhnten gedämpft durch geschlossene Fenster.

»Mein Gott«, sagte Camilla. »Diese Feten sind die Hölle. Überall wird gekotzt.«

Der Kies in der Zufahrt schimmerte silbern im Mondlicht. Francis stand im Schatten unter ein paar Bäumen. Als er uns sah, trat er plötzlich auf den hellen Weg. »Buh«, sagte er.

Wir machten beide einen Satz rückwärts. Francis lächelte schmal, und das Licht blinkte auf seinem betrügerischen Kneifer. Zigarettenrauch kräuselte sich aus seinen Nasenlöchern. »Hallo«, sagte er zu mir und sah dann Camilla an. »Ich dachte schon, du wärest weggelaufen«, sagte er.

»Du hättest mit mir hineinkommen sollen«, meinte sie.

«Ich bin froh, daß ich's nicht getan habe«, erwiderte Francis. »Ich habe nämlich ein paar interessante Sachen hier draußen gesehen.«

»Was denn zum Beispiel?«

»Zum Beispiel, wie Saalordner ein Mädchen auf einer Trage herausbrachten, und wie ein schwarzer Hund ein paar Hippies attackierte.« Er lachte, warf seine Autoschlüssel in die Luft und fing sie klirrend wieder auf. »Seid ihr soweit?«

Er hatte ein Cabriolet, einen alten Mustang, und wir fuhren den ganzen Weg aufs Land mit offenem Verdeck und saßen alle drei auf dem Vordersitz. Ich war noch nie mit einem Cabrio gefahren, und dennoch brachte ich es fertig einzuschlafen – ich schlief ein, mit der Wange auf dem gepolsterten Leder der Tür; die schlaflose Woche und sechs Wodka-Tonic warfen mich um wie eine Injektion.

Ich erinnere mich kaum an die Fahrt. Francis fuhr mit vernünftigem Tempo – er war ein vorsichtiger Autofahrer, anders als Henry, der schnell und oft rücksichtslos fuhr und der außerdem nicht allzu gute Augen hatte. Der Nachtwind in meinem Haar, ihr undeutliches Geplauder, die Musik im Radio – das alles mischte sich verworren in meinen Träumen. Es war, als wären wir erst ein paar Minuten gefahren, als mir plötzlich die Stille ins Bewußtsein drang und ich merkte, daß Camillas Hand meine Schulter berührte. »Aufwachen«, sagte sie. »Wir sind da.«

Benommen und halb im Traum schüttelte ich den Kopf und schob mich auf dem Sitz hoch; ich wußte nicht genau, wo ich war. Ich hatte mir Speichel auf die Wange gesabbert und wischte ihn jetzt mit der flachen Hand weg.

»Bist du wach?«

»Ja«, sagte ich, aber es stimmte nicht. Es war dunkel, und ich sah nichts. Schließlich schlossen sich meine Finger um den Türgriff, und erst jetzt, als ich aus dem Wagen kletterte, kam der Mond hinter einer Wolke hervor, und ich sah das Haus. Es war gewaltig. Ich sah die scharfgezeichnete, tintenschwarze Silhouette vor dem Himmel, Türmchen und Spitzdächer, das Geländer einer Dachterrasse.

»Junge«, sagte ich.

Francis stand neben mir, aber ich war mir dessen kaum bewußt, bis er etwas sagte, und ich schrak zusammen, weil seine Stimme so nah war. »Man kann sich nachts keine besonders gute Vorstellung davon machen«, sagte er.

»Das gehört dir?« fragte ich.

Er lachte. »Nein. Meiner Tante. Viel zu groß für sie, aber sie will es nicht verkaufen. Sie und die Familie kommen im Sommer, und das restliche Jahr über ist nur ein Hausmeister hier.«

Im Eingangsflur roch es süß und muffig, und das Licht war so trüb wie von Gaslampen; spinnenhaft spannten sich die Schatten von Topfpalmen über die Wände, und an der Decke, so hoch, daß mir schwindlig wurde, dräuten verzerrte Spuren unserer eigenen Schatten. Irgendwo hinten im Haus spielte jemand Klavier. Fotos und düstere, goldgerahmte Porträts säumten den Flur in langgestreckter Perspektive.

»Es riecht schrecklich hier drin«, sagte Francis. »Morgen, wenn's warm ist, lüften wir; Bunny kriegt Asthma von all dem Staub ... Das ist meine Urgroßmutter.« Er deutete auf ein Foto, als er sah, daß es meine Aufmerksamkeit erregt hatte. »Und das ist ihr Bruder daneben – ist mit der *Titanic* untergegangen, der Arme. Sie haben seinen Tennisschläger aus dem Nordatlantik gefischt, ungefähr drei Wochen später.«

»Komm und sieh dir die Bibliothek an«, sagte Camilla. Francis blieb dicht hinter uns; wir gingen den Flur entlang und durch mehrere Zimmer – ein zitronengelber Salon mit goldgerahmten Spiegeln und Kronleuchtern, ein Speisezimmer, dunkel von Mahagoni, Zimmer, in denen ich gern verweilt hätte, auf die ich aber bloß einen Blick werfen konnte. Die Klaviermusik kam näher; es war Chopin, eines der Préludes vielleicht.

Als wir in die Bibliothek kamen, atmete ich scharf ein und blieb stehen: verglaste Bücherschränke und eine düstere Holztäfelung reichten fünf Meter hoch bis zu einer freskenbemalten und stuckverzierten Decke. Am hinteren Ende des Raumes war ein Marmorkamin, so groß wie ein Mausoleum, und die Glaskugel einer Gaslampe – triefend von Prismen und Ketten von Kristallperlen – funkelte im Halbdunkel.

Ein Konzertflügel stand auch da, und Charles spielte; neben ihm auf der Bank stand ein Glas Whiskey. Er war ein bißchen betrunken; der Chopin klang verwaschen und fließend, und die Töne verschmolzen schläfrig ineinander. Ein Luftzug bewegte die schweren, mottenzerfressenen Samtvorhänge und strich durch sein Haar.

»Meine Güte«, sagte ich.

Das Klavierspiel brach abrupt ab, und Charles blickte auf. »Na, da seid ihr ja«, sagte er. »Ihr kommt schrecklich spät. Bunny ist schlafen gegangen.«

»Wo ist Henry?« fragte Francis.

»Er arbeitet. Er kommt vor dem Schlafengehen vielleicht noch mal herunter.«

Camilla ging zum Klavier und nahm einen Schluck aus Charles' Glas. »Du solltest dir mal diese Bücher ansehen«, sagte sie. »Hier gibt es eine Erstausgabe von *Ivanhoe*.«

»Ehrlich gesagt, ich glaube, die haben sie verkauft«, sagte Francis; er setzte sich in einen Ledersessel und zündete sich eine Zigarette an. »Es gibt ein oder zwei interessante Sachen, aber hauptsächlich ist es Marie Corelli und alte *Rover Boys*.«

Ich ging hinüber zu den Regalen. Etwas namens *London* von jemandem namens Pennant, sechs in rotes Leder gebundene Bände, mächtige Bücher, einen halben Meter hoch. Daneben *The Club History of London*, ein ebenso massives Werk in hellem Kalbsleder. Das Libretto zu *The Pirates of Penzance*. Unzählige *Bobbsey Twins*. Byrons *Marino Faliero* in schwarzem Ledereinband, in Gold auf dem Rücken eingeprägt das Datum 1821.

»Hey, hol dir selbst einen Drink, wenn du einen willst«, sagte Charles zu Camilla.
»Ich will keinen eigenen. Ich will ein bißchen von deinem.«
Er reichte ihr das Glas mit der einen Hand und holperte mit der anderen durch einen schwierigen Vorwärts-Rückwärts-Lauf auf dem Klavier.
»Spiel noch was«, sagte ich. Er verdrehte die Augen.
»Ach, komm«, sagte Camilla.
»Nein.«
»Natürlich, eigentlich *kann* er auch gar nichts spielen«, sagte Francis in mitfühlendem Ton.
Charles nahm einen großen Schluck aus seinem Glas und ging dabei mit der rechten Hand eine Oktave höher und spielte einen nonsenshaften Triller. Dann reichte er Camilla das Glas, die nunmehr freie Linke senkte sich auf die Tasten und verwandelte das Geklimper in die Anfangsnoten eines Scott-Joplin-Rags.
Er spielte genußvoll, die Ärmel aufgekrempelt, und lächelte dabei, arbeitete sich von den tiefen hinauf zu den hohen Tonlagen mit den trickreichen Synkopen eines Steptänzers, der eine Ziegfeld-Treppe hinauftanzt. Camilla saß neben ihm auf der Bank und lächelte mich an. Ich lächelte, ein bißchen benommen, zurück. Die Decke warf ein geisterhaftes Echo und gab all dieser verzweifelten Heiterkeit den Anstrich nostalgischer Erinnerung, während ich dasaß und zuhörte – der Erinnerung an Dinge, die ich nie gekannt hatte.
Charleston auf den Tragflächen fliegender Doppeldecker. Parties auf sinkenden Schiffen, wo das eisige Wasser den Orchestermusikern um die Hüften gurgelte, noch während sie ein letztes, tapferes Mal den Refrain von »Auld Lang Syne« heruntersägten. Tatsächlich war es nicht »Auld Lang Syne« gewesen, was sie gesungen hatten, als die *Titanic* untergegangen war, sondern sie hatten Kirchenlieder angestimmt. Massenhaft Kirchenlieder, und der katholische Pfarrer hatte Ave-Marias aufgesagt, und im Salon der ersten Klasse hatte es tatsächlich ganz so ausgesehen wie hier: dunkles Holz, Topfpalmen, rosaseidene Lampenschirme mit schwingenden Fransen. Ich hatte wirklich ein bißchen viel getrunken. Ich saß seitwärts in meinem Sessel, hielt die Armlehne fest umklammert (*Heilige Maria, Mutter Gottes*), und sogar die Fußböden neigten sich, wie die Decks eines kenternden Schiffes – als würden wir gleich alle mit hysterischem *Uiiiiiii!* ans andere Ende des Raumes rutschen, mitsamt Klavier und allem Drum und Dran.

Man hörte Schritte auf der Treppe, und Bunny kam mit verquollenen Augen und abstehenden Haaren hereingeschlurft; er war im Pyjama. »Was, zum Teufel«, sagte er. »Ihr habt mich geweckt.« Aber niemand kümmerte sich um ihn, und schließlich goß er sich einen Drink ein und taperte damit barfuß die Treppe hinauf, zurück ins Bett.

Das chronologische Sortieren von Erinnerungen ist eine interessante Angelegenheit. Bis zu diesem ersten Wochenende auf dem Land ist alles, was mir von jenem Herbst im Gedächtnis ist, fern und verschwommen; von hier an sind meine Erinnerungen von köstlicher Schärfe. An diesem Punkt geschieht es, daß die gestelzten Kleiderpuppen, die ich gerade kennengelernt habe, allmählich gähnend und räkelnd zum Leben erwachen. Es sollte noch Monate dauern, bis das glanzvolle Geheimnis des Neuen, das mich daran hinderte, sie halbwegs objektiv zu sehen, sich vollends abnutzte – auch wenn sie in der Realität noch sehr viel interessanter waren, als irgendeine idealisierte Version es hätte sein können –, aber in meiner Erinnerung geschieht es hier, daß sie aufhören, völlig fremdartig zu sein, und zum ersten Mal in einer Gestalt erscheinen, die ihrer strahlenden alten Persönlichkeit sehr ähnlich ist.

Auch ich komme mir ein wenig vor wie ein Fremder in diesen frühen Erinnerungen: wachsam und mürrisch, merkwürdig schweigsam. Mein Leben lang haben die Leute meine Schüchternheit für Mißmutigkeit gehalten, für Snobismus oder eine Art Übellaunigkeit. »Hör auf, so hochmütig zu gucken!« brüllte mein Vater manchmal, wenn ich beim Essen war, beim Fernsehen, oder mich sonstwie um meinen eigenen Kram kümmerte. Aber diese Beschaffenheit meiner Gesichtszüge (ich glaube, mehr ist es eigentlich nicht – nur eine gewisse Art, die Mundwinkel herunterzuziehen, die wenig mit meiner tatsächlichen Stimmung zu tun hat) hat ebensooft auch zu meinem Vorteil gewirkt. Monate, nachdem ich die fünf kennengelernt hatte, erfuhr ich zu meiner Überraschung, daß sie mich anfangs beinahe ebenso ratlos betrachtet hatten wie ich sie. Ich kam nie auf den Gedanken, daß mein Verhalten ihnen anders als täppisch und provinziell hätte erscheinen können, schon gar nicht, daß sie es so rätselhaft finden konnten, wie sie es fanden; weshalb, fragten sie mich schließlich, hatte ich niemandem *irgend* etwas über mich erzählt? Weshalb hatte ich mir solche Mühe gemacht, ihnen aus dem Weg zu gehen? (Erschrocken erkannte ich, daß mein Trick, mich in Hauseingänge zu verdrücken, nicht so unauffällig war, wie ich gedacht hatte.) Und weshalb hatte ich so getan, als merkte ich nicht, wie sehr sie mir von Anfang an entgegenkamen? Ich hatte geglaubt, sie seien von abweisender Arroganz, aber jetzt weiß ich, daß sie, höflich wie jüngferliche Tanten, nur darauf gewartet hatten, daß ich den nächsten Schritt täte.

Jedenfalls war dies das Wochenende, an dem sich alles zu ändern begann; von jetzt an werden die dunklen Lücken zwischen den Straßenlaternen kleiner und die Abstände zwischen ihnen größer – das erste Anzeichen dafür, daß der Zug sich vertrautem Territorium nähert und bald durch die bekannten, gutbeleuchteten Straßen der Stadt fahren wird. Das Haus war ihre Trumpfkarte, ihr liebster Schatz, und an diesem Wochenende offenbarten sie es mir geschickt, Stück für Stück – die schwindelerregenden kleinen Turmzimmer, den Dachboden mit seinen hochragenden Balken, den alten Schlitten im Keller, der groß genug war, um von vier schellenbehängten Pferden gezogen zu werden. Die Remise war jetzt die Wohnung des Hausmeisters. (»Das ist Mrs. Hatch da draußen im Garten. Sie ist reizend, aber ihr Mann ist Adventist des Siebenten Tages oder so was und sehr streng. Wir müssen alle Flaschen verstecken, wenn er ins Haus kommt.«

»Oder was?«

»Oder er bekommt Depressionen und fängt an, überall kleine Traktate liegenzulassen.«)

Am Nachmittag spazierten wir zum See hinunter, den sich mehrere benachbarte Anwesen diskret teilten. Unterwegs zeigten sie mir den Tennisplatz und das alte Sommerhaus, einen nachempfundenen *tholos*, dorisch nach Art von Pompeji und (sagte Francis, der für diese viktorianischen Bemühungen um Klassizismus nur Verachtung hatte) D. W. Griffith und Cecil B. De Mille. Es war aus Gips, sagte er, und als Bausatz von Sears Roebuck geliefert worden. Das Grundstück trug an manchen Stellen noch Spuren der adretten viktorianischen Geometrie, mit der es ursprünglich gestaltet gewesen war: leere Fischteiche, die langen weißen Kolonnaden skelettartiger Laubengänge, steingesäumte Beete, auf denen keine Blumen mehr wuchsen. Aber größtenteils waren diese Spuren verwischt: Hecken wucherten wild, und einheimische Bäume, Ulmen und Lärchen, überwogen die Quitten und Araukarien.

Der See war von Birken umstanden, hell und sehr still. Ins Schilf geschmiegt, lag ein kleines hölzernes Ruderboot, außen weiß und innen blau angestrichen.

»Können wir damit hinausfahren?« fragte ich entzückt.
»Natürlich. Aber nicht alle zusammen, sonst sinken wir.«
Ich hatte noch nie im Leben in einem Boot gesessen. Henry und Camilla fuhren mit mir – Henry an den Rudern, die Ärmel bis zu den Ellbogen hochgekrempelt, das dunkle Jackett neben sich auf dem Sitz. Er hatte, wie ich später entdecken sollte, die Angewohnheit, sich in gedankenverlorenen, didaktischen, absolut selbstgenügsamen Monologen zu verlieren, die sich um das drehten, was ihn gerade interessierte – die Katuvellauner, spätbyzantinische Malerei oder Kopfjägerei auf den Salomon-Inseln. An diesem Tag redete er über Elizabeth und Leicester, wie ich mich erinnere: die ermordete Ehefrau, die königliche Barke, die Königin auf einem Schimmel, wie sie zu den Truppen in Tilbury Fort spricht, während Leicester und der Graf von Essex das Zaumzeug halten... Das Rauschen der Ruder und das hypnotische Brummen der Libellen mischten sich mit seinem akademischen Monolog. Camilla ließ, erhitzt und schläfrig, die Hand ins Wasser hängen. Gelbe Birkenblätter wehten von den Bäumen und schwebten auf das Wasser herunter. Es war viele Jahre später und weit weg von dort, daß ich auf diese Stelle aus *Das wüste Land* stieß:

Elizabeth und Leicester
   Schlagende Ruder
   Das Vorderschiff war
   Eine Muschel aus Gold
   Rot und Gold
Der jähe Schwall
Besprritzt beide Ufer
Südwestwind
Trug stromab
Glockengeläut
Weißes Getürm
   Weialala leia
   Wallala leilala

Wir fuhren zum anderen Ufer des Sees hinüber; als wir wieder zurückkamen, halb geblendet vom Licht auf dem Wasser, fanden wir Bunny und Charles auf der vorderen Veranda. Sie aßen Schinkensandwiches und spielten Karten: »Go Fish«; es war das einzige Kartenspiel, das Bunny konnte.

Am Sonntag wachte ich früh auf; es war still im Haus. Francis hatte meine Sachen Mrs. Hatch zum Waschen gegeben; ich zog einen Bademantel über, den er mir geliehen hatte, und ging nach unten, um ein paar Minuten auf der Veranda zu sitzen, ehe die anderen aufwachten.

Draußen war es kühl und still; der Himmel war von jenem dunstigen Weiß, das man nur morgens im Herbst sieht, und die Korbstühle waren naß vom Tau. Die Hecken und die zahllosen Morgen Rasen waren von Spinnweben überzogen, die den Tau wie Perlschnüre sammelten, so daß er dort glitzerte wie Reif. Die Schwalben bereiteten sich auf die Reise nach Süden vor; sie flatterten unruhig unter den Dachrinnen, und aus der Nebeldecke, die über dem See lag, hörte ich den rauhen, einsamen Ruf der Stockenten.

»Guten Morgen«, sagte eine kühle Stimme hinter mir.

Erschrocken drehte ich mich um und sah Henry am anderen Ende der Veranda sitzen. Er trug kein Jackett, war aber ansonsten in Anbetracht der unchristlichen Stunde makellos gekleidet: Seine Hose hatte messerscharfe Bügelfalten, und sein weißes Hemd war frisch gestärkt. Auf dem Tisch vor ihm lagen Bücher und Papiere; daneben stand eine dampfende Espresso-Kanne mit einer kleinen Tasse, und in einem Aschenbecher glomm – zu meiner Überraschung – eine filterlose Zigarette.

»Du bist früh auf«, sagte ich.

»Ich stehe immer früh auf. Der Morgen ist für mich die beste Zeit zum Arbeiten.«

Ich warf einen Blick auf die Bücher. »Was machst du? Griechisch?«

Henry stellte die Tasse auf die Untertasse. »Eine Übersetzung von *Paradise Lost*.«

»In welche Sprache?«

»Latein«, sagte er feierlich.

»Hmm«, sagte ich. »Wieso das?«

»Es interessiert mich, zu sehen, was dabei herauskommt. Milton ist meiner Auffassung nach unser größter englischer Dichter, größer als Shakespeare, aber ich denke, in mancher Hinsicht war es unglückselig, daß er es vorzog, auf englisch zu schreiben. Natürlich hat er eine nicht unbeträchtliche Menge Gedichte auf lateinisch verfaßt – aber das war früh, in seiner Studentenzeit; worauf ich mich beziehe, ist sein späteres Werk. In *Paradise Lost* treibt er das Englische bis an seine äußersten Grenzen, aber ich denke, keine Sprache ohne Substantivdeklination kann je die strukturelle Ordnung haben, die er ausdrücken will.« Er legte die Zigarette in den Aschenbecher, und ich beobachtete die Glut. »Möchtest du Kaffee?«

»Nein, danke.«

»Ich hoffe, du hast gut geschlafen.«

»Ja, danke.«

»Ich schlafe hier draußen besser als sonst«, sagte Henry, rückte seine Brille zurecht und beugte sich wieder über das Lexikon. Das Abfallen seiner Schultern gab einen subtilen Hinweis auf Erschöpfung und Anspannung, den ich als Veteran mancher schlaflosen Nacht sofort erkannte. Plötzlich wurde mir klar, daß diese sinnlose Arbeit wahrscheinlich nichts weiter war als eine Methode, sich die frühen Morgenstunden zu vertreiben, ganz wie andere von der Schlaflosigkeit Geplagte Kreuzworträtsel lösen.

»Bist du denn immer so früh auf?« fragte ich ihn.

»Fast immer«, antwortete er, ohne aufzublicken. »Es ist schön hier – aber das Morgenlicht kann noch die vulgärsten Dinge erträglich machen.«

»Ich weiß, was du meinst«, sagte ich, und ich wußte es wirklich. Praktisch die einzige Tageszeit, die ich in Plano hatte ertragen können, war der ganz frühe Morgen gewesen, das Morgengrauen fast, wenn die Straßen leer waren und das Licht golden und gütig auf dem dürren Gras, den Maschendrahtzäunen, den einsamen Buscheichen lag.

Henry hob den Kopf von seinen Büchern und sah mich beinahe neugierig an. »Du bist nicht sehr glücklich da, wo du herkommst, wie?« sagte er.

Ich war verblüfft über diese detektivische Schlußfolgerung. Er lächelte über mein offensichtliches Unbehagen.

»Keine Angst. Du verbirgst es sehr geschickt«, sagte er und wandte sich wieder seinem Buch zu. Dann blickte er noch einmal auf. »Die anderen verstehen eigentlich nichts von diesen Dingen, weißt du.«

Er sagte es ohne Bosheit, ohne Mitgefühl, ja, weitgehend ohne Interesse. Ich wußte nicht einmal genau, was er meinte, aber zum ersten Mal sah ich einen Schimmer dessen, was ich bis dahin nicht verstanden hatte: weshalb die anderen ihn alle so gern hatten. Erwachsene Kinder (ein Oxymoron, ich weiß) neigen instinktiv zu den Extremen: Der junge Gelehrte ist sehr viel pedantischer als sein älteres Gegenstück. Und ich, selbst noch jung, nahm Henrys

Feststellungen sehr ernst. Ich bezweifle, daß Milton persönlich mich stärker hätte beeindrucken können.

Ich nehme an, es gibt eine bestimmte, entscheidende Zeitspanne im Leben eines jeden, in der sein Charakter für allezeit festgelegt wird; für mich war es jenes erste Herbstsemester, das ich in Hampden verbrachte. So vieles habe ich aus jener Zeit bis heute behalten; die alten Vorlieben für Kleidung und Bücher und sogar Speisen, die ich mir damals und, wie ich zugeben muß, in jünglingshafter Nachahmung der anderen in meinem Griechischkurs aneignete, haben sich im Laufe der Jahre bei mir erhalten. Es fällt mir noch heute leicht, mir in Erinnerung zu rufen, wie ihr Alltag, der in der Folgezeit auch der meine wurde, aussah. Ungeachtet der Umstände lebten sie wie ein Uhrwerk, mit überraschend wenig von jenem Chaos, das für mich immer ein natürlicher Bestandteil des Collegelebens gewesen war – unregelmäßige Essens- und Arbeitsgewohnheiten, Ausflüge zum Waschsalon um ein Uhr nachts. Zu bestimmten Tages- und Nachtzeiten, selbst wenn die Welt einstürzte, fand man Henry im Tag und Nacht geöffneten Studienraum der Bibliothek, oder man wußte, daß es zwecklos sein würde, nach Bunny zu suchen, weil er bei seiner Mittwochsverabredung mit Marion oder auf seinem Sonntagsspaziergang war. (Ganz so, wie das Römische Reich sich in gewisser Weise selbst weiterführte, als längst niemand mehr da war, der es führte, und der Grund, der dahintergestanden hatte, restlos verschwunden war – ganz so blieb diese Routine selbst in den furchtbaren Tagen nach Bunnys Tod intakt. Bis ganz zum Schluß gab es immer, immer sonntagabends ein Essen bei Charles und Camilla, außer am Abend des Mordes selbst, als keiner besonders viel Appetit hatte und das Essen auf Montag verschoben wurde.)

Ich war überrascht, wie mühelos es ihnen gelang, mich in ihr zyklisches, byzantinisches Dasein einzubeziehen. Sie waren allesamt so sehr aneinander gewöhnt, daß sie mich, glaube ich, als Erfrischung empfanden, und sie waren noch von den profansten meiner Gewohnheiten fasziniert: von meiner Vorliebe für Kriminalromane und meiner chronischen Kinobesessenheit; von der Tatsache, daß ich Wegwerfrasierer aus dem Supermarkt benutzte und mir selbst die Haare schnitt, statt zum Friseur zu gehen; sogar von der Tatsache, daß ich Zeitung las und gelegentlich im Fernsehen die Nachrichten anschaute (eine Gewohnheit, die ihnen unerhört exzentrisch vorkam). Keiner von ihnen interessierte sich einen Deut für das, was in der Welt vorging, und ihre Unkenntnis der aktuellen Ereignisse und auch der jüngeren Geschichte war ziemlich erstaunlich.

Als Gruppe waren sie immer noch überwältigend, und langsam lernte ich sie auch einzeln wirklich kennen. Weil er wußte, daß ich ebenfalls lange auf war, kam Henry manchmal spätabends auf dem Weg zur Bibliothek bei mir vorbei. Francis, der ein schrecklicher Hypochonder war und sich weigerte, allein zum Arzt zu gehen, schleppte mich häufig mit, und es geschah seltsamerweise auf einer dieser Fahrten – zum Allergologen in Manchester oder zu dem HNO-Arzt in Keene –, daß wir Freunde wurden. In diesem Herbst mußte er sich einer Wurzelbehandlung unterziehen, und das dauerte vier oder fünf Wochen; jeden Mittwochnachmittag tauchte er bleich und schweigsam in meinem Zimmer auf, und dann gingen wir zusammen in eine Bar in der Stadt und tranken dort bis zu seinem Termin um drei. Der vorgebliche Zweck meiner Begleitung bestand darin, daß ich ihn nach Hause fahren konnte, wenn er benebelt vom Lachgas herauskam, aber da ich in der Bar auf ihn wartete, während er in die Zahnarztpraxis ging, war ich meistens ebenso wenig fahrtüchtig wie er.

Die Zwillinge mochte ich am meisten. Sie behandelten mich auf eine fröhliche, beiläufige Weise, als wäre ich viel länger mit ihnen bekannt, als ich es war. Camilla war mir am liebsten, aber sosehr ich ihre Gesellschaft genoß, mir war dabei doch ein wenig unbehaglich – nicht etwa, weil es ihr an Charme oder Freundlichkeit gefehlt hätte, sondern weil ich meinerseits zu erpicht darauf war, sie zu beeindrucken. Ich freute mich darauf, sie zu sehen, und dachte oft und bang an sie, aber mit Charles fühlte ich mich wohler. Er hatte viel Ähnlichkeit mit seiner Schwester; er war impulsiv und großzügig, aber launischer als sie; manchmal hatte er lange Anfälle von Melancholie, aber er war auch sehr gesprächig, wenn er gerade nicht darunter litt. Aber in welcher Stimmung er auch war, ich verstand mich gut mit ihm. Wir liehen uns Henrys Auto und fuhren nach Maine, damit er dort in einer Bar, die ihm gefiel, ein Clubsandwich essen konnte, fuhren nach Bennington, Manchester und zur Greyhound-Rennbahn in Pownal, von wo er schließlich einen Hund, der fürs Rennen zu alt war, mit nach Hause brachte, nur um ihn vor dem Einschläfern zu bewahren. Der Hund hieß Frost; er liebte Camilla und folgte ihr überallhin. Henry zitierte lange Passagen über Emma Bovary und ihren Greyhound: »*Sa pensée, sans but d'abord, vagabondait au hasard, comme sa levrette, qui faisait des cercles dans la campagne...*« Aber der Hund war schwach und überspannt, und eines strahlenden Dezembermorgens auf dem Land erlitt er einen Herzanfall, als er in munterer Jagd nach einem Eichhörnchen von der Veranda sprang. Das kam keineswegs unerwartet; der Mann auf der Rennbahn hatte Charles gewarnt: Der Hund werde die Woche vielleicht nicht überleben; trotzdem waren die Zwillinge betrübt, und wir verbrachten einen traurigen Nachmittag damit, das Tier im Garten von Francis' Haus zu begraben, wo eine von seinen Tanten einen sorgfältig angelegten Katzenfriedhof samt Grabsteinen hatte.

Bunny hatte der Hund ebenfalls gern. Das Tier machte jeden Sonntag lange, beschwerliche Spaziergänge über Land mit Bunny und mir, über Zäune und Bäche, durch Sümpfe und Wiesen. Bunny selbst ging so gern spazieren wie ein alter Krauter – seine Wanderungen waren so anstrengend, daß er Mühe hatte, jemanden zu finden, der mitging, wenn ich und der Hund es nicht taten –, aber diesen Spaziergängen hatte ich es zu verdanken, daß mir die Gegend um Hampden vertraut wurde, die Holzwege und Jagdpfade, die versteckten Wasserfälle und geheimen Badeseen.

Bunnys Freundin Marion war überraschend selten zugegen – zum Teil, glaube ich, weil er sie nicht dabeihaben wollte, aber vermutlich auch, weil sie sich für uns noch weniger interessierte als wir uns für sie. (»Sie ist gerne viel mit ihren Freundinnen zusammen«, sagte Bunny oft großspurig zu Charles und mir. »Da reden sie über Kleider und Jungs und all diesen Quatsch. Ihr wißt schon.«) Sie war eine kleine, nörgelige Blondine aus Connecticut, hübsch auf die gleiche landläufige, rundgesichtige Art, auf die auch Bunny gut aussah, und ihre Art, sich zu kleiden, war kindlich und schockierend matronenhaft zugleich – geblümte Röcke, Pullover mit Monogramm und zusammenpassende Handtaschen und Schuhe. Von Zeit zu Zeit sah ich sie aus der Ferne auf dem Spielplatz des Kinderhorts, der zur Abteilung für Elementarerziehung in Hampden gehörte; die Kinder aus der Stadt besuchten dort den Kindergarten und die Vorschule, und da war sie dann bei ihnen mit ihrem Monogramm-Pullover und blies in eine Trillerpfeife und versuchte, sie alle dazu zu bringen, daß sie die Klappe hielten und sich in einer Reihe aufstellten.

Niemand redete viel darüber, aber ich bekam mit, daß frühere, vergebliche Versuche, Marion in die Unternehmungen der Gruppe einzubeziehen, katastrophal geendet hatten. Sie mochte Charles, der für gewöhnlich zu allen höflich war und die unermüdliche

Fähigkeit besaß, mit jedermann Gespräche zu führen, von kleinen Kindern bis zu den Damen, die in der Cafeteria arbeiteten, und sie betrachtete Henry wie fast alle, die ihn kannten, mit einer Art furchtsamem Respekt; aber sie haßte Camilla, und zwischen ihr und Francis hatte es irgendeinen katastrophalen Zwischenfall gegeben, der so schrecklich gewesen war, daß niemand auch nur darüber sprechen wollte. Sie und Bunny hatten ein Verhältnis miteinander, wie ich es selten außer bei seit mindestens zwanzig Jahren verheirateten Ehepaaren gesehen habe, ein Verhältnis, das zwischen dem Rührenden und dem Ärgerlichen hin- und herschwang. Im Umgang mit ihm war sie sehr herrisch und geschäftsmäßig; sie behandelte ihn ganz so, wie sie ihre Kindergartenkinder behandelte. Er reagierte analog – abwechselnd schweifwedelnd, zärtlich oder schmollend. Die meiste Zeit über ertrug er ihr Genörgel geduldig, aber wenn er es nicht tat, kam es zu furchtbaren Streitigkeiten. Manchmal klopfte er spätabends an meine Tür, hager, wilden Blicks und zerknautschter als üblich, und dann murmelte er: »Laß mich rein, mein Alter, du mußt mir helfen, Marion ist auf dem Kriegspfad...« Wenige Minuten später hallte dann ein scharfes Klopfen in abgezirkeltem Takt an der Tür: *rat-a-tat-tat*. Das war Marion, das Mündchen fest zusammengepreßt; sie sah aus wie eine kleine, wütende Puppe.

»Ist Bunny da?« fragte sie wohl, und dabei erhob sie sich auf die Zehenspitzen und reckte den Hals, um an mir vorbei ins Zimmer zu schauen.

»Der ist nicht hier.«
»Bist du sicher?«
»Er ist nicht hier, Marion.«
»Bunny!« rief sie dann bedrohlich.
Keine Antwort.
»*Bun*ny!«
Und dann pflegte Bunny zu meiner grenzenlosen Verlegenheit belämmert in der Tür zu erscheinen. »Hallo, Sweetie.«
»Wo bist du gewesen?«
Bunny veranstaltete ein großes Ho-hum und A-hem.
»Na, ich denke, wir müssen uns mal unterhalten.«
»Ich hab' gerade zu tun, Honey.«
»Nun« – an dieser Stelle schaute sie auf ihre geschmackvolle kleine Cartier-Armbanduhr – »ich gehe jetzt nach Hause. Ich bin noch ungefähr eine halbe Stunde auf, und dann gehe ich schlafen.«
»Fein.«

»Ich sehe dich dann in ungefähr zwanzig Minuten.«
»Hey, Moment mal, ich hab' nicht gesagt, daß ich...«
»Bis gleich«, sagte sie und ging.
»Ich gehe nicht«, pflegte Bunny dann zu sagen.
»Nein. Würde ich auch nicht.«
»Ich meine, für wen hält sie sich eigentlich.«
»Geh einfach nicht.«
»Ich meine, irgendwann muß man ihr doch mal eine Lektion erteilen. Ich bin ein vielbeschäftigter Mann. Dauernd in Aktion. Meine Zeit gehört mir.«
»Genau.«
Unbehagliches Schweigen senkte sich herab. Schließlich pflegte Bunny aufzustehen. »Ich schätze, ich gehe dann.«
»Okay, Bun.«
»Ich meine, ich gehe nicht rüber zu Marion, falls du das glaubst«, sagte er defensiv.
»Natürlich nicht.«
»Ja, ja«, sagte Bunny zerstreut und rauschte aufgeregt davon.
Am nächsten Tag kam es dann vor, daß er und Marion gemeinsam zu Mittag aßen oder zusammen am Spielplatz entlangspazierten. »Ihr habt also alles geklärt, du und Marion, hm?« fragte einer von uns bei nächster Gelegenheit, wenn wir ihn allein sahen.
»Oh, yeah«, sagte Bunny dann verlegen.

Die Wochenenden in Francis' Haus waren die allerglücklichsten Zeiten. Das Laub wurde in diesem Herbst schon früh gelb, aber die Tage blieben noch weit in den Oktober hinein warm, und auf dem Land verbrachten wir die meiste Zeit draußen im Freien. Abgesehen von gelegentlichen, halbherzigen Tennispartien (Volleys, die vom Platz gingen, und niedergeschlagenes Gestocher mit den Enden unserer Tennisschläger im hohen Gras nach dem verlorenen Ball) trieben wir nichts besonders Sportliches; etwas an diesem Anwesen inspirierte einen zu einer herrlichen Faulheit, wie ich sie seit meiner Kindheit nicht mehr gekannt hatte.

Wenn ich jetzt darüber nachdenke, kommt es mir so vor, als hätten wir, wenn wir dort draußen waren, fast ständig getrunken – nie sehr viel auf einmal, aber das dünne Rinnsal des Alkohols, das mit den Bloody Marys beim Frühstück begann, hielt bis zum Schlafengehen an, und das dürfte mehr als alles andere für unsere Trägheit verantwortlich gewesen sein. Wenn ich ein Buch mit hinaus nahm, um zu lesen, schlief ich beinahe unverzüglich im Liegestuhl ein; wenn ich mit dem Boot hinausfuhr, hatte ich bald keine Lust mehr zum Rudern und ließ mich den ganzen Nachmittag treiben. (Dieses Boot! Noch heute versuche ich manchmal, wenn ich nicht einschlafen kann, mir vorzustellen, daß ich in diesem Ruderboot liege, den Kopf auf dem Sitzbrett im Heck, während das Wasser hohl am Holz plätschert und gelbe Birkenblätter herunterschweben und mein Gesicht streifen.) Gelegentlich nahmen wir wohl auch ehrgeizigere Unternehmungen in Angriff. Einmal, als Francis im Nachttisch seiner Tante eine Beretta samt Munition fand, trieben wir eine kurze Zeit lang Schießübungen; wir schossen auf Einmachgläser, die aufgereiht auf einem Teetisch aus Peddigrohr standen, den wir in den Garten hinausgeschleppt hatten. Aber damit war es bald zu Ende, als nämlich Henry, der stark kurzsichtig war, aus Versehen eine Ente totschoß. Er war ganz erschüttert danach, und wir brachten die Pistole wieder weg.

Die anderen spielten gern Crocket – Bunny und ich nicht; keiner von uns beiden hatte den Bogen je richtig raus. Wir hackten kreuz und quer gegen den Ball, als spielten wir Golf. Hin und wieder konnten wir uns so weit aufraffen, daß wir ein Picknick veranstalteten. Dabei nahmen wir uns immer zuviel vor – das Menü war raffiniert, der erwählte Platz weit weg und obskur –, und unweigerlich endete die Sache damit, daß wir erhitzt und schläfrig und ein bißchen betrunken waren und keine Lust hatten, mit dem Picknickkram den weiten, beschwerlichen Heimweg anzutreten. Meistens lagen wir den ganzen Nachmittag im Gras herum, tranken Martinis aus der Thermosflasche und sahen zu, wie die Ameisen in einer glitzernden schwarzen Kette über die klebrige Kuchenplatte krochen, bis die Martinis schließlich alle waren und die Sonne unterging und wir im Dunkeln zum Abendessen nach Hause wandern mußten.

Es war stets ein gewaltiges Ereignis, wenn Julian eine Einladung zum Dinner aufs Land annahm. Francis bestellte alle möglichen Lebensmittel aus dem Geschäft, blätterte in Kochbüchern und zerbrach sich tagelang den Kopf über die Frage, welcher Wein serviert, welches Geschirr benutzt, was im Seitenflügel als Ersatzgang bereitgehalten werden solle, falls das Soufflé zusammenfiele. Smokings gingen in die Reinigung; Blumen wurden geliefert; Bunny legte seine *Braut des Fu Manchu* zur Seite und schleppte statt dessen einen Band Homer mit sich herum.

Ich weiß nicht, weshalb wir beharrlich einen solchen Aufwand um diese Dinners machten, denn wenn Julian dann eintraf, waren wir unweigerlich nervös und erschöpft. Es war eine schreckliche Belastung für alle Beteiligten, den Gast eingeschlossen, da bin ich sicher – obwohl er sich stets in bester Laune zeigte, freundlich und charmant und unermüdlich entzückt über alles und jeden, und dies trotz der Tatsache, daß er durchschnittlich nur eine von drei solchen Einladungen annahm. Ich sah mich ganz außerstande, in meinem unbequemen geliehenen Smoking und mit meinen alles andere als umfangreichen Kenntnissen der Tischetikette meinen Streß zu verbergen. Die anderen waren geübter in dieser speziellen Art der Heuchelei. Fünf Minuten vor Julians Ankunft mochten sie noch zusammengesunken im Wohnzimmer hocken – die Vorhänge waren zugezogen, das Essen köchelte auf Warmhalteplatten in der Küche, alle zupften sich mit vor Erschöpfung stumpfen Augen den Kragen zurecht –, aber kaum läutete die Türglocke, richteten sie sich kerzengerade auf, die Unterhaltung erwachte schlagartig zum Leben, ja, die Falten verschwanden aus ihren Kleidern.

Damals fand ich diese Dinners wohl ermüdend und beschwerlich, aber heute hat die Erinnerung daran etwas Wundervolles: diese düstere Halle von einem Zimmer mit den gewölbten Decken und dem knisternden Feuer im Kamin, unsere Gesichter, irgendwie leuchtend, aber auch geisterhaft weiß. Der Feuerschein vergrößerte unsere Schatten, blinkte auf dem Silber, flackerte hoch an den Wänden; seine Reflexe loderten orangegelb in den Fensterscheiben, als stehe draußen eine Stadt in Flammen, und das Tosen der Flammen klang wie ein gefangener Vogelschwarm, der wie wild unter der Decke flatterte.

Eine bestimmte Szene dieser Dinners kommt immer wieder an die Oberfläche, wie eine obsessive Tiefenströmung in einem Traum. Julian steht am Kopfende der langen Tafel und hebt sein Glas. »Auf daß Sie ewig leben«, sagt er.

Und wir anderen stehen auch auf und stoßen über den Tisch hinweg mit klingenden Gläsern an wie ein Armeeregiment, das die Säbel kreuzt: Henry und Bunny, Charles und Francis, Camilla und ich. »Auf daß Sie ewig leben«, wiederholen wir im Chor und werfen dann die Gläser zugleich hinter uns.

Und immer, immer derselbe Toast: Auf daß wir *ewig* leben.

Es wundert mich heute, daß ich so viel mit ihnen zusammen war und doch so wenig von dem wußte, was da vorging. Es gab sehr wenige handfeste Hinweise darauf, daß überhaupt irgend etwas vorging – dazu waren sie zu clever –, aber auch den winzigen Unstimmigkeiten, die durch ihre schützende Fassade schimmerten, begnete ich mit einer Art willkürlicher Blindheit. Das soll heißen: Ich wollte die Illusion aufrechterhalten, daß sie völlig aufrichtig mit mir umgingen, daß wir alle Freunde waren und daß es keine Geheimnisse gab, obwohl es eine schlichte Tatsache war, daß es viele Dinge gab, in die sie mich nicht einweihten, und zwar noch eine ganze Weile nicht. Und auch wenn ich mich bemühte, es zu ignorieren, war ich mir dessen doch gleichzeitig auch bewußt. Ich wußte zum Beispiel, daß die fünf manchmal Dinge taten – was es genau war, wußte ich nicht –, ohne mich dazuzubitten, und daß sie notfalls alle zusammenhielten und mich belogen, beiläufig und durchaus überzeugend. Ja, sie waren so überzeugend, so makellos orchestriert in ihren kontrapunktischen Variationen der Falschheit (dabei klang die unbeirrte Sorglosigkeit der Zwillinge wie eine helle Note der Wahrheit vor dem Hintergrund von Bunnys Albernheiten oder Henrys gelangweilter Gereiztheit, mit der er eine Reihe von trivialen Ereignissen wiederkäute), daß ich ihnen meistens unversehens glaubte, obwohl der Augenschein für das Gegenteil sprach.

Natürlich sehe ich Spuren dessen, was vorging – und man muß ihnen zugute halten, es sind sehr kleine Spuren –, wenn ich jetzt zurückblicke: in der Art, wie sie manchmal höchst mysteriös verschwanden und Stunden später nur sehr unbestimmte Angaben über ihren Verbleib machten; in ihren privaten Scherzen, die sie beiläufig auf griechisch oder sogar in latein machten und bei denen mir sehr wohl bewußt war, daß ich sie nicht verstehen sollte. Naturgemäß mißfiel mir das, aber es schien nichts Alarmierendes oder Ungewöhnliches daran zu sein, auch wenn einige dieser flüchtigen Bemerkungen und privaten Scherze viel später eine schreckliche Bedeutung annahmen. Gegen Ende dieses Semesters zum Beispiel hatte Bunny die aufreizende Angewohnheit, unversehens in den Refrain des Liedes »Der Farmer dort im Tal« auszubrechen; ich fand das aber nur ärgerlich und verstand die heftige Aufregung nicht, die dies bei den anderen provozierte – denn ich wußte ja nicht, was ich heute weiß: daß es ihnen das Mark gefrieren lassen mußte.

Natürlich bemerkte ich manches. Vermutlich hätte sich das auch gar nicht vermeiden lassen, so oft, wie ich mit ihnen zusammen war. Aber meistens schienen es mir allenfalls Spitzfindigkeiten oder minimale Unstimmigkeiten zu sein, die viel zu geringfügig waren, als daß ich ernsthaft hätte annehmen sollen, daß irgend etwas nicht in Ordnung war. Zum Beispiel: Alle fünf verletzten sich ständig. Dauernd wurden sie von Katzen gekratzt; sie schnitten sich beim Rasieren oder stolperten im Dunkeln über Fußbänke – plausible Erklärungen, gewiß, aber für Leute, die überwiegend herumsaßen, wiesen sie merkwürdig viele Blutergüsse und kleine Verletzungen auf. Auch zeigten sie ein seltsames Interesse am Wetter, was ich eigentümlich fand, weil keiner von ihnen irgendwelchen wetterabhängigen Tätigkeiten nachging. Dennoch waren sie besessen davon, vor allem Henry. Er sorgte sich vor allem um jähe Temperaturstürze; manchmal drückte er im Auto hektisch auf die Knöpfe seines Radios und suchte Barometerwerte, langfristige Wettervorhersagen, Daten jeglicher Art. Die Nachricht vom Sinken der Quecksilbersäule stürzte ihn unvermittelt in unerklärliche Düsternis. Ich fragte mich, was er wohl tun würde, wenn der Winter käme; aber mit dem ersten Schnee war seine Wetterbesessenheit verschwunden und kam nicht wieder.

Kleinigkeiten. Ich weiß noch, wie ich auf dem Lande einmal um sechs Uhr morgens aufwachte, als alle anderen noch im Bett waren, und wie ich hinunterging und den Küchenfußboden frisch geschrubbt vorfand, noch naß und makellos mit Ausnahme eines einzelnen mysteriösen Abdrucks von Freitags nacktem Fuß auf der glatten Sandbank zwischen Wasserboiler und Verandatür. Manchmal wachte ich dort draußen nachts auf, halb im Traum, aber irgend etwas war mir unbestimmt bewußt: gedämpfte Stimmen, Bewegungen, das leise Winseln und Kratzen des Windhundes an meiner Schlafzimmertür... Ein andermal hörte ich einen gemurmelten Wortwechsel zwischen den Zwillingen, bei dem es um irgendwelche Bettlaken ging. »Dummkopf«, wisperte Camilla – und ich erhaschte einen Blick auf zerfetzten, flatternden Stoff, der schlammbeschmiert war – »du hast die falschen genommen. Die können wir so nicht zurückbringen.«

»Dann nehmen wir einfach die anderen.«

»Aber das merken sie. Die vom Wäscheservice haben einen Stempel. Wir werden erzählen müssen, daß wir sie verloren haben.«

Auch wenn mir diese Auseinandersetzung nicht lange im Gedächtnis blieb, war ich verwirrt – um so mehr, als die Zwillinge mir auswichen, als ich sie danach fragte. Eine weitere Absonderlichkeit war ein großer Kupferkessel, den ich eines Nachmittags entdeckte; er stand blubbernd auf dem hinteren Brenner des Küchenherdes und verbreitete einen eigenartigen Geruch. Ich nahm den Deckel ab, und eine Wolke von bitterem, beißendem Dampf stieg mir ins Gesicht. Der Kessel war mit schlaffen, mandelförmigen Blättern gefüllt, die in etwa zwei Litern schwärzlichem Wasser kochten. Was in Gottes Namen ist das? dachte ich verblüfft, aber auch belustigt, und als ich Francis fragte, sagte er knapp: »Für mein Bad.«

Rückblickend ist es leicht, alles zu durchschauen. Aber damals kannte ich nichts als mein eigenes Glück, und ich weiß weiter nichts zu sagen, als daß das Leben selbst mir in jenen Tagen magisch erschien: ein Gewebe von Symbolen, Zufällen, Vorahnungen und Omen. Alles paßte irgendwie zusammen; irgendeine schlaue, wohlwollende Vorsehung offenbarte sich Stück für Stück, und ich sah mich bebend am Rand einer sagenhaften Entdeckung, als werde sich eines Morgens, irgendeines Morgens, alles ineinanderfügen – meine Zukunft, meine Vergangenheit, mein ganzes Leben.

Was sollte ich noch erzählen? Von dem Samstag im Dezember, an dem Bunny um fünf Uhr morgens durchs Haus galoppierte und brüllte: »Der erste Schnee!« und auf unsere Betten sprang? Oder wie Camilla versuchte, mir den Walzerschritt beizubringen? Oder wie Bunny das Boot umkippte – während Henry und Charles drinsaßen –, weil er glaubte, er habe eine Wasserschlange gesehen? Von Henrys Geburtstagsparty, oder von den beiden Malen, wo Francis' Mutter – lauter rotes Haar und Alligatorpumps und Smaragde – auf dem Weg nach New York bei uns vorbeikam, ihren Yorkshireterrier und ihren zweiten Gatten im Schlepptau? (Sie war eine Wilde, diese Mutter; Chris, ihr neuer Ehemann, war Kleindarsteller in einer Fernsehserie und kaum älter als Francis. Olivia hieß sie. Als ich sie kennenlernte, war sie gerade aus der Betty-Ford-Klinik entlassen worden, wo man sie vom Alkoholismus und einem nicht weiter spezifizierten Drogenproblem kuriert hatte, und schlug nun fröhlich von neuem den Pfad der Sünde ein. Ich bekomme heute noch Weihnachtskarten von ihr.)

Ein Tag ist mir noch besonders lebhaft in Erinnerung geblieben, ein strahlender Samstag im Oktober, einer der letzten sommerlichen Tage, die wir in dem Jahr hatten. In der Nacht davor – die ziemlich kalt gewesen war – hatten wir fast bis zum Morgengrauen getrunken und geplaudert, und ich wachte erst spät auf, erhitzt und von leichter Übelkeit erfüllt; meine Decke hatte ich ans Fußende geschoben, und die Sonne strahlte durchs Fenster herein. Ich blieb noch eine ganze Weile still liegen. Die Sonne drang mir hell und schmerzhaft rot durch die Augenlider, und meine feuchten Beine prickelten von der Wärme.

Unten im Haus war es still, licht, drückend. Ich ging die Treppe hinunter, und meine Schritte knarrten auf den Stufen. Nichts regte sich, alles war leer. Endlich fand ich Francis und Bunny auf der schattigen Seite der Veranda. Bunny hatte ein T-Shirt und Bermudashorts an. Francis' Gesicht war von fleckigem Albinorosa gerötet, seine Augen waren geschlossen, und die Lider flatterten fast vor Schmerz. Er trug einen schäbigen Frotteemantel, den er in einem Hotel geklaut hatte.

Sie tranken »Prärieaustern«. Francis schob mir sein Glas herüber, ohne hinzusehen. »Hier, trink das«, sagte er. »Mir wird schlecht, wenn ich es noch eine Sekunde anschaue.«

Der Eidotter bibberte sanft in seinem blutigen Bad aus Ketchup und Worcestershiresauce. »*Ich* will das nicht«, sagte ich und schob es zurück.

Er schlug die Beine übereinander und faßte die Nasenwurzel mit Daumen und Zeigefinger. »Ich weiß nicht, weshalb ich diese Dinger mache«, sagte er. »Sie wirken nie. Ich brauche ein paar Alka-Seltzer.«

Charles schloß die Fliegentür hinter sich und kam in seinem rotgestreiften Bademantel lustlos auf die Veranda. »Was du brauchst, ist ein Eiscreme-Coke«, stellte er fest.

»Du und deine Eiscreme-Cokes.«

»Sie wirken, ich sag's dir. Durchaus wissenschaftlich. Kaltes ist gut gegen Übelkeit, und...«

»Das sagst du immer, Charles, aber ich glaube einfach nicht, daß es stimmt.«

»Würdest du mal eine Sekunde zuhören? Eiscreme bremst die Verdauung. Coke beruhigt den Magen, und das Koffein wirkt gegen die Kopfschmerzen. Zucker spendet Energie. Außerdem hilft er, den Alkohol schneller umzusetzen. Es ist das perfekte Mittel.«

»Geh und mach mir eins, ja?« sagte Bunny.

»Geh und mach dir selber eins«, erwiderte Charles, plötzlich gereizt.

»Wirklich«, sagte Francis, »ich glaube, ich brauche nur ein Alka-Seltzer.«

Henry – der seit dem ersten Schimmer des Morgengrauens auf

den Beinen und angekleidet war – kam kurz darauf herunter, gefolgt von einer verschlafenen Camilla; sie war noch feucht und erhitzt vom Bad, und ihr wirres, gelocktes Haar war wie eine goldene Chrysantheme. Es war fast zwei Uhr nachmittags. Der Greyhound lag dösend auf der Seite; das eine kastanienbraune Auge war nur halb geschlossen und grotesk in seiner Höhle verdreht.

Es gab kein Alka-Seltzer; deshalb ging Francis hinein und holte eine Flasche Ginger Ale, ein paar Gläser und Eis, und dann saßen wir eine Zeitlang da, während der Nachmittag heller und heißer wurde. Camilla – die selten damit zufrieden war, irgendwo stillzusitzen, sondern immer darauf brannte, etwas zu tun, irgend etwas, Karten spielen, ein Picknick machen, spazierenfahren – langweilte sich und machte kein Geheimnis daraus. Sie hatte ein Buch, aber sie las nicht; ihre Beine baumelten über der Armlehne ihres Sessels, und eine bloße Ferse schlug mit obstinatem, lethargischem Rhythmus gegen die geflochtene Seite. Schließlich schlug Francis, hauptsächlich um ihr einen Gefallen zu tun, einen Spaziergang zum See vor. Das heiterte sie augenblicklich auf. Es gab sonst nichts zu tun, und so beschlossen Henry und ich mitzugehen. Charles und Bunny waren eingeschlafen und schnarchten in ihren Sesseln.

Der Himmel war von wildem, brennendem Blau, und die Bäume prangten in entfesselten Rot- und Gelbtönen. Francis tänzelte barfüßig und noch im Bademantel behutsam über Steine und Äste und balancierte sein Glas Ginger Ale. Als wir am See angekommen waren, watete er bis zu den Knien hinein und winkte dramatisch wie Johannes der Täufer.

Wir zogen Schuhe und Strümpfe aus. Das Wasser am Ufer war klar, hellgrün und kühl an meinen Knöcheln, und die Kieselsteine auf dem Grund waren vom Sonnenlicht gesprenkelt. Henry watete in Jackett und Krawatte zu Francis hinaus; er hatte sich die Hose bis zum Knie hochgekrempelt und sah aus wie ein altmodischer Bankier auf einem surrealistischen Gemälde. Wind raschelte in den Birken und drehte die hellen Unterseiten der Blätter hoch, und er fing sich in Camillas Kleid und blähte es auf wie einen weißen Ballon. Sie strich es lachend herunter, aber es wurde gleich wieder aufgeblasen.

Wir beide wateten am Ufer entlang, in seichtem Wasser, das gerade unsere Füße bedeckte. Die Sonne schimmerte in hellen Wellen auf dem See und ließ ihn eher wie eine Luftspiegelung in der Sahara als wie ein echtes Gewässer aussehen. Henry und Francis waren weiter draußen; Francis redete wild gestikulierend in seinem weißen Bademantel, und Henry hatte die Hände auf dem Rücken verschränkt und sah aus wie Satan, der dem eifernden Gerede irgendeines Wüstenpropheten lauschte.

Wir wanderten ein gutes Stück weit um den See herum, Camilla und ich, und dann kehrten wir um. Camilla überschattete mit einer Hand ihre vom Licht geblendeten Augen und erzählte mir eine lange Geschichte über irgend etwas, was der Hund getan hatte – wie er einen Schaffellteppich zerkaut hatte, der dem Hauswirt gehörte, wie sie versucht hatten, das Beweisstück zu verbergen, und wie sie es schließlich vernichtet hatten –, aber ich hörte nicht besonders aufmerksam zu; sie sah ihrem Bruder so ähnlich, aber sein geradliniges, kompromißloses gutes Aussehen bekam etwas beinahe Magisches, wenn es sich mit geringen Variationen bei ihr wiederholte. Sie war ein lebender Tagtraum für mich; ihr bloßer Anblick entfachte in mir immer neue, wilde Phantasien, griechische und schaurige, vulgäre und heilige.

Ich schaute auf ihr Profil, lauschte den kehligen Kadenzen ihrer Stimme, als ich durch einen scharfen Aufschrei aus meiner Versunkenheit gerissen wurde. Sie blieb stehen.

»Was ist?«

Sie starrte hinunter ins Wasser. »Schau.«

Im Wasser erblühte eine dunkle Feder aus Blut über ihrem Fuß; ich blinzelte, und ein dünnes, rotes Fädchen kräuselte sich in Spiralen über ihren blassen Zehen und wellte sich im Wasser wie eine karmesinrote Rauchfahne.

»Mein Gott, was hast du gemacht?«

»Ich weiß nicht. Ich bin auf etwas Scharfes getreten.« Sie legte mir eine Hand auf die Schulter, und ich hielt ihre Taille fest. Eine grüne Glasscherbe, etwa sieben Zentimeter lang, steckte in ihrem Fuß. Das Blut pulsierte dick im Takt ihres Herzschlags, und das rotfleckige Glas glitzerte bösartig in der Sonne.

»Was ist es denn?« fragte sie und versuchte, sich vorzubeugen, um besser zu sehen. »Ist es schlimm?«

Sie hatte sich eine Arterie aufgeschnitten. Das Blut spritzte stark und schnell hervor.

»Francis?« schrie ich. »Henry?«

»Heilige Mutter Gottes«, sagte Francis, als er nah genug herangekommen war, um etwas zu erkennen, und planschend kam er auf uns zu und hielt dabei den Saum seines Bademantels mit einer Hand über dem Wasser. »Was hast du da mit dir gemacht? Kannst du gehen? Laß mal sehen«, sagte er außer Atem.

Camilla faßte meinen Arm fester. Ihre Fußsohle war glänzend rot überzogen. Dicke Tropfen fielen von der Fußkante, quollen auseinander und verwehten wie Tinte im klaren Wasser.

»O Gott«, sagte Francis und schloß die Augen. »Tut das weh?«

»Nein«, sagte sie munter, aber ich wußte, daß es doch schmerzte; ich konnte fühlen, wie sie zitterte, und sie war weiß im Gesicht.

Plötzlich war auch Henry da und beugte sich über sie. »Leg mir den Arm um den Nacken«, sagte er, und gewandt hob er sie auf, so leicht, als wäre sie aus Stroh, den einen Arm unter ihrem Kopf, den anderen unter den Knien. »Francis, lauf und hol den Erste-Hilfe-Kasten aus deinem Wagen. Wir treffen uns auf halbem Weg.«

»Okay.« Francis war froh, daß man ihm sagte, was er tun sollte, und planschte zum Ufer.

»Henry, *laß mich runter*. Du bist gleich überall voller Blut.«

Er kümmerte sich nicht um sie. »Hier, Richard«, sagte er. »Nimm diese Socke und binde sie ihr um den Knöchel.«

Bis jetzt hatte ich nicht daran gedacht, den Fuß abzubinden; einen feinen Arzt hätte ich abgegeben. »Zu stramm?« fragte ich.

»Das ist schon okay. Henry, ich wünschte, du würdest mich runterlassen. Ich bin zu schwer für dich.«

Er lächelte sie an. An einem seiner Schneidezähne war eine winzige Ecke abgebrochen, was ich noch nie bemerkt hatte; es verlieh seinem Lächeln eine sehr gewinnende Note. »Du bist leicht wie eine Feder«, sagte er.

Manchmal, wenn es einen Unfall gegeben hat und die Wirklichkeit zu jäh und fremdartig ist, als daß man sie verstehen könnte, dann gewinnt das Surreale die Oberhand. Das Handeln verlangsamt sich zu einem traumartigen Gleiten, von Einzelbild zu Einzelbild; die Bewegung einer Hand oder ein gesprochener Satz füllt eine Ewigkeit aus. Kleinigkeiten – eine Grille an einem Pflanzenstiel, die Verzweigungen der Adern an einem Blatt – sind vergrößert und dringen in schmerzhaft klarer Schärfe aus dem Hintergrund nach vorn. Und so geschah es auch da, als wir durch die Wiese zum Haus hinübergingen. Es war wie ein Gemälde, das zu lebendig ist, um real zu sein – jedes Steinchen, jeder Grashalm scharf umrissen, und der Himmel so blau, daß es weh tat, ihn anzusehen. Camilla lag entspannt in Henrys Armen, den Kopf zurückgelegt wie bei einer Toten, und die Kurve ihres Halses war schön und leblos. Der Saum ihres Kleides wehte verloren im Wind. Henrys Hosen waren von vierteldollargroßen Tropfenflecken gesprenkelt, zu rot, um Blut zu sein – so, als habe ihn jemand mit einem Malerpinsel bespritzt. In der überwältigenden Stille zwischen unseren echolosen Schritten sang mein Pulsschlag dünn und schnell in meinen Ohren.

Charles schlitterte den Hang herunter, barfuß, immer noch im Bademantel, und Francis folgte dicht hinter ihm. Henry ließ sich auf die Knie nieder und setzte Camilla ins Gras. Sie stützte sich auf die Ellbogen.

»Camilla, bist du tot?« fragte Charles atemlos, als er sich zu Boden fallen ließ, um die Wunde in Augenschein zu nehmen.

»Jemand«, stellte Francis fest und entrollte ein Stück Verband, »wird ihr das Glas aus dem Fuß ziehen müssen.«

»Soll ich es versuchen?« fragte Charles und blickte zu ihr hoch.

»Sei vorsichtig.«

Charles hielt ihre Ferse in der Hand, faßte die Scherbe zwischen Daumen und Zeigefinger und fing behutsam an zu ziehen. Camilla atmete scharf ein. Er zog noch einmal – fester jetzt –, und sie schrie auf.

Charles' Hand zuckte zurück, als hätte er sich verbrannt. Er traf Anstalten, ihren Fuß noch einmal zu berühren, aber er brachte es nicht über sich. Seine Fingerspitzen waren naß von Blut.

»Na, mach weiter«, sagte Camilla mit ziemlich fester Stimme.

»Ich kann es nicht. Ich hab' Angst, dir weh zu tun.«

»Es tut sowieso weh.«

»Ich kann nicht«, sagte Charles kläglich und schaute sie an.

»Geh aus dem Weg«, sagte Henry ungeduldig; er kniete sich rasch nieder und nahm ihren Fuß in die Hand.

Charles wandte sich ab; er war fast so bleich wie seine Schwester.

Camilla zuckte zusammen und riß die Augen weit auf. Henry hielt die krumme Glasscherbe mit einer blutigen Hand in die Höhe.

»*Consummatum est*«, verkündete er.

Francis machte sich mit Jod und Verbandsmull ans Werk.

»Mein Gott«, sagte ich, nahm die rotgefleckte Scherbe in die Hand und hielt sie ins Licht.

»Braves Mädchen«, sagte Francis und wickelte ihr den Verband um den Mittelfuß. Wie die meisten Hypochonder hatte er seltsames Talent, Trost am Krankenbett zu spenden. »Sieh dich an. Du hast nicht mal geweint.«

»Es hat nicht so sehr weh getan.«

»Den Teufel hat es«, sagte Francis. »Du warst wirklich tapfer.«

Henry stand auf. »Ja, sie war tapfer«, erklärte er.

Am Spätnachmittag saßen Charles und ich auf der Veranda. Es war plötzlich kalt geworden; der Himmel war strahlend sonnig, aber es war Wind aufgekommen. Mr. Hatch war im Haus erschienen, um ein Feuer anzuzünden, und ich roch einen leicht beißenden Hauch von Holzrauch. Francis war ebenfalls drinnen und bereitete das Abendessen vor; er sang dabei, und seine hohe, klare Stimme wehte in etwas schräger Tonlage aus dem Küchenfenster.

Die Schnittverletzung bei Camilla war nicht ernst gewesen. Francis hatte sie in die Unfallambulanz gefahren – Bunny war mitgekommen; er hatte sich geärgert, weil er die ganze Aufregung verschlafen hatte –, und eine Stunde später war sie wieder dagewesen; ihr Fuß war mit sechs Stichen genäht und verbunden worden, und sie hatte ein Röhrchen Tylenol-Tabletten mit Kodein. Jetzt spielten Bunny und Henry draußen Crocket, und sie war dabei; sie hinkte auf dem gesunden Fuß und auf den Zehenspitzen des anderen herum, und dieser hüpfende Gang sah von der Veranda aus merkwürdig munter aus.

Charles und ich tranken Whiskey und Soda. Er hatte versucht, mir Pikettspielen beizubringen (»denn das spielt Rawdon Crawley in *Vanity Fair*«), aber ich lernte zu langsam, und die Karten lagen vergessen auf dem Tisch.

Charles nahm einen Schluck aus seinem Glas. Er hatte sich den ganzen Tag über nicht die Mühe gemacht, sich anzuziehen. »Ich wünschte, wir brauchten morgen nicht nach Hampden zurück«, sagte er.

»Ich wünschte, wir brauchten überhaupt nicht zurück«, sagte ich. »Ich wünschte, wir wohnten hier.«

»Tja, vielleicht können wir das.«

»Was?«

»Ich meine, nicht jetzt. Aber vielleicht könnten wir's. Nach der Schule.«

»Wie denn das?«

Er zuckte die Achseln. »Nun ja, Francis' Tante will das Haus nicht verkaufen, weil sie es in der Familie behalten will. Francis könnte es praktisch umsonst von ihr bekommen, wenn er einundzwanzig wird. Und selbst, wenn nicht – Henry hat so viel Geld, daß er nicht weiß, was er damit anfangen soll. Sie könnten sich zusammentun und es kaufen. Mühelos.«

Ich war verblüfft über diese pragmatische Antwort.

»Ich meine, wenn Henry mit der Schule fertig ist – falls er sie je zu Ende bringt –, will er nichts weiter tun, als irgendeinen Ort finden, wo er seine Bücher schreiben und die Zwölf Großen Kulturen studieren kann.«

»Wie meinst du das – ›falls‹ er sie zu Ende bringt?«

»Ich meine, vielleicht will er nicht. Vielleicht wird es ihm langweilig. Er hat schon öfter davon geredet abzugehen. Er hat keinen Grund hierzubleiben, und er wird ganz sicher niemals einen Job haben.«

»Meinst du nicht?« Ich war neugierig. Ich hatte mir Henry immer als Griechischlehrer vorgestellt, in irgendeinem entlegenen, aber ausgezeichneten College draußen im Mittelwesten.

Charles schnaubte. »Ganz bestimmt nicht. Warum sollte er? Er braucht das Geld nicht, und er würde einen schrecklichen Lehrer abgeben. Und Francis hat in seinem ganzen Leben noch nicht gearbeitet. Ich schätze, er könnte bei seiner Mutter wohnen, aber er kann seinen Stiefvater nicht ausstehen. Ihm würde es hier besser gefallen. Und Julian wäre dann auch nicht weit weg.«

Ich nippte an meinem Drink und schaute zu den fernen Gestalten auf dem Rasen hinüber. Bunny, dem eine Haarsträhne in die Augen fiel, bereitete sich auf einen Schlag vor; er holte mehrfach mit dem Hammer aus und wiegte sich wie ein professioneller Golfspieler auf den Füßen hin und her.

»Hat Julian Familie?« fragte ich.

»Nein«, sagte Charles mit dem Mund voll Eis. »Er hat ein paar Neffen, aber die haßt er. Sieh dir das an, ja?« sagte er plötzlich und erhob sich halb von seinem Stuhl.

Ich schaute. Hinten auf dem Rasen hatte Bunny endlich seinen Schlag getan; der Ball lief weit am sechsten und siebten Tor vorbei, traf aber unglaublicherweise den Wendepfosten.

»Paß auf«, sagte ich. »Ich wette, er versucht, noch einen Schlag zu bekommen.«

»Den bekommt er aber nicht«, sagte Charles und setzte sich wieder, ohne den Blick vom Rasen zu wenden. »Schau dir Henry an. Er läßt sich nicht erweichen.«

Henry deutete auf die verfehlten Tore, und noch auf diese Entfernung konnte ich hören, daß er aus dem Regelwerk zitierte; leise hörten wir auch Bunnys verblüfftes Protestgeschrei.

»Mein Kater ist praktisch weg«, sagte Charles da.

»Meiner auch«, sagte ich. Das Licht lag golden auf dem Rasen, die Schatten waren lang und samtig, und der wolkige, strahlende Himmel war wie auf einem Gemälde von Constable. Auch wenn ich es nicht zugeben wollte: ich war halb betrunken.

Wir schwiegen eine Weile und schauten zu. Vom Rasen her hörte ich das leise *pock*, wenn ein Hammer gegen eine Crocketkugel schlug. Durch das Fenster tönte das Klappern von Töpfen und das Schlagen von Schranktüren, und Francis sang, als wäre es das glücklichste Lied der Welt: »Wir sind kleine schwarze Schafe, und wir haben uns verirrt... Bäh, *bäh*, bäh...«
»Und wenn Francis das Haus kauft?« sagte ich schließlich. »Meinst du, er läßt uns hier wohnen?«
»Klar. Er würde sich zu Tode langweilen, wenn er und Henry allein wären. Ich schätze, Bunny muß vielleicht in der Bank arbeiten, aber er könnte immer am Wochenende heraufkommen, wenn er Marion und die Kids zu Hause läßt.«
Ich lachte. Bunny hatte am Abend vorher erzählt, daß er acht Kinder haben wollte, vier Jungen und vier Mädchen; daraufhin hatte Henry einen langen, humorlosen Vortrag darüber gehalten, daß die Vollendung des Fortpflanzungszyklus in der Natur ausnahmslos ein Vorbote des raschen Verfalls und des Todes sei.
»Es ist schrecklich«, sagte Charles. »Wirklich, ich kann es mir genau vorstellen. Wie er draußen im Garten steht, mit irgendeiner Schürze.«
»Und Hamburger grillt.«
»Und zwanzig Kinder, die kreischend um ihn herumrennen.«
»Und Picknickausflüge mit den Kiwani-Logenbrüdern.«
»Und ein La-Z-Boy-Fernsehsessel.«
»O Gott.«
Ich nahm einen kleinen Schluck aus meinem Glas. Wenn ich in diesem Haus geboren worden wäre, hätte ich es nicht inniger lieben, hätte mir das Knarren der Schaukel nicht vertrauter sein können, das Muster der Clematisranken an der Pergola, die samtige Dünung des Landes, das zum Horizont grau verblaßte, der Streifen Straße, der – gerade noch – hinter den Bäumen in den Bergen sichtbar war. Ja, die Farben des Ortes waren mir ins Blut gedrungen: ein Rausch von Aquarellfarben, Elfenbein und Lapislazuli, Kastanienbraun und Orange und Gold, die erst nach und nach zu den umgrenzten Gegenständen der Erinnerung zerflossen: das Haus, der Himmel, die Ahornbäume. Aber selbst an dem Tag dort auf der Veranda, mit Charles neben mir und dem Geruch von Holzrauch in der Luft, hatte es die Beschaffenheit einer Erinnerung: Da war es, vor meinen Augen, und doch zu schön, um wahr zu sein.
Es wurde dunkel; bald würde es Zeit zum Abendessen sein. Ich

trank mein Glas in einem Zug leer. Die Vorstellung, hier zu leben, nie wieder zu Asphalt und Einkaufscentern und Schrankwänden zurückkehren zu müssen, sondern mit Charles und Camilla und Henry und Francis und vielleicht sogar Bunny hier zu wohnen, ohne daß einer heiratete oder nach Hause fuhr oder tausend Meilen von hier einen Job annahm oder sonst einen Verrat übte, wie es Freunde nach dem College oft tun, die Vorstellung, daß alles genau so blieb, wie es in diesem Augenblick war – diese Vorstellung war so wahrhaft himmlisch, daß ich nicht sicher bin, ob ich wenigstens damals glaubte, sie könne irgendwann tatsächlich Realität werden, aber ich möchte gern glauben, daß ich es tat.

Francis arbeitete sich mit seinem Gesang an ein großartiges Finale heran. »Singende Herren in *fröh*licher Zeit, verdammt in alle Ewigkeit...«

Charles sah mich von der Seite an. »Also, was ist mit dir?« fragte er.

»Was meinst du?«

»Ich meine, hast du irgendwelche Pläne?« Er lachte. »Was hast du für die nächsten vierzig, fünfzig Jahre deines Lebens vor?«

Draußen auf dem Rasen hatte Bunny eben Henrys Kugel ungefähr zwanzig Meter weit ins Aus geschlagen. Lachen hallte fetzenhaft herüber; schwach, aber klar wehte es durch die Abendluft. Dieses Lachen sucht mich heute noch heim.

DRITTES KAPITEL

Vom ersten Augenblick in Hampden an hatte ich das Ende des Semesters gefürchtet, denn dann müßte ich zurück nach Plano, zu plattem Land und Tankstellen und Staub. Als das Semester verstrich, der Schnee tiefer, die Morgenstunden dunkler wurden und jeder Tag mich dem Datum auf dem verschmierten hektographierten Zettel (»17. Dezember – Abgabetermin für alle Abschlußarbeiten!«), der mit Klebstreifen innen an meiner Schranktür befestigt war, näher brachte, verwandelte sich meine Melancholie allmählich in etwas wie Schrecken. Ich glaubte nicht, daß ich das Weihnachtsfest zu Hause aushalten würde, mit dem Plastikbaum und ohne Schnee und dem Fernseher, der dauernd lief. Es war auch nicht so, als hätten meine Eltern darauf gebrannt, mich bei sich zu haben. In den letzten Jahren hatten sie sich mit einem älteren, schwatzhaften, kinderlosen Ehepaar angefreundet: mit den Mac-Natts. Mr. MacNatt verkaufte Autoersatzteile; seine Frau hatte die Gestalt einer Traube und war Avon-Beraterin. Sie hatten meine Eltern zu mancherlei gebracht: Sie unternahmen Busfahrten zu Fabrikdirektverkaufsstellen, spielten ein Würfelspiel namens »Bunko« und saßen in der Pianobar im Ramada Inn herum. Diese Aktivitäten verstärkten sich an Feiertagen beträchtlich, und meine Anwesenheit, so kurz sie auch sein mochte, betrachtete man als hinderlich, als fast so etwas wie eine Art Tadel.

Aber die Feiertage waren nur das halbe Problem. Weil Hampden so hoch im Norden lag, und weil die Gebäude alt und nur mit hohem Kostenaufwand zu heizen waren, wurde die Schule im Januar und Februar geschlossen. Ich hörte jetzt schon, wie mein Vater sich bierschwer bei Mr. MacNatt über mich beklagte und wie dieser ihn raffiniert anstachelte, indem er beiläufig andeutete, ich sei verwöhnt, und *er* würde keinem Sohn erlauben, ihm auf der Nase herumzutanzen, wenn er einen hätte. Das würde meinen Vater zur Raserei bringen, und irgendwann käme er dann dramatisch in mein Zimmer geplatzt, um mich mit zitterndem Zeigefinger hinauszuwerfen, wobei er die Augen rollte wie Othello. Das hatte er ein paarmal gemacht, als ich in Kalifornien zur High School und aufs College gegangen war, eigentlich nur aus einem einzigen Grund, nämlich um seine Autorität vor meiner Mutter und seinen Mitarbeitern zu demonstrieren. Ich durfte immer wieder zurückkommen, wenn er genug Aufmerksamkeit erregt hatte und wenn er meiner Mutter erlaubt hatte, ihn »zur Vernunft zu bringen«. Aber wie würde es jetzt werden? Ich hatte ja nicht mal mehr ein eigenes Zimmer; im Oktober hatte meine Mutter geschrieben, sie habe die Möbel verkauft und ein Nähzimmer daraus gemacht.

Henry und Bunny fuhren in den Winterferien nach Italien, nach Rom. Ich war überrascht, als Bunny dies Anfang Dezember bekanntmachte, zumal zwischen beiden seit über einem Monat Verstimmung herrschte – vor allem, was Henry anging. Ich wußte, daß Bunny ihn in den letzten Wochen massiv um Geld angegangen hatte, und obwohl Henry sich darüber beschwerte, war er anscheinend seltsam unfähig, es ihm abzuschlagen. Ich war ziemlich sicher, daß es nicht ums Geld an sich ging, sondern ums Prinzip. Ich war außerdem ziemlich sicher, daß Bunny von solchen Spannungen, soweit sie existierten, gar nichts merkte.

Bunny redete von nichts anderem als von dieser Reise. Er kaufte sich Kleider, Reiseführer, eine Schallplatte mit dem Titel *Parliamo Italiano*, die dem Hörer in allerhöchstens zwei Wochen Italienisch beizubringen verhieß (»Sogar denen, die mit anderen Sprachkursen nie Glück gehabt haben!« prahlte ein Slogan auf der Hülle), und eine Ausgabe von Dorothy Sayers' Übersetzung des *Inferno*. Er wußte, daß ich in den Winterferien nirgends hinfahren konnte, und rieb mir genüßlich Salz in die Wunde. »Ich werde an dich denken, wenn ich Campari trinke und Gondel fahre«, versprach er augenzwinkernd. Henry hatte über die Reise wenig zu sagen. Während Bunny plapperte, saß er da, rauchte mit tiefen, entschlossenen Zügen und tat, als verstehe er Bunnys törichtes Italienisch nicht.

Francis meinte, er werde mich mit Vergnügen über Weihnachten mit nach Boston nehmen und dann mit mir weiter nach New York reisen; die Zwillinge riefen ihre Großmutter in Virginia an, und die erklärte, ich könne ebenfalls gerne die ganzen Winterferien bei ihr verbringen. Aber da war die Frage der Finanzen. In den Semesterferien brauchte ich einen Job. Ich mußte Geld haben, wenn ich im Frühjahr zurückkommen wollte, und ich konnte nicht gut arbeiten, wenn ich mich mit Francis in der Weltgeschichte herumtrieb.

Die Zwillinge würden, wie sie es in den Ferien immer taten, bei ihrem Onkel, dem Rechtsanwalt, im Büro arbeiten, aber sie hatten schon ziemliche Mühe, den Job so zu verteilen, daß er für sie beide reichte. Ich bin sicher, sie kamen nie auf den Gedanken, ich könnte auch einen Job brauchen – all die Märchen über meine kalifornischen Reichtümer hatten überzeugender gewirkt, als ich erwartet hatte. »Was tue ich denn, während ihr arbeitet?« fragte ich sie in der Hoffnung, sie würden merken, worauf ich hinauswollte, aber natürlich merkten sie es nicht. »Ich fürchte, da gibt's nicht viel zu tun«, sagte Charles entschuldigend. »Du kannst lesen, mit Großmutter plaudern, mit den Hunden spielen.«

Wie es aussah, hatte ich keine andere Möglichkeit, als in Hampden Town zu bleiben. Dr. Roland war bereit, mich weiter zu beschäftigen, allerdings zu einem Gehalt, das mir nicht mal erlaubte, mir ein halbwegs anständiges Zimmer zu mieten. Charles und Camilla hatten ihr Apartment untervermietet, und Francis hatte seins an einen Cousin verliehen; nach allem, was ich wußte, stand Henrys Wohnung leer, aber er bot mir nicht an, sie zu benutzen, und ich war zu stolz, um zu fragen. Das Haus auf dem Land stand ebenfalls leer, aber es war eine Stunde von Hampden entfernt, und ich hatte kein Auto. Dann hörte ich von einem alten Hippie, einem ehemaligen Studenten aus Hampden, der in einem leerstehenden Lagerhaus eine Instrumentenwerkstatt hatte; er ließ einen umsonst im Lagerhaus wohnen, wenn man ab und zu Holzzapfen zuschnitt oder ein paar Mandolinen abschmirgelte.

Unter anderem, weil ich mich nicht mit dem Mitleid oder der Verachtung anderer belasten wollte, verheimlichte ich die wahren Umstände meines Aufenthalts. Da meine glamourösen, nichtsnutzigen Eltern mich während der Feiertage nicht haben wollten, hätte ich beschlossen, allein in Hampden zu bleiben (und zwar an einem nicht weiter bezeichneten Ort) und mein Griechisch zu üben, und in meinem Stolz verschmähte ich ihre hasenfüßig angebotene finanzielle Unterstützung.

Dieser Stoizismus, diese henryhafte Hingabe an meine Studien und allgemeine Verachtung für die Dinge der Welt, trug mir von allen Seiten Bewunderung ein, vor allem von Henry selbst. »Ich hätte nichts dagegen, selbst auch den Winter über hierzusein«, sagte er mir an einem trüben Abend gegen Ende November, als wir von Charles und Camilla nach Hause gingen. Unsere Schuhe verschwanden bis zu den Knöcheln in dem feuchten Laub, das den Weg bedeckte. »Die Schule ist verrammelt, und die Geschäfte in der Stadt schließen um drei Uhr nachmittags. Alles ist weiß und leer, und man hört kein Geräusch außer dem Wind. Früher reichten die Schneeverwehungen manchmal bis an die Dächer; dann waren die Leute in ihren Häusern gefangen und mußten verhungern. Man fand sie erst im Frühling.« Seine Stimme klang verträumt und ruhig; aber ich war völlig verunsichert: Wo ich herkam, schneite es im Winter überhaupt nicht.

Die letzte Schulwoche war erfüllt von aufgeregtem Packen, Tippen, von Flugreservierungen und Telefonaten nach Hause – bei allen, außer mir. Es war nicht nötig, daß ich meine Arbeiten vorzeitig beendete, denn ich mußte ja nirgends hin; ich konnte in aller Ruhe packen, wenn die Zimmer leer waren. Bunny reiste als erster ab. Drei Wochen lang hatte er in Panik über einem Papier gesessen, das er für sein viertes Seminar schreiben mußte – etwas mit dem Titel »Meisterwerke der englischen Literatur«. Er hatte die Aufgabe, fünfundzwanzig Seiten über John Donne zu verfassen. Wir fragten uns alle, wie er das machen würde, denn er war kein großer Schreiber, obgleich ihm seine Rechtschreibschwäche als Ausrede gut zupaß kam; das wirkliche Problem war nicht sie, sondern seine mangelnde Konzentrationsfähigkeit, die so gering war wie die eines Kindes. Selten las er die vorgeschriebenen Texte oder die Sekundärliteratur zu irgendeinem Kurs. Statt dessen war das, was er über ein bestimmtes Thema wußte, eher eine Art Eintopf aus verwirrten Fakten, die oftmals erstaunlich irrelevant waren und gar nicht zum Kontext gehörten, Fakten, an die er sich zufällig vom Unterrichtsgespräch her erinnerte oder die er irgendwo gelesen zu haben glaubte. Wenn es Zeit war, seine Arbeit zu schreiben, ergänzte er diese zweifelhaften Fragmente dadurch, daß er Henry (den er gewohnheitsmäßig wie einen Atlas konsultierte) ins Kreuzverhör nahm. Oder er unterfütterte das Ganze mit Informationen aus der *Enzyklopädie der Weltliteratur* oder aus einem Nachschlagewerk mit dem Titel *Männer des Geistes und der Tat*, einem sechsbändigen Werk voller prunkvoller Kupferstiche von Hochw. E. Tipton Chatsford aus den neunziger Jahren des vorigen Jahrhunderts, das kurze Porträtskizzen großer Männer aus allen Zeiten enthielt und für Kinder geschrieben war.

Alles, was Bunny schrieb, war notgedrungen erstaunlich originell, weil es auf so wunderlichen Quellen fußte und er es fertigbrachte, das Ganze in seiner hilflosen Art noch weiter zu verballhornen, aber die John-Donne-Arbeit muß die schlechteste aller schlechten Seminararbeiten gewesen sein, die er je geschrieben hatte (und das Ironische daran war, daß sie das einzige war, was je gedruckt wurde. Als er verschwunden war, fragte ein Journalist nach Auszügen aus den Arbeiten des vermißten jungen Studenten, und Marion gab ihm eine Kopie davon und ein sorgfältig redigierter Absatz daraus gelangte schließlich in die Zeitschrift *People*).

Irgendwo hatte Bunny erfahren, daß John Donne mit Izaak Walton bekannt gewesen war, und in irgendeinem schummrigen Winkel seines Gehirns wurde diese Freundschaft größer und immer größer, bis die beiden Männer in seinem Kopf praktisch austauschbar waren. Wir haben nie begriffen, wie diese fatale Verbindung hatte zustande kommen können; Henry machte *Männer des Geistes und der Tat* dafür verantwortlich, aber sicher wußte es niemand. Eine oder zwei Wochen vor dem Abgabetermin fing Bunny an, gegen zwei oder drei Uhr morgens in meinem Zimmer aufzutauchen. Dann sah er aus, als sei er gerade mit knapper Not einer Naturkatastrophe entronnen; sein Schlips hing schief, und er rollte wild mit den Augen. »Hallo, hallo«, sagte er, trat ein und fuhr sich mit beiden Händen durch das zerzauste Haar. »Hab' dich hoffentlich nicht geweckt, stört dich doch nicht, wenn ich das Licht anmache, nicht, ah, also dann, ja ja...« Und er knipste das Licht an und schritt eine Zeitlang auf und ab, ohne den Mantel auszuziehen, die Hände auf dem Rücken verschränkt, kopfschüttelnd. Endlich blieb er wie angewurzelt stehen und sagte mit einem verzweifelten Ausdruck im Blick: »Metahemeralismus. Erzähl mir davon. Alles, was du weißt. Ich muß etwas über Metahemeralismus wissen.«

»Tut mir leid. Ich weiß nicht, was das ist.«

»Ich auch nicht«, sagte Bunny dann mit brechender Stimme. »Muß was mit Malerei oder Pastoralismus oder so zu tun haben. Das ist meine Verbindung zwischen John Donne und Izaak Walton, verstehst du.« Und er fuhr fort, auf und ab zu gehen. »Donne. Walton. Metahemeralismus. Das ist das Problem, wie ich es sehe.«

»Bunny, ich glaube, ›Metahemeralismus‹ ist nicht mal ein Wort.«

»Na klar ist es eins. Kommt aus dem Lateinischen. Hat was mit Ironie und Pastoralkunst zu tun. Ja, das ist es. Malerei, Bildhauerei, so was vielleicht.«

»Steht's im Lexikon?«

»Keine Ahnung. Ich weiß nicht, wie man es schreibt. Ich meine« – und er formte mit beiden Händen einen Bilderrahmen – »der Dichter und der Fischer. *Parfait.* Muntere Kameraden. Draußen in freier Natur. Das gute Leben. Metahemeralismus ist das Bindeglied, verstehst du?«

Und so ging es manchmal eine halbe Stunde lang oder länger, und Bunny faselte von Fischersleuten und Sonetten und weiß der Himmel wovon noch, bis er in der Mitte seines Monologs plötzlich eine brillante Idee hatte und ebenso plötzlich davonrauschte, wie er bei mir eingefallen war.

Er hatte das Papier vier Tage vor dem Abgabetermin fertig, und dann lief er damit herum und zeigte es allen.

»Das ist eine schöne Arbeit, Bun...«, sagte Charles vorsichtig.

»Dank, danke.«

»Aber findest du nicht, daß du John Donne ein bißchen öfter erwähnen solltest? War das nicht dein Thema?«

»Ach, Donne«, sagte Bunny abschätzig. »Den will ich da nicht reinziehen.«

Henry weigerte sich, die Arbeit zu lesen. »Ich bin sicher, es ist zu hoch für mich, wirklich«, sagte er nach einem kurzen Blick auf die erste Seite. »Sag mal, was ist denn mit der Schreibmaschine passiert?«

»Ich hab's dreizeilig geschrieben«, erklärte Bunny stolz. «Sieht irgendwie aus wie freie Lyrik, nicht?«

Henry gab einen komischen kleinen Nasenschnaufer von sich. »Sieht irgendwie aus wie eine Speisekarte«, sagte er.

Ich erinnere mich nur noch an den letzten Satz der Arbeit; er lautete: »Und so verlassen wir Donne und Walton an den Gestaden des Metahemeralismus und entbieten ihnen ein liebevolles Lebewohl, diesen berühmten Kameraden aus alter Zeit.« Wir fragten uns, ob er durchfallen würde. Aber Bunny machte sich keine Sorgen; die bevorstehende Reise nach Italien, die inzwischen so nah gerückt war, daß der Schiefe Turm von Pisa nachts seinen dunklen Schatten über sein Bett warf, hatte ihn in einen Zustand höchster Aufregung versetzt, und er war froh, als er endlich Hampden verlassen konnte, um seine familiären Verpflichtungen hinter sich zu bringen, bevor es auf die große Reise ging.

Henry verschwand schnell und in aller Stille. Am Abend sagte er uns, daß er abreise, und am nächsten Morgen war er weg. (Nach St. Louis? Oder schon nach Italien? Keiner von uns wußte es.) Francis fuhr einen Tag später, und es kam zu einer umständlichen und ausgedehnten Abschiedsszene – Charles, Camilla und ich standen am Straßenrand mit roten Nasen und halberfrorenen Ohren, und Francis brüllte durch das heruntergedrehte Fenster, während der

Motor lief und der Mustang von dicken weißen Rauchwolken umweht wurde – und das Ganze sicher eine gute Dreiviertelstunde lang.

Vielleicht, weil sie als letzte fuhren, fiel mir der Abschied von den Zwillingen am schwersten. Als Francis' Hupe in der verschneiten, echolosen Ferne verhallt war, gingen wir auf dem Weg durch den Wald zurück zu ihrem Haus, ohne viel zu reden. Als Charles das Licht einschaltete, sah ich, daß die Wohnung herzzerreißend ordentlich und aufgeräumt aussah – das Spülbecken leer, die Böden gebohnert, eine Reihe Koffer an der Tür.

Die Mensa hatte an diesem Mittag geschlossen; es schneite heftig und wurde dunkel, und wir hatten kein Auto. Der Kühlschrank, frisch ausgewaschen, roch nach Lysol und war leer. Wir saßen am Küchentisch und verzehrten ein trauriges Behelfsessen aus Dosenpilzen, Salzcrackern und Tee ohne Zucker oder Milch. Hauptgesprächsthema war Charles' und Camillas Reiseplan – wie sie mit dem Gepäck zurechtkommen würden, um welche Zeit sie das Taxi rufen sollten, um den Zug um sechs Uhr dreißig zu erwischen. Ich beteiligte mich an diesen Reisegesprächen, aber eine tiefe Melancholie, die viele Wochen lang nicht vergehen sollte, hatte bereits begonnen, sich auf mich herabzusenken. Das Geräusch von Francis' Wagen, der immer kleiner wurde und schließlich in der Ferne verschwand, klang mir noch in den Ohren, und zum erstenmal erkannte ich jetzt, wie einsam die nächsten zwei Monate wirklich werden würden – jetzt, da die Schule geschlossen, der Schnee tief und jedermann weg war.

Charles und Camilla meinten, ich brauchte mir nicht die Mühe zu machen, ihnen am nächsten Morgen noch adieu zu sagen, da sie so früh aufbrechen müßten, aber um fünf war ich trotzdem wieder da, um mich von ihnen zu verabschieden. Es war ein klarer, dunkler Morgen; der Himmel war sternenübersät und das Thermometer auf der Veranda des Commons war auf fast minus zwanzig Grad gefallen. Das Taxi wartete schon mit laufendem Motor in einer Wolke von Auspuffgasen vor der Haustür. Der Fahrer hatte eben den Deckel über dem vollen Kofferraum zugeschlagen, und Charles und Camilla schlossen die Haustür ab. Sie waren zu besorgt und beschäftigt, um sich über meine Anwesenheit besonders zu freuen. Das Reisen machte die beiden nervös: Ihre Eltern waren auf einem Wochenendtrip hinauf nach Washington bei einem Autounfall umgekommen, und sie waren tagelang angespannt, wenn sie selbst irgendwohin fahren mußten.

Allmählich wurde auch die Zeit knapp. Charles stellte seinen Koffer hin und gab mir die Hand. »Frohe Weihnachten, Richard. Du schreibst doch, oder?« sagte er und rannte dann den Weg hinunter zum Taxi. Camilla plagte sich mit zwei gewaltigen Reisetaschen ab; schließlich ließ sie sie beide in den Schnee fallen und sagte: »Verdammt, niemals kriegen wir all dieses Gepäck in den Zug.«

Sie atmete schwer, und dunkelrote runde Flecken brannten hoch auf ihren hellen Wangen; in meinem ganzen Leben hatte ich noch nie jemanden gesehen, der so nervenzerreißend schön war wie sie in diesem Augenblick. Ich stand da und glotzte sie blöde an; das Blut pochte in meinen Adern, und meine sorgsam vorbereiteten Pläne für einen Abschiedskuß waren vergessen, da flog sie unverhofft auf mich zu und warf mir die Arme um den Hals. Ihr rauher Atem klang laut in meinem Ohr, und ihre Wange war wie Eis, als sie sie einen Augenblick später an meine drückte, und als ich ihre behandschuhte Hand nahm, fühlte ich den schnellen Puls ihres nackten, schmalen Handgelenks unter meinen Daumen.

Das Taxi hupte, und Charles steckte den Kopf aus dem Fenster. »Jetzt *komm*«, schrie er.

Ich ging zum Gehweg hinunter und blieb unter der Straßenlaterne stehen, als sie wegfuhren. Sie hatten sich auf dem Rücksitz umgedreht und winkten mir durch das Heckfenster zu; ich stand da und sah ihnen nach, und der Geist meines eigenen verzerrten Spiegelbilds wurde in der Krümmung der dunklen Glasscheibe kleiner und kleiner, bis das Taxi um die Ecke fuhr und verschwand.

Ich stand auf der verlassenen Straße, bis ich das Motorengeräusch nicht mehr hören konnte, sondern nur noch das Zischeln des Pulverschnees, den der Wind in kleinen Wirbeln über den Boden stieben ließ. Dann machte ich mich auf den Rückweg zum Campus, die Hände in den Taschen, und das Knirschen meiner Schritte klang unerträglich laut. Die Wohnheime standen schwarz und schweigend da, und der große Parkplatz hinter der Tennisanlage war leer, abgesehen von ein paar Autos, die Lehrern gehörten, und einem einsamen grünen Lastwagen der Hausmeisterei. Die Korridore in meinem Haus waren übersät von Schuhkartons und leeren Kleiderbügeln, die Türen standen offen, und alles war dunkel und totenstill. Ich war so deprimiert, wie ich es im Leben noch nie gewesen war. Ich zog die Jalousien herunter, legte mich auf mein ungemachtes Bett und schlief wieder ein.

Ich hatte so wenig, daß ich alle meine Sachen auf einmal mitnehmen konnte. Als ich gegen Mittag wieder aufwachte, packte ich meine zwei Koffer und schleppte sie, nachdem ich meine Schlüssel abgeliefert hatte, die verlassene, verschneite Straße hinunter in die Stadt und zu der Adresse, die der Hippie mir am Telefon genannt hatte.

Der Weg war weiter, als ich erwartet hatte; er führte mich bald von der Hauptstraße herunter und durch eine besonders trostlose Gegend in der Nähe des Mount Cataract. Ich ging an einem flachen, reißenden Fluß – dem Battenkill – entlang, der in seinem Verlauf hier und da von überdachten Brücken überspannt wurde. Es gab nur wenige Häuser hier, und selbst die düsteren, furchterregenden Mobilheime, die man im Hinterwald von Vermont häufig sieht – mit gewaltigen Holzstößen an der Seite und schwarzem Rauch, der aus einem Kaminrohr quillt –, waren rar und dünn gesät. Autos sah ich überhaupt nicht, abgesehen von vereinzelten Wracks, die in Vorgärten aufgebockt auf Mauersteinen standen.

Im Sommer wäre es ein angenehmer, wenn auch selbst dann anstrengender Marsch gewesen, aber im Dezember, bei halbmeterhohem Schnee und mit zwei schweren Koffern in den Händen, fragte ich mich bald, ob ich es überhaupt schaffen würde. Zehen und Finger wurden mir starr vor Kälte, und mehr als einmal mußte ich haltmachen, um mich auszuruhen, aber allmählich sah die Landschaft immer weniger verlassen aus, und schließlich kam die Straße da raus, wo man es mir gesagt hatte: an der Prospect Street in East Hampden.

Diesen Teil der Stadt hatte ich noch nie gesehen, und er war Welten entfernt von dem Teil, den ich kannte, mit seinen Ahornbäumen und holzverschalten Ladenfassaden, mit dem Stadtpark und dem Uhrturm am Gericht. Dieses Hampden hier war ein ausgebombtes Areal mit Wassertürmen, rostigen Eisenbahngleisen, Lagerhäusern mit durchhängenden Dächern und Fabriken, deren Türen vernagelt und deren Fenster zerschlagen waren. Alles sah so aus, als stehe es seit der Wirtschaftskrise leer – mit Ausnahme einer schmierigen kleinen Kneipe am Ende der Straße, die – nach dem Auftrieb von Lastwagen davor zu urteilen – gute, flotte Geschäfte machte, selbst so früh am Nachmittag. Ketten von Weihnachtslichtern und Mistelzweige aus Plastik hingen über der Neon-Bierreklame, und als ich einen Blick hinein warf, sah ich eine Reihe von Männern in Flanellhemden an der Bar sitzen. Alle hatten Schnapsgläser oder Bier vor sich stehen; weiter hinten drängte sich eine jüngere Meute – stämmige Kerle, die sich durch Baseballmützen auszeichneten – um ein Poolbillard. Ich stand vor der mit rotem Vinyl gepolsterten Tür und schaute noch einen Moment länger durch das Bullauge hinein. Dann beschloß ich, hineinzugehen und nach dem Weg zu fragen, etwas zu trinken und mich aufzuwärmen. Meine Hand lag bereits auf der schmierigen Messingtürklinke, als ich den Namen des Lokals im Fenster sah: »Boulder Tap«. Nach allem, was ich aus den Lokalnachrichten vom »Boulder Tap« wußte, war es die Wiege des bißchen Kriminalität, die es in Hampden gab – Messerstechereien, Vergewaltigungen und nie einen einzigen Zeugen. Es war nicht die Sorte Lokal, die man allein auf einen Drink betrat, wenn man ein verirrter College-Boy aus der Oberstadt war.

Am Ende war es freilich doch nicht so schwierig, das Haus zu finden, in dem der Hippie wohnte. Es war eins der Lagerhäuser am Fluß, leuchtend lila angestrichen.

Der Hippie sah verärgert aus, als ob ich ihn geweckt hätte, als er schließlich zur Tür kam. »Beim nächsten Mal machst du dir einfach selber auf, Mann«, sagte er mürrisch. Er war ein kleiner, fetter Kerl in einem schweißfleckigen T-Shirt und mit rotem Bart, und er sah aus, als habe er schon viele schöne Abende mit seinen Freunden am Billardtisch im »Boulder Tap« verbracht. Er zeigte mir den Raum, in dem ich wohnen sollte – oben an einer Eisentreppe (die natürlich kein Geländer hatte) – und verschwand ohne ein weiteres Wort.

Ich befand mich in einem hallenartigen, verstaubten Raum mit Holzdielen und hohen, nackten Dachbalken. Abgesehen von einer zerbrochenen Kommode und einem hohen Stuhl in einer Ecke gab es überhaupt keine Möbel, sondern nur einen Rasenmäher, ein rostiges Ölfaß und einen Tisch auf zwei Böcken, der übersät war von Schmirgelpapier, Tischlerwerkzeugen und ein paar krummen Holzstücken, die vielleicht zu den Skeletten von Mandolinen gehörten. Der Fußboden war bedeckt mit Sägemehl, Nägeln, Lebensmittelverpackungen, Zigarettenstummeln und *Playboy*-Heften aus den siebziger Jahren; die zahlreichen Scheiben in den Sprossenfenstern waren pelzig von Reif und Dreck.

Ich ließ erst den einen, dann den anderen Koffer aus meinen tauben Händen fallen; einen Augenblick lang war auch mein Kopf wie betäubt, und ich nahm gefügig und kommentarlos alle diese Eindrücke in mich auf. Dann drang mir unvermittelt ein überwältigendes, brüllendes Rauschen ins Bewußtsein. Ich ging zu den

Fenstern auf der anderen Seite des Holztisches und sah zu meinem Erstaunen kaum einen Meter unter mir eine weite Wasserfläche. Weiter hinten sah ich, wie das Wasser über ein Wehr donnerte, daß es heftig aufsprühte. Als ich versuchte, mit der Hand einen Kreis an der Fensterscheibe aufzutauen, stellte ich fest, daß mein Atem auch hier drinnen immer noch weiß dampfte.

Plötzlich fuhr etwas, das ich nur als eisigen Luftschwall beschreiben kann, über mich hinweg. Ich schaute hoch. Im Dach klaffte ein großes Loch; ich sah blauen Himmel und eine Wolke, die rasch von links nach rechts an dem gezackten schwarzen Rand vorbeizog. Darunter am Boden lag eine dünne, pulvrige Schneeschicht, eine perfekte Kopie der Form, die das Loch darüber hatte, unberührt mit Ausnahme der scharfen Umrisse eines einzelnen Fußabdrucks – meines eigenen.

Eine ganze Reihe Leute fragte mich später, ob mir klar gewesen wäre, wie gefährlich das war: draußen in Vermont in den kältesten Monaten des Jahres zu versuchen, in einem ungeheizten Gebäude zu leben – und, um offen zu sein, das war es nicht. Im Hinterkopf hatte ich Geschichten, die ich gehört hatte, Geschichten von Betrunkenen, alten Leuten, unvorsichtigen Skiläufern, die erfroren waren, aber aus irgendeinem Grund schien das alles für mich nicht zu gelten. Mein Quartier war unbequem, sicher; es war widerlich schmutzig und bitterkalt. Aber ich kam nie auf den Gedanken, daß es tatsächlich gefährlich sein könnte. Andere Studenten hatten dort gewohnt; der Hippie wohnte selbst dort; eine Sekretärin im Zimmervermittlungsbüro hatte mir davon erzählt. Vermutlich hätte jeder, der die ganze Geschichte kannte, mich gewarnt, aber wie die Dinge lagen, kannte sie niemand. Es war mir so peinlich, in einer derartigen Unterkunft zu wohnen, daß ich niemandem davon erzählt hatte, nicht einmal Dr. Roland; der einzige, der alles wußte, war der Hippie, und den kümmerte nur sein eigenes Wohlergehen.

Frühmorgens, wenn es noch dunkel war, wachte ich unter meinen Decken auf dem Fußboden auf (ich schlief bekleidet mit zwei oder drei Pullovern, langer Unterwäsche, Wollhose *und* Mantel) und ging, wie ich war, zu Dr. Roland ins Büro. Der Fußmarsch war lang und manchmal, wenn es schneite oder sehr windig war, strapaziös. Durchgefroren und erschöpft kam ich am Commons an, gerade als der Hausmeister das Gebäude für den Tag aufschloß. Dann ging ich hinunter in den Keller, um mich zu rasieren und zu duschen, und zwar in einem nicht benutzten, ziemlich unheimlich aussehenden Raum – weiße Kacheln, freiliegende Rohrleitungen, ein Abfluß mitten auf dem Boden –, der im Zweiten Weltkrieg Teil einer Behelfskrankenstation gewesen war. Die Hausmeister holten hier das Wasser für ihre Putzeimer; es war also nicht abgesperrt, und es gab sogar eine Gasheizung. Ich verwahrte einen Rasierapparat, Seife und ein unauffällig gefaltetes Handtuch hinten in einem der leeren, verspiegelten Spinde. Dann ging ich ins Büro der sozialwissenschaftlichen Fakultät und machte mir dort auf der Kochplatte eine Dosensuppe und einen Instantkaffee, und wenn Dr. Roland und die Sekretärinnen eintrafen, war ich schon seit geraumer Zeit bei meinem Tagewerk.

Dr. Roland war inzwischen daran gewöhnt, daß ich die Arbeit schwänzte, häufig Ausreden vorbrachte und meine Aufgaben nie in der angegebenen Frist erledigte, und er sah diesen unverhofften Fleißausbruch mit Verblüffung und einigem Mißtrauen. Er lobte meine Arbeit und befragte mich eingehend; mehrmals hörte ich, wie er meine Metamorphose im Korridor mit Dr. Cabrini erörterte, dem Leiter der Psychologieabteilung und einzigen anderen Lehrer im Gebäude, der nicht für den Winter abgereist war. Zunächst hielt er es zweifellos für irgendeinen neuen Trick, den ich mir ausgedacht hatte. Aber als die Wochen vergingen und jeder neue, mit unermüdlichem Fleiß verbrachte Tag meinem Ruhmesblatt einen weiteren goldenen Stern hinzufügte, faßte er allmählich Vertrauen: zögernd erst, aber dann voller Triumph. Um den ersten Februar herum gab er mir sogar eine Gehaltsaufbesserung. Vielleicht hoffte er in seiner behavioristischen Art, daß er mich auf diese Weise zu noch größeren Höhen der Motivation würde anspornen können. Diesen Fehler sollte er indessen bedauern, als die Winterferien zu Ende waren und ich in mein behagliches kleines Zimmer im Monmouth House zurückkehrte und wieder in den alten Trott verfiel.

Ich arbeitete so lange bei Dr. Roland, wie ich es mit Anstand tun konnte, und ging dann zum Abendessen in die Snackbar im Commons. An bestimmten glücklichen Abenden gab es sogar Gelegenheit, danach noch irgendwo hinzugehen, und eifrig suchte ich die Schwarzen Bretter nach Meetings der Anonymen Alkoholiker oder *Brigaddon*-Aufführungen der städtischen High School ab. Meistens aber gab es nichts dergleichen, und um sieben wurde das Commons geschlossen, und ich konnte den weiten Heimweg durch Schnee und Dunkelheit antreten.

Die Kälte in dem Lagerhaus war schlimmer als irgend etwas, was ich bis dahin oder seitdem erlebt habe. Wenn ich einen Funken Verstand gehabt hätte, wäre ich vermutlich losgezogen und hätte mir ein elektrisches Heizgerät gekauft, aber ich war ja erst vier Monate vorher aus einer der wärmsten Gegenden Amerikas gekommen und hatte nur eine dumpfe Vorstellung davon, daß solche Geräte existierten. Ich kam nie auf den Gedanken, daß etwa nicht die halbe Bevölkerung von Vermont ziemlich genau das gleiche erlebte wie das, was ich jede Nacht durchmachte: eine knochenzermalmende Kälte, die meine Gelenke schmerzen ließ, eine Kälte, so unerbittlich, daß ich sie in meinen Träumen fühlte: Eisschollen, verirrte Expeditionen, die Lichter von Suchflugzeugen über weißen Gipfeln, während ich allein im schwarzen arktischen Meer trieb. Morgens, wenn ich aufwachte, war ich so steif und zerschlagen, als hätte man mich verprügelt. Ich dachte, es käme daher, daß ich auf dem Fußboden schlief. Erst später wurde mir klar, daß es in Wahrheit von einem krampfartigen, gnadenlosen Zittern herrührte, bei dem sich meine Muskeln mechanisch wie unter einem elektrischen Impuls rhythmisch anspannten, die ganze Nacht hindurch, jede Nacht hindurch.

Erstaunlicherweise war Leo, der Hippie, ziemlich wütend darüber, daß ich nicht mehr Mandolinenspanten schnitt oder Leisten bog, oder was immer ich dort oben tun sollte. »Du nutzt mich aus, Mann«, heulte er jedesmal, wenn er mich sah. »Niemand schnorrt auf die Tour bei Leo. *Niemand.*« Irgendwoher hatte er die Schnapsidee, ich hätte Instrumentenbau studiert und sei in Wirklichkeit zu allen möglichen komplizierten technischen Arbeiten imstande, obwohl ich ihm nie so etwas erzählt hatte. »Hast du doch«, sagte er, als ich Unkenntnis vorschützte. »Hast du doch. Du hast gesagt, du hast im Sommer in den Blue Ridge Mountains gewohnt und Hackbretter gebaut. In Kentucky.«

Darauf konnte ich nichts erwidern. Ich bin es durchaus gewöhnt, mit meinen eigenen Lügen konfrontiert zu werden, aber die von anderen machen mich doch jedesmal fassungslos. Ich konnte es nur abstreiten und ganz aufrichtig erwidern, ich wisse überhaupt nicht, was ein Hackbrett sei. »Du sollst Wirbel schnitzen«, sagte er dann frech. »Und feg den Boden.« Darauf antwortete ich knapp, ich könne ja wohl kaum Wirbel schnitzen, wenn es in dem Zimmer so kalt sei, daß ich nicht mal die Handschuhe ausziehen könne. »Dann mußt du die Fingerspitzen abschneiden, Mann«, sagte Leo ungerührt. Über diese gelegentlichen Standpauken im Eingangsflur ging mein Kontakt mit ihm nicht hinaus. Irgendwann war es für

125

mich offensichtlich, daß Leo all seiner vorgeblichen Liebe zu den Mandolinen zum Trotz niemals einen Fuß in die Werkstatt setzte und es, bevor ich dort eingezogen war, anscheinend auch seit Monaten nicht mehr getan hatte. Allmählich fragte ich mich, ob er von dem Loch im Dach vielleicht gar nichts wußte, und eines Tages erdreistete ich mich, es ihm gegenüber zu erwähnen. »Ich dachte, das wäre eine der Sachen, die du hier mal in Ordnung bringen könntest«, antwortete er nur.

Gelegentlich kam Post an meine Adresse in Hampden College. Francis schrieb mir in einem sechsseitigen Brief, wie sehr er sich langweilte und wie übel ihm sei, und er zählte buchstäblich alles auf, was er hatte essen müssen, seit ich ihn zuletzt gesehen hatte. Die Zwillinge, gesegnet sollen sie sein, schickten Schachteln mit Plätzchen, die ihre Großmutter gebacken hatte, und Briefe in verschiedenfarbiger Tinte – schwarz für Charles und rot für Camilla. Etwa in der zweiten Januarwoche bekam ich eine Postkarte aus Rom ohne Absender. Das Foto zeigte den Augustus von Primaporta, und daneben hatte Bunny mit überraschend geschicktem Strich einen Cartoon von sich selbst und Henry in römischem Gewand (Toga und kleine runde Brille) gezeichnet, wie sie neugierig in die Richtung blinzeln, in die der ausgestreckte Arm der Statue weist. (Caesar Augustus war Bunnys Held; er hatte uns alle in Verlegenheit versetzt, als er im Laufe der Lesung aus Lukas 2 bei der Erwähnung seines Namens auf der Weihnachtsfeier der literaturwissenschaftlichen Fakultät in lauten Jubel ausgebrochen war. »Na, was denn«, sagte er, als wir versuchten, ihn zum Schweigen zu bringen, »die ganze Welt *gehörte* geschätzt.«)

Ich habe diese Postkarte immer noch. Charakteristischerweise ist sie mit Bleistift geschrieben; im Laufe der Jahre ist alles ein bißchen verwischt, aber immer noch lesbar. Eine Unterschrift ist nicht vorhanden, aber über den Autor besteht kein Zweifel.

Richard, mein Alter
bist du Erfroren? es ist ziemlich warm hier. Wir wohnen in einer Penscione. Ich habe gestern aus versehen Conche in einem Restaurant bestellt es war schrecklich aber Henry hat es gegessen. Alle hier sind Verdammte katholiken. Arrivaderci bis demnächst.

Francis und die Zwillinge erkundigten sich ziemlich hartnäckig nach meiner Adresse in Hampden. »Wo wohnst Du?« fragte Charles in schwarzer Tinte. »Ja, wo?« echote Camilla in Rot. (Sie verwandte eine Tinte mit einem speziellen Saffianton, der mir, der ich sie schrecklich vermißte, in einem Farbenrausch die ganze dünne, muntere Heiterkeit ihrer Stimme in den Sinn kommen ließ.) Da ich ihnen keine Adresse nennen konnte, ignorierte ich diese Anfragen und füllte meine Antwortbriefe mit ausschweifenden Verweisen auf den Schnee und die Schönheit des Winters und die Einsamkeit.

Ich schrieb diese Briefe morgens vor der Arbeit, in der Bibliothek und im Commons, wo ich mich jeden Abend herumtrieb, bis der Hausmeister mich aufforderte zu gehen. Es war, als setzte sich mein ganzes Leben aus diesen isolierten Zeitsplittern zusammen, in denen ich bald an diesem, bald an jenem öffentlichen Ort herumlungerte, als wartete ich auf Züge, die niemals kamen. Und wie eins jener Gespenster, die angeblich spätnachts in den Depots herumgeistern und die Passanten nach dem Fahrplan des Midnight Express fragen, der vor zwanzig Jahren entgleist ist, so wanderte ich von Licht zu Licht bis zu jener gefürchteten Stunde, da alle Türen sich schlossen, und wenn ich dann aus der Welt der Wärme und der Menschen und der belauschten Gespräche hinaustrat, fühlte ich, wie die alte, vertraute Kälte sich wieder in meine Knochen wand, und dann war alles vergessen – die Wärme, die Lichter – und mir war nie im Leben warm gewesen, niemals.

Ich wurde ein Experte darin, mich unsichtbar zu machen. Ich konnte zwei Stunden über einem Kaffee hocken, vier Stunden bei einem Essen, und die Kellnerin bemerkte mich kaum. Obwohl die Hausmeister mich jeden Abend zur Feierabendzeit aus dem Commons hinauswarfen, bemerkten sie vermutlich nie, daß sie zweimal hintereinander mit demselben Studenten gesprochen hatten. Sonntagnachmittags saß ich, den Mantel der Unsichtbarkeit fest um die Schultern gelegt, manchmal sechs Stunden in der Krankenstation und las friedlich in den Nummern des *Yankee* oder des *Reader's Digest* (»Zehn Mittel gegen die verflixten Rückenschmerzen!«), und weder die Aufnahmeschwester noch der Arzt, noch Kranke bemerkten meine Anwesenheit.

Aber genau wie der Unsichtbare bei H. G. Wells entdeckte ich, daß meine Gabe ihren Preis hatte, der in meinem wie in seinem Fall die Form einer Art geistiger Dunkelheit annahm. Es war, als unterließen die Leute es, mir in die Augen zu sehen, als träfen sie Anstalten, mitten durch mich hindurchzugehen; und meine abergläubischen Vorstellungen begannen, sich geradezu zu einer Manie zu entwickeln. Ich war bald davon überzeugt, daß es nur eine Frage der Zeit sei, wann eine der wackligen Eisenstufen, die zu meinem Zimmer hinaufführten, durchbräche, und dann würde ich hinunterfallen und mir den Hals oder – noch schlimmer – ein Bein brechen: Dann würde ich erfrieren oder verhungern, ehe Leo mir zu Hilfe käme. Weil mir eines Tages, als ich die Treppe erfolgreich und ohne Angst erstiegen hatte, ein alter Brian-Eno-Song durch den Kopf gegangen war (»In New Delhi / and Hong Kong / They all know that it won't be long...«), mußte ich ihn jetzt jedesmal singen, wenn ich die Treppe hinauf- oder hinunterging.

Und jedesmal, wenn ich die Fußgängerbrücke über den Fluß überquerte, zweimal täglich, mußte ich stehenbleiben und in dem kaffeebraunen Schnee am Straßenrand herumwühlen, bis ich einen Stein von anständiger Größe gefunden hatte; dann lehnte ich mich über das eiskalte Geländer und warf ihn in die reißende Strömung, die über die gesprenkelten Dinosauriereier aus Granit im Flußbett hinwegblubberte – eine Gabe an den Flußgott vielleicht, um meinen sicheren Übergang zu gewährleisten, oder vielleicht auch der Versuch, zu beweisen, daß ich, wiewohl unsichtbar, doch existierte. Das Wasser war an einigen Stellen so seicht und klar, daß ich manchmal hörte, wie der Stein klickte, wenn er auf Grund stieß. Beide Hände auf das eisige Geländer gelegt, starrte ich in das Wasser, das weiß gegen die Felsen rauschte und dünn über polierte Steine kochte, und ich fragte mich, wie es sein würde, hinunterzufallen und mir den Schädel auf einem dieser glänzenden Steine aufzubrechen: ein böses Krachen, plötzliches Erschlaffen, und dann rote Adern, die das glasige Wasser marmorierten.

Wenn ich mich hinunterstürzte, dachte ich, wer würde mich dann finden in all der weißen Stille? Würde der Fluß mich stromabwärts über die Felsen prügeln, bis er mich in stillerem Gewässer ausspuckte, unten hinter der Färberei, wo irgendeine Lady mich mit dem Strahl ihrer Schweinwerfer erfassen würde, wenn sie um fünf Uhr nachmittags vom Parkplatz fuhr? Oder würde ich mich an irgendeiner stillen Stelle hinter einem großen Felsblock verkanten und dort, von meinen Kleidern umspült, auf den Frühling warten?

Dies war, das sollte ich noch sagen, etwa in der dritten Januarwoche. Das Thermometer fiel; mein Leben, das bis dahin nur einsam und jammervoll gewesen war, wurde unerträglich. Jeden Tag ging ich benommen zur Arbeit und wieder zurück, manchmal bei Temperaturen von fünfundzwanzig oder dreißig Grad unter Null, manchmal in Unwettern, in denen ich nur noch Weiß sah und überhaupt nur nach Hause fand, indem ich mich an der Leitplanke am Straßenrand entlangtastete. Sobald ich zu Hause war, wickelte ich mich in meine schmutzigen Decken und fiel zu Boden wie ein Toter. Jeder Augenblick, der nicht von meinen Bemühungen verzehrt wurde, der Kälte zu entkommen, war von morbiden, poehaften Phantasien erfüllt. Einmal sah ich nachts im Traum meinen eigenen Leichnam, die Haare steif vom Eis, die Augen weit aufgerissen.

Jeden Morgen erschien ich in Dr. Rolands Büro, pünktlich wie ein Uhrwerk. Er, angeblich Psychologe, erkannte keines der Zehn Warnzeichen eines nahenden Nervenzusammenbruchs, oder was immer es war, was man ihn zu erkennen ausgebildet und zu lehren qualifiziert hatte. Statt dessen nutzte er meine Schweigsamkeit, um mit sich selbst über Football zu reden und über Hunde, die er als Junge gehabt hatte. Die wenigen Bemerkungen, die er an mich richtete, waren kryptisch und unverständlich. Er fragte beispielsweise, weshalb ich, wo ich doch in der Drama-Abteilung sei, in keinem Stück zu sehen gewesen sei. »Was ist los? Sind Sie schüchtern, Junge? Zeigen Sie ihnen, woraus Sie gemacht sind.« Ein andermal erzählte er beiläufig, er habe nicht gewußt, daß mein Freund den Winter über in Hampden sei.

»Ich habe hier im Winter keine Freunde«, sagte ich, und ich hatte auch keine.

»Sie sollten Ihre Freunde nicht so wegstoßen. Die besten Freunde, die Sie je haben werden, sind die, die Sie jetzt finden. Ich weiß, daß Sie mir nicht glauben, aber sie fangen an, von Ihnen abzufallen, wenn Sie in mein Alter kommen.«

Wenn ich abends nach Hause ging, wurde alles weiß an den Rändern, und es war, als hätte ich keine Vergangenheit, keine Erinnerungen, als sei ich ewig nur auf genau diesem leuchtenden, zischelnden Stück Straße gewesen.

Ich weiß nicht, was mir genau fehlte. Die Ärzte meinten, es handelte sich um eine chronische Hypothermie, verstärkt durch schlechte Ernährung und eine leichte Lungenentzündung, aber ich weiß nicht, ob damit all die Halluzinationen und die geistige Verwirrung erklärt sind. Damals war mir nicht einmal bewußt, daß ich krank war: Jedes Symptom, ob Fieber oder Schmerzen, ertrank im Getöse meines unmittelbaren Elends.

Denn ich war in einer schlimmen Klemme. Es war der kälteste Januar, den man seit fünfundzwanzig Jahren verzeichnet hatte. Ich hatte schreckliche Angst zu erfrieren, aber ich konnte nirgends hin. Ich konnte doch schlecht Dr. Roland fragen, ob ich in dem Apartment unterkriechen könnte, das er mit seiner Freundin teilte. Und außer ihm kannte ich sonst niemanden auch nur flüchtig, und wenn ich nicht an fremde Türen klopfen wollte, gab es wenig, was ich tun konnte. Eines Abends versuchte ich, meine Eltern von der Telefonzelle vor dem »Boulder Tap« aus anzurufen; es graupelte, und ich zitterte so heftig, daß ich kaum die Münzen in den Schlitz bekam. Ich verspürte zwar eine verzweifelte, unausgegorene Hoffnung, sie könnten mir Geld oder ein Flugticket schicken, aber ich wußte doch eigentlich nicht, was ich von ihnen hören wollte; ich glaube, ich hatte irgendwie die Vorstellung, daß ich mich hier in Graupel und Wind auf der Prospect Street besser fühlen würde, wenn ich einfach die Stimmen von Menschen hörte, die weit weg an einem warmen Ort waren. Aber als mein Vater beim sechsten oder siebten Klingeln den Hörer abnahm, rief seine bierschwere, gereizte Stimme ein hartes, trockenes Gefühl in meiner Kehle hervor, und ich hängte ein.

Dr. Roland erwähnte noch einmal meinen imaginären Freund. Diesmal hatte er ihn in der Stadt gesehen, spätabends auf dem Platz, als er nach Hause fuhr.

»Ich habe Ihnen doch gesagt, ich habe hier keine Freunde«, erklärte ich.

»Sie wissen doch, von wem ich rede. Großer, kräftiger Junge. Trägt eine Brille.«

Jemand, der aussah wie Henry? Bunny? »Sie müssen sich irren«, sagte ich.

Die Temperatur sank so tief, daß ich gezwungen war, ein paar Nächte im Catamount Motel zu verbringen. Außer mir war niemand dort – nur der zahnlose alte Mann, der es führte; er wohnte im Nachbarzimmer und hielt mich mit seinem lauten Gehuste und Gespucke wach. Meine Tür hatte kein Schloß, abgesehen von einem jener antiken Dinger, die man mit einer Haarnadel aufbekommt; in der dritten Nacht erwachte ich aus einem bösen Traum (ein Alptraum-Treppenhaus, die Stufen allesamt verschieden hoch und breit; ein Mann lief vor mir hinunter, sehr schnell), weil ich ein leises, klickendes Geräusch gehört hatte. Ich setzte mich im Bett auf und sah zu meinem Entsetzen, wie der Türknopf sich im Mondlicht verstohlen drehte. »Wer ist da?« fragte ich laut, und es hörte auf. Lange lag ich im Dunkeln wach. Am nächsten Morgen zog ich aus; ein stiller Tod bei Leo war mir lieber, als im Bett ermordet zu werden.

Um den ersten Februar herum brach ein schreckliches Unwetter aus; Stromleitungen knickten ein, Autofahrer blieben im Schnee stecken, und mich überkam ein Anfall von Halluzinationen. Stimmen sprachen mit mir, im Tosen des Wassers, im Zischeln des Schnees. »*Leg dich hin*«, wisperten sie, und: »*Links abbiegen. Wenn nicht, wirst du's bereuen.*« Meine Schreibmaschine in Dr. Rolands Büro stand am Fenster. Eines späten Nachmittags, als es dunkel wurde, blickte ich hinunter in den leeren Hof und sah zu meiner Verblüffung, daß unter der Laterne eine dunkle, regungslose Gestalt erschienen war; sie stand da mit den Händen in den Taschen eines schwarzen Mantels und schaute zu meinem Fenster herauf. Der Hof war dunkel überschattet, und es schneite heftig. »Henry?« sagte ich und preßte die Augen zu, bis ich Sterne sah. Als ich sie wieder aufmachte, sah ich nur den Schnee, der in der Leere des Lichtkegels unter der Laterne wirbelte.

Nachts lag ich zitternd auf dem Fußboden und sah zu, wie die beleuchteten Schneeflocken wie in einer Säule durch das Loch in der Decke rieselten. Am Rande der Gefühllosigkeit, wenn ich in die Bewußtlosigkeit hinabzugleiten drohte, sagte mir im letzten Augenblick irgend etwas, daß ich vielleicht nie wieder aufwachen würde, wenn ich jetzt einschliefe: Mühsam zwang ich mich, die Augen aufzuhalten, und ganz unvermittelt erschien mir die Schneesäule, die da leuchtend und hoch in ihrer dunklen Ecke stand, in ihrer wahren, wispernden Bedrohlichkeit, ein luftiger Engel des Todes. Aber ich war zu müde, als daß es mich noch hätte kümmern können; noch während ich hinschaute, merkte ich, daß ich den Halt verlor, und ehe ich es wußte, stürzte ich schon hinab in den dunklen Abgrund des Schlafes.

Die Zeit begann zu verschwimmen. Ich schleppte mich noch immer ins Büro – aber nur, weil es dort warm war; irgendwie erledigte ich die simplen Aufgaben, die ich dort hatte. Aber ich weiß wahrlich nicht, wie lange ich das noch hätte durchhalten können, wenn nicht etwas sehr Überraschendes geschehen wäre.

Ich werde diesen Abend nicht vergessen, solange ich lebe. Es war Freitag, und Dr. Roland wollte bis zum folgenden Mittwoch verreisen. Für mich bedeutete das vier Tage im Lagerhaus, und selbst in meinem umwölkten Zustand war mir klar, daß ich jetzt vielleicht wirklich erfrieren würde.

Als das Commons geschlossen wurde, machte ich mich auf den Heimweg. Es lag hoher Schnee, und schon bald begannen mir die Beine bis zu den Knien herauf zu prickeln und taub zu werden. Als die Straße schließlich in East Hampden einmündete, fragte ich mich ernsthaft, ob ich es noch bis zum Lagerhaus schaffen würde und was ich anfangen sollte, wenn ich dort wäre. Ganz East Hampden war dunkel und verlassen, sogar das »Boulder Tap«; der einzige Lichtschein im meilenweiten Umkreis schimmerte aus der Telefonzelle davor. Ich schleppte mich darauf zu, als wäre sie eine Fata Morgana in der Wüste. Ich hatte ungefähr dreißig Dollar in der Tasche – mehr als genug, um mir ein Taxi zu rufen und ins Catamount Motel zu fahren, zu einem miesen kleinen Zimmer mit einer unverschlossenen Tür, und was immer mich sonst dort erwarten mochte.

Meine Zunge war schwer, und die Vermittlung weigerte sich, mir die Nummer einer Taxifirma zu geben. »Sie müssen mir schon den Namen einer *bestimmten* Taxifirma nennen«, sagte sie. »Wir dürfen keine...«

»Ich kenne keine bestimmte Taxifirma«, brachte ich hervor. »Hier ist kein Telefonbuch.«

»Bedaure, Sir, aber wir dürfen keine...«

»Red Top?« sagte ich verzweifelt und bemühte mich, weitere Namen zu erraten, mir welche auszudenken, irgendwas. »Yellow Top? Town Taxi? Checker?«

Endlich hatte ich offenbar eine getroffen; vielleicht hatte sie aber auch nur Mitleid. Es klickte, und dann nannte eine mechanische Stimme mir die Nummer. Ich wählte hastig, um sie nicht zu vergessen – so hastig, daß ich mich verwählte, und mein Vierteldollar war weg.

Ich hatte noch einen Vierteldollar in der Tasche; es war mein letzter. Ich zog den Handschuh aus und wühlte mit tauben Fingern in der Tasche herum. Schließlich fand ich ihn; ich hatte ihn in der Hand und wollte ihn zum Münzeinwurf heben, da rutschte er mir plötzlich aus den Fingern, und ich bückte mich hastig hinterher und schlug mit der Stirn auf die scharfe Kante des Metalltisches unter dem Telefon.

Ich lag ein paar Augenblicke lang mit dem Gesicht im Schnee. Es rauschte mir in den Ohren. Im Fallen hatte ich nach dem Telefon gegriffen und den Hörer heruntergeschlagen; das Freizeichen, das aus dem hin- und herschaukelnden Hörer ertönte, schien aus weiter Ferne zu kommen.

Es gelang mir, mich auf alle viere aufzurappeln. Ich starrte auf die Stelle, wo mein Kopf gelegen hatte, und sah einen dunklen Fleck im Schnee. Als ich mit der bloßen Hand meine Stirn berührte, waren meine Finger rot. Mein Vierteldollarstück war weg, aber ich hatte auch die Nummer vergessen. Ich würde später zurückkommen müssen, wenn das »Boulder Tap« geöffnet wäre und ich wechseln könnte. Irgendwie kam ich auf die Beine. Den schwarzen Hörer ließ ich an seiner Schnur baumeln.

Halb gehend, halb auf Händen und Knien kam ich die Treppe hinauf. Blut tröpfelte mir über die Stirn. Auf dem Treppenabsatz ruhte ich mich aus, und ich merkte, wie meine Umgebung unscharf wurde: ein Rauschen zwischen zwei Sendern, alles für einen, zwei Augenblicke verschneit, bis schwarze Linien zuckten und das Bild wieder aufstrahlte, nicht völlig klar, aber doch erkennbar. Ruckhafte Kamerabewegungen, ein alptraumhafter Werbespot. Leos Mandolinenlager. Letzte Station, unten am Fluß. Niedrige Preise. Und denken Sie auch an uns, wenn Sie Kühlräume brauchen.

Ich stieß die Werkstattür mit der Schulter auf und tastete fummelnd nach dem Lichtschalter, als ich plötzlich etwas am Fenster erblickte, das mich vor Schrecken zurücktaumeln ließ. Eine Gestalt in einem langen schwarzen Mantel stand regungslos auf der anderen Seite des Raumes und schaute aus dem Fenster, die Hände auf dem Rücken; in der Nähe der einen Hand sah ich den winzigen Lichtpunkt einer glimmenden Zigarette.

Das Licht flackerte knisternd auf und summte. Die Schattengestalt, handfest und sichtbar jetzt, drehte sich um. Es war Henry. Er wollte offenbar gerade eine scherzhafte Bemerkung machen, aber als er mich sah, weiteten sich seine Augen, und sein Mund öffnete sich zu einem kleinen runden o.

Ein, zwei Augenblicke standen wir da und starrten einander quer durch das Zimmer hinweg an.

»Henry?« sagte ich endlich, und meine Stimme war kaum mehr als ein Flüstern.

Er ließ die Zigarette fallen und tat einen Schritt auf mich zu. Er war es wirklich – feuchte, gerötete Wangen, Schnee auf den Schultern seines Mantels. »Guter Gott, Richard«, sagte er, »was ist denn mit dir passiert?«

Überraschter hat er sich mir nie gezeigt. Ich blieb stehen, wo ich stand, und starrte ihn an, fassungslos. Es war alles zu hell und weiß an den Rändern. Ich streckte die Hand nach dem Türrahmen aus, und im nächsten Moment fiel ich, und Henry sprang herbei, um mich aufzufangen.

Er ließ mich auf den Boden gleiten, zog den Mantel aus und breitete ihn über mich wie eine Decke. Ich blinzelte zu ihm auf und wischte mir mit dem Handrücken über den Mund. »Wo kommst du her?« fragte ich.

»Ich bin vorzeitig aus Italien weggefahren.« Er strich mir das Haar aus der Stirn und bemühte sich, die Verletzung besser zu sehen. Ich sah Blut an seinen Fingerspitzen.

»'ne nette kleine Wohnung hab' ich hier, hm?« Ich lachte.

Er schaute hinauf zu dem Loch im Dach. »Ja«, sagte er schroff. »Hat durchaus Ähnlichkeit mit dem Pantheon.« Dann senkte er den Kopf und betrachtete wieder meinen Kopf.

Ich erinnere mich, daß ich in Henrys Auto saß, an Lichter und an Leute, die sich über mich beugten, und daran, daß ich mich aufsetzen mußte, obwohl ich es nicht wollte; ich erinnere mich auch, daß jemand mir Blut abnahm und daß ich mich kraftlos darüber beschwerte. Aber meine erste klare Erinnerung ist die, daß ich mich aufrichtete und mich in einem matt erleuchteten, weißen Zimmer wiederfand; ich lag in einem Krankenhausbett und hatte eine Infusionsnadel im Arm.

Henry saß auf einem Stuhl neben dem Bett und las im Licht der Nachttischlampe. Er ließ sein Buch sinken, als er sah, daß ich mich regte. »Deine Verletzung war nicht ernst«, sagte er. »Sehr sauber und nicht tief. Sie haben's mit ein, zwei Stichen genäht.«

»Bin ich auf der Krankenstation?«

»Du bist in Montpelier. Ich habe dich ins Krankenhaus gefahren.«

»Wofür ist die Infusion?«

»Sie sagen, du hast eine Lungenentzündung. Möchtest du etwas zu lesen?« fragte er höflich.

»Nein, danke. Wie spät ist es?«

»Ein Uhr früh.«

»Aber ich dachte, du bist in Rom?«

»Ich bin vor ungefähr zwei Wochen zurückgekommen. Wenn du wieder schlafen möchtest, rufe ich die Schwester, damit sie dir eine Spritze gibt.«

»Nein, danke. Wieso habe ich dich bis jetzt nicht gesehen?«

»Weil ich nicht wußte, wo du wohnst. Die einzige Adresse, unter der ich dich erreichen konnte, war die des Colleges. Heute nachmittag habe ich dann in der Verwaltung herumgefragt. Übrigens«, fuhr er fort, »wie heißt die Stadt, in der deine Eltern wohnen?«

»Plano. Wieso?«

»Ich dachte, du willst sie vielleicht anrufen.«

»Mach dir keine Mühe«, sagte ich und ließ mich zurücksinken.

Die Infusion strömte mir wie Eis durch die Adern. »Erzähl mir von Rom.«

»Also gut.« Und er begann, sehr leise zu erzählen: von den hübschen etruskischen Terracottas in der Villa Giulia und von den Lilienteichen und den Springbrunnen im Nymphaeum davor; von der Villa Borghese und dem Colosseum, von dem Blick, der sich frühmorgens auf dem Palatin bot, und davon, wie schön die Thermen des Caracalla in römischer Zeit gewesen sein mußten mit all dem Marmor und den Bibliotheken und dem großen, kreisrunden Calidarium und dem Frigidarium mit dem großen, leeren Bassin, das heute noch vorhanden war – und wahrscheinlich noch von vielen anderen Dingen, aber ich erinnere mich nicht mehr, denn ich schlief ein.

Ich blieb vier Nächte in dem Krankenhaus. Henry war fast die ganze Zeit da und brachte mir Sodawasser, wenn ich welches wollte, und einen Rasierapparat und eine Zahnbürste und einen von seinen eigenen Pyjamas – aus seidiger ägyptischer Baumwolle, cremefarben und himmlisch weich; die Tasche war in winzigen scharlachroten Buchstaben mit den Initialen HMW (M für Marchbanks) bestickt. Er brachte mir auch Bleistifte und Papier – ich hatte wenig Verwendung dafür, aber er wäre vermutlich ohne diese Dinge verloren gewesen – sowie eine ganze Menge Bücher; die Hälfte davon war in Sprachen geschrieben, die ich nicht verstand, und die andere Hälfte hätte es ebensogut sein können. Eines Abends – der Kopf tat mir weh von lauter Hegel – bat ich ihn, mir eine Illustrierte zu bringen; er machte ein ziemlich verblüfftes Gesicht, und als er zurückkam, hatte er eine Fachzeitschrift (*Pharmacology Update*), die er im Aufenthaltsraum gefunden hatte. Wir unterhielten uns kaum. Die meiste Zeit las er, und zwar mit einer Konzentration, die mich erstaunte: sechs Stunden an einem Stück, fast ohne aufzublicken. Er beachtete mich so gut wie gar nicht. Aber in den schlimmen Nächten blieb er mit mir wach, wenn ich Mühe hatte zu atmen und meine Lunge so weh tat, daß ich nicht schlafen konnte; und einmal, als die diensthabende Krankenschwester mir meine Medizin drei Stunden zu spät brachte, folgte er ihr mit ausdrucksloser Miene hinaus in den Gang und verpaßte ihr dort in seinem gedämpften, monotonen Tonfall einen dermaßen strammen und beredten Tadel, daß die Schwester (eine verächtlich blickende, verbissene Frau, die mit ihren gefärbten Haaren aussah wie eine alternde Kellnerin und jedermann nur mit saurer Miene anredete) ein wenig sanftmütiger wurde; danach war sie – die mir die Pflaster um die Infusionskanüle mit solcher Gefühllosigkeit abgerissen und mich in ihrer gedankenlosen Suche nach Venen grün und blau gestochen hatte – im Umgang mit mir sehr viel behutsamer, und einmal, beim Fiebermessen, nannte sie mich sogar »Honey«.

Der Arzt aus der Notaufnahme erzählte mir, Henry habe mir das Leben gerettet. Das war eine dramatische Nachricht, die mir große Genugtuung verschaffte – und die ich mehreren Leuten gegenüber wiederholte –, aber insgeheim hielt ich es für eine Übertreibung. In den folgenden Jahren indessen bin ich mehr und mehr zu der Überzeugung gelangt, daß es durchaus so gewesen sein könnte. Als ich jünger war, hielt ich mich, wie es vermutlich viele tun, für unsterblich. Und obgleich ich – in kurzfristigem Sinn – rasch wieder auf den Beinen war, bin ich in einem anderen Sinn eigentlich niemals ganz über diesen Winter hinweggekommen. Ich habe seitdem Lungenprobleme; die leiseste Kälte tut mir in den Knochen weh, und ich verkühle mich leicht, was früher nie der Fall war.

Ich erzählte Henry, was der Arzt gesagt hatte. Er war verstimmt. Stirnrunzelnd machte er irgendeine knappe Bemerkung – tatsächlich wundert es mich, daß ich sie vergessen habe, aber ich war so verlegen –, und ich erwähnte die Sache nie wieder. Aber ich glaube, er hat mich gerettet. Und irgendwo – falls es einen Ort gibt, wo Listen geführt und Lob und Tadel verzeichnet werden – steht ganz sicher ein goldener Stern neben seinem Namen.

Aber ich werde sentimental. Manchmal, wenn ich an diese Dinge denke, kommt das vor.

Am Montagmorgen konnte ich endlich gehen – mit einem Röhrchen Antibiotika und einem Arm voller Nadelstiche. Sie bestanden darauf, mich im Rollstuhl zu Henrys Wagen zu schieben, obwohl ich durchaus in der Lage war, allein zu gehen, und es höchst demütigend fand, wie ein Paket hinausgerollt zu werden.

»Bring mich ins Catamount Motel«, sagte ich, als wir nach Hampden kamen.

»Nein«, sagte er. »Du wohnst bei mir.«

Henry wohnte im Erdgeschoß eines alten Hauses in der Water Street in North Hampden, einen Block weit von Charles und Camilla entfernt, aber näher beim Fluß. Er hatte nicht gern Leute bei sich, und ich war nur einmal dort gewesen, und da auch nur für ein oder zwei Minuten. Seine Wohnung war viel größer als die von Charles und Camilla und sehr viel spartanischer. Die Zimmer waren geräumig und anonym; die Fußböden waren aus breiten Holzdielen, an den Fenstern waren keine Gardinen, und die verputzten Wände waren weiß gestrichen. Die Möbel waren von erkennbar guter Qualität, aber verschrammt und schlicht, und es waren auch nicht viele. Die ganze Wohnung hatte etwas Gespenstisches, Unbewohntes, und einige Zimmer waren völlig leer. Von den Zwillingen hatte ich gehört, daß Henry kein elektrisches Licht mochte, und hier und dort sah ich Kerosinlampen auf den Fensterbänken.

Sein Schlafzimmer, das ich jetzt bekommen sollte, war bei meinem letzten Besuch ziemlich demonstrativ verschlossen gewesen. Darin befanden sich Henrys Bücher – nicht so viele, wie man vielleicht denken möchte –, ein einzelnes Bett und sehr wenig anderes, abgesehen von einem Wandschrank mit einem großen, auffälligen Vorhängeschloß. An der Schranktür hing mit Heftzwekken befestigt ein Schwarzweißfoto aus einer alten Illustrierten – *LIFE*, stand darauf, *1945*. Es zeigte Vivien Leigh und, zu meiner Überraschung, einen sehr viel jüngeren Julian Morrow. Sie waren auf einer Cocktailparty und hielten Gläser in den Händen; er flüsterte ihr etwas ins Ohr, und sie lachte.

»Wo wurde das aufgenommen?« fragte ich.

»Ich weiß es nicht. Julian sagt, er erinnert sich nicht. Hin und wieder stößt man in alten Zeitschriften auf ein Foto von ihm.«

»Warum?«

»Er kannte früher eine Menge Leute.«

»Wen?«

»Die meisten sind inzwischen tot.«

»*Wen?*«

»Ich weiß es wirklich nicht, Richard.« Dann, nachgiebiger: »Ich habe Bilder von ihm mit den Sitwells gesehen. Und mit T. S. Eliot. Oder... da gibt's ein ziemlich komisches mit dieser Schauspielerin – ich habe ihren Namen vergessen –; sie ist inzwischen gestorben.« Er überlegte kurz. »Sie war blond«, sagte er dann. »Ich glaube, sie war mit einem Baseballspieler verheiratet.«

»Marilyn Mon*roe*?«

»Kann sein. Es war kein besonders gutes Bild. Nur ein Zeitungsfoto.«

Irgendwann in den vergangenen drei Tagen war Henry hinübergefahren und hatte meine Sachen bei Leo abgeholt. Meine Koffer standen am Fußende des Bettes.

»Ich will dir dein Bett nicht wegnehmen, Henry«, sagte ich. »Wo schläfst du denn?«

»In einem der hinteren Zimmer ist ein Bett, das sich aus der Wand herunterklappen läßt«, sagte Henry. »Ich komme nicht drauf, wie so was heißt. Ich habe bisher nie drin geschlafen.«

»Warum läßt du mich dann nicht dort schlafen?«

»Nein. Ich bin ziemlich neugierig darauf, zu erfahren, wie es ist. Außerdem ist es gut, den Schlafplatz von Zeit zu Zeit zu wechseln. Ich glaube, man hat dann interessantere Träume.«

Ich hatte vor, nur ein paar Tage bei Henry zu verbringen – am folgenden Montag erschien ich wieder zur Arbeit bei Dr. Roland –, aber am Ende blieb ich, bis die Schule wieder anfing. Ich begriff nicht, weshalb Bunny gesagt hatte, es sei schwer, mit Henry auszukommen. Er war der beste Wohnungsgenosse, den ich je gehabt hatte, ruhig und ordentlich und meistens irgendwo in einen abgelegenen Teil der Wohnung zurückgezogen. Oft war er gar nicht da, wenn ich von der Arbeit nach Hause kam; er sagte mir nie, wohin er ging, und ich fragte nicht. Aber manchmal, wenn ich nach Hause kam, hatte er Abendessen gemacht – er war kein Feinschmeckerkoch wie Francis und bereitete nur einfache Sachen zu, Brathuhn und Baked Potatoes, Junggesellenkost –, und dann saßen wir am Klapptisch in der Küche und aßen und redeten.

Ich hatte inzwischen gelernt, daß es besser war, die Nase nicht in seine Angelegenheiten zu stecken, aber eines Abends, von Neugier übermannt, fragte ich ihn doch: »Ist Bunny noch in Rom?«

Ein paar Augenblicke vergingen, bevor er antwortete. »Ich nehme es an«, sagte er und legte die Gabel hin. »Er war da, als ich abreiste.«

»Wieso ist er nicht mit zurückgekommen?«

»Ich glaube, er wollte noch nicht. Ich hatte die Miete bis Februar bezahlt.«

»Er hat dich auf der Miete sitzenlassen?«

Henry schob sich einen Bissen in den Mund. »Offen gesagt«, erklärte er, nachdem er gekaut und geschluckt hatte, »was immer Bunny dir Gegenteiliges erzählen mag: Er besitzt keinen Cent, und sein Vater auch nicht.«

»Ich dachte, seine Eltern sind wohlhabend«, sagte ich entsetzt.

»Das würde ich nicht sagen«, antwortete Henry ruhig. »Vielleicht haben sie mal Geld gehabt, aber wenn, dann haben sie es vor langer Zeit ausgegeben. Dieses grausige Haus, in dem sie da woh-

nen, muß ein Vermögen gekostet haben, und sie machen großes Theater mit Yachtclubs und Countryclubs und teuren Schulen, in die sie ihre Söhne schicken, aber damit haben sie sich bis über die Ohren verschuldet. Sie mögen reich aussehen, aber sie besitzen keinen Cent. Ich schätze, Mr. Corcoran ist so gut wie bankrott.«
»Bunny scheint aber ziemlich gut zu leben.«
»Bunny hat noch nie einen Cent Taschengeld gehabt, seit ich ihn kenne«, sagte Henry spitz. »Und er hat einen kostspieligen Geschmack. Das ist ziemlich fatal.«
Wir aßen schweigend weiter.
»Wenn ich Mr. Corcoran wäre«, sagte Henry nach einer ganzen Weile, »dann hätte ich Bunny nach der High School ins Geschäft gehen oder einen Beruf lernen lassen. Bunny hat auf dem College nichts verloren. Er konnte nicht einmal lesen, bis er ungefähr zehn Jahre alt war.«
»Er kann gut zeichnen«, sagte ich.
»Das finde ich auch. Für die Wissenschaft hat er jedenfalls keinerlei Begabung. Man hätte ihn zu einem Maler in die Schule geben sollen, als er klein war, statt ihn auf all die teuren Schulen zu schicken, wo er nutzloses Zeug lernt.«
»Er hat mir einen sehr guten Cartoon geschickt: du und er neben einer Statue des Caesar Augustus.«
Henry machte ein zischendes, verdrossenes Geräusch. »Das war im Vatikan«, sagte er. »Den ganzen Tag über hat er lauthals Bemerkungen über Itaker und Katholiken gemacht.«
»Wenigstens spricht er nicht Italienisch.«
»Er sprach es gut genug, um jedesmal, wenn wir in ein Restaurant gingen, das Teuerste von der Speisekarte zu bestellen«, erwiderte Henry scharf, und ich hielt es für klug, das Thema zu wechseln.

Am Samstag vor Schulbeginn lag ich auf Henrys Bett und las ein Buch. Henry war schon fort gewesen, als ich aufgewacht war. Plötzlich hörte ich lautes Hämmern an der Haustür. Ich dachte, Henry habe seinen Schlüssel vergessen, und ging hin, um aufzumachen.
Es war Bunny. Er trug eine Sonnenbrille und – im Gegensatz zu den formlosen Tweedklamotten, die er sonst anhatte – einen schicken, nagelneuen italienischen Anzug. Auch hatte er zehn oder zwanzig Pfund zugenommen. Er war anscheinend überrascht, mich zu sehen.

»Ja, hallo, Richard«, sagte er und schüttelte mir herzhaft die Hand. »*Buenos dias.* Schön, dich zu sehen. Hab' draußen den Wagen nicht gesehen, aber bin grad' angekommen und dachte, ich schau' trotzdem mal rein. Wo ist der Herr des Hauses?«
»Er ist nicht da.«
»Was machst du dann hier? Bist du eingebrochen?«
»Ich wohne seit einer Weile hier. Ich habe deine Postkarte bekommen.«
»Du wohnst hier?« fragte er und sah mich sonderbar an. »Warum?«
Es wunderte mich, daß er es nicht wußte. »Ich war krank«, sagte ich und berichtete ein wenig von dem, was vorgefallen war.
»Hmnpf«, sagte Bunny.
»Möchtest du einen Kaffee?«
Wir gingen durch das Schlafzimmer in die Küche. »Wie's aussieht, hast du dich hier ja ganz nett häuslich eingerichtet«, bemerkte er schroff, als er meine Habseligkeiten auf dem Nachttisch und meine Koffer auf dem Fußboden sah. »Hast du bloß amerikanischen Kaffee?«
»Was meinst du? *Folger's*?«
»Keinen *espresso*, meine ich?«
»Oh. Nein. Sorry.«
»Ich selbst bin ja ein Espresso-Trinker«, erklärte er großspurig. »Hab' ihn die ganze Zeit getrunken, drüben in Italien. Die haben da alle möglichen kleinen Läden, wo man rumsitzt und das macht, weißt du.«
»Hab' ich gehört.«
Er nahm die Sonnenbrille ab und setzte sich an den Tisch. »Du hast da nichts Anständiges zu essen drin, was?« sagte er und spähte in den Kühlschrank, als ich die Tür öffnete, um die Sahne herauszuholen. »Hab' noch nicht zu Mittag gegessen.«
Ich machte die Tür ein Stück weiter auf, damit er hineinschauen konnte.
»Der Käse da ist schon in Ordnung«, sagte er.
Ich schnitt Brot ab und machte ihm ein Käsesandwich, da er offenbar nicht daran dachte, aufzustehen und es selbst zu machen. Dann goß ich den Kaffee ein und setzte mich. »Erzähl mir von Rom«, sagte ich.
»Prächtig«, sagte er mit vollem Mund. »Ewige Stadt. Massenhaft Kunst. Kirchen an jeder Ecke.«
»Was hast du gesehen?«

»Tausend Sachen. Schwer, sich jetzt noch an alle Namen zu erinnern, weißt du. Konnte aber sprechen wie ein Eingeborener, als ich abreiste.«

»Sag mal was.«

Er gehorchte, drückte dabei Daumen und Zeigefinger zusammen und schüttelte sie unterstreichend in der Luft wie ein französischer Küchenchef in der Fernsehreklame.

»Klingt prima«, sagte ich. »Was bedeutet es?«

»Es bedeutet: ›Ober, bringen Sie mir Spezialitäten aus dieser Gegend‹«, sagte er und wandte sich wieder seinem Sandwich zu.

Ich hörte das leise Geräusch eines Schlüssels, der sich im Schloß drehte, und dann wurde die Tür geschlossen. Schritte entfernten sich leise zum anderen Ende der Wohnung.

»Henry?« brüllte Bun. »Bist du's?«

Die Schritte hielten inne. Dann kamen sie sehr schnell auf die Küche zu. In der Tür angekommen, blieb Henry stehen und starrte mit ausdrucksloser Miene auf Bunny herunter. »Ich dachte mir, daß du das bist«, sagte er.

»Na, dir ebenfalls einen schönen guten Tag.« Bunny lehnte sich mit vollem Mund auf seinem Stuhl zurück. »Wie geht's dem Jungen?«

»Gut«, sagte Henry. »Und dir?«

»Wie ich höre, nimmst du die Kranken auf«, sagte Bunny und zwinkerte mir zu. »Gewissensbisse? Gedacht, du solltest mal lieber ein, zwei gute Taten sammeln?«

Henry sagte nichts, und ich bin sicher, für jeden, der ihn nicht kannte, hätte er in diesem Augenblick völlig ungerührt gewirkt, aber ich merkte, daß er sehr erregt war. Er zog einen Stuhl heran und setzte sich. Dann stand er wieder auf und schenkte sich eine Tasse Kaffee ein.

»Ich nehme auch noch einen, vielen Dank, wenn du nichts dagegen hast«, sagte Bunny. »Schön, wieder in den guten alten USA zu sein. Brutzelnde Hamburger auf offenem Grill und so weiter. Land der unbegrenzten Möglichkeiten. Stars and Stripes.«

»Wie lange bist du schon hier?«

»Bin gestern am späten Abend in New York gelandet.«

»Bedaure, daß ich nicht hier war, als du kamst.«

»Wo warst du?« fragte Bunny mißtrauisch.

»Im Supermarkt.« Das war gelogen. Ich wußte nicht, wo er gewesen war, aber bestimmt hatte er nicht vier Stunden lang eingekauft.

»Wo sind denn die Lebensmittel?« fragte Bunny. »Ich helfe dir, sie reinzutragen.«

»Ich lasse sie liefern.«

»Der ›Food King‹ hat einen Lieferservice?« fragte Bunny verblüfft.

»Ich war nicht im ›Food King‹.«

Voller Unbehagen stand ich auf und wollte ins Schlafzimmer gehen. »Nein, nein, geh nicht«, sagte Henry, trank seinen Kaffee in einem tiefen Zug und stellte die Tasse in die Spüle. »Bunny, ich wünschte, ich hätte gewußt, daß du kommst. Aber Richard und ich müssen in ein paar Minuten weg.«

»Wieso?«

»Ich habe einen Termin in der Stadt.«

»Beim Rechtsanwalt?« Bunny lachte laut über seinen eigenen Witz.

»Nein. Beim Optiker. Deshalb bin ich vorbeigekommen«, sagte er zu mir. »Du hast hoffentlich nichts dagegen. Sie werden mir Tropfen in die Augen geben, und dann kann ich beim Autofahren nichts sehen.«

»Nein, ist mir recht«, sagte ich.

»Es dauert nicht lange. Du brauchst auch nicht zu warten; du kannst mich dort absetzen und nachher wieder abholen.«

Bunny ging mit uns hinaus zum Auto, und unsere Schritte knirschten im Schnee. »Ah, Vermont«, sagte er tief luftholend und klopfte sich auf die Brust wie Oliver Douglas in der Anfangssequenz von »Green Acres«. »Die Luft tut mir gut. Und was glaubst du, wann du zurück bist, Henry?«

»Ich weiß nicht«, sagte Henry; er reichte mir die Schlüssel und ging hinüber zur Beifahrerseite.

»Na, ich würde gern einen kleinen *Schwatz* mit dir halten.«

»Tja, das ist nett, aber wirklich, ich hab's jetzt ein bißchen eilig, Bun.«

»Dann heute abend?«

»Wenn du willst«, sagte Henry, stieg ein und schlug die Tür zu.

Im Wagen zündete Henry sich eine Zigarette an und sagte kein Wort. Er rauchte viel, seit er aus Italien zurückgekommen war, fast eine Packung pro Tag, was bei ihm sonst selten vorkam. Wir fuhren in die Stadt, und erst als ich vor der Praxis des Augenarztes anhalten wollte, schüttelte er sich und schaute mich verständnislos an. »Was ist?«

»Wann soll ich dich abholen?«

Henry warf einen Blick hinaus auf das niedrige graue Gebäude und auf das Schild davor, auf dem stand: OPTOMETRY GROUP OF HAMPDEN.

»Guter Gott«, sagte er schnaubend und mit einem überraschten, bitteren kleinen Auflachen. »Fahr weiter.«

Ich ging an diesem Abend früh schlafen, gegen elf schon. Um zwölf weckte mich ein lautes, beharrliches Hämmern an der Haustür. Ich blieb liegen und lauschte ein paar Augenblicke lang; dann stand ich auf, um nachzusehen, wer es war.

Im dunklen Flur begegnete ich Henry; er war im Bademantel und fummelte mit seiner Brille herum. Er hatte eine seiner Kerosinlaternen dabei, und sie warf lange, gespenstische Schatten an die Wände des engen Flurs. Als er mich sah, legte er einen Finger an den Mund. Wir standen im Gang und lauschten. Der Lampenschirm war geisterhaft, und wie wir so regungslos dastanden in unseren Bademänteln, schlaftrunken und von Schatten umzuckt, war mir, als sei ich aus einem Traum in einen anderen, noch entlegeneren erwacht, in irgendeinem bizarren Kriegsbunker des Unbewußten.

Lange, so schien es, standen wir da, lange nachdem das Hämmern aufgehört und knirschende Schritte sich entfernt hatten. Henry schaute mich an, und wir schwiegen noch einen Moment lang. »Jetzt ist alles in Ordnung«, sagte er schließlich und wandte sich abrupt ab; das Lampenlicht hüpfte irrwitzig um ihn herum, als er in sein Zimmer zurückging. Ich wartete noch einen Augenblick im Dunkeln, und dann ging ich auch wieder zurück in mein Bett.

Am nächsten Tag gegen drei Uhr nachmittags stand ich in der Küche und bügelte ein Hemd, als es wieder an der Haustür klopfte. Ich ging in den Flur und sah Henry.

»Findest du, daß das wie Bunny klingt?« fragte er leise.

»Nein«, sagte ich. Diesmal war das Klopfen ziemlich leicht; Bunny prügelte immer auf die Tür ein, als wollte er sie einschlagen.

»Geh zum Seitenfenster und sieh nach, ob du erkennen kannst, wer es ist.«

Ich ging ins Vorderzimmer und schob mich vorsichtig an der Wand entlang; weil es keine Gardinen gab, war es schwer, an die gegenüberliegenden Fenster zu gelangen, ohne sich sehen zu lassen. Sie bildeten eine stumpfen Winkel zur Haustür, und ich konnte lediglich die Schulter eines schwarzen Mantels und einen Seidenschal erkennen, der vom Wind nach hinten geweht wurde. Ich schlich mich durch die Küche zurück zu Henry. »Ich kann's nicht richtig sehen, aber es könnte Francis sein«, meinte ich.

»Oh, du kannst ihn hereinlassen, denke ich«, sagte Henry, und er wandte sich ab und kehrte in sein Zimmer zurück.

Ich ging wieder nach vorn und machte die Tür auf. Francis schaute gerade über die Schulter; vermutlich fragte er sich, ob er wieder gehen sollte. »Hi«, sagte ich.

Er drehte sich um und erblickte mich. »Hallo!« sagte er. Sein Gesicht schien sehr viel schmaler und schärfer geworden zu sein, seit wir uns das letztemal gesehen hatten. »Ich dachte, es ist niemand zu Hause. Wie geht's dir?«

»Prima.«

»Du siehst aber ziemlich schlecht aus, finde ich.«

»Du siehst auch nicht so gut aus«, sagte ich und lachte.

»Ich habe gestern abend zuviel getrunken, und jetzt habe ich Magenschmerzen. Ich will deine ungeheure *Kopf*wunde sehen. Wirst du eine Narbe behalten?«

Ich führte ihn in die Küche und schob das Bügelbrett zur Seite, damit er sich setzen konnte. »Wo ist Henry?« fragte er und zog die Handschuhe aus.

»Hinten.«

Er wickelte sich den Schal vom Hals. »Ich sage rasch mal hallo; ich bin gleich zurück«, erklärte er munter und huschte davon.

Er blieb lange weg. Ich hatte angefangen, mich zu langweilen, und mein Hemd war fast fertig gebügelt, als ich plötzlich hörte, wie Francis' Stimme lauter wurde und eine hysterische Schärfe bekam. Ich stand auf und ging ins Schlafzimmer, damit ich besser verstehen konnte, was er sagte.

»...denkst du dir? Mein Gott, er ist vielleicht in einem Zustand! Du kannst mir nicht erzählen, daß du weißt, wozu er imstande...«

Dann leises Gemurmel, Henrys Stimme, und gleich hörte ich Francis wieder.

»Das ist mir egal«, sagte er hitzig. »Herrgott, aber du hast es jetzt getan. Ich bin zwei Stunden in der Stadt, und schon... Das ist mir *egal*«, wiederholte er auf einen gemurmelten Einwand von Henry hin. »Außerdem ist es dazu ein bißchen spät, nicht wahr?«

Stille. Dann begann Henry zu sprechen, aber so undeutlich, daß ich nichts verstand.

»*Dir* gefällt das nicht? *Dir*?« sagte Francis. »Und was ist mit mir?« Er senkte unvermittelt die Stimme, und dann war nur mehr Geflüster zu hören.

Ich ging zurück in die Küche und setzte Teewasser auf. Ich dachte noch über das Gehörte nach, als sich ein paar Minuten später Schritte näherten und Francis die Küche betrat. Er schob sich um das Bügelbrett herum, um seine Handschuhe und seinen Schal einzusammeln.

»Entschuldige die Eile«, sagte er. »Ich muß den Wagen ausräumen und anfangen, das Apartment sauberzumachen. Dieser Cousin hat den reinsten Trümmerhaufen hinterlassen. Ich glaube, er hat kein einziges Mal den Müll hinausgebracht, solange er da war. Laß mich deine Kopfwunde sehen.«

Ich strich mir das Haar aus der Stirn und zeigte ihm die Stelle. Die Fäden waren längst gezogen, und die Wunde war fast verheilt.

Er beugte sich vor und spähte durch seinen Kneifer. »Meine Güte, ich muß ja blind sein; ich sehe überhaupt nichts. Wann fängt der Unterricht an? Mittwoch?«

»Donnerstag«, sagte ich.

»Bis dann also«, sagte er, und weg war er.

Ich hängte mein Hemd auf einen Bügel, und dann ging ich ins Schlafzimmer und fing an, meine Sachen zu packen. Monmouth House öffnete an diesem Nachmittag wieder; vielleicht würde Henry mich später mit meinen Koffern zur Schule fahren.

Ich war gerade fertig, als Henry aus dem hinteren Teil der Wohnung rief: »Richard?«

»Ja?«

»Würdest du bitte für einen Moment herkommen?«

Ich ging nach hinten in sein Zimmer. Er saß auf der Kante des ausklappbaren Bettes, die Ärmel bis zu den Ellbogen hochgekrempelt; auf der Decke am Fußende lag eine Patience.

Er blickte auf. »Würdest du mir einen Gefallen tun?«

»Natürlich.«

Er atmete tief durch die Nase ein und schob die Brille auf dem Nasenrücken hoch. »Würdest du Bunny anrufen und ihn fragen, ob er für ein paar Minuten herüberkommen möchte?« fragte er.

Ich war so überrascht, daß ich eine halbe Sekunde lang gar nichts hervorbrachte. Dann sagte ich: »Sicher. Klar. Mit Vergnügen.«

Er schloß die Augen und rieb sich mit den Fingerspitzen die Schläfen. Dann blinzelte er mich an. »Danke«, sagte er.

»Nicht der Rede wert.«
»Wenn du heute nachmittag ein paar von deinen Sachen in die Schule zurückbringen möchtest, kannst du dir gern den Wagen ausborgen«, sagte er gleichmütig.
Ich verstand den Wink. »Klar«, sagte ich. Erst nachdem ich meine Koffer in den Wagen geladen und nach Monmouth House gefahren war, um mir von der Verwaltung das Zimmer aufschließen zu lassen, rief ich Bunny vom Münztelefon im Erdgeschoß aus an, eine sichere halbe Stunde später.

VIERTES KAPITEL

Irgendwie dachte ich, wenn die Zwillinge zurück wären, wenn wir uns wieder eingerichtet hätten, wenn wir wieder zu unseren *Liddell and Scotts* zurückgekehrt wären und zwei oder drei griechische Prosa-Aufsätze durchlitten hätten, dann würden wir alle auch wieder in die behagliche Routine des vergangenen Semesters verfallen, und alles wäre wieder so wie vorher. Aber das war ein Irrtum.

Charles und Camilla hatten geschrieben: Sie würden mit dem Spätzug in Hampden eintreffen, am Sonntag gegen Mitternacht. Am Montag nachmittag, als die Studenten mit Skiern und Stereoanlagen und Pappkartons in Monmouth House eintrudelten, hatte ich das Gefühl, sie würden mich vielleicht besuchen kommen, aber das taten sie nicht. Am Dienstag hörte ich immer noch nichts von ihnen, und auch nicht von Henry oder sonst jemandem außer Julian, der mir einen herzlichen kleinen Gruß in meinem Postfach hinterlassen hatte; er begrüßte mich in der Schule und bat mich, für die erste Stunde eine Ode von Pindar zu übersetzen.

Am Mittwoch ging ich zu Julian ins Büro, um mir von ihm meine Belegkarten unterschreiben zu lassen. Er war anscheinend erfreut, mich zu sehen. »Sie sehen gut aus«, sagte er, »aber nicht so gut, wie Sie aussehen sollten. Henry hat mich über Ihre Genesung auf dem laufenden gehalten.«

»Ach?«

»Ich nehme an, es war gut, daß er vorzeitig zurückgekommen ist«, meinte Julian und sah meine Karten durch, »aber ich war auch überrascht, ihn zu sehen. Er kam geradewegs vom Flughafen zu mir nach Hause, mitten in einem Schneesturm, mitten in der Nacht.«

Das war interessant. »Hat er bei Ihnen gewohnt?« fragte ich.

»Ja, aber nur ein paar Tage lang. Er ist selbst krank gewesen, wissen Sie. In Italien.«

»Was hat er denn gehabt?«

»Henry ist nicht so kräftig, wie er aussieht. Seine Augen plagen ihn, er hat schreckliche Kopfschmerzen, manchmal starke Beschwerden... Ich fand nicht, daß er in einem Zustand war, der ihn zum Reisen befähigte. Aber es war ein Glück, daß er nicht noch länger geblieben ist, denn dann hätte er *Sie* nicht gefunden. Erzählen Sie mir, wie konnten Sie in einem so grausigen Haus landen? Wollten Ihre Eltern Ihnen kein Geld geben, oder wollten Sie sie nicht darum bitten?«

»Ich wollte sie nicht darum bitten.«

»Dann sind Sie ein größerer Stoiker als ich.« Er lachte. »Aber von Ihren Eltern werden Sie anscheinend nicht besonders geliebt; habe ich recht?«

»Sie sind nicht gerade verrückt nach mir, nein.«

»Was glauben Sie – warum ist das so? Oder ist es unhöflich von mir, danach zu fragen? Man möchte meinen, sie wären durchaus stolz auf Sie, aber Sie wirken mehr wie ein Waise als unsere echten Waisen hier. Ach, sagen Sie« – er blickte auf –, »wie kommt es, daß die Zwillinge noch nicht bei mir gewesen sind?«

»Ich habe sie auch noch nicht gesehen.«

»Wo können sie nur sein? Noch nicht einmal Henry habe ich gesehen. Lediglich Sie und Edmund. Francis hat angerufen, aber ich habe nur kurz mit ihm gesprochen. Er war in Eile und sagte, er wolle später vorbeikommen, aber das hat er nicht getan... Ich glaube nicht, daß Edmund ein einziges Wort Italienisch gelernt hat – Sie etwa?«

»Ich spreche nicht Italienisch.«

»Ich auch nicht. Nicht mehr. Ich sprach es früher ziemlich gut. Ich habe eine Zeitlang in Florenz gelebt, aber das ist fast dreißig Jahre her. Sehen Sie heute nachmittag einen der anderen?«

»Vielleicht.«

»Es ist natürlich nur eine Sache von geringer Bedeutung, aber die Belegzettel sollten heute nachmittag im Büro des Dekans sein, und er wird ärgerlich sein, daß ich sie noch nicht geschickt habe. Nicht, daß mir das etwas ausmacht, aber er ist sicher in der Lage, einem von Ihnen Unannehmlichkeiten zu machen, wenn er möchte.«

Ich war ein bißchen verärgert. Die Zwillinge waren seit drei Tagen in Hampden und hatten sich nicht einmal gemeldet. Als ich von Julian kam, ging ich deshalb bei ihnen vorbei, aber sie waren nicht zu Hause.

Beim Essen waren sie an diesem Abend auch nicht. Niemand war da. Wenigstens mit Bunny hatte ich gerechnet. Auf dem Weg zur Mensa schaute ich bei ihm vorbei und traf Marion, die gerade seine Zimmertür abschloß. Sie teilte mir ziemlich offiziös mit, sie beide hätten etwas zusammen vor und würden erst spät zurück sein.

Also aß ich allein und kehrte in der verschneiten Dämmerung in mein Zimmer zurück, erfüllt von einem säuerlichen Gefühl, als wäre ich das Opfer irgendeines dummen Streiches. Um sieben rief ich Francis an, aber er meldete sich nicht. Bei Henry war auch niemand.

Ich las bis Mitternacht Griechisch. Als ich mir die Zähne geputzt und das Gesicht gewaschen hatte und bereit war, ins Bett zu gehen, lief ich nach unten und rief noch einmal an. Immer noch meldete sich nirgends jemand. Ich bekam nach dem dritten Versuch meinen Vierteldollar zurück und warf ihn in die Höhe. Dann kam ich auf den Gedanken, Francis' Nummer auf dem Land zu wählen.

Auch dort meldete sich niemand; aber irgend etwas veranlaßte mich, länger zu warten, als ich es hätte tun sollen, und schließlich, nachdem es etwa dreißigmal geklingelt hatte, klickte es, und Francis meldete sich barsch: »Hallo?« Er ließ seine Stimme tiefer klingen, um sie zu verstellen, aber mich täuschte er nicht; er konnte es nicht ertragen, ein Telefon einfach klingeln zu lassen, und ich hatte ihn diese alberne Stimme schon mehr als einmal benutzen hören.

»Hal*lo*?« sagte er noch einmal, und die gezwungene Tiefe seines Tonfalls zerfiel am Ende zu einem Zittern. Ich drückte auf die Gabel, und die Leitung war tot.

Ich war müde, aber ich konnte nicht schlafen; mein Ärger und meine Ratlosigkeit verstärkten sich, angestachelt von einem lächerlichen Gefühl des Unbehagens. Ich machte Licht und schaute meine Bücher durch, bis ich einen Roman von Raymond Chandler fand, den ich von zu Hause mitgebracht hatte. Ich kannte ihn schon und dachte, nach ein oder zwei Seiten würde ich sicher einschlafen, aber das meiste hatte ich doch vergessen, und ehe ich mich versah, hatte ich erst fünfzig, dann hundert Seiten gelesen.

Ein paar Stunden vergingen, und ich war hellwach. Die Heizung lief mit voller Kraft, und die Luft in meinem Zimmer war heiß und trocken. Ich bekam allmählich Durst. Ich las das Kapitel zu Ende, und dann stand ich auf, zog den Mantel über meinen Schlafanzug und ging mir eine Coke holen.

Das Commons war blitzsauber und menschenleer. Alles roch nach frischer Farbe. Ich ging durch den Wäscheraum, der noch unberührt war und hell erleuchtet, die cremefarbenen Wände wieder frei von dem Gewirr der Graffiti, die sich im Laufe des Herbstes angesammelt hatte, und zog mir eine Dose Coke aus der phosphoreszierenden Reihe der Automaten, die summend am Ende des Ganges standen.

Als ich zurückging, hörte ich zu meiner Verblüffung hohle, blecherne Musik aus den Gemeinschaftsräumen. Der Fernseher lief; Laurel und Hardy, vernebelt durch einen Blizzard von elektronischem Schnee, rackerten sich mit einem Konzertflügel ab, den sie eine hohe Treppe hinaufschaffen wollten. Erst dachte ich, sie spielten für einen leeren Raum, aber dann sah ich den zottigen blonden Schopf an der Rückenlehne einer einsamen Couch, die vor dem Fernsehapparat stand.

Ich ging hin und setzte mich. »Bunny«, sagte ich. »Wie geht es dir?«

Er sah sich nach mir um; seine Augen waren glasig, und er brauchte ein oder zwei Sekunden, um mich zu erkennen. Er stank nach Schnaps. »Dickie Boy«, sagte er mit schwerer Zunge. »Ja.«

»Was machst du hier?«

Er rülpste. »Mir ist ziemlich schlecht, um dir ganz ehrlich und bei Gott die Wahrheit zu sagen.«

»Zuviel getrunken?«

»Nee«, sagte er schroff. »Magengrippe.«

Der arme Bunny. Er konnte niemals zugeben, daß er betrunken war; er behauptete immer, er habe Kopfschmerzen oder er brauche neue Brillengläser. So war er übrigens in vielen Dingen. Einmal erschien er morgens nach einem Date mit Marion beim Frühstück mit einem Tablett voll Milch und Zuckerkringeln, und als ich mich setzte, sah ich am Hals über seinem Kragen einen dicken, lilaroten Knutschfleck. »Wo hast du *den* denn her, Bun?« fragte ich. Es sollte ein Scherz sein, aber er fühlte sich gleich angegriffen. »Bin ein Stück die Treppe runtergefallen«, sagte er brüsk und verspeiste schweigend sein Frühstück.

Ich spielte also die Geschichte von der Magengrippe mit. »Vielleicht ist es was, was du dir in Übersee geholt hast«, erwog ich.

»Vielleicht.«

»Schon auf der Krankenstation gewesen?«

»Nein. Die können nichts machen. Das muß seinen Gang gehen. Setz dich lieber nicht so dicht neben mich, mein Alter.«

Ich saß zwar schon am anderen Ende der Couch, aber ich rutschte noch ein Stückchen weiter weg. Eine Zeitlang saßen wir stumm da und starrten auf den Bildschirm. Der Empfang war schrecklich. Ollie hatte Stan gerade den Hut über die Augen gezogen, und Stan irrte im Kreis herum, stieß überall an und zerrte verzweifelt mit beiden Händen an der Krempe. Er prallte gegen Ollie, und Ollie schlug ihm mit dem Handballen auf den Kopf. Ich schaute zu Bunny hinüber und sah, daß er ganz gefesselt war. Sein Blick war starr, und sein Mund stand ein bißchen offen.

»Bunny«, sagte ich.

»Yeah?« antwortete er, ohne den Blick vom Fernseher zu wenden.

»Wo sind die anderen?«

»Schlafen wahrscheinlich«, meinte er gereizt.

»Weißt du, ob die Zwillinge da sind?«

»Vermutlich.«

»Hast du sie gesehen?«

»Nein.«

»Was habt ihr bloß alle? Bist du sauer auf Henry oder so was?«

Er gab keine Antwort. Ich sah sein Gesicht von der Seite; es war absolut ausdruckslos. Einen Moment lang verließ mich der Mut, und ich schaute wieder in den Fernsehapparat. »Habt ihr Streit gehabt in Rom, oder was?«

Ganz plötzlich räusperte er sich geräuschvoll, und ich dachte schon, er werde mich auffordern, mich um meinen eigenen Kram zu kümmern, aber statt dessen deutete er mit dem Finger herüber und räusperte sich noch einmal »Trinkst du die Coke da?« fragte er.

Ich hatte sie ganz vergessen; sie lag mit Feuchtigkeit beschlagen ungeöffnet auf dem Sofa. Ich reichte sie ihm, er riß sie auf, trank in großen, gierigen Schlucken und rülpste.

»Mach mal Pause«, sagte er, und dann: »Laß dir einen kleinen Tip in Sachen Henry geben, mein Alter.«

»Nämlich?«

Er trank noch einen Schluck und schaute wieder zum Fernseher. »Er ist nicht das, was du glaubst.«

»Was meinst du damit?« fragte ich nach einer langen Pause.

»Ich meine, er ist nicht das, was du glaubst«, sagte er, lauter diesmal. »Oder was Julian glaubt oder sonst jemand.« Wieder nahm er einen Schluck Coke. »Eine Zeitlang hat er mich wirklich zum Narren gehalten.«

»Yeah«, sagte ich unsicher, nachdem wieder eine ganze Weile verstrichen war. Allmählich dämmerte mir die unbehagliche Vermutung, daß die ganze Angelegenheit womöglich mit irgendwelchen Sexgeschichten zusammenhing, von denen ich besser nichts wußte. Ich betrachtete Bunnys Gesicht von der Seite: nörgelig, reizbar, die Brille weit vorn auf der spitzen kleinen Nase, beginnende Hängebacken am Unterkiefer. Ob Henry sich in Rom an ihn herangemacht hatte? Unglaublich – aber eine denkbare Hypothese. Wenn ja, war ganz sicher der Teufel los gewesen. Ich konnte mir nicht viel anderes vorstellen, was derartig viel Getuschel und Heimlichtuerei mit sich gebracht oder was eine so starke Wirkung auf Bunny gehabt hätte. Er war der einzige von uns, der eine Freundin hatte, und ich war ziemlich sicher, daß er mit ihr schlief, aber gleichzeitig war er unglaublich prüde – empfindlich, leicht beleidigt und im Grunde seines Herzens ein Heuchler. Außerdem hatte es fraglos etwas Sonderbares, wie Henry ständig Geld für ihn ausgab: Er kam für seine Schulden auf, bezahlte seine Rechnungen und versorgte ihn mit Bargeld wie ein Ehemann seine verschwenderische Frau. Vielleicht hatte Bunny sich von seiner Habgier überwältigen lassen und entdeckte jetzt zu seinem Zorn, daß Henrys Großzügigkeit mit gewissen Bedingungen verknüpft war.

Aber war sie das denn? Sicher verknüpfte sich irgend etwas damit, aber – so naheliegend das alles auf den ersten Blick erschien – ich war doch nicht sicher, daß diese speziellen Verknüpfungen gerade dorthin führten. Da war natürlich diese Sache mit Julian im Korridor; aber das war doch etwas ganz anderes gewesen. Ich hatte einen ganzen Monat bei Henry gewohnt, und es hatte nicht den leisesten Hinweis auf etwas in der Art gegeben, das ich, der ich diesen Dingen eher abgeneigt bin, doch ziemlich rasch bemerke. Bei Francis hatte es mich ziemlich heftig angeweht, und einen Hauch davon hatte ich zuweilen auch bei Julian verspürt; selbst Charles, von dem ich wußte, daß er sich für Frauen interessierte, war ihnen gegenüber von einer naiven, knabenhaften Schüchternheit, die ein Mann wie mein Vater in alarmierender Weise gedeutet hätte – aber bei Henry: Null. Kein Ausschlag auf dem Geigerzähler. Wenn überhaupt jemand, so war es Camilla, der seine Zuneigung gehörte, Camilla, über die er sich aufmerksam beugte, wenn sie etwas sagte, Camilla, die öfter als alle anderen Empfängerin seines seltenen Lächelns war.

Und selbst wenn es eine Seite bei ihm gab, von der ich nichts wußte (was ja sein konnte), wäre es dann *Bunny*, zu dem er sich hingezogen fühlte? Die Antwort darauf schien mir beinahe ohne jeden Zweifel zu sein: nein. Er benahm sich nicht nur, als fühle er sich nicht zu ihm hingezogen, sondern tat sogar, als könne er ihn kaum ausstehen. Und ich konnte ihm das in dieser speziellen Hinsicht durchaus nachempfinden: Bunny mochte vielleicht allgemein gesprochen ganz gut aussehen, aber er hatte doch auch diese Aura von sauer riechenden Hemden und verfettenden Muskeln und schmutzigen Socken. Mädchen schien dergleichen nicht sonderlich zu stören, aber auf mich wirkte er ungefähr so erotisch wie ein alter Fußballtrainer.

Plötzlich war ich sehr müde. Ich stand auf. Bunny starrte mich mit offenem Mund an.

»Ich werde schläfrig, Bun«, sagte ich. »Vielleicht sehen wir uns morgen.«

Er blinzelte. »Hoffentlich hast du diesen verdammten Bazillus nicht auch erwischt, mein Alter«, sagte er knapp.

»Das hoffe ich auch«, sagte ich und hatte plötzlich unerklärliches Mitleid mit ihm. »Gute Nacht.«

Ich erwachte am Donnerstag morgen um sechs und wollte noch ein bißchen Griechisch üben, aber mein *Liddell and Scott* war nirgends zu finden. Ich suchte und suchte, und mit Schrecken fiel mir ein: Das Buch war bei Henry zu Hause. Ich hatte beim Packen gemerkt, daß es nicht da war; aus irgendeinem Grund war es nicht bei meinen anderen Büchern gewesen. Ich hatte eine hastige, aber ziemlich sorgfältige Suchaktion gestartet, aber schließlich wieder abgebrochen und mir vorgenommen, später noch einmal zurückzukommen. Jetzt war ich in einer ziemlich ernsten Klemme. Die erste Griechischstunde war erst am Montag, aber Julian hatte mir ziemlich viel aufgegeben, und die Bibliothek war noch geschlossen, da man dabei war, die Katalogisierung von Dewey Decimal auf das System der Library of Congress umzustellen.

Ich ging hinunter und wählte Henrys Nummer; wie erwartet, meldete sich niemand. Die Heizkörper klopften und zischten metallisch im zugigen Flur. Während es zum dreißigsten Mal klingelte, fiel mir plötzlich ein: Wieso nicht rasch nach North Hampden hinüberlaufen und das Buch holen? Er war nicht da – vermutlich wenigstens nicht –, und ich hatte einen Schlüssel. Es wäre für ihn eine lange Fahrt von Francis hierher zurück. Wenn ich mich beeilte, könnte ich in einer Viertelstunde dort sein. Ich hängte ein und lief aus dem Haus.

Im frühen Morgenlicht sah Henrys Wohnung verlassen aus; sein Wagen stand weder in der Einfahrt noch an einem der Plätze an der Straße, wo er gern parkte, wenn niemand wissen sollte, daß er zu Hause war. Um sicherzugehen, klopfte ich trotzdem an. Niemand antwortete. Ich hoffte, daß er nicht im Bademantel im Flur stehen und hinter der Tür hervorspähen würde, als ich behutsam den Schlüssel im Schloß drehte und eintrat.

Es war niemand da, aber das Apartment war in einem wüsten Zustand – überall Bücher, Papiere, leere Kaffeetassen und Weingläser; eine dünne Staubschicht lag auf allem, und der Wein in den Gläsern war zu dicken, dunkelroten Flecken am Boden eingetrocknet. In der Küche türmte sich schmutziges Geschirr; die Milch stand nicht im Kühlschrank und war schlecht geworden. Henry war im allgemeinen reinlich wie ein Kater, und solange ich dort gewohnt hatte, hatte ich nie erlebt, daß er einmal den Mantel ausgezogen und nicht gleich aufgehängt hätte.

Nervös und mit dem Gefühl, an den Tatort eines Verbrechens gestolpert zu sein, suchte ich eilig die Zimmer ab; meine Schritte hallten laut durch die Stille. Bald hatte ich mein Buch gefunden; es lag auf dem Tisch im Flur – einer der nächstliegenden Orte, an denen ich es hätte liegenlassen können. *Wie konnte ich es übersehen haben?* dachte ich; ich hatte überall nachgeschaut, als ich ausgezogen war. Hatte Henry es vielleicht gefunden und für mich herausgelegt? Ich raffte es hastig an mich und war schon halb draußen – ich war wie gehetzt und brannte darauf zu verschwinden –, als mein Blick auf einen Zettel fiel, der ebenfalls auf dem Tisch lag.

Die Handschrift war diejenige Henrys.
TWA 219
975 x 4

Eine Telefonnummer mit der Vorwahl 617 war unten von Francis dazugeschrieben worden. Ich nahm das Blatt und studierte es. Die Notizen standen auf der Rückseite einer Fristüberziehungsmitteilung der Bibliothek, die nur drei Tage alt war.

Ohne recht zu wissen, warum, legte ich meinen *Liddell and Scott* wieder hin und ging mit dem Blatt ins vordere Zimmer zum Telefon. Die Vorwahlnummer gehörte zu Massachusetts; wahrscheinlich war es Boston. Ich sah auf die Uhr und wählte die Telefonnummer. Mit den Gebühren ließ ich Dr. Rolands Büro belasten.

Ich wartete, es klingelte zweimal, klickte dann. »Sie sind verbunden mit der Anwaltskanzlei Robeson Taft in der Federal Street«, informierte mich ein Anrufbeantworter. »Unser Telefon ist nicht besetzt. Bitte rufen Sie während der Bürozeiten zwischen neun und...«

Ich legte auf und starrte auf den Zettel. Dann griff ich wieder zum Hörer und ließ mir von der Auskunft die Nummer der TWA geben.

»Hier spricht Mr. Henry Winter«, sagte ich der Telefonistin. »Ich rufe an, um, äh, meine Reservierung zu bestätigen.«

»Einen Moment bitte, Mr. Winter. Wie lautet Ihre Reservierungsnummer?«

»Äh...« Ich überlegte hastig und ging hin und her. »Ich kann sie gerade nicht finden; vielleicht könnten Sie einfach...« Dann sah ich die Zahl in der oberen rechten Ecke meines Zettels. »Warten Sie, vielleicht ist sie das hier: 219?«

Ich hörte, wie Tasten an einem Computer gedrückt wurden. Ich tappte ungeduldig mit dem Fuß auf den Boden und hielt durch das Fenster nach Henrys Wagen Ausschau. Dann besann ich mich erschrocken: Henry hatte seinen Wagen gar nicht. Ich hatte ihn nicht zurückgebracht, nachdem ich ihn am Sonntag ausgeborgt hatte; er parkte noch hinter den Tennisplätzen, wo ich ihn abgestellt hatte.

In einem panischen Reflex hätte ich beinahe aufgelegt – wenn Henry seinen Wagen nicht hatte, dann konnte ich ihn auch nicht hören: Vielleicht war er in diesem Augenblick schon auf dem Weg zur Haustür –, aber da meldete sich die Telefonistin wieder. »Alles in Ordnung, Mr. Winter«, sagte sie munter. »Hat Ihnen Ihr Reisebüro denn nicht gesagt, daß Sie die Reservierung nicht zu bestätigen brauchen, wenn Sie die Tickets weniger als drei Tage im voraus kaufen?«

»Nein«, sagte ich ungeduldig und wollte eben auflegen, als ich begriff, was sie da gesagt hatte. »Drei Tage?« wiederholte ich.

»Nun, normalerweise wird Ihre Reservierung am Tag des Kaufs bestätigt, speziell bei nicht erstattungsfähigen Flügen wie diesem. Das hätte das Reisebüro Ihnen sagen sollen, als Sie die Tickets am Dienstag kauften.«

Tag des Kaufs? Nicht erstattungsfähig? Ich blieb stehen. »Ich würde mich gern vergewissern, daß ich auch wirklich die richtigen Flugdaten habe«, sagte ich.

»Aber gern, Mr. Winter«, sagte sie flott. »TWA Flugnummer 401, Abflug in Boston morgen ab Logan Airport, Gate zwölf, um zwanzig Uhr fünfundvierzig, Ankunft in Buenos Aires, Argentinien, um sechs Uhr eins. Zwischenlandung in Dallas. Viermal einfacher Flug à siebenhundertfünfundneunzig Dollar – Moment...«, wieder tippte sie auf einem Computer, »... das macht insgesamt dreitausendeinhundertachtzig Dollar plus Steuern, und Sie haben bezahlt mit American Express. Richtig?«

In meinem Kopf begann sich alles zu drehen. Buenos *Aires*? Viermal? Einfacher Flug? Morgen?

»Ich hoffe, Sie und Ihre Familie haben einen angenehmen Flug mit TWA, Mr. Winter«, sagte die Telefonistin fröhlich und legte auf. Ich stand da mit dem Hörer in der Hand, bis am anderen Ende ein Freizeichen zu summen begann.

Plötzlich fiel mir etwas ein. Ich legte den Hörer auf, ging zurück zum Schlafzimmer und riß die Tür auf. Die Bücher auf dem Regal waren nicht mehr da; der Wandschrank mit dem Vorhängeschloß stand offen, das Schloß baumelte am Riegel. Einen Moment lang stand ich da und starrte es an, starrte die erhabenen Lettern der Aufschrift YALE am unteren Rand an und ging dann wieder zurück ins zweite Schlafzimmer. Die Schränke dort waren gleichfalls leer; nur Kleiderbügel hingen an der Eisenstange. Hastig drehte ich mich um und wäre fast über zwei mächtige Schweinslederkoffer mit schwarzen Lederriemen gestolpert, die in der Tür standen. Ich hob einen davon hoch; das Gewicht ließ mich beinahe vornüber fallen.

Mein Gott, dachte ich, *was haben die vor*? Ich ging wieder in den Flur, legte den Zettel an seinen Platz und verließ mit meinem Buch eilig das Haus.

Als ich North Hampden hinter mir gelassen hatte, ging ich langsam weiter; ich war extrem ratlos, und eine unterschwellige Bangigkeit drückte auf meine Gedanken. Mir war, als müsse ich etwas tun, aber ich wußte nicht, was. Ob Bunny Bescheid wußte? Irgendwie glaubte ich es nicht, und irgendwie hielt ich es auch für besser, ihn nicht danach zu fragen. *Argentinien*. Was gab es in Argentinien? Grasland, Pferde, irgendeine Art Cowboys mit flachen Hüten und Pompoms an den Krempen. Borges, der Schriftsteller. Butch Cassidy, hieß es, hatte sich dort versteckt, aber auch Dr. Mengele und Martin Bormann und ein Dutzend unangenehme Typen mehr.

Ich glaubte mich zu erinnern, daß Henry einmal abends bei Francis im Landhaus etwas von einem südamerikanischen Land erzählt hatte – vielleicht von Argentinien, ich war nicht ganz sicher. Ich bemühte mich nachzudenken. Irgend etwas über eine Reise mit seinem Vater, Geschäftsinteressen, eine Insel vor der Küste... Oder brachte ich das mit etwas anderem durcheinander? Henrys Vater reiste viel. Außerdem, wenn es da einen Zusammenhang gab, wie konnte der aussehen? Vier Tickets? Einfach? Und wenn Julian davon wußte – und er wußte anscheinend alles über Henry, mehr noch als der Rest –, weshalb hatte er sich dann nur einen Tag vorher nach ihrem Verbleib erkundigt?

Ich bekam Kopfschmerzen. Als ich bei Hampden aus dem Wald auf eine weite, schneebedeckte Wiese trat, die im Licht glitzerte, sah ich zwei Rauchfahnen aus den altersschwarzen Kaminen an beiden Enden des Commons hervorsteigen. Alles war kalt und still; nur ein Milchlaster stand mit laufendem Motor am Hintereingang, und zwei schweigende, verschlafen aussehende Männer luden die Blechkisten ab und ließen sie klappernd auf den Asphalt fallen.

Die Mensa war offen, aber zu dieser Morgenstunde waren noch keine Studenten da; nur Cafeteria-Angestellte und Hausmeister frühstückten, bevor ihre Schicht begann. Ich ging hinauf und holte mir eine Tasse Kaffee und zwei weichgekochte Eier, und ich aß allein an einem Tisch am Fenster im leeren Hauptspeisesaal.

Nach dem Frühstück ging ich auf mein Zimmer und fing an, die unregelmäßigen zweiten Aoriste zu üben. Erst gegen vier Uhr nachmittags klappte ich die Bücher schließlich zu und schaute aus dem Fenster hinaus auf die Wiese. Das Licht verblaßte im Westen, und Eschen und Eiben warfen lange Schatten über den Schnee, und mir war, als wäre ich gerade erst aufgewacht und stellte gerädert und desorientiert fest, daß es dunkel wurde und ich den Tag verschlafen hatte.

Es gab das große Semestereröffnungsdinner an diesem Abend – Roastbeef, grüne Bohnen *almondine*, Käsesoufflé und irgendein raffiniertes Linsengericht für die Vegetarier. Ich aß allein an demselben Tisch, an dem ich auch gefrühstückt hatte. Die Speisesäle waren gerammelt voll; alles lachte, rauchte und zwängte sich auf Extrastühlen um vollbesetzte Tische; Leute mit vollen Tellern wanderten von Gruppe zu Gruppe, um hallo zu sagen. Am Nachbartisch saßen lauter Kunststudenten, erkennbar an ihren tuscheverkrusteten Fingernägeln und den bewußt zur Schau getragenen Farbspritzern auf der Kleidung; einer von ihnen zeichnete mit einem schwarzen Filzstift etwas auf eine Stoffserviette, und ein anderer aß eine Schale Reis mit umgedrehten Pinseln anstelle von Eßstäbchen. Ich hatte sie alle noch nie gesehen. Als ich so meinen

Kaffee trank und mich im Speiseraum umschaute, erkannte ich plötzlich, daß Georges Laforgue recht gehabt hatte: Ich war wirklich wie abgeschnitten vom restlichen College – nicht, daß ich im großen und ganzen gesehen Lust gehabt hätte, mit Leuten auf vertraulichem Fuße zu verkehren, die Malpinsel als Besteck benutzten.

In der Nähe meines Tisches bemühten sich zwei Neandertaler, als gehe es um Leben und Tod, Geld für eine Bierfaßparty im Bildhaueratelier zu sammeln. Tatsächlich kannte ich die beiden sogar; es war unmöglich, in Hampden zu sein, ohne sie zu kennen. Der eine war der Sohn eines bekannten Gangsterbosses von der Ostküste; der Vater des anderen war Filmproduzent. Die beiden waren Vorsitzender und Vizevorsitzender des Studentenrates, und sie benutzten ihre Ämter hauptsächlich dazu, Kampftrinkerveranstaltungen, Nasse-T-Shirt-Wettbewerbe und Schlammringerturniere für Frauen zu organisieren. Sie waren beide weit über eins achtzig groß – offene Mäuler, unrasiert, dumm, dumm, dumm: Kerle von der Sorte, die von Frühlingsbeginn an niemals ins Haus gingen, sondern von früh bis spät mit nacktem Oberkörper auf dem Rasen herumlungerten, ausgerüstet mit Styropor-Kühltasche und Kassettendeck. Sie galten weithin als gute Jungs, und vielleicht waren sie auch anständig genug, wenn man ihnen seinen Wagen zum Bierholen lieh oder ihnen Pot verkaufte oder so was. Aber beide – vor allem der Gangstersohn – hatten ein schweinehaftes, schizophrenes Glitzern im Blick, das mir überhaupt nicht gefiel. »Party Pig« nannten die Leute ihn, und das ohne große Zärtlichkeit; aber ihm gefiel der Name, und es erfüllte ihn mit einer Art dummem Stolz, ihm gerecht zu werden. Er war ständig dabei, sich zu betrinken und irgend etwas anzustellen, beispielsweise Feuer zu legen, Erstsemester in den Kamin zu stopfen oder leere Bierflaschen durch die Fensterscheiben zu schmeißen.

Party Pig (alias Judd) und Frank nahmen jetzt Kurs auf meinen Tisch. Frank hielt mir eine Farbdose voller Kleingeld und zerknüllter Scheine entgegen. »Hi, Typ«, sagte er. »Faßparty im Bildhaueratelier, heute abend. Was spenden?«

Ich stellte meine Kaffeetasse hin und fischte in meiner Jackentasche herum, bis ich einen Vierteldollar und ein paar Cents gefunden hatte.

»Aach, komm schon, Mann«, sagte Judd ziemlich drohend, wie ich fand. »Das kannst du doch wohl besser.«

Hoi polloi. Barbaroi. »Sorry«, sagte ich, schob meinen Stuhl zurück und ging.

Ich kehrte in mein Zimmer zurück, setzte mich an meinen Schreibtisch und schlug das Lexikon auf, aber ich schaute nicht hinein. »Argentinien?« sagte ich und starrte an die Wand.

Am Freitag morgen ging ich zum Französischkurs. Etliche Studenten dösten im hinteren Teil des Raumes, zweifellos übermannt von den Festlichkeiten des vergangenen Abends. Der Geruch von Desinfektionsmittel und Tafelreiniger im Verein mit den flirrenden Leuchtstoffröhren und dem monotonen Singsang der Verben im Konditional versetzte auch mich in eine Art Trance; leise schwankend vor Langeweile und Müdigkeit saß ich an meinem Pult und merkte kaum, wie die Zeit verging.

Nach dem Kurs ging ich nach unten zum Münztelefon und rief Francis' Nummer auf dem Lande an. Ich ließ es vielleicht fünfzigmal klingeln. Niemand meldete sich.

Ich lief durch den Schnee zurück zum Monmouth House, und auf meinem Zimmer dachte ich nach – oder, besser gesagt, ich dachte nicht, sondern saß auf meinem Bett und starrte aus dem Fenster auf die vereisten Eiben unten vor dem Haus. Nach einer Weile stand ich auf und ging an meinen Schreibtisch, aber arbeiten konnte ich auch nicht. Einfachflüge, hatte die Telefonistin gesagt. Nicht erstattungsfähig.

In Kalifornien war es elf Uhr vormittags. Meine Eltern würden jetzt beide arbeiten. Ich ging hinunter zu meinem alten Freund, dem Münztelefon, und rief Francis' Mutter in Boston an.

»Ja, *Rich*ard«, sagte sie, als sie endlich begriffen hatte, wer ich war. »Darling. Wie nett von dir, uns anzurufen. Ich dachte, du würdest Weihnachten bei uns in New York verbringen. Wo bist du, mein Lieber? Kann ich jemanden schicken, der dich abholt?«

»Nein, vielen Dank, ich bin in Hampden«, sagte ich. »Ist Francis da?«

»Du liebe Güte, der ist doch in der *Schule*, oder?«

»Entschuldigung«, sagte ich, plötzlich verdattert; es war ein Fehler gewesen, einfach so anzurufen, ohne mir zu überlegen, was ich sagen wollte. »Tut mir leid. Ich glaube, mir ist da ein Irrtum unterlaufen.«

»Wie bitte?«

»Ich dachte, er hätte etwas davon gesagt, daß er heute nach Boston fahren wollte.«

»Tja, wenn er hier ist, Sweetheart, dann habe ich ihn nicht gesehen. Wo, sagtest du, bist du? Und bist du sicher, daß ich Chris nicht vorbeischicken soll, damit er dich abholt?«

»Nein, vielen Dank, ich bin ja nicht in Boston. Ich bin...«

»Du rufst aus der *Schule* an?« fragte sie erschrocken. »Ist etwas nicht in Ordnung, mein Lieber?«

»Doch, doch, Ma'am, natürlich ist alles in Ordnung.« Für einen Moment verspürte ich den Impuls aufzulegen, aber dazu war es jetzt schon zu spät. »Er ist gestern abend vorbeigekommen, als ich schon sehr müde war; ich hätte schwören können, er sagte, daß er heute nach Boston wollte, aber – oh! Da ist er ja!« sagte ich dämlich und hoffte, daß sie auf den Bluff hereinfallen würde.

»Wo denn, mein Lieber? *Da?*«

»Ich sehe ihn über den Rasen kommen. Recht herzlichen Dank, Mrs. – äh – Abernathy.« Ich war jetzt sehr verwirrt und konnte mich beim besten Willen nicht erinnern, wie ihr derzeitiger Ehemann hieß.

»Nennen Sie mich Olivia, mein Lieber. Geben Sie diesem bösen Jungen einen Kuß von mir und sagen Sie ihm, er soll mich am Sonntag anrufen.«

Ich verabschiedete mich rasch – inzwischen war mir der Schweiß ausgebrochen – und wollte eben wieder die Treppe hinaufgehen, als Bunny, munter auf einem dicken Klumpen Kaugummi kauend, flotten Schritts durch den hinteren Korridor auf mich zukam. Auf ein Gespräch mit ihm war ich jetzt zuallerletzt vorbereitet, aber es gab kein Entkommen. »Hallo, mein Alter«, sagte er. »Wo ist Henry?«

»Ich weiß es nicht«, sagte ich unsicher nach einer Pause.

»Ich auch nicht«, sagte er streitsüchtig. »Hab' ihn seit Montag nicht mehr gesehen. François und die Zwillinge übrigens auch nicht. Hey, mit wem hast du denn da telefoniert?«

Ich wußte nicht, was ich sagen sollte. »Mit Francis«, behauptete ich. »Ich habe mit Francis telefoniert.«

»Hmn«, sagte er, steckte die Hände in die Taschen und lehnte sich an die Wand. »Von wo hat er denn angerufen?«

»Aus Hampden, schätze ich.«

»Kein Ferngespräch?«

Mein Nacken begann zu prickeln. Was wußte er über diese Sache? »Nein«, sagte ich. »Nicht daß ich wüßte.«

»Henry hat dir gegenüber nichts vom Verreisen erwähnt, was?«

»Nein. Warum?«

Bunny schwieg. Dann sagte er: »In den letzten Tagen hat abends nicht ein einziges Licht gebrannt in seiner Wohnung. Und sein Wagen ist weg. Parkt nirgendwo in der Water Street.«

Aus irgendeinem seltsamen Grund lachte ich. Ich ging zur Hintertür, die ein Fenster hatte, durch das man auf den Parkplatz hinter den Tennisplätzen hinausschauen konnte. Henrys Wagen stand da, wo ich ihn abgestellt hatte, ganz unübersehbar. Ich zeigte darauf. »Da ist er. Da vorn. Siehst du?«

Bunnys Unterkiefer mahlte langsamer, und sein Gesicht umwölkte sich bei der Anstrengung des Denkens. »Na, das ist komisch.«

»Wieso?«

Eine nachdenkliche pinkfarbene Blase wuchs aus seinem Mund, schwoll langsam an und platzte mit einem Plopp. »Aus keinem besonderen Grund«, sagte er dann munter und kaute weiter.

»Wieso sollten sie verreisen?«

Er hob die Hand und schnippte sich das Haar aus den Augen. »Du wärest überrascht«, sagte er fröhlich. »Was hast du jetzt vor, mein Alter?«

Wir gingen hinauf in mein Zimmer. Unterwegs machte er am Hauskühlschrank halt und schaute hinein; er beugte sich vor und spähte kurzsichtig auf den Inhalt. »Irgendwas davon deins, alter Schluckspecht?« fragte er.

»Nein.«

Er langte hinein und zog einen gefrorenen Käsekuchen heraus. An der Schachtel war mit Klebestreifen eine jämmerliche Notiz befestigt. »Bitte nicht klauen. Ich bekomme Beihilfe. Jenny Drexler.«

»Der käme mir jetzt gerade recht«, sagte er und warf einen raschen Blick durch den Flur. »Jemand in der Nähe?«

»Nein.«

Er schob sich den Karton unter den Mantel und ging pfeifend voraus zu meinem Zimmer. Drinnen nahm er den Kaugummi aus dem Mund und klebte ihn mit einer flinken, verstohlenen Bewegung an den Innenrand meines Mülleimers, als hoffte er, daß ich es nicht sah. Dann setzte er sich und machte sich mit einem Löffel, den er auf meiner Kommode gefunden hatte, über den Käsekuchen her, ohne ihn erst aus dem Karton zu nehmen. »Puh«, sagte er, »der schmeckt ja scheußlich. Willst du auch was?«

»Nein, danke.«

Er leckte versonnen den Löffel ab. »Zuviel Zitrone, das ist das

Problem. Und nicht genug Frischkäse.« Er schwieg – und dachte, vermutete ich, über diesen Mangel nach –, und dann sagte er abrupt: »Erzähl mal. Du und Henry, ihr habt letzten Monat ziemlich viel Zeit zusammen verbracht, was?«

Ich war plötzlich auf der Hut. »Vermutlich.«

»Viel geplaudert?«

»Ein bißchen.«

»Hat er viel von Rom erzählt?« Er sah mich scharf an.

»Nicht besonders viel.«

»Was von seiner vorzeitigen Abreise gesagt?«

Endlich, dachte ich. Endlich würden wir der Sache auf den Grund gehen. »Nein. Nein, er hat mir überhaupt nicht viel erzählt«, sagte ich, und das war die Wahrheit. »Ich wußte, daß er vorzeitig abgereist war, als er hier auftauchte. Aber ich wußte nicht, daß du nicht mitgekommen warst. Schließlich habe ich ihn abends mal nach dir gefragt, und da sagte er, daß du noch dort wärest. Das ist alles.«

Bunny nahm gelangweilt einen Bissen Käsekuchen. »Hat er gesagt, warum er abgereist ist?«

»Nein.« Als Bunny nicht reagierte, fügte ich hinzu: »Es hatte aber etwas mit Geld zu tun, nicht wahr?«

»Hat er dir das erzählt?«

»Nein.« Er schien wieder die Sprache verloren zu haben, und ich fuhr fort: »Er hat allerdings gesagt, du wärest knapp bei Kasse gewesen, und er hätte Miete und so was bezahlen müssen. Stimmt das?«

Bunny winkte mit vollem Mund ab.

»Dieser Henry«, sagte er. »Ich liebe ihn, und du liebst ihn auch – aber unter uns gesagt: Ich glaube, er hat ein bißchen jüdisches Blut.«

»Was?« Ich war verblüfft.

Er hatte gerade wieder einen großen Bissen Käsekuchen in den Mund gestopft und brauchte eine Weile, ehe er mir antworten konnte.

»Ich habe noch nie jemanden so viel darüber klagen hören, daß er einem Kumpel aushelfen muß«, meinte er schließlich. »*Ich* sag dir, was dahintersteckt. Er hat Angst, daß man ihn ausnutzen könnte.«

»Wie meinst du das?«

Er schluckte. »Ich meine, wahrscheinlich hat ihm, als er klein war, jemand gesagt: ›Junge, du hast 'ne Menge Geld, und eines

Tages werden die Leute versuchen, es dir aus den Rippen zu leiern.‹« Das Haar war ihm über ein Auge gefallen, und wie ein alter Seebär blinzelte er mich aus dem anderen pfiffig an. »Das ist keine Frage des Geldes, weißt du«, meinte er. »Er braucht es nicht selbst. Es geht ums Prinzip. Er will sicher sein, verstehst du, daß man ihn nicht seines Geldes wegen mag, sondern um seiner selbst willen.«

Ich hörte diese Exegese mit einiger Überraschung; sie stand im Gegensatz zu der – nach meinen Maßstäben gerechnet – extravaganten Großzügigkeit, die Henry an den Tag legte.

»Es geht also nicht um Geld?« fragte ich schließlich.

»Nein.«

»Worum dann – wenn du erlaubst, daß ich frage?«

Bunny beugte sich vor, und sein Gesicht war nachdenklich und für einen Augenblick von beinahe durchscheinender Offenheit; als er den Mund wieder aufmachte, glaubte ich schon, er werde jetzt frei heraus sagen, was er eigentlich meinte, aber statt dessen räusperte er sich und fragte, ob ich wohl was dagegen hätte, ihm eine Kanne Kaffee zu machen?

Ich erwartete den Griechischunterricht am Montag mit schmerzhafter Neugier. Am Morgen wachte ich schon um sechs Uhr auf. Weil ich nicht viel zu früh auftauchen wollte, saß ich eine ganze Weile angezogen in meinem Zimmer herum, und als ich schließlich auf die Uhr schaute, sah ich mit einem Kribbeln, daß ich mich jetzt beeilen mußte, wenn ich nicht zu spät kommen wollte. Ich raffte meine Bücher zusammen und eilte hinaus; auf halbem Weg zum Lyzeum merkte ich, daß ich rannte, und zwang mich, langsamer zu gehen.

Ich war wieder zu Atem gekommen, als ich die hintere Tür öffnete. Langsam stieg ich die Treppe hinauf; meine Füße bewegten sich, und mein Kopf war seltsam leer – so hatte ich mich als Kind am Weihnachtsmorgen gefühlt, wenn ich nach einer Nacht beinahe rasender Aufregung schließlich durch den Flur auf die geschlossene Tür zugegangen war, hinter der meine Geschenke warteten, als wäre dieser Tag nichts Besonderes: Alles Verlangen war plötzlich vergangen.

Sie waren alle da, alle: die Zwillinge, aufrecht und wachsam auf der Fensterbank, Francis mit dem Rücken zu mir, Henry neben ihm, Bunny auf der anderen Seite des Tisches, zurückgelehnt auf seinem Stuhl. Er erzählte gerade irgendeine Geschichte. »Und jetzt paßt auf«, sagte er zu Francis und Henry und drehte den Kopf zur

Seite, um einen Blick auf die Zwillinge zu werfen. Alle starrten ihn wie gebannt an; niemand hatte mich hereinkommen sehen.»Der Gefängnisdirektor sagt: ›Mein Sohn, Ihr Gnadengesuch ist vom Gouverneur offensichtlich nicht erhört worden, und die Zeit ist schon seit fünf Minuten um. Wollen Sie noch etwas sagen?‹ Und der Typ überlegt kurz, und als sie ihn schon in die Kammer führen« – er hob seinen Bleistift vor die Augen und betrachtete ihn einen Moment lang –,»da dreht er sich noch mal um und sagt: ›Tja, bei der nächsten Wahl kriegt Gouverneur Soundso *meine* Stimme jedenfalls *nicht*!‹« Lachend kippte er mit seinem Stuhl noch weiter zurück, und dann schaute er auf und sah mich wie ein Idiot in der Tür stehen.»Oh, komm doch rein, komm rein!« rief er und ließ die Vorderbeine seines Stuhls mit dumpfem Schlag nach vorn kippen.

Die Zwillinge blickten auf, erschrocken wie zwei Rehe. Von einer gewissen Anspannung des Kiefers abgesehen, wirkte Henry heiter wie Buddha, aber Francis war so bleich, daß er fast grün aussah.

»Wir erzählen grad ein paar Witze vor dem Unterricht«, erklärte Bunny gut gelaunt und lehnte sich mit seinem Stuhl zurück. Er schleuderte die Haarsträhne aus dem Gesicht.»Okay. Smith und Jones begehen einen bewaffneten Raubüberfall und kommen in die Todeszelle. Natürlich ziehen sie die üblichen Revisionsanträge durch, aber Smith ist als erster am Ende, und er soll auf den Stuhl.« Er machte eine resignierte, ja, philosophische Gebärde und zwinkerte mir dann unerwartet zu.»Tja«, fuhr er fort,»sie lassen Jones raus, damit er bei der Hinrichtung zusehen kann, und nun schaut er zu, wie sie seinen Kumpel festschnallen« – ich sah, wie Charles sich mit ausdrucksloser Miene heftig auf die Unterlippe biß –,»als der Gefängnisdoktor raufkommt. ›Was von Ihrem Gnadengesuch gehört, Jones?‹ fragt er. ›Nicht viel, Direktor‹, sagt Jones. ›Na dann‹, sagt der Direktor und guckt auf die Uhr, ›lohnt sich's ja kaum noch, in die Zelle zurückzugehen, was?‹« Bunny warf den Kopf in den Nacken und wieherte glücklich und zufrieden. Die anderen verzogen keine Miene.

Als Bunny wieder anfing (»Und dann der aus dem alten Westen – das heißt, damals, als man die Leute noch aufhängte...«), rutschte Camilla auf der Fensterbank beiseite und lächelte mir nervös zu.

Ich ging hin und setzte mich zwischen sie und Charles. Sie gab mir einen raschen Kuß auf die Wange.»Wie geht's?« fragte sie.»Hast du dich gefragt, wo wir waren?«

»Nicht zu fassen, daß wir dich nicht gesehen haben«, sagte

Charles leise. Er wandte sich mir zu und legte den Fußknöchel auf das Knie. Sein Fuß zitterte heftig, als führe er ein Eigenleben, und Charles legte die Hand darauf, um ihn zur Ruhe zu bringen. »Wir hatten da ein schreckliches Mißgeschick mit dem Apartment.«

Ich wußte nicht, was ich von ihnen zu hören erwartet hatte, aber das nun ganz gewiß nicht. »Inwiefern?« fragte ich.

»Wir haben den Schlüssel in Virginia vergessen.«

»Tante Mary-Gray mußte den ganzen Weg bis Roanoke fahren, um ihn per Federal Express herzuschicken.«

»Ich dachte, ihr hättet es untervermietet?« sagte ich mißtrauisch.

»Er ist vor einer Woche abgereist. Idiotischerweise haben wir ihm gesagt, er soll uns den Schlüssel mit der Post zuschicken. Und die Hauswirtin ist in Florida. Da waren wir die ganze Zeit bei Francis auf dem Land.«

»Wie Ratten im Käfig.«

»Francis fuhr hinaus, und ungefähr zwei Meilen vor dem Haus passierte etwas Schreckliches mit dem Wagen«, erzählte Charles. »Schwarzer Qualm und mahlende Geräusche.«

»Die Lenkung fiel aus. Wir fuhren in den Graben.«

Beide redeten sehr hastig. Für einen Moment erhob sich Bunnys Stimme durchdringend über ihre: »... nun hatte dieser Richter ein spezielles System, an das er sich gern hielt. Montags hängte er einen Viehdieb auf, dienstags einen Falschspieler, mittwochs...«

»... und deshalb mußten wir zu Fuß zu Francis gehen«, sagte Charles. »*Tagelang* haben wir bei Henry angerufen, damit er uns abholt. Aber er ging nicht ans Telefon – du weißt ja, wie es ist, wenn man ihn erreichen will...«

»Und es gab nichts zu *essen* bei Francis – nur ein paar Dosen schwarze Oliven und eine Schachtel *Bisquick*.«

»Ja. Da haben wir uns von Oliven und *Bisquick* ernährt.«

Konnte das wahr sein? fragte ich mich plötzlich. Für einen kurzen Moment heiterte es mich auf – Gott, wie blöd ich gewesen war –, aber dann fiel mir ein, wie Henrys Apartment ausgesehen hatte, und ich mußte an die Koffer an der Tür denken.

Bunny drehte inzwischen zum großen Finale auf. »Da sagt der Richter: ›Mein Junge, es ist Freitag, und ich würde dich mit Vergnügen aufhängen, aber damit werde ich bis Dienstag warten müssen, weil...‹«

»Nicht mal Milch war da«, sagte Camilla. »Wir mußten das *Bisquick* mit Wasser anrühren.«

Jemand räusperte sich leise. Ich blickte auf und sah Julian, der eben die Tür hinter sich schloß.

»Du liebe Güte, Sie schwatzhafte Elstern«, sagte er in die abrupte Stille, die sich über den Raum legte. »Wo sind Sie nur alle *gewesen*?«

Charles hustete und blickte starr auf einen Punkt am anderen Ende des Zimmers; dann begann er ziemlich mechanisch die Geschichte von dem Schlüssel und dem Wagen im Graben und den Oliven und dem *Bisquick* zu erzählen. Die Wintersonne fiel schräg durchs Fenster herein und verlieh allem ein eisiges, überscharf konturiertes Aussehen; nichts erschien real, und ich fühlte mich wie in einem komplizierten Film, bei dem ich den Anfang verpaßt hatte, so daß ich nun nicht recht begriff, worauf alles hinauslaufen sollte. Bunnys Knastwitze hatten mich aus irgendeinem Grund durcheinandergebracht, obwohl ich mich erinnerte, daß er früher, im vergangenen Herbst, eine ganze Menge solcher Witze erzählt hatte. Sie waren damals wie jetzt mit angespanntem Schweigen aufgenommen worden, aber es waren ja auch alberne, schlechte Witze.

»Wieso habt ihr *mich* nicht angerufen?« fragte Julian verwundert und vielleicht auch ein bißchen gekränkt, als Charles seine Geschichte beendet hatte.

Die Zwillinge schauten ihn verständnislos an.

»Darauf sind wir nicht gekommen«, sagte Camilla.

Julian lachte und rezitierte einen Aphorismus von Xenophon, der im wörtlichen Sinne von alten Zelten und Soldaten und dem nahen Feind handelte, in übertragener Bedeutung aber besagte, in unruhigen Zeiten wende man sich am besten an seine eigenen Leute um Hilfe.

Nach dem Unterricht ging ich allein nach Hause, verwirrt und aufgewühlt. Inzwischen waren meine Gedanken derart widersprüchlich und beunruhigend, daß ich nicht einmal mehr Spekulationen anstellen konnte, sondern nur noch benommen wahrnahm, was um mich herum vorging. Ich hatte an diesem Tag keinen Unterricht mehr, und den halben Nachmittag lag ich auf dem Bett und starrte an die Decke und versuchte mir zu überlegen, was ich als nächstes tun sollte, als es plötzlich an der Tür klopfte.

Es war Henry. Ich machte die Tür ein Stückchen weiter auf und starrte ihn an und sagte nichts.

Er erwiderte meinen Blick fest und mit geduldiger Unbeküm-

mertheit. Er sah gleichmütig und gelassen aus und hatte ein Buch unter dem Arm.
»Hallo«, sagte er.
Wieder trat eine Pause ein, länger als die erste. »Hi«, sagte ich dann.
»Wie geht's?«
»Prima.«
»Gut.«
Wieder langes Schweigen.
»Hast du heute nachmittag was vor?« fragte er höflich.
»Nein«, sagte ich verdutzt.
»Hättest du Lust, mit mir spazierenzufahren?«
Ich holte meinen Mantel.

Als Hampden hinter uns lag, verließen wir den Highway und bogen auf eine Kiesstraße ein, die ich noch nie gesehen hatte. »Wo fahren wir hin?« fragte ich etwas unbehaglich.
»Ich dachte, wir fahren mal raus und schauen uns einen Nachlaßverkauf an der Old Quarry Road an«, sagte Henry kühl.

Ich war einigermaßen überrascht, als die Straße uns schließlich, etwa eine Stunde später, tatsächlich zu einem großen Haus führte, vor dem ein Schild mit der Aufschrift NACHLASSVERKAUF stand.
Das Haus selbst war prächtig, aber der Nachlaß, der verkauft wurde, war, wie sich zeigte, nichts Besonderes: ein Konzertflügel, bedeckt mit einem Sortiment von Silber und rissigem Glas, eine Standuhr, ein paar Kisten voller Schallplatten, Küchengeräte und Spielsachen, außerdem ein paar von Katzen arg zerkratzte Polstermöbel – alles draußen in der Garage.
Ich blätterte in einem Stapel alter Noten und beobachtete Henry aus dem Augenwinkel. Er stöberte ungerührt in dem Silber, spielte gleichgültig mit einer Hand ein paar Takte aus der »Träumerei« auf dem Flügel, öffnete die Tür der Standuhr und warf einen Blick auf das Werk, plauderte eine ganze Weile mit der Nichte des Hauseigentümers, die gerade von dem großen Haus herübergekommen war, über die beste Zeit zum Einpflanzen von Tulpenzwiebeln. Nachdem ich die Noten zweimal durchgeblättert hatte, ging ich hinüber zu den Glassachen und dann zu den Schallplatten. Henry kaufte eine Gartenhacke für fünfundzwanzig Cent.

Später machten wir bei einen Imbiß am Rande von Hampden halt. So früh am Abend war es hier buchstäblich menschenleer. Henry bestellte eine gewaltige Mahlzeit – Erbsensuppe, Roastbeef, einen Salat, Stampfkartoffeln mit Sauce, Kaffee, Kuchen – und verzehrte das Ganze schweigend mit sehr viel methodischem Genuß. Ich stocherte planlos in meinem Omelett herum und hatte große Mühe, ihn beim Essen nicht dauernd anzusehen. Ich kam mir vor wie im Speisewagen eines Zuges, wo der Kellner mich zu einem freundlichen Fremden gesetzt hatte, der vielleicht nicht einmal meine Sprache sprach, sich aber trotzdem damit zufriedengab, mit mir zusammen zu Abend zu essen, und dabei eine Art gelassener Ergebenheit an den Tag legte, als kenne er mich schon sein ganzes Leben lang.

Als er fertig war, holte er seine Zigaretten aus der Hemdtasche (er rauchte Lucky Strike; immer, wenn ich an ihn denke, denke ich auch an dieses kleine rote Ochsenauge über seinem Herzen) und bot mir eine an; er klopfte zwei, drei Zigaretten aus der Packung und zog die Braue hoch. Ich schüttelte den Kopf.

Er rauchte eine und dann noch eine, und bei der zweiten Tasse Kaffee blickte er auf. »Warum bist du so still heute nachmittag?«

Ich zuckte die Achseln.

»Möchtest du wissen, was es mit unserer Reise nach Argentinien auf sich hat?«

Ich stellte meine Tasse auf die Untertasse und starrte ihn an. Dann fing ich an zu lachen.

»Ja«, sagte ich. »*Ja, das möchte ich allerdings. Erzähl!*«

»Fragst du dich nicht, woher ich das weiß? Daß du es weißt, meine ich?«

Darauf war ich nicht gekommen, und vermutlich sah er es mir am Gesicht an, denn jetzt mußte er selbst lachen. »Das ist kein Geheimnis«, sagte er. »Als ich anrief, um die Reservierung abzusagen – das wollten sie natürlich nicht machen, weil die Tickets ja nicht erstattungsfähig waren und so weiter, aber ich glaube, das haben wir jetzt geklärt –, jedenfalls, als ich die Airline anrief, waren sie ziemlich überrascht; sie sagten, ich hätte doch erst einen Tag vorher angerufen, um die Reservierungen zu bestätigen.«

»Und woher wußtest du, daß ich das war?«

»Wer sollte es denn sonst gewesen sein? Du hattest den Schlüssel. Ich weiß, ich weiß«, sagte er, als ich ihn unterbrechen wollte, »ich habe dir den Schlüssel absichtlich dagelassen. Es hätte alles vereinfacht, aus verschiedenen Gründen, aber durch einen reinen

Zufall kamst du eben exakt zum falschen Zeitpunkt. Ich hatte die Wohnung nur für ein paar Stunden verlassen, weißt du, und ich wäre nie auf den Gedanken gekommen, daß du zwischen Mitternacht und sieben Uhr früh dort aufkreuzen könntest. Ich kann dich nur um ein paar Minuten verpaßt haben. Wärest du nur eine Stunde später gekommen, wäre alles weg gewesen.«

Er nahm einen Schluck Kaffee. Ich hatte so viele Fragen, daß es sinnlos war zu versuchen, sie in irgendeine vernünftige Reihenfolge zu bringen. »Wieso hast du mir den Schlüssel gelassen?« fragte ich schließlich.

Henry zuckte die Achseln. »Weil ich ziemlich sicher war, daß du ihn nicht benutzen würdest, wenn es nicht unbedingt sein müßte«, sagte er. »Wenn wir tatsächlich geflogen wären, dann hätte irgendwann jemand der Hauswirtin die Wohnung aufschließen müssen, und ich hätte dir Anweisungen geschickt, mit wem du Kontakt aufnehmen und was du mit den Sachen anfangen solltest, die ich zurückgelassen hatte – aber diesen verdammten *Liddell and Scott*, den hatte ich vergessen. Na gut, so will ich es nicht sagen; ich wußte wohl, daß du ihn dagelassen hattest, aber ich hatte es eilig, und irgendwie hätte ich nie gedacht, daß du sozusagen bei Nacht und Nebel kommst, um ihn zu holen. Aber das war dumm von mir. Du schläfst genauso schlecht wie ich.«

»Laß mich eines klarstellen. Ihr seid überhaupt nicht nach Argentinien geflogen?«

Henry schnaubte und winkte nach der Rechnung. »Natürlich nicht«, sagte er. »Wäre ich sonst hier?«

Als er bezahlt hatte, fragte er, ob ich Lust hätte, mit zu Francis zu fahren. »Ich glaube, er ist nicht da«, sagte er.

»Warum sollten wir dann hinfahren?«

»Weil meine Wohnung in einem heillosen Zustand ist und ich bei ihm wohne, bis ich jemanden finde, der saubermacht. Kennst du zufällig einen guten Hausmädchenservice? Francis sagt, als er das letztemal jemanden von der Arbeitsvermittlung in der Stadt da hatte, da hat sie ihm zwei Flaschen Wein und fünfzig Dollar aus der Kommodenschublade gestohlen.«

Auf der Fahrt nach North Hampden konnte ich mich nur mit Mühe beherrschen; am liebsten hätte ich Henry mit Fragen überschwemmt, aber ich hielt den Mund, bis wir da waren.

»Er ist nicht da; da bin ich sicher«, sagte er, als er die Haustür aufschloß.

»Wo ist er denn?«

»Mit Bunny unterwegs. Er ist mit ihm zum Essen nach Manchester gefahren – und dann, glaube ich, sind sie in einen Film gegangen, den Bunny sehen wollte. Möchtest du Kaffee?«

Francis' Apartment lag in einem häßlichen Gebäude aus den siebziger Jahren, das dem College gehörte. Es war geräumiger und wirkte privater als die alten Häuser mit den Eichenholzdielen, die wir auf dem Campus bewohnten, und infolgedessen waren die Wohnungen hier sehr begehrt; ein Nachteil waren die Linoleumfußböden, die schlechtbeleuchteten Korridore und die moderne Einrichtung, die aussah wie im Holiday Inn. Francis schien es nicht weiter zu stören. Er hatte eigene Möbel aus dem Landhaus hier, aber die Auswahl war nachlässig, und so war ein grausiges Stilgemisch aus Polstern und hellen und dunklen Hölzern zusammengekommen.

Eine kurze Suche ergab, daß Francis weder Kaffee noch Tee hatte. (»Er muß mal einkaufen gehen«, bemerkte Henry und spähte über meine Schulter hinweg in einen weiteren leeren Schrank.) Wir fanden nur ein paar Flaschen Scotch und etwas Vichy-Wasser. Ich besorgte Eis und zwei Gläser, und wir gingen mit einer Flasche »Famous Grouse« in das halbdunkle Wohnzimmer. Unsere Schuhe klickten über die gespenstische Wildnis des weißen Linoleums.

»Ihr seid also nicht geflogen«, stellte ich fest, als wir saßen und Henry uns eingeschenkt hatte.

»Nein.«

»Warum nicht?«

Henry seufzte und griff in die Brusttasche, um seine Zigaretten herauszuholen. »Geld«, sagte er, während das Streichholz im Zwielicht hell aufflackerte. »Ich habe kein Vermögen wie Francis, weißt du; ich bekomme nur monatliche Zahlungen. Sehr viel mehr, als ich normalerweise zum Leben brauche; seit Jahren lasse ich das meiste auf einem Sparkonto. Aber Bunny hat es praktisch abgeräumt. Unter keinen Umständen könnte ich mehr als dreißigtausend Dollar auftreiben, selbst wenn ich mein Auto verkaufen würde.«

»Dreißigtausend Dollar sind eine Menge Geld.«

»Ja.«

»Wieso braucht ihr so viel?«

Henry blies einen Rauchring halb in den gelblichen Lichtkreis unter der Lampe, halb in die Dunkelheit. »Weil wir nicht zurückkommen wollten«, sagte er. »Keiner von uns hat eine Arbeitserlaubnis. Was immer wir mitnähmen, müßte für uns für lange Zeit reichen. Übrigens«, fuhr er fort und hob die Stimme, als hätte ich versucht, ihn zu unterbrechen – was ich aber nicht getan hatte; ich hatte nur einen unartikulierten Laut der Verblüffung von mir gegeben, »übrigens war Buenos Aires nicht unser Ziel. Es war nur eine Zwischenstation auf dem Weg.«

»*Was?*«

»Wenn wir das Geld gehabt hätten, wären wir vermutlich erst nach Paris oder nach London geflogen, zu irgendeiner internationalen Verkehrsdrehscheibe, und von dort weiter nach Amsterdam und schließlich nach Südamerika. Auf diese Weise wären wir schwieriger aufzuspüren gewesen, weißt du. Aber so viel Geld hatten wir nicht; die Alternative bestand darin, nach Argentinien zu fliegen und von dort auf einem Umweg nach Uruguay zu kommen – einer gefährlichen und instabilen Gegend an sich, meiner Meinung nach, aber für unsere Zwecke gerade richtig. Mein Vater ist da unten an irgendeinem Landerschließungsprojekt beteiligt. Wir hätten keine Mühe gehabt, eine Unterkunft zu finden.«

»Wußte er davon?« fragte ich. »Dein Vater?«

»Irgendwann hätte er es erfahren. Tatsächlich hatte ich gehofft, ich könnte dich bitten, dich mit ihm in Verbindung zu setzen, wenn wir unten wären. Wenn etwas Unvorhergesehenes passiert wäre, hätte er uns helfen und uns, falls nötig, vielleicht sogar aus dem Land holen können. Er kennt Leute da unten, Leute in der Regierung. Ansonsten würde niemand etwas wissen.«

»Das würde er für dich tun?«

»Mein Vater und ich stehen einander nicht besonders nahe«, sagte Henry. »Aber ich bin sein einziges Kind.« Er trank seinen Scotch aus und ließ das Eis im Glas klappern. »Aber wie auch immer... ich hatte zwar nicht genug Bargeld, aber meine Kreditkarten waren mehr als hinreichend, und so hatte ich nur das Problem, eine Summe aufzutreiben, die groß genug war, um eine Weile davon zu leben. Und hier kam Francis ins Spiel. Er und seine Mutter leben von den Einkünften aus einem Treuhandvermögen, wie du vermutlich weißt, aber sie haben außerdem das Recht, pro Jahr bis zu drei Prozent vom Grundkapital abzuheben, und das beliefe sich auf eine Summe von etwa hundertfünfzigtausend Dollar. Meistens wird diese Möglichkeit nicht genutzt, aber theoretisch können sie beide ans Geld, wenn sie wollen. Eine Anwaltsfirma in Boston ist Treuhänder; am Donnerstag morgen kamen wir aus dem Landhaus für ein paar Minuten nach Hampden, damit die

Zwillinge und ich unsere Sachen holen konnten, und dann fuhren wir alle nach Boston und stiegen im Parker House ab. Das ist ein hübsches Hotel; kennst du es? Nicht? Dickens hat da gewohnt, wenn er in Amerika war.

Jedenfalls... Francis hatte einen Termin bei seinen Anwälten, und die Zwillinge mußten ein paar Dinge bei der Paßbehörde klären. Es erfordert mehr Planung, als du vielleicht glaubst, einzupacken und das Land zu verlassen, aber es war alles weitgehend erledigt; wir wollten am nächsten Abend abreisen, und anscheinend gab es nichts, was noch hätte schiefgehen können. Ein bißchen beunruhigt waren wir wegen der Zwillinge, aber natürlich wäre es auch kein Problem gewesen, wenn sie zehn Tage hätten warten müssen und uns dann gefolgt wären. Ich hatte selbst auch ein paar Dinge zu regeln, aber nicht viele, und Francis hatte mir versichert, um das Geld zu holen, brauche er nichts weiter zu tun, als in die Stadt zu gehen und ein paar Papiere zu unterzeichnen. Seine Mutter würde natürlich merken, daß er es abgehoben hatte, aber was konnte sie machen, wenn er einmal weg war?

Aber er kam nicht zurück, wie er es versprochen hatte. Drei Stunden vergingen, dann vier. Die Zwillinge kamen, und wir drei hatten uns gerade einen Lunch aufs Zimmer bestellt, als Francis halb hysterisch hereinplatzte. Das Geld für dieses Jahr war bereits abgehoben, weißt du. Seine Mutter hatte am Ersten des Jahres jeden verfügbaren Cent vom Grundkapital abgeholt und ihm nichts davon gesagt. Es war eine unangenehme Überraschung, aber in Anbetracht der Umstände war es noch unangenehmer. Er hatte alles versucht, was ihm eingefallen war – sich auf das Treuhandvermögen Geld zu leihen, ja sogar, seine Ansprüche abzutreten, was, wenn du irgend etwas von Treuhandfonds verstehst, ungefähr das Verzweifelste ist, was einer tun kann. Die Zwillinge waren dafür, weiterzumachen und es einfach zu riskieren. Aber... es war eine schwierige Situation. Wenn wir einmal abgereist wären, könnten wir nicht mehr zurückkommen – und überhaupt, was sollten wir denn tun, wenn wir dort wären? In einem Baumhaus leben wie Wendy und die Verlorenen Kinder?« Er seufzte. »Da saßen wir nun, die Koffer gepackt, die Pässe in Ordnung – und hatten kein Geld. Ich meine, buchstäblich kein Geld. Zusammengenommen hatten wir alle vier knapp fünftausend Dollar. Es gab eine ziemliche Diskussion, aber am Ende entschieden wir, daß uns nichts anderes übrigblieb, als nach Hampden zurückzukehren. Vorläufig wenigstens.«

Er erzählte das alles ganz ruhig, aber mir wuchs ein Kloß im Magen, während ich ihm zuhörte. Ich hatte immer noch ein völlig verworrenes Bild von der Sache, aber was ich sah, gefiel mir überhaupt nicht. Lange Zeit sagte ich gar nichts; ich betrachtete nur die Schatten, die die Lampe an die Decke warf.

»Henry, mein Gott«, sagte ich schließlich. Meine Stimme klang selbst in meinen eigenen Ohren flach und fremd.

Er hob eine Braue und sagte nichts. Er hielt sein leeres Glas in der Hand, und sein Gesicht lag halb im Schatten.

Ich sah ihn an. »Mein Gott«, wiederholte ich. »Was habt ihr denn angestellt?«

Er lächelte verschmitzt und beugte sich aus dem Lichtkreis, um sich Scotch nachzuschenken. »Ich glaube, du hast bereits eine ziemlich gute Vorstellung davon«, sagte er. »Aber ich möchte dich etwas fragen. Warum hast du uns gedeckt?«

»Was?«

»Du wußtest doch, daß wir das Land verlassen wollten. Du wußtest es die ganze Zeit, und du hast keiner Menschenseele etwas gesagt. Warum nicht?«

Die Wände waren im Nichts versunken, und das Zimmer war schwarz. Henrys Gesicht im hellen Lampenschein war bleich vor dem dunklen Hintergrund, und vereinzelte Lichtpunkte blinkten auf dem Rand seiner Brille, glommen in den bernsteinfarbenen Tiefen seines Glases, leuchteten blau in seinen Augen.

»Ich weiß es nicht«, sagte ich.

Er lächelte. »Nein?«

Ich starrte ihn an und sagte nichts.

»Schließlich hatten wir *dich* nicht ins Vertrauen gezogen«, sagte er. Sein Blick war fest und eindringlich. »Du hättest uns jederzeit aufhalten können, wenn du gewollt hättest, aber du hast es nicht getan. Warum nicht?«

»Henry, was in Gottes Namen habt ihr angestellt?«

Er lächelte. »Sag du's mir.«

Und das Furchtbare war, daß ich es aus irgendeinem Grund tatsächlich wußte. »Ihr habt jemanden umgebracht«, sagte ich. »Nicht wahr?«

Er schaute mich einen Moment an, und zu meiner grenzenlosen Überraschung lehnte er sich in seinem Sessel zurück und lachte.

»Nicht schlecht«, sagte er. »Du bist genauso clever, wie ich dachte. Ich wußte, du würdest es früher oder später herausfinden; das habe ich den anderen die ganze Zeit gesagt.«

Die Dunkelheit hing um unseren kleinen Lichtkreis so schwer und greifbar wie ein Vorhang. Etwas wie Seekrankheit durchflutete mich, und für einen Augenblick verspürte ich gleichzeitig das klaustrophobische Gefühl, daß die Wände zu uns hereindrängten, und das schwindelhafte Empfinden, daß sie ins Unendliche zurückgewichen seien, so daß wir beide in einer grenzenlosen, finsteren Leere schwebten. Ich schluckte und sah Henry an. »Wer war es?« fragte ich.

Er zuckte die Achseln. »Eine Kleinigkeit eigentlich. Ein Unfall.«

»Nicht Absicht?«

»Du lieber Himmel, nein«, sagte er überrascht.

»Was ist denn passiert?«

»Ich weiß nicht, wo ich anfangen soll.« Er schwieg und nahm einen Schluck aus seinem Glas. »Erinnerst du dich, wie wir im letzten Herbst bei Julian studierten, was Platon ›telestischen‹ Wahnsinn nennt? *Bakcheia?* Dionysische Raserei?«

»Ja«, sagte ich ziemlich ungeduldig. Es war typisch für Henry, ausgerechnet jetzt von so etwas anzufangen.

»Nun, wir hatten beschlossen, so etwas einmal zu erleben.«

Einen Augenblick lang glaubte ich, ich hätte ihn nicht verstanden. »Was?« fragte ich.

»Ich sagte, wir hatten beschlossen, ein Bacchanal zu veranstalten.«

»Hör auf.«

»Nein, wirklich.«

Ich sah ihn an. »Das muß ein Witz sein.«

»Nein.«

»Das ist das Verrückteste, was ich je gehört habe.«

Er zuckte die Achseln.

»Wieso wolltet ihr so etwas tun?«

»Ich war besessen von der Idee.«

»Weshalb?«

»Nun, soweit ich wußte, war es seit zweitausend Jahren nicht mehr gemacht worden.« Er schwieg, als er sah, daß er mich noch nicht überzeugt hatte. »Der Reiz, einmal nicht mehr du selbst zu sein, und sei es auch nur für eine kurze Zeit, ist sehr groß«, sagte er. »Den Zufall des eigenen Daseinsmoments zu transzendieren. Und es gibt andere Vorteile, die schwieriger zu beschreiben sind, Dinge, von denen in den antiken Quellen nur andeutungsweise die Rede ist und die ich selbst erst hinterher verstanden habe.«

»Zum Beispiel?«

»Nun, man nennt es nicht umsonst ein Mysterium«, sagte Henry säuerlich. »Glaub's mir einfach. Aber man darf den Hauptreiz nicht unterschätzen: das Ich zu verlieren, restlos zu verlieren. Und indem man es verliert, für das Prinzip des ewigen Lebens geboren zu werden, außerhalb des Gefängnisses der Sterblichkeit und der Zeit. Das war für mich von Anfang an besonders attraktiv, schon als ich noch nichts über den Gegenstand wußte und mich ihm weniger als potentieller *mystes* denn als Anthropologe näherte. Die antiken Kommentatoren sind sehr zurückhaltend in der ganzen Sache. Mit großem Arbeitsaufwand war es möglich, ein paar der heiligen Rituale zu ermitteln – Hymnen, heilige Gegenstände, was man anzieht und sagt und tut. Schwieriger war das Mysterium selbst: Wie versetzte man sich in einen solchen Zustand? Was war der Katalysator?« Seine Stimme klang träumerisch und amüsiert. »Wir haben *alles* ausprobiert. Alkohol, Drogen, Gebete, sogar kleine Dosen Gift. In der Nacht unseres ersten Versuchs haben wir uns einfach betrunken, bis wir in unseren Chitonen im Wald bei Francis' Haus wegdämmerten.«

»Ihr habt *Chitone* getragen?«

»Ja«, sagte Henry ungeduldig. »Alles im Interesse der Wissenschaft. Wir haben sie aus Bettlaken von Francis' Dachboden gemacht. Jedenfalls... in der ersten Nacht passierte überhaupt nichts; wir hatten nur einen Kater und waren ganz steif, weil wir auf der Erde geschlafen hatten. Beim nächsten Mal tranken wir deshalb nicht mehr so viel, aber dann waren wir doch wieder mitten in der Nacht auf dem Hügel hinter Francis' Haus, betrunken in unseren Chitonen, und sangen griechische Hymnen wie bei einer Initiationsfeier für irgendeine Studentenverbindung, und plötzlich fing Bunny so heftig an zu lachen, daß er hintenüberkippte wie ein Kegel und den Hang hinunterrollte.

Es war ziemlich klar, daß Alkohol allein nicht genügte. Du meine Güte, ich kann dir gar nicht sagen, was wir alles ausprobiert haben. Nachtwachen. Fasten. Trankopfer. Ich kriege Depressionen, wenn ich nur daran denke. Wir verbrannten Schierlingszweige und atmeten den Rauch ein. Ich weiß, daß die Pythia Lorbeerblätter kaute, aber das funktionierte auch nicht. Du hast diese Lorbeerblätter gesehen, wenn du dich erinnerst – auf dem Herd in Francis' Küche.«

Ich starrte ihn an. »Wieso wußte ich denn nichts davon?«

Henry zog eine Zigarette aus der Tasche. »Also wirklich«, sagte er, »ich denke, das ist doch wohl klar.«

»Was meinst du?«

»*Selbstverständlich* hatten wir nicht vor, dir etwas zu erzählen. Wir kannten dich ja kaum. Du hättest uns für verrückt gehalten.« Er schwieg einen Moment. »Weißt du, wir hatten ja so gut wie keinen Anhaltspunkt«, sagte er. »Ich vermute, in gewisser Weise habe ich mich durch Berichte über die Pythia in die Irre führen lassen, über das *pneuma enthusiastikon*, giftige Dämpfe und so weiter. Diese Prozesse sind zwar skizzenhaft, aber doch ganz gut dokumentiert – besser als die bacchischen Methoden, und ich dachte eine Zeitlang, zwischen beidem müßte ein Zusammenhang bestehen. Erst nach einer langen Reihe von gescheiterten Versuchen wurde klar, daß es diesen Zusammenhang nicht gab und daß wir etwas übersehen hatten, was aller Wahrscheinlichkeit nach ganz simpel war. Und das war es auch.«

»Und was war es?«

»Nur dies: Um den Gott zu empfangen – bei diesem wie bei jedem anderen Mysterium –, muß man in einem Zustand der *euphemia* sein, der kultischen Reinheit. Das ist der Kern des bacchantischen Mysteriums. Sogar Platon spricht davon. Ehe das Göttliche die Macht übernehmen kann, muß das sterbliche Ich – der Staub, aus dem wir sind, der Teil, der zerfällt – so rein wie möglich werden.«

»Und wie gelingt das?«

»Durch symbolische Akte, die in der griechischen Welt zumeist universell sind. Wasser, das über den Kopf gegossen wird, Bäder, Fasten – Bunny war nicht so gut im Fasten und bei den Bädern auch nicht, wenn du mich fragst. Aber wir anderen vollzogen diese Handlungen einfach. Je länger wir sie indessen vollführten, desto bedeutungsloser erschienen sie uns, bis mir eines Tages eine ziemlich naheliegende Erkenntnis kam – nämlich, daß jedes religiöse Ritual beliebig ist, solange man nicht durch es hindurch auf einen tieferen Sinn blicken kann.« Er hielt kurz inne. »Weißt du«, fragte er dann, »was Julian über die *Göttliche Komödie* sagt?«

»Nein, Henry, das weiß ich nicht.«

»Daß sie unverständlich für einen Nichtchristen ist? Daß einer, der Dante lesen und verstehen will, Christ werden muß – und sei es nur für ein paar Stunden? Und hier verhielt es sich genauso. Man mußte sich der Sache in ihren eigenen Kategorien nähern, nicht in einem voyeurhaften oder selbst in einem wissenschaftlichen Licht. Anfangs war es vermutlich unmöglich, sie anders zu sehen, wenn man sie, wie wir es taten, bruchstückhaft und durch die Jahrhunderte betrachtete. Die Vitalität des Aktes war gänzlich verhüllt, seine Schönheit, das Grauen, das Opfer.« Er nahm einen letzten Zug von seiner Zigarette und drückte sie aus. »Um es ganz einfach zu sagen«, fuhr er fort, »wir glaubten nicht. Und der Glaube war die eine Bedingung, die absolut notwendig war. Glaube und absolute Hingabe.«

Ich wartete, daß er weiterredete.

»In diesem Augenblick, mußt du verstehen, waren wir kurz davor aufzugeben«, berichtete er ruhig. »Das Unternehmen war interessant gewesen, aber so interessant nun auch wieder nicht; außerdem war es ziemlich mühselig. Du ahnst nicht, wie oft du uns fast erwischt hättest.«

»Nicht?«

»Nein.« Er nahm einen Schluck Whiskey. »Vermutlich erinnerst du dich nicht, daß du einmal nachts auf dem Land gegen drei herunterkamst«, sagte er. »In die Bibliothek, um dir ein Buch zu holen. Wir hörten dich auf der Treppe. Ich versteckte mich hinter dem Vorhang; ich hätte die Hand ausstrecken und dich anfassen können, wenn ich gewollt hätte. Einmal bist du aufgewacht, ehe wir nach Hause kamen. Wir mußten uns durch die Hintertür ins Haus schleichen und die Treppe hinaufhuschen wie Einbrecher – es war alles ziemlich mühselig, dauernd barfuß im Dunkeln herumzuschleichen. Außerdem wurde es kalt. Es heißt, die *oreibasia* fand mitten im Winter statt, aber ich wage zu behaupten, daß es um diese Jahreszeit auf dem Peleponnes um einiges milder ist als in Vermont.

Aber nun hatten wir so lange daran gearbeitet, und im Lichte unserer Erkenntnis erschien es sinnlos, es nicht noch einmal zu versuchen, bevor das Wetter umschlug. Alles wurde plötzlich ernst. Wir fasteten drei Tage lang, länger als je zuvor. Ein Bote kam im Traum zu mir. Alles ging wunderbar, und ich hatte ein Gefühl, das ich noch nie gehabt hatte: daß die Wirklichkeit selbst sich um uns herum auf eine schöne und gefährliche Weise veränderte, daß wir von einer Macht vorangetrieben wurden, die wir nicht verstanden, auf ein Ziel zu, das wir nicht kannten.« Er griff wieder nach seinem Glas. »Das einzige Problem war Bunny. Er begriff auf eine fundamentale Weise nicht, daß die Dinge sich in entscheidender Weise geändert hatten. Wir waren näher dran als je zuvor, und es kam auf jeden Tag an; es war bereits schrecklich kalt, und wenn es schneite – was jeden Tag passieren konnte –, dann würden wir bis zum Frühling warten müssen. Ich konnte den Gedanken nicht ertragen, daß er die Sache nach allem, was wir getan hatten, in letzter Minute verderben würde. Und ich wußte, daß er es tun würde. Im entscheidenden Moment würde er anfangen, irgendeinen dämlichen Witz zu erzählen, und alles ruinieren. Am zweiten Tag hatte ich ernste Zweifel, und dann, am Nachmittag vor der entscheidenden Nacht, sah Charles ihn im Commons, wie er ein überbackenes Käsesandwich und einen Milkshake verzehrte. Das reichte. Wir beschlossen, ohne ihn zu verschwinden. Am Wochenende hinauszugehen war zu riskant, denn du hattest uns schon ein paarmal fast ertappt; deshalb waren wir immer donnerstags spätabends hinausgefahren und am nächsten Morgen gegen drei oder vier Uhr zurückgekommen. Aber diesmal fuhren wir schon früh, vor dem Abendessen, und wir sagten ihm kein Wort.«

Er zündete sich eine Zigarette an, und es trat eine lange Pause ein.

»Und?« sagte ich schließlich. »Was dann?«

Er lachte. »Ich weiß nicht, was ich sagen soll.«

»Was meinst du damit?«

»Ich meine, daß es funktionierte.«

»Es *funktionierte*?«

»Unbedingt.«

»Aber wie könnte ...?«

»Es funktionierte.«

»Ich glaube, ich verstehe nicht, was du meinst, wenn du sagst, es ›funktionierte‹.«

»Ich meine es in einem ganz buchstäblichen Sinn.«

»Aber wie?«

»Es war prachtvoll. Fackelschein, Schwindel, Gesang. Wolfsgeheul ringsumher, ein Stier brüllte im Dunkeln. Der Fluß schäumte weiß. Ich weiß noch, daß ich dachte, es sei wie ein Film im Zeitraffer; der Mond nahm zu und wieder ab, und Wolken jagten über den Himmel. Ranken wuchsen aus dem Boden, so schnell, daß sie sich wie Schlangen um die Bäume drehten. Es war, als sei ich ein Baby. Ich wußte meinen Namen nicht mehr. Meine Fußsohlen gingen in Fetzen, und ich spürte es nicht.«

»Aber das sind doch fundamental *sexuelle* Rituale, oder nicht?«

Es war keine Frage, sondern eine Feststellung. Er zuckte nicht mit der Wimper, sondern wartete, daß ich weiterredete.

»Na? Etwa nicht?«

Er beugte sich vor, um die Zigarette in den Aschenbecher zu legen. »Natürlich«, sagte er liebenswürdig, so kühl wie ein Priester in seinem dunklen Anzug mit der asketischen Brille. »Das weißt du ebenso gut wie ich.«

Wir saßen da und schauten einander an.

»Was habt ihr genau getan?« fragte ich.

»Also wirklich, ich glaube, darauf brauchen wir jetzt nicht einzugehen«, erwiderte er geschmeidig. »Die Vorgänge hatten ein bestimmtes fleischliches Element in sich, aber das Phänomen war seiner Natur nach im Grunde spirituell.«

»Ihr habt Dionysos gesehen, nehme ich an?«

Das hatte ich nicht ernst gemeint, und überrascht sah ich, daß er so beiläufig nickte, als hätte ich ihn gefragt, ob er seine Hausaufgaben gemacht habe.

»Ihr habt ihn *körperlich* gesehen? Mit Ziegenfell? Thyrsos?«

»Woher weißt *du*, was Dionysos ist?« fragte Henry etwas schärfer. »Was glaubst du, was wir gesehen haben? Einen Cartoon? Eine Zeichnung von einer Vase?«

»Ich kann bloß nicht fassen, daß du mir erzählen willst, ihr habt *tatsächlich*...«

»Was wäre, wenn du noch nie das Meer gesehen hättest? Was wäre, wenn das einzige, was du je gesehen hättest, ein Kinderbild wäre – in blauen Buntstiftfarben, muntere Wellen? Würdest du das wirkliche Meer kennen, wenn du nur dieses Bild gesehen hättest? Du weißt nicht, wie Dionysos aussieht. Wir reden hier von Gott. Gott ist eine ernste Sache.« Er lehnte sich zurück und musterte mich. »Du brauchst dich nicht auf mein Wort zu verlassen, weißt du«, sagte er. »Wir waren zu viert. Charles hatte eine blutige Bißspur am Arm und wußte nicht, woher er sie hatte, aber ein menschlicher Biß war es nicht, es war zu groß. Und seltsame Stichwunden – nicht wie von Zähnen. Camilla sagte, eine Zeitlang habe sie geglaubt, sie sei ein Reh; und auch das war merkwürdig, denn wir anderen erinnerten uns, daß wir ein Reh durch den Wald gejagt hatten, meilenweit, wie es schien. Und tatsächlich *waren* es auch Meilen gewesen. Das weiß ich sicher. Anscheinend sind wir gerannt und gerannt und gerannt, denn als wir zu uns kamen, hatten wir keine Ahnung, wo wir waren. Später stellten wir fest, daß wir mindestens vier Stacheldrahtzäune überwunden hatten, obwohl ich nicht weiß, wie. Und wir waren weit weg von Francis' Haus, sieben oder acht Meilen weit draußen auf dem Land. Und jetzt komme ich zu dem eher unglückseligen Teil meiner Geschichte.

Ich habe nur ganz unbestimmte Erinnerungen daran. Ich hörte

etwas – oder jemanden – hinter mir, und ich fuhr herum und hätte fast das Gleichgewicht verloren. Ich schlug mit der Faust nach dem, was da war – ein großes, undeutliches, gelbes Ding –, schlug mit der Linken, die nicht meine gute Hand ist. Ich fühlte einen schrecklichen Schmerz in den Knöcheln, und dann, beinahe im selben Augenblick, traf mich ein solcher Schlag, daß es mir den Atem nahm. Es war dunkel, mußt du bedenken; ich konnte kaum etwas sehen. Ich schlug noch einmal zu, mit der Rechten diesmal, so kräftig ich konnte, und ich legte mein ganzes Gewicht hinein, und diesmal hörte ich einen lauten Knacks und einen Schrei.

Wir sind uns nicht allzusehr im klaren darüber, was nachher passierte. Camilla war ein gutes Stück vor mir, aber Charles und Francis waren mir ziemlich dicht auf den Fersen und hatten mich bald eingeholt. *Ich* habe die deutliche Erinnerung daran, daß ich auf den Beinen war und die beiden durch das Gestrüpp brechen sehe – Gott, ich sehe sie jetzt noch vor mir. Das Haar war verklebt von Laub und Schlamm, und ihre Kleider waren in Fetzen. Dann blieben sie stehen, keuchend, mit glasigen Augen, feindselig – und ich erkannte sie beide nicht, und ich glaube, wir hätten wohl angefangen, miteinander zu kämpfen, wenn nicht der Mond hinter einer Wolke hervorgekommen wäre. Wir starrten einander an, und allmählich kam alles zurück. Ich schaute auf meine Hand und sah, daß sie mit Blut und mit Schlimmerem besudelt war. Charles trat einen Schritt vor und kniete nieder; da lag etwas zu meinen Füßen, und ich bückte mich ebenfalls und sah, daß es ein Mann war. Er war tot. Er war ungefähr vierzig Jahre alt und hatte ein gelbkariertes Hemd an – du weißt schon, die wollenen Hemden, die sie hier oben tragen –, und er hatte den Hals gebrochen, und – es ist unangenehm, das zu sagen – sein Gehirn war übers ganze Gesicht verschmiert. Wirklich, ich weiß nicht, wie das passieren konnte. Es war eine schreckliche Sauerei. Ich war blutgetränkt, ich hatte sogar Blut an der Brille.

Charles erzählt die Geschichte anders. Er erinnert sich daran, daß er mich bei der Leiche sah. Aber er sagt, er hat auch die Erinnerung daran, daß er mit etwas gekämpft, daß er so heftig daran gezerrt habe, wie er nur konnte, und daß ihm plötzlich bewußt geworden sei, daß es der Arm eines Mannes war, woran er da zerrte, und er habe sogar den Fuß in die Achselhöhle gestemmt. Und Francis –, nun, das kann ich nicht sagen; jedesmal, wenn man mit ihm spricht, erinnert er sich an etwas anderes.«

»Und Camilla?«

Henry seufzte. »Vermutlich werden wir nie wissen, was wirklich passiert ist«, sagte er. »Wir haben sie erst geraume Zeit später gefunden. Sie saß still am Ufer eines Baches und hielt die Füße ins Wasser. Ihr Gewand war makellos weiß. Nirgends war Blut, außer in ihren Haaren. Die waren dunkel und verklebt, ganz naß. Als hätte sie versucht, sich die Haare rot zu färben.«

»Wie konnte das passieren?«

»Das wissen wir nicht.« Er zündete sich eine neue Zigarette an. »Jedenfalls war der Mann tot. Und wir standen mitten im Wald, halb nackt und schlammbedeckt, und vor uns lag diese Leiche auf dem Boden. Wir waren alle ganz benommen. Mir war abwechselnd klar und verschwommen im Kopf, und ich wäre fast eingeschlafen, aber dann kam Francis, um sich das Ganze näher anzuschauen, und dann bekam ich einen ziemlich heftigen Schluchzkrampf. Und irgendwie brachte mich das zu Bewußtsein. Ich sagte Charles, er solle Camilla suchen gehen, und dann kniete ich mich hin und durchsuchte die Taschen des Mannes. Viel war nicht da – ich fand irgendwas mit seinem Namen drauf, aber das half uns natürlich nichts.

Ich hatte keine Ahnung, was zu tun war. Du darfst nicht vergessen, es wurde kalt, und ich hatte lange nicht geschlafen und nichts gegessen, und so war mein Kopf nicht besonders klar. Eine Zeitlang – meine Güte, wie verwirrend das alles war – erwog ich, ein Grab auszuheben, aber dann erkannte ich, daß das Wahnsinn wäre. Wir konnten ja nicht die ganze Nacht hier herumlungern. Wir wußten nicht, wo wir waren oder wer womöglich vorbeikommen würde oder wenigstens, wie spät es war. Außerdem hatten wir auch nichts zum Graben. Einen Moment lang wäre ich fast in Panik geraten – wir konnten die Leiche doch nicht im Freien liegen lassen, oder? Und dann begriff ich, daß es die einzige Möglichkeit war. Mein Gott, wir wußten nicht mal, wo das Auto stand. Ich konnte mir nicht vorstellen, wie wir den Toten, Gott weiß, wie lange, über Berg und Tal schleifen sollten; und selbst wenn wir ihn bis zum Auto bekommen hätten: Wo hätten wir ihn hinbringen sollen?

Als Charles mit Camilla zurückkam, gingen wir deshalb einfach weg. Rückblickend betrachtet war es das Klügste, was wir tun konnten. Es ist ja nicht so, als ob überall in Vermont ganze Teams von erfahrenen Leichenbeschauern den Wald durchkämmen. Die Gegend ist ziemlich unberührt. Andauernd stirbt jemand auf ganz natürliche Weise eines gewaltsamen Todes. Wir wußten nicht mal, wer der Mann war; es gab nichts, was ihn mit uns verbunden hätte. Wir mußten uns lediglich darum kümmern, daß wir den Wagen fanden und nach Hause kamen, ohne daß uns jemand sah.« Er beugte sich vor und schenkte sich Scotch nach. »Und genau das taten wir.«

Ich goß mir auch noch ein Glas ein, und dann saßen wir mehr als eine Minute lang schweigend da.

»Henry«, sagte ich schließlich. »Guter Gott.«

Er zog eine Braue hoch. »Wirklich, es war aufregender, als du dir vorstellen kannst«, sagte er. »Ich habe mit dem Auto einmal ein Reh angefahren. Es war ein wunderschönes Tier, und zu sehen, wie es zappelte, die Beine gebrochen, Blut überall... Und das hier war noch bestürzender, aber zumindest glaubte ich, es wäre vorbei. Ich hätte mir nicht träumen lassen, daß wir noch einmal davon hören würden.« Er nahm einen Schluck Scotch. »Leider ist es anders gekommen«, sagte er. »Dafür hat Bunny gesorgt.«

»Wie meinst du das?«

»Du hast ihn heute morgen gesehen. Er hat uns halb wahnsinnig gemacht mit dieser Sache. Ich bin bald am Ende meiner Kräfte.«

Ich hörte, wie ein Schlüssel im Schloß umgedreht wurde. Henry hob sein Glas und leerte es mit einem großen Schluck. »Das wird Francis sein«, sagte er und schaltete die Deckenlampe ein.

FÜNFTES KAPITEL

Als das Licht anging und der Kreis der Finsternis zurückwich und die profane und vertraute Umgrenzung eines Wohnzimmers sichtbar werden ließ – ein unordentlicher Schreibtisch, ein niedriges, wulstiges Sofa, die staubigen, modisch geschnittenen Vorhänge, die Francis von seiner Mutter bekommen hatte –, da war es, als hätte ich nach einem langen Alptraum Licht gemacht. Blinzelnd und voller Erleichterung, entdeckte ich, daß Türen und Fenster noch da waren, wo sie hingehörten, und daß die Möbel sich nicht durch diabolische Zauberei im Dunkeln selbst umgestellt hatten.

Der Türknopf drehte sich. Francis kam aus dem Flur herein. Er atmete schwer und zerrte mit verzweifelten, ruckartigen Bewegungen an den Fingerspitzen seiner Handschuhe.

»Mein Gott, Henry«, sagte er. »Was für eine Nacht!«

Ich war außerhalb seines Gesichtsfeldes. Henry schaute zu mir herüber und räusperte sich diskret. Francis fuhr herum.

Ich bildete mir ein, ihn lässig genug anzusehen, aber offenbar tat ich es nicht. Es stand mir ins Gesicht geschrieben.

Er starrte mich eine ganze Weile an, und der halbausgezogene Handschuh baumelte schlaff an seiner Hand.

»O nein«, sagte er schließlich, ohne den Blick von mir zu wenden. »Henry. Das hast du nicht getan.«

»Leider doch«, sagte Henry.

Francis preßte die Augen zu und öffnete sie dann wieder. Er war sehr weiß geworden. Einen Moment lang dachte ich, er werde vielleicht in Ohnmacht fallen.

»Es ist in Ordnung«, sagte Henry.

Francis rührte sich nicht.

»Wirklich, Francis«, sagte Henry ein bißchen mäkelig, »es ist in Ordnung. Setz dich.«

Heftig atmend, durchquerte er das Zimmer und ließ sich schwer in einen Sessel fallen, wo er in den Taschen nach einer Zigarette wühlte.

»Er wußte es schon«, sagte Henry. »Ich hab's euch gesagt.«
Francis blickte zu mir auf, und die unangezündete Zigarette zitterte zwischen seinen Fingerspitzen. »Stimmt das?«

Ich gab keine Antwort. Einen Augenblick lang fragte ich mich unversehens, ob das alles vielleicht ein monströser Scherz sei. Francis strich mit der flachen Hand seitlich an seinem Gesicht herunter.

»Vermutlich weiß inzwischen jeder Bescheid«, sagte er. »Ich weiß nicht mal, wieso ich mich so schlecht dabei fühle.«

Henry war in die Küche gegangen, um ein Glas zu holen. Er goß einen Schuß Scotch hinein und reichte es Francis. »*Deprendi miserum est*«, sagte er.

Zu meiner Überraschung lachte Francis; es war ein kurzes Schnauben ohne Heiterkeit.

»Guter Gott«, sagte er und trank einen großen Schluck. »Was für ein Alptraum! Was mußt du nur von uns denken, Richard.«

»Das ist nicht wichtig.« Ich sagte das, ohne nachzudenken, aber kaum hatte ich es ausgesprochen, da erkannte ich fast mit einem Ruck, daß es stimmte; es war wirklich nicht besonders wichtig, zumindest nicht auf jene vorgefaßte Weise, wie man es hätte erwarten mögen.

»Tja, ich schätze, man könnte sagen, daß wir in einer ziemlichen Klemme sitzen«, meinte Francis und rieb sich die Augen mit Daumen und Zeigefinger. »Ich weiß nicht, was wir mit Bunny machen sollen. Ich hätte ihn am liebsten geohrfeigt, als wir vor diesem verdammten Kino in der Schlange standen.«

»Du warst mit ihm in Manchester?« fragte Henry.

»Ja. Aber die Leute sind so neugierig, und man weiß ja eigentlich nie, wer vielleicht hinter einem sitzt, nicht wahr? Und es war nicht mal ein guter Film.«

»Was war es denn?«

»Irgendein Unsinn über eine Junggesellenparty. Ich möchte nur noch eine Schlaftablette nehmen und ins Bett gehen.« Er trank seinen Scotch aus und schenkte sich noch einen Fingerbreit ein. »Mein Gott«, sagte er zu mir, »du bist so nett in dieser Sache. Das alles ist mir schrecklich peinlich.«

Es war lange still.

Schließlich fragte ich: »Was werdet ihr tun?«

Francis seufzte. »Wir hatten nicht *vor*, irgend etwas zu tun. Ich weiß, es klingt irgendwie böse, aber was können wir jetzt noch tun?«

Sein resignierter Tonfall ärgerte und bestürzte mich zugleich.
»*Ich* weiß das doch nicht«, sagte ich. »Wieso in Gottes Namen seid ihr nicht zur Polizei gegangen?«
»Das soll doch sicher ein Witz sein«, meinte Henry trocken.
»Hättet ihr nicht sagen können, ihr wißt nicht, was passiert ist? Ihr hättet ihn im Wald gefunden? Oder – Gott, ich weiß es doch nicht – ihr hättet ihn mit dem Auto angefahren, weil er vor euch auf die Straße gerannt ist, oder so was?«
»Das wäre sehr töricht gewesen«, meinte Henry. »Es war ein unglückseliger Unfall, und es tut mir leid, daß er passiert ist, aber ich weiß ehrlich gesagt nicht, wie weit es im Interesse des Steuerzahlers oder in meinem eigenen wäre, wenn ich sechzig oder siebzig Jahre in einem Gefängnis in Vermont verbrächte.«
»Aber es war ein *Unfall*. Das hast du selbst gesagt.«
Henry zuckte die Achseln.
»Wenn ihr euch gleich gemeldet hättet, wäret ihr vielleicht glimpflich davongekommen. Vielleicht wäre überhaupt nichts passiert.«
»Vielleicht nicht«, sagte Henry liebenswürdig. »Aber vergiß nicht, wir sind hier in Vermont.«
»Was ist das für ein Unterschied, verdammt?«
»Das ist leider ein großer Unterschied. Wenn die Sache vor Gericht käme, würde man uns hier den Prozeß machen. Und die Geschworenen, darf ich vielleicht hinzufügen, wären nicht unseresgleichen.«
»Und?«
»Sag, was du willst, aber du kannst mich nicht davon überzeugen, daß eine Geschworenenbank voller Leute aus Vermont, die auf dem Armutsniveau leben, auch nur das leiseste Mitleid mit vier Collegestudenten hätte, die wegen Mordes an einem ihrer Nachbarn vor Gericht stehen.«
»Die Leute in Hampden hoffen seit Jahren, daß so was mal passiert.« Francis zündete sich eine neue Zigarette an der Glut der alten an. »Wir kämen nicht mit so was wie Totschlag davon. Wir könnten von Glück sagen, wenn sie uns nicht auf den elektrischen Stuhl schicken.«
»Stell dir vor, wie es aussehen würde«, sagte Henry. »Wir sind alle jung, gebildet, halbwegs wohlhabend und – was vielleicht das Wichtigste ist – nicht aus Vermont. Vermutlich würde jeder unparteiische Richter Zugeständnisse wegen unserer Jugend machen und berücksichtigen, daß es ein Unfall war, und so weiter, aber –«

»Vier reiche Collegekids?« sagte Francis. »Betrunken? Unter Drogen? Mitten in der Nacht auf dem Land dieses Typen?«
»Ihr wart auf seinem Land?«
»Ja, anscheinend«, sagte Henry. »In der Zeitung stand, dort wurde seine Leiche gefunden.«
Ich war noch nicht sehr lange in Vermont, aber lange genug, um zu wissen, was jeder Bewohner von Vermont, der etwas taugte, *davon* halten würde. Das unbefugte Betreten eines fremden Grundstücks war gleichbedeutend mit einem Einbruch. »O Gott«, sagte ich.
»Das ist noch nicht mal die Hälfte«, sagte Francis. »Herrgott, wir haben *Bettlaken* angehabt. Waren barfuß. Blutüberströmt. Stinkbesoffen. Kannst du dir vorstellen, wie wir zum Sheriff hinuntertraben und all *das* erklären?«
»Nicht, daß wir in einem Zustand gewesen wären, in dem wir irgend etwas hätten erklären können«, meinte Henry verträumt. »Wirklich. Ich frage mich, ob dir klar ist, in was für einem Zustand wir waren. Kaum eine Stunde zuvor waren wir alle wirklich und wahrhaftig *außer uns* gewesen. Und es mag eine übermenschliche Anstrengung sein, sich selbst so vollständig zu verlieren, aber es ist nichts im Vergleich mit der Anstrengung, sich *wieder*zufinden.«
»Jedenfalls war es nicht so, als ob es einen Knall gibt – und da sind wir wieder, froh und munter, ganz die alten«, sagte Francis. »Glaub mir. Ebensogut hätte man uns eine Elektroschockbehandlung verpassen können.«
»Ich weiß wirklich nicht, wie wir nach Hause gekommen sind, ohne gesehen zu werden«, sagte Henry.
»Ausgeschlossen, daß wir aus all dem eine plausible Story zusammengeflickt hätten. Mein Gott. Ich habe Wochen gebraucht, um darüber wegzukommen. Camilla konnte drei Tage lang nicht mal sprechen.«
Mit leisem Frösteln erinnerte ich mich daran: Camilla mit einem roten Schal um den Hals, ohne Stimme. Laryngitis, hatten sie gesagt.
»Ja, das war sehr merkwürdig«, sagte Henry. »Sie konnte völlig klar denken, aber die Worte wollten nicht herauskommen. Als hätte sie einen Schlaganfall gehabt. Als sie wieder anfing zu sprechen, kam ihr High-School-Französisch vor dem Englischen *und* dem Griechischen zurück. Kindergartenwörter. Ich weiß, wie ich an ihrem Bett saß und zuhörte, wie sie bis zehn zählte und wie sie mit dem Finger zeigte: *la fenêtre, la chaise...*«

Francis lachte. »Sie war so komisch«, sagte er. »Als ich sie fragte, wie sie sich fühle, sagte sie: ›*Je me sens comme Hélène Keller, mon vieux.*‹«

»War sie beim Arzt?«

»Machst du Witze?«

»Und wenn es sich nicht gebessert hätte?«

»Nun, es ist uns ja allen so gegangen«, sagte Henry. »Nur war es nach ein, zwei Stunden vorbei.«

»Ihr konntet nicht sprechen?«

»Zerbissen und zerkratzt?« erwiderte Francis. »Sprachlos? Halb wahnsinnig? Wenn wir zur Polizei gegangen wären, hätten sie uns jeden ungeklärten Todesfall in New England aus den letzten fünf Jahren zur Last gelegt.« Er tat, als halte er eine Zeitung in der Hand. »›Rasende Hippies als Thrill-Killer auf dem Land. Kultmord am alten Abe Soundso.‹«

»›Halbwüchsige Satansanbeter ermorden alten Farmer aus Vermont‹«, ergänzte Henry und zündete sich eine Zigarette an.

Francis fing an zu lachen.

»Wie dem auch sei«, sagte Henry schließlich, »das große Problem ist jetzt Bunny.«

»Was fehlt ihm denn?«

»Ihm *fehlt* nichts.«

»Was ist dann das Problem?«

»Er kann einfach den Mund nicht halten; das ist alles.«

»Habt ihr denn nicht mit ihm gesprochen?«

»Doch, ungefähr zehnmillionenmal.«

»Hat er versucht, zur Polizei zu gehen?«

»Wenn er so weitermacht«, meinte Henry, »braucht er das gar nicht. Die kommen dann zu uns. Argumente nützen nichts bei ihm. Er begreift einfach nicht, was für eine ernste Sache das ist.«

»Er will doch sicher nicht, daß ihr ins Gefängnis kommt.«

»Wenn er darüber nachdenken wollte, würde ihm sicher klarwerden, daß er das nicht will«, sagte Henry gleichmütig. »Und ihm würde sicher auch klarwerden, daß er selbst keine große Lust hat, ins Gefängnis zu kommen.«

»Bunny? Aber wieso...?«

»Weil er seit November Bescheid weiß und nicht zur Polizei gegangen ist«, sagte Francis.

»Aber darum geht es nicht«, fuhr Henry fort. »Sogar er ist vernünftig genug, uns nicht anzuzeigen. Er hat kein richtiges Alibi für die Mordnacht, und wenn wir übrigen ins Gefängnis müssen, dann, denke ich, muß er wissen, daß ich alles tun würde, was in meiner Macht steht, um dafür zu sorgen, daß er mitgeht.« Er drückte seine Zigarette aus. »Das Problem ist, er ist ein Trottel, und früher oder später wird er vor den falschen Leuten das Falsche sagen. Vielleicht nicht absichtlich, aber ich kann nicht behaupten, daß mich seine Motive in diesem Augenblick besonders interessieren. Du hast ihn heute morgen gehört. Er säße selber mächtig in der Tinte, wenn die Polizei etwas erfahren würde, aber natürlich bildet er sich ein, diese grauenhaften Witze wären alle schrecklich subtil und clever und kein Mensch würde etwas mitkriegen.«

»Er ist gerade klug genug, um zu erkennen, was für ein Fehler es wäre, uns anzuzeigen«, ergänzte Francis und schenkte sich einen weiteren Drink ein. »Aber anscheinend kann man ihm nicht einhämmern, daß es vor allem in seinem eigenen Interesse wäre, nicht herumzulaufen und zu quatschen, wie er quatscht. Und, ehrlich gesagt, ich bin gar nicht sicher, daß er nicht einfach damit herausrückt und es irgend jemandem *erzählt*, wenn er mal wieder in Geständnislaune ist.«

»Wie hat er es denn überhaupt herausgefunden? Er war doch schließlich nicht dabei, oder?«

»Genau«, antwortete Francis, »er war nämlich bei *dir*.« Er warf Henry einen Blick zu, und zu meiner Überraschung fingen sie beide an zu lachen.

»Was denn? Was ist so lustig?« fragte ich erschrocken.

Das rief neue Lachsalven hervor. »Gar nichts«, brachte Francis schließlich hervor.

»Wirklich, es ist nichts«, sagte Henry mit einem nachdenklichen kleinen Seufzer. »In letzter Zeit bringen mich die merkwürdigsten Sachen zum Lachen.« Er zündete sich eine neue Zigarette an. »Er war mit dir zusammen an dem Abend, zuerst jedenfalls. Erinnerst du dich? Ihr wart im Kino.«

»*Die neununddreißig Stufen*«, sagte Francis.

Mit leisem Schrecken erinnerte ich mich tatsächlich: ein windiger Herbstabend, der Vollmond von staubigen Wolkenfetzen verhüllt. Ich hatte lange in der Bibliothek gearbeitet und war nicht zum Essen gegangen.

Auf dem Heimweg – ich hatte ein Sandwich aus der Snackbar in der Tasche gehabt, und das trockene Laub hatte vor mir auf dem Weg gewirbelt und getanzt – war ich Bunny über den Weg gelaufen. Er hatte in die Hitchcock-Reihe gehen wollen, die der Filmclub im Auditorium zeigte.

Wir kamen zu spät, und es gab keine Plätze mehr; deshalb setzten wir uns auf die teppichbelegten Treppenstufen; Bunny stützte sich rücklings auf die Ellbogen und streckte die Beine von sich. Der kräftige Wind rüttelte an den dünnen Wänden, und eine Tür schlug hin und her, bis jemand sie mit einem Ziegelstein blockierte. Auf der Leinwand kreischten Lokomotiven durch einen schwarzweißen Alptraum von eisenbrückenüberspannten Abgründen.

»Wir haben danach noch was getrunken«, erzählte ich. »Dann ist er auf sein Zimmer gegangen.«

Henry seufzte. »Ich wünschte, das hätte er getan.«

»Er hat immer wieder gefragt, wo ihr wärt.«

»Er wußte es ganz genau. Wir hatten ihm ein halbes dutzendmal angedroht, ihn zu Hause zu lassen, wenn er sich nicht benähme.«

»Und da kam er auf die glänzende Idee, zu Henry zu kommen und ihm angst zu machen«, berichtete Francis und schenkte sich Whiskey nach.

»Ich war so wütend darüber«, sagte Henry schroff. »Selbst wenn nichts passiert wäre, war es eine fiese Idee. Er wußte, wo der Ersatzschlüssel war, und er hat ihn einfach genommen und ist in die Wohnung gekommen.

Trotzdem wäre vielleicht noch alles glattgegangen. Es war einfach eine schreckliche Verkettung von Zufällen. Wenn wir im Landhaus vorbeigefahren wären, um unsere Kleider loszuwerden, wenn wir hierher oder zu den Zwillingen gegangen wären, wenn Bunny nur nicht eingeschlafen wäre...«

»Er ist eingeschlafen?«

»Ja, denn sonst hätte er wohl den Mut verloren und wäre gegangen«, sagte Henry. »Wir waren erst gegen sechs Uhr morgens wieder in Hampden. Es war ein Wunder, daß wir den Wagen im Dunkeln wiederfanden, irgendwo in all den Feldern... Schön, es *war* eine Dummheit, in unseren blutigen Sachen nach North Hampden zu fahren. Eine Polizeikontrolle hätte uns anhalten können, wir hätten einen Unfall haben können – irgendwas. Aber mir war schlecht, ich konnte nicht klar denken, und vermutlich fuhr ich rein instinktiv zu meiner eigenen Wohnung.«

»Er ging gegen Mitternacht bei mir weg.«

»Tja, dann war er von halb eins bis sechs allein in meiner Wohnung. Und der Gerichtsmediziner meint, der Tod ist zwischen ein und vier Uhr morgens eingetreten. Das ist eine der wenigen anständigen Karten, die das Schicksal uns in die Hand gegeben hat.

Bunny war nicht mit uns zusammen, aber er dürfte große Mühe haben, das zu beweisen. Leider ist das aber eine Karte, die wir nur unter den ungünstigsten Umständen ausspielen können.«

Er zuckte die Achseln. »Wenn er wenigstens das Licht hätte brennen lassen – irgend etwas, das uns einen Hinweis gegeben hätte.«

»Aber er wollte ja eine große Überraschung veranstalten, verstehst du. Wollte uns im Dunkeln entgegenspringen.«

»Wir kamen herein, machten das Licht an, und da war es schon zu spät. Er wachte sofort auf. Und da standen wir...«

»...in weißen Gewändern und voller Blut wie eine Erscheinung bei Edgar Allan Poe«, vollendete Francis düster.

»Mein Gott, und was hat er da getan?«

»Was glaubst du wohl? Wir haben ihn halb zu Tode erschreckt.«

»Geschah ihm ganz recht«, bemerkte Henry.

»Erzähl ihm von dem Eis.«

»Ja, wirklich, das war der letzte Tropfen«, sagte Henry erbost. »Er hatte sich ein Kilo Eiscreme aus meinem Kühlschrank geholt, um es zu essen, während er wartete – wohlgemerkt, er dachte nicht daran, sich ein Schüsselchen voll zu nehmen, er mußte das ganze Kilo haben –, und als er einschlief, schmolz das ganze Zeug über ihn *und* über meinen Sessel und auf den hübschen kleinen Orientteppich, den ich hatte. Na ja. Es war ein ziemlich gutes antikes Stück, dieser Teppich, aber in der Reinigung haben sie gesagt, sie könnten nichts dran machen. Ich hab' ihn in Fetzen zurückbekommen. Und mein *Sessel*.« Er griff nach einer Zigarette. »Er kreischte wie ein Moorgeist, als er uns sah...«

»...und er wollte gar nicht wieder die Klappe halten«, berichtete Francis. »Vergiß nicht, es war sechs Uhr morgens, und die Nachbarn schliefen noch...« Er schüttelte den Kopf. »Ich weiß noch, wie Charles einen Schritt auf ihn zuging, um mit ihm zu reden, und wie Bunny Mord und Brand schrie. Nach ein, zwei Minuten...«

»Das waren nur ein paar Sekunden«, unterbrach Henry.

»...nach einer Minute packte Camilla einen gläsernen Aschenbecher und warf ihn nach Bunny, und sie traf ihn mitten auf die Brust.«

»Es war kein harter Wurf«, meinte Henry nachdenklich, »aber der Zeitpunkt war ziemlich klug abgepaßt. Er klappte augenblicklich den Mund zu und starrte sie an, und da sagte ich zu ihm: ›Bunny, sei still. Du weckst die Nachbarn. Wir haben auf der Straße ein Reh überfahren.‹«

»Tja«, sagte Francis, »da wischte er sich über die Stirn, rollte mit den Augen und zog seine komplette Bunny-Nummer ab: Junge, Junge, ihr habt mir vielleicht einen Schrecken eingejagt, ich muß halb eingeschlafen sein, und so weiter und so fort...«

»Und unterdessen«, sagte Henry, »standen wir vier da in unseren blutigen Laken; das Licht brannte, die Vorhänge waren offen, und jeder, der zufällig vorbeifuhr, hätte uns sehen können. Er redete so laut, und das Licht war so grell, und ich war halb ohnmächtig vor Erschöpfung und Schrecken, so daß ich ihn nur anglotzen konnte. Mein Gott – wir waren bedeckt vom Blut dieses Mannes; wir hatten es ins Haus geschleppt, die Sonne ging schon auf, und hier saß zu allem Überfluß auch noch Bunny. Ich schaffte es nicht, mir zu überlegen, was wir jetzt tun sollten. Da knipste Camilla ganz vernünftig das Licht aus, und plötzlich erkannte ich: Egal, wie es aussah, egal, wer dabei war, wir mußten unsere Sachen ausziehen und uns waschen, ohne auch nur eine weitere Sekunde zu verlieren.«

»Ich mußte mir das Laken praktisch von der Haut herunterreißen«, sagte Francis. »Das Blut war getrocknet, und es klebte fest. Als ich es geschafft hatte, waren Henry und die anderen schon im Bad. Schaum spritzte herum; auf dem Wasser in der Wanne schwamm eine rote Schicht, auf den Fliesen waren rostbraune Pfützen. Es war ein Alptraum.«

»Ich kann dir nicht sagen, wie unglückselig es war, daß Bunny da war.« Henry schüttelte den Kopf. »Aber, um Himmels willen, wir konnten ja nicht einfach da rumstehen und warten, bis er ging. Überall war Blut; die Nachbarn würden bald aufstehen, und die Polizei konnte jeden Augenblick an die Tür hämmern...«

»Na ja, es war wirklich ein Unglück, daß wir ihn erschreckt hatten, aber andererseits – wir hatten auch wieder nicht das Gefühl, daß wir das alles vor den Augen J. Edgar Hoovers veranstalteten«, sagte Francis.

»So ist es«, bestätigte Henry. »Ich möchte nicht den Eindruck vermitteln, daß Bunnys Anwesenheit uns in diesem Augenblick wie eine gewaltige Bedrohung vorkam. Es war einfach lästig, denn ich wußte, daß er sich fragte, was hier vorging; aber im Augenblick war er unser geringstes Problem. Hätten wir Zeit gehabt, dann hätte ich ihn Platz nehmen lassen und ihm sofort alles erklärt. Aber wir hatten keine Zeit.

Na ja«, fuhr Henry nach einer Weile des Schweigens fort, »Bunny hat dann noch eine Zeitlang dagestanden und diverse

Kommentare abgegeben, aber irgendwann war er dann auf einmal weg. Es beunruhigte mich, wie plötzlich er verschwunden war, aber ich war auch froh, daß er endlich aus dem Weg war. Wir hatten eine Menge zu erledigen.«

»Hattet ihr keine Angst, daß er es jemandem erzählen könnte?«

Henry sah mich verständnislos an. »Wem denn?«

»Mir. Marion. Irgendwem.«

»Nein. Danach hatte ich keinen Grund, irgend etwas dergleichen anzunehmen. Er war ja bei den vorherigen Versuchen dabeigewesen, und deshalb war unsere Erscheinung für ihn nicht so außergewöhnlich, wie sie es für dich vielleicht gewesen wäre. Die ganze Sache war streng geheim. Er war seit Monaten mit uns daran beteiligt. Wie hätte er irgend jemandem davon erzählen sollen, ohne alles zu erklären und dabei selbst einen törichten Eindruck zu machen? Julian wußte, was wir da versuchten, aber ich war mir ziemlich sicher, daß Bunny nicht mit ihm reden würde, ohne sich vorher mit uns zu besprechen. Und wie sich zeigte, hatte ich recht.«

Er schwieg und zündete sich eine Zigarette an. »Es wurde allmählich Tag, und noch immer war alles in einem heillosen Zustand – blutige Fußspuren vor der Haustür, und die Gewänder noch da, wo wir sie hingeworfen hatten. Die Zwillinge zogen alte Sachen von mir an und gingen hinaus, um die Veranda und das Wageninnere sauberzumachen. Die Chitone, das war mir klar, gehörten verbrannt, aber ich wollte kein großes Feuer im Garten anzünden, und ich hatte auch keine Lust, sie in der Wohnung zu verbrennen und einen Feueralarm zu riskieren. Meine Hauswirtin warnt mich dauernd davor, den Kamin zu benutzen, aber ich hatte immer den Verdacht, daß er funktioniert. Ich riskierte es und hatte Glück: Er funktionierte.

Die Zwillinge kamen gegen sieben wieder herein. Ich plagte mich nach wie vor schrecklich mit dem Badezimmer. Charles' Rücken war von Dornen übersät wie ein Nadelkissen. Eine Zeitlang bearbeiteten Camilla und ich ihn zusammen mit einer Pinzette; dann ging ich wieder ins Bad, um zu Ende zu putzen. Das Schlimmste war vorbei, aber ich war so müde, daß ich kaum die Augen offenhalten konnte. Mit den Handtüchern war es nicht so schlimm – wir hatten sie kaum benutzt –, aber einige hatten doch Flecken; also warf ich sie in die Waschmaschine und kippte Waschpulver dazu. Francis hatte sich schon vor einer geraumen

Weile in mein Bett verzogen, und mittlerweile schliefen die Zwillinge auch in dem Klappbett im hinteren Zimmer. Ich schob Charles ein Stück zur Seite und schlief ein wie ein Stein.«

»Vierzehn Stunden«, sagte Francis. »Ich habe im ganzen Leben noch nicht so lange geschlafen.«

»Ich auch nicht. Wie ein Toter. Und ohne zu träumen.«

»Ich kann dir nicht sagen, wie durcheinander ich am Ende war«, sagte Francis. »Die Sonne ging auf, als ich einschlief, und mir war, als hätte ich gerade die Augen zugemacht, als ich sie wieder aufschlug, und da war es dunkel, und ein Telefon klingelte, und ich hatte *keine* Ahnung, wo ich war. Es klingelte und klingelte, und irgendwann stand ich auf und tastete mich in den Flur. Jemand sagte: ›Nicht rangehen‹, aber ...«

»Ich habe noch nie jemanden gesehen, der so sehr darauf versessen ist, ans Telefon zu gehen«, bemerkte Henry. »Selbst in einem fremden Haus.«

»Na, was soll ich denn machen? Klingeln lassen? Jedenfalls, ich nahm den Hörer ab, und es war Bunny, munter wie eine Lerche. Mann, wir vier wären vielleicht in einem saumäßigen Zustand gewesen, und ob wir jetzt eine Bande Nudisten geworden wären oder was, und wie wär's, wenn wir alle zusammen in die Brasserie gingen, um zu Abend zu essen?«

Ich richtete mich im Sessel auf. »Moment«, sagte ich. »War das der Abend...?«

Henry nickte. »Du bist mitgekommen«, sagte er. »Weißt du noch?«

»Natürlich«, sagte ich, und es erfüllte mich mit unerklärlicher Erregung, daß die Geschichte sich endlich mit meinen eigenen Erlebnissen zusammenfügte. »Natürlich. Ich habe Bunny auf dem Weg zu euch getroffen.«

»Wenn du erlaubst, daß ich es sage: Wir waren alle ein bißchen überrascht, als er mit dir aufkreuzte«, sagte Francis.

»Na ja, vermutlich wollte er uns irgendwann allein sprechen und erfahren, was passiert war; aber es war nichts, was nicht warten konnte«, meinte Henry. »Ich habe ja bereits gesagt, daß ihn unser Aussehen nicht ganz so befremdete, wie man vielleicht hätte meinen sollen. Er war schließlich schon mit uns zusammengewesen, weißt du, in ähnlich wilden Nächten.«

Voller Unbehagen dachte ich an die *bakchai*: Hufe und blutige Gerippe, Fetzen, die an Fichten baumelten. Es gab ein Wort dafür im Griechischen: *omophagia*. Plötzlich sah ich es wieder vor mir:

wie ich in Henrys Wohnung gekommen war, und all die müden Gesichter und Bunnys hämische Begrüßung: »*Chairete*, ihr Wildtöter!«

Sie waren still gewesen an diesem Abend, still und blaß – allerdings nicht schlimmer, als bei Leuten mit einem besonders schweren Kater bemerkenswert gewesen wäre. Nur Camillas Laryngitis kam mir ungewöhnlich vor. Sie waren am Abend zuvor betrunken gewesen, erzählten sie mir, betrunken wie die Freibeuter. Camilla habe ihren Pullover zu Hause vergessen und sich auf dem Rückweg nach North Hampden erkältet. Draußen war es dunkel, und es regnete heftig. Henry gab mir die Wagenschlüssel und bat mich zu fahren.

Es war Freitag abend, aber das Wetter war so schlecht, daß die Brasserie fast leer war. Wir aßen Welsh Rarebits und lauschten dem Regen, der draußen in Böen auf das Dach prasselte. Bunny und ich tranken Whiskey mit heißem Wasser, die anderen Tee.

»Ist euch flau, *bakchoi*?« fragte Bunny verschlagen, als der Kellner unsere Getränkebestellung aufnahm.

Camilla schnitt eine Grimasse.

Als wir nach dem Essen hinausgingen, umrundete Bunny das Auto, inspizierte die Scheinwerfer, trat gegen die Reifen. »Ist das der Wagen, mit dem ihr letzte Nacht unterwegs wart?« fragte er und blinzelte durch den Regen.

»Ja.«

Er strich sich das nasse Haar aus der Stirn und bückte sich, um den Kotflügel zu untersuchen. »Deutsche Autos«, sagte er. »Ich sag's ungern, aber ich glaube, die Krauts stecken die Detroiter Karren in den Sack. Ich sehe keinen Kratzer.«

Ich fragte ihn, was er damit meinte.

»Ach, die sind besoffen rumgefahren. Haben auf öffentlichen Straßen die Sau rausgelassen. 'n Reh angefahren. Habt ihr's umgebracht?« fragte er Henry.

Henry ging eben zur Beifahrerseite hinüber; er blickte auf. »Was sagst du?«

»Das Reh. Habt ihr's umgebracht?«

Henry machte die Tür auf. »Für mein Gefühl sah es ziemlich tot aus«, sagte er.

Es war lange still. Mir brannten die Augen von all dem Rauch. Ein dicker grauer Dunstschleier hing unter der Decke.

»Und was ist das Problem?« fragte ich.

»Wie meinst du das?«
»Was ist passiert? Habt ihr es ihm erzählt oder nicht?«
Henry holte tief Luft. »Nein«, sagte er. »Wir hätten es vielleicht getan, aber natürlich – je weniger Leute Bescheid wußten, desto besser. Als ich ihn das erstemal allein erwischte, brachte ich es vorsichtig zur Sprache, aber er schien sich mit der Rehgeschichte zufriedenzugeben, und da beließ ich es dabei. Wenn er nicht selbst darauf gekommen war, gab es jedenfalls keinen Grund, es ihm zu erzählen. Die Leiche des Kerls wurde gefunden, der *Hampden Examiner* brachte einen Artikel, kein Problem. Aber dann – ein verdammtes Pech; vermutlich kriegen sie in Hampden nicht allzu viele solche Stories –, jedenfalls griffen sie zwei Wochen später den Fall nochmals auf. ›Mysteriöser Todesfall in Battenkill County‹. Und den Artikel hat Bunny gelesen.«

»Es war ein ganz dummer Zufall«, sagte Francis. »Er liest sonst *nie* Zeitung. Das alles wäre nie passiert, wenn diese verflixte Marion nicht wäre.«

»Sie hat ein Abonnement«, sagte Henry und rieb sich die Augen. »Bunny war vor dem Lunch mit ihr im Commons. Sie unterhielt sich mit einer ihrer Freundinnen, und Bunny hatte vermutlich angefangen, sich zu langweilen, und begonnen, ihre Zeitung zu lesen. Die Zwillinge und ich kamen zu ihm, um hallo zu sagen, und das erste, was er sagte – praktisch quer durch den Raum –, war: ›Schaut mal hier, ihr Leute, da ist irgendein Hühnerfarmer umgebracht worden, draußen bei Francis' Haus‹. Und dann las er ein Stück von dem Artikel laut vor. Schädelbruch, keine Mordwaffe, keine Hinweise. Ich überlegte noch, wie ich das Thema wechseln könnte, als er sagte: ›Hey. Am *zehnten* November? Da wart ihr doch draußen bei Francis. Das war die Nacht, wo ihr das Reh überfahren habt.‹

›Ich glaube‹, sagte ich, ›da täuschst du dich.‹

›Es war der zehnte. Ich weiß es, weil meine Mom einen Tag später Geburtstag hatte. Das ist wirklich 'n Ding, was?‹

›Ja‹, sagte ich. ›Das ist es wirklich.‹

›Wenn ich ein mißtrauischer Typ wäre‹, sagte er, ›dann würde ich vermuten, daß ihr das wart, Henry, wie ihr in dieser Nacht von Kopf bis Fuß voller Blut aus Battenkill County zurückkamt.‹«

Henry zündete sich noch eine Zigarette an. »Du mußt bedenken, daß es Mittagszeit war. Das Commons war rappelvoll, Marion und ihre Freundin hörten jedes Wort mit an, und du weißt ja, wie durchdringend seine Stimme klingt... Wir lachten natürlich, und

Charles sagte irgendwas Komisches. Wir hatten es gerade geschafft, ihn von dem Thema abzubringen, als er wieder in die Zeitung schaute. ›Ich kann das nicht glauben, Leute‹, sagte er. ›Ein regelrechter Mord, draußen im Wald, keine drei Meilen von da, wo ihr wart. Wißt ihr, wenn die Cops euch in der Nacht angehalten hätten, dann wärt ihr jetzt wahrscheinlich im Knast. Da ist 'ne Telefonnummer, die man anrufen soll, wenn man irgendwelche Informationen hat. Ich wette, wenn ich wollte, könnte ich euch jetzt 'ne verfluchte Menge Ärger machen...‹ Und so weiter, und so weiter.

Ich wußte natürlich überhaupt nicht mehr, was ich denken sollte. Machte er Witze, oder hatte er wirklich Verdacht geschöpft? Schließlich brachte ich ihn dazu, das Thema fallenzulassen, aber ich hatte trotzdem das schreckliche Gefühl, daß er gemerkt hatte, wie unbehaglich mir geworden war. Er kennt mich so gut – er hat einen sechsten Sinn in diesen Dingen. Und mir *war* unbehaglich. Meine Güte. Es war kurz vor dem Mittagessen; all dieses Aufsichtspersonal stand herum, und die Hälfte von denen hatte Beziehungen zur Polizei in Hampden... Ich meine, es war unmöglich, daß unsere Geschichte auch nur einer oberflächlichen Untersuchung standhielt, und das wußte ich. Offen*sicht*lich hatten wir kein Reh totgefahren. An keinem der Wagen war auch nur ein Kratzer. Und wenn irgend jemand auch nur einen beiläufigen Zusammenhang zwischen uns und dem Toten herstellte... Deshalb war ich, wie gesagt, heilfroh, als er davon aufhörte. Aber schon da hatte ich das Gefühl, daß wir noch von ihm hören würden. Er zog uns für den Rest des Semesters damit auf – ganz unschuldig, nehme ich an, aber in aller Öffentlichkeit genauso, wie wenn wir unter uns waren. Du weißt ja, wie er ist. Wenn er sich so was erst mal in den Kopf gesetzt hat, gibt er nicht mehr auf.«

Das wußte ich in der Tat. Bunny hatte ein unheimliches Talent, Gesprächsthemen aufzustöbern, die seinem Zuhörer Unbehagen bereiteten, und sich dann wie wild darin zu verbeißen. Es konnte ihm nicht entgangen sein, was für einen wunden Punkt er mit seinen Reden über den Mord bei Henry angerührt hatte, und als er dessen Existenz einmal gespürt hatte, wollte er es sich natürlich nicht versagen, immer wieder darin herumzustochern.

»Dabei wußte er überhaupt nichts«, sagte Francis. »Wirklich nicht. Es war alles ein Riesenwitz für ihn. Es machte ihm Spaß, Bemerkungen über den Farmer zu machen, den wir da umgebracht hatten, bloß um zu sehen, wie ich zusammenzuckte. Einmal erzählte er mir, er hätte einen Polizisten vor meinem Haus gesehen, der meiner Hauswirtin Fragen stellte.«

»Das hat er mit mir auch gemacht«, sagte Henry. »Er behauptete dauernd scherzhaft, er wolle jetzt die Nummer anrufen, unter der sie um sachdienliche Hinweise baten, und wir fünf könnten uns dann die Belohnung teilen. Nahm den Hörer ab. Fing an zu wählen... Und das Schlimmste war, wir konnten nicht das geringste dagegen tun. Eine Zeitlang erwogen wir sogar, es ihm geradeheraus zu sagen, uns ihm sozusagen auf Gnade oder Ungnade auszuliefern, aber dann wurde uns – ziemlich spät – klar, daß überhaupt nicht abzusehen war, wie er reagieren würde. Er war mürrisch und krank und machte sich Sorgen wegen seiner Zensuren. Und das Semester war auch fast vorbei. Es schien das beste zu sein, ihn bis zu den Weihnachtsferien bei Laune zu halten – mit ihm auszugehen, ihm Sachen zu kaufen, ihm viel Aufmerksamkeit zu widmen – und darauf zu hoffen, daß es über den Winter vergehen würde.« Henry seufzte. »Am Ende buchstäblich jedes Semesters, das ich mit Bunny erlebt habe, hat er vorgeschlagen, daß wir beide eine Reise machen sollten, und damit meinte er, wir sollten an einen Ort fahren, den er aussuchte, und ich sollte dafür bezahlen. Er selbst hat nicht mal das Geld, um nach Manchester zu fahren. Und als das Thema wie zu erwarten eine oder zwei Wochen vor Schulschluß wieder zur Sprache kam, da dachte ich: Warum nicht? Auf diese Weise konnte ihn wenigstens einer von uns im Auge behalten, und vielleicht würde ein Szenenwechsel sich als wohltuend erweisen. Außerdem war es vielleicht gar nicht so schlecht, wenn er sich mir ein bißchen verpflichtet fühlte. Er wollte entweder nach Italien oder nach Jamaika. Ich wußte, daß ich Jamaika nicht ertragen konnte; also kaufte ich zwei Tickets nach Rom und beschaffte uns Zimmer in der Nähe der Piazza di Spagna.«

»Und du hast ihm Geld für Garderobe gegeben und für all diese nutzlosen Italienischbücher.«

»Ja. Alles in allem beträchtliche Auslagen, aber es schien eine gute Investition zu sein. Ich dachte sogar, es könnte ein bißchen Spaß machen. Aber niemals hätte ich mir in meinen wildesten Träumen... Wirklich, ich weiß gar nicht, wo ich anfangen soll. Ich weiß noch, als er unsere Zimmer sah – sie waren übrigens ganz bezaubernd, mit Fresken an der Decke, einem wunderschönen alten Balkon, einer prächtigen Aussicht; ich war ziemlich stolz darauf, daß ich sie gefunden hatte –, als er sie also sah, war er empört und fing an sich zu beschweren: Sie seien schäbig, es sei kalt, das Bad sei schlecht – kurz, das Haus sei absolut ungeeignet, und er frage sich, wie ich mich damit hätte übers Ohr hauen lassen können. Er habe gedacht, ich sei zu klug, um in so eine lausige Touristenfalle hineinzustolpern, aber vermutlich habe er sich da geirrt. Und er deutete an, daß man uns wahrscheinlich in der Nacht die Kehle durchschneiden würde. Zu diesem Zeitpunkt war ich für seine Launen noch zugänglicher. Ich fragte ihn, wo er lieber wohnen würde, wenn ihm diese Zimmer nicht gefielen? Er schlug vor, wir sollten uns einfach eine Suite – wohlgemerkt, kein Zimmer, sondern eine Suite – im Grandhotel nehmen.

Er konnte kein Ende finden, bis ich ihm schließlich erklärte, wir würden nichts dergleichen tun. Der Wechselkurs war schlecht genug, und die Zimmer – einmal davon abgesehen, daß sie im voraus bezahlt worden waren, und zwar von *meinem* Geld – gingen eigentlich schon über meine Verhältnisse. Tagelang schmollte Bunny, simulierte Asthmaanfälle, saß mißmutig herum und trompetete in seinen Inhalator, und dabei nörgelte er ständig an mir herum: Ich sei ein Geizkragen, und so weiter, und wenn *er* auf Reisen gehe, dann tue er es gern richtig – und schließlich platzte mir der Kragen. Ich teilte ihm mit, wenn die Zimmer mich zufriedenstellen, seien sie auf alle Fälle besser als das, was er gewohnt sei – ich meine, mein Gott, es war ein *palazzo*, es gehörte einer *Gräfin*, und ich hatte ein Vermögen dafür bezahlt. Kurz, es komme nicht in Frage, daß ich fünfhunderttausend Lire pro Nacht bezahlte, um die Gesellschaft amerikanischer Touristen und ein paar Blätter Hotelbriefpapier zu genießen.

So blieben wir an der Piazza di Spagna, und er fing an, sie in ein Abbild der Hölle zu verwandeln. Er nervte mich pausenlos – mit dem Teppich, mit den Wasserleitungen, mit seinem angeblich unzureichenden Taschengeld. Wir wohnten nur wenige Schritte von der Via Condotti entfernt, der teuersten Einkaufsstraße in ganz Rom. *Ich* hätte Glück, meinte er. Kein Wunder, daß *ich* mich so gut amüsierte, denn ich könne mir ja kaufen, was ich wolle, während ihm nichts weiter übrigbleibe, als keuchend in seinem Dachkämmerchen zu liegen wie ein armes Stiefkind. Ich tat, was ich konnte, um ihn zu versöhnen, aber je mehr ich ihm kaufte, desto mehr wollte er haben. Außerdem ließ er mich kaum aus den Augen. Er beschwerte sich, wenn ich ihn nur für ein paar Minuten allein ließ; aber wenn ich ihn aufforderte, mitzukommen in ein Museum oder in eine Kirche – mein Gott, wir waren in *Rom* –, dann fand er es schrecklich langweilig und gab keine Ruhe, weil er wieder gehen wollte. Es ging so weit, daß ich kein Buch mehr lesen konnte, ohne daß er hereingesegelt kam. Meine Güte. Er stand vor der Tür und sabbelte auf mich ein, wenn ich badete. Ich erwischte ihn, wie er meinen Koffer durchwühlte. Ich meine« – er machte eine delikate Pause –, »es ist ja schon ein bißchen lästig, wenn man mit einer unaufdringlichen Person auf so engem Raum zusammen ist. Vielleicht hatte ich nur vergessen, wie es gewesen war, als wir in unserem ersten Semester zusammenwohnten; vielleicht hatte ich mich auch nur stärker daran gewöhnt, allein zu leben – jedenfalls, nach ein oder zwei Wochen waren meine Nerven ruiniert. Ich konnte seinen Anblick kaum noch ertragen. Und auch andere Dinge machten mir Sorgen. Du weißt ja«, sagte er unvermittelt zu mir, »daß ich manchmal Kopfschmerzen bekomme, und zwar ziemlich schlimme, nicht wahr?

Ich bekomme sie nicht mehr so oft wie früher. Mit dreizehn, vierzehn hatte ich sie dauernd. Aber jetzt habe ich das Gefühl, *wenn* sie kommen – manchmal nur einmal im Jahr –, sind sie viel schlimmer. Und nach ein paar Wochen in Italien merkte ich, daß sie im Anzug waren. Ganz unverkennbar. Geräusche werden lauter, Gegenstände fangen an zu flimmern, an der Peripherie meines Gesichtsfeldes wird es dunkel, und ich sehe allerlei unangenehme Dinge, die an den Rändern lauern. Ein schrecklicher Druck liegt in der Luft. Ich schaue ein Straßenschild an und kann es nicht lesen; ich verstehe den einfachsten gesprochenen Satz nicht. Man kann nicht viel tun, wenn es so weit ist, aber ich tat, was ich konnte; ich blieb in meinem Zimmer und ließ die Jalousien herunter, nahm Medizin, versuchte, Ruhe zu halten. Schließlich begriff ich, daß ich meinem Arzt in den Staaten ein Telegramm schicken mußte. Die Medikamente, die ich bekomme, sind so stark, daß man sie nicht auf ein Rezept hin ausgeben kann; normalerweise gehe ich zur Notfallambulanz und lasse mir eine Spritze geben. Ich wußte aber nicht, was ein italienischer Arzt tun würde, wenn ich nach Luft schnappend in seiner Praxis erschiene – ein amerikanischer Tourist, der eine Phenobarbitalspritze haben wollte.

Aber da war es zu spät. Binnen weniger Stunden waren die Kopfschmerzen da, und von da an war ich völlig außerstande, den Weg zu einem Arzt zu finden oder, wenn es mir doch gelungen wäre, mich dort verständlich zu machen. Ich weiß nicht, ob Bunny versuchte, mir einen zu besorgen. Sein Italienisch ist so schlecht, daß er die Leute, mit denen er zu sprechen versuchte, am Ende immer nur beleidigte. Das American-Express-Büro war ganz in der

Nähe, und dort hätte man ihm sicher den Namen eines englischsprechenden Arztes geben können, aber darauf wäre Bunny natürlich nicht gekommen.

Ich weiß kaum, was in den nächsten paar Tagen passierte. Ich lag in meinem Zimmer, hatte die Jalousien heruntergezogen und Zeitungen davorgeklebt. Es war unmöglich, auch nur Eis heraufgeschickt zu bekommen – man kriegte allenfalls Karaffen mit lauwarmem *acqua semplice* –, aber ich hatte schon Mühe, Englisch zu sprechen, von Italienisch ganz zu schweigen. Gott weiß, wo Bunny war; ich kann mich nicht erinnern, ihn gesehen zu haben, aber auch sonst weiß ich nicht viel.

Wie auch immer. Ein paar Tage lag ich flach auf dem Rücken und konnte kaum blinzeln, ohne das Gefühl zu haben, daß mein Schädel platzte; mir war übel, und alles war schwarz. Ich kam zu mir und verlor wieder das Bewußtsein – bis ich irgendwann einen dünnen Lichtstreifen sah, der am Rand einer Jalousie brannte. Wie lange ich ihn angeschaut hatte, weiß ich nicht, aber allmählich wurde mir bewußt, daß es Morgen war, daß die Schmerzen ein wenig nachgelassen hatten und daß ich mich einigermaßen bewegen konnte. Ich merkte auch, daß ich außergewöhnlichen Durst hatte. In meinem Krug war kein Wasser; also stand ich auf, zog meinen Bademantel an und ging hinaus, um mir etwas zu trinken zu holen.

Mein Zimmer und das von Bunny lagen an den gegenüberliegenden Seiten eines ziemlich großartigen Salons – fünf Meter hoch, mit einem Deckenfresko nach Art von Carracci, prachtvollen Stuckfriesen und französischen Fenstern, die auf den Balkon hinausführten. Ich war fast geblendet vom Morgenlicht, aber ich konnte eine Gestalt erkennen, die Bunny sein mußte. Sie saß an meinem Schreibtisch, über Bücher und Papiere gebeugt. Ich wartete, bis ich klarer sehen konnte, und hielt mich mit einer Hand am Türknopf fest, und dann sagte ich: ›Guten Morgen, Bun.‹

Na, er sprang auf, als hätte man ihn mit kochendem Wasser übergossen, und wühlte hastig in den Papieren, als wollte er etwas verstecken, und ganz plötzlich war mir klar, was er da hatte. Ich ging hin und riß es ihm aus der Hand. Es war mein Tagebuch. Er schnüffelte ständig herum und versuchte, einen Blick hineinzuwerfen; ich hatte es hinter einem Heizkörper versteckt, aber vermutlich hatte er in meinem Zimmer herumgewühlt, während ich krank gewesen war. Er hatte es schon einmal gefunden, aber da ich es in latein schreibe, hatte er vermutlich nicht viel Sinn hineinbringen können. Ich benutzte nicht einmal seinen richtigen Namen; *Cuniculus molestus*, fand ich, traf ganz gut. Und *das* würde er ohne Lexikon nie herausfinden.

Aber leider hatte er während meiner Krankheit reichlich Gelegenheit gehabt, sich eins zu beschaffen. Ein Lexikon, meine ich. Und ich weiß, daß wir uns über Bunny lustig machen, weil er so ein gräßlicher Lateiner ist, aber er hatte es doch geschafft, eine ziemlich ordentliche Übersetzung der neueren Einträge anzufertigen. Ich muß sagen, ich hätte mir nicht träumen lassen, daß er dazu in der Lage wäre. Er mußte tagelang daran gearbeitet haben.

Ich war nicht einmal wütend. Ich war viel zu verdattert. Ich starrte die Übersetzung an – sie lag vor mir –, und dann starrte ich ihn an, und ganz plötzlich schob er seinen Stuhl zurück und fing an, mich anzubrüllen. Wir hätten diesen Burschen umgebracht, schrie er, hätten ihn kaltblütig umgebracht und es nicht mal für nötig gehalten, ihm davon zu erzählen, aber er habe die ganze Zeit gewußt, daß da etwas faul sei, und was bildete ich mir eigentlich ein, ihn als Kaninchen zu bezeichnen, und er habe nicht übel Lust, schnurstracks zum amerikanischen Konsulat zu gehen und die Polizei zu rufen... Da schlug ich ihm ins Gesicht, und zwar mit aller Kraft.« Henry seufzte. »Das hätte ich nicht tun sollen. Ich tat es nicht mal aus Wut, sondern aus Frustration. Ich war angewidert und erschöpft, ich hatte Angst, daß jemand ihn hören könnte, und ich dachte, ich könnte es keine Sekunde länger aushalten.

Und ich hatte ihn härter geschlagen, als ich wollte. Sein Mund klappte auf. Meine Hand hatte ein großes weißes Mal auf seiner Wange hinterlassen. Ganz plötzlich strömte das Blut hinein und färbte es leuchtend rot. Er fing an zu schreien, kreischte mich völlig hysterisch an und schlug blindlings auf mich ein. Man hörte schnelle Schritte auf der Treppe und dann ein lautes Hämmern an der Tür, begleitet von einem wirren Schwall Italienisch. Ich packte das Tagebuch und die Übersetzung und warf beides in den Kamin – Bunny wollte sich daraufstürzen, aber ich hielt ihn fest, bis es brannte –, und dann öffnete ich die Tür und erklärte dem Zimmermädchen, das vor mir stand, daß alles schon in Ordnung sei und sie solle uns doch bitte das Frühstück bringen.

Bunny machte ein ziemlich verdutztes Gesicht. Er wollte wissen, was ich dem Mädchen gesagt hätte, aber mir war übel, und ich war wütend, und so gab ich keine Antwort. Ich ging in mein Zimmer zurück und schloß die Tür hinter mir, und ich blieb dort, bis das Mädchen mit dem Frühstück kam. Sie deckte den Tisch auf dem Balkon, und wir gingen hinaus, um zu essen.

Seltsamerweise hatte Bunny wenig zu sagen. Nach kurzem, angespanntem Schweigen erkundigte er sich nach meinem Befinden; er erzählte, was er getrieben hatte, während ich krank gewesen war, und äußerte sich mit keinem Wort zu dem, was gerade geschehen war. Ich aß mein Frühstück, und ich wußte, daß ich nichts weiter tun konnte, als mich um einen klaren Kopf zu bemühen. Ich hatte ihn gekränkt, das wußte ich – es standen wirklich ein paar sehr unfreundliche Dinge in dem Tagebuch –, und deshalb beschloß ich, von jetzt an so freundlich wie möglich zu ihm zu sein und zu hoffen, daß sich schon alles wieder einrenken werde.«

Er hielt inne, um einen Schluck Whiskey zu trinken. Ich sah ihn an.

»Soll das heißen, du dachtest, Bunny würde keine weiteren Probleme machen?« fragte ich.

»Ich kenne Bunny besser als du«, sagte Henry grob.

»Ja, aber was er da gesagt hatte – daß er zur Polizei gehen wollte...?«

»Ich wußte, daß er nicht vorhatte, zur Polizei zu gehen, Richard.«

»Wenn es bloß um den Toten gegangen wäre, dann hätte die Sache anders ausgesehen, verstehst du?« Francis beugte sich im Sessel nach vorn. »Bunny hat nicht etwa Gewissensbisse. Er verspürt auch keinerlei echte moralische Empörung. Er findet nur, daß ihm in dieser ganzen Geschichte irgendwie *Unrecht* geschehen ist.«

»Ja, offen gesagt, ich dachte, ich tue ihm einen Gefallen, indem ich es ihm nicht erzähle«, erklärte Henry. »Aber er war wütend – oder er *ist* wütend, sollte ich wohl sagen –, weil ihm die Sache verheimlicht wurde. Er fühlt sich verletzt. Ausgeschlossen. Und am besten versuchte ich, das wiedergutzumachen. Wir sind ja alte Freunde, er und ich.«

»Erzähl ihm von den Sachen, die Bunny mit deiner Kreditkarte gekauft hat, während du krank warst.«

»Das habe ich erst später erfahren«, sagte Henry düster. »Jetzt kommt es darauf nicht mehr an.« Er zündete sich eine Zigarette an. »Ich nehme an, als er alles herausgefunden hatte, war er in einer Art Schockzustand«, meinte er. »Außerdem war er in einem fremden Land; er sprach die Sprache nicht und hatte keinen Cent eigenes Geld. Eine Zeitlang war alles in Ordnung mit ihm. Nichtsdestoweniger: Als er einmal begriffen hatte – und dazu brauchte er nicht lange –, daß ich ihm den Umständen zum Trotz weitgehend auf Gnade und Ungnade ausgeliefert war, da ließ er mich Qualen leiden, die du dir nicht vorstellen kannst. Er redete *dauernd* darüber. In Restaurants, in Geschäften, in Taxis. Natürlich war es in der Nachsaison, und es waren nicht viele Engländer und Amerikaner da, aber nach allem, was ich weiß, sitzen jetzt ganze Familien in Ohio und fragen sich, ob... O Gott. Erschöpfende Monologe in der Hosteria dell'Orso. Ein Streit in der Via dei Cestari. Eine mißglückte *Inszenierung* des Ganzen in der Lobby des Grandhotels.

Eines Nachmittags in einem Café saß er auch wieder da und redete und redete, und ich merkte, daß ein Mann am Nebentisch jedes Wort aufmerksam mit anhörte. Wir standen auf und wollten gehen. Er stand auch auf. Es war ein Deutscher, das wußte ich, weil ich ihn mit dem Kellner hatte sprechen hören, aber ich hatte keine Ahnung, ob er Englisch konnte und ob er Bunny deutlich genug gehört hatte, um alles zu verstehen. Vielleicht war es nur ein Homosexueller, aber ich wollte kein Risiko eingehen. Ich führte uns durch die Gassen nach Hause, bog um diese und um jene Ecke und war schließlich ganz sicher, daß wir ihn abgehängt hatten, aber anscheinend hatten wir es doch nicht geschafft, denn als ich am nächsten Morgen aufwachte und aus dem Fenster sah, stand er unten am Springbrunnen. Bunny war entzückt. Er fand, es sei wie in einem Spionagefilm. Er wollte hinausgehen und sehen, ob der Kerl uns wieder folgen würde, und ich mußte ihn praktisch gewaltsam daran hindern. Den ganzen Vormittag schaute ich aus dem Fenster. Der Deutsche stand herum, rauchte ein paar Zigaretten und schlenderte nach zwei Stunden davon; aber erst gegen vier, als Bunny, der seit dem Mittag unablässig geklagt hatte, anfing, großes Getöse zu veranstalten, gingen wir endlich etwas essen. Wir waren nur ein paar Straßen weit gekommen, als ich den Deutschen wieder zu sehen glaubte; er ging in einigem Abstand hinter uns her. Ich machte kehrt, in der Hoffnung, ihn zu vertreiben. Er verschwand, aber als ich mich nach wenigen Minuten umdrehte, sah ich, daß er wieder da war.

Bis dahin war ich beunruhigt gewesen, aber jetzt hatte ich allmählich wirklich Angst. Sofort verdrückten wir uns in eine Seitenstraße und gingen auf einem Umweg wieder nach Hause – Bunny bekam an diesem Tag kein Mittagessen, und er machte mich fast wahnsinnig –, und ich setzte mich ans Fenster, bis es dunkel wurde, und befahl Bunny, den Mund zu halten und sich zu überlegen, was wir tun sollten. Ich glaube nicht, daß der Mann genau wußte, wo wir wohnten – weshalb streifte er sonst auf der Piazza herum und kam nicht geradewegs in unser Apartment, wenn er uns etwas zu sagen hatte? Jedenfalls... wir gaben die Zimmer mitten in der Nacht auf und zogen ins Excelsior, was Bunny nur recht war. Zimmerservice, weißt du. Für den Rest meiner Zeit in Rom hielt ich ziemlich beunruhigt Ausschau nach dem Mann – meine Güte, ich träume heute noch von ihm –, aber ich sah ihn nicht wieder.«

»Was glaubst du, was er wollte? Geld?«

Henry zuckte die Achseln. »Wer weiß? Leider hatte ich zu diesem Zeitpunkt nur noch wenig Geld, das ich ihm hätte geben können. Bunnys Ausflüge zu den Herrenschneidern und so weiter hatten mich so gut wie Bankrott gemacht, und als wir dann noch in dieses Hotel umziehen mußten... mir lag nichts an dem Geld, wirklich nicht, aber er machte mich fast wahnsinnig. Nie war ich einen Augenblick allein. Es war unmöglich, einen Brief zu schreiben oder auch nur zu telefonieren, ohne daß Bunny im Hintergrund herumlungerte, *arrectis auribus*, und zu lauschen versuchte. Wenn ich badete, ging er in mein Zimmer und wühlte in meinen Sachen; wenn ich dann herauskam, waren meine Kleider in der Kommode ganz zerknüllt, und zwischen den Seiten meiner Notizbücher lagen Krümel. Alles, was ich tat, machte ihn mißtrauisch.

Ich ertrug es, so lange ich konnte, aber allmählich war ich verzweifelt. Gewiß, es konnte gefährlich sein, ihn allein in Rom zurückzulassen, aber mit jedem Tag schien alles schlimmer zu werden, und irgendwann war klar, daß es keine Lösung wäre, länger zu bleiben. Ich wußte bereits, daß wir vier unter keinen Umständen im Frühling wie gewöhnlich wieder aufs College zurückkehren konnten – obwohl, sieh uns an – und daß wir einen Plan entwickeln mußten, und zwar wahrscheinlich einen ziemlich pyrrhushaften und unbefriedigenden Plan. Aber ich brauchte Zeit und Ruhe und ein paar Wochen Gnadenfrist in den Staaten, wenn ich dazu in der Lage sein sollte. Und so packte ich eines Nachts im Excelsior, als Bunny betrunken war und fest schlief, meine Sachen, ließ ihm sein Rückflugticket und zweitausend Dollar und keine Nachricht da, fuhr mit dem Taxis zum Flughafen und stieg in das erste Flugzeug nach Hause.«

»Du hast ihm zweitausend Dollar dagelassen?« Ich war beinahe sprachlos.

Henry zuckte die Achseln. Francis schüttelte den Kopf und schnaubte. »Das ist nichts«, sagte er.

Ich starrte die beiden an. »Es ist wirklich nichts«, sagte Henry milde. »Ich kann dir gar nicht sagen, was mich diese Reise nach Italien gekostet hat. Meine Eltern sind großzügig, aber *so* großzügig nun auch wieder nicht. Ich habe nie in meinem Leben um Geld bitten müssen, außer in den letzten paar Monaten. Wie die Dinge liegen, sind meine Ersparnisse praktisch weg, und ich weiß nicht, wie lange ich sie noch mit Geschichten über umfangreiche Autoreparaturen und solche Sachen abspeisen kann. Ich meine, ich war bereit, mit Bunny vernünftig umzugehen, aber er begreift anscheinend überhaupt nicht, daß ich letzten Endes auch nur ein Student mit einem Taschengeld bin und kein unerschöpflicher Goldesel... Und das Schreckliche ist: Ich sehe kein Ende in dieser Sache. Ich weiß nicht, was passieren würde, wenn meine Eltern die Nase voll hätten und mir den Geldhahn zudrehten – und irgendwann in naher Zukunft wird das höchstwahrscheinlich passieren, wenn es so weitergeht wie bisher.«

»Er erpreßt dich?«

Henry und Francis schauten einander an.

»Na ja, so kann man es eigentlich nicht sagen«, meinte Francis.

Henry schüttelte den Kopf. »Bunny sieht es nicht in solchen Kategorien«, erklärte er müde. »Du müßtest seine Eltern kennen, um das zu verstehen. Was die Corcorans mit ihren Söhnen getan haben – sie haben sie allesamt auf die teuersten Schulen geschickt, auf die sie nur kommen konnten, und wenn sie einmal da waren, mußten sie sich selbst durchschlagen. Seine Eltern geben ihm keinen Cent. Anscheinend haben sie es noch nie getan. Er hat mir erzählt, als sie ihn nach Saint Jerome's schickten, bekam er nicht einmal Geld für seine Schulbücher. Eine ziemlich sonderbare Erziehungsmethode, meiner Meinung nach – wie bei manchen Reptilien, die ihre Jungen ausbrüten und sie dann den Elementen überlassen. Es ist nicht verwunderlich, daß dies in Bunny die Auffassung hat entstehen lassen, es sei ehrenhafter, seinen Lebensunterhalt bei anderen Leuten zusammenzuschnorren, statt zu arbeiten.«

»Aber ich dachte, seine Familie wäre so blaublütig«, wandte ich ein.

»Die Corcorans leiden unter Größenwahn. Das Problem ist bloß, daß ihnen das nötige Geld dazu fehlt. Zweifellos halten sie es für höchst aristokratisch und großartig, ihre Söhne in die Nester anderer Leute zu setzen.«

»Er kennt keine Scham in diesem Punkt«, sagte Francis. »Nicht mal vor den Zwillingen schreckt er zurück, und dabei sind sie fast so arm wie er.«

»Je größer die Summen, desto besser, und er denkt nie daran, etwas zurückzuzahlen. Und natürlich würde er lieber sterben, als sich einen Job zu suchen.«

»Die Corcorans würden ihn auch lieber tot sehen«, bemerkte Francis säuerlich, zündete sich eine Zigarette an und hustete, als er den Rauch ausblies. »Aber diese heikle Scheu vor der Arbeit wird ein bißchen strapaziös, wenn man gezwungen ist, seinen Unterhalt selbst zu bestreiten.«

»Es ist unfaßbar«, sagte Henry. »Ich hätte lieber irgendeinen Job, von mir aus sechs Jobs, ehe ich die Leute anbettelte. Sieh dich doch an«, sagte er zu mir. »Deine Eltern behandeln dich auch nicht gerade großzügig, oder? Aber du hast solche Skrupel davor, dir Geld zu leihen, daß es schon ziemlich albern ist.«

Ich schwieg verlegen.

»Himmel. Ich glaube, du wärest lieber in diesem Lagerhaus gestorben, als einen von uns telegrafisch um zweihundert Dollar anzupumpen.« Er zündete sich eine Zigarette an und blies nachdrücklich eine Rauchwolke von sich. »Und das ist eine winzige Summe. Ich bin sicher, wir werden bis zum nächsten Wochenende das Zwei- oder Dreifache für Bunny ausgeben müssen.«

Ich starrte ihn an. »Du machst Witze.«

»Ich wünschte, es wäre so.«

»Ich habe auch nichts dagegen, Geld zu verleihen«, sagte Francis, »wenn ich welches habe. Aber Bunny borgt über alles vernünftige Maß. Selbst in alten Zeiten hat er sich nichts dabei gedacht, einfach mal so um hundert Dollar zu bitten, und das, ohne mit der Wimper zu zucken.«

»Und nie ein Wort des Dankes«, ergänzte Henry gereizt. »Wofür kann er es ausgeben? Wenn er auch nur einen Fetzen Selbstachtung hätte, würde er zur Stellenvermittlung hinuntergehen und sich einen Job besorgen.«

»Du und ich stehen vielleicht in zwei Wochen dort vor der Tür, wenn er nicht aufhört«, sagte Francis düster, schenkte sich noch ein Glas Scotch ein und ließ dabei eine Menge auf den Tisch schwappen. »*Tausende*«, sagte er zu mir und trank vorsichtig vom zitternden Rand seines Glases. »Und das meiste für Restaurantrechnungen, das Schwein. Alles ganz freundlich: Warum gehen *wir* nicht essen, und dergleichen. Aber wie die Dinge liegen, wie kann ich da nein sagen? Meine Mutter denkt, ich nehme Drogen. Vermutlich kann sie kaum etwas anderes denken. Sie hat meinen Großeltern gesagt, sie sollten mir kein Geld geben, und seit Januar habe ich nur noch meinen verdammten Dividendenscheck bekommen. Das ist auch soweit in Ordnung, aber ich kann davon nicht jeden Abend Hundertdollaressen spendieren.«

Henry zuckte die Achseln. »Er war immer schon so«, sagte er. »Immer. Er ist amüsant; ich mochte ihn, und ich hatte ein bißchen Mitleid mit ihm. Was bedeutete es mir schon, ihm das Geld für die Schulbücher zu leihen und zu wissen, daß er es nicht zurückzahlen würde?«

»Aber jetzt«, sagte Francis, »geht es nicht bloß um Geld für Schulbücher. Und jetzt können wir nicht nein sagen.«

»Wie lange könnt ihr noch so weitermachen?«

»Nicht in alle Ewigkeit.«

»Und wenn euer Geld aufgebraucht ist?«

»Ich weiß nicht«, sagte Henry, schob die Hand hinter seine Brille und rieb sich die Augen.

»Vielleicht könnte ich mal mit ihm reden.«

»*Nein*«, sagten Henry und Francis wie aus einem Mund und mit einer Schärfe, die mich überraschte.

»Warum...?«

Eine verlegene Pause trat ein, die Francis schließlich beendete.

»Na ja, vielleicht weißt du es, vielleicht auch nicht«, sagte er, »aber Bunny ist ein bißchen eifersüchtig auf dich. Er glaubt jetzt schon, wir hätten uns alle gegen ihn verbündet. Wenn er jetzt auch noch denkt, du hättest dich mit uns zusammengetan...«

»Du darfst dir nicht anmerken lassen, daß du Bescheid weißt«, sagte Henry. »Niemals. Es sei denn, du willst alles noch schlimmer machen.«

Eine Zeitlang sagte niemand etwas. Die Wohnung war blau vom Rauch, und die weite Fläche des weißen Linoleums wirkte darin arktisch und surreal. Musik von der Stereoanlage eines Nachbarn drang durch die Wand. Grateful Dead. Du meine Güte. »*Trouble ahead...the lady in red...*«

»Es ist schrecklich, was wir da getan haben«, sagte Francis unvermittelt. »Ich meine, es war nicht *Voltaire*, den wir da umgebracht haben. Aber trotzdem. Es ist eine Schande. Ich fühle mich sehr unwohl dabei.«

»Natürlich, ich auch«, sagte Henry sachlich. »Aber nicht so unwohl, daß ich dafür ins Gefängnis gehen möchte.«

Francis schnaubte, goß sich noch einen Schuß Whisky ins Glas und trank es gleich leer. »Nein«, sagte er. »So unwohl nicht.«

Niemand sagte etwas. Ich fühlte mich schläfrig und flau, als wäre dies ein nachklingender Traum, geträumt mit schwerem Magen. Ich hatte die Frage schon einmal gestellt und stellte sie wieder, und der Klang meiner eigenen Stimme in dem stillen Zimmer erfüllte mich mit milder Überraschung. »Was werdet ihr tun?«

»Ich weiß nicht, was wir tun werden«, sagte Henry so gelassen, als hätte ich ihn nach seinen Plänen für den Nachmittag gefragt.

»Na, ich weiß, was *ich* tun werde«, sagte Francis. Er stand schwankend auf und zerrte mit einem Zeigefinger an seinem Kragen. Verblüfft sah ich ihn an, und er lachte, als er sah, wie überrascht ich war.

»Ich will schlafen«, erklärte er mit melodramatischem Augenrollen, »›*dormir plutôt que vivre*‹!«

»›*Dans un sommeil aussi doux que la mort*...‹«, sagte Henry lächelnd.

»Jesus, Henry, du kennst wirklich alles«, sagte Francis. »Das kotzt mich an.« Unsicher wandte er sich ab, lockerte seine Krawatte und schwankte aus dem Zimmer.

»Ich glaube, er ist ziemlich betrunken«, meinte Henry, als irgendwo eine Tür zuschlug und wir im Bad heftiges Wasserrauschen hörten. »Es ist noch früh. Hast du Lust, ein, zwei Runden Karten zu spielen?«

Ich blinzelte ihn an.

Er langte hinüber zu dem Seitentisch und nahm ein Kartenspiel aus einem Kasten – Tiffany-Karten mit himmelblauem Rücken und Francis' Initialen in Gold –, und er begann, mit geübten Händen zu mischen. »Wir könnten Bezique spielen oder Euchre, wenn dir das lieber ist«, sagte er. Das Blau und das Gold verschwammen in seinen Händen ineinander. »Ich selbst spiele gern Poker – natürlich ist es ein ziemlich vulgäres Spiel und macht zu zweit überhaupt keinen Spaß –, aber trotzdem, es hat ein gewisses Element des Zufalls, das mir gefällt.«

Ich sah ihn an, sah seine sicheren Hände, die schwirrenden Karten, und plötzlich kam mir eine seltsame Erinnerung in den Sinn: Tōjō, auf dem Höhepunkt des Krieges, wie er seine Adjutanten zwang, aufzubleiben und die ganze Nacht über mit ihm Karten zu spielen.

Er schob mir den Stoß herüber. »Willst du abheben?« fragte er und zündete sich eine Zigarette an.

Ich schaute auf die Karten, dann auf die Zündholzflamme, die klar und ohne zu flackern vor seinen Fingern brannte.

»Du machst dir keine allzu großen Sorgen darüber, was?« stellte ich fest.

Henry nahm einen tiefen Zug von seiner Zigarette, blies den Rauch von sich und schüttelte das Streichholz aus. »Nein«, sagte er und betrachtete nachdenklich das Rauchfähnchen, das sich von der Glut emporkräuselte. »Ich kann uns da rausbringen, glaube ich. Aber das hängt davon ab, daß sich uns die richtige Gelegenheit bietet, und darauf werden wir warten müssen. Ich nehme an, es hängt außerdem in einem gewissen Maße davon ab, wieviel wir am Ende zu tun bereit sind. Soll ich geben?« Er griff wieder nach den Karten.

Ich erwachte aus einem schweren, traumlosen Schlaf in unbequemer Lage auf Francis' Couch. Die Morgensonne strahlte durch die Fensterreihe am anderen Ende des Zimmers. Ich blieb eine Zeitlang regungslos liegen und versuchte mich zu erinnern, wo ich war und wie ich dort hingekommen war; es war eine angenehme Empfindung, die aber unversehens schal wurde, als mir wieder einfiel, was am Abend zuvor geschehen war. Ich richtete mich auf und rieb das Waffelmuster, das das Sofapolster auf meiner Wange hinterlassen hatte. Die Bewegung machte mir Kopfschmerzen. Ich starrte den überquellenden Aschenbecher an, die dreiviertelleere Flasche »Famous Grouse«, die Poker-Patience auf dem Tisch. Es war also alles Wirklichkeit gewesen, kein Traum.

Ich hatte Durst. Ich ging in die Küche, und meine Schritte hallten durch die Stille; ich blieb am Spülbecken stehen und trank ein Glas Wasser. Auf der Küchenuhr sah ich, daß es sieben war.

Ich ließ mein Glas noch einmal vollaufen, trug es ins Wohnzimmer und setzte mich auf die Couch. Während ich trank – langsamer diesmal –, betrachtete ich Henrys Patience. Er mußte sie gelegt haben, als ich eingeschlafen war. Statt zu versuchen, Flushes in den senkrechten und Full Houses und Vierer in den waagerechten Reihen zusammenzubekommen, was bei diesem Spiel klug gewesen wäre, hatte er sich bemüht, zwei Straight Flushes in der Waagerechten zu legen, und das war schiefgegangen. Warum hatte er es getan? Um zu sehen, ob er gegen die Wahrscheinlichkeit spielen konnte? Oder war er bloß müde gewesen?

Ich nahm die Karten, mischte sie und legte sie wieder aus, eine nach der anderen, entsprechend den Strategieregeln, die er mir selbst beigebracht hatte, und ich übertraf sein Ergebnis um fünfzig Punkte. Die kalten, kecken Gesichter starrten mich an: Buben in Schwarz und Rot, die Pikdame mit ihrem fischigen Blick. Plötzlich durchschauerte mich eine Woge von Erschöpfung und Übelkeit; ich holte meinen Mantel aus dem Wandschrank, ging hinaus und machte die Tür leise hinter mir zu.

Der Flur wirkte im Morgenlicht wie ein Krankenhauskorridor. An der Treppe blieb ich unsicher noch einmal stehen und schaute zurück zu Francis' Tür; sie war von den anderen in der langen gesichtslosen Reihe nicht zu unterscheiden.

Ich glaube, wenn ich überhaupt einen Augenblick lang zweifelte, dann war es da, als ich in dem kalten, gespenstischen Treppenhaus stand und zu dem Apartment zurückblickte, aus dem ich gekommen war. Wer waren diese Leute? Wie gut kannte ich sie? Konnte ich einem von ihnen wirklich trauen, wenn es darauf ankam? Wieso hatten sie sich ausgerechnet mich ausgesucht, um mir diese Geschichte zu erzählen?

Es ist komisch, aber wenn ich jetzt daran zurückdenke, dann erkenne ich, daß dieser spezielle Augenblick, damals als ich blinzelnd im verlassenen Hausflur stand, der Scheidepunkt war, an dem ich mich hätte entschließen können, etwas ganz anderes zu tun als das, was ich dann tat. Aber natürlich erkannte ich diesen entscheidenden Augenblick damals nicht als das, was er war; vermutlich tun wir das nie. Statt dessen gähnte ich, schüttelte die kurze Benommenheit ab, die sich über mich gelegt hatte, und ging die Treppe hinunter.

Als ich, schwindlig und erschöpft, in meinem Zimmer ankam, hätte ich am liebsten die Vorhänge zugezogen und mich ins Bett gelegt – es schien mir plötzlich das verlockendste Bett der Welt zu sein mit seinem muffigen Kopfkissen, den schmutzigen Laken und allem, was dazugehörte. Aber das war unmöglich. In zwei Stunden hatte ich griechischen Aufsatzunterricht, und ich hatte meine Aufgaben noch nicht gemacht.

Die Hausaufgabe war ein zweiseitiger Aufsatz in griechischer Sprache über ein beliebiges Epigramm von Kallimachos. Ich hatte erst eine Seite geschrieben, und hastig machte ich mich daran, auf ungeduldige und etwas unehrliche Weise den Rest zu verfassen: Ich schrieb in englisch und übersetzte dann Wort für Wort. Dabei hatte Julian uns gebeten, so gerade nicht zu verfahren. Der Wert des griechischen Prosaaufsatzes, meinte er, bestehe nicht darin, daß er einem zu einer besonderen sprachlichen Ausdrucksfähigkeit verhalf; vielmehr könne er, wenn man es richtig mache und unmittelbar aus dem Kopf schreibe, einen lehren, griechisch zu denken. Die Gedankengänge würden anders, sagte er, wenn sie in die Schranken einer starren und unvertrauten Sprache gezwungen werden. Bestimmte gewöhnliche Ideen seien plötzlich nicht mehr auszudrücken, andere, bis dahin nie geträumte, erwachten zum Leben und fänden wunderbaren neuen Ausdruck. Zwangsläufig, denke ich, habe ich Mühe, auf englisch exakt zu erklären, was er damit meinte. Ich kann nur sagen, ein *incendium* ist seiner Natur nach etwas ganz anderes als das *feu*, mit dem der Franzose seine Zigarette anzündet, und beide unterschieden sich wiederum völlig von dem krassen und unmenschlichen *pyr*, das die Griechen kannten, dem *pyr*, das auf den Türmen Ilions loderte oder das tosend und brüllend an der trostlosen, windgepeitschten Küste vom Scheiterhaufen des Patroklos flammte.

Pyr: Dieses eine Wort enthält für mich die geheime, die strahlende, die schreckliche Klarheit des Altgriechischen. Wie kann ich Sie dazu bringen, daß Sie es sehen, dieses seltsame, harte Licht, das Homers Landschaften durchdringt und Platons Dialoge erleuchtet, ein fremdes Licht, das sich in unserer gewöhnlichen Sprache nicht fassen läßt? Unsere gemeinsame Sprache ist eine Sprache des Verzwickten und des Wunderlichen, Heimat von Kürbissen und Lumpenkerlen, Potztausend und Bier, die Sprache des Ahab und des Falstaff und der Mrs. Gamp; zwar finde ich sie durchaus geeignet für Erwägungen wie diese, aber sie läßt mich restlos im Stich, wenn ich versuche, mit ihr zu beschreiben, was ich am Griechischen liebe, jener Sprache, die frei ist von allen Schrullen und Grillen, eine Sprache, die besessen ist von Handlung und von der Freude, zu sehen, wie eine Handlung sich zu Handlungen vervielfältigt, Handlungen, die unerbittlich voranmarschieren, während immer weitere Handlungen von rechts und links heranfließen und sich sauber in den Marsch einfügen, in einer langen, geraden Kolonne von Ursache und Wirkung zu dem, was unausweichlich sein wird: dem einzigen möglichen Ende.

In gewissem Sinne war dies der Grund, weshalb ich mich den anderen in meinem Griechischkurs so nah fühlte. Auch sie kannten diese schöne und fruchtbare Landschaft, die seit Jahrhunderten tot war; sie kannten die Erfahrung, mit den Augen des fünften Jahrhunderts von ihren Büchern aufzublicken und die Welt bestürzend träge und fremdartig vor sich zu sehen, als wäre sie nicht ihre

Heimat. Deshalb bewunderte ich Julian und vor allem Henry. Ihr Geist, ja, sogar ihre Augen und Ohren waren unwiderruflich fixiert in den Schranken dieser strengen alten Rhythmen – die Welt war tatsächlich nicht ihre Heimat, zumindest nicht die Welt, wie ich sie kannte –, und sie waren keineswegs nur gelegentliche Besucher in diesem Land, das ich selbst nur als staunender Tourist kannte: Sie wohnten fast ständig dort, so intensiv, wie es vermutlich nur möglich war. Altgriechisch ist eine schwierige Sprache, eine sehr schwierige Sprache in der Tat, und es ist sehr leicht möglich, sie ein Leben lang zu studieren, ohne je ein Wort sprechen zu können; aber noch heute muß ich lächeln, wenn ich an Henrys kalkuliertes, formelles Englisch denke, das Englisch eines gebildeten Ausländers, verglichen mit der wunderbaren Flüssigkeit und Sicherheit seines Griechischen – schnell, eloquent und bemerkenswert geistreich. Es war immer ein Wunder für mich, wenn ich hörte, wie Julian und er sich auf griechisch unterhielten, diskutierten und scherzten, wie ich keinen von beiden es je auf englisch tun hörte; viele Male habe ich gesehen, wie Henry den Telefonhörer mit gereiztem »Hallo?« abnahm – und möge ich nie das harte und unwiderstehliche Entzücken seines »Kairei!« vergessen, wenn Julian am anderen Ende der Leitung war.

Mir war – nach der Geschichte, die ich eben gehört hatte – ein bißchen unbehaglich mit jenen kallimachischen Epigrammen, die mit geröteten Wangen und Wein zu tun haben, mit den Küssen hellgliedriger Jünglinge bei Fackelschein. Ich hatte mir statt dessen ein ziemlich trauriges ausgesucht, das übersetzt lautet: »Am Morgen begruben wir Melanippos; als die Sonne unterging, starb die Jungfrau Basilo von eigener Hand, da sie es nicht ertrug, ihren Bruder auf den Scheiterhaufen zu legen und weiterzuleben; so sah das Haus nun zweifache Trauer, und ganz Kyrene senkte den Kopf, als es das Heim glücklicher Kinder so trostlos sah.«

In weniger als einer Stunde war ich mit meinem Aufsatz fertig. Ich sah ihn noch einmal durch und überprüfte die Endungen, und dann wusch ich mir das Gesicht, zog mir ein frisches Hemd an und ging hinüber zu Bunny.

Von uns sechsen waren Bunny und ich die einzigen, die auf dem Campus wohnten; sein Haus stand auf der anderen Seite des Rasens, am gegenüberliegenden Ende des Commons. Er hatte ein Zimmer im Erdgeschoß, was sicher unpraktisch für ihn war, da er die meiste Zeit oben in der Gemeinschaftsküche verbrachte, wo er seine Hosen bügelte, im Kühlschrank herumstöberte und sich in

Hemdsärmeln aus dem Fenster hängte, um zu den Vorübergehenden hinunterzubrüllen. Als er auf mein Klopfen nicht antwortete, ging ich hinauf, um ihn dort oben zu suchen. Er saß im Unterhemd auf der Fensterbank, trank eine Tasse Kaffee und blätterte in einer Illustrierten. Ich war ein bißchen überrascht, auch die Zwillinge dort zu sehen: Charles stand da, die Füße über Kreuz, rührte mürrisch in seinem Kaffee und schaute aus dem Fenster; Camilla – auch das überraschte mich, denn Camilla hatte sonst nicht viel übrig für Hausarbeit – bügelte eines von Bunnys Hemden.

»Oh, hallo, mein Alter«, sagte Bunny. »Nur herein. Haben gerade einen kleinen Kaffeeklatsch. Ja, Frauen taugen schon zu ein oder *zwei* Dingen«, fügte er hinzu, als er meinen Blick auf Camilla und das Bügelbrett sah. »Allerdings würde ich als Gentleman« – er zwinkerte grinsend – »nur ungern sagen, was das zweite ist, angesichts unserer gemischten Gesellschaft et cetera. Charles, gib ihm doch 'ne Tasse Kaffee, ja? Brauchst sie nicht zu spülen, sie ist sauber genug«, sagte er in scharfem Ton, als Charles eine schmutzige Tasse von der Ablaufplatte nahm und den Wasserhahn aufdrehte.

»Aufsatz fertig?«

»Ja.«

»Welches Epigramm?«

»Zweiundzwanzig.«

»Hmn. Hört sich an, als ob alle auf die Tränendrüsen gedrückt hätten. Charles hat sich das über das tote Mädchen ausgesucht, das jetzt von all seinen Freundinnen vermißt wird, und du, Camilla, du hast...«

»Nummer vierzehn«, sagte Camilla, ohne aufzublicken, und drückte die Spitze ihres Bügeleisens ziemlich heftig auf den Hemdkragen.

»Hah. Ich selbst hab' mir eins von den fetzigeren vorgenommen. Schon mal in Frankreich gewesen, Richard?«

»Nein«, sagte ich.

»Dann solltest du diesen Sommer mitkommen.«

»Mitkommen? Mit wem?«

»Mit Henry und mir.«

Ich war so verblüfft, daß ich ihn nur anblinzeln konnte.

»Nach Frankreich?«

»*Mais oui*. Zwei Monate. Echte Traumreise. Guck mal.« Er warf mir die Illustrierte zu, und jetzt sah ich, daß es ein Hochglanzprospekt war.

Ich schaute hinein. Es war wirklich ein Sahnestück von einer Traumreise – eine »Luxushotel-Flußkreuzfahrt«, die in der Champagne begann und per Heißluftballon nach Burgund führte, wo es mit dem Schiff weiterging, durch das Beaujolais hinunter zur Riviera und nach Cannes und Monte Carlo... Der Prospekt war üppig illustriert, voll mit bunten Bildern von Gourmetmahlzeiten, blumengeschmückten Flußbarken und glücklichen Touristen, die Champagnerkorken knallen ließen und aus dem Korb ihres Ballons zu den verdrossenen alten Bauern auf den Feldern unter ihnen hinunterwinkten.

»Sieht toll aus, was?« meinte Bunny.

»Fabelhaft.«

»Rom war okay, aber ehrlich gesagt, es war doch eine Art Sickergrube, wenn man's genau betrachtet. Außerdem komme ich persönlich gern ein bißchen mehr rum. Bleib' ein bißchen in Bewegung, lerne die Sitten und Gebräuche der Einheimischen kennen. Unter uns gesagt, ich wette, für Henry wird es ein Fest werden.«

Die Wette halte ich, dachte ich und starrte das Bild einer Frau an, die ein französisches Stangenbrot in die Kamera hielt und dabei grinste wie eine Irre.

Die Zwillinge waren bemüht, meinen Blicken auszuweichen. Camilla beugte sich über Bunnys Hemd, und Charles hatte mir den Rücken zugewandt, sich mit den Ellbogen auf ein Sideboard gestützt und schaute aus dem Küchenfenster.

»Natürlich, die Ballongeschichte ist schon super«, meinte Bunny im Plauderton, »aber weißt du, ich hab' mich schon gefragt, wie geht man da aufs Klo? Über den Rand oder was?«

»Hört mal, ich glaube, das dauert hier noch ein paar Minuten«, sagte Camilla unvermittelt. »Es ist fast neun. Warum gehst du nicht mit Richard schon mal vor, Charles? Ihr könnt Julian sagen, er soll nicht warten.«

»Na, *so* viel länger wirst du ja wohl nicht mehr brauchen, oder?« fragte Bunny grob und reckte den Hals, um nach dem Hemd zu sehen. »Was ist denn das große Problem? Wo hast du überhaupt Bügeln gelernt?«

»Hab' ich nicht. *Wir* haben *unsere* Wäsche in die Wäscherei gegeben.«

Charles ging ein paar Schritt weit hinter mir hinaus. Wir liefen wortlos den Gang entlang und die Treppe hinunter, aber als wir unten waren, kam er heran, faßte mich beim Arm und zog mich in ein leeres Kartenzimmer. In den zwanziger und dreißiger Jahren war Bridge in Hampden die große Mode gewesen; als die Begeisterung vergangen war, hatte man diese Räume keinem neuen Zweck zugeführt, und heute benutzte man sie nur noch für Drogendeals, zum Tippen oder für verbotene romantische Stelldicheins.

Charles schloß die Tür. Ich sah den alten Kartentisch vor mir – an den vier Ecken waren Einlegearbeiten, die Kreuz, Pik, Herz und Karo darstellten.

»Henry hat uns angerufen«, sagte Charles. Er kratzte mit dem Daumennagel an der erhabenen Kante des Karo und hielt den Kopf bemüht gesenkt.

»Wann?«

»Heute früh.«

Einen Moment lang sagten wir beide nichts.

»Es tut mir leid«, sagte Charles und blickte auf.

»Was tut dir leid?«

»Daß er es dir erzählt hat. Überhaupt. Camilla ist sehr bestürzt.«

Er wirkte durchaus ruhig, müde, aber ruhig, und seine intelligenten Augen schauten mich mit stiller Offenheit an. Jählings war ich furchtbar beunruhigt. Ich mochte Francis und Henry, aber es war unvorstellbar, daß den Zwillingen etwas zustoßen sollte. Es durchzuckte mich schmerzhaft, wie nett sie immer zu mir gewesen waren, wie lieb Camilla sich in den ersten, unbeholfenen Wochen gezeigt hatte, wie Charles immer so eine Art gehabt hatte, in meinem Zimmer aufzukreuzen oder sich mir in Gesellschaft mit dem – für mich herzerwärmendem – stillen Gestus zuzuwenden, er und ich seien besonders gute Freunde. Ich dachte an Spaziergänge und Autoausflüge und Abendessen in ihrer Wohnung, an ihre – meinerseits häufig unbeantworteten – Briefe, die sie mir in den langen Wintermonaten so treu geschrieben hatten.

Irgendwo hörte ich das Kreischen und Ächzen einer Wasserleitung. Wir sahen uns an.

»Was werdet ihr tun?« fragte ich. Anscheinend war dies die einzige Frage, die ich in den letzten vierundzwanzig Stunden zu stellen fähig war, und noch hatte mir niemand eine zufriedenstellende Antwort gegeben.

Er zuckte die Achseln; es war ein komisches, einseitiges Achselzucken, eine Angewohnheit, die er mit seiner Schwester gemeinsam hatte. »Was weiß ich«, sagte er müde. »Ich denke, wir sollten gehen.«

Als wir in Julians Büro ankamen, waren Henry und Francis schon da. Francis war mit seinem Aufsatz noch nicht fertig. Er kritzelte hastig an der zweiten Seite, und seine Finger waren blau von Tinte, während Henry die erste gegenlas und mit seinem Füller hier ein Jota subscriptum, da einen Spiritus einsetzte.

Er blickte nicht auf. »Hallo«, sagte er. »Macht die Tür zu, ja?«

Charles stieß mit dem Fuß gegen die Tür. »Schlechte Neuigkeiten«, sagte er.

»Sehr schlechte?«

»Finanziell gesehen, ja.«

Francis fluchte leise, kurz und zischend, ohne mit der Arbeit aufzuhören. Henry warf ein paar letzte Akzente auf das Blatt und wedelte dann mit dem Papier durch die Luft, um die Tinte zu trocknen.

»Ja, um Himmels willen«, sagte er milde, »das kann hoffentlich warten. Ich möchte nicht während des Unterrichts darüber nachdenken müssen. Wie geht's mit der letzten Seite voran, Francis?«

»Noch einen Moment«, sagte Francis, in die Arbeit vertieft, und seine Worte liefen dem hastigen Kritzeln seiner Feder nach.

Henry trat hinter Francis' Stuhl, beugte sich über seine Schulter und fing an, den oberen Teil der letzten Seite zu lesen; dabei stützte er sich mit einem Ellbogen auf den Tisch. »Ist Camilla bei ihm?«

»Ja. Bügelt sein scheußliches altes Hemd.«

»Hmnn.« Er deutete mit seinem Füller auf eine Stelle. »Francis, hier muß der Optativ stehen, nicht der Konjunktiv.«

Francis ging rasch zurück nach oben – er war fast am Ende der Seite angelangt – und änderte den Modus.

»Und dieser Labial wird zu Pi, nicht zu Kappa.«

Bunny kam zu spät und in schlechter Laune. »Charles«, fauchte er, »wenn du willst, daß deine Schwester je einen Mann abkriegt, dann solltest du ihr das Bügeln beibringen.« Ich war müde und schlecht vorbereitet, und ich hatte Mühe, in Gedanken beim Unterricht zu bleiben. Um zwei hatte ich Französisch, aber nach der Griechischklasse ging ich geradewegs zurück auf mein Zimmer, nahm eine Schlaftablette und legte mich ins Bett. Die Schlaftablette war eine unnötige Geste; ich brauchte sie nicht, aber die bloße Möglichkeit der Ruhelosigkeit, eines Nachmittags voll schlechter Träume und ferner Wasserleitungen, war so unangenehm, daß ich sie nicht einmal in Betracht ziehen wollte.

So schlief ich fest, fester als es gut gewesen wäre, und der Tag verstrich unbemerkt. Es war fast dunkel, als mir von irgendwoher, aus großen Tiefen, ins Bewußtsein drang, daß jemand an meine Tür klopfte.

Es war Camilla. Ich muß schrecklich ausgesehen haben, denn sie hob eine Braue und lachte. »Alles, was du tust, ist schlafen«, stellte sie fest. »Wie kommt es, daß du immer schläfst, wenn ich dich besuche?«

Ich blinzelte sie an. Meine Vorhänge waren zugezogen, und auf dem Gang war es dunkel, und für mich, halb betäubt und schwindelig, sah sie ganz und gar nicht aus wie die strahlende und unerreichbare Person, die sie war, sondern wie eine nebelhafte, unbeschreiblich zarte Erscheinung mit zarten Handgelenken und Schatten und wildem Haarschopf – die Camilla, die verschwommen und lieblich im zwielichtigen Boudoir meiner Träume wohnte.

»Komm herein«, sagte ich.

Sie tat es und machte die Tür hinter sich zu. Ich setzte mich auf die Kante des ungemachten Bettes, barfuß und mit offenem Kragen, und dachte, wie wunderbar es wäre, wenn dies wirklich ein Traum wäre, wenn ich zu ihr hinübergehen und ihr Gesicht in beide Hände nehmen und küssen könnte, auf die Augen, auf den Mund, auf die Stelle an ihren Schläfen, wo das honigfarbene Haar in seidigen Goldflaum überging.

Wir schauten einander lange an.

»Bist du krank?« fragte sie dann.

Das Schimmern ihres goldenen Armbands im Dunkeln. Ich schluckte und wußte kaum, was ich sagen sollte.

Sie stand wieder auf. »Ich gehe lieber wieder«, sagte sie. »Tut mir leid, daß ich dich gestört habe. Ich wollte dich nur fragen, ob du Lust auf eine Autofahrt hättest.«

»Was?«

»Eine Autofahrt. Aber laß nur. Ein andermal.«

»Wohin denn?«

»Irgendwohin. Nirgendwohin. Ich treffe mich mit Francis in zehn Minuten am Commons.«

»Nein, warte.« Ich fühlte mich wunderbar. Eine narkotische Schwere lag mir noch immer köstlich in den Gliedern, und ich stellte mir vor, wie schön es sein müßte, mit ihr – schlaftrunken, wie hypnotisiert – im schwindenden Licht durch den Schnee zum Commons hinüberzuspazieren.

Ich stand auf – es dauerte eine Ewigkeit; der Fußboden wich allmählich vor meinen Augen zurück, als würde ich durch irgendeinen organischen Prozeß einfach immer größer und größer – und ging zu meinem Wandschrank. Der Boden schwankte sanft unter mir wie das Deck eines Luftschiffes. Ich suchte meinen Mantel heraus, dann einen Schal. Handschuhe waren zu kompliziert, als daß ich mich damit abgeben wollte.

»Okay«, sagte ich. »Fertig.«

Sie zog eine Braue hoch. »Es ist ein bißchen kalt draußen«, sagte sie. »Meinst du nicht, du solltest Schuhe anziehen?«

Wir gingen durch Matsch und kalten Regen zum Commons; Charles, Francis und Henry erwarteten uns dort. Diese Zusammensetzung kam mir bedeutsam vor, auf irgendeine nicht völlig klare Weise: Alle waren da außer Bunny! »Was ist los?« fragte ich und blinzelte ihnen entgegen.

»Nichts«, sagte Henry und zeichnete mit der glänzenden Spitze seines Regenschirms ein Muster auf den Boden. »Wir wollten nur ein bißchen herumfahren. Ich dachte, es würde vielleicht Spaß machen« – er legte eine zartfühlende Pause ein –, »die Schule für eine Weile hinter uns zu lassen, vielleicht irgendwo zu essen...«

Ohne Bunny, das ist hier der Subtext, dachte ich. Wo war er? Henrys Schirmspitze glitzerte. Ich blickte auf und sah, daß Francis mich mit hochgezogenen Brauen musterte.

»Was hast du?« fragte ich gereizt und stand leicht schwankend in der Tür.

Er atmete mit scharfem, belustigtem Zischen aus. »Bist du *betrunken*?« fragte er.

Sie schauten mich alle irgendwie komisch an. »Ja«, sagte ich. Es stimmte nicht, aber ich hatte keine Lust, irgend etwas zu erklären.

Der kalte Himmel, dunstig vom feinen Regen über den Baumwipfeln, ließ sogar die vertraute Gegend um Hampden nichtssagend und entlegen erscheinen. Die Senken waren weiß vom Nebel, und der Gipfel des Mount Cataract lag völlig verhüllt und unsichtbar im kalten Dunst. Da ich ihn nicht sehen konnte, diesen allwissenden Berg, der Hampden und seine Umgebung in meinen Sinnen verankerte, hatte ich Mühe, mich zu orientieren, und es war, als nähmen wir Kurs in ein fremdes und unerforschtes Territorium, obwohl ich diese Straße schon hundertmal und bei jedem Wetter gefahren war. Henry saß am Steuer; er fuhr wie immer ziemlich schnell, die

Reifen sirrten auf der nassen, schwarzen Straße, und das Wasser sprühte zu beiden Seiten hoch auf.

»Ich habe mir das Haus dort vor ungefähr einem Monat angesehen«, sagte er und fuhr langsamer, als wir uns einem weißen Farmhaus auf einem Hügel näherten. Einsame Heuballen sprenkelten die verschneiten Wiesen. »Es ist immer noch zu verkaufen, aber ich glaube, sie fordern zuviel.«

»Wie viele Morgen sind es?« fragte Camilla.

»Einhundertfünfzig.«

»Was, um alles in der Welt, würdest du mit so viel Land anfangen?« Sie hob eine Hand, um sich das Haar aus den Augen zu streichen, und wieder sah ich den Schimmer ihres Armbandes: *...wehendes Haar so süß, braunes Haar über den Mund geweht...* »Du würdest doch keine Landwirtschaft betreiben, oder?«

»Wie ich sehe«, sagte Henry, »kann es gar nicht genug sein. Ich hätte gern so viel Land, daß ich von da, wo ich wohne, keine Straße und keinen Telefonmast und nichts sehe, was ich nicht sehen möchte. Vermutlich ist das heutzutage unmöglich, und das Haus liegt ja praktisch an der Straße. Ich habe einmal eine andere Farm gesehen, jenseits der Grenze, im Staat New York...«

Ein Lastwagen schoß rauschend und gischtaufspritzend vorbei.

Alle wirkten ungewöhnlich ruhig und gelassen, und ich glaubte zu wissen, warum. Es war, weil Bunny nicht bei uns war. Sie mieden das Thema mit wohlbedachter Sorglosigkeit; er mußte jetzt irgendwo sein, dachte ich, und irgend etwas tun – was, wollte ich nicht fragen. Ich lehnte mich zurück und betrachtete die silbrigen, taumelnden Bahnen der Regentropfen, die über mein Fenster wehten.

»Wenn ich irgendwo ein Haus kaufen würde, dann würde ich es hier kaufen«, sagte Camilla. »Mir waren die Berge immer schon lieber als das Meer.«

»Mir auch«, sagte Henry. »Ich vermute, in dieser Hinsicht ist mein Geschmack ziemlich hellenistisch. Von Land umschlossene Gegenden interessieren mich, entlegene Ansichten, wildes Land. Ich habe nie das geringste Interesse für die See aufgebracht. Ganz, wie Homer über die Arkadier spricht – erinnert ihr euch? ›Mit Schiffen hatten sie nichts zu tun...‹«

»Das kommt, weil du im Mittelwesten aufgewachsen bist«, behauptete Charles.

»Aber wenn man dieser Argumentation folgen wollte, würde das bedeuten, daß ich flaches Land liebe, Ebenen. Was ich aber nicht tue. Die Schilderungen Trojas in der *Ilias* sind schrecklich – nur flaches Land und brennende Sonne. Nein. Ich habe mich immer zu schroffen, wilden Gegenden hingezogen gefühlt. Die merkwürdigsten Sprachen kommen aus solchen Landschaften, die seltsamsten Mythologien und die ältesten Städte und die barbarischsten Religionen – Pan selbst wurde ja in den Bergen geboren, wißt ihr. Und Zeus. »*In Parrhasia war's, daß Rheia dreie gebar*«, fuhr er verträumt fort und verfiel ins Griechisch, »*wo ein Hügel war, geschützt von dichtem Gestrüpp*...«

Es war inzwischen dunkel. Ringsum lag das Land verschleiert und geheimnisvoll, ganz still in Nacht und Nebel. Dies war entlegenes, unbereistes Land, felsig und dicht bewaldet, ganz ohne die Heimeligkeit von Hampden mit seinen welligen Hügeln, seinen Skihütten und Antiquitätenläden; dies war hochgelegenes und gefahrenvolles und primitives Land, durch und durch schwarz und trostlos und sogar frei von Reklametafeln.

Francis, der diese Gegend besser kannte als wir, hatte behauptet, es gebe ein Gasthaus in der Nähe, aber es war schwer zu glauben, daß im Umkreis von fünfzig Meilen auch nur irgendeine Behausung stehen sollte. Dann, hinter einer Biegung, strich unser Scheinwerferlicht über ein Blechschild, das ganz pockennarbig von Schrotkugeln war und das uns davon in Kenntnis setzte, daß das »Hoosatonic Inn«, geradeaus vor uns gelegen, der eigentliche Geburtsort der »Pie à la Mode« sei.

Das Haus war von einer baufälligen Veranda umgeben – durchgesessene Schaukelstühle, abblätternde Farbe. Die Diele drinnen war ein faszinierendes Gewirr von Mahagoni und mottenzerfressenem Samt, durchsetzt mit Rehschädeln, Tankstellenkalendern und einer großen Sammlung von Zweihundertjahrfeier-Souvenirs, die an der Wand hingen.

Das Lokal war leer bis auf ein paar Leute vom Lande, die dort zu Abend aßen, als wir eintraten; sie musterten unsere dunklen Anzüge und Brillen, Francis' Manschettenknöpfe mit dem Monogramm und seine Charvet-Krawatte, Camilla mit ihrem jungenhaften Haarschnitt und dem schlanken kleinen Astrachanmantel. Ich war ein bißchen überrascht von dieser kollektiven Offenheit – man starrte uns nicht an und schaute auch nicht mißbilligend –, bis mir einfiel, daß diese Leute wahrscheinlich gar nicht wußten, daß wir vom College waren. In der näheren Umgebung hätte man uns unverzüglich als reiche Kids aus der Oberstadt eingestuft, Kids, die wahrscheinlich eine Menge Krach machten und ein schlechtes Trinkgeld hinterließen. Aber hier waren wir nur Fremde, in einer Gegend, in der Fremde selten waren.

Es kam nicht einmal jemand zu uns, um unsere Bestellung entgegenzunehmen. Das Essen erschien wie durch Zauberei: Schweinebraten, Biskuits, Rüben und Mais und Bohnenpüree in dicken Porzellanschüsseln mit Bildern der Präsidenten (bis Nixon) an den Rändern.

Der Kellner, ein rotgesichtiger Junge mit abgekauten Fingernägeln, blieb noch einen Augenblick unschlüssig stehen. Schließlich fragte er schüchtern: »Sind Sie aus New York City?«

»Nein«, sagte Charles und nahm den Biskuitteller von Henry in Empfang. »Von hier.«

»Aus Hoosa*tonic*?«

»Nein. Aus Vermont, meine ich.«

»Nicht aus New York?«

»Nein«, sagte Francis fröhlich und schnitt in den Schweinebraten. »Ich bin aus Boston.«

»Da war ich mal«, sagte der Junge beeindruckt.

Francis lächelte geistesabwesend und griff nach einer Platte.

»Da müssen Sie ja auf die Red Sox stehen.«

»Tu' ich auch«, sagte Francis. »Ziemlich. Aber sie gewinnen anscheinend nie, nicht wahr?«

»Manchmal doch. Aber ich schätze, wir werden wohl nie erleben, daß sie die Meisterschaft gewinnen.«

Er lungerte immer noch vor unserem Tisch herum und überlegte, was er sonst noch sagen könnte, als Henry den Kopf hob.

»Setzen Sie sich«, sagte er unverhofft. »Essen Sie mit uns, ja?«

Nach kurzem, verlegenem Abwehren zog er sich einen Stuhl heran, aber essen wollte er nichts. Das Restaurant schloß um acht, erzählte er, und wahrscheinlich würde niemand mehr kommen. »Wir liegen abseits des Highway«, sagte er. »Die meisten Leute hier gehen ziemlich früh schlafen.« Sein Name, erfuhren wir, war John Deacon; er war so alt wie ich – zwanzig – und bis vor zwei Jahren zur Equinox High School drüben in Hoosatonic gegangen. Seit dem Examen, sagte er, arbeitete er auf der Farm seines Onkels; der Kellnerjob war eine neue Sache, eine Beschäftigung für den Winter. »Es ist erst meine dritte Woche hier«, sagte er. »Aber es gefällt mir, schätze ich. Das Essen ist gut. Und ich kriege meine Mahlzeiten umsonst.«

Henry hatte eine generelle und von diesen erwiderte Abneigung gegen *hoi polloi* – eine in seinen Augen sehr weitreichende Kategorie, die von Teenagern mit Ghettoblastern bis zum Studiendekan von Hampden reichte, einem vermögenden Mann mit einem in Yale erworbenen akademischen Grad in American Studies –, aber er hatte ein echtes Faible für arme Leute, einfache Leute, Leute vom Lande; er genoß den Abscheu der akademischen Oberschicht von Hampden, aber die Bewunderung der Hausmeister, Gärtner und Köchinnen dort. Zwar behandelte er sie nicht wie seinesgleichen, aber er verfiel auch nicht in die herablassende Freundlichkeit der Reichen. »Ich denke, wir sind, was Krankheit und Armut angeht, sehr viel heuchlerischer als die Menschen früherer Zeiten«, sagte Julian, wie ich mich erinnere, einmal. »In Amerika bemüht der Reiche sich, so zu tun, als wäre der Arme ihm in jeder Hinsicht, vom Geld einmal abgesehen, gleich, und das ist einfach nicht wahr. Erinnert sich jemand an Platons Definition von Gerechtigkeit in der *Republik*? Gerechtigkeit herrscht in einer Gesellschaft dann, wenn jeder innerhalb einer Hierarchie an seinem Platz arbeitet und damit zufrieden ist. Ein armer Mann, der sich über seinen Stand erheben möchte, macht sich nur unnötig unglücklich. Und die weisen Armen haben dies immer gewußt, genauso wie die weisen Reichen.«

Nun bin ich nicht völlig sicher, ob dies stimmt – denn wenn es stimmt, wo stehe ich dann? Putze ich immer noch Windschutzscheiben in Plano? –, aber es unterliegt keinem Zweifel, daß Henry sich seiner eigenen Fähigkeiten und seiner Stellung in der Welt so sicher war und sich so wohl damit fühlte, daß er andere (einschließlich meiner selbst) auf seltsame Weise veranlaßte, sich in ihrer jeweiligen minderen Position ebenso wohl zu fühlen, wie immer sie auch aussehen mochte. Arme Leute waren von seinem Benehmen meistens nicht beeindruckt und konnten infolgedessen daran vorbei auf den wirklichen Henry sehen, den Henry, den ich kannte, schweigsam, höflich und in vieler Hinsicht so einfach und geradlinig, wie sie es auch waren. Es war ein Talent, das er mit Julian gemeinsam hatte; auch dieser wurde von den Landmenschen, die in seiner Umgebung wohnten, sehr bewundert, ganz wie man es sich gern bei dem gütigen Plinius vorstellt, dem die armen Leute von Comum und Tifernum ja auch mit großer Zuneigung begegneten.

Während des Essens unterhielten Henry und der Junge sich auf höchst vertrauliche – und für mich ganz verblüffende – Weise über die Gegend von Hampden und Hoosatonic – Bebauungsvorschriften, Erschließungspläne, Grundstückspreise pro Morgen, Bebauungssperren und Besitzverhältnisse –, und wir anderen aßen und hörten zu. Es war ein Gespräch, das man an jeder beliebigen ländlichen Tankstelle oder Futterhandlung hätte mit anhören können, aber es zu hören machte mich seltsam glücklich und zufrieden mit der Welt.

Im Rückblick ist es sonderbar, wie wenig Macht der tote Farmer über eine so morbide und empfängliche Phantasie wie die meine ausübte. Ich kann mir gut vorstellen, was für Alpträume man davon hätte bekommen können (ich öffne die Tür zu einem Traum-Klassenzimmer und sehe die gesichtslose Gestalt im Flanellhemd, wie sie zombiehaft aufrecht an einem Pult hockt oder sich vom Schreiben an der Tafel umdreht und mich angrinst), aber es ist vermutlich ziemlich verräterisch, daß ich selten überhaupt daran dachte – und wenn, dann nur, weil ich daran erinnert wurde. Ich glaube, die andern waren ebensowenig oder noch weniger beunruhigt, wie die Tatsache erkennen läßt, daß sie alle so lange Zeit hindurch so normal und so gut gelaunt weitergelebt hatten. So monströs es war, aber der Leichnam selbst schien wenig mehr als eine Requisite zu sein, etwas, das im Dunkeln von Bühnenarbeitern herausgetragen und Henry vor die Füße gelegt wurde, um dann entdeckt zu werden, wenn das Licht anging; die Vorstellung, wie die Leiche dumpf starrend in Blut und Hirnmasse lag, unterließ es nie, ein banges kleines Kribbeln hervorzurufen, aber sie schien doch relativ harmlos, verglichen mit der sehr realen und hartnäckigen Bedrohung, als die ich Bunny inzwischen erkannte.

Bunny mochte den Anschein eines liebenswerten, unbeirrbar gleichförmigen Charakters erwecken, aber tatsächlich war er von wilder Unberechenbarkeit. Es gab eine ganze Reihe von Gründen dafür, aber der Hauptgrund war seine absolute Unfähigkeit, über irgend etwas nachzudenken, bevor er es tat. Geleitet nur durch die trüben Leuchtfeuer von Impuls und Gewohnheit, segelte er durch die Welt im Vertrauen darauf, daß sich auf seinem Kurs keine Hindernisse erheben würden, die so groß waren, daß sie nicht durch die bloße Wucht der Vorwärtsbewegung untergepflügt werden könnten. Aber in dieser neuen Situation, deren Umstände durch den Mord bestimmt waren, ließ sein Instinkt ihn im Stich. Jetzt, da die altvertrauten Fahrwassermarkierungen sozusagen im Dunkeln umgestellt worden waren, war der Autopilot, mit dessen Hilfe seine Psyche navigierte, unbrauchbar, und er trieb orientierungslos umher, während die Wellen das Deck überspülten, lief über Sandbänke und schlug die bizarrsten Richtungen ein.

Für einen beiläufigen Beobachter war er vermutlich ganz der alte – schlug den Leuten auf die Schulter, mampfte Kekse und Schokoriegel im Leseraum der Bibliothek und ließ lauter Krümel in die Bindung seiner Griechischbücher rieseln. Hinter dieser derben Fassade aber fanden ein paar gravierende und verhängnisvolle Veränderungen statt, Veränderungen, die ich bereits unbestimmt wahrgenommen hatte, die aber im Laufe der Zeit immer deutlicher wurden.

In mancher Hinsicht war es, als sei überhaupt nichts passiert. Wir gingen in den Unterricht, übten Griechisch und schafften es weitgehend, untereinander und vor allen anderen so zu tun, als sei alles in Ordnung. Zu jener Zeit ermutigte es mich, daß Bunny, seiner offensichtlichen geistigen Verstörung zum Trotz, nichtsdestoweniger mühelos an der alten Routine festhielt. Heute sehe ich freilich, daß es nur die Routine war, die ihn noch zusammenhielt. Sie war der einzige Bezugspunkt, der ihm geblieben war, und er klammerte sich mit pawlowscher Hartnäckigkeit daran fest, teils aus Gewohnheit, und teils, weil er keinen Ersatz dafür hatte. Ich nehme an, die anderen hatten das Gefühl, daß die Fortführung der alten Rituale in mancher Hinsicht eine Charade um Bunnys willen war, die beibehalten wurde, um ihn zu beschwichtigen, aber ich spürte davon nichts, und ich ahnte auch nicht, wie verstört er wirklich war – bis zu dem folgenden Zwischenfall.

Wir verbrachten das Wochenende in Francis' Haus. Abgesehen von der kaum wahrnehmbaren Anspannung, die sich im Umgang mit Bunny zu jener Zeit spürbar machte, schien alles reibungslos zu laufen, und er war beim Essen an diesem Abend in bester Stimmung. Als ich zu Bett ging, saß er noch unten, trank den Wein, der vom Essen übrig war, und spielte mit Charles Backgammon – und allem Anschein nach war er ganz wie immer. Aber irgendwann mitten in der Nacht wurde ich durch lautes, unzusammenhängendes Gebrüll geweckt, das aus Henrys Zimmer durch den Korridor hallte.

Ich setzte mich im Bett auf und knipste das Licht an. »Dir ist alles völlig scheißegal, was?« hörte ich Bunny kreischen; dann folgte ein Krachen, als ob Bücher vom Schreibtisch auf den Boden gefegt würden. »Alles scheißegal außer dir selbst – dir und dem Rest der Bande... Ich wüßte gern, was Julian davon halten würde, du Drecksker!, wenn ich ihm ein paar von diesen – faß mich nicht an!« quiekte er. »Hau ab...!«

Wieder krachte es, als würden Möbel umgeworfen, und dann war Henrys Stimme zu hören; er redete schnell und wütend. Bunnys Stimme übertönte ihn. »*Na los doch!*« brüllte er so laut, daß er sicher das ganze Haus damit aufweckte. »Versuch doch, mich aufzuhalten. Ich hab' keine Angst vor dir. Du kotzt mich an, du Schwuchtel, du Nazi, *du dreckiger lausiger geiziger Jude*...!«

Und noch ein Krachen, diesmal von splitterndem Holz. Eine Tür flog zu. Schnelle Schritte rannten durch den Korridor, und dann ein ersticktes Schluchzen – atemloses, schreckliches Schluchzen, das lange Zeit anhielt.

Gegen drei, als alles still war und ich allmählich wieder einschlief, hörte ich leise Schritte im Gang, und dann, nach einer kurzen Pause, klopfte es an meine Tür. Es war Henry.

»Meine Güte«, sagte er konfus und schaute sich in meinem Zimmer um; sein Blick wanderte über das ungemachte Pfostenbett und meine Kleider, die davor auf dem Teppich verstreut lagen. »Ich bin froh, daß du noch wach bist. Ich hab' dein Licht gesehen.«

»Herrgott, was war denn los?«

Er fuhr sich mit der Hand durch das zerzauste Haar. »Was glaubst du wohl?« fragte er und sah mich ausdruckslos an. »Ich weiß es eigentlich gar nicht. Ich muß irgend etwas gesagt haben, was ihn in Raserei versetzt hat, obwohl ich beim besten Willen nicht weiß, was das war. Ich habe in meinem Zimmer gelesen. Da kam er herein und wollte ein Wörterbuch. Genau gesagt, er wollte, daß ich etwas nachschlage, und – du hast nicht zufällig ein Aspirin, oder?«

Ich setzte mich auf meine Bettkante und wühlte in der Nachttischschublade zwischen Taschentüchern und Lesebrillen und Flugblättern der Christian Science, die einer von Francis' alten Tanten gehörten. »Ich finde keine«, sagte ich. »Was ist denn passiert?«

Er seufzte und ließ sich schwer in einen Sessel fallen. »In meinem Zimmer ist Aspirin«, sagte er. »In einer Dose in meiner Manteltasche. Da ist auch noch ein Pillendöschen aus blauem Email. Und meine Zigaretten. Holst du sie mir?«

Er war so bleich und erschüttert, daß ich mich fragte, ob er krank sei. »Was ist denn los?« fragte ich.

»Ich will da nicht hineingehen.«

»Warum nicht?«

»Weil Bunny auf meinem Bett liegt und schläft.«

Ich starrte ihn an. »Ja, du lieber Gott«, sagte ich, »*ich* werde nun wirklich nicht...«

Er winkte müde ab. »Es ist okay. Wirklich. Ich bin nur zu aufgeregt, um selbst zu gehen. Er schläft fest.«

Ich ging leise aus dem Zimmer und den Gang hinunter. Henrys Zimmertür war am anderen Ende. Als ich davor stehenblieb und eine Hand auf den Knopf legte, hörte ich von drinnen deutlich das eigentümlich pustende Geräusch von Bunnys Schnarchen.

Trotz allem, was ich zuvor gehört hatte, war ich nicht vorbereitet auf das, was ich sah: Bücher waren wüst über den Boden verstreut, der Nachttisch war umgeworfen, und an der Wand lagen mit gespreizten Beinen die Trümmer eines schwarzen Malacca-Stuhls. Der Schirm einer Stehlampe hing schief und warf ein irres, verqueres Licht durch das Zimmer. Und mitten drin Bunny. Sein Gesicht ruhte in der Ellenbeuge seiner Tweedjacke, und der eine Fuß, der immer noch in seinem spitzen, schwarzweißen Schuh steckte, baumelte über die Bettkante. Sein Mund stand offen, die Augen waren geschwollen und seltsam unvertraut ohne die Brille, und er schniefte und grummelte im Schlaf. Ich raffte Henrys Sachen zusammen und lief hinaus, so schnell ich konnte.

Bunny kam am nächsten Morgen spät herunter, mürrisch und mit verquollenen Augen, als Francis, die Zwillinge und ich schon beim Frühstück saßen. Er ignorierte unsere Begrüßung und ging geradewegs zum Schrank, wo er sich eine Schüssel Sugar Frosted Flakes machte; dann setzte er sich wortlos an den Tisch. In der plötzlichen Stille hörte ich, wie Mr. Hatch zur Haustür hereinkam. Francis entschuldigte sich und lief hinaus, und ich hörte, wie die beiden im Flur murmelnd miteinander sprachen, während Bunny verdrossen seine Flakes mümmelte. Ein paar Minuten vergingen. Ich schaute verstohlen zu Bunny hinüber, der über seiner Schüssel hing, als ich plötzlich durch das Fenster hinter seinem Kopf Mr. Hatch sah, der über das freie Feld hinter dem Garten ging und die dunklen, verschnörkelten Trümmer des Malacca-Stuhls zum Müllhaufen trug.

So beunruhigend sie waren, diese hysterischen Ausbrüche ereigneten sich nicht oft. Aber sie ließen erkennen, wie aufgebracht Bunny war und wie unangenehm er werden konnte, wenn er sich provoziert sah. Auf Henry war er am wütendsten, Henry, der ihn verraten hatte, und Henry war immer der Gegenstand dieser Ausbrüche. Aber auf eine komische Weise war es auch Henry, den er im Alltag am besten ertragen konnte. Allen anderen, sogar mir gegenüber, zeigte er sich mehr oder weniger ständig gereizt. So mochte er gelegentlich explodieren, weil Francis irgendeine Bemerkung gemacht hatte, die er prätentiös fand, oder er geriet in unerklärliche Wut, weil Charles sich erbot, ihm ein Eis zu spendieren; aber solche kleinlichen Zankereien brach er bei Henry nicht ganz auf die gleiche triviale und mutwillige Art vom Zaun. Und das trotz der Tatsache, daß Henry sich nicht annähernd so viel Mühe machte, ihn zu besänftigen, wie alle anderen. Wenn das Thema der Flußreise zur Sprache kam – und das geschah ziemlich oft –, spielte Henry nur sehr oberflächlich mit, und seine Antworten klangen mechanisch und gezwungen. Mich selbst überlief es bei Bunnys zuversichtlicher Vorfreude kälter als bei jedem Ausbruch: Wie konnte er sich nur der Illusion hingeben, daß diese Reise je zustande kommen würde – oder daß sie, wenn sie zustande käme, irgend etwas anderes als ein Alptraum werden könnte? Aber Bunny plapperte fröhlich wie ein Irrenhausspezialist stundenlang über seine Phantasien von der Riviera, ohne je zu bemerken, daß Henrys Unterkiefer eine gewisse Anspannung zeigte oder daß sich ein leeres, unheilvolles Schweigen herabsenkte, wenn er zu Ende geredet hatte und, das Kinn in die Hand gestützt, träumerisch ins Weite starrte.

Meistens hatte es den Anschein, daß er seine Wut auf Henry im Umgang mit seinen Mitmenschen sublimierte. Er war beleidigend und grob und fing im Handumdrehen Streit mit beinahe jedermann an. Berichte über sein Benehmen erreichten uns durch verschiedene Kanäle. Er schleuderte einen Schuh auf ein paar Hippies, die vor seinem Fenster Hackysack spielten. Er beschuldigte den Jungen, der neben ihm wohnte, seine Zahnpasta gestohlen zu haben, und fing beinahe eine Schlägerei mit ihm an. Er bezeichnete eine Dame im Büro des Schatzmeisters als Troglodyte. Ich glaube, es war unser Glück, daß zu seinem ausgedehnten Bekanntenkreis nur wenige Leute gehörten, die er regelmäßig traf. Julian bekam ihn so oft zu sehen wie jeder andere, aber ihre Beziehung reichte nicht weit über das Klassenzimmer hinaus. Lästiger war seine Freundschaft mit seinem alten Schulkameraden Cloke Rayburn, und am lästigsten war Marion.

Wir wußten, daß Marion die Veränderung in Bunnys Benehmen ebenso deutlich bemerkte wie wir und daß sie verwirrt und erbost war. Wenn sie gesehen hätte, wie er sich in unserer Gesellschaft aufführte, dann hätte sie zweifellos erkannt, daß sie nicht der Grund dafür war; aber wie die Dinge lagen, sah sie nur die nicht eingehaltenen Verabredungen, die Stimmungsumschwünge, die

Verdrossenheit und den irrationalen Jähzorn, und das alles schien sich ausschließlich gegen sie zu richten. Traf er sich mit einem anderen Mädchen? Wollte er Schluß machen? Eine Bekannte aus dem Vorschulzentrum erzählte Camilla, daß Marion eines Tages von der Arbeit aus sechsmal bei Bunny angerufen und daß er beim letzten Mal einfach aufgelegt habe.

»Gott, lieber Gott, mach, daß sie ihn vor die Tür setzt«, bat Francis mit himmelwärts verdrehten Augen, als ihm diese Neuigkeit zu Ohren kam. Keiner von uns äußerte sich weiter dazu, aber wir beobachteten die beiden aufmerksam und beteten, daß es geschehen möge. Solange er bei Sinnen war, würde Bunny sicher den Mund halten; aber jetzt, wo sein Unterbewußtsein aus der Halterung geflogen war und ziellos wie eine Fledermaus durch die hohlen Korridore seines Schädels flatterte, konnte man überhaupt nicht mit Sicherheit sagen, was er tun würde.

Cloke sah er weniger häufig. Er und Bunny hatten außer der Schule wenig miteinander gemeinsam, und Cloke – der mit einer wilden Clique herumlief und außerdem eine Menge Drogen nahm – hatte ziemlich viel mit sich selbst zu tun, und es war kaum anzunehmen, daß er sich ausführlicher mit Bunnys Benehmen beschäftigen oder auch nur viel Notiz davon nehmen würde. Cloke wohnte im Nachbarhaus neben meinem, dem Durbinstall; es war das betriebsame Zentrum dessen, was die Verwaltung gern als »rauschmittelbezogene Aktivitäten« bezeichnete, und Besuche dort wurden gelegentlich durch Explosionen oder kleine Brände unterbrochen, die durch einsame Fixer oder die Chemiestudenten, die im Keller arbeiteten, ausgelöst wurden. Zu unserem Glück wohnte er vorn im Erdgeschoß. Da er seine Jalousien nie herunterließ und in der unmittelbaren Umgebung keine Bäume standen, konnte man gefahrlos auf der etwa fünfzehn Meter entfernten Veranda der Bibliothek sitzen und sich des luxuriösen und ungehinderten Blicks auf Bunny erfreuen, wie er, eingerahmt von einem hellen Fenster, mit offenem Mund in ein Comic-Heft stierte oder mit fuchtelnden Armen auf einen unsichtbaren Cloke einredete.

»Ich habe nur gern eine Ahnung davon«, erklärte Henry, »wohin er geht.« Aber eigentlich war es ganz einfach, Bunny im Auge zu behalten – weil er nämlich, glaube ich, ebenfalls nicht bereit war, die anderen und vor allem Henry lange aus den Augen zu lassen.

Wenn er Henry mit Respekt behandelte, so waren wir anderen genötigt, die ermüdende Alltagslast seiner Wut zu tragen. Unentwegt suchte er nach Angriffsflächen für seine Sticheleien, und er machte vor nichts und niemand halt. Die katholische Herkunft der Zwillinge, Charles' Hang zum Alkohol, Francis' mutmaßliche Homosexualität – dies alles waren ihm willkommene Aufhänger für immer neue, zermürbende Anspielungen, Gemeinheiten und verletzende Scherze. Und am schlimmsten war: Es gab absolut nichts, was irgend jemand sagen oder tun konnte.

Man möchte vielleicht erwarten, daß ich, der ich zu jener Zeit völlig unschuldig irgendwelcher Verbrechen gegen Bunny oder die Menschlichkeit war, selbst nicht zur Zielscheibe dieses unablässigen Heckenschützenfeuers geworden sei. Aber unglücklicherweise wurde ich es doch – zu seinem Unglück vielleicht eher als zu meinem. Wie konnte er so blind sein, daß er nicht erkannte, wie gefährlich es für ihn werden mochte, den einen Unparteiischen, seinen einzigen potentiellen Verbündeten, vor den Kopf zu stoßen? Denn, so gern ich die anderen hatte, ich mochte auch Bunny gern, und ich hätte mich nicht annähernd so schnell auf die Seite der anderen gestellt, wenn er sich nicht so wütend gegen mich gewandt hätte. Vielleicht gab es in seinem Kopf eine Rechtfertigung für seine Eifersucht – seine Position in der Gruppe war ungefähr im selben Moment ins Rutschen geraten, als ich aufgetaucht war. Seine Abneigung war von der kleinlichsten und kindischsten Sorte und wäre zweifellos nie zum Vorschein gekommen, wenn er nicht in einem so paranoiden Zustand gewesen wäre, daß er zwischen Freunden und Feinden nicht mehr unterscheiden konnte.

Schritt für Schritt begann ich, ihn zu verabscheuen. Rücksichtslos wie ein Vorstehhund, witterte er mit flinkem und unermüdlichem Instinkt alles auf der Welt, was mich mit größter Unsicherheit erfüllte, alles, was ich am qualvollsten zu verbergen suchte. Es gab bestimmte, oft wiederholte, sadistische Spiele, die er mit mir spielte. Es machte ihm Spaß, mich zum Lügen zu verführen: »Prachtvolle Krawatte«, sagte er etwa. »Von Hermès, nicht wahr?« – und wenn ich bejahe, langte er flink über den Eßtisch und entblößte die niedere Herkunft meines armen Schlipses. Oder er brach plötzlich mitten in einer Unterhaltung ab und sagte: »Richard, mein Alter, wieso hast du eigentlich keine Bilder von deiner Familie bei dir?«

Das war genau die Art von Details, auf die er sich stürzte. Sein eigenes Zimmer war erfüllt von einem Arrangement makelloser Familienerinnerungen, jedes einzelne Stück so perfekt wie in einer

Werbeserie: Bunny und seine Brüder, wie sie auf einem leuchtend schwarzweißen Spielfeld Lacrosse-Schläger schwenkten; Familienweihnachten, ein cooles, geschmackvolles Elternpaar in teuren Bademänteln, fünf kleine, flachsblonde Jungen in identischen Pyjamas, die sich mit einem tolpatschigen Spaniel auf dem Boden wälzten, eine lächerlich üppige elektrische Eisenbahn und der Baum, der sich reich im Hintergrund erhob; Bunnys Mutter auf dem Debütantinnenball, jung und die Welt verachtend in weißem Nerz.

»Was denn?« fragte er mit gespielter Unschuld. »Keine Kameras in Kalifornien? Oder sollen deine Freunde Mom nicht im Polyester-Hosenanzug sehen? Wo haben deine Eltern überhaupt studiert?« fragte er und fiel mir ins Wort, ehe ich etwas einwerfen konnte. »Yale, Harvard, so was? Oder waren sie auf irgend'ner Staatsuni?«

Es war die billigste Sorte Grausamkeit. Meine Lügen über meine Familie waren auch nicht ohne, denke ich, aber solchen grellen Attacken konnten sie nicht standhalten. Meine Eltern hatten beide die High School nicht zu Ende gebracht; meine Mutter trug hauptsächlich Hosenanzüge, die sie in einer Fabrikverkaufsstelle erwarb. Auf dem einzigen Foto, das ich von ihr hatte, einem Schnappschuß, blinzelte sie verschwommen in die Kamera, die eine Hand auf dem Drahtzaun, die andere auf dem neuen Traktorrasenmäher meines Vaters. Dieser war augenscheinlich der Grund, weshalb sie mir das Bild überhaupt geschickt hatten; meine Mutter hatte wohl das Gefühl, ich könnte mich für diese Neuerwerbung interessieren. Ich hatte es behalten, weil es das einzige Bild von ihr war, das ich hatte, und verwahrte es in meinem Webster's Wörterbuch (unter M wie Mutter) auf meinem Schreibtisch. Aber eines Nachts stand ich auf, plötzlich verzehrt von der Angst, daß Bunny es beim Herumschnüffeln in meinem Zimmer finden könnte. Kein Versteck erschien mir sicher genug. Schließlich verbrannte ich es in einem Aschenbecher.

Sie waren schon unangenehm genug, diese privaten Verhöre, aber ich finde keine Worte für die angemessene Beschreibung der Qualen, die ich litt, wenn er seine Kunst in der Öffentlichkeit auszuüben beliebte. Bunny ist tot – *requiescat in pace* –, aber so lange ich lebe, wird mir ein spezielles sadistisches Zwischenspiel in Erinnerung bleiben, dem er mich in der Wohnung der Zwillinge unterzog.

Ein paar Tage zuvor hatte Bunny mich mit der Frage gelöchert, wo ich in die Grundschule gegangen sei. Ich weiß nicht, warum ich nicht einfach die Wahrheit gestehen konnte: daß ich die Public School in Plano besucht hatte. Francis hatte eine ganze Reihe von unheimlich exklusiven Internaten in England und der Schweiz absolviert, und Henry war auf entsprechend exklusiven amerikanischen gewesen, bevor er in der elften Klasse endgültig ausgestiegen war; aber die Zwillinge waren auch nur auf eine kleine Tagesschule auf dem Lande in Roanoke gegangen, und selbst Bunnys eigene heilige Schule in Saint Jerome's war eigentlich nur eine teure Nachhilfeschule gewesen, wie man sie hinten im Anzeigenteil von *Town and Country* angepriesen findet: eine Schule, die auf die besondere Betreuung akademisch Minderbegabter spezialisiert ist. Meine eigene Schule war in diesem Zusammenhang nicht besonders schändlich, und doch wich ich der Frage aus, so lange ich konnte, bis ich ihm schließlich, verzweifelt und in die Enge getrieben, erzählte, ich sei in Renfrew Hall gewesen, einer vom Tennis geprägten, nicht weiter bemerkenswerten Jungenschule in der Nähe von San Francisco. Das hatte ihn scheinbar zufriedengestellt, bis er das Thema zu meinem gewaltigen Unbehagen vor allen Leuten noch einmal zur Sprache brachte.

»Du warst also in Renfrew«, sagte er kumpelhaft, sah mich an und warf sich eine Handvoll Pistazien in den Mund.

»Ja.«

»Wann bist du da abgegangen?«

Ich nannte das Datum meines echten High-School-Examens.

»Ah«, sagte er und mampfte fleißig auf seinen Nüssen. »Dann warst du mit von Raumer zusammen.«

»Was?«

»Alec. Alec von Raumer. Aus San Fran. Freund von Cloke. Der war neulich im Zimmer, und wir haben uns unterhalten. Massenhaft alte Renfrew-Boys in Hampden, sagt er.«

Ich schwieg und hoffte, er werde es dabei belassen.

»Dann kennst du also Alec und die alle.«

»Äh, flüchtig«, sagte ich.

»Komisch. Er sagt, er erinnert sich nicht an dich.« Bunny griff sich wieder eine Handvoll Pistazien, ohne mich aus den Augen zu lassen. »Überhaupt nicht.«

»Es ist eine große Schule.«

Er räusperte sich. »Meinst du?«

»Ja.«

»Von Raumer sagt, sie ist winzig. Nur ungefähr zweihundert

Leute.« Er schwieg, warf sich eine Handvoll Pistazien in den Mund und redete kauend weiter. »In welchem Haus hast du gewohnt, sagst du?«

»Du würdest es doch nicht kennen.«

»Von Raumer hat aber gesagt, ich soll dich ausdrücklich fragen.«

»Wieso kommt's denn darauf an?«

»Oh, kommt's ja nicht, kommt's überhaupt nicht, altes Haus«, sagte Bunny liebenswürdig. »Aber es ist doch verdammt komisch, *n'est-ce pas?* Da seid ihr vier Jahre zusammen da, du und Alec, in so 'ner winzigen Schule wie Renfrew, und er hat dich kein einziges Mal auch nur gesehen?«

»Ich war ja nur zwei Jahre da.«

»Und wieso stehst du nicht im Jahrbuch?«

»Ich stehe im Jahrbuch.«

»Nein, stehst du nicht.«

Die Zwillinge sahen betreten aus. Henry hatte uns den Rücken zugewandt und tat, als höre er nicht zu. Jetzt sagte er ganz plötzlich, und ohne sich umzudrehen: »Woher weißt *du*, ob er im Jahrbuch steht oder nicht?«

»Ich glaube, ich habe in meinem ganzen Leben noch in keinem Jahrbuch gestanden«, warf Francis nervös ein. »Ich kann es nicht ertragen, fotografiert zu werden. Immer, wenn ich versuche...«

Bunny hörte nicht zu. Er lehnte sich in seinem Sessel zurück.

»Na los«, sagte er zu mir. »Ich zahle dir fünf Dollar, wenn du mir sagen kannst, wie das Haus hieß, in dem du gewohnt hast.« Sein Blick war starr auf mich gerichtet, und in seinen Augen brannte ein schreckliches Entzücken.

Ich sagte irgend etwas Unzusammenhängendes, stand konsterniert auf und ging in die Küche, um mir ein Glas Wasser zu holen. Ich lehnte mich an die Spüle und hielt mir das Glas an die Schläfe; im Wohnzimmer flüsterte Francis etwas, unverständlich, aber wütend, und dann lachte Bunny rauh. Ich goß das Wasser in den Abfluß und drehte den Hahn auf, damit ich nichts hören mußte.

Wie kam es, daß ein so diffiziler, nervöser und empfindlicher Verstand die Nachricht von dem Mord an dem Farmer so relativ problemlos verarbeitete, während Bunnys doch sehr viel robusterer und einfacherer völlig aus dem Gleichgewicht geriet? Darüber denke ich immer noch manchmal nach. Wenn Bunny in Wirklichkeit nur auf Rache aus war, dann hätte er sie mühelos und ohne eigenes Risiko haben können. Was, bildete er sich ein, war bei dieser langsamen und potentiell explosiven Quälerei zu gewinnen? Diente sie in seiner Vorstellung irgendeinem Zweck, einem Ziel? Oder waren seine Handlungen für ihn ebenso unerklärlich wie für uns?

Aber vielleicht waren sie auch gar nicht so unerklärlich. Denn das Schlimmste an all dem, wie Camilla einmal bemerkte, war nicht, daß Bunny irgendeine totale Persönlichkeitsveränderung, einen schizophrenen Bruch erlitten hatte, sondern eher, daß bestimmte unangenehme Elemente seiner Persönlichkeit, auf die wir bisher nur kurze Blicke hatten werfen können, sich in einem verblüffenden Ausmaß verstärkt und vergrößert hatten. So abscheulich sein Benehmen auch war, gesehen hatten wir es alle schon, nur eben in nicht so konzentrierter und ätzender Form. Selbst zu glücklichsten Zeiten hatte er sich über meinen kalifornischen Akzent, über meinen Secondhandmantel, über mein aller geschmackvollen *bibelots* bares Zimmer lustig gemacht – aber auf eine so freimütige Weise, daß ich darüber nur hatte lachen können. (»Gütiger Himmel, Richard«, hatte er wohl gesagt, und dabei hatte er meinen alten schwarzweißen Schuh hochgehoben und einen Finger durch das Loch in der Sohle geschoben, »was ist bloß los mit euch kalifornischen Kids? Je reicher ihr seid, desto schäbiger lauft ihr rum. Gehst nicht mal zum Friseur. Eh ich mich versehe, hast du Haare bis auf die Schultern und schlurfst in Lumpen rum wie Howard Hughes.«) Ich wäre nie auf die Idee gekommen, beleidigt zu sein; das hier war Bunny, mein Freund, der noch weniger Taschengeld hatte als ich und außerdem einen großen Riß im Hosenboden. Ein großer Teil meines Grauens vor seinem neuen Benehmen entsprang der Tatsache, daß es seiner alten und offen liebenswerten Art, mit der er mich früher aufgezogen hatte, so ähnlich war, und ich war verdutzt und erzürnt über seine jähe Abkehr von den Regeln, als hätte er mich – angenommen, wir hätten gelegentlich freundschaftliche Sparringskämpfe ausgefochten – in die Ecke getrieben und halb tot geboxt.

Daneben war – all diesen unangenehmen Erinnerungen zum Trotz – noch so viel vorhanden von unserem alten Bunny, den ich kannte und liebte. Manchmal, wenn ich ihn aus der Ferne sah, wie er mit den Fäusten in den Taschen pfeifend mit seinem alten federnden Schritt dahinhüpfte, dann durchzuckte mich die Zuneigung, gemischt mit Bedauern, wie ein scharfer Schmerz. Ich verzieh ihm hundertfach, und immer auf der Grundlage solcher Kleinigkeiten: eines Blicks, einer Geste, einer bestimmten Neigung des

Kopfes. Dann erschien es unmöglich, daß man je auf ihn wütend sein könnte, egal, was er täte. Leider waren dies auch oft die Augenblicke, die er sich für seine Attacken erwählte. Er war liebenswürdig, charmant, schwatzte in seiner alten, gedankenlosen Art, und dann lehnte er sich in derselben Art, und ohne aus dem Takt zu geraten, in seinem Sessel zurück und rückte mit etwas so Furchtbarem, so Heimtückischem, so Unbeantwortbarem heraus, daß ich mir schwor, es nie zu vergessen und ihm nie wieder zu verzeihen. Viele Male brach ich diesen Schwur. Und noch heute kann ich für Bunny nichts aufbringen, was Ähnlichkeit mit Zorn hätte. Im Gegenteil, ich wüßte kaum etwas, das mir besser gefiele, als wenn er jetzt ins Zimmer käme, mit beschlagener Brille und nach feuchter Wolle riechend, sich den Regen aus dem Haar schüttelte wie ein alter Hund und sagte: »Dickie, mein Junge, was hast du heute abend für einen durstigen alten Mann zu trinken?«

Man möchte gern glauben, daß etwas dahintersteckt, hinter der alten Platitüde *Amor vincit omnia*. Aber wenn ich in meinem kurzen, traurigen Leben eines gelernt habe, dann, daß diese spezielle Platitüde eine Lüge ist. Die Liebe besiegt nicht alles. Und wer glaubt, sie tut es, ist ein Dummkopf.

Camilla quälte er einfach, weil sie ein Mädchen war. In mancher Hinsicht war sie seine verwundbarste Zielscheibe – nicht durch eigene Schuld, sondern weil Frauen in der griechischen Welt, allgemein gesprochen, geringere Geschöpfe sind, die man sehen, aber nicht hören soll. Diese unter den Argivern verbreitete Auffassung ist so beherrschend, daß sie an den Gebeinen der Sprache selbst klebt; mir fällt keine bessere Illustration dafür ein als die Tatsache, daß einem der ersten Axiome der griechischen Grammatik zufolge, die ich gelernt habe, Männer Freunde haben, Frauen Verwandte und Tiere ihre Art.

Bunny – nicht etwa dem Drang nach hellenistischer Reinheit gehorchend, sondern aus bloßer Gemeinheit – war ein Verfechter dieser Ansicht. Er mochte die Frauen nicht, genoß ihre Gesellschaft nicht, und sogar Marion, nach eigenem Bekunden seine *raison d'être*, wurde nur widerwillig als Konkubine toleriert. Camilla gegenüber sah er sich gezwungen, eine eher paternalistische Haltung einzunehmen; mit der Herablassung eines alten Papas strahlte er auf sie herab wie auf ein schwachsinniges Kind. Vor uns übrigen klagte er, Camilla habe auf dem College nichts zu suchen; sie sei eine Behinderung für jede ernste Wissenschaft. Wir alle fanden das ziemlich komisch. Um ehrlich zu sein, keiner von uns, auch der Hellste nicht, war in den folgenden Jahren für akademische Leistungen bestimmt; Francis war zu faul, Charles zu zerstreut und Henry zu unstet und überhaupt zu sonderbar, eine Art Mycroft Holmes der klassischen Philologie. Camilla war nicht anders; insgeheim bevorzugte sie wie ich die mühelosen Freuden der englischen Literatur vor der Kuliarbeit des Griechischen. Lachhaft war, daß ausgerechnet der arme Bunny sich besorgt um die intellektuellen Kapazitäten anderer äußern mußte.

Das einzige weibliche Wesen in einem Jungenclub zu sein, muß schwierig für sie gewesen sein. Wunderbarerweise aber kompensierte sie dies nicht dadurch, daß sie hart oder streitsüchtig wurde. Sie war immer noch ein Mädchen, ein zierliches, reizendes Mädchen, das im Bett lag und Pralinen aß, dessen Haar nach Hyazinthen duftete und dessen weiße Schals munter im Wind flatterten – so bezaubernd und klug wie je nur ein Mädchen auf der Welt. Aber so seltsam und wunderbar sie sein mochte – ein Seidenflöckchen in einem Wald aus schwarzer Wolle –, sie war doch ganz und gar nicht das zerbrechliche Geschöpf, als das sie einem vielleicht erscheinen mochte. In vieler Hinsicht war sie so cool und kompetent wie Henry, ebenso hartgesotten und einzelgängerisch in ihren Gewohnheiten, und in manchen Dingen ebenso abgehoben wie er. Draußen auf dem Lande war es nicht ungewöhnlich, zu entdecken, daß sie davongehuscht war, allein zum Teich etwa oder in den Keller, wo ich sie einmal auf dem großen dort unten gestrandeten Schlitten sitzen und lesen sah, den Pelzmantel über den Knien. Ohne sie wäre alles schrecklich seltsam und unausgewogen gewesen. Sie war die Dame, die das Blatt mit den schwarzen Buben, dem schwarzen König und dem Joker vollendete.

Wenn ich die Zwillinge so faszinierend fand, dann vermutlich, weil sie eine winzige Unerklärlichkeit an sich hatten, etwas, das ich oft fast greifen konnte, dann aber doch nie erfaßte. Charles, diese freundliche und leicht ätherische Seele, die er war, erschien gleichfalls rätselhaft, aber Camilla war das eigentliche Geheimnis, der Safe, den ich nicht knacken konnte. Ich war nie sicher, was sie von einer Sache hielt, und ich wußte, daß Bunny sie noch schwerer deuten konnte als ich. In guten Zeiten hatte er sie oft tolpatschig beleidigt, ohne es zu wollen; als die Zeiten schlecht geworden waren, versuchte er auf vielerlei Art, sie zu kränken und herabzusetzen, und meist verfehlte er sein Ziel meilenweit. Sie war unempfindlich gegen alle Schmähungen ihres Aussehens; sie hielt seinen

Blicken stand, ohne mit der Wimper zu zucken, wenn er die vulgärsten und peinlichsten Witze erzählte; sie lachte, wenn er versuchte, ihren Geschmack oder ihre Intelligenz zu beleidigen; sie ignorierte seine häufigen, von erlesenen und zweifellos mit viel Mühe ausgegrabenen Falschzitaten gewürzten Diskurse des Inhalts, daß alle Frauen ihm kategorisch unterlegen seien: nicht – wie er – geschaffen für Philosophie und Kunst und hehre Gedanken, sondern dazu, sich einen Ehemann zu ergattern und das Heim zu versorgen.

Nur einmal habe ich gesehen, daß er sie wirklich traf. Das war drüben in der Wohnung der Zwillinge, spätabends. Charles war zum Glück mit Henry unterwegs, um Eis zu holen; er hatte viel getrunken, und wenn er dabeigewesen wäre, wäre die Angelegenheit sicher außer Kontrolle geraten. Bunny war so betrunken, daß er kaum aufrecht sitzen konnte. Fast den ganzen Abend über war seine Laune passabel gewesen, doch dann wandte er sich ohne Vorwarnung an Camilla und fragte: »Wieso wohnt ihr beiden eigentlich zusammen?«

Sie zuckte die Achsel auf diese seltsame, einseitige Art, wie es beider Gewohnheit war.

»Hä?«

»Es ist praktisch«, sagte Camilla. »Billig.«

»Na, ich find's verdammt eigenartig.«

»Ich habe mein Leben lang mit Charles zusammengewohnt.«

»Nicht viel Privatsphäre, was? Kleines Apartment? Sitzt man sich dauernd auf der Pelle, wie?«

»Wir haben zwei Schlafzimmer.«

»Und wenn du mitten in der Nacht einsam wirst?«

Kurzes Schweigen trat ein.

»Ich weiß nicht, was du damit sagen willst«, erwiderte sie eisig.

»Na klar weißt du das«, sagte Bunny. »Höllisch praktisch. Auch irgendwie klassisch. Bei den Griechen trieben's die Geschwister ja untereinander wie – hoppla«, sagte er und fing sein Whiskeyglas auf, das von der Armlehne herunterrutschen wollte. »Sicher, es ist gegen das Gesetz und so weiter«, fuhr er fort. »Aber was bedeutet euch das schon? Brichst du ein Gesetz, kannst du gleich alle brechen, hä?«

Ich war sprachlos. Francis und ich glotzten ihn an, während er unbekümmert sein Glas leerte und von neuem nach der Flasche griff.

Zu meiner grenzenlosen Überraschung sagte Camilla spitz:

»Du darfst nicht denken, ich schlafe mit meinem Bruder, bloß weil ich nicht mit *dir* schlafe.«

Bunny lachte leise und unangenehm. »Du könntest mir gar nicht soviel zahlen, daß ich mit dir schlafe, Girlie«, sagte er. »Nicht für alles Geld der Welt.«

Sie sah ihn an, und ihre hellen Augen waren absolut ohne jeden Ausdruck. Dann stand sie auf und ging in die Küche, und Francis und ich blieben in qualvollem Schweigen zurück.

Religiöse Schmähungen, Wutanfälle, Beleidigungen, Erpressung, Schuldenmacherei: lauter Kleinkram eigentlich, ärgerlich – aber zu geringfügig, sollte man meinen, um fünf vernünftige Leute zu einem Mord zu bewegen. Aber – falls ich es wagen kann, das zu sagen – erst nachdem ich geholfen hatte, einen Menschen zu töten, begann ich zu begreifen, was für ein unfaßlicher und komplexer Akt ein Mord tatsächlich sein kann und daß er gar nicht notwendigerweise einem einzelnen spektakulären Motiv zuzuschreiben sein muß. Ihn einem solchen Motiv zuzuschreiben, wäre kein Problem. Es gab ja eins, sicherlich. Aber der Instinkt zur Selbsterhaltung ist nicht so zwingend, wie man vielleicht glauben möchte. Die Gefahr, die Bunny darstellte, war schließlich keine unmittelbare, sondern eine, die langsam vor sich hin siedete; eine von der Art, die man, zumindest in abstraktem Sinne, beliebig verschieben oder ablenken kann. Ich kann mir gut vorstellen, wie wir dort am verabredeten Ort zur vereinbarten Zeit plötzlich darauf brennen, alles noch einmal zu überlegen, vielleicht in letzter Minute Schonung zu gewähren. Die Angst um unser eigenes Leben mag uns veranlaßt haben, ihn zum Galgen zu führen und ihm die Schlinge um den Hals zu legen, aber es war schon ein stärkerer Impetus nötig, uns dazu zu bringen, daß wir tatsächlich handelten und ihm den Stuhl unter den Füßen wegtraten.

Bunny hatte uns, ohne es zu wissen, mit einem solchen Impetus versorgt. Ich würde gern sagen, daß ich zu dem, was ich tat, von einem überwältigenden, tragischen Motiv getrieben wurde. Aber ich glaube, es wäre eine Lüge, wenn ich Ihnen das erzählen wollte, wenn ich Sie glauben machen wollte, daß ich an diesem Sonntagnachmittag im April tatsächlich von irgend etwas dergleichen angeleitet worden sei.

Eine interessante Frage: Woran dachte ich, als ich beobachtete, wie seine Augen sich – es sollte das letzte Mal sein – mit verblüffender Ungläubigkeit weiteten *(»kommt schon, Leute, das soll 'n*

Witz sein, nicht?«)? Nicht an die Tatsache, daß ich half, meine Freunde zu retten, ganz bestimmt nicht. Auch nicht an Angst. Nicht an Schuld. Sondern an Kleinigkeiten. Beleidigungen, Andeutungen, kleinliche Grausamkeiten. Die vielen hundert kleinen, ungerächten Demütigungen, die sich monatelang in mir aufgestaut hatten. An sie dachte ich, und an weiter nichts. Ihretwegen konnte ich ihn überhaupt betrachten, ohne den leisesten Stich des Mitleids oder der Reue zu fühlen, als er für einen langen Augenblick an der Kante des Abgrunds taumelte – mit rudernden Armen und rollenden Augen, ein Stummfilmkomiker, der auf einer Bananenschale ausrutschte –, bevor er hintenüberkippte und in den Tod stürzte.

Henry, glaubte ich, hatte einen Plan. Was für einen, wußte ich nicht. Er verschwand immer wieder zu mysteriösen Besorgungen, und vielleicht war es nur immer wieder die gleiche; aber damals erfüllte ich sie in dem bangen Wunsch zu glauben, jemand habe die Situation im Griff, mit einer gewissen hoffnungsvollen Bedeutung. Nicht selten weigerte er sich, die Tür zu öffnen, auch spätabends, wenn Licht brannte und ich wußte, daß er zu Hause war; mehr als einmal kam er zu spät zum Essen, mit nassen Schuhen, windzerzaustem Haar und Lehm an den Aufschlägen seiner ordentlichen dunklen Hose. Ein Stapel geheimnisvoller Bücher in einer nahöstlichen Sprache, die aussah wie Arabisch, mit dem Bibliotheksstempel des Williams College erschien auf dem Rücksitz seines Wagens. Das war zweifach rätselhaft, da ich erstens nicht glaubte, daß er Arabisch lesen konnte, und da er zweitens für die Williams College Library keine Ausleihbefugnis besaß. Als ich bei einem dieser Bücher einen verstohlenen Blick in die Lasche im hinteren Buchdeckel warf, sah ich, daß die Buchlaufkarte noch drinsteckte und daß der letzte, der das Buch entliehen hatte, ein F. Lockett gewesen war, und zwar im Jahr 1929.

Aber vielleicht das Allermerkwürdigste sah ich eines Nachmittags, als ich mich von Judy Poovey nach Hampden hatte mitnehmen lassen. Ich wollte Sachen in die Reinigung bringen, und Judy, die in die Stadt fuhr, erbot sich, mich mitzunehmen. Wir hatten unsere Besorgungen erledigt – von einer Riesenmenge Kokain, die wir uns auf dem Parkplatz des Burger King reingezogen hatten, nicht zu reden –, und dann standen wir mit der Corvette vor einer roten Ampel, wir hörten grausige Musik (»Free Bird«) vom Radiosender Manchester, und Judy plapperte, besinnungslos zugekokst, wie sie war, von zwei Typen, die sie kannte und die es im Food King Supermarket miteinander getrieben hatten (»Mitten im Laden! Vor der Tiefkühlkost!«), als sie aus dem Fenster schaute und lachte. »Guck mal«, sagte sie, »ist das nicht dein Freund Vierauge?«

Erschrocken lehnte ich mich nach vorn. Unmittelbar gegenüber auf der anderen Straßenseite war ein winziger Esoladen – mit Gongs, Webteppichen und Eimern voll mit allen möglichen Sorten von Kräutern und Räucherkram hinter der Theke. Ich hatte noch nie einen Menschen darin gesehen, außer dem traurigen alten Hippie mit der Omabrille, einem Hampden-Absolventen, dem der Laden gehörte. Aber jetzt sah ich zu meinem Erstaunen Henry – schwarzer Anzug, Regenschirm etc. – inmitten von Himmelskarten und Einhörnern. Er stand an der Theke und betrachtete einen Bogen Papier. Der Hippie wollte etwas sagen, aber Henry schnitt ihm das Wort ab und deutete auf etwas hinter der Theke. Der Hippie zuckte die Achseln und nahm ein kleines Fläschchen vom Regal. Ich beobachtete die beiden beinahe atemlos.

»Was glaubst du, was macht *der* denn da? Den armen alten Trottel schikanieren? Das ist übrigens 'n Scheißladen. Ich war mal drin, um 'ne Waage zu kaufen, und die hatten keine – bloß 'ne Masse Kristallkugeln und so 'n Scheiß. Kennst du diese grüne Plastikwaage, die ich – Hey, du hörst ja gar nicht *zu*«, heulte sie, als sie sah, daß ich immer noch aus dem Fenster starrte. Der Hippie hatte sich gebückt und wühlte unter seiner Theke herum. »Soll ich mal hupen oder was?«

»*Nein*«, schrie ich, nervös von dem Kokain, und schob ihre Hand von der Hupe.

»O *Gott*, erschreck mich doch nicht so!« Sie drückte die Hand an die Brust. »Scheiße, ich bin vielleicht auf Speed – mir fliegt der Kopf weg. Dieses Koks war verschnitten oder so was. Okay, okay«, sagte sie gereizt, als die Ampel grün wurde und der Lastwagen hinter uns zu hupen begann.

Gestohlene arabische Bücher? Ein Esoladen in Hampden Town? Ich hatte keine Ahnung, was Henry da trieb, aber so zusammenhanglos, wie seine Unternehmungen erschienen, hatte ich doch ein kindliches Vertrauen in ihn, und so zuversichtlich wie Dr. Watson, der die Handlungen seines berühmten Freundes beobachtet, wartete ich darauf, daß ein Plan Gestalt anzunehmen begänne.

Was in gewisser Weise nach zwei Tagen geschah.

Donnerstag nacht gegen halb eins – ich war im Pyjama und versuchte, mir mit Hilfe eines Spiegels und einer Nagelschere die Haare zu schneiden (was mir nie besonders gut gelang; das Ergebnis sah immer ein bißchen stachlig und kindisch aus, à la Arthur Rimbaud) – klopfte es an meine Tür. Ich öffnete mit der Schere und dem Spiegel in der Hand. Es war Henry. »Oh, hallo«, sagte ich. »Komm rein.«

Er stieg vorsichtig über die Büschel von staubig braunem Haar und setzte sich an meinen Schreibtisch. Ich inspizierte mein Profil im Spiegel und machte mich mit der Schere wieder ans Werk. »Was gibt's?« fragte ich und hob den Arm, um ein langes Büschel neben meinem Ohr abzuschneiden.

»Du hast eine Zeitlang Medizin studiert, nicht wahr?« sagte er.

Ich wußte, daß dies das Vorspiel zu einer Frage nach meinem ärztlichen Rat sein würde. Das einjährige medizinische Vorstudium hatte mich mit bestenfalls spärlichen Kenntnissen ausgestattet, aber die anderen, die überhaupt nichts von Medizin verstanden und die in ihr ohnehin eher eine Art von einfühlender Magie denn eine wirkliche Wissenschaft sahen, holten beständig meine Meinung zu ihren Beschwerden und Wehwehchen ein, wie Wilde ihren Medizinmann konsultieren. Ihre Ahnungslosigkeit war anrührend und bisweilen regelrecht schockierend. Henry – vermutlich weil er so oft krank gewesen war – wußte besser Bescheid als die übrigen, aber gelegentlich verblüffte sogar er mich mit einer völlig ernstgemeinten Frage über gute und schlechte Körpersäfte.

»Bist du krank?« fragte ich, mit einem Auge auf sein Spiegelbild schauend.

»Ich brauche die Formel für eine Dosierung.«

»Was meinst du damit, die Formel für eine Dosierung? Was willst du dosieren?«

»Die gibt es doch, oder? Eine mathematische Formel, mit der sich die richtige zu verabreichende Dosis berechnen läßt, je nach Körpergewicht und Größe? Dergleichen?«

»So was hängt ja auch von der Konzentration eines Medikaments ab«, sagte ich. »Dazu kann ich nichts sagen. Das mußt du im Ärztlichen Praxishandbuch nachschlagen.«

»Das kann ich nicht.«

»Das ist aber sehr einfach zu benutzen.«

»Das meine ich nicht. Es steht nicht im Ärztlichen Praxishandbuch.«

»Du würdest dich wundern, was da alles drinsteht.«

Einen Moment lang hörte man nur das Geräusch meiner Schere. »Du verstehst nicht«, sagte er schließlich. »Dies ist nicht etwas, was Ärzte für gewöhnlich verschreiben.«

Ich ließ die Schere sinken und sah sein Spiegelbild an.

»Meine Güte, Henry«, sagte ich, »Worum geht's denn? LSD oder so was?«

»Nehmen wir's mal an«, sagte er ruhig.

Ich legte den Spiegel hin, drehte mich um und starrte ihn an.

»Henry, ich glaube nicht, daß das eine gute Idee ist«, sagte ich. »Ich weiß nicht, ob ich es schon mal erzählt habe, aber ich habe zwei-, dreimal LSD genommen. Im zweiten Jahr auf der High School. Es war der schlimmste Fehler, den ich in meinen ganzen...«

»Es ist mir klar, daß es schwierig ist, die Konzentration einer solchen Droge zu bestimmen«, unterbrach er mich ungerührt. »Aber laß uns annehmen, wir hätten ein gewisses Maß an empirischem Material. Laß uns annehmen, wir wüßten zum Beispiel, daß die Menge x des in Frage stehenden Medikaments genügt, um auf ein siebzig Pfund schweres Tier zu wirken, und daß eine andere, etwas größere Menge hinreicht, um es zu töten. Ich habe mir eine ungefähre Formel erarbeitet, aber mir kommt es auf größte Genauigkeit an. Wenn ich also so viel schon weiß, was muß ich dann machen, um den Rest berechnen zu können?«

Ich lehnte mich gegen meine Kommode und starrte ihn an. Mein Haarschnitt war vergessen. »Zeig mal, was du hast«, sagte ich.

Er sah mich ein, zwei Augenblicke lang eindringlich an. Dann griff er in die Tasche. Als er die Hand öffnete, traute ich meinen Augen nicht. Ich kam näher. Ein fahler, schlankstieliger Pilz lag auf seiner flachen Hand.

»*Amanita caesaria*«, sagte er. »Nicht, was du denkst«, fügte er hinzu, als er meinen Gesichtsausdruck sah.

»Ich weiß, was ein Amanita ist.«

»Nicht alle *amanitae* sind giftig. Der hier ist harmlos.«

»Was ist es denn?« Ich nahm ihm den Pilz aus der Hand und hielt ihn ins Licht. »Ein Halluzinogen?«

»Nein. Tatsächlich sind sie ganz schmackhaft – die Römer schätzten sie sehr –, aber die Leute meiden sie allgemein, weil sie so leicht mit ihrem bösen Zwilling zu verwechseln sind.«

»Ihr böser Zwilling?«

»*Amanita phalloides*«, sagte Henry sanft. »Der Knollenblätterpilz.«

Für einen Moment sagte ich gar nichts.

»Was hast du vor?« fragte ich schließlich.
»Was glaubst du?«
Erregt trat ich an meinen Schreibtisch. Henry steckte den Pilz wieder ein und zündete sich eine Zigarette an. »Hast du einen Aschenbecher?« fragte er höflich.

Ich gab ihm eine leere Mineralwasserdose. Seine Zigarette war fast aufgeraucht, ehe ich etwas sagte. »Henry, ich glaube, das ist keine gute Idee.«

Er zog eine Braue hoch. »Warum nicht?«

Warum nicht, fragt er! »Weil man«, antwortete ich ein wenig wild, »Gift nachweisen kann. Jedes Gift. Glaubst du, wenn Bunny tot umkippt, findet man das nicht sonderbar? Jeder Idiot von einem Leichenbeschauer kann...«

»Das weiß ich«, unterbrach Henry geduldig. »Deshalb frage ich dich nach der Dosierung.«

»Das hat doch nichts damit zu tun. Schon eine winzige Menge kann...«

»...genügen, um jemanden sehr krank werden zu lassen.« Henry zündete sich eine neue Zigarette an. »Aber sie muß nicht unbedingt tödlich sein.«

»Wie meinst du das?«

»Ich meine«, sagte er und schob sich die Brille auf dem Nasenrücken herauf, »daß es, strikt in Kategorien von Virulenz betrachtet, eine beliebige Anzahl von ausgezeichneten Giften gibt, und die meisten davon sind diesem hier weit überlegen. Die Wälder sind bald voll von Fingerhut und Eisenhut. Aus Fliegenfängern könnte ich soviel Arsen gewinnen, wie ich will. Und selbst Kräuter, die hier nicht verbreitet sind – mein Gott, die Borgia hätten geweint, wenn sie den Reformkostladen in Brattleboro gesehen hätten, den ich letzte Woche gefunden habe. Nieswurz, Alraun, reines Wermutöl... ich vermute, die Leute kaufen alles, wenn sie nur glauben, daß es etwas Natürliches ist. Das Wermutöl verkauften sie dort als organisches Insektenabwehrmittel – als ob es damit ungefährlicher wäre als das Zeug aus dem Supermarkt. Mit einer Flasche könnte man eine Armee umbringen.« Er schob noch einmal seine Brille hoch. »Das Problem bei diesen Dingen – so ausgezeichnet sie sein mögen – besteht, wie du schon sagtest, in der Verabreichung. Amatoxine sind unsauber, verglichen mit anderen Giften. Erbrechen, Gelbfärbung, Krämpfe. Nicht wie manche der kleinen italienischen Trösterchen, die relativ schnell und freundlich wirken. Andererseits, was wäre leichter zu geben? Ich bin kein Botaniker, weißt du. Aber selbst Mykologen haben Mühe, die *amanitae* voneinander zu unterscheiden. Ein paar selbstgepflückte Pilze... ein paar schlechte, die daruntergemischt sind... der eine Freund wird schrecklich krank, und der andere...?« Er zuckte die Achseln.

Wir sahen einander an.

»Wie kannst du sicher sein, daß du selbst nicht zuviel abbekommst?« fragte ich.

»Vermutlich gar nicht«, antwortete er. »Mein eigenes Leben muß glaubhaft in Gefahr sein. Du siehst also, ich habe nur einen winzigen Spielraum, mit dem ich arbeiten kann. Trotzdem sind die Chancen, daß ich damit durchkomme, ausgezeichnet. Ich brauche mich nur um mich selbst zu kümmern. Der Rest läuft von allein.«

Ich wußte, was er meinte. Der Plan hatte mehrere schwerwiegende Mängel, aber im Kern war er brillant: Wenn man sich auf etwas mit beinahe mathematischer Sicherheit verlassen konnte, dann darauf, daß Bunny es bei jeder beliebigen Mahlzeit schaffen würde, fast doppelt so viel zu essen wie alle anderen.

Henrys Gesicht blickte blaß und mit heiterer Gelassenheit durch den Zigarettendunst. Er griff in die Tasche und holte den Pilz noch einmal hervor.

»Also«, sagte er. »Ein einziger Hut, etwa in dieser Größe, von einem *Amanita phalloides* reicht aus, um einen gesunden Hund von siebzig Pfund sehr krank werden zu lassen. Erbrechen, Durchfall, aber keine Krämpfe, soweit ich sehen konnte. Ich glaube nicht, daß etwas so Schwerwiegendes wie Dysfunktion der Leber vorlag, aber ich schätze, das werden wir den Tierärzten überlassen müssen. Offensichtlich...«

»Henry, woher *weißt* du das?«

Er schwieg einen Moment. Dann sagte er: »Kennst du die beiden gräßlichen Boxer, die dem Ehepaar im ersten Stock gehören?«

Das war furchtbar, aber ich mußte lachen – ich konnte nicht anders. »*Nein*«, sagte ich. »Das hast du nicht getan.«

»Ich fürchte doch«, sagte er trocken und drückte seine Zigarette aus. »Dem einen geht es leider gut. Aber der andere schleppt keinen Abfall mehr auf *meine* Veranda. Er war innerhalb von zwanzig Stunden tot, und das von einer nur geringfügig höheren Dosis – der Unterschied betrug vielleicht ein Gramm. Mit diesem Wissen, scheint mir, sollte ich in der Lage sein, zu bestimmen, wieviel Gift jeder von uns bekommen sollte. Was mir Sorgen macht, ist die unterschiedliche Giftkonzentration von Pilz zu Pilz. Es ist ja nicht, als hätte ein Apotheker die Dosierung abgewogen.

Vielleicht irre ich mich – du weißt darüber sicher mehr als ich –, aber ein Pilz, der zwei Gramm wiegt, könnte leicht ebenso viel Gift enthalten wie einer von drei Gramm, oder? Das ist mein Dilemma.«
Aus der Brusttasche zog er ein mit Zahlen bedecktes Blatt Papier. »Es ist mir sehr unangenehm, dich da hineinzuziehen, aber niemand sonst versteht etwas von Mathematik, und auch ich selbst bin alles andere als zuverlässig. Würdest du es dir mal ansehen?«

Erbrechen, Gelbfärbung, Krämpfe. Mechanisch nahm ich ihm das Blatt ab. Es war mit algebraischen Gleichungen bedeckt, aber im Augenblick war Algebra, offen gestanden, das letzte, was ich im Sinn hatte. Ich schüttelte den Kopf und wollte ihm das Blatt zurückgeben, aber da schaute ich ihn an, und etwas ließ mich innehalten. Ich war, erkannte ich, in der Lage, all dem ein Ende zu machen, jetzt, hier. Er brauchte meine Hilfe wirklich, sonst wäre er nicht zu mir gekommen; emotionale Appelle, das wußte ich, waren sinnlos, aber wenn ich so täte, als wüßte ich, was ich tat, würde es mir vielleicht gelingen, ihm die Sache auszureden.

Ich legte das Blatt auf meinen Schreibtisch, setzte mich mit einem Bleistift hin und mühte mich Schritt für Schritt durch das Zahlendickicht. Gleichungen über chemische Konzentrationen waren nie meine starke Seite in der Chemie, und sie sind schon schwierig genug, wenn man versucht, eine fixe Konzentration in einer Suspension aus destilliertem Wasser zu errechnen; hier aber, wo es um variierende Konzentrationen in unregelmäßig geformten Objekten ging, war es buchstäblich unmöglich. Er hatte wahrscheinlich sämtliche ihm bekannten Grundlagen der Algebra gebraucht, um dies zu errechnen, und soweit ich ihm folgen konnte, hatte er nicht mal schlechte Arbeit geleistet, aber das hier war kein Problem, das sich mit Algebra lösen ließ, falls es sich überhaupt lösen ließ. Jemand mit einem drei- oder vierjährigen Mathematikstudium hätte sich vielleicht etwas einfallen lassen können, das überzeugender ausgesehen hätte. Durch Ausprobieren gelang es mir, seine Margen ein bißchen einzuengen, aber ich hatte das meiste des wenigen, was ich über Differentialrechnung wußte, vergessen, und die Lösung, die ich schließlich hatte, war, auch wenn sie vermutlich näher an der Wirklichkeit war als seine, alles andere als korrekt.

Ich legte den Bleistift aus der Hand und blickte auf. Die ganze Angelegenheit hatte mich ungefähr eine halbe Stunde gekostet. Henry hatte sich Dantes *Purgatorio* vom Regal genommen und las versunken darin.

»Henry.«

Er blickte abwesend auf.

»Henry, ich glaube, so funktioniert es nicht.«

Er schob den Finger in das Buch und klappte es zu. »Ich habe einen Fehler im zweiten Teil gemacht«, sagte er. »Wo das Faktorieren anfängt.«

»Als Versuch ist es nicht schlecht, aber auf den ersten Blick sehe ich, daß es ohne chemische Tabellen und gute Kenntnisse in Differentialrechnung und praktischer Chemie unlösbar ist. Es gibt keine Möglichkeit, es herauszubekommen. Ich meine, chemische Konzentration wird ja nicht mal in Gramm oder Milligramm gemessen, sondern in etwas namens Mol.«

»Kannst du es für mich herausbekommen?«

»Leider nicht; ich habe schon so viel getan, wie ich kann. Ich kann dir praktisch keine richtige Antwort geben. Selbst für einen Matheprofessor wäre das ein harter Brocken.«

»Hmn«, sagte Henry und blickte über meine Schulter auf das Blatt auf dem Schreibtisch. »Ich bin schwerer als Bun, weißt du. Um fünfundzwanzig Pfund. Das müßte doch etwas bedeuten, oder?«

»Ja, aber der Größenunterschied ist nicht groß genug, um dich darauf zu verlassen – nicht bei einer potentiell so großen Fehlermenge.«

»Das Gift wirkt erst nach mindestens zwölf Stunden«, sagte er. »Das heißt, selbst bei einer Überdosis habe ich einen gewissen Vorteil, eine Gnadenfrist. Wenn ich für mich selbst ein Gegenmittel zur Hand habe, für alle Fälle...«

»Ein Gegenmittel?« sagte ich entnervt und ließ mich zurücksinken. »Gibt es denn so was?«

»Atropin. Das ist in der Tollkirsche.«

» Ja, Himmel, Henry. Wenn du dich mit dem einen nicht erledigst, dann mit dem anderen.

»Atropin ist in kleinen Dosen völlig ungefährlich.«

»Das sagt man auch über Arsen, aber ausprobieren würde ich es nicht gern.«

»Die Wirkung ist genau entgegengesetzt. Atropin beschleunigt das Nervensystem – schnellerer Herzschlag und so weiter. Amatoxine bremsen es.«

»Es klingt immer noch faul. Ein Gift als Gegenmittel für ein anderes Gift.«

»Ganz und gar nicht. Die Perser verstanden sich meisterhaft auf Gifte, und sie sagen...«

Ich erinnerte mich an die Bücher in Henrys Auto. »Die Perser?« wiederholte ich.

»Ja. Nach Auskunft des großen...«

»Ich wußte nicht, daß du Arabisch lesen kannst.«

»Ich kann es auch nicht – zumindest nicht gut. Aber sie sind die großen Autoritäten zu diesem Thema, und die meisten der Bücher, die ich brauche, sind nicht übersetzt. Ich habe sie mit einem Wörterbuch durchgearbeitet, so gut ich kann.«

Ich dachte an die Bücher, die ich gesehen hatte: staubig, die Bindung brüchig vom Alter. »Wann wurden diese Bücher geschrieben?«

»Um die Mitte des fünfzehnten Jahrhunderts, würde ich meinen.«

Ich legte den Bleistift aus der Hand. »Henry.«

»Was?«

»Du solltest klüger sein. Du kannst dich doch nicht auf etwas so Altes verlassen.«

»Die Perser waren Meister in Giftsachen. Es sind praktische Handbücher, Gebrauchsanweisungen, wenn du willst. Ich kenne nichts annähernd Vergleichbares.«

»Leute vergiften ist etwas ganz anderes, als sie zu heilen.«

»Man benutzt diese Bücher seit Jahrhunderten. Ihre Genauigkeit ist unbestritten.«

»Na, ich habe genauso viel Respekt vor alter Wissenschaft wie du, aber ich weiß nicht, ob ich mein Leben irgendeinem Hausmittel aus dem Mittelalter anvertrauen möchte.«

»Na ja, vermutlich kann ich es ja noch anderswo nachprüfen«, meinte er, aber es klang nicht überzeugt.

»Wirklich, die Sache ist zu ernst, um...«

»Danke«, sagte er geschmeidig. »Du hast mir sehr geholfen.« Er schlug das *Purgatorio* wieder auf. »Das hier ist keine besonders gute Übersetzung, weißt du.« Er blätterte müßig darin. »Die von Singleton ist die beste, wenn du nicht Italienisch lesen kannst – ganz wörtlich, aber dabei büßt du natürlich die *terza rima* ein. Dafür müßtest du das Original lesen. Bei ganz großer Dichtung dringt die Musik oft durch, selbst wenn man die Sprache nicht versteht. Ich habe Dante leidenschaftlich geliebt, als ich noch kein Wort Italienisch konnte.«

»Henry«, sagte ich leise und eindringlich.

Er sah verärgert zu mir herüber. »Alles, was ich tue, wird gefährlich sein, weißt du.«

»Aber nichts hat einen Sinn, wenn du dabei stirbst.«

»Je mehr ich über luxuriöse Flußschiffe höre, desto weniger schrecklich erscheint mir allmählich der Tod«, antwortete er. »Du warst eine große Hilfe. Gute Nacht.«

Am frühen Nachmittag des nächsten Tages kam Charles zu Besuch. »Meine Güte, ist es heiß hier drin«, sagte er, schüttelte seinen nassen Mantel ab und warf ihn über eine Stuhllehne. Sein Haar war feucht, sein Gesicht leuchtend rot. Ein Wassertropfen hing zitternd an der Spitze seiner langen, feinen Nase. Schniefend wischte er ihn ab. »Geh bloß nicht raus, was immer du vorhast«, warnte er. »Es ist schrecklich draußen. Übrigens, du hast Francis wohl nicht gesehen, oder?«

Ich fuhr mir mit der Hand durchs Haar. Es war Freitag nachmittag und unterrichtsfrei; ich war den ganzen Tag nicht aus dem Zimmer gegangen und hatte in der Nacht zuvor nicht viel geschlafen. »Henry ist die letzte Nacht vorbeigekommen«, sagte ich.

»Tatsächlich? Was wollte er denn? Ach, das hätte ich fast vergessen...« Er griff in die Tasche seines Mantels und zog ein in Servietten gewickeltes Bündel hervor. »Ich hab' dir ein Sandwich mitgebracht, weil du mittags nicht beim Essen warst. Camilla sagt, die Mensa-Lady hat gesehen, wie ich's geklaut habe, und hat auf einer Liste ein schwarzes Kreuz neben meinem Namen gemacht.«

Es war Frischkäse und Marmelade, das wußte ich, ohne nachzuschauen. Die Zwillinge waren versessen darauf, aber ich mochte es nicht besonders. Ich wickelte eine Ecke aus, nahm einen Bissen und legte das Sandwich auf den Tisch. »Hast du in letzter Zeit mal mit Henry gesprochen?«

»Heute morgen noch. Er hat mich zur Bank gefahren.«

Ich nahm das Sandwich und biß noch ein Stück ab. Ich hatte noch nicht gefegt; noch immer lagen die Haarbüschel auf dem Boden. »Sagte er irgend etwas über...«

»Über was?«

»Daß er Bunny in ein oder zwei Wochen zum Essen einladen möchte?«

»Ach, das«, sagte Charles. Er ließ sich rücklings auf mein Bett sinken und stopfte sich die Kissen unter den Kopf. »Ich dachte, das wußtest du schon. Darüber denkt er schon seit einer Weile nach.«

»Und was hältst *du* davon?«

»Ich denke, er wird eine höllische Mühe haben, genug Pilze zu finden, damit ihm auch nur übel wird. Es ist noch zu früh. Letzte

Woche mußten Francis und ich mitgehen und ihm helfen, aber wir haben kaum was gefunden. Francis kam ganz aufgeregt zurück und erzählte: ›O mein Gott, guckt doch, ich hab' so viele Pilze gefunden.‹ Aber als wir dann in seine Tasche schauten, da hatte er bloß eine Handvoll Boviste.«

»Aber du glaubst, er wird genug finden können?«

»Na klar, wenn er noch eine Weile wartet. Ich weiß schon, du hast keine Zigaretten, oder?«

»Nein.«

»Ich wünschte, du würdest rauchen. Ich weiß nicht, wieso du's nicht tust. Du warst doch kein Sportler auf der High School, oder?«

»Nein.«

»Deshalb raucht Bun nämlich nicht. Irgendein Football-Trainer mit 'ner Vorliebe für gesundes Leben hat ihn in einem leicht beeindruckbaren Alter in die Finger gekriegt.«

»Hast du Bun in letzter Zeit mal gesehen?«

»Nicht oft. Aber gestern abend war er bei uns in der Wohnung und ist eine Ewigkeit geblieben.«

»Das ist nicht bloß heiße Luft?« fragte ich und musterte ihn aufmerksam. »Ihr wollt das wirklich durchziehen?«

»Lieber gehe ich ins Gefängnis, als zu wissen, daß ich Bunny für den Rest meines Lebens am Halse habe. Und ich bin nicht allzu scharf aufs Gefängnis, wo wir gerade davon sprechen. Weißt du« – er setzte sich auf dem Bett auf und krümmte sich nach vorn, als habe er Magenschmerzen –, »ich wünschte wirklich, du hättest Zigaretten. Wie heißt dieses grausige Mädchen, das unten am Gang wohnt – Judy?«

»Poovey«, sagte ich.

»Klopf doch mal bei ihr an, ja? Frag sie, ob sie dir eine Schachtel geben kann. Sie sieht aus wie eine, die ganze Stangen im Zimmer liegen hat.«

Es wurde wärmer. Der schmutzige Schnee war pockennarbig vom warmen Regen, und er schmolz an manchen Stellen und entblößte schleimiges, gelbes Gras darunter; Eiszapfen brachen ab und sausten wie Dolche von den spitzen Gipfeln der Dächer.

»Wir könnten jetzt in Südamerika sein«, sagte Camilla eines Abends, als wir in meinem Zimmer Bourbon aus Teetassen tranken und dem Regen lauschten, der von der Dachrinne tropfte. »Das ist komisch, nicht wahr?«

»Ja«, sagte ich, obwohl ich nicht eingeladen gewesen war.
»Damals gefiel mir die Idee nicht. Jetzt denke ich, wir wären da unten vielleicht ganz gut zurechtgekommen.«
»Ich wüßte nicht, wie.«
Sie stützte die Wange auf die geballte Faust. »Oh, es wäre gar nicht so schlimm gewesen. Wir hätten in Hängematten geschlafen. Spanisch gelernt. In einem Häuschen mit Hühnern im Hof gewohnt.«
»Wäret krank geworden«, sagte ich. »Erschossen.«
»Ich kann mir Schlimmeres vorstellen«, sagte sie mit einem kurzen Seitenblick, der mir das Herz durchbohrte.
Ein plötzlicher Windstoß ließ die Fensterscheiben rattern.
»Na«, sagte ich, »ich bin froh, daß ihr nicht geflogen seid.«
Sie ignorierte diese Bemerkung; statt dessen schaute sie aus dem dunklen Fenster und nippte an ihrer Teetasse.

Inzwischen war die erste Aprilwoche angebrochen, keine angenehme Zeit für mich und die anderen. Bunny, der relativ ruhig gewesen war, tobte jetzt, weil Henry sich geweigert hatte, ihn nach Washington D. C. zu fahren, wo er sich im Smithsonian eine Ausstellung von Doppeldeckern aus dem Ersten Weltkrieg anschauen wollte. Die Zwillinge bekamen zweimal täglich Anrufe von einem ominösen B. Perry von ihrer Bank und Henry von einem D. Wade von der seinen; Francis' Mutter hatte erfahren, daß er versucht hatte, Geld von ihrem Treuhandfonds abzuheben, und jeder Tag brachte eine neue Briefsalve von ihr. »Guter Gott«, murmelte er, als er das neueste Schreiben aufgerissen und angewidert überflogen hatte.
»Was schreibt sie denn?«
»›Baby. Chris und ich machen uns solche Sorgen um dich‹«, las Francis mit ausdrucksloser Stimme. »›Nun will ich nicht so tun, als wüßte ich allzuviel von der Jugend heute, und vielleicht bin ich zu alt, um zu verstehen, was Du möglicherweise durchmachst. Aber ich habe immer gehofft, Du könntest mit Deinen Problemen zu Chris gehen.‹«
»Chris hat 'ne Menge mehr Probleme als du, scheint mir«, bemerkte ich. Die Figur, die Chris in »The Young Doctors« spielte, schlief mit der Frau seines Bruders und war in einen Babyschmugglerring verwickelt.
»Das würde ich auch sagen, daß Chris Probleme hat. Er ist sechsundzwanzig und mit meiner Mutter verheiratet, nicht wahr?

›Nun ist es mir wirklich zuwider, davon anzufangen‹«, las er weiter, »›und ich hätte es gar nicht vorgeschlagen, wenn Chris nicht davon angefangen hätte, aber Du weißt ja, wie sehr er Dich liebt, und er sagt, er hat solche Sachen schon sehr oft gesehen, im Showbusineß, weißt Du. Also habe ich im Betty-Ford-Center angerufen – und, mein Goldstück, was glaubst Du? Sie haben ein hübsches kleines Zimmer für Dich, das nur auf Dich wartet‹ – nein, laß mich zu Ende lesen«, sagte er, als ich anfing zu lachen. »›Ich weiß ja, daß Du diese Idee abscheulich findest, aber Du brauchst Dich wirklich nicht zu schämen, es ist eine Krankheit, Baby, das haben sie mir auch gesagt, als ich dort war, und gleich habe ich mich so viel besser gefühlt, Du kannst es Dir nicht vorstellen. Natürlich weiß ich nicht, was Du da nimmst, aber wirklich, Darling, laß uns einmal praktisch sein, was immer es ist, es muß schrecklich teuer sein, nicht wahr, und da muß ich ganz ehrlich mit Dir sein und Dir sagen, wir können es uns einfach nicht leisten – nicht bei dem Zustand Deines Großvaters und den Steuern für das Haus und allem...‹«

»Du solltest mal hinfahren«, meinte ich.

»Machst du Witze? Das ist in Palm Springs oder irgendwo, und außerdem glaube ich, die sperren dich ein und zwingen dich, Aerobic zu machen. Sie guckt zuviel Fernsehen, meine Mutter«, sagte er und schaute wieder in den Brief.

Das Telefon fing an zu klingeln.

»Gottverdammt noch mal«, sagte er mit müder Stimme.

»Geh nicht ran.«

»Wenn ich nicht rangehe, ruft sie die Polizei.« Er nahm den Hörer ab.

Ich ging allein hinaus (Francis schritt auf und ab. »*Komisch? Was soll das heißen, ich klinge komisch?*«) und lief zum Postzimmer, wo ich in meinem Fach zu meiner Überraschung ein elegantes kleines Briefchen von Julian fand, der mich für den nächsten Tag zum Lunch einlud.

Julian gab zu besonderen Gelegenheiten manchmal einen Lunch für die Klasse; er war ein ausgezeichneter Koch, und als er als junger Mann von seinem Treuhandvermögen in Europa gelebt hatte, hatte er auch im Ruf eines ausgezeichneten Gastgebers gestanden. Dies war im übrigen die Grundlage seiner Bekanntschaft mit den meisten Berühmtheiten in seinem Leben. Osbert Sitwell erwähnt in seinem Tagebuch Julian Morrows »Sublime kleine *fêtes*«, und ähnliche Bemerkungen finden sich in den Briefen von

Leuten wie Charles Laughton, der Herzogin von Windsor oder Gertrude Stein; Cyril Connolly, der dafür berüchtigt war, daß man ihn als Gast nur schwer zufriedenstellen konnte, erzählte Harold Acton, Julian sei der netteste Amerikaner, den er je kennengelernt habe – ein, zugegeben, zweischneidiges Kompliment –, und Sara Murphy, selbst keine üble Gastgeberin, flehte in einem Brief einmal um sein Rezept für *sole véronique*. Aber obgleich ich wußte, daß Julian häufig Henry zu einem Lunch *à deux* einlud, hatte ich doch noch nie eine Einladung erhalten, allein mit ihm zu essen, und ich fühlte mich geschmeichelt und zugleich irgendwie beunruhigt. Zu jener Zeit kam mir alles, was auch nur leicht aus dem Rahmen des Gewöhnlichen fiel, ominös vor, und so erfreut ich auch war, ich hatte doch unwillkürlich das Gefühl, er könne noch etwas anderes im Sinn haben als das Vergnügen meiner Gesellschaft. Ich ging mit der Einladung nach Hause und studierte sie. Der lebhafte, gewundene Stil, in dem sie verfaßt war, trug wenig dazu bei, mir das Gefühl zu nehmen, es stecke mehr dahinter, als auf den ersten Blick ersichtlich sei. Ich rief die Vermittlung an und hinterließ eine Nachricht für ihn: Er solle mich am nächsten Tag um eins erwarten.

»Julian weiß doch nicht Bescheid über das, was passiert ist, oder?« fragte ich Henry, als ich ihn an diesem Tag traf.

»Was? Oh, doch«, sagte Henry und blickte von seinem Buch auf. »Natürlich.«

»Er weiß, daß ihr diesen Typen umgebracht habt?«

»Wirklich, du brauchst nicht so laut zu werden«, sagte Henry in scharfem Ton und drehte sich im Sessel um. Dann fuhr er gedämpfter fort: »Er hat gewußt, was wir versuchten, und er hat es gebilligt. Am Tag nachdem es passiert war, fuhren wir mit dem Wagen hinaus zu seinem Haus auf dem Land. Erzählten ihm, was passiert war. Er war entzückt.«

»Ihr habt ihm alles erzählt?«

»Na ja, ich sah keinen Grund, ihn zu beunruhigen, wenn du das meinst«, sagte Henry, rückte seine Brille zurecht und vertiefte sich wieder in sein Buch.

Julian hatte den Lunch selbstverständlich eigenhändig zubereitet, und wir aßen an dem großen runden Tisch in seinem Büro. Seit Wochen kannte ich nichts als schlechte Nerven, schlechte Gespräche und schlechtes Mensa-Essen, und so war die Aussicht auf eine

Mahlzeit mit ihm äußerst aufmunternd; er war ein bezaubernder Gesellschafter, und sein Essen war zwar trügerisch einfach, aber von einer augustäischen Bekömmlichkeit und Fülle, die zwangsläufig wohltun mußte.

Es gab Lammbraten, neue Kartoffeln, Erbsen mit Lauch und Fenchel und dazu eine Flasche schweren, beinahe aufreizend köstlichen Château Latour. Ich aß mit einem Appetit wie seit langem nicht mehr, bis ich bemerkte, daß wie durch unauffällige Magie ein vierter Gang erschienen war: Pilze. Es waren blasse, schlankstielige Pilze von einer Sorte, die ich schon einmal gesehen hatte, in einer dampfenden Rotweinsauce, die nach Koriander und Raute duftete.

»Woher haben Sie die?« fragte ich.

»Ah. Sie haben ein aufmerksames Auge«, sagte er erfreut. »Sind sie nicht wunderbar? Ziemlich selten. Henry hat sie mir gebracht.«

Ich nahm rasch einen Schluck Wein, um meine Betroffenheit zu verbergen.

»Er hat mir erzählt – darf ich?« Er deutete mit dem Kopf auf die Schüssel.

Ich reichte sie ihm, und er löffelte sich ein paar Pilze auf den Teller. »Danke«, sagte er. »Wo war ich? Ach ja. Henry hat mir erzählt, daß diese spezielle Pilzart bei Kaiser Claudius sehr beliebt war. Interessant, denn Sie erinnern sich, wie Claudius starb.«

Ich erinnerte mich allerdings. Agrippina hatte ihm eines Tages einen giftigen Pilz ins Essen geschmuggelt.

»Sie sind sehr gut«, sagte Julian und nahm einen Bissen. »Waren Sie schon einmal mit Henry auf einer seiner Sammelexpeditionen?«

»Noch nicht. Er hat mich noch nicht dazu aufgefordert.«

»Ich muß sagen, ich hätte nie gedacht, daß mir viel an Pilzen liegt, aber alles, was er mir gebracht hat, war himmlisch.«

Plötzlich verstand ich. Dies war eine gerissene Art der Vorbereitung, die Henry da betrieb. »Er hat Ihnen schon früher welche gebracht?«

»Ja. Natürlich würde ich bei so etwas nicht jedem vertrauen, aber Henry scheint erstaunlich viel darüber zu wissen.«

»Ich glaube, das ist wohl so«, sagte ich und dachte an die Boxerhunde.

»Es ist bemerkenswert, wie gut er in allem ist, was er in Angriff nimmt. Er kann Blumen züchten, repariert Uhren wie ein Juwelier, kann gewaltige Additionen im Kopf ausführen. Selbst wenn es um etwas so Einfaches geht wie das Verbinden eines verletzten Fingers, gelingt es ihm, es besser zu machen als andere.« Er schenkte sich noch ein Glas Wein ein. »Ich höre, seine Eltern sind enttäuscht, weil er beschlossen hat, sich so ausschließlich auf die Klassiker zu konzentrieren. Ich bin natürlich anderer Ansicht, aber in gewissem Sinn ist es durchaus schade. Er wäre auch ein großer Arzt, Soldat oder Wissenschaftler geworden.«

Ich lachte. »Oder ein großer Spion.«

Julian lachte ebenfalls. »Sie wären alle große Spione geworden«, sagte er. »Sich in Casinos herumtreiben, Staatschefs belauschen... Wirklich, wollen Sie nicht doch ein paar Pilze probieren? Sie sind herrlich.«

Ich trank mein Weinglas leer. »Warum nicht«, sagte ich und griff nach der Schüssel.

Nach dem Essen, als das Geschirr abgeräumt war und wir über dies und das plauderten, fragte Julian aus heiterem Himmel, ob mir in letzter Zeit an Bunny irgend etwas Eigenartiges aufgefallen sei.

»Hm, nein, eigentlich nicht«, sagte ich und nahm behutsam einen kleinen Schluck Tee.

Er hob eine Braue. »Nicht? Ich finde, er benimmt sich *sehr* merkwürdig. Henry und ich sprachen erst gestern darüber, wie schroff und streitsüchtig er geworden ist.«

»Ich denke, er hat irgendwie schlechte Laune.«

Er schüttelte den Kopf. »Ich weiß nicht. Edmund ist eine so einfache Seele. Ich hätte nie gedacht, daß er mich je überraschen könnte, aber neulich hatten er und ich eine sehr sonderbare Unterhaltung.«

»Sonderbar?« fragte ich vorsichtig.

»Vielleicht hatte er nur etwas gelesen, was ihn beunruhigt hatte. Ich weiß es nicht. Aber ich mache mir Sorgen um ihn.«

»Warum?«

»Offen gesagt, ich fürchte, er hat es plötzlich schrecklich mit der Religion.«

Ich war wie vom Donner gerührt. »Wirklich?«

»Ich habe so etwas schon erlebt. Und ich wüßte sonst keinen Grund für sein plötzliches Interesse an *Ethik*. Nicht, daß Edmund verkommen wäre, aber tatsächlich ist er so wenig an Moral interessiert wie kaum ein Junge, den ich gekannt habe. Ich war sehr verblüfft, als er anfing, mich – in aller Ernsthaftigkeit – nach so nebelhaften Dingen wie Sünde und Vergebung zu befragen. Er denkt daran, in die Kirche zu gehen; ich weiß es einfach. Vielleicht hat dieses Mädchen etwas damit zu tun; was glauben Sie?«

Er meinte Marion. Er hatte die Gewohnheit, Bunnys Fehler allesamt indirekt ihr zuzuschreiben – seine Faulheit, seine schlechten Launen, seine geschmacklichen Fehltritte. »Vielleicht« sagte ich.

»Ist sie katholisch?«

»Ich glaube, sie ist Presbyterianerin«, sagte ich. Julian empfand eine höfliche, aber unversöhnliche Verachtung für die judaisch-christliche Tradition in buchstäblich all ihren Formen. Er bestritt es, wenn man ihn darauf ansprach, und erwähnte ausweichend seine Vorliebe für Dante und Giotto, aber alles unverhohlen Religiöse erfüllte ihn mit heidnischem Schrecken; ich glaube, insgeheim fand er wie Plinius, dem er in so vieler Hinsicht ähnelte, daß es sich um einen degenerierten Kult handle, der zu extravaganten Auswüchsen getrieben worden sei.

»Presbyterianerin? Wirklich?« sagte er bestürzt.

»Ich glaube.«

»Nun, was immer man von der Römischen Kirche halten mag, sie ist doch eine würdige und mächtige Feindin. Wenn er zu ihr konvertieren würde, könnte ich das mit Anstand akzeptieren. Aber ich wäre wirklich sehr enttäuscht, wenn wir ihn an die Presbyterianer verlören.«

In der ersten Aprilwoche schlug das Wetter plötzlich um und wurde, der Jahreszeit ganz ungemäß, beharrlich freundlich. Der Himmel war blau, die Luft warm und windstill, und die Sonne beschien den schlammigen Boden mit all der süßen Ungeduld des Juni. Zum Waldrand hin färbten die jungen Bäume sich gelb mit dem ersten Hauch des neuen Laubs; Spechte lachten und trommelten im Geäst, und wenn ich bei offenem Fenster im Bett lag, hörte ich die ganze Nacht hindurch das Rauschen und Gurgeln des geschmolzenen Schnees in den Abflüssen.

In der zweiten Aprilwoche warteten alle in banger Sorge, ob das Wetter sich halten würde. Es hielt sich, mit heiterer Sicherheit. Hyazinthen und Narzissen blühten auf den Beeten, Veilchen und Immergrün in den Wiesen; klamme, verknitterte weiße Schmetterlinge flatterten trunken zwischen den Hecken. Ich hängte den Wintermantel weg, stellte die Überschuhe in den Schrank und lief, beinahe benommen vor Freude, in Hemdsärmeln umher.

»Das bleibt nicht so«, sagte Henry.

In der dritten Aprilwoche, als die Rasenflächen grün wie das Paradies waren und die Apfelbäume bedenkenlos erblühten, saß ich am Freitag abend in meinem Zimmer und las; die Fenster waren offen, und ein kühler, feuchter Wind bewegte die Blätter auf meinem Schreibtisch. Drüben auf der anderen Seite des Rasens wurde eine Party gefeiert, und Lachen und Musik wehten durch die Nachtluft. Es war lange nach Mitternacht. Ich döste halb eingeschlafen über meinem Buch, als jemand unten vor meinem Fenster meinen Namen brüllte.

Ich richtete mich auf, und gerade noch rechtzeitig sah ich, wie einer von Bunnys Schuhen zum Fenster hereingeflogen kam. Mit dumpfem Schlag polterte er auf den Boden. Ich sprang auf und lehnte mich aus dem Fenster. Unten sah ich seine wankende, zottelköpfige Gestalt, Halt suchend an einen dünnen Baumstamm geklammert.

»Was zum Teufel ist los mit dir?«

Er antwortete nicht, sondern hob die freie Hand in einer halb winkenden, halb salutierenden Gebärde und taumelte aus dem Licht. Die Hintertür fiel laut ins Schloß, und ein paar Augenblicke später hämmerte er an meine Zimmertür.

Als ich aufmachte, kam er auf einem Schuh und einem Strumpf hereingehinkt und hinterließ eine Schlammspur von makabren, ungleichen Fußabdrücken. Seine Brille saß schief, und er stank nach Whiskey. »Dickyboy«, murmelte er.

Der Ausbruch unter meinem Fenster schien ihn erschöpft zu haben, und er war plötzlich seltsam unkommunikativ. Er zog die schlammverschmierte Socke aus und warf sie unbeholfen von sich. Sie landete auf meinem Bett.

Stück für Stück konnte ich die Ereignisse des Abends aus ihm herausholen. Die Zwillinge waren mit ihm essen gegangen und nachher in eine Bar in der Stadt, um noch etwas zu trinken. Dann hatte er allein auf der Party drüben vorbeigeschaut, wo ein Holländer versucht hatte, ihn Pot rauchen zu lassen, und ein Mädchen aus dem Erstsemester ihm Tequila aus einer Thermosflasche eingeflößt hatte. (»Hübsch, die Kleine. Aber irgendwie 'ne komische Tussi. Sie hatte Clogs an den Füßen – kennst du die Dinger? Und 'n gebatiktes T-Shirt. Ich kann so was nicht ausstehen. ›Honey‹, sag' ich zu ihr, ›du bist so niedlich – wieso mußt du dich mit diesen grausigen Klamotten behängen?‹«) Dann brach er seinen Bericht unvermittelt ab und schwankte davon – die Zimmertür ließ er offen –, und ich hörte, wie er sich geräuschvoll und heftig übergab.

Er blieb lange weg. Als er zurückkam, roch er sauer, und er war feucht und sehr blaß im Gesicht; aber er schien sich gefaßt zu haben. »Puh«, sagte er, ließ sich in meinen Sessel fallen und wischte sich mit einem roten Halstuch über die Stirn. »Muß irgendwas gegessen haben.«

»Hast du es bis ins Badezimmer geschafft?« fragte ich unsicher. Die Kotzerei hatte sich bedrohlich nah bei meiner Zimmertür abgespielt.

»Nee«, sagte er. »Bin in den Besenschrank gerannt. Gib mir 'n Glas Wasser, ja?«

Die Tür zur Putzkammer im Korridor stand halb offen, und ich gestattete mir einen schüchternen Blick auf das stinkende Grauen dahinter. Eilig lief ich daran vorbei in die Küche.

Bunny sah mich mit glasigen Augen an, als ich zurückkam. Sein Gesichtsausdruck hatte sich völlig verändert, und etwas daran bereitete mir Unbehagen. Ich gab ihm das Wasserglas, und er trank mit großen, gierigen Schlucken.

»Nicht zu schnell«, sagte ich besorgt.

Er kümmerte sich nicht darum, sondern trank es in einem Zug leer; dann stellte er das Glas mit zitternder Hand auf den Schreibtisch. Schweißperlen glänzten auf seiner Stirn.

»O mein Gott«, sagte er. »Gütiger Jesus.«

Voller Unbehagen ging ich zu meinem Bett und setzte mich, und ich suchte nach einem unverfänglichen Thema, aber ehe ich etwas sagen konnte, sprach er weiter.

»Ich packe das nicht länger«, murmelte er. »Kann einfach nicht. Gütiger italienischer Jesus.«

Ich sagte nichts.

Zittrig strich er sich mit der Hand über die Stirn. »Du weißt nicht mal, wovon, zum Teufel, ich eigentlich rede, was?« Ein seltsam unangenehmer Ton lag jetzt in seiner Stimme.

Nervös schlug ich die Beine übereinander. Ich hatte es kommen sehen, seit Monaten kommen sehen, und mir hatte davor gegraut. Ich verspürte einen Impuls, aus dem Zimmer zu laufen, ihn einfach hier sitzen zu lassen, aber da vergrub er das Gesicht in den Händen.

»Es ist alles wahr«, murmelte er. »Alles wahr. Ich schwöre bei Gott. Niemand weiß es außer mir.«

Absurderweise hoffte ich unversehens, es möge ein falscher Alarm sein. Vielleicht hatten er und Marion sich getrennt. Vielleicht war sein Vater an einem Herzanfall gestorben. Ich saß wie gelähmt.

Er zog die flachen Hände über Stirn und Wangen, als wische er sich Wasser aus dem Gesicht, und blickte zu mir auf. »Du hast keine Ahnung«, sagte er. Seine Augen waren blutunterlaufen, und sie glänzten unangenehm. »Mann. Du hast keinen verdammten Schimmer.«

Ich stand auf, denn ich konnte es nicht länger ertragen; verstört sah ich mich im Zimmer um. »Äh«, sagte ich. »Möchtest du Aspirin? Das wollte ich dich vorhin schon fragen. Wenn du jetzt zwei nimmst, ist dir morgen früh nicht so...«

»Du glaubst, ich bin verrückt, nicht wahr?« sagte Bunny abrupt.

Irgendwie hatte ich immer gewußt, daß es so kommen würde: wir beide allein, Bunny betrunken, mitten in der Nacht... »Aber wieso«, antwortete ich. »Du brauchst nur ein bißchen...«

»Du glaubst, ich bin ein Irrer. 'n Sprung in der Schüssel. *Kein Mensch hört mir zu.*« Seine Stimme wurde lauter.

Ich war erschrocken. »Beruhige dich«, sagte ich. »Ich höre dir zu.«

»Na, dann hör dir das an«, begann er.

Es war drei Uhr morgens, als er aufhörte zu reden. Die Geschichte, die er erzählte, war wirr vom Alkohol, bruchstückhaft und voller Abschweifungen. Aber ich hatte keine Schwierigkeiten, sie zu verstehen. Es war eine Geschichte, die ich schon einmal gehört hatte.

Eine Zeitlang saßen wir schweigend da. Die Schreibtischlampe schien mir in die Augen. Die Party drüben war immer noch mächtig im Gange; gedämpft war der Lärm eines aufdringlich hämmernden Songs in der Ferne zu hören.

Bunnys Atem ging jetzt geräuschvoll und asthmatisch. Der Kopf fiel ihm auf die Brust, und er schrak wieder hoch. »Was?« fragte er verwirrt, als sei jemand von hinten an ihn herangetreten und habe ihm etwas ins Ohr gebrüllt. »Oh. Ja.«

»Ich sagte nichts.

»Was sagst du dazu, he?«

Ich war außerstande, ihm zu antworten. In mir war die leise Hoffnung erwacht, er könne einfach eingeschlafen sein.

»'ne verdammte Sache. Wahrheit ist wahrer als Dichtung, Junge. Moment, das stimmt nicht. Wie geht das noch?«

»Wahrheit ist wundersamer als Dichtung«, sagte ich mechanisch. Vermutlich war es ein Glück, daß ich mich nicht bemühen mußte, erschüttert oder verdutzt auszusehen. Ich war so durcheinander, daß mir fast schlecht wurde.

»Da sieht man's eben«, meinte Bunny betrunken. »Könnte der Junge von nebenan sein. Könnte jeder sein. Weiß man nie.«

Ich ließ das Gesicht in die Hände sinken.

»Erzähl's, wem du willst«, sagte Bunny. »Erzähl's dem gottverdammten Bürgermeister. Mir egal. Sollen sie nur alle in das kombinierte Postamt und Gefängnis sperren, das sie da neben dem Gericht haben. Er hält sich für so schlau«, knurrte er. »Na, wenn das hier nicht Vermont wäre, dann würde er nachts nicht so gut schlafen, das sag' ich dir. Mein Dad und der Police Commissioner in Hartford sind die besten Freunde. Wenn *der* das je erfährt – Mann! Er und Dad sind zusammen zur Schule gegangen. In der Zehnten bin ich mit seiner Tochter...« Sein Kopf sank wieder herunter, und dann schüttelte er sich. »Jesus«, sagte er und wäre fast aus dem Sessel gefallen.

Ich starrte ihn an.

»Gib mir den Schuh, ja?«

Ich reichte ihm den Schuh, und die Socke ebenfalls. Er starrte beides einen Moment lang an und stopfte es dann in die Außentaschen seines Blazers. »Laß dich nicht von Wanzen beißen«, sagte er, und dann war er weg. Meine Zimmertür ließ er offen. Ich hörte seinen eigentümlich hinkenden Schritt, bis er unten war.

Die Gegenstände im Zimmer schienen mit jedem dumpfen Herzschlag anzuschwellen und wieder zurückzuweichen. Schrecklich benommen, saß ich auf dem Bett, den einen Ellbogen auf die Fensterbank gestützt, und versuchte mich zusammenzureißen. Diabolische Rap-Music wehte vom Haus gegenüber herauf, wo zwei schattenhafte Gestalten auf dem Dach kauerten und leere Bierdosen auf eine kläglichen Gruppe von Hippies schleuderten, die sich um ein Feuer in einer Mülltonne drängten und versuchten, einen Joint zu rauchen. Eine Bierdose segelte vom Dach, dann wieder eine, und sie traf einen der Hippies mit blechernem Klang am Kopf. Gelächter, erboste Schreie.

Ich starrte die Funken an, die aus der Mülltonne sprühten, als mir plötzlich ein schrecklicher Gedanke kam. Wieso hatte Bunny beschlossen, zu mir zu gehen, und nicht zu Cloke oder zu Marion? Als ich aus dem Fenster schaute, war die Antwort so offensichtlich, daß es mich fröstelte. Er war gekommen, weil mein Zimmer mit Abstand das nächste war. Marion wohnte in Roxburgh House am anderen Ende des Campus, und Clokes Zimmer war auf der anderen Seite von Durbinstall. Beide waren viel zu weit weg für einen Betrunkenen, der in die Nacht hinaustolperte. Aber Monmouth

House war keine zehn Meter entfernt, und mein Zimmer mit dem auffällig erleuchteten Fenster mußte wie ein Leuchtfeuer seinen Weg überstrahlt haben.

Vermutlich wäre es interessant, zu behaupten, daß ich mich in diesem Augenblick hin- und hergerissen fühlte, daß ich mit den moralischen Implikationen der sich mir bietenden Möglichkeiten rang. Aber ich erinnere mich nicht, daß es mir so ergangen wäre. Ich zog ein Paar Slipper an und ging die Treppe hinunter, um Henry anzurufen.

Das Münztelefon in Monmouth House hing an der Wand neben der Hintertür und war für meinen Geschmack zu exponiert; also ging ich hinüber zum Gebäude der Naturwissenschaften. Meine Schuhe quietschten im taunassen Gras. Ich fand ein besonders abgelegenes Telefon im zweiten Stock bei den Chemielabors.

Das Telefon klingelte sicher hundertmal. Niemand meldete sich. Schließlich drückte ich entnervt auf die Gabel und wählte die Nummer der Zwillinge. Es klingelte achtmal, neunmal – dann kam, zu meiner Erleichterung, Charles' verschlafenes Hallo.

»Hallo, ich bin's«, sagte ich rasch. »Es ist was passiert.«

»Was denn?« fragte er, plötzlich hellwach. Ich hörte, wie er sich im Bett aufsetzte.

»Er hat es mir erzählt. Eben.«

Es war lange still.

»Hallo?« sagte ich.

»Ruf Henry an«, sagte Charles unvermittelt. »Leg auf und ruf ihn sofort an.«

»Hab' ich schon getan. Er meldet sich nicht.«

Charles fluchte leise. »Laß mich überlegen«, sagte er. »Ach, verflucht. Kannst du herkommen?«

»Sicher. Sofort?«

»Ich laufe hinunter zu Henry und sehe, ob ich ihn an die Tür kriegen kann. Wir müßten wieder dasein, wenn du hier ankommst. Okay?«

»Okay«, sagte ich, aber er hatte schon aufgelegt.

Als ich ungefähr zwanzig Minuten später bei den Zwillingen eintraf, kam Charles eben von Henry zurück, allein.

»Kein Glück?«

»Nein«, sagte er schwer atmend. Sein Haar war zerzaust, und er trug einen Regenmantel über dem Pyjama.

»Was machen wir jetzt?«

»Ich weiß nicht. Komm mit hinauf. Wir überlegen uns etwas.«

Wir hatten gerade die Mäntel ausgezogen, als in Camillas Zimmer das Licht anging und sie blinzelnd und mit glühend roten Wangen in der Tür erschien. »Charles – was machst *du* denn hier?« fragte sie, als sie mich erblickte.

Ziemlich unzusammenhängend erklärte Charles ihr, was geschehen war. Mit dem Unterarm beschirmte sie schlaftrunken die Augen. Sie trug ein viel zu großes Männernachthemd, und ich merkte, daß ich ihre nackten Beine anstarrte – braune Waden, schmale Knöchel, hübsche Knabenfüße mit staubigen Sohlen.

»Ist er denn da?« fragte sie.

»Ich weiß, daß er da ist.«

»Bist du sicher?«

»Wo sonst sollte er um drei Uhr morgens sein?«

»Moment mal«, sagte sie und ging zum Telefon. »Ich will nur etwas ausprobieren.« Sie wählte, lauschte einen Augenblick, drückte auf die Gabel und wählte noch einmal.

»Was machst du denn da?«

»Es ist ein Code«, sagte sie und klemmte den Hörer zwischen Schulter und Ohr. »Zweimal klingeln lassen, auflegen und wieder anrufen.«

»Ein *Code*?«

»Ja. Er hat mir mal gesagt – oh, hallo, Henry«, sagte sie plötzlich und setzte sich.

Charles schaute mich an.

»Verdammt noch mal«, sagte er leise. »Er muß die ganze Zeit wach gewesen sein.«

»Ja«, sagte Camilla eben; sie hatte die Beine übereinandergeschlagen und starrte zu Boden und ließ dabei den Fuß des oberen Beins müßig auf und ab wippen. »Ist recht. Ich sag's ihm.«

Sie legte auf. »Er sagt, du sollst rüberkommen, Richard. Sofort. Er wartet auf dich. Wieso guckst du mich so an?« fragte sie schroff, an Charles gewandt.

»Ein Code, hm?«

»Und?«

»Du hast mir nie davon erzählt.«

»Das ist dumm. Ich habe nie daran gedacht.«

»Wozu braucht ihr einen geheimen Code, du und Henry?«

»Er ist nicht geheim.«

»Wieso hast du mir dann nichts davon erzählt?«

»Charles, sei kein solches Baby.«

Henry empfing mich hellwach im Bademantel an seiner Haustür. Ich folgte ihm in die Küche, und er goß mir ein Tasse Kaffee ein und ließ mich Platz nehmen. »Und jetzt«, sagte er, »erzähl mir, was passiert ist.«

Das tat ich. Er setzte sich mir gegenüber an den Tisch, rauchte eine Zigarette nach der andern und schaute mich mit seinen blauen Augen unverwandt an.

Nur ein- oder zweimal unterbrach er mich, um etwas zu fragen. Bestimmte Stellen mußte ich wiederholen. Ich war so müde, daß ich ein bißchen umständlich wurde, aber er hörte sich meine Abschweifungen geduldig an.

Als ich geendet hatte, war die Sonne aufgegangen, und die Vögel zwitscherten. Flecken schwebten vor meinen Augen. Eine feuchte, kühle Brise bewegte die Vorhänge.

Henry knipste die Lampe aus, ging zum Herd und begann ziemlich mechanisch Eier und Speck zu braten. Ich sah zu, wie er sich auf bloßen Füßen in der halbdunklen, vom Morgengrauen erfüllten Küche bewegte.

Während wir aßen, beobachtete ich ihn neugierig. Er war bleich; seine Augen blickten müde und versunken, aber nichts in seinem Gesichtsausdruck verriet, was er gerade dachte.

»Henry«, sagte ich.

Er schrak auf. Es war seit mindestens einer halben Stunde das erstemal, daß einer von uns ein Wort gesagt hatte.

»Was denkst du?«

»Nichts weiter.«

»Wenn du immer noch daran denkst, ihn zu vergiften...«

Er sah mich an, und der jäh aufflammende Zorn überraschte mich. »Sei nicht absurd«, fauchte er. »Ich wünschte, du würdest mal eine Minute die Klappe halten und mich nachdenken lassen.«

Ich starrte ihn an. Abrupt stand er auf und holte sich neuen Kaffee. Einen Moment lang blieb er an der Theke stehen und kehrte mir den Rücken zu; er stützte sich mit beiden Händen auf die Arbeitsplatte. Dann drehte er sich um.

»Entschuldige«, sagte er müde. »Es ist bloß nicht sehr angenehm, auf etwas zurückzuschauen, auf das man sehr viel Mühe und Nachdenken verwendet hat, nur um zu erkennen, daß es völlig lächerlich ist. Giftige Pilze. Die ganze Idee klingt wie etwas von Sir Walter Scott.«

Ich war verblüfft. »Aber ich fand die Idee irgendwie gut«, sagte ich.

Er rieb sich die Augen mit Daumen und Zeigefinger. »Zu gut«, sagte er. »Ich nehme an, wenn jemand, der gewohnt ist, mit dem Kopf zu arbeiten, sich plötzlich gezwungen sieht, energisch zu handeln, neigt er dazu, zu verspielt an die Tat heranzugehen und sie über die Maßen raffiniert zu gestalten. Auf dem Papier hat die Sache eine gewisse Symmetrie. Aber jetzt, wo ich mit der Aussicht konfrontiert bin, sie auszuführen, erkenne ich, wie schauderhaft kompliziert sie ist.«

»Was stimmt denn nicht?«

Er rückte seine Brille zurecht. »Das Gift wirkt zu langsam.«

»Ich dachte, das wolltest du so.«

»Aber damit verbindet sich ein halbes Dutzend Probleme. Auf einige hast du schon hingewiesen. Die Dosierung ist riskant, aber die Zeit, glaube ich, ist das eigentlich Besorgniserregende. Von meinem Standpunkt aus – je länger, desto besser, aber trotzdem... In zwölf Stunden kann einer eine Menge reden.« Er schwieg für einen Moment. »Es ist nicht so, als hätte ich das nicht schon die ganze Zeit gesehen. Die Vorstellung, ihn zu töten, ist so abstoßend, daß ich außerstande bin, sie anders zu betrachten denn als ein Schachproblem. Ein Spiel. Du kannst dir nicht vorstellen, wieviel Nachdenken ich darauf verwandt habe. Bis hin zu der Giftsorte. Es heißt, es läßt den Schlund anschwellen, weißt du das? Die Opfer, sagt man, sind stumm und können nicht mehr sagen, wer sie vergiftet hat.« Er seufzte. »Es ist zu einfach, mich mit den Medici zu amüsieren, mit den Borgia, all den vergifteten Ringen und Rosen... Das geht, wußtest du das? Eine Rose vergiften, die man dann verschenkt? Die Lady sticht sich in den Finger und fällt tot um. Ich weiß, wie man eine Kerze macht, die tötet, wenn man sie in einem geschlossenen Raum brennen läßt. Oder wie man ein Kopfkissen vergiftet, oder ein Gebetbuch...«

Ich sagte: »Was ist mit Schlaftabletten?«

Er sah mich verärgert an.

»Im Ernst. Die Leute sterben doch dauernd dran.«

»Und woher sollen wir Schlaftabletten bekommen?«

»Das hier ist Hampden College. Wenn wir Schlaftabletten wollen, kriegen wir welche.«

Wir sahen einander an.

»Und wie würden wir sie ihm verabreichen?«

»Wir sagen, es sind Kopfschmerztabletten. Tylenol.«

»Und wie bringen wir ihn dazu, neun oder zehn Tylenol zu schlucken?«

»Wir könnten sie in einem Glas Whiskey auflösen.«
»Hältst du es für wahrscheinlich, daß Bunny ein Glas Whiskey trinkt, in dem massenhaft weißes Pulver auf dem Boden liegt?«
»Ich denke, das ist ebenso wahrscheinlich, wie daß er einen Teller Giftpilze essen wird.«
Es trat lange Stille ein, derweil draußen vor dem Fenster ein Vogel lärmend trillerte. Henry schloß die Augen und rieb sich mit den Fingerspitzen die Schläfen.
»Was hast du vor?«
»Ich denke, ich werde jetzt losziehen und ein paar Besorgungen erledigen«, sagte er. »Du mußt nach Hause gehen und schlafen.«
»Hast du irgendeine Idee?«
»Nein. Aber es gibt da etwas, was ich mir näher ansehen möchte. Ich würde dich zur Schule hinüberfahren, aber ich glaube, es wäre keine gute Idee, wenn wir uns gerade jetzt zusammen sehen lassen würden.« Er fing an, in der Tasche seines Bademantels zu wühlen, und förderte Streichhölzer, Bleistiftstummel und seine blau-emaillierte Pillendose zutage. Dann hatte er zwei Vierteldollarstücke gefunden und legte sie auf den Tisch. »Hier«, sagte er. »Geh am Zeitungsstand vorbei und kauf dir auf dem Heimweg eine Zeitung.«
»Warum?«
»Für den Fall, daß jemand sich fragt, weshalb du um diese Zeit herumläufst. Kann sein, daß ich heute abend mit dir reden muß. Wenn ich dich nicht antreffe, hinterlasse ich die Nachricht, daß Dr. Springfield angerufen hat. Versuche nicht vorher, mit mir Verbindung aufzunehmen – es sei denn natürlich, es ginge nicht anders.«
»Klar.«
»Dann bis später.« Er wollte hinausgehen, aber in der Küchentür blieb er noch einmal stehen und sah mich an. »Ich werde dir das nie vergessen, weißt du«, sagte er sachlich.
»Das ist doch nichts.«
»Es bedeutet sehr viel, und das weißt du.«
»Du hast mir auch schon den einen oder anderen Gefallen getan«, sagte ich, aber da war er schon hinausgegangen und hörte mich nicht. Jedenfalls gab er keine Antwort.

Ich kaufte in dem kleinen Laden unten an der Straße eine Zeitung und ging durch die feuchtkühlen, ergrünenden Waldstücke abseits des Hauptwegs zur Schule zurück; hier und da mußte ich über Steine und modernde Stämme klettern, die mir den Weg versperrten.

Es war immer noch früh, als ich auf dem Campus ankam. Ich betrat Monmouth House durch die Hintertür. Oben an der Treppe blieb ich erstaunt stehen: Die Hausvorsitzende und eine Meute Mädchen in Bademänteln hatten sich um die Besenkammer geschart und redeten in unterschiedlich schrillen Tönen der Empörung durcheinander. Als ich mich vorbeidrängen wollte, packte Judy Poovey, in einen schwarzen Kimono gehüllt, meinen Arm.

»Hey«, sagte sie, »da hat jemand in die Besenkammer gekotzt.«

»Einer von den verdammten Erstsemestern«, sagte ein Mädchen neben mir. »Die saufen sich voll und kommen dann, um zu reihern.«

»Na, ich weiß nicht, wer es war«, erklärte die Hausvorsitzende, »aber wer immer es war, hatte Spaghetti zum Abendessen.«

»Hmnn.«

»Das bedeutet jedenfalls, daß er kein Mensa-Abonnement hat.«

Ich schob mich zwischen ihnen hindurch, ging in mein Zimmer, schloß die Tür hinter mir ab und schlief beinahe sofort ein.

Ich schlief den ganzen Tag, den Kopf ins Kissen vergraben, trieb behaglich dahin wie ein Toter, nur von ferne gestört durch eine kühle Tiefenströmung der Wirklichkeit – Stimmen, Schritte, schlagende Türen –, die sich durch die dunklen, blutroten Wasser des Traumes zog. Der Tag verrann in die Nacht, und ich schlief immer noch, bis schließlich das Rauschen und Rumpeln einer Toilettenspülung mich aus dem Schlaf holte.

Die Saturday Night Party hatte bereits angefangen, nebenan in Putnam House. Das hieß, daß das Abendessen vorbei und die Snackbar geschlossen war und daß ich mindestens vierzehn Stunden geschlafen hatte. Monmouth House war verlassen. Ich stand auf, rasierte mich und nahm ein heißes Bad. Dann zog ich einen Bademantel über, biß in einen Apfel, den ich in der Hausküche gefunden hatte, und ging barfuß die Treppe hinunter zum Telefon, um zu sehen, ob dort irgendwelche Nachrichten für mich hinterlassen worden waren.

Es waren drei. Bunny Corcoran um Viertel vor sechs. Meine Mutter aus Kalifornien um Viertel vor neun. Und ein Dr. H. Springfield, D.D.S., der mir vorschlug, ihn aufzusuchen, sobald es mir paßte.

Ich war ausgehungert. Als ich bei Henry ankam, sah ich zu meiner Freude, daß Charles und Francis noch an kaltem Huhn und Salat herumstocherten.

Henry schien seit unserer letzten Begegnung nicht geschlafen zu haben. Er trug eine alte Tweedjacke mit zerschlissenen Ellbogen, und an den Knien seiner Hose waren Grasflecken. »Die Teller stehen in der Anrichte, falls du Hunger hast«, sagte er, zog seinen Stuhl heraus und ließ sich schwer darauf fallen, wie ein alter Farmer, der gerade vom Feld nach Hause kam.

»Wo warst du?«

»Darüber reden wir nach dem Essen.«

»Wo ist Camilla?«

Charles fing an zu lachen.

Francis legte ein Hühnerbein aus der Hand. »Sie hat ein Date«, sagte er.

»Du machst Witze. Mit wem denn?«

»Mit Cloke Rayburn.«

»Sie sind auf der Party«, sagte Charles. »Vorher hat er sie auf ein paar Drinks eingeladen, und so weiter.«

»Marion und Bunny sind auch dabei«, sagte Francis. »Es war Henrys Idee. Heute abend hat sie ein Auge auf du-weißt-schon-wen.«

»Du-weißt-schon-wer hat heute nachmittag am Telefon eine Nachricht für mich hinterlassen«, berichtete ich.

»Du-weißt-schon-wer ist bereits den ganzen Tag auf dem Kriegspfad«, sagte Charles und schnitt sich eine Scheibe Brot ab.

»Nicht jetzt, bitte«, sagte Henry in müdem Ton.

Als das Geschirr abgeräumt war, stützte Henry die Ellbogen auf den Tisch und zündete sich eine Zigarette an. Er war unrasiert und hatte dunkle Ringe unter den Augen.

»Und – wie sind die Pläne?« fragte Francis.

Henry warf das Streichholz in den Aschenbecher. »Dieses Wochenende«, sagte er. »Morgen.«

Ich erstarrte, die Kaffeetasse auf halber Höhe vor meinem Mund, und schaute ihn an.

»O mein Gott«, sagte Charles bestürzt. »So bald schon?«

»Es kann nicht länger warten.«

»Und wie? Was können wir denn so kurzfristig tun?«

»Mir gefällt es auch nicht, aber wenn wir warten, haben wir erst nächstes Wochenende wieder Gelegenheit. Und unter Umständen haben wir dann überhaupt keine Gelegenheit mehr.«

Kurzes Schweigen trat ein.

»Ist das jetzt Tatsache?« fragte Charles unsicher. »Ich meine, ist das jetzt endgültig?«

»Nichts ist endgültig«, sagte Henry. »Wir werden die Umstände nicht völlig unter Kontrolle haben. Aber ich möchte, daß wir bereit sind, wenn die Gelegenheit sich bietet.«

»Das klingt aber irgendwie vage«, meinte Francis.

»Ist es auch. Es geht leider nicht anders, weil Bunny nämlich den größten Teil der Arbeit selbst tun wird.«

»Inwiefern?« Charles lehnte sich zurück.

»Ein Unfall. Ein Wanderunfall, um genau zu sein.« Henry schwieg einen Moment lang. »Morgen ist Sonntag.«

»Ja.«

»Also wird Bunny morgen, wenn das Wetter gut ist, höchstwahrscheinlich spazierengehen.«

»Das macht er aber nicht immer«, sagte Charles.

»Sagen wir, er macht's. Und wir haben eine ziemlich genaue Vorstellung von dem Weg, den er nimmt.«

»Das kommt drauf an«, sagte ich. Ich hatte Bunny im vorigen Semester auf einer Reihe solcher Spaziergänge begleitet. Er neigte dazu, Bäche zu überqueren, Zäune zu überklettern und beliebig viele unerwartete Umwege einzuschlagen.

»Ja, natürlich, aber im großen und ganzen wissen wir es doch«, sagte Henry. Er zog ein Blatt Papier aus der Tasche und breitete es auf dem Tisch aus. Als ich mich vorbeugte, sah ich, daß es eine Karte war. »Er verläßt sein Haus durch die Hintertür, geht hinter den Tennisplätzen herum und, wenn er den Wald erreicht hat, nicht weiter nach North Hampden, sondern in östlicher Richtung auf den Mount Cataract zu. Die Gegend dort ist dicht bewaldet, und das Gelände ist ziemlich unwegsam. Er geht bis zu diesem Wildwechsel – du weißt, welchen ich meine, Richard, diesen Pfad, der mit dem weißen Felsblock markiert ist –, und wendet sich dann scharf nach Südosten. Der Weg führt eine Dreiviertelmeile weit und gabelt sich dann...«

»Aber möglicherweise verpaßt du ihn, wenn du dort wartest«, wandte ich ein. »Ich bin die Strecke schon mit ihm gegangen. Er kann hier genausogut nach Westen abbiegen oder südwärts weitergehen.«

»Gut, und er kann uns auch vorher schon entwischen, wenn wir Pech haben«, sagte Henry. »Ich habe schon erlebt, daß er den Weg überhaupt ignoriert und einfach nach Osten läuft, bis er auf den Highway stößt. Aber ich zähle auf die Wahrscheinlichkeit, daß er das nicht tut. Das Wetter ist schön – er wird keinen so leichten Spaziergang machen wollen.«

»Aber die zweite Gabelung? Wie sollen wir wissen, welche Richtung er dort einschlagen wird?«

»Das brauchen wir gar nicht zu wissen. Du weißt doch, wo er herauskommen wird, oder? An der Schlucht.«

»Oh«, sagte Francis.

Wir schwiegen lange.

»Jetzt hört zu«, sagte Henry und nahm einen Bleistift aus der Tasche. »Er wird sich von der Schule her nähern, also von Süden. Wir können ihm völlig aus dem Weg gehen und vom Highway Six herkommen, also von Westen.«

»Wir nehmen den Wagen?«

»Ein Stück weit, ja. Hinter dem Schrottplatz, vor der Abzweigung nach Battenkill, ist ein Kiesweg. Ich dachte, es wäre eine Privatstraße, und dann hätten wir sie nicht benutzen können, aber ich war heute nachmittag auf dem Grundbuchamt und habe nachgesehen: Es ist bloß ein alter Holzweg. Endet irgendwo mitten im Wald. Aber er müßte uns geradewegs zu der Schlucht führen, bis auf eine Viertelmeile. Das letzte Stück können wir dann zu Fuß gehen.«

»Und wenn wir dort sind?«

»Na, dann warten wir. Ich bin Bunnys Weg von der Schule zur Schlucht heute nachmittag zweimal gegangen, hin und zurück, und habe dabei die Zeit gestoppt. Er braucht mindestens eine halbe Stunde, von seinem Zimmer aus. Damit haben wir genug Zeit, uns von der anderen Seite zu nähern und ihn zu überraschen.«

»Und wenn er nicht kommt?«

»Nun, dann haben wir nichts verloren, außer Zeit.«

»Und wenn einer von uns ihn begleitet?«

Er schüttelte den Kopf. »Daran habe ich auch schon gedacht«, sagte er. »Aber es ist keine gute Idee. Wenn er von sich aus in die Falle geht – allein und aus eigenem Antrieb –, dann gibt es kaum eine Möglichkeit, eine Verbindung zu uns herzustellen.«

»Wenn dieses, wenn jenes«, bemerkte Francis säuerlich. »Das klingt mir alles ziemlich zufällig.«

»Es soll ja auch zufällig aussehen.«

»Ich sehe nicht ein, was an unserem früheren Plan auszusetzen ist.«

»Unser früherer Plan ist zu schematisch. Er ist durch und durch konstruiert.«

»Aber ein exakt konstruierter, perfekter Plan ist besser als Glück.«

Henry strich die zerknüllte Karte mit der flachen Hand auf der Tischplatte glatt. »Da irrst du dich«, widersprach er. »Wenn wir versuchen, das Geschehen allzu planmäßig in Gang zu setzen, um dann auf einem logischen Weg an dem Punkt X anzukommen, dann folgt daraus, daß dieser logische Weg auch am Punkt X aufgenommen und zurückverfolgt werden kann. Ein Komplott ist für ein aufmerksames Auge immer erkennbar. Aber Glück? Das ist unsichtbar, unberechenbar, engelhaft. Was könnte, von unserem Standpunkt aus, besser sein, als Bunny zu erlauben, die Umstände seines Todes selbst zu wählen?«

Alles war still. Draußen schrillten die Grillen mit rhythmischer, durchdringender Monotonie.

Francis – sein Gesicht war feucht und sehr bleich – biß sich auf die Unterlippe. »Damit ich es richtig verstehe... Wir warten an der Schlucht und hoffen darauf, daß er vorbeispaziert kommt. Und wenn er kommt, stoßen wir ihn hinunter – am hellichten Tag – und gehen nach Hause. Richtig?«

»Mehr oder weniger«, sagte Henry.

»Und wenn er nicht allein ist? Oder wenn jemand vorbeikommt?«

»Es ist kein Verbrechen, an einem Frühlingsnachmittag im Wald zu sein«, sagte Henry. »Wir können die Sache jederzeit abbrechen – bis zu dem Moment, wo er über die Kante kippt. Und das wird nur einen Augenblick dauern. Sollten wir auf dem Weg zum Wagen jemanden treffen – was ich für unwahrscheinlich halte, aber falls es doch passiert –, können wir immer sagen, es habe einen Unfall gegeben, und wir wollten Hilfe holen.«

»Aber wenn uns jemand sieht?«

»Ich denke, das ist extrem unwahrscheinlich.« Henry ließ ein Stück Zucker in seinen Kaffee plumpsen.

»Aber möglich.«

»Möglich ist alles, aber die Wahrscheinlichkeit arbeitet hier für uns, wenn wir es nur zulassen«, sagte Henry. »Wie groß sind denn die Chancen, daß jemand, den wir bis dahin nicht bemerkt haben, ausgerechnet in dem Sekundenbruchteil, den man braucht, um ihn hinunterzustoßen, an diesem abgelegenen Ort auftaucht?«

»Aber passieren kann es.«

»Passieren *könnte* alles, Francis. Er *könnte* heute abend überfahren werden und uns allen eine Menge Mühe ersparen.«

Eine sanfte, feuchte Brise wehte zum Fenster herein; sie roch nach Regen und Apfelblüten. Mir war der Schweiß ausgebrochen, ohne daß ich es gemerkt hatte, und der Wind auf meiner Wange gab mir ein klammes, schwereloses Gefühl.

Charles räusperte sich, und wir sahen ihn an.

»Weißt du denn...?« begann er. »Ich meine, bist du sicher, daß es hoch genug ist? Was ist, wenn er...?«

»Ich hab's mir heute genau angesehen«, sagte Henry. »An der höchsten Stelle sind es an die sechzehn Meter, und das müßte reichlich genügen. Das schwierigste wird sein, ihn dort hinzukriegen. Wenn er von einer weniger hohen Stelle hinunterfällt, kommt er schlimmstenfalls mit einem gebrochenen Bein davon. Im übrigen kommt es in hohem Maße auch darauf an, wie er stürzt. Rückwärts scheint mir für unsere Zwecke sehr viel besser zu sein als vorwärts.«

»Aber ich habe schon von Leuten gehört, die aus dem Flugzeug gefallen sind und überlebt haben«, sagte Francis. »Was ist, wenn er den Sturz überlebt?«

Henry schob die Finger hinter die Brille und rieb sich das Auge. »Na ja, weißt du, da ist ein kleiner Bach am Grunde der Schlucht«, sagte er. »Er führt nicht viel Wasser, aber es genügt. Er wird betäubt sein, unter allen Umständen. Wir müßten ihn bloß hinschleifen und mit dem Gesicht ins Wasser drücken – ich schätze, das dürfte nicht mehr als zwei Minuten dauern. Und wenn er doch bei Bewußtsein sein sollte, könnten zwei von uns vielleicht sogar hinuntersteigen und ihn hinführen...«

Charles strich sich mit einer Hand über die feuchte, gerötete Stirn. »O Jesus«, flüsterte er. »O mein Gott. Hört euch an, was wir da reden.«

»Was ist los?«

»Sind wir wahnsinnig?«

»Wovon redest du?«

»Wir sind wahnsinnig. Wir haben den Verstand verloren. Wie können wir das denn *tun*?«

»Die Idee gefällt mir genauso wenig wie dir.«

»Aber das ist verrückt. Ich weiß nicht, wie wir auch nur darüber *reden* können. Wir müssen uns etwas anderes überlegen.«

Henry nahm einen Schluck Kaffee. »Wenn dir etwas einfällt«, sagte er, »würde ich es mit Vergnügen hören.«

»Na ja – ich meine, wieso können wir nicht einfach *abhauen*? Wir setzen uns heute abend in den Wagen und fahren weg.«

»Und wohin?« fragte Henry trocken. »Mit welchem Geld?«

Charles schwieg.

»Also«, sagte Henry und zog mit dem Bleistift einen Strich auf der Karte. »Ich denke, es wird ziemlich einfach sein, ungesehen zu verschwinden, obwohl wir besonders vorsichtig sein müssen, wenn wir in den Holzweg einbiegen und wenn wir nachher wieder auf den Highway hinausfahren.«

»Nehmen wir meinen Wagen oder deinen?« fragte Francis.

»Meinen, denke ich. Bei einem Wagen wie deinem schauen die Leute zweimal hin.«

»Vielleicht sollten wir einen mieten.«

»Nein. So etwas könnte alles verderben. Wenn wir alles so beiläufig wie möglich halten, wird kein Mensch uns eines Blickes würdigen. Auf neunzig Prozent dessen, was die Leute sehen, achten sie überhaupt nicht.«

Es entstand eine Pause.

Charles hüstelte. »Und dann?« fragte er. »Fahren wir einfach nach Hause?«

»Wir fahren einfach nach Hause.« Henry zündete sich eine Zigarette an. »Wirklich, es gibt keinen Grund zur Sorge«, sagte er und schüttelte das Streichholz aus. »Es sieht riskant aus, aber wenn man es logisch betrachtet, könnte es nicht ungefährlicher sein. Es wird überhaupt nicht aussehen wie ein Mord. Und wer weiß denn, daß wir Grund haben, ihn umzubringen? Ich weiß, ich weiß«, sagte er ungeduldig, als ich ihn unterbrechen wollte. »Aber es würde mich sehr wundern, wenn er es noch jemandem erzählt hätte.«

»Wie willst du wissen, was er getan hat? Er könnte es jedem zweiten auf der Party erzählt haben!«

»Aber ich bin bereit, darauf zu wetten, daß er es nicht getan hat. Bunny ist natürlich unberechenbar, aber zum jetzigen Zeitpunkt gehorchen seine Aktionen immer noch einer Art von rudimentärem Pferdeverstand. Ich hatte sehr guten Grund zu der Annahme, daß er es dir zuerst erzählen würde.«

»Nämlich?«

»Du hältst es doch sicher nicht für einen Zufall, daß er von allen Leuten, denen er es hätte erzählen können, ausgerechnet dich ausgesucht hat?«

»Keine Ahnung; ich war einfach leichter zu erreichen als irgend jemand sonst.«

»Nein, er konnte es schlicht niemand sonst erzählen«, sagte Henry ungeduldig. »Er würde niemals geradewegs zur Polizei gehen. Er hätte dabei genauso viel zu verlieren wie wir. Und aus demselben Grund wagt er auch nicht, einem Fremden etwas zu sagen. Und damit bleibt ihm ein extrem begrenztes Spektrum von potentiellen Vertrauenspersonen. Marion zum einen. Seine Eltern zum andern. Cloke zum dritten. Julian als externe Möglichkeit. Und du.«

»Und weshalb glaubst du, daß er beispielsweise Marion noch nichts erzählt hat?«

»Bunny mag dumm sein, aber *so* dumm ist er nicht. Bis zum nächsten Mittag wüßte die ganze Schule Bescheid. Cloke ist aus anderen Gründen eine schlechte Wahl. Bei ihm ist die Gefahr, daß er den Kopf verliert, nicht ganz so groß, aber vertrauenswürdig ist er trotzdem nicht. Flatterhaft und verantwortungslos. Und so egozentrisch. Bunny mag ihn – ich glaube, er bewundert ihn sogar –, aber mit einer solchen Sache würde er niemals zu ihm gehen. Und seinen Eltern würde er in einer Million Jahren nichts erzählen. Sie würden sich sicher hinter ihn stellen, aber zweifellos würden sie schnurstracks zur Polizei gehen.«

»Und Julian?«

Henry zuckte die Achseln. »Nun, Julian könnte er es erzählen. Das will ich sofort einräumen. Aber er hat es noch nicht getan, und ich denke, wahrscheinlich wird er es auch nicht tun, zumindest vorläufig nicht.«

»Warum nicht?«

Henry zog eine Braue hoch und sah mich an. »Was glaubst du, wem Julian mehr glauben würde?«

Niemand sagte etwas. Henry nahm einen tiefen Zug von seiner Zigarette. »Also«, sagte er und blies den Rauch von sich. »Haken wir ab: Marion und Cloke hat er nichts gesagt, weil er fürchtet, sie könnten es weitererzählen. Seinen Eltern hat er aus demselben Grund nichts gesagt, und wahrscheinlich wird er es auch nur als letzte Rettung in Betracht ziehen. Welche Möglichkeiten bleiben ihm also? Nur zwei. Er könnte zu Julian gehen – der ihm nicht glauben würde –, oder zu dir, denn du würdest ihm vielleicht glauben, und du würdest es nicht weitererzählen.«

Ich starrte ihn an. »Das sind Vermutungen«, sagte ich schließlich.

»Überhaupt nicht. Glaubst du, wenn er es jemandem erzählt hätte, säßen wir jetzt hier? Glaubst du, er wäre jetzt, nachdem er es dir erzählt hat, tollkühn genug, sich an einen Dritten zu wenden, ehe er weiß, wie du reagieren wirst? Weshalb, glaubst du, hat er dich heute nachmittag angerufen? Weshalb, glaubst du, hat er uns den ganzen Tag über genervt?«

Ich antwortete nicht.

»Weil er«, sagte Henry, »das Terrain sondieren wollte. Gestern nacht war er betrunken und im Vollgefühl seiner selbst. Heute ist er aber nicht mehr so sicher, was du darüber denkst. Er möchte noch eine Meinung einholen. Und wie er sich entscheidet, hängt von deiner Reaktion ab.«

»Das verstehe ich nicht«, sagte ich.

Henry nahm einen Schluck Kaffee. »Was verstehst du nicht?«

»Wieso hast du es so verdammt eilig, ihn umzubringen, wenn du glaubst, daß er es niemandem außer mir erzählt?«

Er zuckte die Achseln. »*Noch* hat er es niemandem erzählt. Aber das heißt nicht, daß er es nicht sehr bald tun wird.«

»Vielleicht könnte ich es ihm ausreden.«

»Darauf will ich es, offen gesagt, nicht ankommen lassen.«

»Meiner Meinung nach redest du hier aber über ein viel größeres Risiko.«

»Hör zu«, sagte Henry, hob den Kopf und schaute mich mit glasigem Blick an. »Entschuldige, daß ich es so unverblümt sage, aber wenn du glaubst, du hättest irgendeinen Einfluß auf Bunny, befindest du dich in einem betrüblichen Irrtum. Er kann dich nicht besonders gut leiden, und, wenn ich offen sprechen darf, soweit ich weiß, konnte er es noch nie. Es wäre katastrophal, wenn ausgerechnet du versuchen wolltest, da einzugreifen.«

»Ich war derjenige, zu dem er gegangen ist.«

»Aus naheliegenden Gründen, und keiner davon ist besonders sentimental.« Er zuckte die Achseln. »Solange ich sicher war, daß er es niemandem erzählt hatte, hätten wir auf unbestimmte Zeit abwarten können. Aber du warst die Alarmglocke, Richard. Nachdem er es dir erzählt hat – es ist nichts passiert, und er wird finden, es war gar nicht so schlimm –, wird es ihm doppelt leicht fallen, es noch jemandem zu erzählen. Und dann einem Dritten. Er hat den ersten Schritt auf eine abschüssige Bahn getan. Nachdem das nun geschehen ist, habe ich das Gefühl, daß wir eine lawinenartige Abfolge von weiteren Dummheiten zu gewärtigen haben.«

Meine Handflächen waren feucht. Obwohl das Fenster offen war, kam mir das Zimmer drückend und stickig vor. Ich hörte alle atmen: ruhige, gemessene Atemzüge, die mit schrecklicher Regelmäßigkeit kamen und gingen, vier Lungen, die den dünnen Sauerstoff verzehrten.

Henry verschränkte die Finger und streckte die Arme vor sich aus, bis die Fingergelenke knackten. »Du kannst jetzt gehen, wenn du möchtest«, sagte er zu mir.

»Soll ich?« fragte ich scharf.

»Du kannst bleiben oder nicht«, sagte er. »Aber es gibt keinen Grund, weshalb du müßtest. Ich wollte dir eine ungefähre Vorstellung geben, aber in gewissem Sinne ist es um so besser, je weniger Einzelheiten du weißt.« Er gähnte. »Es gab vermutlich ein paar Dinge, die du wissen mußtest, aber ich glaube, ich habe dir einen schlechten Dienst erwiesen, indem ich dich so weit hereingezogen habe.«

Ich stand auf und blickte in die Runde. »Okay«, sagte ich. »Okay, okay, okay.« Francis sah mich mit hochgezogener Braue an.

»Wünsch uns Glück«, sagte Henry.

Ich klopfte ihm unbeholfen auf die Schulter. »Viel Glück«, sagte ich.

Charles zog – ohne daß Henry ihn sah – meinen Blick auf sich. Er lächelte und formte mit dem Mund die Worte: *Ich rufe dich morgen an, okay?*

Plötzlich und ganz unverhofft überkam mich eine Woge der Emotion. Ich fürchtete, ich könnte gleich etwas Kindisches sagen oder tun, etwas, das ich bedauern würde, und so zog ich meinen Mantel an, stürzte meinen restlichen Kaffee in einem langen Zug hinunter und ging ohne das flüchtigste Abschiedswort hinaus.

Als ich mit gesenktem Kopf, die Hände in den Taschen, durch den Wald nach Hause ging, stieß ich buchstäblich mit Camilla zusammen. Sie war sehr betrunken und in überschwenglicher Stimmung.

»Hallo«, sagte sie, hakte sich bei mir unter und führte mich zurück in die Richtung, aus der ich gekommen war. »Rate mal. Ich habe ein Date gehabt.«

»Hab' ich schon gehört.«

Sie lachte – ein dunkles, süßes Glucksen, das mir das Herz erwärmte. »Ist das nicht komisch?« sagte sie. »Ich komme mir vor wie eine Spionin. Bunny ist gerade nach Hause gegangen. Das Problem ist bloß, ich glaube, Cloke mag mich irgendwie.«

Es war so dunkel, daß ich sie kaum sehen konnte. Das Gewicht ihres Arms war wunderbar angenehm, und ihr Atem, süß vom Gin, streifte meine Wange.

»Hat Cloke sich anständig benommen?« fragte ich.

»Ja. War sehr nett. Er hat mir ein Abendessen spendiert und ein paar rote Drinks, die schmeckten wie Bonbonwasser.«

Wir traten aus dem Wald hinaus auf die verlassenen, blau erleuchteten Straßen von North Hampden. Alles wirkte still und seltsam im Mondschein. Ein sanfter Wind ließ irgendwo auf einer Veranda ein Glockenspiel klingen.

Als ich stehenblieb, zog sie an meinem Arm. »Kommst du nicht mit?« fragte sie.

»Nein.«

»Warum nicht?«

Ihr Haar war zerzaust, und ihr reizender Mund war dunkel fleckig von den Bonbonwasser-Drinks; ich brauchte sie nur anzusehen und wußte, daß sie nicht die leiseste Ahnung hatte, was bei Henry im Gange war.

Sie würde morgen mit ihnen gehen. Irgend jemand würde wahrscheinlich sagen, sie brauche nicht mitzukommen, aber am Ende würde sie doch mitgehen.

Ich hustete. »Hör mal«, sagte ich.

»Was?«

»Komm mit zu mir.«

Sie zog die Brauen zusammen. »Jetzt?«

»Ja.«

»Warum?«

Das Windspiel klang wieder, silbrig, hinterhältig.

»Weil ich es möchte.«

Sie schaute mich mit leerer, trunkener Gefaßtheit an und stand dabei wie ein Fohlen auf dem Außenrist ihres Fußes, so daß der Knöchel in einem verblüffenden, mühelos erscheinenden L einwärts geknickt war.

Ihre Hand lag in meiner. Ich drückte sie kräftig. Wolken jagten über den Mond.

»Komm«, sagte ich.

Sie erhob sich auf die Zehenspitzen und gab mir einen kühlen, sanften Kuß, der nach Bonbons schmeckte. *O du*, dachte ich, und mein Herz schlug schnell.

Plötzlich löste sie sich von mir. »Ich muß gehen«, sagte sie.

»Nein. Bitte geh nicht.«

»Ich muß. Sie werden sich schon fragen, wo ich bin.«

Sie küßte mich noch einmal rasch, wandte sich dann ab und ging die Straße hinunter. Ich schaute ihr nach, bis sie an der Ecke war, und dann vergrub ich meine Hände in den Taschen und machte mich auf den Heimweg.

Am nächsten Tag erwachte ich mit einem Ruck; die Sonne schien frostig, und unten am Gang dröhnte eine Stereoanlage. Es war spät – Mittag, vielleicht schon Nachmittag. Ich langte nach meiner Uhr auf dem Nachttisch und erschrak noch einmal, heftiger diesmal. Es war viertel vor drei. Ich sprang aus dem Bett und begann mich anzuziehen, sehr hastig, und ohne mir die Mühe zu machen, mich zu rasieren oder wenigstens zu kämmen.

Als ich im Korridor meine Jacke überzog, sah ich Judy Poovey, die mir zielstrebig entgegenkam. Sie war für ihre Verhältnisse aufgedonnert und hatte den Kopf schräg gelegt, um einen Ohrring zu befestigen.

»Willst du mitfahren?« fragte sie, als sie mich sah.

»Mitfahren? Wohin?« fragte ich verwirrt; meine Hand lag noch auf dem Türknopf.

»Was ist los mit dir? Lebst du auf dem Mars oder was?«

Ich starrte sie an.

»Zur Party«, sagte sie ungeduldig. »›Swing into Spring‹. Oben in Jennings. Sie hat vor einer Stunde angefangen.«

Ihre Nasenlöcher waren an den Rändern kaninchenhaft entzündet; sie hob eine rotbekrallte Hand und wischte sich die Nase.

»Laß mich raten, was du dir reingezogen hast«, sagte ich.

Sie lachte. »Ich hab' noch eine Menge davon. Jack Teitelbaum war letztes Wochenende in New York und hat eine ganze Tonne mitgebracht. Und Laura Stora hat Ecstasy, und dieser komische Typ aus dem Kellergeschoß in Durbinstall – du weißt schon, der mit dem Chemieexamen – hat gerade einen Eimer Meth gebraut. Willst du mir erzählen, daß du von all dem nichts wußtest?«

»Nein.«

»›Swing into Spring‹ ist eine *große Sache*. Alles bereitet sich schon seit Monaten drauf vor. Schade, daß es nicht gestern war; das Wetter war so toll. Warst du beim Mittagessen?«

Sie meinte, ob ich heute schon draußen gewesen war. »Nein«, sagte ich.

»Na ja, ich meine, das Wetter ist okay, aber ein bißchen kalt. Ich war draußen, und es ging gleich ab wie, oh, Scheiße. Jedenfalls. Kommst du mit?«

Ich sah sie verständnislos an. Ich war aus meinem Zimmer gerannt, ohne zu wissen, wo ich hinwollte. »Ich muß mir was zu essen holen«, sagte ich schließlich.

»Das ist 'ne gute Idee. Letztes Jahr war ich da und hatte vorher nichts gegessen, und dann hab' ich Pot geraucht und, na, bestimmt dreißig Martinis getrunken. Es ging mir okay und alles, aber dann ging ich zum Fun O'Rama. Weißt du noch? Die Kirmes, die sie da hatten – na, ich glaube, du warst noch nicht hier. Jedenfalls. *Böser Fehler*. Ich hatte den ganzen Tag gesoffen und 'n Sonnenbrand, und ich war mit Jack Teitelbaum und den ganzen Typen zusammen. Ich hatte nicht vor, weißt du, irgendwo mitzufahren, aber dann dachte ich: Okay. Das Riesenrad. Kein Problem. Ich kann mit dem Riesenrad fahren...«

Höflich hörte ich mir den Rest ihrer Geschichte an; sie endete, wie ich vorher gewußt hatte, damit, daß Judy sich hinter einer Hotdogbude feuerwerksmäßig übergab.

»Deshalb dachte ich dieses Jahr, ich dachte, nein, nichts davon. Bleib beim Koks. *Can't beat the feeling*. Übrigens, du solltest deinen Freund da – du weißt schon, wie heißt er gleich – *Bunny*, den solltest du mitnehmen. Er ist in der Bibliothek.«

»Was?« Ich war plötzlich ganz Ohr.

»Yeah. Zerr ihn da raus. Er soll sich was reinziehen oder so.«

»Er ist in der Bibliothek?«

»Yeah. Ich hab' ihn vorhin durch das Fenster im Leseraum gesehen. Hat er kein Auto?«

»Nein.«

»Na, ich dachte, vielleicht könnte er uns fahren. Ist ziemlich weit zu Fuß nach Jennings. Oder, ich weiß nicht, vielleicht liegt es auch bloß an mir. Ich schwör' dir, ich bin so was von aus der Form, ich muß wieder anfangen mit Jane Fonda.«

Inzwischen war es drei. Ich schloß meine Tür ab und ging hinüber zur Bibliothek; nervös klingelte ich mit meinem Schlüssel in der Tasche.

Es war ein seltsamer, stiller, bedrückender Tag. Der Campus schien verlassen – vermutlich war alles auf der Party –, und der grüne Rasen und die bunten Tulpen lagen wie in gedämpfter Erwartung unter dem bedeckten Himmel. Irgendwo knarrte ein Fensterladen. Über mir in den bösartigen schwarzen Klauen einer Ulme raschelte ein verhedderter Drachen und hing dann wieder still. *Das ist Kansas*, dachte ich. *Kansas vor dem Wirbelsturm*.

Die Bibliothek glich einem Grab; aus dem Innern fiel das kalte Licht der Leuchtstoffröhren, und der Kontrast ließ den Nachmittag kälter und grauer erscheinen, als er war. Die Fenster des Leseraums waren hell und spiegelblank. Bücherregale, leere Kabinen, keine Menschenseele.

Die Bibliothekarin – eine verachtungswürdige Kuh namens Peggy – saß hinter ihrem Schreibtisch und las in einer Nummer von *Women's Day*. Sie blickte nicht auf. Das Kopiergerät summte leise in der Ecke. Ich lief die Treppe hinauf in den ersten Stock und ging hinter der Fremdsprachenabteilung vorbei zum Leseraum. Er war leer, wie ich mir gedacht hatte, aber auf einem der Tische am vorderen Ende sah ich ein beredtes kleines Nest aus Büchern, zerknülltem Papier und fettigen Kartoffelchipstüten.

Ich ging hin, um es mir näher anzusehen. Es wirkte, als sei es erst kürzlich verlassen worden; eine Dose Traubenlimonade stand noch da, dreiviertel leer, aber noch beschlagen und kühl. Ich überlegte einen Moment lang, was ich tun sollte – vielleicht war er nur auf der Toilette und würde gleich wieder zurückkommen –, und ich wollte gerade gehen, als ich den Zettel sah.

Oben auf einem Band der *World Book Encyclopedia* lag ein einmal zusammengefaltetes, schmuddeliges Blatt liniertes Papier, und am Rand stand in Bunnys winziger Krakelschrift »Marion«. Ich faltete das Blatt auseinander und las schnell:

altes Mädel,

Ätzend langweilig hier. Bin zur Party, ein Bierchen zischen. Biß später.

B.

Ich faltete den Zettel zusammen und ließ mich schwer auf die Armlehne von Bunnys Stuhl fallen. Bunnys Spaziergänge, wenn er sie machte, begannen gegen ein Uhr mittags. Jetzt war es drei. Er war auf der Party in Jennings. Sie hatten ihn verpaßt.

Ich ging die hintere Treppe hinunter und durch die Tür im Kellergeschoß hinaus, und dann lief ich hinüber zum Commons; die rote Backsteinfassade erhob sich flach wie eine Theaterkulisse vor dem leeren Himmel. Vom Münztelefon aus rief ich bei Henry an. Niemand da. Bei den Zwillingen meldete sich auch niemand.

Das Commons war menschenleer bis auf zwei hagere alte Hausmeister und die Lady mit der roten Perücke, die das ganze Wochenende an der Telefonzentrale saß und strickte, ohne sich um die hereinkommenden Anrufe zu kümmern. Wie immer blinkten die Lichter voller Hektik, und sie hatte ihnen den Rücken zugewandt und merkte nichts, ganz wie der unheilvolle Funker auf der *Californian* in der Nacht, als die *Titanic* unterging. Ich ging an ihr vorbei den Gang hinunter zu den Automaten, um mir einen Becher wäßrigen Instantkaffee zu holen, ehe ich es noch einmal mit dem Telefon versuchte. Noch immer meldete sich niemand.

Ich legte auf und schlenderte zurück zum verlassenen Aufenthaltsraum, eine Zeitschrift von Hampden-Absolventen, die ich im Postzimmer gefunden hatte, unter dem Arm, und setzte mich in einen Sessel am Fenster, um meinen Kaffee zu trinken.

Fünfzehn Minuten vergingen, dann zwanzig. Die Zeitschrift war deprimierend. Hampden-Absolventen schienen nach der Schule nie etwas anderes zu tun, als kleine Keramikläden in Nantucket aufzumachen oder in einen Ashram nach Nepal zu ziehen. Ich warf das Heft beiseite und starrte abwesend aus dem Fenster. Das Licht draußen war sehr eigenartig. Irgendwie ließ es das Grün des Rasens intensiver erscheinen, so daß die ganze weite Fläche unnatürlich wirkte, leuchtend fast, als sei sie nicht recht aus dieser Welt. Eine amerikanische Flagge, kraß und einsam vor dem violetten Himmel, peitschte am Flaggenmast aus Messing hin und her.

Ich saß da und starrte sie eine Weile an. Plötzlich konnte ich es nicht einen Augenblick länger ertragen. Ich zog meinen Mantel an und ging hinaus zu der Schlucht.

Der Wald war totenstill und abweisender, als ich ihn je gesehen hatte – grün und schwarz und unbewegt, und dunkel roch es nach Erde und Moder. Kein Wind wehte; kein Vogel sang, und kein Blatt rührte sich. Die Blüten des Hartriegel standen aufrecht und weiß, surreal und still vor dem dunkler werdenden Himmel, der schweren Luft.

Ich fing an zu laufen; Zweige knickten unter meinen Füßen, und mein heiserer Atem tönte laut in meinen Ohren. Nach kurzer Zeit führte der Weg auf die Lichtung hinaus. Halb keuchend blieb ich stehen, und es dauerte einen Moment, ehe ich begriff, daß niemand da war.

Die Schlucht lag zur Linken – roh und tückisch, und tief unten ein steiniger Grund. Sorgsam darauf bedacht, der Kante nicht zu nah zu kommen, ging ich darauf zu, um besser sehen zu können. Alles war absolut still. Ich wandte mich ab, dem Wald zu, aus dem ich gerade gekommen war.

Da hörte ich zu meiner ungeheuren Überraschung ein leises Rascheln, und Charles' Kopf erhob sich aus dem Nirgendwo. »Hey!« flüsterte er erfreut. »Was, um alles in der Welt...?«

»Halt den Mund«, sagte jemand schroff, und einen Augenblick

später erschien Henry wie durch Zauberei und trat aus dem Unterholz.

Ich war sprachlos und verdattert. Er blinzelte mich verärgert an und wollte etwas sagen, als es plötzlich im Geäst krachte; staunend drehte ich mich um und sah noch, wie Camilla, mit einer Khakihose bekleidet, an einem Baumstamm herunterkletterte.

»Was ist los?« hörte ich Francis irgendwo in der Nähe fragen. »Kann ich jetzt eine Zigarette rauchen?«

Henry gab ihm keine Antwort. »Was machst du hier?« fragte er mich in sehr aufgebrachtem Ton.

»Heute ist 'ne Party.«

»Was?«

»Eine Party. Da ist er jetzt.« Ich schwieg einen Moment. »Er kommt nicht.«

»Seht ihr, ich hab's doch gesagt.« Verdrossen stelzte Francis aus dem Gestrüpp und wischte sich die Hände ab. Es war typisch für ihn, daß er nicht dem Anlaß entsprechend gekleidet war; er hatte einen ziemlich hübschen Anzug an. »Niemand hört auf mich. *Ich* habe ja gesagt, wir hätten schon vor einer Stunde gehen sollen.«

»Woher weißt du, daß er auf der Party ist?« fragte Henry.

»Er hat eine Nachricht hinterlassen. In der Bibliothek.«

»Laßt uns nach Hause gehen«, sagte Charles und wischte sich mit dem Handballen einen Schlammstreifen von der Wange.

Henry achtete nicht auf ihn. »Verdammt«, sagte er und schüttelte den Kopf so schnell wie ein Hund, der aus dem Wasser kommt. »Ich hatte so sehr gehofft, wir könnten es hinter uns bringen.«

Eine lange Pause folgte.

»Ich habe Hunger«, sagte Charles.

»Ich bin am Verhungern«, sagte Camilla abwesend, und dann weiteten sich ihre Augen. »O *nein*.«

»Was ist?« fragten alle gleichzeitig.

»Das Abendessen. Heute ist Sonntag. Er kommt heute abend zum Essen zu uns.«

Düsteres Schweigen.

»Daran habe ich überhaupt nicht gedacht«, sagte Charles. »Nicht ein einziges Mal.«

»Ich auch nicht«, sagte Camilla. »Und wir haben nichts zu essen zu Hause.«

»Dann müssen wir auf dem Rückweg einkaufen.«

»Was können wir machen?«

»Ich weiß nicht. Irgendwas Schnelles.«

»Nicht zu fassen, ihr beiden«, sagte Henry wütend. »Ich habe euch gestern abend daran erinnert.«

»Aber wir haben es *vergessen*«, sagten die Zwillinge in simultaner Verzweiflung.

»Wie konntet ihr?«

»Na, wenn du aufwachst und vorhast, jemanden zu ermorden, dann überlegst du dir ja wohl kaum, was du der Leiche zum Abendessen servieren willst.«

»Spargel hat gerade Saison«, sagte Francis hilfreich.

»Ja, aber haben sie im Food King welchen?«

Henry seufzte und wandte sich dem Wald zu.

»Wo gehst du hin?« fragte Charles erschrocken.

»Ich will ein paar Farnkräuter ausgraben. Dann können wir gehen.«

»Ach, laß es uns doch einfach vergessen«, sagte Francis; er zündete sich eine Zigarette an und warf das Streichholz weg. »Niemand wird uns sehen.«

Henry drehte sich um. »Aber es *könnte* uns jemand sehen. Und wenn uns jemand sieht, will ich auf jeden Fall erklären können, weshalb wir hier waren. Und heb das Streichholz auf«, sagte er säuerlich zu Francis, der eine Rauchwolke von sich blies und ihn anfunkelte.

Es wurde mit jeder Minute dunkler, und kalt wurde es auch. Ich knöpfte mir die Jacke zu, setzte mich auf einen klammen Stein oberhalb der Schlucht und starrte zu dem schlammigen, von Laub verstopften Bach, der dort unten vorbeirieselte; mit halbem Ohr hörte ich den Zwillingen zu, die darüber diskutierten, was sie zum Abendessen machen wollten. Francis stand an einen Baum gelehnt und rauchte. Nach einer Weile drückte er die Zigarette an der Schuhsohle aus, kam herüber und setzte sich neben mich.

Minuten vergingen. Der Himmel war so bewölkt, daß er im Abendrot fast purpurn aussah. Ein Windhauch raschelte in einer Gruppe von weißleuchtenden Birken auf der anderen Seite der Schlucht, und mich fröstelte. Die Zwillinge stritten monoton. Wenn sie in solcher Stimmung waren – verstört und aufgeregt –, klangen sie manchmal wie Heckle und Jeckle.

Plötzlich brach Henry mit großem Getöse aus dem Unterholz hervor und wischte sich die erdverkrusteten Hände an der Hose ab. »Da kommt jemand«, sagte er leise.

Die Zwillinge verstummten und starrten ihn an.

»Was?« sagte Charles.

»Hinten herum. Hört doch.«

Stumm schauten wir einander an. Ein kalter Wind rauschte durch den Wald, und ein Schauer von Hartriegelblüten wirbelte auf die Lichtung.

»Ich hör' nichts«, sagte Francis.

Henry legte einen Finger an die Lippen. Wir standen alle fünf noch einen Augenblick lang angespannt da und warteten. Ich holte Luft und wollte etwas sagen, als ich plötzlich doch etwas hörte.

Schritte. Das Knacken von Zweigen. Wir sahen einander an. Henry nagte an der Unterlippe und schaute sich hastig um. Rings um die Schlucht war es kahl; es gab hier kein Versteck, und wir konnten nicht über die Lichtung und in den Wald laufen, ohne viel Lärm zu machen. Henry öffnete den Mund, als es plötzlich ganz in der Nähe im Gestrüpp krachte, und er verschwand zwischen zwei Bäumen hindurch von der Lichtung wie jemand, der sich auf einer Großstadtstraße in einen Hauseingang drückt.

Wir anderen, auf freier Fläche gestrandet, schauten erst einander und dann Henry an, der zehn Meter weit von uns entfernt sicher im Schatten des Waldsaums stand. Er winkte uns ungeduldig zu. Ich hörte knirschende Schritte auf dem Kies, und fast ohne zu merken, was ich tat, drehte ich mich ruckartig um und tat, als studiere ich den Stamm eines nahen Baumes.

Die Schritte kamen näher. Es kribbelte mir im Nacken, und ich beugte mich vor, um den Baumstamm eingehender zu inspizieren: silbrige Rinde, die sich kühl anfühlte, Ameisen, die in glitzernd schwarzer Kolonne aus einer Ritze marschiert kamen. Ich starrte sie angestrengt an und zählte die Schritte, als sie herankamen.

Plötzlich hielten sie an, dicht hinter meinem Rücken.

Ich blickte auf und sah Charles. Er schaute mit gespenstischem Gesichtsausdruck geradeaus, und ich war im Begriff, ihn zu fragen, was los sei, als mich eine Woge der Fassungslosigkeit überströmte, daß mir flau wurde: Ich hörte Bunnys Stimme unmittelbar hinter mir.

»Na, das haut mich aber um«, rief er munter. »Was ist das denn hier? Ein Treffen des Naturkundeclubs?«

Ich drehte mich um. Es war wirklich Bunny; mit seinen ganzen eins neunzig ragte er hinter mir auf, umhüllt von einem gewaltigen gelben Regenmantel, der ihm fast bis zu den Knöcheln reichte.

Es war furchtbar still.

»Hi, Bun«, sagte Camilla matt.

»Selber hi.« Er hatte eine Flasche Bier dabei – Rolling Rock, komisch, daß ich mich daran erinnere –, und er setzte sie jetzt an und trank in langen, gurgelnden Zügen. »Puh«, sagte er dann. »Ihr schleicht euch in letzter Zeit ja reichlich im Wald rum. Weißt du«, sagte er und stieß mir die Finger in die Rippen, »daß ich versucht hab', dich zu erreichen?«

Die jähe, dröhnende Unmittelbarkeit seiner Anwesenheit war zuviel für mich. Ich starrte ihn benommen an, während er wieder trank, während er die Flasche sinken ließ, während er sich mit dem Handrücken den Mund abwischte. Er stand so dicht vor mir, daß ich seinen satten, bierschweren Atem roch.

»Aah«, sagte er, harkte sich das Haar aus den Augen und rülpste. »Was gibt's zu berichten, Wildtöter? Ihr hattet auf einmal Lust, hier rauszukommen und die Vegetation zu studieren?«

Vom Waldrand her hörte man ein Rascheln und ein leises, verlegenes Hüsteln.

»Na ja, das nicht gerade«, sagte eine coole Stimme.

Bunny drehte sich erschrocken um – ich auch – und sah, wie Henry aus dem Dunkel hervortrat.

Er kam heran und musterte Bunny freundlich. Er hielt eine Gartenschaufel in der mit schwarzer Erde beschmierten Hand. »Hallo«, sagte er. »Das ist ja eine Überraschung.«

Bunny sah ihn an, lange und mit hartem Blick. »Jesus«, sagte er. »Was macht ihr denn da – die Toten begraben?«

Henry lächelte. »Eigentlich ist es ein glücklicher Zufall, daß du vorbeikommst.«

»Ist das 'ne Art Kongreß hier?«

»Nun ja«, sagte Henry nach kurzer Pause liebenswürdig. »Vermutlich könnte man es so nennen.«

»*Könnte* man«, sagte Bunny spöttisch.

Henry biß sich auf die Unterlippe. »Ja«, sagte er ganz ernst. »Könnte man. Allerdings ist es nicht der Terminus, den ich selbst verwenden würde.«

Es war still. Irgendwo weit weg im Wald hörte ich leise das irre Gelächter eines Spechts.

»Jetzt sagt mal«, begann Bunny, und ich glaubte einen ernsten Unterton von Argwohn zu entdecken, »was um alles in der Welt *macht* ihr Typen denn hier draußen?«

Der Wald schwieg. Man hörte keinen Laut.

Henry lächelte. »Na, wir suchen nach neuen Farnen«, sagte er und trat einen Schritt auf Bunny zu.

BUCH ZWEI

Dionysos ist der Meister der Illusion, der einen Weinstock aus einer Schiffsplanke wachsen lassen könnte und seine Anhänger allgemein dazu befähigt, die Welt zu sehen, wie die Welt nicht ist.

E.R. DODDS
Die Griechen und das Irrationale

SECHSTES KAPITEL

Nur der Vollständigkeit halber: Ich halte mich nicht für einen schlechten Menschen (obwohl – wie sehr klinge ich damit wie ein Mörder!). Immer wenn ich in der Zeitung etwas über einen Mord lese, bin ich verblüfft über die sture, beinahe rührende Sicherheit, mit der Landstraßenkiller, spritzengeile Kinderärzte, die Verkommenen und Schuldigen aller Couleur, sich außerstande sehen, das Böse in sich selbst zu erkennen – sich sogar genötigt fühlen, eine Art vorgetäuschte Anständigkeit geltend zu machen. »Im Grunde bin ich ein sehr guter Mensch.« (Das vom neuesten Massenmörder – dem der Stuhl sicher ist, heißt es –, der vor kurzem in Texas mit bluttriefender Axt ein halbes Dutzend staatlich geprüfte Krankenschwestern zur Strecke gebracht hat. Ich habe den Fall mit Interesse in der Zeitung verfolgt.)

Aber wenn ich mich selbst auch nie als besonders guten Menschen betrachtet habe, bringe ich es doch auch nicht über mich zu glauben, ich sei über die Maßen schlecht. Vielleicht ist es einfach unmöglich, sich selbst auf eine solche Weise zu sehen, wofür unser texanischer Freund ein Beleg wäre. Was wir getan haben, war schrecklich; aber trotzdem glaube ich nicht, daß einer von uns wirklich schlecht war. Man mag es in meinem Fall meiner Schwäche zuschreiben, bei Henry der Hybris und einem Übermaß an griechischen Prosaaufsätzen – oder was auch immer es gewesen sein mag.

Ich weiß es nicht. Ich nehme an, ich hätte mir besser darüber im klaren sein sollen, worauf ich mich da eingelassen hatte. Aber der erste Mord – der Farmer – schien so einfach gewesen zu sein, ein Stein, in den Teich geworfen und auf den Grund gesunken, fast ohne den Wasserspiegel zu kräuseln. Auch der zweite war einfach, zuerst jedenfalls, aber ich hatte keine Ahnung, wie anders sich die Sache diesmal entwickeln würde. Was wir für einen harmlosen, gewöhnlichen Klotz gehalten hatten (ein sanfter Plumps, und das Ganze sinkt schnell auf den Grund, und das dunkle Wasser schließt sich spurlos darüber), war tatsächlich eine Zeitbombe, die ganz ohne Vorwarnung unter der glasklaren Oberfläche explodierte, und der Widerhall der Explosion ist womöglich noch heute nicht ganz vorüber.

Gegen Ende des sechzehnten Jahrhunderts unternahm der italienische Physiker Galileo Galilei diverse Experimente zur Natur fallender Körper; er warf (so heißt es) Gegenstände vom Turm von Pisa, um ihre Beschleunigung zu messen, wenn sie fielen. Er fand folgendes heraus: Fallende Körper gewinnen Geschwindigkeit, während sie fallen. Je tiefer ein Körper fällt, desto schneller bewegt er sich. Die Geschwindigkeit des fallenden Körpers ist gleich der Beschleunigung durch die Erdanziehungskraft, multipliziert mit der Dauer des Falls in Sekunden. Kurz: Unter Berücksichtigung der Variablen in unserem Fall bewegte sich der stürzende Körper mit einer Geschwindigkeit von mehr als zweiunddreißig Fuß pro Sekunde, als er unten auf die Steine aufschlug.

Sie sehen also, wie schnell es ging. Und es ist unmöglich, diesen Film langsamer laufen zu lassen und die Einzelbilder zu betrachten. Ich sehe jetzt, was ich damals sah, und es zieht blitzartig vorbei, mit der geschwinden, trügerischen Leichtigkeit eines Unfalls: Kieselsteine prasseln, Arme fuchteln wie Windmühlenflügel, eine Hand krallt nach einem Zweig, verfehlt ihn. Erschrockenes Krächzen explodiert salvenartig im Unterholz, Schreie und dunkles Flattern vor dem Himmel. Schnitt auf Henry, der vom Rand zurückweicht. Dann flattert das Ende des Films im Projektor, und die Leinwand wird dunkel. *Consummatum est.*

Wenn ich nachts im Bett liege, bin ich unfreiwilliger Zuschauer bei diesem abscheulichen kleinen Dokumentarfilm (er geht weg, wenn ich die Augen aufschlage, aber wenn ich sie dann schließe, fängt er unermüdlich wieder ganz von vorn an), und ich sehe mit Staunen, wie unbeteiligt er aufgenommen ist, wie ungewöhnlich in seinen Details, wie weitgehend frei von emotionaler Kraft er ist. In dieser Hinsicht spiegelt er das Erlebnis in meiner Erinnerung genauer wider, als man sich vorstellen möchte. Die Zeit und die wiederholten Aufführungen haben die Erinnerung mit einer Bedrohlichkeit ausgestattet, die das Original nicht besaß. Ich beobachtete alles ganz ruhig, als es geschah – ohne Angst, ohne Mitleid, ohne irgend etwas außer einer Art starrer Neugier –, so daß der Eindruck des Ereignisses unauslöschlich in meine Sehnerven eingebrannt, aber in meinem Herzen seltsam abwesend ist.

Es vergingen etliche Stunden, bevor ich erkannte, was wir getan hatten, Tage (Monate? Jahre?), bis ich anfing, es in seiner ganzen Größe zu begreifen. Ich nehme an, wir hatten einfach zu viel darüber nachgedacht, zu oft darüber geredet – bis der Plan aufgehört hatte, eine Angelegenheit der Phantasie zu sein und ein grauenhaftes Eigenleben gewonnen hatte... Nicht ein einziges Mal kam mir damals der Gedanke, daß alles das etwas anderes als ein Spiel sei. Ein Hauch von Unwirklichkeit durchdrang noch die alltäglichsten Details, als planten wir nicht den Tod eines Freundes, sondern den Ablauf einer fabelhaften Reise, von der ich persönlich eigentlich nie glaubte, daß wir sie tatsächlich unternehmen würden.

Was man nicht denken kann, kann man auch nicht tun. Das ist einer der Sätze, die Julian im Griechischunterricht zu sagen pflegte; ich glaube zwar, daß er es sagte, um uns zu größerer Rigorosität in unseren geistigen Gewohnheiten zu ermutigen, aber es hat doch auch eine gewisse perverse Bedeutung für die in Frage stehende Angelegenheit. Der Gedanke, Bunny zu ermorden, war grauenhaft, unmöglich; gleichwohl beschäftigten wir uns unaufhörlich damit, redeten uns ein, daß es keine Alternative gebe, entwarfen Pläne, die ein wenig unwahrscheinlich und lächerlich erschienen, die aber tatsächlich ganz gut funktionierten, wenn man sie auf die Probe stellte... Ich weiß es nicht. Einen oder zwei Monate zuvor wäre ich beim bloßen Gedanken an einen Mord entsetzt gewesen. Aber an diesem Sonntagnachmittag, als ich tatsächlich dastand und einen Mord mitansah, da kam es mir vor wie die leichteste Sache der Welt. Wie schnell er fiel, wie rasch es vorbei war.

Diesen Teil zu schreiben fällt mir aus irgendeinem Grunde schwer, größtenteils weil das Thema unentwirrbar verbunden ist mit zu vielen Nächten wie dieser (übersäuerter Magen, verschlissene Nerven, die Uhr, die ermüdend langsam von vier auf fünf vorrückt). Es ist auch entmutigend, weil ich erkannt habe, daß alle Versuche einer Analyse weitgehend zwecklos sind. Ich weiß nicht, warum wir es getan haben. Ich bin nicht völlig sicher, daß wir es, wenn die Umstände es erforderten, nicht wieder tun würden. Und wenn es mir in gewisser Weise leid tut, macht das wahrscheinlich keinen großen Unterschied.

Es tut mir auch leid, daß ich eine so skizzenhafte und enttäuschende Exegese dessen präsentiere, was tatsächlich ja der zentrale Teil meiner Geschichte ist. Ich habe festgestellt, daß selbst die streitbarsten und schamlosesten Mörder seltsam schüchtern werden, wenn es darum geht, ihre Verbrechen noch einmal zu schildern. Vor ein paar Monaten habe ich in einer Flughafenbuchhandlung die Autobiographie eines berüchtigten Lustmörders gekauft; entmutigt mußte ich feststellen, daß sie völlig frei von grausigen Details war. An den spannendsten Stellen (Regennacht, verlassene Straße, Finger krallen sich um den hübschen Hals des Opfers Nummer vier) wechselte die Geschichte plötzlich – und nicht ohne eine gewisse spröde Zimperlichkeit – zu irgendeiner völlig unzusammenhängenden Angelegenheit (war dem Leser bekannt, daß der Mörder im Gefängnis einem IQ-Test unterzogen wurde?). Der bei weitem größere Teil des Buches widmete sich irgendwelchen altjüngferlichen Diskursen über das Gefängnisleben – das schlechte Essen, die Späße beim Hofgang, die öden kleinen Knastvogelhobbys. Die fünf Dollar waren reine Verschwendung.

In gewisser Weise aber weiß ich, was mein Kollege empfindet. Nicht, daß alles »schwarz wurde«, nichts dergleichen. Nur, daß das Ereignis selbst nebelhaft ist, weil irgendein primitiver Betäubungseffekt zum Zeitpunkt des Geschehens es verdeckte – derselbe Effekt, nehme ich an, der panische Mütter befähigt, eisige Flüsse zu durchschwimmen oder in brennende Häuser zu stürzen, um ihr Kind zu retten, der Effekt, der es tieftraurigen Menschen gelegentlich ermöglicht, eine Beerdigung ohne eine einzige Träne zu überstehen. Manche Dinge sind so schrecklich, daß man sie nicht sogleich begreifen kann. Andere – nackt, brodelnd, unauslöschlich in ihrer Grauenhaftigkeit – sind so fürchterlich, daß man sie überhaupt nicht begreifen kann. Erst später, wenn man allein ist und sich erinnert, dämmert die Erkenntnis: wenn die Asche kalt ist, wenn die Trauergäste gegangen sind, wenn man sich umsieht und sich – zu seiner großen Überraschung – in einer ganz anderen Welt wiederfindet.

Als wir zum Wagen zurückkamen, hatte es noch nicht angefangen zu schneien, aber der Wald schrumpfte schon unter dem Himmel zusammen, stumm und abwartend, als spüre er bereits das Gewicht des Eises, das auf ihm lasten würde, wenn erst der Abend käme.

»Gott, seht euch diesen Matsch an«, sagte Francis, als wir wieder durch ein Schlagloch fuhren und braune Suppe schwer gegen die Frontscheibe spritzte.

Henry schaltete in den ersten herunter.

Noch ein Schlagloch, eines, das mir die Zähne zusammenschlagen ließ. Als wir herausfahren wollten, heulten die Reifen auf und schleuderten frische Schlammspritzer hoch, und wir rollten mit einem Ruck zurück. Henry fluchte und legte den Rückwärtsgang ein.

Francis drehte sein Fenster herunter und reckte den Kopf hinaus, um nachzusehen. »O Jesus«, hörte ich ihn sagen. »Halt an. Wir können unmöglich...«
»Wir stecken nicht fest.«
»Doch. Du machst es bloß noch schlimmer. *Herrgott*, Henry. Halt doch an...«
»Halt die Klappe«, sagte Henry.

Die Hinterräder jaulten. Die Zwillinge, die rechts und links neben mir saßen, drehten sich um und schauten aus dem Rückfenster auf den Schlamm, der hinter uns aufsprühte. Abrupt schaltete Henry in den ersten Gang, und mit einem jähen Satz, der mein Herz erfreute, ließen wir das Loch hinter uns.

Francis ließ sich auf seinen Sitz zurückfallen. Er war ein vorsichtiger Fahrer, und wenn er bei Henry auf dem Beifahrersitz saß, machte ihn das selbst unter den günstigsten Umständen nervös.

In der Stadt angekommen, fuhren wir zu Francis nach Hause. Die Zwillinge und ich sollten uns trennen und zu Fuß weitergehen – ich zum Campus, die Zwillinge in ihre Wohnung –, während Henry und Francis sich um den Wagen kümmerten. Henry stellte den Motor ab. Die Stille war gespenstisch.

Er sah mich im Rückspiegel an. »Wir müssen uns noch kurz unterhalten«, sagte er.
»Was gibt's denn?«
»Wann hast du dein Zimmer verlassen?«
»Gegen viertel vor drei.«
»Hat dich jemand gesehen?«
»Eigentlich nicht. Nicht daß ich wüßte.«

Der Wagen kühlte nach der langen Fahrt ab; tickend und zischend sank er zufrieden in sich zusammen. Henry schwieg einen Moment und wollte gerade weitersprechen, als Francis aus dem Fenster deutete. »Guckt mal«, sagte er. »Ist das *Schnee*?«

Die Zwillinge zogen die Köpfe ein, um hinauszuschauen. Henry nagte an seiner Unterlippe und kümmerte sich nicht darum. »Wir vier«, sagte er schließlich, »waren in einer Matinee-Vorstellung im Orpheum in der Stadt – ein Double Feature, das von eins bis vier Uhr fünfundfünfzig dauerte. Danach haben wir eine kurze Spazierfahrt gemacht und sind um« – er sah auf die Uhr – »um viertel nach fünf zurückgekommen. Damit wäre geklärt, wie wir die Zeit verbracht haben. Was wir mit dir anfangen sollen, weiß ich nicht so genau.«

»Wieso kann ich nicht sagen, daß ich mit euch zusammen war?«

»Weil du es nicht warst.«

»Wer kann das wissen?«

»Die Kartenverkäuferin im Orpheum, die kann das wissen. Wir sind nämlich da gewesen und haben Karten für die Nachmittagsvorstellung gekauft, und wir haben mit einem Hundert-Dollar-Schein bezahlt. Sie erinnert sich an uns, das kann ich dir versichern. Wir haben in der Loge gesessen und sind durch den Notausgang hinausgeschlichen, als der erste Film ungefähr fünfzehn Minuten gelaufen war.«

»Wieso kann ich mich nicht dort mit euch getroffen haben?«

»Könntest du ja, aber du hast kein Auto. Und du kannst nicht behaupten, du hättest ein Taxi genommen, weil das leicht nachzuprüfen ist. Außerdem bist du draußen herumgelaufen. Du sagst, du warst im Commons, bevor du uns getroffen hast?«

»Ja.«

»Dann kannst du vermutlich nichts anderes sagen, als daß du geradewegs nach Hause gegangen bist. Es ist keine ideale Story, aber zum jetzigen Zeitpunkt hast du keine nennenswerte Alternative. Wir werden so tun müssen, als hättest du dich irgendwann *nach* dem Film mit uns getroffen, für den durchaus wahrscheinlichen Fall, daß uns jemand gesehen hat. Sagen wir, wir haben dich um fünf Uhr angerufen und uns mit dir auf dem Parkplatz getroffen. Du bist mit uns zu Francis gefahren – das klingt wirklich ziemlich holprig, aber es wird reichen müssen – und dann zu Fuß wieder nach Hause gegangen.«

»Okay.«

»Wenn du nach Hause kommst, sieh unten nach, ob zwischen halb vier und fünf irgendwelche telefonischen Nachrichten für dich hinterlassen worden sind. Wenn ja, müssen wir uns einen Grund dafür ausdenken, daß du nicht ans Telefon gegangen bist.«

»Guckt doch mal«, sagte Charles. »Es *schneit wirklich*.«

Winzige Flöckchen, von den Wipfeln der Fichten gerade zu erkennen.

»Eins noch«, sagte Henry. »Wir wollen uns nicht so benehmen, als warteten wir nur darauf, eine schwerwiegende Neuigkeit zu erfahren. Geht nach Hause. Lest ein Buch. Ich denke, wir sollten nicht versuchen, miteinander Kontakt aufzunehmen – es sei denn natürlich, es wäre absolut nötig.«

»Ich habe noch nie erlebt, daß es so spät im Jahr schneit«, sagte Francis. »Gestern waren es fast zwanzig Grad.«

»Haben sie das vorhergesagt?« fragte Charles.

»Nicht daß ich wüßte.«

»O Gott. Seht euch das an. Wir haben bald Ostern.«

»Ich verstehe nicht, wieso ihr so aufgekratzt seid«, sagte Henry verärgert. »Davon gehen nur alle Blüten kaputt.«

Ich ging schnell nach Hause, denn es war kalt. Novemberstille senkte sich wie ein tödlicher Spuk auf die Aprillandschaft. Der Schnee fiel jetzt richtig – dicke, lautlose Blütenblätter wehten durch den Frühlingswald, weiße Bouquets, die in Schneedunkel übergingen: eine alptraumhafte verkehrte Welt, etwas aus dem Märchenbuch. Mein Weg führte mich unter einer Reihe Apfelbäume vorbei, die in voller Blüte leuchtend dastanden; im Zwielicht bebten sie wie eine Allee von fahlen Schirmen. Die großen weißen Flocken wehten zwischen ihnen hindurch, traumhaft und weich. Ich aber blieb nicht stehen, sondern lief nur noch schneller unter ihnen dahin. Nach meinem Winter in Hampden graute mir vor Schnee.

Unten war keine Nachricht für mich. Ich ging auf mein Zimmer und zog mich um. Ich konnte mich nicht entschließen, was ich mit den alten Sachen anfangen sollte. Ich erwog, sie zu waschen, aber ich fragte mich, ob das nicht verdächtig aussehen würde und stopfte schließlich alles zuunterst in meinen Wäschesack. Dann setzte ich mich auf mein Bett und schaute auf die Uhr.

Es war Zeit zum Abendessen, und ich hatte den ganzen Tag noch nichts gegessen, aber ich war nicht hungrig. Ich ging zum Fenster und betrachtete die Schneeflocken, die in den hohen Lichtbogen über den Tennisplätzen wirbelten, und dann ging ich wieder zum Bett und setzte mich.

Die Minuten tickten vorüber. Die Anästhesie, die mich über den Nachmittag gebracht hatte, klang langsam ab, und mit jeder Sekunde, die verstrich, wurde die Vorstellung, die ganze Nacht allein herumzusitzen, unerträglicher. Ich schaltete das Radio ein, schaltete es wieder ab, versuchte zu lesen. Als ich merkte, daß ich mich auf das eine Buch nicht konzentrieren konnte, versuchte ich es mit einem anderen. Kaum zehn Minuten waren vergangen. Ich nahm das erste Buch von neuem in die Hand und legte es gleich wieder beiseite. Dann ging ich wider besseres Wissen hinunter zum Münztelefon und wählte Francis' Nummer.

Er meldete sich beim ersten Läuten. »Hi«, sagte er, als ich gesagt hatte, daß ich es sei. »Was gibt's?«

»Nichts.«

»Bist du sicher?«

Ich hörte Henry im Hintergrund etwas murmeln. Francis schien den Hörer zur Seite zu drehen; er sagte etwas, das ich nicht verstand.

»Was macht ihr da?« fragte ich.

»Nichts Besonderes. Wir trinken ein Glas. Warte mal 'ne Sekunde, ja?« sagte er, als neuerliches Gemurmel zu hören war.

Es folgte eine Pause, ein unverständlicher Wortwechsel – und dann hörte ich Henrys forsche Stimme. »Was ist los? Wo bist du?«

»Zu Hause.«

»Was ist denn passiert?«

»Ich dachte bloß, ich könnte vielleicht auf ein Glas rüberkommen oder so was.«

»Das ist keine gute Idee. Ich wollte gerade gehen, als du anriefst.«

»Was hast du denn vor?«

»Na, wenn du's genau wissen willst, ich werde ein Bad nehmen und ins Bett gehen.«

Die Leitung war für einen Augenblick stumm.

»Bist du noch da?« fragte Henry dann.

»Henry, ich werde hier verrückt. Ich weiß nicht, was ich machen soll.«

»Na, mach, was du willst«, sagte Henry liebenswürdig. »Solange du in der Nähe deines Zimmers bleibst.«

»Ich begreife nicht, was es für einen Unterschied macht, ob ich...«

»Wenn dir etwas Kopfzerbrechen bereitet«, unterbrach Henry mich abrupt, »hast du dann schon mal versucht, in einer fremden Sprache zu denken?«

»Was?«

»Es läßt dich langsamer werden. Verhindert, daß deine Gedanken durchdrehen. Eine gute Übung unter allen Umständen. Oder du könntest versuchen, zu tun, was die Buddhisten tun.«

»*Was?*«

»Im Zen gibt es eine Übung namens *mudra*. Man sitzt vor einer kahlen Wand. Ganz gleich, was man empfindet, ganz gleich, wie stark oder heftig die Emotionen sind, man bleibt regungslos sitzen. Schaut die Wand an. Die Übung besteht natürlich darin, immer weiter dazusitzen.«

In dem folgenden Schweigen bemühte ich mich, eine Sprache zu finden, in der ich angemessen zum Ausdruck bringen könnte, was ich von diesem bescheuerten Rat hielt.

»Jetzt hör mal zu«, fuhr er fort, bevor ich etwas sagen konnte. »Ich bin erschöpft. Wir sehen uns morgen im Unterricht, okay?«

»*Henry*«, sagte ich, aber er hatte schon aufgelegt.

In einer Art Trance ging ich die Treppe hinauf. Ich lechzte nach einem Drink, aber ich hatte nichts zu trinken. Ich setzte mich auf mein Bett und schaute aus dem Fenster.

Meine Schlaftabletten waren alle. Ich wußte, daß sie aufgebraucht waren, aber ich ging doch zu meinem Schreibtisch und schaute in das Fläschchen, für alle Fälle. Es war leer bis auf ein paar Vitamin-C-Tabletten, die ich von der Krankenstation bekommen hatte. Kleine weiße Pillen. Ich schüttete sie auf den Schreibtisch, legte sie zu einem Muster, und dann nahm ich eine und hoffte, daß der Reflex des Schluckens mein Befinden bessern würde, aber er tat es nicht.

Ich saß ganz still da und versuchte, nicht zu denken. Es war, als wartete ich auf etwas. Ich wußte nicht genau, auf was – irgend etwas, das die Spannung lösen würde, obwohl ich mir nichts vorstellen konnte, was diese Wirkung hätte haben können. Es schien, als sei eine Ewigkeit vergangen. Plötzlich kam mir ein grauenhafter Gedanke: *Ist es jetzt so? Wird es so von jetzt an sein?*

Ich schaute auf die Uhr. Kaum eine Minute war vergangen. Ich stand auf, machte mir nicht erst die Mühe, meine Zimmertür hinter mir abzuschließen, und ging den Gang hinunter zu Judys Zimmer. Durch irgendein Wunder war sie da – betrunken und dabei, sich Lippenstift aufzulegen. »Hi«, sagte sie, ohne den Blick vom Spiegel zu wenden. »Willst du zu 'ner Party?«

Ich weiß nicht, was ich zu ihr sagte, irgend etwas Unzusammenhängendes darüber, daß ich mich nicht wohl fühlte.

»Nimm ein Brötchen«, sagte sie und drehte den Kopf hin und her, um ihr Profil zu begutachten.

»Ich hätte lieber eine Schlaftablette, wenn du welche da hast.«

Sie drehte den Lippenstift herunter, drückte die Kappe fest und zog eine Kommodenschublade auf. Es war eigentlich keine Kommode, sondern ein Schreibtisch, College-Einrichtung, ganz wie der in meinem eigenen Zimmer; aber Judy hatte mit peinlicher

Sorgfalt einen Kosmetiktisch daraus gemacht: mit einer Glasplatte, einem gekräuselten Satinvolant und einem dreiteiligen Spiegel, der sich beleuchten ließ. Sie wühlte in einem Alptraum von Schminkdöschen und Farbstiften, grub eine Medizinflasche aus, hielt sie ans Licht, warf sie in den Papierkorb und förderte eine andere zutage. »Das hier wird gehen«, sagte sie und reichte sie mir.

Ich betrachtete die Flasche. Zwei graue Tabletten lagen auf dem Boden. Auf dem Etikett stand nur »Gegen Schmerzen«.

Verärgert fragte ich: »Was ist das? Anacin?«

»Probier eine. Die sind okay. Das Wetter ist ziemlich irre, was?«

»Yeah«, sagte ich, schluckte eine Pille und gab ihr die Flasche zurück.

»Keine Sorge, kannst du behalten«, sagte sie und hatte sich schon wieder ihrer Toilette zugewandt. »Fuck. Alles, was es hier macht, ist *schneien*. Ich weiß nicht, wieso, zum Teufel, ich je hergekommen bin. Willst du ein Bier?«

Sie hatte einen Kühlschrank im Zimmer, in ihrem Wandschrank. Ich kämpfte mich durch einen Dschungel von Gürteln und Hüten und Strümpfen zu ihm durch.

»Nein, ich will keins«, sagte sie, als ich ihr auch eine Flasche entgegenhielt. »Bin zu sehr im Arsch. Du warst nicht auf der Party, was?«

»Nein«, sagte ich und hielt inne, die Bierflasche vor dem Mund. Da war etwas mit dem Geschmack, mit dem Geruch – und dann erinnerte ich mich: Bunny mit bierdunstigem Atem, verschüttetes Bier schäumend auf der Erde. Die Flasche, die hinter ihm an der Steilwand herunterklirrte.

»Guter Schachzug«, meinte Judy. »Es war kalt, und die Band war beschissen. Ich hab' deinen Freund gesehen, wie heißt er gleich? Den Colonel.«

»Was?«

Sie lachte. »Du weißt schon. Laura Stora nennt ihn so. Sie hat früher neben ihm gewohnt, und er ist ihr beschissen auf die Nerven gegangen, weil er dauernd seine John-Philip-Sousa-Märsche spielte.«

Sie meinte Bunny. Ich stellte die Flasche hin.

Aber Judy war, Gott sei Dank, mit ihrem Augenbrauenstift beschäftigt. »Weißt du«, sagte sie, »ich glaube, Laura hat 'ne Eßstörung. Keine Anorexie, aber was Karen Carpenter hatte – wo man sich dauernd zum Kotzen zwingt. Gestern abend war ich mit ihr und Tracy in der Brasserie, und – echt – sie stopfte sich total voll, bis sie nicht mehr atmen konnte. Dann ging sie aufs Männerklo, um zu reihern, und Tracy und ich guckten uns an – ich meine, ist das *normal*? Und dann erzählte Tracy mir, na ja, weißt du noch, wie Laura angeblich im Krankenhaus war wegen Pfeifferschem Drüsenfieber? Also. In *Wirklichkeit*...«

Sie plapperte immer weiter. Ich starrte sie an, in meine eigenen schrecklichen Gedanken versunken.

Plötzlich merkte ich, daß sie aufgehört hatte zu reden. Sie schaute mich erwartungsvoll an und wartete auf eine Antwort.

»Was?« fragte ich.

»Ich sage, hast du so was Retardiertes schon mal gehört? Ihren Eltern ist offenbar alles scheißegal.« Sie schloß ihre Make-up-Schublade und drehte sich zu mir um. »Na jedenfalls. Willst du mit auf die Party?«

»Bei wem?«

»Jack Teitelbaum, du taube Nuß. In Durbinstall im Keller. Sids Band soll angeblich spielen, und Moffat ist wieder am Schlagzeug. Und jemand sagte was von 'ner Go-Go-Tänzerin in 'nem Käfig. Komm schon.«

Aus irgendeinem Grund war ich nicht in der Lage, ihr zu antworten. Die bedingungslose Ablehnung jeder Einladung von Judy war ein Reflex, der mir so sehr in Fleisch und Blut übergegangen war, daß es mir schwerfiel, ja zu sagen. Dann dachte ich an mein Zimmer. Bett, Schrank, Schreibtisch. Aufgeschlagene Bücher, die da lagen, wo ich sie hingelegt hatte.

»Komm doch«, sagte sie kokett. »Nie gehst du mit mir aus.«

»Okay«, sagte ich schließlich. »Ich will nur meinen Mantel holen.«

Erst sehr viel später erfuhr ich, was Judy mir gegeben hatte: Demerol. Winkel, Farben, der Sturm der Schneeflocken, das Getöse von Sids Band – alles war sanft und gütig und grenzenlos verzeihend. Ich sah eine seltsame Schönheit in den Gesichtern von Leuten, die mir bis dahin zuwider gewesen waren. Ich lächelte jedermann an, und jedermann lächelte zurück.

Judy (Judy! Gott segne sie!) ließ mich mit ihrem Freund Jack Teitelbaum und einem Kerl namens Lars stehen und zog ab, um uns etwas zu trinken zu besorgen. Alles war von himmlischem Licht durchflutet. Ich hörte zu, wie Jack und Lars sich über Flipper und Motorräder und Frauen-Kickboxen unterhielten, und ihre Versuche, mich in ihr Gespräch mit einzubeziehen, wärmten mir das Herz. Lars bot mir einen Joint an. Ich fand diese Geste ungeheuer anrührend, und ganz plötzlich dämmerte mir, daß ich mich in all diesen Leuten getäuscht hatte. Dies waren gute Menschen, gewöhnliche Menschen, das Salz der Erde, Menschen, die zu kennen ich mich glücklich schätzen konnte.

Ich suchte nach einer Möglichkeit, diese Epiphanie in Worte zu fassen, als Judy mit den Drinks zurückkam. Ich trank meinen aus, wanderte davon, um einen neuen zu besorgen, streifte unversehens in fließender, angenehmer Benommenheit umher. Jemand gab mir eine Zigarette. Jud und Frank waren da, Jud mit einer seltsam schmeichelhaften Krone – aus Pappe, vom Burger King – auf dem Kopf. Wie er den Kopf so in den Nacken warf und heulte vor Lachen, und wie er dabei einen mächtigen Bierhumpen schwenkte, sah er aus wie Cuchulain, Brian Boru, irgendein sagenhafter irischer König. Cloke Rayburn spielte in einem hinteren Zimmer Pool. Ich stand knapp außerhalb seines Gesichtsfeldes und sah zu, wie er seinen Queue einkreidete, ohne zu lächeln, und wie er sich über den Tisch beugte, so daß ihm die Haare ins Gesicht fielen. *Klick*. Die bunten Kugeln kreiselten in alle Richtungen auseinander. Lichtflecken schwammen vor meinen Augen. Ich dachte an Atome, Moleküle, an Dinge, die so klein waren, daß man sie nicht mal sehen konnte.

Dann weiß ich, daß mir schwindlig wurde und daß ich mich durch die Menge drängte, um an die frische Luft zu kommen. Ich sah die Tür, die von einem Mauerstein einladend aufgehalten wurde, fühlte einen kalten Luftzug auf meinem Gesicht. Und dann – ich weiß es nicht; der Film muß mir gerissen sein, denn als nächstes lehnte ich an einem völlig anderen Ort mit dem Rücken an der Wand, und ein fremdes Mädchen redete mit mir.

Allmählich wurde mir klar, daß ich schon eine ganze Weile mit ihr dagestanden haben mußte. Ich blinzelte und mühte mich tapfer, meinen Blick auf sie zu schärfen. Sehr hübsch, auf eine stupsnasige, gutmütige Art; dunkles Haar, Sommersprossen, hellblaue Augen. Ich hatte sie schon mal gesehen, irgendwo, vielleicht in der Schlange vor der Bar, hatte sie gesehen, ohne weiter auf sie zu achten. Und nun war sie wieder hier, wie eine Erscheinung, trank Rotwein aus einem Plastikbecher und nannte mich beim Vornamen.

Ich konnte nicht verstehen, was sie sagte, obwohl das Timbre ihrer Stimme klar durch den Lärm klang: fröhlich, ausgelassen, merkwürdig angenehm. Ich beugte mich vor – sie war klein, kaum eins sechzig – und legte eine Hand hinter mein Ohr. »Was?« sagte ich.

Sie lachte, erhob sich auf die Zehenspitze, reckte ihr Gesicht dicht vor meines. Parfüm. Heiß donnerndes Flüstern an meiner Wange. Ich faßte ihr Handgelenk. »Zu laut hier«, sagte ich ihr ins Ohr. Meine Lippen streiften ihr Haar. »Laß uns nach draußen gehen.«

Sie lachte wieder. »Aber wir sind gerade erst reingekommen«, sagte sie. »Du hast gesagt, du frierst.«

Hmnn, dachte ich. Ihre blassen, gelangweilten Augen beobachteten mich mit einer Art vertrauter Belustigung in dem faden Licht.

»Irgendwohin, wo es stiller ist, meine ich«, sagte ich.

Sie schaute mich an. »Dein Zimmer oder meins?«

»Deins«, sagte ich, ohne einen Augenblick zu zögern.

Sie war ein gutes Mädchen, ein guter Kumpel. Niedliches Glucksen im Dunkeln, ihr Haar, das mir ins Gesicht fiel, ein komisches kleines Stocken in ihrem Atem, wie bei den Mädchen damals auf der High School. Das warme Gefühl eines Körpers in meinen Armen war etwas, das ich fast vergessen hatte. Wie lange war es her, daß ich jemanden so geküßt hatte? Monate, und noch mehr Monate.

Seltsam, wenn man daran dachte, wie einfach die Dinge sein konnten. Eine Party, ein paar Drinks, eine hübsche Fremde. So lebten die meisten meiner Kommilitonen – redeten beim Frühstück ziemlich befangen über die Abenteuer der vergangenen Nacht, als wäre dieses harmlose, anheimelnde kleine Laster, das im Katalog der Sünden irgendwo unter Trinken und über Völlerei stand, irgendwie der Abgrund des Verkommenen und Verruchten.

Poster. Welke Blumen in einem Bierglas. Das fluoreszierende Glühen ihrer Stereoanlage im Dunkeln. Das alles war mir allzu vertraut aus meiner Kleinstadtjugend, und doch erschien es mir jetzt unglaublich fern und unschuldig, die Erinnerung an irgendeine vergessene Schulparty. Ihr Lip gloss schmeckte wie Bubble Gum. Ich vergrub mein Gesicht an der weichen, leicht beißend riechenden Haut ihres Halses und wiegte sie vor und zurück – plappernd, murmelnd fühlte ich, wie ich fiel und fiel, in ein dunkles, halb vergessenes Leben.

Ich erwachte – dem dämonischen roten Gleißen einer Digitaluhr zufolge – um halb drei und war voller Panik. Ich hatte geträumt, eigentlich nichts Furchterregendes: Charles und ich waren mit einem Zug gefahren und hatten versucht, einem geheimnisvollen dritten Passagier zu entkommen. Die Waggons waren voll mit Leuten von der Party – Judy, Jack Teitelbaum, Jud mit seiner Pappkrone –, als wir durch die Gänge schwankten. Aber während des ganzen Traums hatte ich das Gefühl, daß das alles nicht wichtig war, daß ich eigentlich sehr viel dringendere Sorgen hatte, wenn ich mich nur darauf besinnen könnte. Und dann fiel es mir ein – und der Schock weckte mich.

Es war, als erwachte ich aus einem Alptraum, nur um mich in einem schlimmeren Alptraum wiederzufinden. Kerzengerade und mit klopfendem Herzen saß ich da und klatschte mit der flachen Hand an die Wand auf der Suche nach einem Lichtschalter, bis mir die schreckliche Erkenntnis dämmerte, daß ich gar nicht in meinem eigenen Zimmer war. Seltsame Formen, unbekannte Schatten drängten sich grausig heran; nichts lieferte einen Hinweis darauf, wo ich mich befand, und ein paar fieberhafte Augenblicke lang fragte ich mich, ob ich tot sei. Dann fühlte ich den schlafenden Körper neben mir. Instinktiv zuckte ich zurück und stieß dann sanft mit dem Ellbogen dagegen. Nichts rührte sich. Ich blieb ein, zwei Minuten im Bett liegen und versuchte, meine Gedanken zu sammeln. Dann stand ich auf, sammelte meine Kleider ein und zog mich an, so gut ich es im Dunkeln konnte, und ich ging.

Als ich ins Freie trat, rutschte ich auf einer glatten Stufe aus und fiel mit dem Gesicht voran in halbmeterhohen Schnee. Einen Moment lang blieb ich still liegen; dann erhob ich mich auf die Knie und schaute mich ungläubig um. Ein paar Schneeflocken waren eine Sache, aber einen so plötzlichen und heftigen Wetterumschwung hatte ich nicht für möglich gehalten. Die Blumen waren begraben, der Rasen, alles war verschwunden. Eine weite, ununterbrochene Schneefläche erstreckte sich blau und glitzernd, so weit ich sehen konnte.

Meine Hände waren wund, und der Ellbogen tat mir weh. Mit einiger Anstrengung kam ich auf die Beine. Als ich mich umdrehte, um zu sehen, woher ich gekommen war, erkannte ich zu meinem Entsetzen, daß ich soeben Bunnys Haus verlassen hatte. Sein Fenster im Erdgeschoß starrte mich schwarz und schweigend an. Ich dachte an seine Ersatzbrille, die dort auf dem Schreibtisch lag, an das leere Bett, an die Familienfotos, die im Dunkeln lächelten.

Als ich – auf einem wirren Umweg – in mein Zimmer gelangt war, ließ ich mich aufs Bett fallen, ohne Mantel oder Schuhe auszuziehen. Das Licht brannte, und ich fühlte mich gespenstisch ausgeliefert und verwundbar, aber ich wollte es auch nicht ausschalten.

Das Bett schwankte ein bißchen, wie ein Floß, und ich stellte einen Fuß auf den Boden, um es zur Ruhe zu bringen.

Dann schlief ich ein, und ich schlief zwei Stunden lang sehr fest, bis mich ein Klopfen an der Tür weckte. Von neuer Panik erfaßt, rappelte ich mich hoch. Ich hatte mich in meinen Mantel verheddert; er hatte sich irgendwie um meine Knie gewickelt und schien mich mit den Kräften eines lebenden Wesens anzugreifen.

Die Tür öffnete sich knarrend. Dann war überhaupt nichts mehr zu hören. »Was, zum Teufel, ist los mit dir?« fragte plötzlich jemand in scharfem Ton.

Francis stand in der Tür. Eine schwarz behandschuhte Hand lag auf dem Türknopf, und er schaute mich an wie einen Wahnsinnigen.

Ich hörte auf zu zappeln und ließ mich auf mein Kissen zurückfallen. Ich war so froh, ihn zu sehen, daß ich am liebsten gelacht hätte, und ich war so zugedröhnt, daß ich es wahrscheinlich tat. »*François*«, sagte ich idiotisch.

Er schloß die Tür und kam zu mir ans Bett; hier blieb er stehen und schaute auf mich herab. Er war es wirklich – Schnee im Haar, Schnee auf den Schultern des langen schwarzen Mantels. »Fehlt dir auch nichts?« fragte er nach einer langen, spöttischen Pause.

Ich rieb mir die Augen und versuchte es noch einmal. »Hi«, sagte ich. »Entschuldigung. Mir geht's prima. Wirklich.«

Er stand da und schaute mich ausdruckslos an, ohne zu antworten. Dann zog er den Mantel aus und legte ihn über eine Stuhllehne. »Möchtest du einen Tee?« fragte er.

»Nein.«

»Na, ich werde welchen machen, wenn du nichts dagegen hast.«

Als er zurückkam, war ich mehr oder weniger wieder ich selbst. Er stellte den Wasserkessel auf die Heizung und nahm sich ein paar Teebeutel aus meiner Schreibtischschublade. »Hier«, sagte er, »du kannst die gute Teetasse nehmen. In der Küche war keine Milch.«

Es war eine Erleichterung, ihn dazuhaben. Ich setzte mich auf, trank meinen Tee und sah zu, wie er Schuhe und Strümpfe auszog und zum Trocknen vor die Heizung legte. Seine Füße waren lang und schmal, zu lang für seine schlanken, knochigen Knöchel. Er krümmte und streckte die Zehen und sah mich an. »Es ist eine furchtbare Nacht«, sagte er. »Bist du draußen gewesen?«

Ich erzählte ihm ein bißchen von der Nacht, sagte aber nichts von dem Mädchen.

»Herrje«, sagte er, griff an seinen Kragen und lockerte ihn. »Ich hab' bloß in meinem Apartment rumgesessen. Hab' mich selbst ganz fertiggemacht.«

»Von jemandem gehört?«

»Nein. Meine Mutter hat gegen neun angerufen, aber ich konnte nicht mit ihr reden. Hab' ihr gesagt, ich müßte eine Hausarbeit schreiben.«

Aus irgendeinem Grund wanderte mein Blick zu seinen Händen, die, ohne daß es ihm bewußt war, nervös an meinem Schreibtisch herumnestelten. Er sah, daß ich es sah, und zwang sich, sie flach auf die Tischplatte zu legen.

»Nerven«, sagte er.

Eine Zeitlang saßen wir da, ohne zu reden. Ich stellte meine Teetasse auf die Fensterbank und lehnte mich zurück. Das Demerol hatte so etwas wie einen gespenstischen Doppler-Effekt in meinem Kopf losgehen lassen, wie das Sirren von Autoreifen, das vorbeijagt und in der Ferne verschwindet. Ich starrte wie im Nebel quer durchs Zimmer – wie lange, weiß ich nicht –, als mir nach und nach bewußt wurde, daß Francis mich mit einem intensiven, gebannten Gesichtsausdruck anschaute. Ich murmelte irgend etwas und stand auf, um mir ein Alka-Seltzer aus der Schublade zu holen.

Die jähe Bewegung machte mich schwindlig. Dumpf stand ich da und überlegte, wo ich die Schachtel hingelegt hätte, als ich ganz plötzlich merkte, daß Francis unmittelbar hinter mir stand. Ich fuhr herum.

Sein Gesicht war dicht vor meinem. Zu meiner Überraschung legte er mir die Hände auf die Schultern, beugte sich vor und küßte mich mitten auf den Mund.

Es war ein richtiger Kuß – lang, ausgedehnt, absichtsvoll. Er hatte mich aus dem Gleichgewicht gebracht, und ich packte seinen Arm, um nicht zu fallen; scharf sog er die Luft ein, und seine Hände fuhren über meinen Rücken hinunter, und ehe ich mich versah – küßte ich ihn wieder. Seine Zunge war rauh. Sein Mund hatte einen bitteren, männlichen Geschmack von Tee und Zigaretten.

Er löste sich schwer atmend von mir und beugte sich vor, um meinen Hals zu küssen. Ich blickte wie wild im Zimmer umher. *O Gott*, dachte ich, *was für eine Nacht.*

»Hör mal, Francis«, sagte ich, »laß das.«

Er knöpfte meinen Hemdkragen auf. »Du Idiot«, sagte er kichernd, »wußtest du, daß du dein Hemd links herum anhast?«

Ich war so müde und trunken, daß ich wieder zu lachen anfing.

»Komm, Francis«, sagte ich, »verschone mich.«

»Es macht Spaß«, sagte er. »Ich versprech's dir.«
Die Sache schritt fort. Meine paralysierten Augen begannen sich zu regen. Seine Augen wirkten vergrößert und boshaft hinter seinem Kneifer. Jetzt nahm er ihn ab und warf ihn abwesend auf meine Kommode, wo er klappernd hinfiel.
Da klopfte es, ganz unerwartet, wieder an der Tür. Wir sprangen auseinander.
Francis fluchte leise und biß sich in die Unterlippe. Von Panik ergriffen, knöpfte ich mir das Hemd zu, so schnell meine tauben Finger es mir gestatteten, und wollte etwas sagen, aber da schnitt er mir mit einer kurzen Handbewegung das Wort ab.
»Aber was ist, wenn es...?« wisperte ich.
Wenn es Henry ist, hatte ich sagen wollen. Aber was ich eigentlich dachte, war: »Wenn es die Cops sind?« Und ich wußte, Francis dachte das gleiche.
Wieder klopfte es, hartnäckiger jetzt.
Mein Herz pochte. Ratlos vor Angst, ging ich zum Bett und setzte mich.
Francis fuhr sich mit der Hand durchs Haar. »Herein«, rief er.
Ich war so verstört, daß ich einen Augenblick brauchte, um zu erkennen, daß es nur Charles war. Er lehnte mit einem Ellbogen im Türrahmen, den roten Schal in großen, nachlässigen Schlingen um den Hals gelegt. Als er hereinkam, sah ich sofort, daß er betrunken war. »Hi«, sagte er zu Francis. »Was, zum Teufel, machst du denn hier?«
»Du hast uns eine Todesangst eingejagt.«
»Ich wünschte, ich hätte gewußt, daß du kommst. Henry hat mich angerufen und mich aus dem Bett geholt.«
Wir beide sahen ihn an und warteten auf eine Erklärung. Er wand sich aus seinem Mantel und starrte mich mit wäßrig eindringlichem Blick an. »Du warst in meinem Traum«, sagte er.
»Was?«
Er blinzelte. »Ist mir gerade eingefallen«, sagte er. »Ich hatte einen Traum. Du kamst drin vor.«
Ich starrte ihn an. Bevor ich Gelegenheit hatte, ihm zu erzählen, daß ich auch von ihm geträumt hätte, sagte Francis ungeduldig: »Komm schon, Charles. Was ist los?«
Charles fuhr sich mit der Hand durch das windzerzauste Haar. »Nicht«, sagte er. Er griff in die Manteltasche und zog einen Stoß längsgefaltete Blätter heraus. »Hast du dein Griechisch für heute gemacht?« fragte er mich.

Ich verdrehte die Augen. Griechisch war wirklich das letzte, was ich im Sinn gehabt hatte.

»Henry meinte, du hättest es vielleicht vergessen. Er hat angerufen und gesagt, ich soll dir meins zum Abschreiben bringen, für alle Fälle.«

Er war sehr betrunken. Er lallte nicht, aber er roch nach Whiskey und schwankte erheblich. Sein Gesicht war rot und strahlend wie bei einem Engel.

»Du hast mit Henry gesprochen? Hat er was gehört?«

»Er ist sehr verärgert über dieses Wetter. Soweit er weiß, hat sich noch nichts ergeben. Junge, es ist aber heiß hier drin.« Er schüttelte die Jacke ab.

Francis saß in seinem Sessel am Fenster. Ein Knöchel balancierte auf dem Knie, und darüber balancierte eine Teetasse auf dem bloßen Knöchel. Er schaute Charles mit ziemlich schmalen Augen an.

Charles drehte sich um und geriet leicht ins Taumeln. »Was guckst du?« fragte er.

»Hast du eine Flasche in der Tasche?«

»Nein.«

»Unsinn, Charles. Ich hab' es gluckern hören.«

»Und was würde das ausmachen?«

»Ich möchte etwas trinken.«

»Na schön«, sagte Charles gereizt. Er langte in die Innentasche seiner Jacke und zog eine flache Halbliterflasche heraus. »Hier«, sagte er. »Aber sauf sie nicht aus.«

Francis trank seinen Tee und griff nach der Flasche. »Danke«, sagte er und goß sich die verbliebenen Zweifingerbreit in seine Teetasse. Ich schaute ihn an – dunkler Anzug, sehr aufrecht, die Beine jetzt am Knie übereinandergeschlagen. Er war das Inbild der Achtbarkeit, nur daß seine Füße nackt waren. Unverhofft konnte ich ihn sehen, wie die Welt ihn sah und wie ich selbst ihn gesehen hatte, als ich ihm das erstemal begegnet war – cool, wohlerzogen, reich, über allen Tadel erhaben. Es war eine so überzeugende Illusion, daß selbst ich, der ich wußte, wie im Innersten unecht das alles war, sie als seltsam tröstlich empfand.

Er trank den Whiskey in einem Zug aus. »Wir müssen nüchtern werden, Charles«, sagte er. »Wir haben in zwei Stunden Unterricht.«

Charles seufzte und setzte sich auf das Fußende meines Bettes. Er sah müde aus, was sich aber nicht in dunklen Ringen oder einem bleichen Gesicht äußerte, sondern in einer träumerischen, rotwangigen Traurigkeit. »Ich weiß«, sagte er. »Ich hatte gehofft, der Spaziergang bringt's«

»Du brauchst einen Kaffee.«

Er wischte sich mit dem Handballen über die feuchte Stirn. »Ich brauche mehr als einen Kaffee«, sagte er.

Ich strich die Blätter glatt und ging zu meinem Schreibtisch, um die Griechischhausaufgaben abzuschreiben.

Francis setzte sich neben Charles auf das Bett. »Wo ist Camilla?«

»Schläft.«

»Was habt ihr heute abend gemacht? Euch betrunken?«

»Nein«, antwortete Charles knapp. »Die Wohnung geputzt.«

»Nein. Im Ernst?«

»Das ist kein Witz.«

Ich war immer noch so bedröhnt, daß ich nicht begriff, was ich da abschrieb; nur hier und da verstand ich einen Satz. *Müde vom Marsch, hielten die Soldaten inne, um im Tempel zu opfern. Ich kam aus jenem Lande zurück und berichtete, ich hätte die Gorgo gesehen; sie habe mich aber nicht in Stein verwandelt.*

»Unser Haus ist voller Tulpen«, sagte Charles aus heiterem Himmel.

»Was soll das heißen?«

»Ich meine, bevor der Schnee zu tief wurde, sind wir rausgegangen und haben sie reingeholt. Alles ist voll davon. Sogar die Wassergläser.«

Tulpen, dachte ich und starrte auf das Gewirr der Buchstaben vor mir. Ob die Griechen sie unter einem anderen Namen gekannt hatten, falls sie überhaupt Tulpen gekannt hatten? Der griechische Buchstabe Psi sieht aus wie eine Tulpe. Und plötzlich blühten in dem dichten Buchstabenwald auf der Seite in schnellem, planlosem Muster kleine schwarze Tulpen auf wie fallende Regentropfen.

Was ich sah, begann zu verschwimmen. Ich schloß die Augen. Lange saß ich so da, halb dösend, bis ich merkte, daß Charles meinen Namen sagte.

Ich drehte mich um. Sie brachen auf. Francis saß auf der Bettkante und band sich die Schuhe zu.

»Wo willst du hin?« fragte ich.

»Nach Hause, mich umziehen. Es wird Zeit.«

Ich wollte nicht allein sein – ganz im Gegenteil –, aber unerklärlicherweise hatte ich das starke Verlangen, sie beide los zu sein. Die

Sonne war aufgegangen. Francis streckte die Hand aus und knipste die Lampe aus. Das Morgenlicht war nüchtern und fahl und ließ mein Zimmer schrecklich still aussehen.

»Bis bald«, sagte er, und dann hörte ich, wie ihre Schritte auf der Treppe verhallten. Alles wirkte bleich und gespenstisch im Morgengrauen – schmutzige Teetassen, das ungemachte Bett, Schneeflocken, die mit luftiger, gefährlicher Ruhe am Fenster vorbeischwebten. In meinen Ohren sang es. Ich wandte mich mit zitternden, tintenfleckigen Fingern wieder meiner Arbeit zu, und das Kratzen meiner Feder scharrte laut durch die Stille. Ich dachte an Bunnys dunkles Zimmer und an die Schlucht und an all die Schichten von Schweigen auf Schweigen.

»Und wo ist Edmund heute morgen?« fragte Julian, als wir unsere Grammatiken aufschlugen.

»Zu Hause vermutlich«, sagte Henry. Er war zu spät gekommen, und wir hatten keine Gelegenheit mehr gehabt, miteinander zu reden. Er wirkte so ruhig und ausgeruht, wie er es von Rechts wegen nicht hätte sein dürfen.

Auch die anderen waren überraschend ruhig. Sogar Francis und Charles waren sauber gekleidet, frisch rasiert, ganz unbekümmert wie immer. Camilla saß zwischen ihnen, die Ellbogen nachlässig auf den Tisch gestützt, das Kinn in der Hand, gelassen wie eine Orchidee.

Julian schaute Henry mit hochgezogener Braue an. »Ist er krank?«

»Ich weiß es nicht.«

»Das Wetter könnte ihn aufgehalten haben. Vielleicht sollten wir ein paar Minuten warten.«

»Ich glaube, das ist eine gute Idee«, sagte Henry und wandte sich wieder seinem Buch zu.

Nach der Stunde, wir hatten das Lyzeum verlassen und waren auf den Birkenhain zugegangen, sah Henry sich um, ob auch niemand in Hörweite war, und wir alle steckten die Köpfe zusammen, um zu hören, was er zu sagen hatte; aber genau in diesem Moment, als wir dicht zusammenstanden und unser Atem kleine Wolken bildete, hörte ich, wie jemand meinen Namen rief – und dort, weit entfernt, kam Dr. Roland durch den Schnee herangestapft, schwankend wie ein wandelnder Leichnam.

Ich löste mich von den anderen und ging ihm entgegen. Er

atmete schwer, und mit viel Gehuste und Gekeuche begann er, über irgend etwas zu reden, das ich mir in seinem Büro ansehen sollte.

Mir blieb nichts anderes übrig, als mitzugehen; meinen Schritt mußte ich seinem bleiernen Schlurfen anpassen. Im Haus hielt er mehrere Male auf der Treppe inne, um ein bißchen Schmutz zu kommentieren, das der Hausmeister übersehen hatte, und dann stieß er kraftlos mit dem Fuß dagegen. Eine halbe Stunde hielt er mich fest. Als ich schließlich mit klingenden Ohren und einem Armvoll loser Papiere, die mir im Wind davonflattern wollten, entkommen konnte, lag der Birkenhain verlassen da.

Ich weiß nicht, was ich erwartet hatte, aber die Welt war jedenfalls nicht über Nacht aus dem Orbit geschleudert worden. Die Leute hasteten auf dem Weg zum Unterricht hin und her, und überall nahm *business as usual* seinen Gang. Der Himmel war grau, und ein eisiger Wind wehte vom Mount Cataract herunter.

Ich kaufte mir einen Milkshake in der Snackbar und ging dann nach Hause. Als ich den Gang entlang zu meinem Zimmer ging, lief ich Judy Poovey über den Weg.

Sie funkelte mich an. Anscheinend hatte sie einen bösen Kater, und sie hatte schwarze Ringe unter den Augen.

»Oh, hallo«, sagte ich und wollte mich an ihr vorbeischieben. »Sorry.«

»*Hey*«, sagte sie.

Ich drehte mich um.

»Du bist also gestern abend mit Mona Beale nach Hause gegangen?«

Einen Moment lang wußte ich nicht, was sie meinte. »Was?«

»Wie war's denn?« sagte sie biestig. »War sie gut?«

Verdattert zuckte ich die Achseln und wollte weitergehen.

Zu meinem Ärger folgte sie mir und hielt mich beim Arm fest. »Sie hat einen Freund, weißt du das? Du solltest beten, daß es ihm niemand erzählt.«

»Ist mir doch egal.«

»Im letzten Semester hat er Bram Guernsey zusammengeschlagen, weil er dachte, Bram hätte sie angemacht.«

»*Sie* war diejenige, die *mich* angemacht hat.«

Sie warf mir einen katzenhaften Seitenblick zu. »Na ja, ich meine, sie ist schon ein bißchen nuttig.«

Kurz bevor ich aufwachte, hatte ich einen schrecklichen Traum.

Ich war in einem großen, altmodischen Badezimmer – wie in einem Zsa-Zsa-Gabor-Film, mit goldenen Armaturen und Spiegeln und pinkfarbenen Kacheln an den Wänden und auf dem Boden. Ein Goldfischglas stand auf einem spindelbeinigen Piedestal in der Ecke. Ich ging hinüber, um es mir anzusehen; meine Schritte hallten auf den Fliesen, und dann hörte ich ein gemessenes *plink plink plink*, das vom Wasserhahn über der Badewanne kam.

Auch die Badewanne war pinkfarben, und sie war voll Wasser, und Bunny lag vollständig bekleidet und regungslos auf dem Grund. Seine Augen waren offen, die Brille saß schief, und seine Pupillen waren verschieden groß – die eine weit und schwarz, die andere kaum ein Stecknadelkopf. Das Wasser war klar und still. Das Ende seiner Krawatte schwebte unter der Wasseroberfläche.

Plink plink plink. Ich konnte mich nicht bewegen. Und dann hörte ich plötzlich Schritte herankommen und Stimmen. Entsetzen durchströmte mich, als ich erkannte, daß ich den Toten irgendwie verstecken mußte; ich wußte nicht, wo. Ich tauchte die Hände ins eisige Wasser, packte ihn unter den Armen und versuchte ihn herauszuziehen, aber es ging nicht, es ging nicht. Der Kopf rollte haltlos nach hinten, und der offene Mund füllte sich mit Wasser...

Ich kämpfte mit seinem Gewicht, taumelte rückwärts. Das Goldfischglas fiel herunter und zerschellte auf dem Boden, und Goldfische floppten zu meinen Füßen inmitten der Glasscherben. Jemand hämmerte an die Tür. In meinem Entsetzen ließ ich den Leichnam los, und er fiel mit gräßlichem Klatschen ins Wasser zurück, daß es aufspritzte. Ich wachte auf.

Es war fast dunkel. Ein furchtbares, unregelmäßiges Hämmern erfüllte meine Brust, als wäre da ein großer Vogel hinter meinen Rippen gefangen und flatterte sich nun zu Tode. Nach Luft schnappend, lag ich im Bett.

Als das Schlimmste vorbei war, setzte ich mich auf. Ich zitterte am ganzen Leibe und war schweißgebadet. Lange Schatten, Alptraumlicht. Ich sah ein paar Kinder, die draußen im Schnee spielten, schwarze Silhouetten vor einem grausigen, lachsfarbenen Himmel. Ihr Schreien und Lachen hatte auf diese Entfernung etwas Wahnsinniges an sich. Ich bohrte mir die Handballen heftig in die Augen. Milchige Flecken, nadelspitze Lichtpunkte. *O Gott*, dachte ich.

Das Tosen und Rauschen der Toilette war so laut, daß ich dachte, es werde mich verschlucken. Es war genau wie immer, wenn mir mal schlecht gewesen war, wenn ich mich betrunken übergeben hatte, in den Toiletten von Tankstellen und Kneipen. Die gleiche alte Vogelperspektive: diese komischen kleinen Knöpfe am Fuße der Toilette, die man sonst nie bemerkte, das schwitzende Porzellan, das Vibrieren der Wasserleitung, das langgezogene Gurgeln des Wassers, wenn es spiralförmig ablief.

Als ich mir das Gesicht wusch, fing ich an zu weinen. Die Tränen mischten sich mühelos mit dem kalten Wasser in dem leuchtenden, tropfenden Dunkelrot meiner gewölbten Hände, und erst war mir gar nicht bewußt, daß ich weinte. Das Schluchzen war regelmäßig und emotionslos, mechanisch wie das trockene Würgen, das einen Augenblick zuvor aufgehört hatte – es gab keinen Grund dafür, und es hatte nichts mit mir zu tun. Ich hob den Kopf und schaute mit einer Art von unbeteiligtem Interesse mein Bild im Spiegel an. *Was hat das zu bedeuten?* dachte ich. Ich sah schrecklich aus. Die Welt war immer noch die alte, aber ich stand hier und zitterte und sah Fledermäuse wie Ray Milland in *The Lost Weekend*.

Ein kalter Luftzug wehte zum Fenster herein. Ich fühlte mich schwach, aber seltsam erfrischt. Ich ließ mir ein heißes Bad ein, warf eine Handvoll von Judys Badesalz hinein, und als ich herausstieg und mich anzog, hatte ich mich wieder gefangen.

Nihil sub sole novum, dachte ich, als ich den Gang hinunter zu meinem Zimmer ging. In der Fülle der Zeit sinkt jegliche Tat ins Nichts.

Sie waren alle da, als ich an diesem Abend bei den Zwillingen zum Essen erschien; sie saßen um das Radio versammelt und lauschten der Wettervorhersage, als wäre es ein Kriegsbericht von der Front. »Die weiteren Aussichten«, sagte eine muntere Sprecherstimme. »Für Donnerstag ist mit kühlem Wetter zu rechnen, mit starker Bewölkung und Schauerneigung. Übergang zu wärmerem Wetter am...«

Henry knipste das Radio aus. »Wenn wir Glück haben«, sagte er, »ist der Schnee morgen abend weg. Wo warst du heute nachmittag, Richard?«

»Zu Hause.«

»Ich bin froh, daß du da bist. Ich möchte dich um einen kleinen Gefallen bitten, wenn du nichts dagegen hast.«

»Worum geht's denn?«

»Ich möchte dich nach dem Essen in die Stadt fahren, damit du dir die Filme im Orpheum ansehen und uns nachher davon erzählen kannst. Hast du etwas dagegen?«

»Nein.«

»Ich weiß, es ist eine Zumutung für einen Schulabend, aber ich halte es wirklich nicht für klug, wenn wir anderen noch einmal hinfahren. Charles hat angeboten, die Griechischaufgaben für dich abzuschreiben, wenn du möchtest.«

»Wenn ich's auf dem gelben Papier mache, das du immer benutzt, und deinen Füller dazu nehme«, meinte Charles, »dann wird er den Unterschied nicht sehen.«

»Danke«, sagte ich. Charles besaß ein bemerkenswertes Talent für Fälschungen, das sich bei ihm nach Camillas Angaben schon in der Kindheit bemerkt gemacht hatte – er war Spezialist für Zeugnisunterschriften in der vierten Klasse, und in der sechsten fertigte er komplette Entschuldigungsschreiben. Ich ließ mir von ihm immer meine Stundenabrechnungen mit Dr. Rolands Namen unterschreiben.

»Wirklich«, sagte Henry, »ich bitte dich sehr ungern darum. Ich glaube, die Filme sind schauderhaft.«

Sie waren ziemlich schlecht. Der erste war ein Road Movie aus den frühen siebziger Jahren und erzählte von einem Mann, der seine Frau verläßt, um durchs Land zu fahren. Unterwegs gerät er nach Kanada und bekommt dort mit einer Gruppe von Wehrpflichtdeserteuren zu tun; am Ende kehrt er zu seiner Frau zurück, und sie erneuern ihre Ehegelübde in einer Hippie-Zeremonie. Das Schlimmste war der Soundtrack – lauter Gitarrensongs, in denen das Wort »freedom« vorkam.

Der zweite Film war neueren Datums. Er handelte vom Vietnamkrieg und hieß *Fields of Shame*. Es war eine teure Produktion mit vielen Stars. Allerdings waren die Special effects für meinen Geschmack ein bißchen allzu realistisch – Leute, die die Beine abgerissen kriegten und so weiter.

Als ich herauskam, parkte Henrys Wagen mit abgeschalteten Scheinwerfern unten an der Straße. Oben bei Charles und Camilla saßen alle mit aufgekrempelten Ärmeln um den Küchentisch und waren in die Griechischaufgaben vertieft. Als wir hereinkamen, gerieten sie in Bewegung, und Charles stand auf und kochte eine Kanne Kaffee, während ich meine Notizen las. Beiden Filmen fehlte ein richtiger Handlungsfaden, und ich hatte Mühe, ihnen das Wesentliche zu vermitteln.

»Aber die sind ja *furchtbar*«, stellte Francis fest. »Es ist mir sehr peinlich, daß die Leute denken könnten, wir seien in dermaßen schlechte Filme gegangen.«

Charles hatte mit meiner Griechischaufgabe wunderbare Arbeit geleistet. Am nächsten Tag sah ich vor dem Unterricht noch einmal alles durch, als Julian hereinkam. Er sah den leeren Stuhl und lachte. »Meine Güte«, sagte er. »Nicht schon *wieder*.«
»Sieht aber so aus«, sagte Francis.
»Ich muß sagen, ich hoffe doch, daß unser Unterricht nicht gar so öde geworden ist. Bitte sagen Sie Edmund, falls er die Güte haben sollte, morgen doch einmal teilzunehmen, werde ich mich bemühen, besonders unterhaltsam zu sein.«

Mittags war klar, daß der Wetterbericht nicht gestimmt hatte. Die Temperatur war um fünf Grad gefallen, und am Nachmittag schneite es wieder.

Wir fünf wollten am Abend zusammen essen gehen, und als die Zwillinge und ich bei Henry ankamen, sah er besonders düster aus.
»Ratet mal, wer mich gerade angerufen hat«, sagte er.
»Wer denn?«
»Marion.«
Charles setzte sich. »Was wollte sie?«
»Sie wollte wissen, ob ich Bunny gesehen hätte.«
»Was hast du gesagt?«
»Natürlich habe ich nein gesagt«, antwortete Henry gereizt. »Sie wollten sich Sonntag abend treffen, und sie hat ihn seit Samstag nicht mehr gesehen.«
»Macht sie sich Sorgen?«
»Nicht besonders.«
»Was ist dann das Problem?«
»Es ist keins.« Henry seufzte. »Ich hoffe nur, daß das Wetter sich morgen bessert.«

Aber das tat es nicht. Der Mittwoch dämmerte strahlend und kalt herauf, und in der Nacht waren weitere fünf Zentimeter Schnee gefallen.
»Natürlich«, sagte Julian, »es stört mich nicht, wenn Edmund hin und wieder eine Stunde versäumt. Aber drei hintereinander... Und Sie wissen ja, wie schwer es ihm fällt, das Versäumte wieder aufzuholen.«

»Wir können so nicht viel länger weitermachen«, sagte Henry, als wir an diesem Abend bei den Zwillingen zu Hause saßen und Zigaretten rauchten, während Eier und Speck unberührt vor uns auf dem Tisch standen.

»Was können wir denn tun?«

»Ich weiß es nicht. Aber er ist jetzt seit zweiundsiebzig Stunden verschwunden, und es wird komisch aussehen, wenn wir nicht ziemlich bald anfangen, uns Sorgen zu machen.«

»Es macht sich doch sonst niemand Sorgen«, sagte Charles.

»Es sieht ihn auch sonst niemand so oft wie wir. Ob Marion wohl zu Hause ist?« Er sah auf die Uhr.

»Warum?«

»Weil ich sie vielleicht anrufen sollte.«

»Um Gottes willen«, sagte Francis, »zieh *sie* bloß da nicht rein.«

»Ich habe nicht die Absicht, sie irgendwo hineinzuziehen. Ich will ihr nur deutlich machen, daß wir alle Bunny seit drei Tagen nicht mehr gesehen haben.«

»Und was erwartest du von ihr?«

»Ich hoffe, daß sie dann die Polizei anruft.«

»Hast du den Verstand verloren?«

»Nun, wenn sie es nicht tut, werden wir es tun müssen«, sagte Henry ungeduldig. »Je länger er weg ist, desto schlechter wird es aussehen. Ich will keinen großen Trubel mit Leuten, die Fragen stellen.«

»Warum dann die Polizei anrufen?«

»Weil ich bezweifle, daß es irgendwelchen Trubel geben wird, wenn wir früh genug hingehen. Vielleicht schicken sie dann ein oder zwei Leute heraus, die ein bißchen herumschnüffeln, aber wahrscheinlich halten sie es für einen falschen Alarm...«

»Wenn ihn noch niemand gefunden hat«, sagte ich, »warum könnte das dann ausgerechnet zwei Verkehrspolizisten aus Hampden gelingen?«

»Niemand hat ihn gefunden, weil niemand ihn sucht. Er ist keine halbe Meile weit weg.«

Wer immer sich am anderen Ende meldete, brauchte ziemlich lange, um Marion ans Telefon zu holen. Henry stand geduldig da und starrte auf den Boden; nach und nach begann sein Blick umherzuwandern, und nach ungefähr fünf Minuten machte er ein genervtes Geräusch und hob den Kopf. »Meine Güte«, sagte er, »was dauert denn da so lange? Gib mir eine Zigarette, bitte, Francis.«

Er hatte sie im Mund, und Francis gab ihm Feuer, als Marion sich meldete. »Oh, hallo, Marion«, sagte er, blies eine Rauchwolke von sich und wandte uns den Rücken zu. »Ich bin froh, daß ich dich erwische. Ist Bunny da?«

Eine kurze Pause. »Na«, sagte Henry und streckte die Hand nach einem Aschenbecher aus, »weißt du denn, wo er ist?«

Lange Stille.

»Tja, offen gestanden«, sagte Henry dann, »das gleiche wollte ich dich auch fragen. Er ist seit zwei oder drei Tagen nicht mehr zum Unterricht gekommen.«

Wieder langes Schweigen. Henry hörte zu, und sein Gesicht war liebenswürdig und ausdruckslos. Dann, plötzlich, weiteten sich seine Augen. »Was?« fragte er ein wenig zu scharf.

Wir alle waren ruckartig hellwach. Henry schaute keinen von uns an, sondern starrte auf die Wand hinter uns, und seine blauen Augen waren rund und gläsern.

»Ich verstehe«, sagte er schließlich.

Am anderen Ende wurde noch mehr geredet.

»Nun, wenn er bei dir vorbeikommen sollte, wäre ich dir dankbar, wenn du ihn bitten könntest, mich anzurufen. Ich gebe dir meine Nummer.«

Als er aufgelegt hatte, lag ein merkwürdiger Ausdruck auf seinem Gesicht. Wir schauten ihn an.

»Henry?« sagte Camilla. »Was ist?«

»Sie ist wütend. Kein bißchen beunruhigt. Rechnet damit, daß er jeden Augenblick zur Tür hereinspaziert kommt. Ich weiß nicht«, fuhr er fort und blickte zu Boden. »Das ist sehr merkwürdig, aber sie sagt, Rika Thalheim, eine Freundin von ihr, hat Bunny heute nachmittag vor der First Vermont Bank stehen sehen.«

Das verschlug uns die Sprache. Francis lachte kurz und ungläubig auf.

»Mein Gott«, sagte Charles, »das ist unmöglich.«

»Das ist es allerdings«, sagte Henry trocken.

»Wieso sollte jemand so etwas erfinden?«

»Keine Ahnung. Vermutlich bilden sich die Leute ein, alles mögliche zu sehen. Nun, natürlich hat sie ihn *nicht* gesehen«, fügte er gereizt hinzu, als er merkte, wie beunruhigt Charles aussah. »Aber ich weiß nicht, was wir jetzt tun sollen.«

»Wie meinst du das?«

»Nun, wir können nicht gut anrufen und ihn als vermißt melden, wenn ihn vor sechs Stunden jemand *gesehen* hat.«

»Was machen wir dann? Abwarten?«

»Nein«, sagte Henry und biß sich auf die Unterlippe. »Ich muß mir etwas anderes einfallen lassen.«

»Wo um alles in der Welt ist Edmund?« fragte Julian am Donnerstag morgen. »Ich weiß nicht, wie lange er zu fehlen gedenkt, aber es ist sehr gedankenlos von ihm, sich nicht bei mir zu melden.«

Niemand antwortete. Er blickte von seinem Buch auf, belustigt über unser Schweigen.

»Was ist denn los?« fragte er scherzhaft. »All diese betretenen Gesichter. Vielleicht«, fuhr er in kühlerem Ton fort, »sind einige von Ihnen beschämt darüber, wie unzureichend Sie für die gestrige Stunde vorbereitet waren.«

Ich sah, wie Charles und Camilla einen Blick wechselten. Aus irgendeinem Grund hatte Julian uns ausgerechnet in dieser Woche mit Arbeit eingedeckt. Auf die eine oder andere Weise hatten wir es alle geschafft, die schriftlichen Hausaufgaben mitzubringen; aber keiner von uns war bei der Lektüre mitgekommen, und im Unterricht am Tag zuvor war mehrmals ein qualvolles Schweigen eingetreten, das nicht einmal Henry hatte beenden können.

Julian blickte in sein Buch. »Bevor wir anfangen«, sagte er, »sollte einer von Ihnen vielleicht bei Edmund anrufen und ihn fragen, ob er wohl zu uns kommen würde, wenn er kann. Es stört mich nicht, daß er seine Lektion nicht gelesen hat, aber dies ist eine wichtige Stunde, und er sollte sie nicht versäumen.«

Henry stand auf. Aber da sagte Camilla ganz unerwartet: »Ich glaube nicht, daß er zu Hause ist.«

»Wo ist er dann? Verreist?«

»Das weiß ich nicht genau.«

Julian schob seine Lesebrille herunter und sah sie über die Gläser hinweg an. »Was meinen Sie damit?«

»Wir haben ihn seit ein paar Tagen nicht mehr gesehen.«

Julians Augen weiteten sich in kindlicher, theatralischer Überraschung; nicht zum erstenmal bemerkte ich die große Ähnlichkeit mit Henry, diese gleiche seltsame Mischung aus Kälte und Wärme. »In der Tat«, sagte er. »*Überaus* merkwürdig. Und Sie haben keine Ahnung, wo er sein könnte?«

Der boshafte, zum Ende hin offene Tonfall dieser Frage machte mich nervös. Ich starrte auf die wäßrig gekräuselten Lichtkreise, die eine Kristallvase auf die Tischplatte malte.

»Nein«, sagte Henry. »Wir sind ein bißchen ratlos.«

»Das will ich glauben.« Er blickte Henry in die Augen, lange und sonderbar.

Er weiß es, dachte ich mit aufschäumender Panik. *Er weiß, daß wir lügen. Er weiß bloß nicht, worüber wir lügen.*

Nach dem Mittagessen und nach meinem Französischkurs saß ich im oberen Stockwerk der Bibliothek und hatte meine Bücher vor mir auf dem Tisch ausgebreitet. Es war ein seltsamer, heller, traumartiger Tag. Der verschneite Rasen, gesprenkelt mit den spielzeughaften Gestalten ferner Menschen, war so glatt wie der Zuckerguß auf einer Geburtstagstorte. Ein winziger Hund rannte kläffend hinter einem Ball her, und aus den Puppenhauskaminen kräuselte sich echter Rauch.

Um diese Zeit, dachte ich, *vor einem Jahr*... Was hatte ich da getan? War mit dem Wagen eines Freundes nach San Francisco hinaufgefahren, hatte in den Lyrikabteilungen der Buchhandlungen herumgestanden und mir Sorgen wegen meiner Bewerbung in Hampden gemacht. Und jetzt saß ich hier und fragte mich, ob ich vielleicht im Gefängnis landen würde.

Nihil sub sole novum. Ein Bleistiftspitzer klagte laut irgendwo. Ich ließ den Kopf auf meine Bücher sinken – Flüstern, leise Schritte, der Geruch von altem Papier in meiner Nase. Ein paar Wochen zuvor war Henry wütend geworden, als die Zwillinge moralische Einwände gegen die Idee erhoben hatten, Bunny zu töten. »Seid nicht so albern«, hatte er gefaucht.

»Aber wie«, hatte Charles gefragt, den Tränen nahe, »*wie* um alles in der Welt *kannst* du einen kaltblütigen Mord denn *rechtfertigen*?«

Henry hatte sich eine Zigarette angezündet. »Ich ziehe es vor«, hatte er gesagt, »es als eine Neuverteilung der Materie zu betrachten.«

Ich schrak aus dem Schlaf auf und erblickte Henry und Francis, die vor mir standen.

»Was ist?« fragte ich, rieb mir die Augen und sah sie an.

»Nichts«, sagte Henry. »Kommst du mit zum Wagen?«

Schlaftrunken folgte ich ihnen die Treppe hinunter; der Wagen parkte vor der Bibliothek.

»Was ist denn los?« fragte ich, als wir eingestiegen waren.

»Weißt du, wo Camilla ist?«

»Ist sie denn nicht zu Hause?«

»Nein. Und Julian hat sie auch nicht gesehen.«
»Was wollt ihr denn von ihr?«
Henry seufzte. Es war kalt im Wagen, und sein Atem bildete weiße Wölkchen. »Da ist etwas im Gange«, sagte er. »Francis und ich haben Marion vor dem Wachbüro gesehen, mit Cloke Rayburn. Sie haben mit ein paar Leuten von der Hausverwaltung gesprochen.«
»Wann?«
»Vor ungefähr einer Stunde.«
»Du glaubst doch nicht, daß sie etwas unternommen haben, oder?«
»Wir sollten keine voreiligen Schlüsse ziehen«, sagte Henry. Er schaute hinauf zum Dach der Bibliothek; es war von Eis bedeckt und glitzerte in der Sonne. »Wir wollen, daß Camilla bei Cloke vorbeigeht und herauszufinden versucht, was da los ist. Ich würde selbst hingehen, aber ich kenne ihn kaum.«
»Und mich haßt er«, sagte Francis.
»Ich kenne ihn ein bißchen.«
»Aber nicht genug. Er und Charles verstehen sich ganz gut, aber ihn können wir auch nicht finden.«
Ich schälte ein Pfefferminz von einer Rolle in meiner Tasche und fing an, darauf zu kauen.
»Was ißt du da?« fragte Francis.
»Rolaids.«
»Ich nehme auch eins, wenn du gestattest«, sagte Henry. »Ich schätze, wir sollten noch mal am Haus vorbeifahren.«

Diesmal kam Camilla zur Tür; sie öffnete sie nur einen Spaltbreit und spähte wachsam heraus. Henry wollte etwas sagen, aber sie warf ihm einen scharfen, warnenden Blick zu. »Hallo«, sagte sie. »Kommt rein.«
Wir folgten ihr wortlos ins Haus und durch den dunklen Flur ins Wohnzimmer. Dort saßen Charles und Cloke Rayburn.
Charles stand nervös auf; Cloke blieb, wo er war, und musterte uns mit schläfrigen, unergründlichen Augen. Er hatte einen Sonnenbrand und war unrasiert. Charles sah uns mit hochgezogenen Brauen an, und sein Mund formte das Wort »stoned«.
»Hallo«, sagte Henry nach einer Pause. »Wie geht's?«
Cloke hustete – ein tiefes, unangenehm klingendes Krächzen – und schüttelte eine Marlboro aus der Packung vor ihm auf dem Tisch. »Nicht schlecht«, sagte er. »Und selbst?«
»Prima.«

Er steckte sich die Zigarette in den Mundwinkel, zündete sie an und hustete wieder. »Hey«, sagte er zu mir. »Wie läuft's so?«
»Ganz gut.«
»Du warst am Sonntag auf der Party in Durbinstall.«
»Ja.«
»Mona gesehen?« fragte er, ohne seinen Tonfall zu verändern.
»Nein«, sagte ich schroff und war mir plötzlich bewußt, daß alle mich anschauten.
»Mona?« fragte Charles nach verwundertem Schweigen.
»So 'n Mädchen«, sagte Cloke. »Viertes Semester, oder so. Wohnt bei Bunny im Haus.«
»Apropos«, sagte Henry.
Cloke lehnte sich im Sessel zurück und fixierte Henry mit blutunterlaufenen Augen unter schweren Lidern. »Yeah«, sagte er.
»Von Bun haben wir gerade gesprochen. Ihr habt ihn die letzten paar Tage nicht gesehen, was?«
»Nein. Du?«
Cloke sagte eine Weile gar nichts. Dann schüttelte er den Kopf. »Nein«, sagte er heiser und langte nach einem Aschenbecher. »Ich hab' keine Ahnung, wo, zum Teufel, er steckt. Zuletzt hab' ich ihn Samstag abend gesehen – nicht, daß ich mir bis heute was dabei gedacht hätte oder so.«
»Ich habe gestern abend mit Marion gesprochen«, sagte Henry.
»Ich weiß«, sagte Cloke. »Sie macht sich irgendwie Sorgen. Ich hab' sie heute morgen im Commons gesehen, und sie sagt, er war seit ungefähr fünf Tagen nicht mehr in seinem Zimmer. Sie dachte schon, er ist vielleicht zu Hause oder so, aber dann hat sie seinen Bruder Patrick angerufen, und der sagt, in Connecticut ist er nicht. Und sie hat mit Hugh gesprochen, und der sagt, in New York ist er auch nicht.«
»Hat sie mit seinen Eltern gesprochen?«
»Na, Scheiße, sie wollte ihn doch nicht in Schwierigkeiten bringen.«
Henry schwieg für einen Moment. Dann sagte er: »Was glaubst du, wo er ist?«
Cloke wandte den Blick ab und zuckte voller Unbehagen die Achseln.
»Du kennst ihn doch länger als ich. Er hat einen Bruder in Yale, nicht wahr?«
»Yeah. Brady. Studiert Wirtschaftswissenschaft. Aber Patrick sagte, er hätte gerade mit Brady gesprochen, weißt du.«

»Patrick wohnt zu Hause, richtig?«

»Yeah. Er hat da irgend'n Unternehmen, an dem er arbeitet, ein Sportgeschäft oder so was, das er in Gang zu bringen versucht.«

»Und Hugh ist der Anwalt.«

»Ja. Er ist der älteste. Der ist bei Milbank Tweed in New York.«

»Und der andere Bruder – der verheiratete?«

»Hugh ist der verheiratete.«

»Aber gibt's nicht noch einen, der auch verheiratet ist?«

»Ach, Teddy. Ich *weiß*, daß er bei dem nicht ist.«

»Warum nicht?«

»Der Typ wohnt bei seinen Schwiegereltern. Ich glaube, die verstehen sich nicht allzu gut.«

Es war lange still.

»Hast du irgendeine Idee, wo er sein könnte?« fragte Henry schließlich.

Cloke beugte sich vor; das lange, dunkle Haar fiel nach vorn, als er die Asche von seiner Zigarette schnippte. Er machte ein besorgtes, geheimnisvolles Gesicht. Nach ein paar Augenblicken schaute er auf. »Ist euch aufgefallen«, sagte er, »daß Bunny in den letzten zwei, drei Wochen eine verfluchte Menge *Zaster* hatte?«

»Wie meinst du das?« fragte Henry ein wenig scharf.

»Du kennst Bunny. Der ist doch immer pleite. Aber in letzter Zeit hatte er all dieses Geld. Also, ich meine, 'ne *Menge*. Vielleicht hat seine Großmutter es ihm geschickt oder so was, aber du kannst verdammt sicher sein, von seinen Eltern hat er es nicht.«

Wieder war es lange still. Henry biß sich auf die Lippe. »Worauf willst du hinaus?« fragte er.

»Es ist dir also aufgefallen?«

»Jetzt, wo du es erwähnst – ja.«

Cloke rutschte unbehaglich im Sessel herum. »Das hier bleibt jetzt unter uns, ja«, sagte er.

Mit einem mulmigen Gefühl in der Brust setzte ich mich hin.

»Was ist denn los?« fragte Henry.

»Ich weiß nicht, ob ich überhaupt davon reden sollte«, sagte Cloke.

»Wenn du es für wichtig hältst, auf jeden Fall«, sagte Henry knapp.

Cloke nahm einen letzten Zug von seiner Zigarette und drückte sie dann mit einer bedächtigen Korkenzieherbewegung aus. »Du weißt doch«, sagte er, »daß ich hin und wieder ein bißchen Koks verdeale, nicht wahr? Nicht viel«, fügte er hastig hinzu. »Nur ein paar Gramm hier und da. Nur für mich und meine Freunde. Aber es ist leichte Arbeit, und ich kann ein bißchen Geld dabei verdienen.«

Wir sahen einander an. Das war nun überhaupt nichts Neues. Cloke war einer der größten Drogendealer auf dem Campus.

»Und?« sagte Henry.

Cloke machte ein überraschtes Gesicht. Dann zuckte er die Achseln. »Ja«, sagte er, »ich kenne da so einen Chinaman unten in der Mott Street in New York – 'n bißchen furchterregend, aber er kann mich gut leiden, und er gibt mir meistens so viel, wie ich bezahlen kann, wenn ich mein Geld zusammenkratze. Kokain hauptsächlich; manchmal auch ein bißchen Pot, aber das ist eher Kleinkram. Ich kenne ihn seit Jahren. Wir haben sogar schon kleine Geschäfte gemacht, als Bunny und ich noch in Saint Jerome's waren.« Er schwieg kurz. »Na ja. Du weißt, wie pleite Bunny immer ist.«

»Ja.«

»Na, er hat sich immer echt interessiert für die ganze Sache. Schnelles Geld, weißt du. Wenn er je die nötige Kohle gehabt hätte, hätte ich ihn vielleicht beteiligt – auf der finanziellen Seite, meine ich –, aber die hatte er nie, und außerdem hat Bunny bei solchen Deals nichts verloren.« Er zündete sich eine neue Zigarette an. »Jedenfalls«, sagte er. »Deshalb mache ich mir Sorgen.«

Henry runzelte die Stirn. »Ich fürchte, ich kann dir da nicht ganz folgen.«

»Es war ein böser Fehler, schätze ich, aber ich hab' ihn vor zwei Wochen mal mitfahren lassen.«

Von diesem Ausflug nach New York hatten wir schon gehört. Bunny hatte unaufhörlich damit angegeben. »Und?« sagte Henry.

»Ich weiß nicht. Ich mache mir Sorgen, weiter nichts. Er weiß, wo der Typ wohnt – nicht wahr? –, und er hat all das Geld. Als ich deshalb mit Marion sprach, hab' ich einfach...«

»Du glaubst doch nicht, er ist auf eigene Faust hingefahren?« fragte Charles.

»Ich weiß es nicht. Ich hoffe es wahrhaftig nicht. Er hat den Typen nie wirklich getroffen oder so was.«

»Würde Bunny denn so was machen?« fragte Camilla.

»Offen gestanden«, sagte Henry, hakte sich die Brille von den Ohren und rieb sie rasch mit dem Taschentuch ab, »in meinen Augen ist es genau die Sorte Blödheit, zu der Bunny imstande ist.«

Einen Moment lang sagte niemand etwas. Henry blickte auf.

Ohne die Brille wirkten seine Augen blind, fremd, starr. »Weiß Marion davon?«

»Nein«, sagte Cloke. »Und mir wär's auch lieb, wenn ihr nichts davon erzählen würdet, okay?«

»Hast du noch andere Gründe für deine Theorie?«

»Nein. Aber wo *könnte* er sonst sein? Und Marion hat dir doch erzählt, daß Rika Thalheim ihn Mittwoch vor der Bank gesehen hat?«

»Ja.«

»Das ist irgendwie komisch – aber eigentlich doch wieder nicht, wenn man mal drüber nachdenkt. Sagen wir, er ist mit ein-, zweihundert Dollar nach New York gefahren, ja? Und hat da geredet, als gäb's 'ne Menge mehr, wo das herkam. Die Typen da hacken dich für zwanzig Kröten in Stücke und stecken dich in einen Müllsack. Ich meine, ich weiß es nicht. Vielleicht haben sie ihm gesagt, er soll nach Hause fahren und sein Konto auflösen und mit allem, was er hat, zurückkommen.«

»Bunny hat überhaupt kein Bankkonto.«

»Soweit du weißt«, gab Cloke zu bedenken.

»Da hast du völlig recht«, sagte Henry.

»Kannst du nicht einfach da anrufen?« fragte Charles.

»Wen soll ich denn anrufen? Der Typ steht nicht im Telefonbuch, und er verteilt schließlich keine Visitenkarten.«

»Wie nimmst du denn dann Kontakt mit ihm auf?«

»Ich muß einen dritten Typen anrufen.«

»Dann ruf den jetzt an«, sagte Henry gelassen, steckte das Taschentuch ein und hakte sich die Brillenbügel wieder hinter die Ohren.

»Die werden mir nichts sagen.«

»Ich dachte, das wären lauter gute Kumpel von dir?«

»Was stellst du dir vor?« sagte Cloke. »Glaubst du, diese Typen haben da unten so 'ne Art Pfadfindertruppe? Machst du Witze? Das sind echte Typen. Die machen *echte Scheiße*.«

Einen furchtbaren Moment lang dachte ich, Francis würde laut loslachen, aber irgendwie gelang es ihm, eine theatralische Hustensalve daraus werden zu lassen, und er versteckte sein Gesicht hinter der Hand. Praktisch ohne ihn eines Blickes zu würdigen, schlug Henry ihm heftig mit der flachen Hand auf den Rücken.

»Was schlägst du dann vor?« wollte Camilla wissen.

»Ich weiß es nicht. Ich würde gern mal in sein Zimmer gehen

und nachgucken, ob er einen Koffer mitgenommen hat oder so was.«

»Ist es denn nicht abgeschlossen?« fragte Henry.

»Doch. Marion hat in der Hausverwaltung gefragt, ob sie's ihr aufschließen, aber die wollten nicht.«

Henry nagte an seiner Unterlippe. »Tja«, sagte er langsam, »es dürfte ja trotzdem nicht so schwer sein, da hineinzukommen, oder?«

Cloke drückte seine Zigarette aus und sah Henry mit neu erwachtem Interesse an. »Nein«, sagte er. »Dürfte es nicht.«

»Da ist das Fenster im Parterre. Die Sturmfenster sind abgenommen.«

»Mit den Fliegengittern würde ich fertig, das weiß ich.«

Die beiden starrten einander an.

»Vielleicht«, sagte Cloke, »sollte ich gleich mal runtergehen und es probieren.«

»Wir kommen mit.«

»Mann«, sagte Cloke, »wir können doch nicht *alle* gehen.«

Ich sah, daß Henry einen Blick zu Charles hinüberwarf; Charles erwiderte den Blick hinter Clokes Rücken. »Ich gehe«, sagte er plötzlich mit zu lauter Stimme und kippte seinen Drink auf einmal hinunter.

»Cloke, wie, um alles in der Welt, bist du denn in so was reingeraten?« fragte Camilla.

Er lachte herablassend. »Das ist doch nichts«, sagte er. »Man muß mit diesen Typen auf ihrem eigenen Territorium zusammenkommen. Ich laß mir von denen nicht blöd kommen oder so was.«

Unauffällig schob Henry sich hinter Clokes Sessel, wo Charles stand; er beugte sich hinüber und flüsterte ihm etwas ins Ohr. Ich sah, wie Charles kurz nickte.

»Nicht, daß sie nicht versuchen, mich zu verarschen«, sagte Cloke. »Aber ich weiß, wie sie denken. Bunny dagegen, der hat keine Ahnung. Der glaubt, das ist irgendein Spiel, wo die Hundertdollarscheine auf der Erde rumliegen und drauf warten, daß irgendein blöder Bengel kommt und sie aufsammelt...«

Als er zu reden aufhörte, hatten Charles und Henry erörtert, was immer sie zu erörtern hatten, und Charles war zum Schrank gegangen, um seinen Mantel zu holen. Cloke griff nach seiner Sonnenbrille und stand auf. Er verströmte einen leisen, trockenen Kräutergeruch, ein Echo des Kifferdunstes, der immer in den staubigen Korridoren von Durbinstall hing: Patschuliöl, Nelkenzigaretten und Räucherstäbchen.

Charles wickelte sich den Schal um den Hals. Sein Gesichtsausdruck war lässig und aufgeregt zugleich; seine Augen blickten abwesend, und sein Mund war fest geschlossen, aber die Nasenflügel bebten leicht beim Atmen.

»Sieh dich vor«, sagte Camilla.

Sie meinte Charles, aber Cloke drehte sich um und lächelte. »Kinderspiel«, sagte er.

Sie ging mit ihnen zur Tür. Als sie sie wieder geschlossen hatte, drehte sie sich um.

Henry legte einen Finger an die Lippen.

Wir hörten Schritte auf der Treppe und schwiegen, bis wir Clokes Wagen anspringen hörten. Henry trat ans Fenster und zog eine verschlissene Gardine zur Seite. »Sie sind weg«, sagte er.

»Henry, bist du sicher, daß das eine gute Idee ist?« fragte Camilla.

Er zuckte die Achseln und schaute weiter auf die Straße hinunter. »Ich weiß es nicht«, sagte er. »Diesmal mußte ich nach dem Gehör spielen.«

»Ich wünschte, *du* wärest mitgegangen.«

»Das hätte ich getan, aber so ist es besser.«

»Was hast du ihm gesagt?«

»Na, es dürfte selbst für Cloke ziemlich offensichtlich werden, daß Bunny nicht verreist ist. Alles, was er besitzt, ist in diesem Zimmer. Geld, Ersatzbrille, Wintermantel. Wahrscheinlich wird Cloke wieder gehen wollen, ohne etwas zu sagen, aber ich habe Charles gesagt, er soll darauf bestehen, daß sie wenigstens Marion herüberrufen, damit sie einen Blick ins Zimmer wirft. Wenn *sie* es sieht – tja. Sie weiß nichts von Clokes Problemen, und sie würde sich auch nicht dafür interessieren. Wenn ich mich nicht täusche, wird sie die Polizei informieren oder wenigstens Bunnys Eltern, und ich bezweifle, daß Cloke sie daran hindern kann.«

»Aber heute finden sie ihn nicht mehr«, meinte Francis. »In zwei Stunden ist es dunkel.«

»Ja, aber wenn wir Glück haben, fangen sie gleich morgen früh an zu suchen.«

»Glaubst du, sie werden uns vernehmen?«

»Keine Ahnung«, sagte Henry abwesend. »Was weiß ich, wie sie in solchen Dingen vorgehen.«

Ein dünner Sonnenstrahl traf auf die Prismen an einem Kerzenleuchter auf dem Kaminsims und versprühte zu strahlenden Lichtscherben, die von den schrägen Dachgeschoßwänden verzerrt wurden. Unvermittelt kamen mir Bilder aus all den Kriminalfilmen in den Sinn, die ich je gesehen hatte – das fensterlose Zimmer, die grellen Lichter und engen Korridore, Bilder, die nicht so sehr theatralisch oder fremdartig erschienen als vielmehr durchtränkt von der unauslöschlichen Qualität der Erinnerung, der gelebten Erfahrung. *Nicht denken, nicht denken*, ermahnte ich mich und starrte auf eine helle, kalte Pfütze von Sonnenlicht, die vor meinen Füßen in den Teppich sickerte.

Camilla versuchte, sich eine Zigarette anzuzünden, aber das erste Streichholz ging aus und das zweite ebenfalls. Henry nahm ihr die Schachtel ab und riß selbst eins an; es flammte hoch und kräftig auf, und sie beugte sich darüber, wölbte eine Hand um die Flamme, während die andere auf seinem Handgelenk ruhte.

Die Minuten schlichen mit quälender Langsamkeit dahin. Camilla brachte eine Flasche Whiskey in die Küche, und wir saßen am Tisch und spielten Euchre, Francis und Henry gegen Camilla und mich. Camilla spielte gut – es war ihr Spiel, ihr Lieblingskartenspiel –, aber ich war kein guter Partner, und wir verloren eine Runde nach der anderen.

Es war sehr still in der Wohnung; man hörte nur das Klingen der Gläser, das Scharren der Karten. Henry hatte sich die Ärmel über die Ellbogen hochgekrempelt, und die Sonne funkelte metallisch an Francis' Kneifer. Ich tat mein Bestes, mich auf das Spiel zu konzentrieren, aber immer wieder merkte ich, daß ich durch die offene Tür auf die Uhr starrte, die nebenan auf dem Kaminsims stand. Sie war eines jener bizarren viktorianischen Nippesstücke, die die Zwillinge so gern hatten: ein weißer Porzellanelefant, die Uhr auf seinem Rücken in einer Howdah, und ein kleiner schwarzer Mahout mit goldenem Turban und in Reithosen, der die Stunden schlug. Der Mahout hatte etwas Diabolisches an sich; immer wenn ich aufblickte, sah ich, daß er mich mit fröhlicher Bosheit angrinste.

Ich vergaß die Punkte, vergaß den Spielstand. Im Zimmer wurde es dämmrig.

Henry legte die Karten aus der Hand. »So«, sagte er.

»Ich hab' keine Lust mehr«, sagte Francis. »Wo bleibt er?«

Die Uhr tickte laut; es war ein schepperndes, arhythmisches Ticken. Wir saßen im verblassenden Licht; die Karten waren vergessen. Camilla nahm einen Apfel aus der Schale auf der Anrichte, setzte sich auf die Fensterbank und aß ihn mürrisch; dabei schaute sie auf die Straße hinunter. Das Zwielicht umstrahlte ihre Silhouette in feurigen Umrissen, brannte rotgolden in ihrem Haar, wurde diffus in der flauschigen Oberfläche des Wollrocks, den sie nachlässig um die Knie gezogen hatte.

»Vielleicht ist was schiefgegangen«, meinte Francis.

»Sei nicht albern. Was könnte denn schiefgehen?«

»Vielleicht hat Charles den Kopf verloren oder so was?«

Henry warf ihm einen giftigen Blick zu. »Beruhige dich«, sagte er. »Ich weiß nicht, woher du all diese Dostojewski-Ideen immer nimmst.«

Francis wollte etwas erwidern, als Camilla aufsprang. »Er kommt«, sagte sie.

Sie rannte ihm entgegen die Treppe hinunter, und nach wenigen Augenblicken waren sie beide wieder da.

Charles hatte einen wilden Blick, und sein Haar war zerzaust. Er zog seinen Mantel aus, warf ihn über einen Stuhl und ließ sich auf die Couch fallen. »Macht mir was zu trinken«, sagte er.

»Alles in Ordnung?«

»Ja.«

»Was ist passiert?«

»Wo bleibt mein Drink?«

Ungeduldig ließ Henry etwas Whiskey in ein schmutziges Glas plätschern und schob es zu ihm hinüber. »Ist es gutgegangen? Ist die Polizei gekommen?«

Charles nahm einen großen Schluck, verzog das Gesicht und nickte.

»Wo ist Cloke? Zu Hause?«

»Vermutlich.«

»Jetzt erzähl schon. Alles. Von Anfang an.«

Charles trank sein Glas leer und stellte es hin. Seine Wangen waren fiebrig gerötet, und sein Gesicht war feucht. »Du hattest recht mit diesem Zimmer«, sagte er.

»Was meinst du damit?«

»Es war unheimlich. Das Bett ungemacht, überall Staub, eine alte, halb aufgegessene Waffel auf dem Schreibtisch, auf der die Ameisen herumkrabbelten. Cloke bekam Angst und wollte weg, aber ich rief Marion an, bevor er verschwinden konnte. Sie war ein paar Minuten später da. Sah sich um, wirkte irgendwie fassungslos, sagte nicht viel. Cloke war sehr aufgeregt.«

»Hat er ihr etwas von der Drogensache gesagt?«

»Nein. Andeutungen hat er gemacht, mehr als einmal, aber sie hat nicht auf ihn geachtet.« Er blickte auf. »Weißt du, Henry«, sagte er unvermittelt, »ich glaube, wir haben einen bösen Fehler gemacht, daß wir nicht zuerst hingegangen sind. Wir hätten uns selbst in dem Zimmer umsehen sollen, bevor es einer von ihnen zu sehen bekam.«

»Warum das?«

»Guck, was ich gefunden hab'.« Er holte ein Stück Papier aus der Tasche.

Henry nahm es ihm rasch ab und überflog es. »Wie hast du das gefunden?«

Charles zuckte die Achseln. »Glück. Es lag auf einem Schreibtisch. Ich hab's bei der ersten Gelegenheit weggenommen.«

Ich schaute Henry über die Schulter. Es war die Fotokopie einer Seite aus dem *Hampden Examiner*. Neben einer abgeschnittenen Anzeige für Gartenhacken stand eine kleine, aber auffallende Schlagzeile.

GEHEIMNISVOLLER TODESFALL IN
BATTENKILL COUNTY

Das Sheriff Department von Battenkill County und die Polizei von Hampden ermitteln noch immer im Fall des Henry Ray McRee, der am 12. November auf brutale Weise ermordet wurde. Der verstümmelte Leichnam Mr. McRees, eines Geflügelfarmers und ehemaligen Mitglieds des Verbandes der Eierproduzenten von Vermont, wurde auf dem Gelände seiner Farm in Mechanicsville aufgefunden. Raub scheint als Motiv nicht in Frage zu kommen, und auch wenn bekannt ist, daß Mr. McRee mehrere Feinde hatte, in der Hühnereierbranche wie auch in Battenkill County überhaupt, kommt keiner von ihnen als Tatverdächtiger in Frage.

Entsetzt beugte ich mich vor – das Wort »verstümmelt« hatte mich elektrisiert; ich sah sonst nichts auf der Seite. »Tja«, sagte Henry nach einer Weile, »ich nehme an, er hat das in der Bibliothek kopiert, wo die Zeitung ja ausliegt.«

»Aber das bedeutet nicht, daß es die einzige Kopie ist.«

Henry legte das Blatt in den Aschenbecher und riß ein Streichholz an. Als er die Flamme an die Kante hielt, kroch ein glühend roter Rand über das Papier und leckte plötzlich über den ganzen Bogen; die Wörter waren für einen Augenblick beleuchtet, ehe sie sich kräuselten und schwärzten. »Na«, sagte er, »wenn nicht, können wir auch nichts machen. Wenigstens hast du diese hier geschnappt. Was ist dann passiert?«

»Na, Marion ist weggegangen, nach nebenan ins Putnam House, und mit einer Freundin zurückgekommen.«

»Mit wem?«

»Ich kenne sie nicht. Uta oder Ursula oder so. Eins von diesen schwedisch aussehenden Mädchen, die dauernd Fischerpullover anhaben. Jedenfalls, sie hat sich auch ein bißchen umgeguckt, und Cloke saß auf dem Bett und rauchte und sah aus, als ob er Magenschmerzen hätte, und schließlich schlug diese – diese Uta, oder wie sie heißt – vor, wir sollten nach oben gehen und Bunnys Hausvorsitzende informieren.«

Francis fing an zu lachen. In Hampden waren die Hausvorsitzenden diejenigen, bei denen man sich beschwerte, wenn die Sturmläden nicht richtig schlossen oder wenn jemand seine Stereoanlage zu laut stellte.

»War gut, daß sie es getan hat, denn sonst ständen wir vielleicht immer noch da«, meinte Charles. »Das war dieses laute, rothaarige Mädchen, das immer in Wanderstiefeln herumläuft – wie heißt sie gleich? Briony Dillard?«

»Ja«, sagte ich. Sie war nicht nur Hausvorsitzende und ein engagiertes Mitglied des Studentenrates, sondern auch Präsidentin einer linken Gruppe auf dem Campus, die sich ständig bemühte, die Jugend von Hampden zu mobilisieren.

»Na, sie hat sich gleich reingestürzt und die Show eröffnet«, erzählte Charles. »Hat sich unsere Namen aufgeschrieben. Eine Menge Fragen gestellt. Bunnys Nachbarn im Flur zusammengetrieben und *denen* eine Menge Fragen gestellt. Hat im Studentensekretariat angerufen und bei der Hausverwaltung. Die Hausverwaltung meinte, sie schicken jemanden rüber« – er zündete sich eine Zigarette an –, »aber eigentlich wären sie nicht zuständig, wenn ein Student verschwinde; sie solle lieber die Polizei anrufen. Gibst du mir noch was zu trinken?« sagte er zu Camilla.

»Und sind sie gekommen?«

Charles klemmte sich die Zigarette zwischen Zeige- und Mittelfinger und wischte sich mit dem Handballen den Schweiß von der Stirn. »Ja«, sagte er. »Zwei Mann. Und von der Hausverwaltung auch zwei.«

»Was haben sie gemacht?«
»Die Hausverwaltung gar nichts. Aber die Polizisten waren sogar ganz professionell. Der eine hat sich im Zimmer umgesehen, während der andere die ganzen Leute im Flur zusammentrieb und Fragen stellte.«
»Was für Fragen?«
»Wer ihn zuletzt gesehen hätte, und wo, und seit wann er weg wäre, und wo er sein könnte. Klingt alles ziemlich naheliegend, aber es war das erstemal, daß jemand diese Fragen stellte.«
»Hat Cloke was gesagt?«
»Nicht viel. Es war ein ziemliches Durcheinander; viele Leute waren da, und die meisten brannten darauf, zu erzählen, was sie wußten – nämlich gar nichts. Um mich hat sich überhaupt niemand gekümmert. Diese Lady, die vom Studentensekretariat runterkam, versuchte immer, sich einzumischen; sie tat hochoffiziell und meinte, das sei keine Angelegenheit für die Polizei, und das College würde sich darum schon kümmern. Irgendwann wurde einer der Polizisten dann sauer.

›Hören Sie mal‹, sagte er, ›was ist los mit Ihnen hier? Der Junge wird seit einer vollen Woche vermißt, und kein Mensch hat bis jetzt auch nur ein Wort davon gesagt. Das ist 'ne ernste Sache, und wenn Sie meine unmaßgebliche Meinung wissen wollen, ich glaube, daß das College da einen Fehler gemacht hat.‹ Na, da legte die Lady vom Studentensekretariat aber erst richtig los – und da kam plötzlich der andere Polizist aus dem Zimmer und hatte Bunnys Brieftasche.

Es wurde ganz still. Zweihundert Dollar waren drin, und Bunnys ganze Papiere. Der Polizist, der sie gefunden hatte, meinte: ›Ich glaube, wir sollten jetzt lieber die Familie dieses Jungen informieren.‹ Alle fingen an zu tuscheln. Die Lady vom Studentensekretariat wurde sehr blaß und sagte, sie wolle sofort in ihr Büro gehen und Bunnys Akte holen. Der Polizist ging mit.

Inzwischen herrschte im Flur ein richtiges Gedränge. Die Leute waren nach und nach von draußen hereingekommen und lungerten jetzt da herum, um zu sehen, was los war. Der erste Polizist sagte allen, sie sollten nach Hause gehen und sich um ihren eigenen Kram kümmern, und Cloke verdrückte sich in dem Durcheinander. Bevor er ging, nahm er mich beiseite und schärfte mir noch mal ein, ich solle ja nichts von dieser Drogengeschichte erzählen.«

»Du hast hoffentlich gewartet, bis sie dir sagten, du könntest gehen.«

»Natürlich. Es hat nicht mehr viel länger gedauert. Der Polizist wollte mit Marion reden, und er sagte mir und dieser Uta, wir könnten nach Hause gehen, wenn er sich unsere Namen und so weiter aufgeschrieben hätte. Das war vor ungefähr einer Stunde.«

»Und weshalb kommst du dann jetzt erst?«

»Moment noch. Ich wollte auf dem Heimweg niemandem über den Weg laufen; also bin ich hinten um den Campus herumgegangen, unten hinter den Professorenbüros vorbei. Das war ein großer Fehler. Ich war noch nicht mal bis zum Birkenwäldchen gekommen, als dieser Troublemaker vom Studentensekretariat – die Lady, die den Streit angefangen hatte – mich vom Fenster des Dekanats aus sah und mich hereinrief.«

»Was machte sie denn im Dekanatsbüro?«

»Sie führte ein Ferngespräch. Sie hatten Bunnys Vater am Telefon – und der brüllte jeden an und drohte mit Klage. Der Dekan versuchte ihn zu beruhigen, aber Mr. Corcoran verlangte immer wieder jemanden zu sprechen, den er kannte. Sie haben über eine andere Leitung versucht, dich zu erreichen, Henry, aber du warst nicht zu Hause.«

»Hatte er mit mir sprechen wollen?«

»Anscheinend. Sie waren drauf und dran, jemanden zu Julian hinüberzuschicken, aber dann sah diese Lady mich durchs Fenster. Da waren ungefähr eine Million Leute – der Polizist, die Dekanatssekretärin, vier oder fünf Leute vom Korridor, diese komische Tante, die in der Aktenverwaltung arbeitet. Nebenan im Zulassungsbüro versuchte jemand, den Präsidenten zu erreichen. Ein paar Lehrer hingen auch da rum. Ich schätze, der Studiendekan war gerade mitten in einer Konferenz gewesen, als die Lady vom Studentensekretariat mit dem Polizisten hereinplatzte. Dein Freund war auch da, Richard. Dr. Roland.

Na, jedenfalls – die Menge teilte sich, als ich hereinkam, und der Studiendekan reichte mir den Telefonhörer. Mr. Corcoran beruhigte sich, als er merkte, wer ich war. Wurde ganz vertraulich und wollte wissen, ob das nicht irgend so 'ne Art Studentenulk wäre.«

»O Gott«, sagte Francis.

Charles sah ihn aus dem Augenwinkel an. »Er hat nach dir gefragt. ›Wo ist denn der alte Karottenkopf?‹ wollte er wissen.«

»Und was hat er sonst noch gesagt?«

»Er war sehr nett. Hat eigentlich nach euch allen gefragt. Ich soll alle grüßen.«

Eine lange, unbehagliche Pause trat ein.

Henry nagte an der Unterlippe; er ging zum Barschrank und goß sich einen Drink ein. »Hat man«, fragte er dann, »etwas zu dieser Bankgeschichte gesagt?«

»Ja. Marion hat ihnen den Namen des Mädchens gegeben. Übrigens« – als er aufschaute, war sein Blick abwesend und ausdruckslos –, »ich habe vergessen, es euch zu erzählen, aber Marion hat der Polizei deinen Namen genannt. Deinen auch, Francis.«

»Wieso?« fragte Francis erschrocken. »Wozu?«

»Wer waren seine Freunde? Das wollten sie wissen.«

»Aber wieso *ich*?«

»Jetzt beruhige dich, Francis.«

Es war mittlerweile dunkel im Zimmer. Der Himmel draußen war fliederfarben, und die Straße war von einem surrealen, mondhaften Glanz erfüllt. Henry knipste die Lampe an. »Glaubst du, sie werden heute abend noch anfangen zu suchen?«

»Suchen werden sie auf jeden Fall. Ob sie an der richtigen Stelle suchen, das ist eine ganz andere Frage.«

Einen Moment lang sagte niemand etwas. Charles ließ nachdenklich das Eis in seinem Glas klingen. »Wißt ihr«, sagte er, »wir haben etwas Schreckliches getan.«

»Das mußten wir, Charles, wie wir es schon erörtert haben.«

»Ich weiß, aber mir will Mr. Corcoran nicht aus dem Kopf. Die Ferien, die wir in seinem Haus verbracht haben. Und er war so nett am Telefon.«

Als Henry ging, bot er mir an, mich noch nach Hause zu fahren. Es war schon spät, und als wir hinter dem Wohnheim anhielten, fragte ich ihn, ob er Lust hätte, zum Essen mit ins Commons zu gehen.

Wir gingen am Postzimmer vorbei, damit Henry in sein Fach schauen konnte. Er ging nur ungefähr alle drei Wochen hin, und so erwartete ihn ein ziemlicher Stapel. Er blieb am Papierkorb stehen, blätterte alles ziemlich gleichgültig durch und warf die Hälfte der Umschläge ungeöffnet weg. Dann hielt er inne.

»Was ist?«

Er lachte. »Guck mal in dein Fach. Das ist ein Lehrerbewertungsbogen. Julian wird überprüft.«

Als wir ankamen, wurde die Mensa gerade geschlossen, und die Hausmeister waren schon dabei, den Boden zu wischen. Die Küche war auch schon geschlossen; also bat ich um etwas Erdnußbutter und Brot, und Henry machte sich eine Tasse Tee. Der Hauptspeisesaal war menschenleer. Wir setzten uns an einen Ecktisch und sahen unser Spiegelbild im schwarzen Glas der Fensterscheibe. Henry zog einen Stift hervor und fing an, Julians Bewertungsbogen auszufüllen.

Ich betrachtete mein Exemplar, während ich das Brot aß. Die Skala der Antworten rangierte von *eins – schlecht* bis *fünf – ausgezeichnet*: *Ist der Lehrer zuverlässig?... Gut vorbereitet?... Hilfsbereit über den Unterricht hinaus?...* Ohne einen Augenblick zu zögern, war Henry die Liste durchgegangen und hatte überall die Fünf mit einem Kreis markiert. Jetzt sah ich, wie er in eine freie Rubrik die Zahl 19 eintrug.

»Was ist das?«

»Die Anzahl der Kurse, die ich bei Julian belegt habe«, sagte er, ohne aufzublicken.

»Du hast *neunzehn Kurse* bei Julian?«

»Na ja, mit Tutorien und allem«, antwortete er gereizt.

Einen Augenblick lang hörte man nichts außer dem Kratzen von Henrys Federhalter und dem fernen Getöse der Geschirrgestelle in der Küche.

»Kriegt die jeder oder bloß wir?« fragte ich.

»Bloß wir.«

»Wieso machen sie sich dann überhaupt die Umstände?«

»Für die Akten vermutlich.« Er war bei der letzten Seite angekommen, die beinahe leer war. *Bitte notieren Sie hier ausführlich alles, was Ihnen sonst noch im Hinblick auf den Lehrer in positivem wie negativem Sinne bemerkenswert erscheint. Weitere Blätter können, falls nötig, beigefügt werden.*

Seine Feder schwebte unschlüssig über dem Papier. Dann faltete er den Bogen zusammen und schob ihn beiseite.

»Was denn«, sagte ich, »willst du nichts hinschreiben?«

Henry nahm einen Schluck Tee. »Wie, um alles in der Welt, könnte ich dem Studiendekan klarmachen, daß wir eine Gottheit in unserer Mitte haben?«

Nach dem Essen ging ich auf mein Zimmer. Mir graute vor der kommenden Nacht, aber nicht, weil ich mir etwa Sorgen wegen der Polizei gemacht oder weil mich mein Gewissen belastet hätte, oder dergleichen. Ganz im Gegenteil. Inzwischen hatte ich ganz unwillkürlich eine erfolgreiche geistige Blockade gegen den Mord und alles, was damit zusammenhing, errichtet. Ich sprach mit bestimmten Leuten darüber, dachte aber selten daran, wenn ich allein war.

Was ich hingegen erlebte, wenn ich allein war, war eine Art allgemeiner neurotischer Horror, war ein ganz gewöhnlicher, aber ins Monströse gesteigerter Anfall von Nervosität und Selbsthaß. Alle grausamen oder törichten Äußerungen, die ich je getan hatte, kehrten mit verstärkter Klarheit zurück, mochte ich noch so inständige Selbstgespräche führen oder mit dem Kopf rucken, um diese Gedanken zu vertreiben: alte Beleidigungen, Schuldhaftes und Peinliches selbst aus meinen frühesten Kindheitstagen – der verkrüppelte Junge, über den ich mich lustig gemacht hatte, das Osterküken, das ich totgequetscht hatte –, alles das zog wie in einer Parade an mir vorüber, eins nach dem andern, in lebhafter und ätzender Pracht.

Ich versuchte Griechisch zu üben, allein vergeblich. Ich schlug ein Wort im Lexikon nach und hatte es schon wieder vergessen, wenn ich es hinschreiben wollte; meine Deklinationskenntnisse und die Verbformen hatten mich restlos im Stich gelassen. Gegen Mitternacht ging ich nach unten und rief die Zwillinge an. Camilla meldete sich; sie war schläfrig und betrunken und wollte gerade ins Bett gehen.

»Erzähl mir eine komische Geschichte«, sagte ich.

»Ich weiß keine komischen Geschichten.«

»Dann *irgendeine* Geschichte.«

»Aschenputtel? Die drei kleinen Bären?«

»Erzähl mir etwas, das dir passiert ist, als du noch ganz klein warst.«

Da erzählte sie mir von dem einzigen Mal, daß sie sich erinnerte, ihren Vater gesehen zu haben, bevor er und ihre Mutter verunglückten. Es habe geschneit, sagte sie; Charles habe geschlafen, und sie habe in ihrem Kinderbett gestanden und aus dem Fenster geschaut. Ihr Vater sei draußen im Garten gewesen, in einem alten grauen Pullover, und er habe Schneebälle gegen den Zaun geworfen. »Es muß mitten am Nachmittag gewesen sein. Ich weiß nicht, was er da machte. Ich weiß nur, daß ich ihn sah, und ich wollte so *dringend* raus, daß ich versuchte, aus meinem Bettchen zu klettern. Dann kam meine Großmutter herein und klappte das Gitter hoch, so daß ich nicht mehr rauskonnte, und ich fing an zu weinen. Mein Onkel Hilary – er war ein Bruder meiner Großmutter und wohnte bei uns, als wir klein waren – kam herein und sah, daß ich weinte. ›Armes kleines Mädchen‹, sagte er, und er wühlte in seiner Tasche herum und fand ein Maßband, und das gab er mir zum Spielen.«

»Ein Maßband?«

»Ja. Du weißt schon, eins von denen, die zurückschnappen, wenn man auf einen Knopf drückt. Charles und ich haben uns immer darum gezankt. Es ist heute noch irgendwo zu Hause.«

Spät am nächsten Morgen erwachte ich mit jähem Schrecken, weil jemand an meine Tür klopfte.

Als ich aufmachte, stand Camilla draußen; sie sah aus, als habe sie sich sehr hastig angezogen. Sie kam herein und schloß die Tür hinter sich ab, und ich stand im Bademantel da und blinzelte schlaftrunken. »Warst du heute schon draußen?« fragte sie.

Ein banges Kribbeln kroch mir im Nacken hoch. Ich setzte mich auf die Bettkante. »Nein«, sagte ich. »Wieso?«

»Ich weiß nicht, was los ist. Die Polizei redet mit Charles und Henry, und ich weiß nicht mal, wo Francis ist.«

»Was?«

»Heute morgen um sieben ist ein Polizist gekommen und hat nach Charles gefragt. Er hat nicht gesagt, was er wollte. Charles hat sich angezogen, und sie sind zusammen fort. Um acht kriegte ich einen Anruf von Henry; er fragte, ob ich was dagegen hätte, wenn er heute morgen ein bißchen später käme. Ich fragte ihn, wovon er da redete; wir hatten nämlich gar nicht vorgehabt, uns zu treffen. ›O danke‹, sagte er daraufhin, ›ich wußte, du würdest Verständnis haben; die Polizei ist nämlich hier, wegen Bunny, weißt du, und sie haben ein paar Fragen.‹«

»Er kommt sicher zurecht.«

Sie fuhr sich mit der Hand durchs Haar; es war eine nervöse Geste, die mich an ihren Bruder erinnerte. »Aber es ist nicht bloß das«, sagte sie. »Überall sind Leute. Reporter, Polizisten. Es ist wie in einem Irrenhaus.«

»Suchen sie ihn?«

»Ich weiß nicht, *was* sie machen. Anscheinend sind sie unterwegs in Richtung Mount Cataract.«

»Vielleicht sollten wir den Campus für eine Weile verlassen.«

Ihre hellen Silberaugen blickten ängstlich in meinem Zimmer umher. »Vielleicht«, sagte sie. »Zieh dich an, und dann überlegen wir, was wir machen.«

Ich war im Bad und schabte mir hastig mit dem Rasierapparat übers Gesicht, als Judy Poovey hereinkam und so eilig auf mich zustürzte, daß ich mir in die Wange schnitt. »Richard«, sagte sie und legte mir eine Hand auf den Arm, »hast du schon gehört?«

Ich berührte meine Wange, sah das Blut auf meinen Fingerspitzen und warf ihr einen wütenden Blick zu. »Was gehört?«
»Von Bunny«, sagte sie mit gedämpfter Stimme und geweiteten Augen.
Ich starrte sie an und wußte nicht, was jetzt kommen würde.
»Jack Teitelbaum hat es mir erzählt. Cloke hat gestern abend mit ihm drüber geredet. Ich hab' noch nie gehört, daß einer einfach irgendwie *verschwindet*. Das ist geradezu unheimlich. Und Jack sagte noch, na, wenn sie ihn bis jetzt nicht gefunden haben... Ich meine, ich bin ganz sicher, er ist okay und alles«, fügte sie hinzu, als sie sah, wie ich sie anstarrte.
Ich wußte nicht, was ich antworten sollte.
»Wenn du vorbeikommen willst oder so, ich bin zu Hause.«
»Klar.«
»Ich meine, wenn du reden willst oder so. Ich bin immer da. Komm einfach vorbei.«
»Danke«, sagte ich ein bißchen zu schroff.
Sie schaute zu mir auf, und ihre Augen waren groß von Mitgefühl, voller Verständnis für die Einsamkeit und Ungeselligkeit des Schmerzes. »Es ist bestimmt alles okay«, sagte sie, drückte meinen Arm und ging hinaus, nicht ohne in der Tür noch einmal stehenzubleiben und einen trauervollen Blick zurückzuwerfen.

Obwohl Camilla schon davon gesprochen hatte, war ich auf den Aufruhr, der draußen herrschte, nicht vorbereitet. Der Parkplatz war voll besetzt, und Leute aus Hampden Town waren überall – Fabrikarbeiter hauptsächlich, dem Aussehen nach zu urteilen, manche mit Kindern –; sie klopften mit Stöcken auf den Boden und bewegten sich langsam und in einer ungleichmäßigen auseinandergezogenen Kette auf den Mount Cataract zu, während die Studenten durcheinanderwimmelten und ihnen neugierig zuschauten. Es waren Polizisten da, Deputys und ein oder zwei berittene Polizisten; auf dem Rasen, wo zwei amtlich aussehende Fahrzeuge parkten, standen ein Rundfunkübertragungswagen, ein Imbißwagen und ein Kleinbus von »Action News Twelve«.
»Was machen all die Leute hier?« sagte ich.
»Guck«, sagte sie, »da ist Francis.«
Weit hinten in dem bunten Treiben sah ich sein rotes Haar leuchten und erkannte die auffälligen Konturen des schalumwickelten Halses und des schwarzen Mantels. Camilla streckte die Hand in die Luft und schrie.

Er drängte sich durch eine Gruppe von Cafeteria-Kellnerinnen, die herausgekommen waren, um zu sehen, was hier los war; er rauchte eine Zigarette und hatte eine Zeitung unter dem Arm.
»Hallo«, sagte er. »Ist das zu glauben?«
»Was ist los?«
»Eine Schatzsuche.«
»Was?«
»Die Corcorans haben über Nacht eine Riesenbelohnung ausgesetzt. Alle Fabriken in Hampden haben zugemacht. Will jemand einen Kaffee?«
Wir schlängelten uns durch eine kleine, düstere Versammlung von Hausmeistern und Reinigungsleuten zu dem Imbißwagen hinüber. »Drei Kaffee, zwei mit Milch, bitte«, sagte Francis zu der dicken Frau hinter der Theke.
»Milch gibt's keine; bloß Cremora.«
»Na, dann wohl einfach schwarz.« Er wandte sich an uns. »Habt ihr heute morgen schon Zeitung gelesen?«
Es war die Spätausgabe des *Hampden Examiner*. In einer Spalte auf Seite eins war ein unscharfes, aber ziemlich neues Foto von Bunny unter der Schlagzeile: »POLIZEI UND FAMILIE SUCHEN 24JÄHRIGEN – IN HAMPDEN VERMISST.«

»Vierundzwanzig?« sagte ich verblüfft. Die Zwillinge und ich waren zwanzig, und Henry und Francis waren einundzwanzig.
»Er ist auf der Grundschule ein oder zweimal sitzengeblieben«, sagte Camilla.
»Aah.«

Am Sonntag nachmittag besuchte Edmund Corcoran, bei Verwandten und Freunden als »Bunny« bekannt, eine Campus-Party, die er anscheinend irgendwann im Laufe des Nachmittags verließ, um sich mit seiner Freundin Marion Barnbridge aus Rye, New York, zu treffen, die ebenfalls in Hampden studiert. Das war das letzte Mal, daß irgend jemand Bunny Corcoran gesehen hat.
Beunruhigt alarmierten Marion Barnbridge sowie einige Freunde Corcorans gestern die Staats- und Ortspolizei, die daraufhin sofort eine Suchaktion nach dem Vermißten einleitete. Heute beginnt die Aktion im Raum Hampden. Der verschwundene Jugendliche wird beschrieben als... siehe Seite 5.

»Fertig?« fragte ich Camilla.
»Ja. Du kannst umblättern.«

...einen Meter sechsundachtzig groß und hundertneunzig Pfund schwer. Er hat aschblondes Haar und blaue Augen. Er ist Brillenträger und war, als man ihn zuletzt sah, bekleidet mit einem Sportsakko aus grauem Tweed, einer khakifarbenen Hose und einem gelben Regenmantel.

»Hier ist dein Kaffee, Richard«, sagte Francis und drehte sich behutsam um; er hatte eine Tasse in jeder Hand.

Auf der Vorbereitungsschule St. Jerome's in College Falls, Massachusetts, betrieb Corcoran aktiv mehrere Sportarten wie Hockey, Lacrosse und Rudern und führte seine Football-Mannschaft, die Wolverines, als Kapitän in seinem letzten Schuljahr zur Staatsmeisterschaft. In Hampden diente Corcoran bei der freiwilligen Feuerwehr. Er studierte Literatur und Sprachen, wobei sein Schwerpunkt auf den klassischen Sprachen lag; seine Kommilitonen schilderten ihn als »Gelehrten«.

»Ha!« sagte Camilla.

Cloke Rayburn, ein Schulfreund Corcorans und einer von denen, die die Polizei verständigten, erklärte, Corcoran sei ein »echt straighter Typ – entschieden nichts mit Drogen oder so was«.
Gestern nachmittag sei er aber mißtrauisch geworden und in Corcorans Apartment eingestiegen; danach habe er dann die Polizei verständigt.

»Das stimmt gar nicht«, sagte Camilla. »Er hat sie nicht verständigt.«
»Von Charles steht hier kein Wort.«
»Gott sei Dank«, sagte sie auf griechisch.

Corcorans Eltern, Macdonald und Katherine Corcoran aus Shady Brook, Connecticut, treffen heute in Hampden ein, um bei der Suche nach dem jüngsten ihrer fünf Kinder zu helfen. (Lesen Sie dazu auch »Eine Familie betet« auf Seite 10.) In einer telefonischen Stellungnahme erklärte Mr. Corcoran, Präsident der Bingham Bank and Trust Company und Vorstandsmitglied der First National Bank of Connecticut: »Hier unten können wir nicht viel tun. Wir wollen aber helfen, wo wir können.« Er habe eine Woche vor dem Verschwinden seines Sohnes mit ihm telefoniert, aber dabei sei ihm nichts Ungewöhnliches aufgefallen.

Katherine Corcoran sagte über ihren Sohn: »Edmund ist ein sehr familienorientierter Typ. Ich weiß, er hätte es Mack oder mir erzählt, wenn irgend etwas nicht in Ordnung gewesen wäre.« Fünfzigtausend Dollar Belohnung wurden für Informationen ausgesetzt, die zum Auffinden Edmund Corcorans führen; aufgebracht wurde das Geld durch die Familie, die Bingham Bank and Trust Company und durch die Highland-Heights-Loge des Loyalen Ordens der Elche.

Es war windig. Mit Camillas Hilfe faltete ich die Zeitung zusammen und gab sie Francis zurück. »Fünfzigtausend Dollar«, sagte ich. »Das ist eine Menge Geld.«

»Und du fragst dich, was all die Leute aus Hampden heute morgen hier machen?« Francis nippte an seinem Kaffee. »Mann, ist das kalt hier draußen.«

Wir gingen zurück in Richtung Commons. Camilla sagte zu Francis: »Du weißt von Charles und Henry, nicht wahr?«

»Na ja, sie hatten Charles ja schon gesagt, daß sie ihn vielleicht noch brauchen, oder?«

»Ja, aber Henry...«

»Über ihn würde ich mir nicht unnötig den Kopf zerbrechen.«

Das Commons war überheizt und unerwartet leer. Zu dritt setzten wir uns auf eine klamme schwarze Vinylcouch und tranken unseren Kaffee. Leute gingen schlendernd ein und aus und ließen Böen von kalter Luft herein; einige kamen zu uns und fragten, ob es Neuigkeiten gebe. Judd »Party Pig« MacKenna als Präsident des Studentenrates kam mit seiner leeren Farbdose herüber und fragte, ob wir etwas für den Notfallfonds zur Suchaktion spenden wollten. Zusammen stifteten wir einen Dollar in Kleingeld.

Wir sprachen mit George Laforgue, der uns begeistert und sehr ausführlich von einem ähnlichen Vermißtenfall in Brandeis berichtete, als plötzlich hinter ihm Henry aus dem Nichts auftauchte.

Laforgue drehte sich um. »Oh«, sagte er kühl, als er sah, wer da war.

Henry neigte leicht den Kopf. »*Bonjour, Monsieur Laforgue*«, sagte er. »*Quel plaisir de vous revoir.*«

Laforgue zog mit schwungvoller Gebärde ein Taschentuch hervor und schneuzte sich, wie es schien, fünf Minuten lang. Dann faltete er penibel das Taschentuch mehrfach zu einem kleinen Viereck zusammen und verschwand.

»Ich bin ein bißchen müde«, sagte Henry nachher im Wagen, »aber es gibt keinen Grund zur Beunruhigung.«

»Was wollten sie wissen?«

»Nicht viel. Wie lange ich ihn kenne, ob er sich merkwürdig benommen hat, ob ich einen Grund weiß, weshalb er die Schule womöglich verlassen will. Natürlich *hat* er sich in den letzten paar Monaten komisch benommen, und das habe ich gesagt. Aber ich habe auch gesagt, daß ich ihn in letzter Zeit nur selten gesehen habe, und das stimmt.« Er schüttelte den Kopf. »Ehrlich. *Zwei Stunden*. Ich weiß nicht, ob ich das Ganze über mich gebracht hätte, wenn ich gewußt hätte, auf was für einen Unfug wir uns da einlassen.«

Wir fuhren bei den Zwillingen zu Hause vorbei und fanden Charles eingenickt auf dem Sofa. Er fuhr erschrocken aus dem Schlaf hoch. Sein Gesicht war verquollen, und das geriefte Muster der Sofapolster hatte sich tief in seine Wange geprägt.

»Wie ist es gegangen?« fragte Henry ihn.

Charles setzte sich auf und rieb sich die Augen. »Ganz gut, schätze ich. Ich sollte irgendwas unterschreiben, wo draufstand, was gestern passiert wäre.«

»Mich haben sie auch besucht.«

»Ach ja? Was wollten sie?«

»Das gleiche.«

»Waren sie nett zu dir?«

»Nicht besonders.«

»Gott, sie waren *so nett* zu mir unten auf dem Polizeirevier. Sie haben mir sogar ein Frühstück gebracht. Kaffee und Geleekringel.«

Es war Freitag, und das hieß, daß wir keinen Unterricht hatten und daß Julian nicht in Hampden, sondern zu Hause war. Henry schlug vor, einmal hinzufahren und zu sehen, ob er da sei.

Ich war noch nie bei Julian zu Hause gewesen, hatte noch nicht einmal das Haus gesehen; ich nahm allerdings an, daß die anderen schon öfters dagewesen waren. Tatsächlich empfing Julian nicht oft Besuch – wobei Henry natürlich die vornehme Ausnahme bildete. Das war nicht so verwunderlich, wie es klingt; er wahrte behutsam, aber entschlossen einen gewissen Abstand zwischen sich und seinen Studenten, und auch wenn er uns sehr viel mehr Zuneigung entgegenbrachte, als es zwischen Lehrern und ihren Schülern sonst üblich war, pflegte er nicht einmal mit Henry eine Beziehung zwischen Gleichgestellten, und unser Unterricht bei ihm bewegte sich eher in den Bahnen einer wohlwollenden Diktatur als in denen einer Demokratie. »Ich bin Ihr Lehrer«, sagte er einmal, »weil ich mehr weiß als Sie.« Auf einer psychologischen Ebene war sein Verhalten beinahe schmerzlich intim, ansonsten aber war es geschäftsmäßig und kühl. Sein Prinzip war, uns immer nur von unserer besten Seite zu sehen und über all unsere schlechten und weniger erfreulichen Eigenschaften hinwegzusehen. Zwar empfand ich ein köstliches Vergnügen dabei, mich diesem attraktiven, wenn auch verschwommenen Image anzupassen – und irgendwann auch dabei festzustellen, daß ich mehr oder weniger die Persönlichkeit geworden war, die ich lange Zeit so geschickt gespielt hatte –, aber es bestand doch nie ein Zweifel daran, daß ihm nichts daran lag, uns in unserer Gesamtheit zu sehen – oder uns überhaupt anders zu sehen als in jener herrlichen Rolle, die er für uns erfunden hatte: *genis gratus, corpore glabellus, arte multiscius, et fortuna opulentus* – glattwangig, weichhäutig, wohlgebildet und reich. Es war seine eigentümliche Blindheit, denke ich, für alle Probleme persönlicher Natur, die ihn befähigte, am Ende sogar Bunnys ganz beträchtliche Nöte in spirituelle Sorgen zu verwandeln.

Ich wußte damals wie heute buchstäblich nichts über Julians Leben außerhalb der Schule, und vielleicht verlieh gerade dieser Umstand allem, was er sagte oder tat, einen so verlockenden Hauch des Geheimnisumwobenen. Ohne Zweifel hatte er im Privatleben ebenso viele Schwächen wie jeder andere auch, aber die einzige Seite, die er uns jemals von sich sehen ließ, war derart auf Hochglanz poliert, daß es den Anschein hatte, als müsse er zu Hause ein so erlesenes Leben führen, daß ich es mir nicht einmal vorstellen konnte.

Natürlich war ich daher ungeheuer neugierig, zu sehen, wo er wohnte. Es war ein großes Steinhaus auf einer Anhöhe, meilenweit abseits der Hauptstraße, umgeben von Bäumen und Schnee, so weit das Auge reichte – imposant genug, aber nicht halb so imposant und riesig wie Francis' Haus. Ich hatte wundersame Geschichten über seinen Garten gehört, und auch über das Innere des Hauses – attische Vasen, Meißener Porzellan, Gemälde von Alma-Tadema und Frith. Aber der Garten war tief verschneit, und Julian war anscheinend nicht zu Hause; zumindest öffnete er nicht.

Henry schaute den Hang hinunter zu uns, die wir im Wagen warteten. Er holte ein Stück Papier aus der Tasche und kritzelte ein paar Worte darauf; dann faltete er es zusammen und steckte es in den Türspalt.

»Sind Studenten bei den Suchtrupps?« fragte Henry auf dem Rückweg nach Hampden. »Ich will da nicht hingehen, wenn wir uns damit auffällig benehmen. Andererseits kommt es mir ziemlich gefühllos vor, sich einfach nach Hause zu verziehen, meint ihr nicht auch?«

»Was kostet ein Fernsehapparat?« fragte Henry auf dem Heimweg.
»Wieso?«
»Weil ich heute abend die Nachrichten sehen möchte.«
»Ich glaube, die sind ziemlich teuer«, meinte Francis.
»In Monmouth steht ein Apparat auf dem Dachboden«, sagte ich.
»Gehört er jemandem?«
»Bestimmt.«
»Na«, sagte Henry, »wir bringen ihn zurück, wenn wir fertig sind.«

Francis paßte auf, während Henry und ich auf den Dachboden stiegen und zwischen kaputten Lampen, Pappkartons und häßlichen Ölgemälden aus den Kunst-I-Kursen herumstöberten. Schließlich fanden wir den Fernsehapparat hinter einem alten Kaninchenstall und schleppten ihn die Treppe hinunter zu Henrys Auto. Dann fuhren wir zu Francis.

Wir stellten den Fernsehapparat auf Francis' Eßtisch und fummelten daran herum, bis wir ein anständiges Bild hatten. Die Schlußtitel von »Petticoat-Junction« rollten eben vorbei, und dahinter sah man den Wasserturm in Hooterville und den Cannonball Express.

Als nächstes kamen die Nachrichten. Während die Titelmusik ausgeblendet wurde, erschien in der linken Ecke des Sprechertisches ein kleiner Kreis, und darin war das stilisierte Bild eines Polizisten mit einer leuchtenden Taschenlampe, der einen aufgeregten Hund an der Leine zurückhielt; darunter stand das Wort GROSSFAHNDUNG.

Die Nachrichtensprecherin schaute in die Kamera. »Hunderte suchen, Tausende beten«, sagte sie, »während die Suche nach dem Studenten Edmund Corcoran vom Hampden College in der Umgebung von Hampden beginnt.«

Das Bild wechselte zu einem Schwenk über ein dichtbewaldetes Gelände; ein Suchtrupp, von hinten gefilmt, stocherte mit Stöcken im Unterholz, und der deutsche Schäferhund, den wir schon gesehen hatten, jauchzte und kläffte uns vom Bildschirm entgegen.

»Über hundert Freiwillige«, erzählte eine Stimme aus dem Off, »kamen heute morgen zusammen, um den Studenten des Hampden College bei der Suche nach einem Kommilitonen zu helfen, der seit Sonntag nachmittag verschwunden ist. Bis jetzt gibt es keine Spur von dem vierundzwanzigjährigen Edmund Corcoran aus Shady Brook, Connecticut, aber ActionNews Twelve hat soeben einen wichtigen telefonischen Hinweis erhalten, und die Behörden meinen, daß sich hier ein neuer Ansatzpunkt ergeben könnte.«

»Was?« fragte Charles den Fernseher.

»Wir schalten jetzt um zu Rick Dobson, live am Ort des Geschehens.«

Im nächsten Moment sah man einen Mann in einem Trenchcoat und mit einem Mikrofon in der Hand; er schien vor einer Tankstelle zu stehen.

»Den Laden kenne ich«, sagte Francis und beugte sich vor. »Das ist ›Redeemed Repair‹ am Highway Six.«

»Pst!« machte jemand.

Der Wind wehte heftig, das Mikrofon kreischte auf und verstummte dann spotzend. »Heute nachmittag um ein Uhr sechsundfünfzig«, sagte der Reporter mit gesenktem Kinn, »erhielt ActionNews Twelve eine wichtige Information, die für die Polizei vielleicht einen Durchbruch im jüngsten Vermißtenfall in Hampden bedeuten könnte.«

Die Kamera fuhr zurück und erfaßte einen alten Mann im Overall; er hatte eine Strickmütze auf und trug eine schmierige dunkle Windjacke. Er blickte starr zur Seite. Sein Kopf war rund, sein Gesicht so sanft und unbekümmert wie das eines Babys.

»Ich bin jetzt bei William Hundy«, erklärte der Reporter, »dem Miteigentümer der Autowerkstatt ›Redeemed Repair‹ in Hampden und Angehörigen der Rettungsmannschaft von Hampden County, der uns diese Information soeben hat zukommen lassen.«

»*Henry*«, sagte Francis. Erschrocken sah ich, daß er plötzlich totenbleich geworden war.

Henry suchte in seiner Tasche nach einer Zigarette. »Ja«, sagte er knapp. »Ich seh's.«

»Was ist los?« fragte ich.

Henry klopfte die Zigarette auf der flachen Seite der Schachtel auf. »Der Mann da«, sagte er, »repariert mein Auto.«

»Mr. Hundy«, hob der Reporter wichtigtuerisch an, »wollen Sie uns erzählen, was Sie am Sonntag nachmittag gesehen haben?«

»O mein Gott«, sagte Charles.

»Pst«, sagte Henry.

Der Autoschlosser warf einen schüchternen Blick in die Kamera und schaute dann wieder weg. »Am Sonntag nachmittag«, sagte er in seinem nasalen Vermonter Tonfall, »hielt ein cremefarbener, ein paar Jahre alter LeMans da vorne an der Zapfsäule.« Unbeholfen, als sei es ihm zu spät eingefallen, hob er den Arm und deutete irgendwohin ins Off. »Es waren drei Männer; zwei saßen vorne, einer hinten. Nicht von hier. Schienen es eilig zu haben. Hätte mir nichts weiter dabei gedacht, aber der Junge war bei ihnen. Ich hab' ihn erkannt, als ich das Bild in der Zeitung sah.«

Fast wäre mir das Herz stehengeblieben – *drei Männer, weißes Auto* –, aber dann wurde mir wieder bewußt, daß wir ja zu *viert* gewesen waren, und Camilla war dabeigewesen, und Bunny war an dem Sonntag nicht mal in die Nähe unseres Autos gekommen. Und Henry fuhr einen BMW, und der unterschied sich gewaltig von einem Pontiac.

Henry hatte aufgehört, mit der unangezündeten Zigarette auf dem Päckchen herumzuklopfen; sie baumelte ihm jetzt lose zwischen den Fingern.

»Obgleich die Familie Corcoran keine Lösegeldforderung erhalten hat, schließen die Behörden die Möglichkeit einer Entführung nicht aus. Soviel von Rick Dobson, live für ActionNews Twelve.«

»Danke, Rick. Zuschauer, die weitere Informationen zu diesem Fall haben, bitten wir dringend, unsere Sondernummer anzurufen, Nummer 363 TIPS, und zwar zwischen neun und siebzehn Uhr...

Die Schulbehörde von Hampden County entschied heute in einer Angelegenheit, die vielleicht so umstritten ist wie...«

Wir starrten in verblüfftem Schweigen auf die Mattscheibe, mehrere Minuten lang, wie es schien. Dann guckten die Zwillinge einander an und fingen an zu lachen.

Henry schüttelte den Kopf und schaute immer noch fassungslos auf den Bildschirm. »*Vermonter*«, sagte er schließlich.

»Kennst du den Mann?« fragte Charles.

»Ich bringe seit zwei Jahren mein Auto zu ihm.«

»Ist der verrückt?«

Er schüttelte wieder den Kopf. »Verrückt, verlogen, scharf auf die Belohnung – ich weiß nicht, was ich sagen soll. Er kam mir immer ganz vernünftig vor, auch wenn er mich einmal in eine Ecke geschleift hat und anfing, vom Königreich Christi auf Erden zu faseln...«

»Na, aus welchem Grund auch immer«, sagte Francis, »er hat uns einen unheimlichen Gefallen getan.«

»Weiß ich nicht«, sagte Henry. »Kidnapping ist ein schweres Verbrechen. Wenn sie jetzt anfangen, wegen eines Verbrechens zu ermitteln, dann könnten sie über etwas stolpern, was sie in unserem Interesse besser nicht wissen.«

»Wie denn? Was hat das alles denn mit uns zu tun?«

»Ich meine nichts Großes. Aber es gibt eine ganze Menge Kleinigkeiten, aus denen man uns einen Strick drehen könnte, wenn jemand sich die Mühe machen wollte, eins und eins zusammenzuzählen. Es war zum Beispiel dumm von mir, diese Flugtickets mit meiner Kreditkarte zu bezahlen. Wir dürften große Mühe haben, *das* zu erklären. Und dein Treuhandvermögen, Francis? Und unsere Bankkonten? Umfangreiche Abhebungen in den letzten sechs Monaten, und kein Gegenwert, den man vorzeigen könnte. Bunny hat massenhaft neue Klamotten in seinem Schrank hängen, die er unmöglich selbst bezahlt haben kann.«

»Da muß einer aber schon ziemlich tief graben, um das herauszufinden.«

»Da muß einer nur zwei oder drei zielgerichtete Telefongespräche führen.«

In diesem Augenblick klingelte das Telefon.

»O Gott!« heulte Francis.

»Nicht rangehen«, sagte Henry.

Aber Francis nahm den Hörer ab; ich hatte gewußt, daß er es tun würde. »Ja«, sagte er vorsichtig. Pause. »Na, ebenfalls hallo, Mr. Corcoran.« Er setzte sich und signalisierte mit Daumen und Zeigefinger »okay«. »Haben Sie was gehört?«

Eine sehr lange Pause. Francis hörte eine Zeitlang aufmerksam zu; er schaute zu Boden und nickte. Nach einer Weile begann er, ungeduldig mit dem Fuß zu wippen.

»Was ist denn los?« wisperte Charles.

Francis hielt den Hörer ein Stück weit vom Ohr weg und machte eine Plapperbewegung mit der Hand.

»Ich weiß, was er will«, sagte Charles verzweifelt. »Er will, daß wir zu ihm ins Hotel kommen und mit ihm zu Abend essen.«

»Ehrlich gesagt, Sir, wir haben bereits zu Abend gegessen«, sagte Francis in diesem Augenblick. »... Nein, natürlich nicht... Ja. O ja, Sir, ich habe versucht, Sie zu erreichen, aber Sie wissen ja, hier geht alles drunter und drüber... Selbstverständlich...«

Endlich legte er auf. Wir starrten ihn an.

Er zuckte die Achseln. »Tja«, sagte er. »Ich hab's versucht. Er erwartet uns in zwanzig Minuten im Hotel.«

»Uns?«

»Ich gehe nicht allein.«

»Ist er denn allein?«

»Nein.« Francis war in der Küche verschwunden; wir hörten, wie er Schränke auf und zu klappte. »Die ganze Bande ist da, außer Teddy – und den erwarten sie jeden Augenblick.«

Eine kurze Pause trat ein.

»Was machst du da drinnen?« fragte Henry.

»Ich mache mir was zu trinken.«

»Mir auch«, sagte Charles.

»Scotch okay?«

»Lieber Bourbon, wenn du hast.«

»Mach zwei«, sagte Camilla.

»Bring doch einfach die ganze Flasche«, sagte Henry.

Als sie gegangen waren, legte ich mich auf Francis' Couch, rauchte seine Zigaretten und trank seinen Scotch, und dabei schaute ich mir »Risiko« an. Einer der Kandidaten war aus San Gilberto; das liegt in der Gegend, wo ich aufgewachsen bin – nur fünf oder sechs Meilen weit weg. All diese Vororte da gehen ja ineinander über, und man weiß nicht immer, wo der eine aufhört und der andere anfängt.

Danach kam ein Fernsehfilm. Er handelte davon, daß die Erde mit einem anderen Planeten zu kollidieren drohte, und wie die Wissenschaftler der ganzen Welt sich zusammentaten, um die Katastrophe abzuwenden. Ein kommerzbegabter Astronom, der ständig in irgendwelchen Talkshows auftritt und dessen Namen Sie wahrscheinlich kennen, spielte sich in einer Gastrolle selbst.

Aus irgendeinem Grunde wollte ich mir die Elf-Uhr-Nachrichten nicht allein ansehen; also schaltete ich um auf PBS und sah mir eine Sendung mit dem Titel »Die Geschichte der Metallurgie« an. Es war nicht mal uninteressant, aber ich war müde und ein bißchen betrunken, und ich schlief ein, bevor es zu Ende war.

Als ich aufwachte, hatte mich jemand mit einer Wolldecke zugedeckt, und das Zimmer war bläulich erhellt vom kalten Licht des Morgengrauens. Francis saß am Fenster und hatte mir den Rücken zugewandt; er aß Maraschino-Kirschen aus einem Glas, das er auf den Knien balancierte.

Ich setzte mich auf. »Wieviel Uhr ist es?«

»Sechs«, sagte er, ohne sich umzudrehen, mit vollem Mund.

»Warum hast du mich nicht geweckt?«

»Ich bin erst um halb fünf gekommen. Zu betrunken, um dich nach Hause zu fahren. Willst du eine Kirsche?«

Er war immer noch betrunken. Sein Kragen war offen, seine Kleidung unordentlich, seine Stimme flach und tonlos.

»Wo warst du die ganze Nacht?«

»Bei den Corcorans.«

»Doch nicht zum *Trinken*.«

»Natürlich.«

»Bis vier Uhr morgens?«

»Sie waren immer noch dran, als wir gingen. In der Badewanne standen fünf oder sechs Kästen Bier.«

»Ich wußte nicht, daß es eine frivole Veranstaltung werden würde.«

»Es war eine Spende vom ›Food King‹«, sagte Francis. »Das Bier, meine ich. Mr. Corcoran und Brady hatten sich ein bißchen was davon geschnappt und ins Hotel gebracht.«

»Wo wohnen sie denn?«

»Weiß nicht«, sagte er stumpf. »'ne furchtbare Bude. Eins von diesen großen, flachen Motels mit Neonwerbung und ohne Zimmerservice. Alle Zimmer waren miteinander verbunden. Hughs Kinder haben ständig gekreischt und mit Kartoffelchips geschmissen, und in jedem Zimmer lief der Fernseher. Es war die Hölle... Wirklich«, sagte er ernst, als ich anfing zu lachen, »ich glaube, nach dieser Nacht könnte ich alles überstehen. Einen Atomkrieg überleben. Ein Flugzeug fliegen. Eins von diesen verdammten kleinen Gören hat sich meinen Lieblingsschal vom Bett geholt und eine Hühnerkeule darin eingewickelt. Den hübschen Seidenschal mit dem Uhrenmuster drauf. Er ist ruiniert.«

»Haben sie sich aufgeregt?«

»Wer, die Corcorans? Natürlich nicht; ich glaube, die haben es gar nicht bemerkt.«

»Ich meine nicht den Schal.«

»Oh.« Er nahm sich noch eine Kirsche aus dem Glas. »Aufgeregt waren sie irgendwie alle, nehm' ich an. Keiner hat viel über etwas anderes geredet, aber sie kamen mir nicht vor, als seien sie von *Sinnen* oder so was. Mr. Corcoran tat eine Zeitlang ganz traurig und besorgt, und ehe man sich's versah, spielte er plötzlich mit dem Baby und goß allen Bier ein.«

»War Marion da?«

»Ja, und Cloke auch. Er fuhr mit Brady und Patrick weg, und als er wiederkam, stank er nach Pot. Henry und ich saßen die ganze Nacht auf der Heizung und redeten mit Mr. Corcoran. Ich glaube, Camilla ging hinüber, um Hugh und seiner Frau guten Tag zu sagen, und blieb da hängen. Was aus Charles geworden ist, weiß ich nicht mal.«

Nach einer Weile schüttelte er den Kopf. »Ich weiß nicht«, sagte er. »Hast du eigentlich schon mal gemerkt, wie *komisch* das alles auf irgendeine grauenhafte Art ist?«

»Na, so komisch ist es eigentlich nicht.«

»Wohl nicht«, sagte er und zündete sich mit zitternden Händen eine Zigarette an. »Und Mr. Corcoran hat gesagt, heute kommt auch noch die Nationalgarde dazu. Was für ein Schlamassel!«

Seit einer Weile starrte ich jetzt schon das Kirschenglas an, ohne mir bewußt zu werden, was es eigentlich war. »Wieso ißt du die?« fragte ich jetzt.

»Ich weiß nicht«, sagte er und schaute stumpf in das Glas. »Sie schmecken wirklich übel.«

»Dann wirf sie weg.«

Er kämpfte mit dem Schiebefenster, bis es mit einem mahlenden Geräusch nach oben glitt.

Ein Schwall eisiger Luft wehte mir ins Gesicht. »Hey«, sagte ich.

Er warf das Glas zum Fenster hinaus und stemmte sich dann mit seinem ganzen Gewicht auf den Rahmen. Ich ging hinüber, um ihm zu helfen. Schließlich krachte das Fenster herunter; die Gardinen schwebten herab und kamen zu beiden Seiten friedlich zur Ruhe. Der Kirschsaft war im Flug verspritzt und hatte eine rote Spur im Schnee hinterlassen.

»Hat was von Jean Cocteau, nicht?« meinte Francis. »Ich bin müde. Wenn du nichts dagegen hast, werde ich jetzt baden.«

Er ließ das Wasser einlaufen, und ich war auf dem Weg zur Tür, als das Telefon klingelte.

Es war Henry. »Oh«, sagte er. »Entschuldige. Ich dachte, ich hätte Francis' Nummer gewählt.«

»Hast du auch. Moment.« Ich ließ den Hörer sinken und rief Francis.

Er kam in Hose und Unterhemd herein; sein Gesicht war halb von Schaum bedeckt, und er hielt ein Rasiermesser in der Hand. »Wer ist es?«

»Henry.«

»Sag ihm, ich bin im Bad.«

»Er ist nicht im Bad«, sagte Henry. »Er ist bei dir im Zimmer. Ich kann ihn hören.«

Ich reichte Francis den Hörer. Er hielt ihn ein Stück weit weg, um ihn nicht mit Seifenschaum zu beschmieren.

Ich hörte Henry undeutlich reden. Gleich darauf riß Francis die schläfrigen Augen weit auf.

»O nein«, sagte er. »Nicht ich.«

Wieder Henrys Stimme, knapp und geschäftsmäßig.

»Nein, im Ernst, Henry. Ich bin müde und gehe jetzt schlafen, und es kommt überhaupt nicht in Frage...«

Plötzlich veränderte sich seine Miene. Zu meiner großen Überraschung fluchte er laut und warf den Hörer dann so heftig auf die Gabel, daß die Telefonglocke nachklirrte.

»Was ist denn?« fragte ich.

Er starrte das Telefon an. »Zum Teufel mit ihm«, sagte er. »Er hat einfach aufgelegt.«

»Was ist denn los?«

»Er will, daß wir wieder mit dem verdammten Suchtrupp losziehen. *Jetzt.* Aber ich bin nicht wie er. Ich *kann* einfach nicht fünf oder sechs Tage hintereinander aufbleiben und...«

»Jetzt? Aber es ist doch noch so früh?«

»Sie haben vor einer Stunde angefangen, sagt er. Zum Teufel mit ihm. Schläft er denn nie?«

Wir hatten nie über den Zwischenfall gesprochen, der sich ein paar Nächte zuvor in meinem Zimmer abgespielt hatte, und in der schläfrigen Stille des Autos fühlte ich die Notwendigkeit, die Sache zu klären.

»Weißt du, Francis«, sagte ich.

»Was?«

Am besten, ich rückte gleich damit heraus und sagte es: »Weißt du«, wiederholte ich, »ich fühle mich wirklich nicht zu dir hingezogen. Ich meine, nicht in der...«

»Ist das nicht interessant«, sagte er kühl. »Ich fühle mich auch nicht zu dir hingezogen.«

»Aber...«

»Du warst eben da.«

Den Rest des Wegs bis zur Schule legten wir in nicht sehr behaglichem Schweigen zurück.

Es war unglaublich, aber vor Ort herrschte an diesem Morgen noch größere Betriebsamkeit als bisher. Jetzt waren Hunderte von Leuten da – in Uniformen, mit Hunden und Megaphonen und Kameras. Sie kauften süße Brötchen am Imbißwagen und versuchten, in die verdunkelten Fenster der Übertragungswagen hineinzuspähen; drei Stück waren jetzt da, einer von einem Sender aus Boston, und sie parkten auf dem Rasen vor dem Commons neben all den Autos, die nicht mehr auf den Parkplatz paßten.

Henry fanden wir auf der vorderen Veranda des Commons. Er war ganz vertieft in ein kleines pergamentgebundenes Buch in irgendeiner nahöstlichen Sprache. Die Zwillinge – schlaftrunken, rotnasig und zerknautscht – räkelten sich wie zwei Teenager auf einer Bank und ließen einen Becher Kaffee hin- und hergehen.

Halb stubsend, halb tretend berührte Francis Henrys Schuhspitze.

Henry schrak auf. »Oh«, sagte er. »Guten Morgen.«

»Wie kannst du das sagen? Ich habe kein Auge zugetan. Ich habe seit ungefähr drei Tagen nichts mehr gegessen.«

Henry markierte die Stelle in seinem Buch mit einem Leseband, klappte es zu und schob das Buch in die Brusttasche. »Na«, sagte er liebenswürdig, »dann geh und hol dir einen Kringel.«

»Ich habe kein Geld.«

»Dann gebe ich dir Geld.«

»Ich will keinen verdammten Kringel.«

Ich ging zu den Zwillingen hinüber und setzte mich.

»Dir ist gestern nacht ganz schön was entgangen«, sagte Charles zu mir.

»Hab' ich schon gehört.«

»Hughs Frau hat uns anderthalb Stunden lang Babyfotos gezeigt.«

»Ja, mindestens«, sagte Camilla. »Und Henry hat Bier aus der Dose getrunken.«

Schweigen.

»Und was hast du gemacht?« fragte Charles.

»Nichts. Hab' mir einen Film im Fernsehen angeschaut.«

Beide richteten sich auf. »Ach, wirklich? Das Ding mit den Planeten, die zusammenstoßen?«

»Mr. Corcoran hatte es eingeschaltet, aber jemand hat den Sender gewechselt, bevor es zu Ende war«, sagte Camilla.

In diesem Augenblick sah ich, wie sich Cloke Rayburn plötzlich durch die Menge drängte. Ich dachte, er sei auf dem Weg zu den Zwillingen und mir, aber er nickte uns bloß zu und ging zu Henry, der am Rande der Veranda stand.

»Hör mal«, hörte ich ihn sagen, »ich hatte gestern abend keine Gelegenheit, mit dir zu reden. Ich hab' die Typen in New York erreicht, und Bunny ist nicht da gewesen.«

Henry schwieg einen Moment lang. Dann sagte er: »Ich dachte, du hättest gesagt, du kannst sie nicht erreichen.«

»Na ja, möglich ist es schon; es ist bloß ein Riesentrouble. Aber sie haben ihn jedenfalls nicht gesehen.«

»Woher weißt du das?«

»Was?«

»Ich dachte, du hättest gesagt, du könntest ihnen kein Wort glauben.«

Cloke machte ein verblüfftes Gesicht. »Hab' ich das?«

»Ja.«

»Hey, jetzt hör mal zu«, sagte Cloke und nahm die Sonnenbrille ab. Seine Augen waren blutunterlaufen und verquollen. »Diese Typen sagen die Wahrheit. Ich hab' mir das vorher nicht überlegt – na ja, ich schätze, es ist ja auch noch nicht so lange her –, aber jedenfalls, die Geschichte steht in allen New Yorker Zeitungen. Wenn die ihm wirklich was getan hätten, dann würden sie nicht in ihrem Apartment rumhängen und sich von mir anrufen lassen... Was ist denn los, Mann?« fragte er nervös, als Henry nicht reagierte. »Du hast doch wohl niemandem was gesagt, oder?«

Henry machte ein unbestimmtes Geräusch in der Kehle, das alles mögliche bedeuten konnte.

»Na?«

»Niemand hat mich gefragt«, sagte Henry.

Sein Gesicht war ausdruckslos. Cloke wartete sichtlich beunruhigt, daß er weiterredete. Schließlich setzte er mit beinahe defensiver Gebärde seine Sonnenbrille wieder auf.

»Tja«, sagte er. »Äh... okay. Dann bis später.«

Als er gegangen war, wandte Francis sich zu Henry um und sah ihn verständnislos an. »Was, um alles in der Welt, hast du vor?« Aber Henry gab keine Antwort.

Der Tag verging wie ein Traum. Stimmen, Hundegebell, das Knattern des Hubschraubers am Himmel. Es ging ein starker Wind, der in den Bäumen rauschte wie ein Ozean. Der Hubschrauber kam von der Zentrale der New York State Police in Albany; er war, wie wir erfuhren, mit einem speziellen Infrarot-Wärmesensor ausgerüstet. Jemand hatte auch ein sogenanntes »Ultraleicht-Flugzeug« zur Verfügung gestellt, das über der Gegend dahinsegelte, knapp oberhalb der Baumwipfel. Es gab jetzt richtige Suchmannschaften und Truppführer mit Megaphonen. Welle um Welle wanderte über verschneite Hügel, und wir gingen mit.

Maisfelder, Weiden, von dichtem Unterholz bewachsene Anhöhen. Als wir uns dem Fuß des Berges näherten, ging es zunächst bergab. Dichter Nebel lag im Tal wie in einem Kochkessel, aus dessen weißem Dampf nur die Wipfel der Bäume herausragten, kahl und dantesk. Immer weiter ging es hinunter, und die Welt versank vor unseren Blicken. Charles neben mir war mit seinen roten Wangen und seinem keuchenden Atem scharf umrissen und beinahe hyperreal, aber Henry, der ein Stück weiter unten ging, war zu einem Schemen geworden, und seine große Gestalt schien hell und seltsam stofflos durch den Nebel.

Als es ein paar Stunden später wieder bergauf ging, trafen wir auf die Nachhut eines anderen, kleineren Suchtrupps. Dabei waren ein paar Leute, die ich mit Überraschung und einer gewissen Rührung erblickte. Martin Hoffer war da, ein alter, distinguierter Komponist, der Musik unterrichtete; die Lady mittleren Alters, die in der Mensa die Ausweise kontrollierte und die in ihrem schlichten Tuchmantel unerklärlich tragisch aussah; Dr. Roland, dessen trompetendes Nasenschneuzen selbst auf einige Entfernung noch hörbar war.

»Guck mal«, sagte Charles, »das ist doch nicht Julian, oder?«
»Wo?«
»Bestimmt nicht«, meinte Henry.
Aber er war es doch. Es war ganz typisch für ihn, daß er so tat, als sehe er uns nicht, bis wir einander so nah waren, daß er uns unmöglich noch länger ignorieren konnte. Er lauschte einer winzigen, fuchsgesichtigen Lady; ich wußte, daß sie als Hausmädchen in den Wohnheimen arbeitete.

»Du liebe Güte«, sagte er, als sie zu Ende gesprochen hatte, und wich in gespielter Überraschung zurück, »wo kommen Sie denn her? Sie kennen Mrs. O'Rourke?«

Mrs. O'Rourke lächelte schüchtern. »Ich habe Sie alle schon gesehen«, sagte sie. »Die Kids glauben, die Hausmädchen nehmen keine Notiz von ihnen, aber ich kenne sie alle vom Sehen.«

»Na, das will ich auch hoffen«, sagte Charles. »Sie haben mich doch nicht vergessen, oder? Bishop House, Nummer zehn?«

Es klang so herzlich, daß sie vor Freude errötete.

»Natürlich«, sagte sie, »ich erinnere mich an Sie. Sie waren derjenige, der immer mit meinem Besen abgehauen ist.«

Während dieses Wortwechsels redeten Henry und Julian leise miteinander. »Das hätten Sie mir schon eher sagen sollen«, hörte ich Julian flüstern.

»Wir haben es Ihnen gesagt.«

»Nun ja, aber trotzdem. Edmund hat ja schon früher einmal gefehlt.« Julian sah betroffen aus. »Ich dachte, er spielt krank. Man sagt, er sei entführt worden, aber ich denke, das ist ziemlich lächerlich. Meinen Sie nicht?«

»Wenn es einer von meinen wäre«, meinte Mrs. O'Rourke, »dann wäre mir lieber, man hätte ihn entführt, als daß er sich sechs Tage lang in diesem Schnee herumtreibt.«

»Nun, ich hoffe jedenfalls, daß ihm nichts passiert ist. Sie wissen, daß seine Familie hier ist, nicht wahr? Haben Sie sie gesehen?«

»Heute noch nicht«, antwortete Henry.

»Natürlich, natürlich«, sagte Julian hastig. Er mochte die Corcorans nicht. »Ich habe sie auch noch nicht besucht; es ist wirklich nicht die passende Zeit, sie zu stören ... Heute morgen bin ich allerdings ganz zufällig dem Vater über den Weg gelaufen, und einem der Brüder ebenfalls. Er hatte ein kleines Kind dabei. Ließ es auf seinen Schultern reiten, als wären sie unterwegs zu einem Picknick.«

»So ein kleines Kind hat bei diesem Wetter draußen wirklich nichts verloren«, sagte Mrs. O'Rourke. »Kaum drei Jahre alt.«

»Ja, der Meinung bin ich leider auch. Ich kann mir nicht vorstellen, wie man zu so einem Anlaß ein Kleinkind mitnehmen kann.«

»Ich hätte meinen jedenfalls nicht erlaubt, so zu schreien und sich derart aufzuführen.«

»Vielleicht war ihm kalt«, sagte Julian leise. Sein Ton barg den zarten Hinweis darauf, daß er von diesem Thema genug hatte und sich nicht länger darüber unterhalten wollte.

Henry räusperte sich. »Haben Sie mit Bunnys Vater gesprochen?«

»Nur ganz kurz. Er – nun, ich nehme an, jeder von uns hat eine andere Art, mit solchen Dingen umzugehen... Edmund hat große Ähnlichkeit mit ihm, nicht wahr?«

»Das haben die Brüder alle«, sagte Camilla.

Julian lächelte. »Ja! Und es sind so viele! Wie in einem Märchen...« Er sah auf die Uhr. »Du meine Güte«, sagte er. »Es ist schon so spät.«

Francis erwachte aus seinem mürrischen Schweigen. »Wollen Sie jetzt gehen?« fragte er Julian bang. »Soll ich Sie fahren?«

Das war ein flagranter Fluchtversuch. Henrys Nasenflügel weiteten sich, nicht so sehr vor Ärger als vielmehr in enervierter Belustigung: Er warf Francis einen niederträchtigen Blick zu. Aber Julian, der in die Ferne starrte und gar nicht wußte, welche dramatische Bedeutung seine Antwort hatte, schüttelte den Kopf.

»Nein, vielen Dank«, sagte er. »Armer Edmund. Ich mache mir wirklich große Sorgen, wissen Sie.«

»Denken Sie bloß, wie seinen Eltern zumute sein muß«, sagte Mrs. O'Rourke.

»Ja«, antwortete Julian in einem Ton, der zugleich Mitgefühl und Abscheu für die Corcorans anklingen ließ.

»Also, ich würde verrückt an deren Stelle.«

Ganz unvermittelt überlief Julian ein Schauder, und er schlug seinen Mantelkragen hoch. »Gestern abend war ich so aufgeregt, daß ich kaum schlafen konnte«, sagte er. »Er ist ein so netter Junge, so töricht – ich habe ihn eigentlich sehr gern. Wenn ihm etwas zugestoßen sein sollte, ich weiß nicht, ob ich es ertrage.«

Er schaute über die Hügel in die großartige, kinohafte Weite mit Menschen und Wildnis und Schnee, die uns zu Füßen lag, und obgleich sein Ton sorgenvoll klang, hatte sein Gesicht einen seltsamen, verträumten Ausdruck. Die Sache hatte ihn aufgeregt; das wußte ich, aber ich wußte auch, daß das Spektakel der Suche etwas an sich hatte, das ihn unfehlbar ansprach, und daß er eine – wenn auch obskure – Freude an der Ästhetik des Ganzen hatte.

Henry sah es auch. »Wie etwas von Tolstoi, nicht wahr?« bemerkte er.

Julian drehte sich um, und ich sah zu meiner Verblüffung, daß seine Miene echtes Entzücken zeigte.

»Ja«, sagte er. »Nicht wahr?«

Gegen zwei Uhr nachmittags kamen zwei Männer in dunklen Mänteln von nirgendwoher auf uns zu.

»Charles Macaulay?« sagte der kleinere der beiden, ein tonnenförmiger Bursche mit harten, wachen Augen.

Charles blieb neben mir stehen und sah ihn ausdruckslos an.

Der Mann griff in seine Brusttasche und klappte eine Mappe mit seiner Dienstmarke auf. »Agent Harvey Davenport, Northeast Regional Division, FBI.«

Einen Moment lang dachte ich, Charles werde die Fassung verlieren. »Was wollen Sie?« fragte er blinzelnd.

»Wir möchten mit Ihnen reden, wenn Sie nichts dagegen haben.«

»Es dauert nicht lange«, sagte der größere. Er war ein Italiener mit hängenden Schultern und einer trübsinnigen, fleischigen Nase. Seine Stimme klang sanft und angenehm.

Henry, Francis und Camilla waren stehengeblieben und starrten die Fremden unterschiedlich interessiert und erschrocken an.

»Außerdem«, sagte Davenport forsch, »tut es bestimmt gut, mal für ein oder zwei Minuten aus der Kälte rauszukommen. Sie frieren sich hier doch bestimmt die Eier ab, oder?«

Als sie gegangen waren, wurden wir anderen fast von banger Sorge erdrückt, aber natürlich konnten wir nichts sagen, und so stapften wir einfach weiter, den Blick zu Boden gerichtet; wir wagten fast nicht aufzuschauen. Bald war es drei Uhr, dann vier. Die Sache war noch längst nicht zu Ende, aber bei den ersten vorzeitigen Anzeichen dafür, daß die Suche abgebrochen wurde, kehrten wir eilig und schweigend zum Auto zurück.

»Was, glaubt ihr, wollen die von ihm?« fragte Camilla zum zehntenmal.

»Ich weiß es nicht«, sagte Henry.

»Er hat doch schon eine Aussage gemacht.«

»Bei der Polizei. Aber nicht bei diesen Leuten.«

»Wo ist da ein Unterschied? Wieso wollen die noch mit ihm reden?«

»Ich weiß es nicht, Camilla.«

Als wir zur Wohnung der Zwillinge kamen, trafen wir zu unserer Erleichterung Charles dort an, allein. Er lag auf der Couch, hatte einen Drink neben sich und telefonierte mit seiner Großmutter.

Er war ein bißchen betrunken. »Nana läßt grüßen«, sagte er zu Camilla, als er aufgelegt hatte. »Sie macht sich große Sorgen. Irgendein Käfer oder so etwas ist über ihre Azaleen hergefallen.«
»Was hast du denn da an den Händen?« fragte Camilla scharf.
Er streckte die Hände mit aufwärtsgewandten Handflächen von sich; sie zitterten ein bißchen. Die Fingerkuppen waren schwarz.
»Sie haben meine Fingerabdrücke abgenommen«, sagte er. »War irgendwie interessant. Hab' ich noch nie erlebt.«
Einen Augenblick lang waren wir alle zu schockiert, um etwas zu sagen. Henry trat vor, nahm Charles' Hand und untersuchte sie im Schein der Lampe. »Weißt du, warum sie das getan haben?« fragte er.
Charles wischte sich mit dem Handrücken der freien Hand über die Stirn. »Sie haben Bunnys Zimmer versiegelt«, sagte er. »Ein paar Leute sind drin und suchen alles nach Fingerabdrücken ab und tun Sachen in Plastikbeutel.«
Henry ließ seine Hand fallen. »Aber wieso?«
»Ich weiß nicht, wieso. Sie wollten die Fingerabdrücke von allen, die am Donnerstag im Zimmer waren und irgendwas angefaßt haben.«
»Was soll das nützen? Sie haben doch Bunnys Fingerabdrücke nicht.«
»Anscheinend doch. Bunny war Pfadfinder, und sein Trupp ist vor Jahren mal hingegangen und hat sich die Fingerabdrücke abnehmen lassen, für irgendein Polizeiabzeichen. Die sind immer noch irgendwo in einer Akte.«
Henry setzte sich. »Warum wollten sie mit dir reden?«
»Das haben sie mich als erstes gefragt.«
»Was?«
»›Warum, glauben Sie, wollen wir mit Ihnen reden?‹« Er rieb sich mit dem Handballen Schläfe und Wangen. »Diese Leute sind clever, Henry. Sehr viel cleverer als die Polizei.«
»Wie haben sie dich behandelt?«
Charles zuckte die Achseln. »Dieser Davenport war ziemlich schroff. Der andere – dieser Italiener – war netter, aber er hat mir angst gemacht. Hat nicht viel geredet, immer bloß zugehört. Er ist sehr viel gerissener als der andere...«
»Und?« fragte Henry ungeduldig. »Was weiter?«
»Nichts. Wir ... ich weiß nicht. Wir müssen wirklich vorsichtig sein, das ist alles. Sie haben mehr als einmal versucht, mich reinzulegen.«

»Wie meinst du das?«

»Na ja, als ich ihnen erzählte, daß Cloke und ich am Donnerstag gegen vier Uhr nachmittags zu Bunnys Zimmer hinuntergegangen sind, zum Beispiel.«

»Aber das stimmt doch«, sagte Francis.

»Ich weiß. Aber der Italiener – er ist wirklich ein sehr netter Mann – machte plötzlich ein ganz besorgtes Gesicht. ›Kann das stimmen, mein Junge?‹ sagte er. ›Denken Sie noch mal nach.‹ Ich war ganz verwirrt, weil ich *wußte*, daß wir um vier da gewesen waren, und dann sagte Davenport: ›Überlegen Sie sich's lieber noch mal; Ihr Kumpel Cloke hat uns erzählt, daß Sie beide eine volle Stunde in dem Zimmer gewesen waren, ehe Sie irgend jemanden informierten.‹«

»Sie wollten feststellen, ob ihr etwas zu verbergen habt, du und Cloke«, sagte Henry.

»Kann sein. Kann auch sein, daß sie bloß sehen wollten, ob ich lügen würde.«

»Und – hast du?«

»Nein. Aber wenn sie mich was gefragt hätten, was ein bißchen heikler gewesen wäre ... und ich hatte irgendwie Angst ... Du hast keine Ahnung, wie das ist. Die sind zu zweit, und du bist allein, und du hast nicht viel Zeit zum Nachdenken ... Ich weiß, ich weiß«, sagte er verzweifelt. »Aber es ist *nicht* wie bei der Polizei. Diese Kleinstadtcops rechnen eigentlich nicht damit, daß sie irgendwas finden. Sie wären schockiert, wenn sie die Wahrheit wüßten, und sie würden es wahrscheinlich gar nicht glauben, wenn man es ihnen sagte. Aber diese Typen ...« Ihn schauderte. »Mir war nie klar, weißt du, wie sehr wir uns auf unsere Erscheinung verlassen«, sagte er. »Der springende Punkt ist ja nicht, daß wir so clever sind, sondern daß wir nicht *aussehen*, als ob wir es getan haben könnten. Wir könnten in den Augen der meisten ebensogut eine Bande von Sonntagsschullehrern sein. Aber diese Typen lassen sich nichts vormachen.« Er griff nach seinem Glas und nahm einen Schluck. »Übrigens«, fuhr er fort, »sie haben eine Million Fragen zu eurer Italienreise gestellt.«

Henry blickte erschrocken auf. »Haben sie nach der Finanzierung gefragt? Wer alles bezahlt hat?«

»Nein.« Charles trank sein Glas leer und ließ das Eis einen Augenblick lang darin klirren. »Ich hatte schreckliche Angst, daß sie es tun würden. Aber ich glaube, sie waren irgendwie übermäßig beeindruckt von den Corcorans. Ich glaube, wenn ich ihnen er-

zählt hätte, daß Bunny niemals dieselbe Unterhose zweimal angezogen hätte, dann hätten sie mir wahrscheinlich geglaubt.«
»Was ist mit diesem Kerl von der Autowerkstatt?« fragte Francis. »Der gestern abend im Fernsehen war?«
»Ich weiß nicht. Ich hatte den Eindruck, sie interessieren sich sehr viel mehr für Cloke als für irgendwas anderes. Vielleicht wollten sie sich nur vergewissern, daß seine Geschichte mit meiner übereinstimmt, aber da waren ein, zwei wirklich seltsame Fragen, die – ich weiß nicht. Es würde mich nicht wundern, wenn Cloke rumläuft und den Leuten seine Theorie erzählt – daß Bunny von Rauschgiftdealern gekidnappt wurde.«
»Bestimmt nicht«, sagte Francis.
»Na, *uns* hat er sie doch erzählt, und wir sind nicht mal seine Freunde. Obwohl die FBI-Leute anscheinend glauben, er und ich seien die reinsten Busenfreunde.«
»Ich hoffe, du hast dich bemüht, sie da zu korrigieren«, sagte Henry und zündete sich eine Zigarette an.
»Bestimmt hat Cloke das schon klargestellt.«
»Nicht unbedingt«, sagte Henry. Er schüttelte das Streichholz aus und warf es in den Aschenbecher; dann nahm er einen tiefen Zug von seiner Zigarette. »Wißt ihr«, sagte er, »ich dachte erst, diese Verbindung mit Cloke sei ein großes Unglück. Aber jetzt sehe ich, daß uns kaum etwas Besseres hätte passieren können.«

Bevor jemand fragen konnte, was er meinte, sah er auf die Uhr und sagte: »Du meine Güte, wir sollten gehen. Es ist kurz vor sechs.«

Auf dem Weg zu Francis lief eine trächtige Hündin vor uns über die Straße.
»Das ist ein sehr schlechtes Omen«, sagte Henry.
Aber wofür, das sagte er nicht.

Die Nachrichten fingen eben an. Der Moderator blickte von seinen Papieren auf und machte ein ernstes, aber zugleich höchst zufriedenes Gesicht. »Die fieberhafte – und bislang fruchtlose Suche nach dem verschwundenen Studenten Edward Corcoran vom Hampden College geht weiter.«
»Mein Gott«, sagte Camilla und wühlte in der Jackentasche ihres Bruders nach einer Zigarette, »Man sollte doch meinen, sie müßten seinen Namen inzwischen richtig hinkriegen, oder?«
Das Bild wechselte zu einer Luftaufnahme der verschneiten

Hügel, die wie eine Kriegskarte mit stecknadelähnlichen Figuren übersät war; der Mount Cataract ragte schräg und mächtig im Vordergrund empor.

»Schätzungsweise dreihundert Helfer«, berichtete eine Stimme aus dem Off, »darunter Nationalgarde, Polizei, die Feuerwehr von Hampden sowie Angestellte des öffentlichen Dienstes von Central Vermont, haben heute, am zweiten Tag der Suche, die schwer zugängliche Gegend durchkämmt. Darüber hinaus hat das FBI inzwischen eigene Ermittlungen in Hampden eingeleitet.«

Das Bild wackelte und wechselte dann abrupt zu einem schlanken, weißhaarigen Mann mit Cowboyhut, der uns wissen ließ, daß er Dick Postonkill sei, der Sheriff von Hampden County. Er redete, aber kein Laut kam aus seinem Mund; Suchhelfer wimmelten neugierig im Hintergrund, reckten sich auf den Zehenspitzen und grinsten lautlos in die Kamera.

Nach ein paar Augenblicken setzte sich das Tonband ruckartig und verzerrt in Gang. Der Sheriff war mitten im Satz.

»... Wanderer daran erinnern«, sagte er, »nur in Gruppen loszuziehen, auf den Wegen zu bleiben, einen Marschplan zu hinterlassen und hinreichend warme Kleidung mitzunehmen, falls es zu einem plötzlichen Temperatursturz kommt.«

»Der Sheriff von Hampden County, Dick Postonkill«, sagte der Moderator munter, »mit einigen Tips für unsere Zuschauer zur sicheren Winterwanderung.« Er wandte sich um, und eine zweite Kamera zeigte ihn aus einem anderen Blickwinkel. »Eine der wenigen Spuren im Vermißtenfall Corcoran stammt bisher von William Hundy, einem ortsansässigen Geschäftsmann und Zuschauer der ActionNews Twelve, der uns über unser Hinweis-Telefon Informationen über den verschwundenen Jugendlichen hat zukommen lassen. Heute hat Mr. Hundy den örtlichen und bundesstaatlichen Polizeiorganen zur Verfügung gestanden und ihnen eine Beschreibung der mutmaßlichen Corcoran-Entführer gegeben...«

»›... den örtlichen und bundesstaatlichen Polizeiorganen...‹« wiederholte Henry.

»Was?«

»Nicht der Bundespolizei.«

»Natürlich nicht«, sagte Charles. »Meinst du, das FBI glaubt eine blöde Geschichte, die sich irgend so ein Hinterwäldler ausgedacht hat?«

»Na, wenn nicht, weshalb sind sie dann hier?« fragte Henry.

Das war ein beunruhigender Gedanke. In der strahlenden Mittagssonne der MAZ-Aufzeichnung kam eine Gruppe von Männern eilig die Treppe am Gerichtsgebäude herunter. Mr. Hundy war dabei; er hielt den Kopf gesenkt. Er hatte das Haar glatt nach hinten gekämmt und trug statt seiner Tankstellenuniform einen babyblauen Freizeitanzug.

Eine Reporterin – Liz Ocavello, eine Art Lokalberühmtheit mit einem eigenen Aktualitätsmagazin und einem Special namens »Movie Beat« in den Lokalnachrichten – kam mit gezücktem Mikrofon heran. »Mr. Hundy«, rief sie. »Mr. Hundy.«

Er blieb verwirrt stehen, und seine Begleiter gingen weiter und ließen ihn allein auf der Treppe zurück. Dann merkten sie, was da vorging, und kamen zurück, um sich mit amtlichen Mienen um ihn herumzudrängen, fast als wollten sie verhindern, daß Liz mit ihm redete. Sie packten Hundy bei den Ellbogen und wollten ihn weiterschieben, aber er sträubte sich und blieb stehen.

»Mr. Hundy«, sagte Liz Ocavello und drängte sich zu ihm heran. »Man hört, Sie hätten heute mit Polizeizeichnern an Phantombildern der Personen gearbeitet, die Sie am Sonntag mit dem verschwundenen Jungen zusammen gesehen haben.«

Mr. Hundy nickte ziemlich munter. Seine schüchterne, ausweichende Art, die er am Tag zuvor gezeigt hatte, war einer etwas selbstbewußteren Haltung gewichen.

»Könnten Sie uns erzählen, wie sie ausgesehen haben?«

Die Männer drängten sich von neuem um Mr. Hundy, aber er schien von der Kamera ganz verzaubert zu sein. »Na ja«, sagte er, die waren nicht von hier. Die waren... dunkel.«

»Dunkel?«

Jetzt zerrten sie ihn die Treppe herunter. Er warf noch einen Blick über die Schulter, als teile er ihr im Vertrauen etwas mit. »Araber«, sagte er. »Sie wissen schon.«

Liz Ocavello mit ihrer Brille und ihrer Fernsehfrisur nahm diese Eröffnung derart ungerührt hin, daß ich glaubte, ich hätte mich verhört. »Danke, Mr. Hundy«, sagte sie und wandte sich um, als Mr. Hundy und seine Freunde weiter die Treppe hinuntergingen. »Soviel von Liz Ocavello am Gericht von Hampden County.«

»Danke, Liz«, sagte der Nachrichtenmoderator fröhlich und drehte sich in seinem Drehstuhl wieder nach vorn.

»Moment mal«, sagte Camilla. »Hat der gesagt, was ich glaube, daß er gesagt hat?«

»Was denn?«

»*Araber*? Er sagt, Bunny ist zu ein paar *Arabern* ins Auto gestiegen?«

»Im Zusammenhang mit diesen Entwicklungen falten die Kirchen der Umgebung die Hände zu einem gemeinsamen Gebet für das Wohlergehen des verschwundenen Jungen. Nach Angaben von Reverend A. K. Poole von der Ersten Lutherischen haben mehrere Kirchen im Drei-Staaten-Gebiet, darunter die Erste Baptisten- und die Erste Methodistenkirche sowie die Kirche vom heiligen Sakrament und die Gemeinde Gottes, ihre –«

»Ich frage mich, was dein Automechaniker da vorhat, Henry«, sagte Francis.

Henry zündete sich eine Zigarette an. Er hatte sie halb aufgeraucht, bevor er sagte: »Haben sie dich nach Arabern gefragt, Charles?«

»Nein.«

»Aber im Fernsehen haben sie gerade gesagt, daß er mit dem FBI nichts zu tun hat«, sagte Camilla.

»Das wissen wir nicht.«

»Du glaubst nicht, daß das alles irgendwie abgekartet ist?«

»Ich weiß nicht, was ich glauben soll.«

Das Fernsehbild hatte wieder gewechselt. Eine dünne, sehr gepflegte Frau in den Fünfzigern – Chanel-Strickjacke, Perlenkette im Halsausschnitt – redete jetzt, und ihre Stimme klang seltsam vertraut.

»Ja«, sagte sie (wo hatte ich diese Stimme schon mal gehört?), »die Leute von Hampden sind wirklich sehr nett. Als wir gestern am späten Nachmittag in unserem Hotel ankamen, hatte die Concierge bereits –«

»Die Concierge«, sagte Francis angewidert. »Die haben gar keine Concierge im Coachlight Inn.«

Ich betrachtete die Frau mit neuem Interesse. »Das ist Bunnys Mutter?«

»Richtig«, sagte Henry. »Das vergesse ich immer wieder: Du kennst sie ja nicht.«

Sie war eine schmächtige Frau, sehnig und sommersprossig am Hals, wie es Frauen dieses Typs in diesem Alter oft sind; mit Bunny hatte sie wenig Ähnlichkeit, aber Haar und Augen hatten die gleiche Farbe, und sie hatte seine Nase, die mit ihren Gesichtszügen vollkommen harmonierte, während sie bei Bunny immer ein bißchen unpassend ausgesehen hatte – als sei sie erst nachträglich mitten in sein großes, plumpes Gesicht geklebt worden. Mrs. Corcoran wirkte hochfahrend und zerstreut. »Oh«, sagte sie und drehte einen Ring an ihrem Finger, »wir sind in der Tat überschüttet worden mit Postkarten aus dem ganzen Land, mit Anrufen, den herrlichsten Blumen...«

»Haben die der was gegeben oder so?« fragte ich.

»Wie meinst du das?«

»Na, sie wirkt nicht besonders aufgeregt, oder?«

»Natürlich«, sagte Mrs. Corcoran nachdenklich, »natürlich sind wir alle völlig von *Sinnen*, wirklich. Und ich hoffe selbstverständlich, daß keine Mutter je das ertragen muß, was ich in den letzten Nächten durchgemacht habe. Aber das Wetter scheint aufzuklaren, und wir haben so viele nette Leute kennengelernt, und die Geschäftsleute am Ort waren alle so großzügig in so vielen kleinen Dingen...«

»Eigentlich«, sagte Henry, als der Sender zu einem Werbespot umschaltete, »ist sie ziemlich telegen, nicht?«

»Sie sieht aus wie ein zäher Brocken.«

»Sie kommt aus der *Hölle*«, sagte Charles betrunken.

»Ach, so schlimm ist sie auch wieder nicht«, widersprach Francis.

»Das sagst du bloß, weil sie sich dauernd bei dir einschleimt«, behauptete Charles. »Wegen deiner Mutter und so.«

»Sich einschleimt? Wovon redest du? Mrs. Corcoran *schleimt* sich nicht bei mir ein.«

»Sie ist grauenhaft«, sagte Charles. »Es ist doch schrecklich, wenn man seinen Kindern erzählt, Geld sei das einzige auf der Welt, worauf es ankommt, aber es ist eine Schande, dafür zu arbeiten, und wenn man sie dann ohne einen Penny rausschmeißt. Sie hat Bunny nie einen roten...«

»Das ist auch *Mr.* Corcorans Schuld«, sagte Camilla.

»Ja, schön, kann sein. Ich weiß es nicht. Ich habe bloß noch nie eine Bande von derart habgierigen, oberflächlichen Leuten gesehen. Man sieht sie an und denkt, oh, was für eine geschmackvolle, attraktive Familie, aber sie sind ein Haufen *Nullen*, wie aus einer Reklameanzeige. Sie haben ein Zimmer in ihrem Haus«, sagte Charles und schaute mich an, »das nennen sie ihr Gucci-Zimmer.«

»Was?«

»Na, sie haben einen *Sockel* reingemalt, sozusagen, mit diesen grausigen Gucci-Streifen. Das war in allen möglichen Illustrierten. *House Beautiful* hat es in einem albernen Artikel über ›Exzentrik in der Innendekoration‹ oder irgend so 'ne absurde Idee gebracht –

du weißt schon, wo sie dir erzählen, du sollst dir einen riesigen Hummer an die Schlafzimmerdecke malen, und das ist dann alles angeblich sehr witzig und attraktiv.« Er zündete sich eine Zigarette an. »Ich meine, genau diese Sorte Leute *sind* die«, fuhr er fort. »Absolut oberflächlich. Bunny war mit Abstand der beste von ihnen, aber selbst er...«

»Ich hasse Gucci«, sagte Francis.

»Ach ja?« Henry blickte aus seinen Gedanken auf. »Wirklich? Ich finde es ziemlich großartig.«

»Ich bitte dich, Henry.«

»Na, es ist so teuer, aber es ist auch so häßlich, nicht? Ich glaube, sie machen es absichtlich häßlich. Und trotzdem kaufen die Leute es – aus reiner Perversität.«

»Ich weiß nicht, was du daran großartig findest.«

»Alles ist großartig, wenn man es nur in einem hinreichend großen Maßstab tut«, sagte Henry.

Als ich an dem Abend nach Hause ging und nicht weiter auf den Weg achtete, trat mir bei den Apfelbäumen vor dem Putnam House ein großer, finsterer Typ entgegen und fragte: »Bist du Richard Papen?«

Ich blieb stehen, sah ihn an und bejahte.

Zu meiner Verblüffung schlug er mir ins Gesicht, und ich kippte rückwärts in den Schnee, daß es mir den Atem verschlug.

»Laß die Finger von Mona!« brüllte er mich an. »Wenn du noch mal in ihre Nähe kommst, bring' ich dich um. Verstanden?«

Ich war so verdattert, daß ich nicht antworten konnte; ich starrte ihn nur an. Er trat mir hart in die Rippen, und dann stampfte er verdrossen davon, und seine Schritte knirschten im Schnee.

Ich schaute zu den Sternen hinauf. Sie waren ziemlich weit weg. Schließlich rappelte ich mich hoch; ein stechender Schmerz ging durch meine Rippen, aber anscheinend war nichts gebrochen. So humpelte ich durch die Dunkelheit nach Hause.

Am nächsten Morgen schmerzte mein Auge, als ich mich umdrehte und auf die Wange zu liegen kam. Ich lag eine Weile so da und blinzelte in die helle Sonne, während wirre Details des vergangenen Abends wie Traumfetzen zurückgeschwebt kamen; dann langte ich nach meiner Armbanduhr auf dem Nachttisch und sah, daß es schon spät war, fast Mittag. Wieso war niemand vorbeigekommen, um mich abzuholen? Ich stand auf, und mein Bild im Spiegel gegenüber hob sich mir entgegen; dann hielt es inne und starrte mich an – die Haare zu Berge gesträubt, den Mund in idiotischer Verblüffung aufgeklappt – wie eine Comicfigur, die einen Amboß auf den Kopf gekriegt hat, so daß ihr nun Sterne und kleine Vögelchen zwitschernd um die Stirn kreisen. Und was das Erschreckendste war: Ein prachtvolles, dunkles Veilchen prangte in den sattesten Schattierungen von Purpur und Pflaumenblau um meine Augenhöhle herum.

Ich putzte mir die Zähne, zog mich an und lief eilig hinaus; der erste Bekannte, den ich sah, war Julian auf dem Weg zum Lyzeum.
    In unschuldig chapplineskem Erstaunen fuhr er zurück. »Du meine Güte«, sagte er, »was ist denn mit Ihnen passiert?«
    »Haben Sie heute morgen schon was gehört?«
    »Aber nein«, sagte er und musterte mich neugierig. »Dieses Auge. Sie sehen ja aus, als seien Sie in eine Kneipenschlägerei geraten.«
    Zu jeder anderen Zeit wäre es mir zu peinlich gewesen, ihm die Wahrheit zu sagen, aber ich hatte das Lügen so satt, daß es mich drängte, einmal die Wahrheit zu sagen, wenigstens in dieser Kleinigkeit. Also erzählte ich ihm, was passiert war.
    Seine Reaktion überraschte mich. »Also war es tatsächlich eine Schlägerei«, sagte er mit kindlichem Entzücken. »Wie *aufregend*. Sind Sie denn verliebt in sie?«
    »Ich fürchte, ich kenn' sie gar nicht allzu gut.«
    Er lachte. »Du liebe Zeit, Sie *sind* aber heute wahrheitsliebend«, sagte er mit bemerkenswertem Scharfblick. »Das Leben ist plötzlich schrecklich dramatisch geworden, nicht wahr? Ganz wie in einem Roman... Übrigens, habe ich Ihnen erzählt, daß gestern nachmittag ein paar Männer bei mir waren?«
    »Wer denn?«
    »Es waren zwei. Einer der beiden war Italiener, sehr charmant... beinahe höflich auf eine seltsame Art. Das Ganze war ziemlich verwunderlich. Sie sagten, Edmund habe Drogen genommen.«
    »Was?«
    »Finden Sie das merkwürdig? Ich finde es *sehr* merkwürdig.«
    »Was haben Sie denn gesagt?«
    »Ich habe gesagt, es sei ganz ausgeschlossen. Vielleicht schmeichle ich mir, aber ich bilde mir ein, Edmund recht gut zu kennen... Ich kann mir nicht vorstellen, daß er so etwas tut, und außerdem sind junge Leute, die Drogen nehmen, immer so dumm

und langweilig. Aber wissen Sie, was dieser Mann zu mir sagte? Er sagte, bei jungen Leuten *kann man nie wissen.* Ich glaube nicht, daß es stimmt, oder? Finden Sie, daß es stimmt?«

Wir schlenderten durch das Commons – ich hörte das Krachen des Geschirrs oben im Speisesaal –, und unter dem Vorwand, ich hätte an diesem Ende des Campus etwas zu erledigen, ging ich mit Julian bis zum Lyzeum.

Dieser Teil des Schulgeländes, an der nach North Hampden gelegenen Seite, lag sonst immer friedlich und verlassen da, und der Schnee unter den Fichten war unberührt und frei von Fußspuren bis zum Frühling. Aber jetzt war alles zertrampelt und von Abfall übersät wie ein Spielplatz. Jemand war mit einem Jeep gegen eine Ulme gefahren – zerbrochenes Glas, ein verbogener Kotflügel, eine klaffend gelbe Wunde im Stamm. Eine rüpelhafte Schar von Stadtgören rodelte kreischend auf einem Pappdeckel den Hang hinunter.

»Meine Güte«, sagte Julian. »Diese armen Kinder.«

Ich verabschiedete mich an der Hintertür des Lyzeums von ihm und ging zu Dr. Rolands Büro. Es war Sonntag, und er war nicht da; ich ging hinein, schloß hinter mir ab und verbrachte den Nachmittag in glücklicher Abgeschiedenheit: Ich korrigierte Aufsätze, trank schlammigen Filterkaffee aus einem Becher mit der Aufschrift RHONDA und hörte mit halbem Ohr die Stimmen weiter unten im Korridor.

Mir schwante, daß diese Stimmen klar zu hören waren und daß ich tatsächlich hätte verstehen können, was sie redeten, wenn ich darauf geachtet hätte, aber das tat ich nicht. Erst später, als ich gegangen war und sie völlig vergessen hatte, erfuhr ich, wem sie gehört hatten und daß ich vielleicht an diesem Nachmittag nicht ganz so sicher gewesen war, wie ich mich fühlte.

Die FBI-Leute, sagte Henry, hatten ihr provisorisches Hauptquartier in einem leeren Seminarraum eingerichtet, der am selben Korridor wie Dr. Rolands Büro lag, und dort, keine fünf Meter weit von mir entfernt, vernahmen sie Henry. In dem Seminarraum (erzählte Henry) waren eine mit quadratischen Gleichungen bedeckte Tafel, zwei volle Aschenbecher und ein langer Konferenztisch, an dem sie zu dritt saßen. Außerdem waren da ein Laptop-Computer, eine Dokumentenmappe mit den FBI-Insignien in Gelb und eine Schachtel mit Ahornsirupkandis in gerieften Papierhütchen. Sie gehörte dem Italiener. »Für meine Kinder«, sagte er.

Henry hatte seine Sache natürlich wunderbar gemacht. Das sagte er nicht, aber das brauchte er auch nicht zu sagen. Er war in gewissem Sinne der Autor dieses Dramas, und er hatte eine ganze Weile in den Kulissen auf den Augenblick gewartet, da er auf die Bühne treten und die Rolle übernehmen konnte, die er für sich selbst geschrieben hatte: kühl, aber freundlich; zögernd; zurückhaltend in den Details; intelligent, aber nicht in dem Maße, in dem er es tatsächlich war. Es hatte ihm wirklich Spaß gemacht, mit ihnen zu sprechen, erzählte er mir. Davenport war vulgär und weiter nicht der Rede wert, aber der Italiener war ernst und höflich, durchaus charmant. (»Wie einer dieser alten Florentiner, die Dante im Fegefeuer trifft.«) Sein Name war Sciola. Er interessierte sich sehr für die Reise nach Rom und stellte viele Fragen dazu, weniger als Ermittler denn vielmehr als Mittourist. (»Wart ihr zufällig auch draußen bei – na, wie heißt es doch gleich? – San Prassede, draußen beim Bahnhof? Mit der kleinen Kapelle an der Seite?«) Er sprach auch Italienisch, und er und Henry führten eine kurze, fröhliche Unterhaltung, die Davenport bald verärgert beendete, weil er kein Wort verstand und endlich zur Sache kommen wollte.

Henry war nicht allzu auskunftswillig – zumindest mir gegenüber –, was die Natur dieser Sache betraf. Er sei indessen, sagte er, ziemlich sicher, daß die Spur, der sie da nachgingen, was immer es sein mochte, nicht die richtige sei. »Und mehr noch«, fügte er hinzu, »ich glaube, ich habe herausgefunden, was sie vermuten.«

»Was denn?«

»Cloke.«

»Sie glauben doch nicht, daß Cloke ihn umgebracht hat?«

»Sie vermuten, daß Cloke mehr weiß, als er sagt. Und sie finden sein Benehmen verdächtig. Was es ja tatsächlich ist. Sie wissen alles mögliche, was er ihnen ganz sicher nicht erzählt hat.«

»Zum Beispiel?«

»Die Sache mit seinem Rauschgifthandel. Daten, Namen, Orte. Dinge, die passiert sind, noch bevor er nach Hampden kam. Und sie versuchten anscheinend, einiges davon mit mir in Zusammenhang zu bringen, was ihnen natürlich nicht in zufriedenstellender Weise gelang. Meine Güte. Sie fragten sogar nach meinen Arzneirezepten, nach Schmerztabletten, die ich im ersten Semester aus der Krankenstation bekommen habe. Sie hatten lauter Aktenordner mit Daten, zu denen kein einzelner Mensch Zugang hat – Krankengeschichten, psychologische Gutachten, Lehrerkommentare, Arbeitsproben, Zeugnisse... Natürlich waren sie sehr darauf bedacht, mich sehen zu lassen, daß sie all das hatten. Wollten mich vermutlich einschüchtern. Ich weiß ziemlich genau, was in meinen Akten steht, aber bei Cloke... schlechte Zensuren, Drogen, Suspendierungen – ich würde bereitwillig darauf wetten, daß er eine stattliche Papierspur hinter sich herzieht. Ich weiß nicht, ob es die Akten *per se* sind, was sie neugierig gemacht hat, oder ob es etwas war, was Cloke selbst gesagt hat, als er mit ihnen sprach; aber was sie hauptsächlich von mir wissen wollten – und von Julian und von Brady und Patrick Corcoran, mit denen sie gestern gesprochen haben –, waren Einzelheiten über Bunnys Beziehung zu Cloke. Julian wußte darüber natürlich nichts. Brady und Patrick haben ihnen anscheinend eine Menge erzählt. Und ich ebenfalls.«

»Wovon redest du?«

»Na, ich meine, Brady und Patrick waren vorgestern nacht mit ihm draußen auf dem Parkplatz des Coachlight Inn und haben Pot geraucht.«

»Aber was hast du ihnen erzählt?«

»Was Cloke uns erzählt hat. Über die Drogengeschäfte in New York.«

Ich lehnte mich in meinem Sessel zurück. »Oh, mein Gott», sagte ich. »Bist du sicher, daß du weißt, was du tust?«

»Natürlich«, sagte Henry mit heiterer Gelassenheit. »Es war das, was sie hören wollten. Sie hatten den ganzen Nachmittag drumherumgeredet, und als ich schließlich beschloß, es fallenzulassen, stürzten sie sich darauf... Ich nehme an, Cloke stehen ein oder zwei unbehagliche Tage bevor, aber ich glaube, für uns trifft es sich wirklich sehr glücklich. Wir hätten uns nichts Besseres wünschen können, um sie zu beschäftigen, bis der Schnee schmilzt – und hast du bemerkt, wie heiter es seit Tagen ist? Ich glaube, die Straßen fangen schon an zu tauen.«

Mein blaues Auge rief mancherlei Interesse, Spekulationen und Debatten hervor – Francis erzählte ich, nur um zu sehen, wie er große Augen machte, die FBI-Männer hätten es mir verpaßt –, aber nicht annähernd so viel wie ein Artikel im *Boston Herald*. Sie hatten am Tag zuvor einen Reporter heraufgeschickt, genau wie die *New York Post* und die *Daily News*, aber der *Herald*-Reporter hatte ihnen den Knüller weggeschnappt.

RAUSCHGIFT WOMÖGLICH HINTERGRUND FÜR VERMONTER VERMISSTENFALL

Im Fall des vermißten 24jährigen Hampden-College-Studenten Bunny Corcoran, der seit drei Tagen Gegenstand einer intensiven Suchaktion in Vermont ist, haben ermittelnde FBI-Agenten festgestellt, daß der verschwundene Jugendliche möglicherweise mit Rauschgift befaßt war. Bei der Durchsuchung von Corcorans Zimmer haben die Bundesbehörden Drogenzubehör sowie massive Kokainspuren entdeckt. Zwar ist Corcoran nicht als Drogenkonsument bekannt, aber aus ihm nahestehenden Kreisen verlautet, daß der eigentlich eher extrovertierte Student sich in den Monaten vor seinem Verschwinden zunehmend launisch und zurückgezogen gezeigt habe. (Lesen Sie dazu auch auf S. 6: »Was Ihr Kind Ihnen verschweigt.«)

Wir waren über diesen Bericht verblüfft, aber alle anderen auf dem Campus schienen genau darüber Bescheid zu wissen. Mir erzählte Judy Poovey die Story.

»Weißt du, was sie da in seinem Zimmer gefunden haben? Es war irgendwie dieser Spiegel, der Laura Stora gehörte. Ich wette, jeder in Durbinstall hat von dem Ding schon gekokst. Echt alt, mit so kleinen, an der Seite reingeschliffenen Rillen. Jack Teitelbaum nannte ihn immer ›die Schneekönigin‹, weil man immer noch eine oder zwei Lines da runterkratzen konnte, wenn man echt verzweifelt war oder so. Und klar, ich schätze, technisch gesehen ist es ihr Spiegel, aber eigentlich ist er so was wie Allgemeineigentum, und sie sagte, sie hat ihn seit ungefähr einer Million Jahre nicht mehr gesehen; jemand hat ihn im März aus dem Aufenthaltsraum in einem der neuen Häuser geholt. Bram Guernsey sagt, Cloke hätte gesagt, er wäre nicht in Bunnys Zimmer gewesen, als er da gewesen wäre, und die Bullen müßten ihn da reingetan haben, aber Bram sagt, Cloke meint auch, daß die ganze Sache irgendwie abgekartet ist. Inszeniert. Wie in ›Kobra übernehmen Sie‹, meint er, oder wie in einem der Paranoia-Bücher von Phillip K. Dick. Er hat Bram gesagt, er glaubt, daß die FBI-Bullen irgendwo in Durbinstall 'ne versteckte Kamera angebracht haben. Lauter so wildes Zeug. Bram sagt, das ist, weil Cloke Angst hat, schlafen zu gehen, und seit achtundvierzig Stunden auf Speed ist. Er sitzt bei verschlossener Tür in seinem Zimmer rum, zieht sich Koks rein und hört diesen

Song von Buffalo Springfield, immer wieder... weißt du, welchen? ›*Something's happening here... what it is ain't exactly clear...*‹ Schon unheimlich. Die Leute sind aufgeregt, und plötzlich wollen sie den alten Hippie-Müll hören, den sie sich nie anhören würden, wenn sie bei Verstand wären, wie, als meine Katze gestorben ist und ich losgezogen bin und mir die ganzen Simon-and-Garfunkel-Platten geliehen hab'. Jedenfalls...« Sie zündete sich eine Zigarette an. »Wie kam ich jetzt darauf? Ach so – Laura tickt aus, irgendwie haben sie den Spiegel zu ihr zurückverfolgt, und sie ist doch sowieso schon auf Bewährung, weißt du, mußte ja im letzten Herbst den ganzen Sozialdienst leisten, weil Flipper Leach Trouble gekriegt und daraufhin Laura und Jack Teitelbaum verpfiffen hat – ach, du erinnerst dich doch an dieses ganze Zeug, oder?«

»Ich habe noch nie von Flipper Leach gehört.«

»Ach, du kennst doch Flipper. Sie ist 'n Biest. Alle nennen sie Flipper, weil sie mit dem Volvo von ihrem Daddy 'n Flipper gemacht hat, vierfacher Überschlag, gleich im ersten Jahr.«

»Aber ich verstehe nicht, was diese Flipper Leach mit der ganzen Sache zu tun hat.«

»Na, sie hat überhaupt nichts damit zu tun, Richard; du bist wie dieser Typ in ›Dragnet‹, der immer alle Fakten wissen will. Es ist bloß so, daß Laura eben austickt, und das Studentensekretariat droht, ihre Eltern anzurufen, wenn sie nicht sagt, wie der Spiegel in Bunnys Zimmer gekommen ist, wo sie doch nicht den leisesten *Schimmer* hat, und jetzt paß auf: Diese FBI-Typen haben rausgekriegt, daß sie vorige Woche bei ›Swing into Spring‹ Ecstasy dabeihatte – und jetzt soll sie ihnen Namen nennen. Ich hab' gesagt: ›Laura, mach das nicht; das läuft sonst wie bei Flipper, und alle werden dich hassen, und du mußt auf 'n anderes College wechseln.‹ Es ist ja, wie Bram sagt...«

»Wo ist Cloke jetzt?«

»Das wollte ich dir ja sagen, wenn du bloß mal für 'ne Minute die Klappe halten könntest. Das weiß nämlich niemand. Er war echt fertig, und gestern abend hat er Bram gefragt, ob er seinen Wagen leihen könnte, um wegzufahren, aber heute morgen stand der Wagen wieder auf dem Parkplatz, und die Schlüssel steckten, und niemand hat ihn gesehen, und er ist nicht in seinem Zimmer, und da ist was Unheimliches im Gange, aber ich schwör' dir, ich weiß nicht, was... Nicht mal Speed rühr' ich mehr an. Man wird total zappelig. Übrigens, ich wollte dich schon fragen, was hast du mit deinem Auge gemacht?«

Als ich mit den Zwillingen bei Francis war – Henry aß mit den Corcorans zu Mittag –, berichtete ich ihnen, was Judy mir erzählt hatte.
»Aber ich kenne diesen Spiegel«, sagte Camilla.
»Ich auch«, sagte Francis. »Ein fleckiger, alter, dunkler. Bunny hatte ihn schon eine ganze Weile in seinem Zimmer.«
»Ich dachte, er gehört ihm.«
»Ich frage mich, wie er ihn bekommen hat.«
»Wenn das Mädchen ihn in einem Aufenthaltsraum gelassen hatte«, sagte Charles, »hat er ihn vielleicht gefunden und einfach mitgenommen.«
Und das war gar nicht unwahrscheinlich, wenn man Bunny kannte.

Sosehr die Dinge für Laura Stora auch im argen lagen, für den Pechvogel Cloke standen sie noch schlechter. Wir sollten später erfahren, daß er Bram Guernseys Wagen nicht aus freien Stücken zurückgebracht hatte; die FBI-Agenten hatten ihn dazu gezwungen, nachdem sie ihn keine zehn Meilen hinter Hampden hatten stoppen lassen. Sie nahmen ihn mit in den Seminarraum, in dem sie ihr Hauptquartier eingerichtet hatten, und behielten ihn am Sonntag fast die ganze Nacht dort; ich weiß zwar nicht, was da im einzelnen geschah, aber ich weiß, daß er am Montag morgen verlangte, die Vernehmung in Gegenwart eines Anwaltes fortzusetzen.

Mrs. Corcoran (berichtete Henry) war empört darüber, daß jemand gewagt hatte anzudeuten, Bunny könnte Drogen genommen haben. Beim Lunch in der Brasserie hatte sich ein Reporter an den Tisch der Corcorans herangeschlichen und sie gefragt, ob sie zu dem »Rauschgift-Zubehör«, das man in Bunnys Zimmer gefunden hatte, einen Kommentar abzugeben hätten.
Mr. Corcoran war erschrocken gewesen, hatte die Brauen eindrucksvoll zusammengezogen und gesagt: »Nun, selbstverständlich, äh, ähem«, aber Mrs. Corcoran hatte mit unterdrückter Gewalttätigkeit an ihrem Steak *au poivre* herumgesäbelt und, ohne aufzublicken, eine ätzende Tirade losgelassen. Rauschgift-Zubehör, wie man es zu bezeichnen beliebe, sei kein Rauschgift, und es sei bedauerlich, da die Presse sich nicht versage, Anschuldigungen gegen Personen zu richten, die nicht zugegen seien, um sich zu verteidigen; sie habe es schon schwer genug, ohne daß Fremde sie

mit Andeutungen belästigten, ihr Sohn könne ein Drogendealer sein. Das alles war mehr oder weniger vernünftig und wahr, und die *Post* gab es am nächsten Tag pflichtschuldig Wort für Wort wieder neben einem wenig schmeichelhaften Foto von Mrs. Corcoran mit offenem Mund und einer Überschrift, die lautete: MOM SAGT: MEIN SOHN NICHT.

Montag nacht, gegen zwei Uhr morgens, bat Camilla mich, sie von Francis nach Hause zu begleiten. Henry war schon gegen Mitternacht gegangen, und Francis und Charles, die seit vier Uhr nachmittags heftig tranken, schienen noch immer nicht genug zu haben. Sie hatten sich im Dunkeln in Francis' Küche eingegraben und bereiteten sich mit einer Ausgelassenheit, die ich alarmierend fand, nacheinander mehrere Cocktails von der gefährlichen Sorte namens »Blue Blazer«, bei der man angezündeten Whiskey in einem Flammenbogen zwischen zwei Zinnbechern hin- und herschütten muß.

Zu Hause angekommen, lud mich Camilla – fröstelnd, gedankenversunken und mit vor Kälte fiebrig roten Wangen – ein, auf eine Tasse Tee mit hinaufzukommen. »Ich bin nicht sicher, ob wir sie allein lassen durften«, meinte sie. »Ich fürchte, sie zünden sich gegenseitig an.«

»Denen passiert schon nichts«, sagte ich, obwohl mir der gleiche Gedanke auch schon gekommen war.

Wir tranken unseren Tee. Das Lampenlicht war warm, und in der Wohnung war es still und behaglich. Daheim im Bett, in meiner privaten Höhle der Sehnsucht, begannen die Stunden, von denen ich träumte, immer so wie diese schläfrig-trunkene Stunde, wir beide allein, Szenarien, in denen sie mich unweigerlich wie unabsichtlich streifte oder sich, um mir eine Stelle in einem Buch zu zeigen, angenehm nah herüberlehnte, so daß ihre Wange die meine berührte – Gelegenheiten, die ich sanft, aber mannhaft als Einleitung zu heftigeren Freuden nutzte.

Die Teetasse war zu heiß; ich verbrannte mir die Fingerspitzen. Ich stellte sie hin und sah Camilla an, wie sie gedankenverloren eine Zigarette rauchte, keinen halben Meter weit von mir entfernt. Ich hätte mich für alle Ewigkeit in diesem einzigartigen kleinen Gesicht verlieren können, im Pessimismus ihres wunderschönen Mundes. *Komm her, du. Laß uns das Licht ausmachen, ja?* Wenn ich mir diese Sätze vorstellte, wenn ich mir vorstellte, wie sie sie sprach, dann waren sie von beinahe unerträglicher Süße; jetzt, da ich unmittelbar neben ihr saß, war es undenkbar, daß ich sie selbst äußerte.

Hingegen: Warum sollte es sein? Sie war am Tod zweier Menschen beteiligt gewesen; still wie eine Madonna hatte sie dabeigestanden und zugeschaut, wie Bunny starb. Ich erinnerte mich an Henrys kühle Stimme, wie er kaum sechs Wochen zuvor gesagt hatte: *Die Vorgänge hatten ein bestimmtes fleischliches Element in sich, jawohl.*

»Camilla?« sagte ich.

Sie blickte zerstreut auf.

»Was ist wirklich passiert, in dieser Nacht im Wald?«

Ich glaube, ich hatte, wenn schon keine echte, doch wenigstens gespielte Überraschung erwartet. Aber sie zuckte nicht mit der Wimper. »Tja, an schrecklich viel kann ich mich nicht erinnern«, sagte sie langsam. »Und das, woran ich mich erinnere, ist fast unmöglich zu beschreiben. Es ist alles viel weniger klar als noch vor ein paar Monaten. Ich hätte wohl versuchen sollen, es aufzuschreiben oder so.«

»Aber woran *erinnerst* du dich?«

Es dauerte einen Moment, ehe sie antwortete. »Na, du hast ja bestimmt alles von Henry gehört«, sagte sie. »Es klingt ein bißchen albern, schon wenn man es laut ausspricht. Ich erinnere mich an eine Hundemeute, Schlangen, die sich um meine Arme wanden. Brennende Bäume, Fichten, die auflodertén wie riesige Fackeln. Eine Zeitlang war eine fünfte Person bei uns.«

»Eine fünfte Person?«

»Es war nicht immer eine Person.«

»Ich weiß nicht, was du meinst.«

»Du weißt, wie die Griechen Dionysos nannten. Πολυειδής. Der Vielgestaltige. Manchmal war es ein Mann, manchmal eine Frau. Und manchmal noch etwas anderes. Ich – ich erzähle dir etwas, woran ich mich erinnern kann«, sagte sie unvermittelt.

»Nämlich?« Ich hoffte, endlich ein wollüstiges Detail zu erfahren.

»Der tote Mann. Er lag auf dem Boden. Sein Bauch war aufgerissen, und er dampfte.«

»Sein *Bauch*?«

»Es war eine kalte Nacht. Ich werde nie vergessen, wie es roch. Wie wenn mein Onkel früher ein Reh aufbrach. Kannst Francis fragen. Der erinnert sich auch daran.«

Ich war zu entsetzt, um etwas zu sagen. Sie griff nach der Teekanne und goß ihre Tasse voll. »Weißt du«, sagte sie, »warum ich glaube, daß wir diesmal solches Pech haben?«

»Warum denn?«

»Weil es Unglück bringt, einen Leichnam unbestattet liegenzulassen. Erinnerst du dich an den armen Palinurus in der *Aeneis*? Er war noch unendlich lange da und suchte sie immer wieder heim. Den Bauern da, den haben sie gleich gefunden, weißt du. Aber ich fürchte, keiner von uns wird nachts gut schlafen, solange Bunny nicht unter der Erde ist.«

»Das ist doch Unsinn.«

Sie lachte. »Im vierten Jahrhundert vor Christus hat man die Ausfahrt der gesamten attischen Flotte verschoben, weil ein Soldat gehustet hatte.«

»Du hast dich zu oft mit Henry unterhalten.«

Sie schwieg einen Moment. Dann sagte sie: »Weißt du, was Henry uns hat tun lassen, zwei Tage nach der Sache im Wald?«

»Nein.«

»Er ließ uns ein Ferkel schlachten.«

Diese Mitteilung schockierte mich nicht so sehr wie die gespenstische Ruhe, mit der sie sie machte. »O mein Gott«, sagte ich.

»Wir haben ihm die Kehle durchgeschnitten. Dann haben wir es gegenseitig über uns gehalten, so daß es uns auf Hände und Kopf blutete. Es war schrecklich. Francis ist schlecht geworden.«

Ich hatte den Eindruck, daß es von fragwürdiger Klugheit sei, unmittelbar nach einer Mordtat freiwillig mit Blut – und wäre es auch Schweineblut – zu bekleckern, aber ich sagte nur: »Wieso wollte er das?«

»Mord ist Verunreinigung. Der Mörder besudelt jeden, der mit ihm in Berührung kommt. Und Blut ist nur mit Blut zu reinigen. Wir ließen das Schweineblut auf uns tropfen. Dann gingen wir hinein und wuschen es ab. Danach war alles okay.«

»Willst du mir erzählen«, sagte ich, »daß...«

»Oh, keine Sorge«, sagte sie hastig. »Ich glaube nicht, daß er so was diesmal auch vorhat.«

»Wieso nicht? Hat es nicht geklappt?«

Sie bemerkte meinen Sarkasmus nicht. »O doch«, sagte sie. »Ich denke, es hat durchaus geklappt.«

»Und warum dann nicht noch mal?«

»Weil Henry, glaube ich, das Gefühl hat, es könnte dich aufregen.«

Ein Schlüssel wurde ins Schloß gefummelt, und ein paar Augenblicke später stolperte Charles durch die Tür. Er wand die Schultern aus dem Mantel und ließ ihn einfach auf den Teppich fallen.

»Hallo, hallo«, sang er, schwankte herein und schälte sich in gleicher Weise aus der Jacke. Er kam aber nicht ins Wohnzimmer, sondern wandte sich mit einem jähen Schwenk durch die Diele den Schlafzimmern und dem Bad zu. Eine Tür öffnete sich, dann noch eine. »Milly, mein Mädchen«, hörte ich ihn rufen. »Wo bist du, Honey?«

»O mein Gott«, sagte Camilla, und laut rief sie: »Wir sind hier drin, Charles.«

Charles kam zurück. Seine Krawatte war jetzt gelockert, sein Haar wirr. »Camilla«, sagte er und lehnte sich an den Türrahmen. »Camilla.« Dann sah er mich.

»Du«, sagte er nicht allzu höflich. »Was machst *du* denn hier?«

»Wir trinken Tee«, sagte Camilla. »Möchtest du auch welchen?«

»Nein.« Er drehte sich um und verschwand wieder im Flur. »Schon zu spät. Geh schlafen.«

Eine Tür wurde zugeknallt. Camilla und ich sahen einander an. Ich stand auf.

»Tja«, sagte ich, »ich gehe dann wohl besser nach Hause.«

Es gab immer noch Suchtrupps, aber die Zahl der Teilnehmer aus der Stadt war dramatisch geschrumpft, und es waren fast keine Studenten mehr dabei. Die Operation hatte plötzlich straffe, geheimnisvolle, professionelle Formen angenommen.

Ich hörte, daß die Polizei eine Hellseherin hinzugezogen hatte, einen Fingerabdruckexperten und eine Meute spezieller, in Dannemora ausgebildeter Bluthunde. Vielleicht weil ich mir einbildete, ich sei mit irgendeiner geheimen Verunreinigung besudelt, nicht wahrnehmbar für die meisten, aber vielleicht so, daß eine Hundenase es wittern konnte (im Kino ist es immer der Hund, der als erster den geschmeidigen und unverdächtigen Vampir als das erkennt, was er ist) – vielleicht deshalb machte der Gedanke an die Bluthunde mich abergläubisch, und ich bemühte mich, einen möglichst großen Abstand zu Hunden zu halten, zu allen Hunden, selbst zu den schusseligen dicken Labradors, die dem Keramiklehrer gehörten und die immer mit hängender Zunge herumstreiften und nach einem Frisbee-Spiel Ausschau hielten. Henry – der sich vielleicht eine bebende Kassandra vorstellte, die vor einem Chor von Polizisten ihre Prophezeiungen stammelte – machte sich sehr viel größere Sorgen wegen der Hellseherin. »Wenn sie uns finden«,

sagte er mit düsterer Gewißheit, »dann wird es auf diese Weise geschehen.«
»Du glaubst doch wohl nicht wirklich an dieses Zeug.«
Er warf mir einen unbeschreiblich verachtungsvollen Blick zu.
»Du erstaunst mich«, sagte er. »Du glaubst, nichts existiert, wenn du es nicht sehen kannst.«
Die Hellseherin war eine junge Mutter aus dem Staat New York. Ein Elektroschock aus einem Starkstromkabel hatte sie ins Koma gestürzt, und als sie drei Wochen später daraus erwacht war, hatte sie Dinge »gewußt«, wenn sie einen Gegenstand betastete oder die Hand eines Fremden berührte. Die Polizei hatte sich bei mehreren Vermißtenfällen erfolgreich von ihr beraten lassen. Einmal hatte sie die Leiche eines erwürgten Kindes gefunden, indem sie lediglich auf eine Stelle auf einer Vermessungskarte gedeutet hatte. Henry, der so abergläubisch war, daß er manchmal ein Schälchen Milch vor die Tür stellte, um böswillige Geister zu besänftigen, die vielleicht zufällig vorbeikamen, beobachtete sie fasziniert, als sie allein am Rand des Campus entlangwanderte – mit dicken Brillengläsern und einem kurzen Automantel, das rote Haar mit einem gepunkteten Tuch hochgebunden.
»Es ist schade«, sagte er. »Ich wage nicht, ihr über den Weg zu laufen. Aber ich würde mich sehr gern mit ihr unterhalten.«

Gegen halb fünf an diesem Nachmittag erschien Charles in meinem Zimmer. »Hallo«, sagte er. »Willst du was essen?«
»Wo ist denn Camilla?«
»Irgendwo, ich weiß es nicht«, sagte er. Der Blick seiner blassen Augen huschte durch mein Zimmer. »Kommst du mit?«
»Äh... ja, klar«, sagte ich.
Seine Miene hellte sich auf. »Gut. Ich hab' ein Taxi unten.«

Charles ließ das Taxi zu einer Bar namens »Farmer's Inn« fahren. Sie war nicht bemerkenswert, weder in Hinsicht auf das Essen noch auf die Einrichtung – Klappstühle und Kunststofftische – oder auf die wenigen Gäste, hauptsächlich Landbewohner, betrunken und über fünfundsechzig. Der einzige Grund, warum Charles uns hier hatte absetzen lassen, war, daß er nicht schon wieder in die Brasserie gehen wollte.
Wir setzten uns ans Ende der Theke vor den Fernseher. Ein Basketballspiel war im Gange. Die Bedienung – eine Frau um die Fünfzig mit türkisfarbenem Lidschatten und einer Unmenge von

dazu passenden Türkisringen – musterte uns, unsere Anzüge und Krawatten. Sie wirkte verblüfft, als Charles zwei doppelte Whiskey und ein Clubsandwich bestellte. »Wie denn das?« sagte sie; sie hatte eine Stimme wie ein Papagei. »Dürft ihr Jungs jetzt hin und wieder ein Schlückchen nehmen?«

Ich wußte nicht, wie sie das meinte – ob es eine Anspielung auf unsere Kleidung sein sollte oder auf Hampden College, oder ob sie unsere Ausweise sehen wollte. Charles, der nur einen Augenblick zuvor in Düsternis versunken gewesen war, hob den Kopf und schaute sie mit einem über die Maßen freundlichen und reizenden Lächeln an. Er wußte, wie man mit Kellnerinnen umging. Im Restaurant schwebten sie ständig um ihn herum und versuchten ihm auch ausgefallenste Sonderwünsche zu erfüllen.

Diese hier schaute ihn an, erfreut und ungläubig, und krähte vor Lachen. »Na, ist das nicht 'n Ding«, sagte sie heiser und langte mit einer schwerberingten Hand nach der Silva-Thin, die qualmend neben ihr im Aschenbecher lag. »Und da dachte ich, ihr Mormonenkids dürft nicht mal Coca-Cola trinken.«

Kaum war sie in die Küche geschlendert, um unsere Bestellung aufzugeben (»Bill!« hörten wir sie hinter der Schwingtür rufen. »Hey, Bill, hör dir das an!«), verschwand Charles' Lächeln wieder. Er griff nach seinem Glas und zuckte ernst die Achseln, als ich versuchte, ihm in die Augen zu sehen.

»Sorry«, sagte er. »Es stört dich hoffentlich nicht, daß wir hergekommen sind. Es ist billiger als in der Brasserie, und wir werden niemand begegnen.«

Er war nicht in redseliger Stimmung – manchmal voller Überschwang, konnte er ebensogut schweigsam und mürrisch wie ein Kind sein –, und er trank stetig. Dabei stützte er beide Ellbogen auf den Tresen, und das Haar fiel ihm in die Stirn. Als sein Sandwich kam, zupfte er es auseinander, aß den Speck und ließ den Rest liegen, während ich meinen Whiskey trank und den Lakers im Fernsehen zuschaute. Es war sonderbar, hier in dieser klammen, dunklen Kneipe in Vermont zu sitzen und ihnen beim Spiel zuzusehen. Zu Hause in Kalifornien, in meinem alten College, hatte es einen Pub namens »Falstaff's« gegeben, wo sie einen Fernseher mit Breitwandbildschirm hatten; ich hatte einen Kifferfreund namens Carl gehabt, der mich dort immer hineinschleifte, um Eindollarbier zu trinken und Basketball zu gucken. Wahrscheinlich war er jetzt auch da, saß auf seinem Rotholzbarhocker und sah sich genau dieses Spiel an.

Solche deprimierenden Gedanken sowie andere, ähnliche, gingen mir durch den Kopf, und Charles war bei seinem vierten oder fünften Whiskey, als jemand anfing, mit der Fernbedienung zwischen den Programmen herumzuschalten: »Risiko«, »Glücksrad«, »MacNeil/Lehrer« und dann eine Talkshow im Lokalfernsehen. Sie hieß »Tonight in Vermont«. Das Bühnenbild war einem neuenglischen Farmhaus nachempfunden, mit nachgemachten Shaker-Möbeln und antikem Farmgerät, Mistgabeln und so weiter, die an der Sperrholzkulisse baumelten. Liz Ocavello war die Moderatorin. Wie in den großen berühmten Talkshows konnte auch hier am Ende jeder Sendung das Publikum Fragen stellen, wobei es aber im allgemeinen nicht allzu heiß herging, weil ihre Gäste meistens ziemlich zahm waren – der Staatsbeauftragte für Veteranenangelegenheiten oder Freimaurer, die eine Blutspendeaktion bekanntgaben. (»Wie war noch mal die Adresse, Joe?«)

Heute abend war ihr Gast – ich brauchte ein paar Augenblicke, bis ich es begriff – William Hundy. Er hatte einen Anzug an – nicht den blauen Freizeitanzug, sondern einen alten, wie ihn etwa ein Landprediger tragen mochte –, und aus einem Grund, den ich nicht sofort verstand, redete er mit einiger Autorität über Araber und die OPEC. »Diese OPEC«, sagte er, »ist der Grund, weshalb wir keine Texaco-Tankstellen mehr haben. Ich weiß noch, als ich ein kleiner Junge war, gab es überall Texaco-Tankstellen, aber diese Araber, na, das war so ein – wie nennt man das? – ein Buyout...«

»*Guck mal*«, sagte ich zu Charles, aber als ich ihn endlich aus seiner Trance aufgerüttelt hatte, hatten sie schon wieder zu »Risiko« zurückgeschaltet.

»Was denn?« fragte er.

»Nichts.«

»Risiko«, »Glücksrad«, dann lange wieder »MacNeil/Lehrer«, bis jemand schrie: »Mach den Scheiß weg, Dotty.«

»Na, was wollt ihr denn sehen?«

»Glücksrad«, brüllte ein heiserer Chor.

Aber »Glücksrad« war zu Ende, und ehe ich mich versah, saßen wir wieder in dem nachgemachten Farmhaus bei William Hundy. Jetzt erzählte er von seinem Auftritt in der »Today«-Sendung am vergangenen Vormittag.

»Guck mal«, sagte jemand, »da ist der Chef von ›Redeemed Repair‹.«

»*Der* ist nicht der Chef.«

»Wer denn dann?«
»Er und Bud Acorn zusammen.«
»Ach, halt doch mal die Klappe, Bobby.«
»Nee«, sagte Mr. Hundy gerade, »hab' Willard Scott nicht gesehen. Schätze, ich hätt' nicht gewußt, was ich sagen soll, wenn ich ihn gesehen hätte. Ist 'n großer Betrieb, den sie da haben, auch wenn es im Fernsehen gar nicht so groß aussieht.«

Ich trat Charles gegen den Fuß.

»Yeah«, sagte er desinteressiert und hob mit unsicherer Hand sein Glas.

Überrascht sah ich, wie redegewandt Mr. Hundy in nur vier Tagen geworden war. Und noch mehr überraschte es mich, wie freundlich das Studiopublikum auf ihn reagierte – die Leute stellten interessierte Fragen zu allen möglichen Themen vom Strafjustizsystem bis zur Rolle des kleinen Geschäftsmannes in der Gemeinde und brüllten vor Lachen über seine dämlichen Witze. Mir schien, daß solche Popularität nur mit dem zusammenhängen konnte, was er gesehen hatte oder behauptete gesehen zu haben. Sein verdutztes Gestotter war verschwunden. Wie er jetzt dasaß, die Hände über dem Bauch gefaltet, und mit dem friedlichen Lächeln eines Bischofs, der Dispens gewährt, alle möglichen Fragen beantwortete, war er so vollkommen entspannt, daß es etwas greifbar Unehrliches hatte. Ich wunderte mich, daß anscheinend niemand sonst das bemerkte.

Ein kleiner dunkler Mann in Hemdsärmeln, der schon seit einer Weile mit der Hand in der Luft herumwedelte, bekam endlich von Liz das Wort und stand auf. »Mein Name ist Adnan Nassar, und ich bin Palästino-Amerikaner«, sprudelte er hervor. »Ich bin vor neun Jahren aus Syrien in dieses Land gekommen, habe seitdem die amerikanische Staatsbürgerschaft erworben und bin stellvertretender Geschäftsführer des ›Pizza Pad‹ am Highway Six.«

Mr. Hundy legte den Kopf zur Seite. »Nun, Adnan«, sagte er in herzlichem Ton, »ich schätze, diese Geschichte wäre in Ihrem eigenen Land ziemlich ungewöhnlich. Aber hier ist es das System, das so funktioniert. Und zwar ohne Ansehen Ihrer Rasse oder Ihrer Hautfarbe.« Applaus.

Liz ging mit dem Mikrofon in der Hand den Gang hinauf und deutete auf eine Lady mit voluminöser Frisur, aber der Palästinenser wedelte wütend mit den Armen, und die Kamera schwenkte zu ihm zurück.

»Darum geht es nicht«, sagte er. »Ich bin Araber, und ich protestiere gegen die Art, wie Sie mein Volk rassistisch verächtlich machen.«

Liz kehrte zu dem Palästinenser zurück und legte ihm, ganz wie ihre großen Talkmaster-Vorbilder, beruhigend die Hand auf den Arm. William Hundy rutschte in seinem imitierten Shaker-Sessel auf dem Podium leicht nach vorn und beugte sich vor. »Gefällt's Ihnen hier?« fragte er knapp.

»Ja.«

»Wollen Sie zurück?«

»Moment«, warf Liz laut ein. »Niemand wollte sagen...«

»Denn das Schiff«, sagte Mr. Hundy noch lauter, »*fährt in beide Richtungen.*«

Dotty, die Bedienung, lachte voller Bewunderung und nahm einen Zug von ihrer Zigarette. »Gib's ihm«, sagte sie.

»Woher kommt denn Ihre Familie?« fragte der Araber sarkastisch zurück. »Sind Sie Indianer, oder was?«

Mr. Hundy schien nichts gehört zu haben. »Ich *bezahle* Ihnen die Rückfahrt«, sagte er. »Was kostet die einfache Fahrt nach Bagdad heutzutage? Wenn Sie wollen, gebe ich Ihnen...«

»Ich glaube«, sagte Liz hastig, »Sie haben mißverstanden, was dieser Gentleman sagen wollte. Er will ja nur darauf hinweisen...« Sie hatte dem Palästinenser den Arm um die Schultern gelegt, und der schüttelte sie wütend ab.

»Den ganzen Abend sagen Sie beleidigende Sachen über Araber«, kreischte er. »Sie wissen gar nicht, was ein Araber ist.« Er schlug sich mit der Faust an die Brust. »Ich weiß es. In meinem Herzen.«

»Sie und Ihr Kumpel Hussein.«

»Wie können Sie behaupten, wir wären alle habgierig und führen alle dicke Autos? Das ist eine große Beleidigung für mich.«

»Ich habe gar nicht von Ihnen *persönlich* gesprochen«, sagte Hundy. »Ich habe von diesen OPEC-Gangstern gesprochen und von diesen krankhaften Typen, die den Jungen gekidnappt haben. Glauben Sie, wir unterstützen hier den Terrorismus? Macht man das in Ihrem Land?«

»Das ist eine Lüge!« schrie der Araber.

Die Kamera schwenkte für einen Moment verwirrt zu Liz Ocavello; sie starrte, ohne sich dessen bewußt zu sein, schnurgerade aus dem Bildschirm, und ich wußte, sie dachte genau das gleiche wie ich. *O Mann, o Mann, jetzt kommt's...*

»Das ist keine Lüge«, erwiderte Hundy hitzig. »Ich weiß das. Ich bin seit dreißig Jahren im Tankstellengeschäft. Glauben Sie, ich weiß nicht mehr, wie ihr uns über den Tisch gezogen habt, als Carter Präsident war, damals, neunzehnhundertfünfundsiebzig? Und jetzt kommt ihr alle hier rüber und tut, als ob euch alles gehörte, mit euern Kichererbsen und euerm dreckigen Fladenbrot!«

Liz drehte den Kopf zur Seite und bemühte sich, mit lautlosen Mundbewegungen irgendwelche Anweisungen zu geben.

Der Araber kreischte eine furchtbare Obszönität.

»Halt! Stop!« schrie Liz Ocavello verzweifelt.

Mr. Hundy sprang mit loderndem Blick auf und streckte einen bebenden Zeigefinger ins Publikum. »*Sandnigger!*« brüllte er erbittert. »*Sandnigger! Sand...*«

Die Kamera wurde herumgerissen und schwenkte wild zur Seite, wo neben der Kulisse ein Gewirr von schwarzen Kabeln und beschirmten Scheinwerfern zu sehen war. Das Bild wurde unscharf und wieder scharf, und dann erschien plötzlich ein Werbespot für MacDonald's.

»Jooo-huuu!« schrie jemand beifällig.

Vereinzelt wurde geklatscht.

»Hast du das gehört?« sagte Charles nach einer Pause.

Ich hatte ihn ganz vergessen. Er sprach mit schwerer Zunge, und die Haare fielen ihm feucht in die Stirn. »Gib acht«, sagte ich auf griechisch zu ihm. »Sie kann dich hören.«

Er murmelte etwas und wackelte auf seinem Barhocker aus gepolstertem Glitzervinyl und Chrom.

»Laß uns gehen«, sagte ich. »Es ist spät.« Ich suchte in meiner Tasche nach Geld.

Mit schwankendem Blick sah er mir in die Augen, und dann beugte er sich herüber und packte mein Handgelenk. Das Licht der Musikbox spiegelte sich funkelnd in seinen Augen und ließ sie seltsam aussehen, fast irr, wie die leuchtenden Killeraugen, die auf einem Schnappschuß manchmal ganz unerwartet im Gesicht eines Freundes glühen.

»Halt die Klappe, mein Alter«, sagte er. »Hör doch mal.«

Ich zog die Hand weg und drehte mich auf meinem Hocker herum, aber in diesem Moment hörte ich ein langes, trockenes Grollen. Es donnerte.

Wir sahen einander an.

»Es regnet«, wisperte er.

Die ganze Nacht regnete es; warmer Regen tropfte aus den Dachrinnen und klopfte an meine Fensterscheibe, während ich mit weit offenen Augen flach auf dem Rücken lag und lauschte.

Die ganze Nacht regnete es, und den ganzen nächsten Vormittag: warm, grau, weich und gleichmäßig wie ein Traum.

Als ich aufwachte, wußte ich, daß sie ihn heute finden würden. Ich wußte es im Bauch, von dem Augenblick an, da ich aus dem Fenster schaute und den Schnee sah, verrottet und pockennarbig, Flecken von schleimigem Gras, und überall Pfützen und Rinnsale von Wasser.

Es war einer von diesen geheimnisvollen, bedrückenden Tagen, wie wir sie in Hampden manchmal hatten, wenn der Nebel die Berge verschluckte, die am Horizont dräuten, und die Welt hell und leer aussah und irgendwie gefährlich. Wenn man über den Campus ging und das nasse Gras unter den Füßen quietschte und quatschte, kam man sich vor wie auf dem Olymp, in Walhalla, in irgendeinem alten, verlassenen Land über den Wolken, und die bekannten Wegmarken – der Uhrenturm, die Häuser – schwebten herauf wie Erinnerungen aus einem früheren Leben, isoliert und losgelöst im Nebel.

Nieselregen und Feuchte. Im Commons roch es nach nassen Tüchern, und alles war dunkel und gedämpft. Ich fand Henry und Camilla oben an einem Fenstertisch, einen vollen Aschenbecher zwischen sich. Camilla hatte das Kinn in die Hand gestützt und hielt eine heruntergebrannte Zigarette zwischen tintenfleckigen Fingern.

Der Hauptspeisesaal lag im ersten Stock, in einem modernen Anbau, der an der Rückseite des Gebäudes über eine Laderampe hinausragte. Große, regennasse Glasscheiben – grau getönt, so daß der Tag noch trister aussah, als er war – umgaben uns an drei Seiten, und wir hatten einen vorzüglichen Blick auf die Laderampe, wo frühmorgens Lastwagen mit Butter und Eiern anrollten, und auf die glänzende schwarze Straße, die sich zwischen den Bäumen hindurchschlängelte und im Nebel in Richtung North Hampden verschwand.

Zum Mittagessen gab es Tomatensuppe und Kaffee mit fettarmer Milch, weil die normale ausgegangen war. Regen trommelte leise gegen die Scheiben. Henry war zerstreut. Das FBI hatte ihn am vergangenen Abend noch einmal aufgesucht – was sie gewollt hatten, sagte er nicht –, und er redete und redete mit leiser Stimme über Schliemanns *Ilion*, und dabei schwebten die Fingerspitzen seiner großen kantigen Hände über der Tischkante wie über einem Ouija-Brett. Als ich im Winter bei ihm gewohnt hatte, da hatte er manchmal stundenlang solche didaktischen Monologe gehalten, hatte mit der langsamen, gebannten Ruhe einer Versuchsperson unter Hypnose einen Strom von pedantisch genauem Wissen abgespult.

Er sprach von den Ausgrabungen in Hissarlik: »einem schrecklichen Ort, einem verfluchten Ort«, sagte er träumerisch – »Städte über Städte, untereinander begraben, Städte geschleift, Städte verbrannt, daß ihre Ziegel zu Glas schmolzen ... ein furchtbarer Ort«, sagte er geistesabwesend, »ein verfluchter Ort, Nester mit kleinen braunen Nattern von der Art, die die Griechen *antelion* nannten, Tausende und Abertausende der kleinen eulenköpfigen Totengötter (Göttinnen eigentlich, grausige Vorläuferinnen der Athene), die fanatisch und starr aus den steingehauenen Bildwerken blicken.«

Ich wußte nicht, wo Francis war, aber nach Charles brauchte ich nicht zu fragen. Am Abend zuvor hatte ich ihn mit einem Taxi nach Hause bringen, ihm die Treppe hinauf und ins Bett helfen müssen, und dort war er, nach dem Zustand zu urteilen, in dem ich ihn verlassen hatte, immer noch. Zwei Sandwiches mit Frischkäse und Marmelade lagen, in Servietten gewickelt, neben Camillas Teller. Sie war nicht da gewesen, als ich Charles nach Hause gebracht hatte, und sie sah aus, als sei sie auch gerade erst aufgestanden, zerzaust und ohne Lippenstift. Sie trug einen grauen Wollpullover, dessen Ärmel ihr bis über die Hände reichten. Der Rauch wehte von ihrer Zigarette in Wölkchen hoch, die die gleiche Farbe hatten wie der Himmel draußen. Ein Auto kam wie ein winziger weißer Punkt aus weiter Ferne singend auf der nassen Straße von der Stadt heran, wand sich durch die schwarzen Kurven und wurde mit jedem Augenblick größer.

Es war spät. Das Mittagessen war vorüber, und die Leute gingen. Ein verwachsener alter Hausmeister kam mit Mop und Eimer hereingeschlurft und fing an, mit müdem Grunzen drüben am Getränkecenter Wasser auf den Boden zu schütten.

Camilla starrte aus dem Fenster. Plötzlich weiteten sich ihre Augen. Langsam und ungläubig hob sie den Kopf, und dann sprang sie vom Stuhl auf und reckte sich, um besser zu sehen.

Ich sah es auch und sprang nach vorn. Ein Krankenwagen hielt unmittelbar unter uns. Zwei Sanitäter, gefolgt von einer Horde Fotografen, trugen mit gesenkten Köpfen und im Eiltempo eine

Trage durch den Regen. Die Gestalt darauf war mit einem Laken zugedeckt, aber bevor sie sie durch die Doppeltür in den Wagen schoben (in einer langen, fließenden Bewegung, wie man ein Brot in den Ofen schiebt) und die Tür zuschlugen, sah ich, daß etwa zwei Handbreit eines gelben Regenmantels über die Kante hingen.

Henry atmete tief ein. Dann schloß er die Augen, atmete scharf wieder aus und fiel in seinen Stuhl zurück, als habe man ihn erschossen.

Sie hatten Bunny gefunden und, ohne daß wir hier oben etwas gemerkt hätten, in einem Pulk von Fotografen, Helfern und Neugierigen erst einmal hierhergetragen. Und jetzt transportierten sie ihn mit dem Wagen ab.

Holly Goldsmith, ein achtzehnjähriges Erstsemester aus Taos, New Mexico, hatte mit ihrem Hund, einem Golden Retriever namens Milo, einen Spaziergang zur Schlucht gemacht. »Als man den Campus nicht mehr sehen konnte«, berichtete Holly später, »machte ich Milos Leine los, damit er allein rumlaufen konnte. Das macht er gern...

Ich stand also einfach da, am Rande der Schlucht und wartete auf ihn. Er war die Böschung runtergekraxelt und sprang da herum und bellte, ganz wie immer. Ich hatte an dem Tag seinen Tennisball vergessen. Ich dachte, ich hätte ihn in der Manteltasche, aber da hatte ich ihn nicht; also ging ich los und suchte nach Stöcken, die ich für ihn werfen konnte. Als ich zur Kante der Böschung zurückkam, sah ich, daß er irgendwas gepackt hatte und hin- und herschüttelte. Als ich ihn rief, wollte er nicht kommen. Ich dachte, er hätte ein Kaninchen erwischt oder so was.

Ich schätze, Milo hatte ihn ausgegraben, seinen Kopf und, ähm, seine Brust – ich konnt's nicht genau sehen. Es war die Brille, die mir dann auffiel... sie war runtergerutscht von einem Ohr und baumelte irgendwie hin und her, und Milo leckte ihm das Gesicht...«

Wir liefen alle drei rasch nach unten (der Hausmeister glotzte, die Köchinnen linsten aus der Küche, die Cafeteriafrauen in ihren Krankenschwesterstrickjacken lehnten sich über die Balustrade), vorbei an der Snackbar, vorbei am Postzimmer, wo die Lady mit der roten Perücke an der Telefonzentrale ausnahmsweise ihr Wolltuch und die Tasche mit den verschiedenfarbigen Wollknäueln beiseite gelegt hatte und mit einem zerknüllten Kleenex in der

Hand in der Tür stand und uns neugierig mit ihren Blicken verfolgte, als wir durch den Flur galoppierten und in den Hauptraum des Commons stürzten, wo eine Gruppe grimmig aussehender Polizisten stand; der Sheriff war da, der Jagdaufseher, Sicherheitsleute, ein fremdes Mädchen, das weinte, und jemand, der Fotos machte, und alle redeten auf einmal, und jemand sah uns und schrie: »Hey! Ihr! Habt ihr den Jungen nicht gekannt?«

Überall gingen Blitzlichter los, und vor unseren Gesichtern drängten sich plötzlich Mikrofone und Camcorder.

»Wie lange kannten Sie ihn?«

»...Fall etwas mit Rauschgift zu tun?«

»...durch Europa gereist, nicht wahr?«

Henry strich sich mit der Hand übers Gesicht.

Ich werde nie vergessen, wie er aussah: weiß wie Talkum, mit Schweißperlen auf der Oberlippe, und das Licht spiegelte sich in seinen Brillengläsern... »Lassen Sie mich in Ruhe«, murmelte er, packte Camilla beim Handgelenk und versuchte, sich zur Tür durchzudrängen.

Alles schob sich nach vorn und versperrte ihm den Weg.

»...einen Kommentar abgeben...«

»...beste Freunde?«

Die schwarze Schnauze des Camcorders wurde ihm ins Gesicht geschoben. Mit einer Armbewegung stieß er sie beiseite, und das Ding fiel mit lauten Krach auf den Boden. Batterien rollten in alle Richtungen davon. Der Besitzer – ein dicker Mann mit einer »Mets«-Mütze – schrie auf, bückte sich voller Entsetzen halb zu Boden und sprang dann fluchend wieder auf, als wolle er den sich entfernenden Henry beim Kragen packen. Seine Finger streiften Henrys Jacke im Rücken, und Henry drehte sich überraschend schnell um.

Der Mann wich zurück. Es war komisch, aber die Leute schienen auf den ersten Blick nie zu bemerken, wie groß Henry war. Vielleicht lag es an seiner Kleidung, die aussah, wie eine von diesen lahmen, aber seltsam undurchdringlichen Verkleidungen in den Comics (wieso sieht kein Mensch je, daß der »bücherwurmhafte« Kent Clark ohne seine Brille wie Superman aussieht?). Vielleicht kam es auch darauf an, ob er es die Leute sehen ließ. Er besaß das sehr viel bemerkenswertere Talent, sich unsichtbar zu machen – in einem Zimmer, einem Auto: Er hatte buchstäblich die Fähigkeit, sich ganz nach Belieben zu dematerialisieren –, und vielleicht war diese Gabe nur die Umkehr der anderen, mit der sich die umherschweifenden Moleküle plötzlich konzentrieren ließen, so daß seine schattenhafte Gestalt unversehens zu fester Form gerann, eine Metamorphose, die für den Betrachter erschreckend war.

Der Krankenwagen war weg. Die Straße erstreckte sich glatt und leer im Nieselregen. Agent Davenport kam eilig die Treppe zum Commons herauf; er hatte den Kopf gesenkt, und seine Schuhe klatschten auf dem nassen Marmor. Als er uns sah, blieb er stehen. Sciola, der hinter ihm kam, erklomm mühsam die letzten zwei, drei Stufen und stützte sich mit der Handfläche auf das Knie. Er blieb hinter Davenport stehen und betrachtete uns einen Augenblick lang schwer atmend. »Tut mir leid«, sagte er.

Ein Flugzeug flog über uns dahin, in den Wolken verborgen.

»Dann ist er tot«, sagte Henry.

»Leider.«

Das Brummen des Flugzeugs erstarb in der feuchten, windigen Ferne.

»Wo war er denn?« fragte Henry schließlich. Er war bleich, bleich und an den Schläfen schweißfeucht, aber völlig gefaßt.

»Im Wald«, sagte Davenport.

»Gar nicht weit weg«, sagte Sciola und rieb sich mit dem Fingerknöchel das verquollene Auge. »Eine halbe Meile von hier.«

»Waren Sie da?«

Sciola hörte auf, sich das Auge zu reiben. »Was?«

»Waren Sie da, als man ihn fand?«

»Wir waren im ›Blue Ben‹ und haben zu Mittag gegessen«, sagte Davenport scharf. Er atmete heftig durch die Nase, und in seinem aschblonden Bürstenhaar saßen Tröpfchen von Kondenswasser wie kleine Perlen. »Dann waren wir unten, um es uns anzusehen. Jetzt wollen wir zu der Familie.«

»Wissen die es noch nicht?« fragte Camilla nach einer Schreckenspause.

»Nicht deshalb«, sagte Sciola. Er klopfte sich auf die Brust und wühlte dann behutsam mit langen gelben Fingern in der Tasche seines Mantels. »Wir bringen ihnen ein Freigabeformular. Wir möchten ihn gern ins Labor nach Newark schicken, um ein paar Tests machen zu lassen. Aber bei solchen Fällen...« Seine Hand hatte etwas gefunden. Sehr langsam zog er eine zerknautschte Packung Pall Mall hervor. »... bei solchen Fällen ist es sehr schwer, die Familie zur Unterschrift zu bewegen. Kann nicht mal sagen, daß ich's ihnen verdenke. Die Leute warten jetzt schon eine ganze Woche; die Familie ist mal zusammen, und jetzt wollen sie auch zusehen, daß sie ihn beerdigen und die Sache hinter sich bringen...«

»Was ist denn passiert?« fragte Henry. »Wissen Sie es?«

Sciola wühlte nach Streichhölzern und zündete seine Zigarette an. »Schwer zu sagen«, meinte er und ließ das brennende Streichholz aus den Fingern fallen. »Er lag unten am Fuß einer Steilwand, mit gebrochenem Hals.«

»Sie glauben nicht, daß er sich vielleicht umgebracht hat?«

Sciolas Gesichtsausdruck veränderte sich nicht, aber ein Rauchfädchen kräuselte sich aus seiner Nase, das in subtiler Weise seine Überraschung andeutete. »Wie kommen Sie darauf?«

»Weil es drinnen eben jemand gesagt hat.«

Er warf einen Blick zu Davenport hinüber. »Ich würde nicht auf diese Leute achten, mein Junge«, sagte er. »Ich weiß nicht, zu welchem Schluß die Polizei kommen wird, und es ist ihre Entscheidung, wohlgemerkt, aber ich glaube nicht, daß sie auf Selbstmord befinden werden.«

»Warum nicht?«

Er blinzelte uns friedfertig an; seine Augen lagen vorgewölbt unter schweren Lidern wie die einer Schildkröte. »Weil nichts drauf hindeutet«, sagte er. »Soviel ist mir bekannt. Der Sheriff meint, vielleicht war er da draußen unterwegs, war nicht warm genug angezogen, das Wetter wurde schlechter. Vielleicht hat er es einfach so eilig gehabt nach Hause zu kommen...«

»Und sie wissen's zwar noch nicht genau«, sagte Davenport, »aber wie es aussieht, hatte er vielleicht getrunken.«

Sciola machte müde eine italienische Geste der Resignation. »Selbst wenn nicht«, sagte er. »Der Boden war schlammig. Es hatte geregnet. Vielleicht war es sogar dunkel – das wissen wir ja nicht.«

Ein paar lange Augenblicke lang sagte niemand etwas.

»Hören Sie, mein Junge«, sagte Sciola nicht unfreundlich. »Es ist bloß meine Meinung, aber wenn Sie mich fragen: Ihr Freund hat sich nicht umgebracht. Ich habe die Stelle gesehen, wo er runtergekippt ist. Das Gestrüpp an der Kante war ganz...« Er machte eine kraftlos schnappende Bewegung in der Luft.

»Zerrissen«, sagte Davenport brüsk. »Hatte auch Erde unter den Fingernägeln. Als der Junge da runterflog, hat er nach allem gegrabscht, was er erreichen konnte.«

»Niemand will hier sagen, es ist so oder so passiert«, sagte Sciola.

»Ich sage bloß, glauben Sie nicht alles, was Sie hören. Es ist 'ne gefährliche Stelle da oben; man sollte sie einzäunen oder so was... Vielleicht setzen Sie sich lieber mal 'ne Minute hin, meinen Sie nicht auch, Honey?« sagte er zu Camilla, die ein bißchen grün im Gesicht war.

»Das College ist auf alle Fälle dran«, sagte Davenport. »Nach dem, was ich die Lady im Studentensekretariat habe reden hören, kann ich mir schon vorstellen, wie sie versuchen werden, sich der Haftung zu entziehen. Wenn er sich auf dieser Studentenparty betrunken haben sollte... Da war vor zwei Jahren ein vergleichbarer Prozeß oben in Nashua, wo ich herkomme. Ein Junge hat sich bei irgend so 'ner Studentenfete vollaufen lassen und ist dann in einer Scheewehe eingeschlafen. Sie haben ihn erst gefunden, als die Schneepflüge durchkamen. Ich schätze, es kommt immer drauf an, wie betrunken sie waren und wo sie ihren letzten Drink gekriegt haben, aber selbst, wenn er nicht betrunken war, sieht es ziemlich böse fürs College aus, nicht? Da ist der Junge in der Schule, hat einen solchen Unfall, auf dem Campus? Bei allem Respekt vor den Eltern, aber ich hab' sie kennengelernt, und sie sind der Typ, der sofort vor Gericht geht.«

»Was glauben *Sie* denn, wie es passiert ist?« fragte Henry Sciola.

Diese Art von Fragen fand ich nicht besonders klug, schon gar nicht hier und jetzt; aber Sciola grinste. Es war ein langzahnig hageres Grinsen wie bei einem alten Hund oder einem Opossum – zu viele Zähne, verfärbt, fleckig. »Ich?« sagte er.

»Ja.«

Einen Augenblick lang sagte er gar nichts, sondern nahm einen Zug von seiner Zigarette und nickte. »Es kommt nicht drauf an, was ich glaube, mein Junge«, sagte er dann. »Es ist kein FBI-Fall.«

»Was?«

»Er meint, die Bundesbehörde ist nicht zuständig«, sagte Davenport scharf. »Hier liegt ja kein Verstoß gegen Bundesgesetze vor. Das muß die Ortspolizei entscheiden. Der Grund, weshalb sie uns hinzugezogen haben, war dieser Irre, wissen Sie, von der Tankstelle, und der hatte nichts damit zu tun, aber bei Typen wie ihm kommt man wirklich ins Grübeln. Ich erinnere mich an Embry Lee Harden, damals im Jahr '78: scheinbar der netteste Mensch auf der Welt, wie er all die Uhren und so weiter reparierte und sie armen Kindern schenkte. Aber ich werde den Tag nicht vergessen, wo sie mit der Hacke in den Garten hinter seinem Uhrengeschäft gingen...«

»Die jungen Leute erinnern sich nicht an Embry, Harv«, sagte Sciola und ließ die Zigarette fallen. »Das war vor ihrer Zeit.«

Wir standen noch ein oder zwei Augenblicke unbeholfen im Halbkreis auf den Steinplatten, und gerade als es so aussah, als wolle jeder gleichzeitig den Mund aufmachen und sagen, er müsse nun weiter, da hörte ich einen seltsamen, erstickten Laut von Camilla. Ich sah sie verblüfft an. Sie weinte.

Einen Moment lang wußte anscheinend keiner, was er tun sollte. Davenport warf Henry und mir einen empörten Blick zu und wandte sich halb ab, als wolle er sagen: *Das ist alles eure Schuld.*

Sciola klapperte in konsterniertem Ernst langsam mit den Lidern und streckte zweimal die Hand aus, um sie ihr auf den Arm zu legen; beim dritten Versuch bekamen seine Fingerspitzen endlich Kontakt mit ihrem Ellbogen. »Meine Liebe«, sagte er, »meine Liebe, möchten Sie, daß wir Sie unterwegs zu Hause absetzen?«

Ihr Auto, ein schwarzer Ford, parkte unten am Hang auf dem Kiesplatz hinter dem Gebäude der Naturwissenschaften. Camilla ging vor den beiden her. Sciola sprach beruhigend mit ihr wie mit einem Kind; wir hörten seine Stimme über den knirschenden Schritten, dem Tropfen des Wassers und dem Säuseln des Windes über uns in den Bäumen. »Ist Ihr Bruder zu Hause?« fragte er.

»Ja.«

Er nickte langsam. »Wissen Sie«, sagte er, »ich mag Ihren Bruder. Er ist ein guter Junge. Komisch, aber ich wußte gar nicht, daß ein Junge und ein Mädchen auch Zwillinge sein können. Hast du das gewußt, Harv?« fragte er über ihren Kopf hinweg.

»Nein.«

»Ich auch nicht. Waren Sie einander ähnlicher, als Sie klein waren? Ich meine, eine Familienähnlichkeit ist schon vorhanden, aber Sie haben nicht mal genau die gleiche Haarfarbe. Meine Frau, die hat Cousinen, die Zwillinge sind, und sie arbeiten auch beide im Sozialamt.« Er schwieg einen Moment lang friedlich. »Sie und Ihr Bruder, Sie verstehen sich ziemlich gut, nicht wahr?«

Sie murmelte etwas.

Er nickte ernst. »Das ist schön«, sagte er. »Ich wette, Sie kennen ein paar interessante Geschichten. Über Psi-Sachen und so. Die Cousinen meiner Frau gehen immer zu diesen Zwillingskongressen, die manchmal veranstaltet werden, und Sie würden nicht glauben, was sie uns nachher immer zu erzählen haben.«

Weißer Himmel. Bäume verloren sich darin, die Berge waren fort. Meine Hände baumelten aus den Ärmeln meiner Jacke, als gehörten sie mir nicht. Ich konnte mich nie daran gewöhnen, wie der Horizont dort sich einfach auflösen konnte, so daß man hilflos treibend in einer unvollständigen Traumlandschaft zurückblieb, die aussah wie eine Vorskizze für die Welt, die man kannte – wo die Umrisse eines einzelnen Baums für eine Baumgruppe standen, wo Laternenpfähle und Schornsteine zusammenhangslos aufragten, ehe die Leinwand ringsum ausgemalt war –, ein Land der Amnesie, eine Art verkehrter Himmel, wo die alten Landmarken zwar erkennbar waren, aber zu weit auseinanderlagen, ungeordnet und schrecklich in der Leere, die sie umgab.

Ein alter Schuh lag auf dem Asphalt vor der Laderampe, wo vor ein paar Minuten der Krankenwagen gestanden hatte. Es war nicht Bunnys Schuh. Ich weiß nicht, wem er gehörte oder wie er da hinkam. Es war einfach ein alter Tennisschuh, der auf der Seite lag. Ich weiß nicht, warum ich mich jetzt daran erinnere oder weshalb es einen solchen Eindruck auf mich machte.

SIEBTES KAPITEL

Obwohl Bunny nicht viele Leute in Hampden gekannt hatte, war die Schule doch so klein, daß fast jeder auf die eine oder andere Weise von ihm gewußt hatte; die Leute wußten, wie er hieß, sie kannten ihn vom Sehen, erinnerten sich, wie seine Stimme geklungen hatte, die in vieler Hinsicht sein hervorstechendstes Merkmal gewesen war. Merkwürdig, aber obwohl ich ein oder zwei Fotos von Bunny habe, ist es nicht sein Gesicht, sondern die Stimme, die verstummte Stimme, was über die Jahre hinweg bei mir geblieben ist – durchdringend, zänkisch, von ungewöhnlicher Resonanz. Einmal gehört, war sie nicht leicht zu vergessen, und in jenen ersten Tagen nach seinem Tod war die Mensa seltsam still ohne das Echo seines mächtig blökenden I-aah an seinem gewohnten Platz neben dem Milchautomaten.

Es war also normal, daß man ihn vermißte, ja betrauerte – denn es ist hart, wenn jemand stirbt in einer Schule wie Hampden, wo wir alle so auf uns allein gestellt waren und so kunterbunt zusammengesperrt. Aber ich war überrascht von der ausschweifenden Trauer, die sich entfaltete, als sein Tod amtlich war. Sie erschien nicht nur grundlos, sondern angesichts der Umstände sogar ziemlich schändlich. Niemand war wegen seines Verschwindens besonders verzweifelt gewesen, nicht einmal in jenen düsteren letzten Tagen, in denen man hatte vermuten müssen, daß jede Kunde, wenn sie nun käme, schlecht sein werde; auch war die Suche in den Augen der Öffentlichkeit kaum etwas anderes als eine massive Belästigung gewesen. Aber jetzt, bei der Nachricht seines Todes, gerieten die Leute in seltsame Hektik. Jeder hatte ihn plötzlich gekannt; jeder war ganz außer sich vor Schmerz; jeder mußte nun einfach versuchen, recht und schlecht ohne ihn weiterzumachen, so gut es ging. »Er würde es so gewollt haben.« Das war ein Satz, den ich in dieser Woche viele Male aus dem Mund von Leuten hörte, die absolut keine Ahnung hatten, was Bunny gewollt hatte: von Verwaltungsangestellten, irgendwelchen Weinenden, Fremden, die sich vor der Mensa schluchzend aneinanderklammerten; vom Kuratortium, das in einem defensiven, sorgfältig formulierten Statement erklärte, daß man »im Einklang mit dem einzigartigen Geist Bunny Corcorans sowie mit den humanen und fortschrittlichen Idealen von Hampden College« in seinem Namen eine beträchtliche Spende an die Amerikanische Bürgerrechtsunion überweisen werde – eine Organisation, die ihm ohne Zweifel ein Graus gewesen wäre, hätte er von ihrer Existenz gewußt.

Es entstand eine seltsam aufgeregte Geschäftigkeit: Bäume wurden gepflanzt, Gedächtnisgottesdienste, Spendenaktionen und Konzerte veranstaltet. Eine Studienanfängerin unternahm – aus völlig anderen Gründen – einen Selbstmordversuch, indem sie giftige Beeren von einem Strauch vor dem Musikgebäude aß, aber irgendwie wurde auch dies in die allgemeine Hysterie einbezogen. Alle liefen tagelang mit Sonnenbrillen herum. Frank und Judd – die wie stets der Ansicht waren: das Leben muß weitergehen – liefen mit ihrer Farbdose herum und sammelten Geld für eine Faßparty zum Gedenken an Bunny. Dies fanden bestimmte Personen der Schulleitung geschmacklos, zumal da Bunnys Tod die Aufmerksamkeit der Öffentlichkeit auf die große Zahl von alkoholschwangeren Veranstaltungen in Hampden gelenkt hatte; aber Frank und Judd ließen sich davon nicht rühren. »Er würde gewollt haben, daß wir 'ne Party feiern«, erklärten sie verstockt. Andererseits hatte das Studentensekretariat eine Sterbensangst vor Frank und Judd. Ihre Väter waren seit Ewigkeiten Mitglieder des Schulausschusses; Franks Dad hatte Geld für eine neue Bibliothek gestiftet, und Judds Dad hatte das Gebäude der Naturwissenschaften bezahlt. Man vertrat die Ansicht, daß die beiden nicht vom College verwiesen werden konnten, und eine Rüge vom Studiendekan würde sie nicht hindern, irgend etwas zu tun, wenn sie dazu Lust hatten. Also nahm die Faßparty ihren Gang, und sie war genau das geschmacklose und unpassende Ereignis, das man erwartet hatte – aber jetzt greife ich meiner Geschichte vor.

Wenn ich das Geschriebene noch einmal überlese, habe ich das Gefühl, daß ich Bunny in gewisser Hinsicht unrecht getan habe. Die Leute hatten ihn wirklich gemocht. Niemand hatte ihn besonders gut gekannt, aber es war eine merkwürdige Eigenschaft seiner Persönlichkeit, daß man ihn um so besser zu kennen glaubte, je weniger man ihn tatsächlich kannte. Aus der Ferne betrachtet, verströmte sein Charakter einen Eindruck von Solidität und Ganzheit, der in Wirklichkeit so stofflos war wie bei einem Hologramm; aus der Nähe sah man, daß er aus Stäubchen und Licht bestand und daß man mit der Hand hindurchgreifen konnte. Aber wenn man weit genug zurücktrat, schaltete die Illusion sich wieder ein, und dann stand er da, überlebensgroß, blinzelte einen hinter seinen kleinen Brillengläsern an und harkte sich mit einer Hand eine feuchte Haarsträhne aus der Stirn.

Ein Charakter wie der seine zerfällt in der Analyse. Definieren läßt er sich nur durch die Anekdote, die Zufallsbegegnung, den mitgehörten Satz. Leute, die nie mit ihm gesprochen hatten, erinnerten sich plötzlich mit schmerzlicher Zuneigung, daß sie gesehen hatten, wie er einem Hund das Stöckchen geworfen oder wie er aus dem Garten eines Lehrers Tulpen gestohlen hatte. »Er *hat das Leben der Menschen berührt*«, sagte der College-Präsident, und dabei beugte er sich vor und umfaßte die Balustrade am Rednerpodium mit beiden Händen, und auch wenn er exakt den gleichen Satz auf exakt die gleiche Weise zwei Monate später in einer Gedächtnisandacht wiederholen sollte (die junge Studentin hatte mit einer einfachen Rasierklinge schließlich mehr Erfolg als mit den giftigen Beeren), so war es doch zumindest in Bunnys Fall sonderbar wahr. Er *berührte* das Leben der Leute, das Leben Fremder, auf eine völlig unvorhergesehene Weise. Sie waren es, die ihn – oder das, für was sie ihn hielten – wirklich betrauerten, und zwar mit einem Schmerz, der nicht weniger brennend war, weil er mit seinem Gegenstand nicht vertraut war.

In dieser Unwirklichkeit seines Charakters, in seiner Cartoonhaftigkeit, wenn man so will, lag das Geheimnis seiner Anziehungskraft, und sie machte seinen Tod letzten Endes so traurig. Wie jeder große Komödiant gab er seiner Umgebung Farbe, wohin er auch ging; jetzt, im Tode, wurde er zu einem alten, vertrauten Witzbold, der – überraschend wirkungsvoll – eine tragische Rolle zu spielen hatte.

Als es schließlich taute, verging der Schnee so schnell, wie er gekommen war. Binnen vierundzwanzig Stunden war alles weg, abgesehen von ein paar hübschen, schattigen Flecken im Wald – wo weiß gehäkelte Zweige Regenlöcher in die Kruste tröpfelten – und den grauen Matschbergen am Straßenrand. Der Rasen vor dem Commons erstreckte sich weit und trostlos wie ein napoleonisches Schlachtfeld – aufgewühlt, schmutzig, zerfurcht von Fußspuren.

Es war eine seltsame, zersplitterte Zeit. In den Tagen vor der Beerdigung sahen wir uns nicht oft. Die Corcorans hatten Henry nach Connecticut entführt; Cloke, der mir dicht am Rande eines Nervenzusammenbruchs zu stehen schien, zog ungebeten bei Charles und Camilla ein, wo er sixpackweise Grolsch-Bier trank und dann mit einer brennenden Zigarette zwischen den Fingern auf der Couch einschlief. Ich selbst sah mich von Judy Poovey und ihren Freundinnen Tracy und Beth belagert. Zu den Mahlzeiten kamen sie mich regelmäßig abholen (»Richard«, sagte Judy und langte über den Tisch, um mir die Hand zu drücken, »du *mußt essen*«), und in der übrigen Zeit war ich der Gefangene irgendwelcher kleinen Unternehmungen, die sie für mich planten – wir fuhren ins Autokino und mexikanisch essen, oder wir gingen zu Tracy nach Hause, tranken Margaritas und guckten MTV. Gegen das Autokino hatte ich nichts, aber auf die endlose Parade von Nachos und Drinks auf Tequilabasis hätte ich verzichten können. Sie waren verrückt nach einem Zeug, das sie Kamikaze nannten, und sie färbten ihre Margaritas gern in einem grausigen Blitzblau.

Tatsächlich war ich oft froh über ihre Gesellschaft. Bei all ihren Fehlern war Judy eine freundliche Seele, und sie war so bestimmend und redselig, daß ich mich bei ihr seltsam sicher fühlte. Beth mochte ich nicht. Sie war Tänzerin und kam aus Santa Fé; sie hatte ein Gummigesicht, kicherte dauernd idiotisch und kriegte überall Grübchen, wenn sie lächelte. In Hampden galt sie als so etwas wie eine Schönheit, aber ich verabscheute ihren schlaksigen Spanielgang und ihre – wie ich fand, sehr affektierte – Kleinmädchenstimme, die nicht selten zu einem Wimmern verkam. Manchmal, wenn sie sich entspannte, bekam sie einen blicklosen Gesichtsausdruck, der mich nervös machte. Tracy war großartig. Sie war hübsch, Jüdin, hatte ein verwirrendes Lächeln und neigte dazu, sich wie Mary Tyler Moore die Arme um die Schultern zu schlingen oder sich mit ausgestreckten Armen im Kreis zu drehen. Alle drei rauchten eine Menge, erzählten lange, langweilige Geschichten (»Also, echt, dann stand unser Flugzeug *fünf Stunden lang* auf der Rollbahn...«) und redeten über Leute, die ich nicht kannte. Mir als geistesabwesendem Hinterbliebenem stand es frei, friedlich aus dem Fenster zu starren. Aber manchmal hatte ich sie auch satt, und wenn ich über Kopfschmerzen klagte oder sagte, ich wolle schlafen gehen, dann pflegten Tracy und Beth in wohlpräparierter Eile zu verschwinden, und da saß ich dann, allein mit Judy. Sie meinte es vermutlich gut, aber die Art Trost, die sie mir gern bieten wollte, fand ich nicht besonders ansprechend, und nach zehn oder zwanzig Minuten allein mit ihr war ich wieder bereit für jede beliebige Menge Margaritas und MTV bei Tracy.

Francis war als einziger von uns allen ungestört und kam gelegentlich vorbei, um mich zu besuchen. Manchmal traf er mich allein an; wenn nicht, setzte er sich steif auf meinen Schreibtischstuhl und tat, als studiere er – nach Henrys Art – meine Griechischbücher, bis sogar die begriffsstutzige Tracy den Wink verstand und sich verzog. Sobald die Tür sich geschlossen hatte und er Schritte auf der Treppe hörte, klemmte er den Finger zwischen die Seiten und klappte das Buch zu, und dann beugte er sich aufgeregt blinzelnd vor. Unsere Hauptsorge um diese Zeit war die Autopsie, die Bunnys Familie beantragt hatte; wir waren schockiert, als Henry uns von Connecticut aus informierte, daß eine vorgenommen werden sollte; er schlich sich eines Nachmittags aus dem Haus der Corcorans, um Francis von einer Telefonzelle aus anzurufen. Über ihm knatterten die Fahnen und die gestreiften Markisen eines Gebrauchtwagenmarktes, und im Hintergrund toste der Highway. Er hatte gehört, wie Mrs. Corcoran zu Mr. Corcoran gesagt hatte, es sei das beste so, und andernfalls (Henry schwor, daß er es genau gehört hatte) *werde man es nie genau wissen.*

Was immer man sonst über die Schuld sagen kann, sie verleiht einem jedenfalls eine diabolische Phantasie; ich brachte zwei oder drei der schlimmsten Nächte, die ich in diesem Zusammenhang oder sonst je erlebt habe, damit zu, daß ich betrunken wach lag, einen scheußlichen Tequilageschmack im Mund, und mir Sorgen wegen Kleiderfasern, Fingerabdrücken, Haarsträhnen machte. Über Autopsien wußte ich nur, was ich in den Wiederholungen von »Quincy« gesehen hatte, aber irgendwie kam ich nicht auf die Idee, meine Informationen könnten unzutreffend sein, weil sie aus einer Fernsehserie stammten. Recherchierten die solche Sachen denn nicht sorgfältig? Hatten die bei den Dreharbeiten nicht einen beratenden Arzt dabei? Ich richtete mich auf und schaltete das Licht an. Mein Mund war gespenstisch blau gefleckt. Als mir im Bad die Drinks wieder hochkamen, waren sie brillantfarben und völlig klar, ein Schwall von pulsierendem, ätzendem Türkis, der aussah wie der blaue Wasserzusatz im Spülkasten.

Aber Henry, der die Corcorans ja ungehindert bei ihnen zu Hause beobachten konnte, hatte bald herausbekommen, was da vorging. Francis brannte derart ungeduldig darauf, seine Freudennachricht an den Mann zu bringen, daß er nicht einmal wartete, bis

Tracy und Judy gegangen waren, sondern mir in schlampig ausgesprochenem Griechisch sofort alles erzählte, derweil die süße tranige Tracy sich laut darüber wunderte, daß wir zu einer solchen Zeit unbedingt weiter für die Schule arbeiten wollten.

»*Fürchte nichts*«, sagte er zu mir. »*Es ist die Mutter. Sie ist besorgt wegen der Unehre ihres Sohnes, die dem Weingenuß entspringt.*«

Ich verstand nicht, was er meinte. Das Wort für »Unehre«, das er benutzte (ἀτιμία), bedeutete auch »Verlust der Bürgerrechte«.

»*Atimia?*« wiederholte ich also.

»Ja.«

»*Aber Rechte sind für lebende Menschen, nicht für die Toten.*«

»Οἴμοι«, sagte er kopfschüttelnd. »O weh. Nein. Nein.«

Er zerbrach sich den Kopf und schnippte mit den Fingern, während Judy und Tracy interessiert zuschauten. Ein Gespräch in einer toten Sprache zu führen, ist schwieriger, als Sie vielleicht denken.

»*Es hat viele Gerüchte gegeben*«, sagte er schließlich. »*Die Mutter trauert. Nicht um ihren Sohn*«, fügte er hastig hinzu, als er sah, daß ich etwas sagen wollte, »*denn sie ist eine schlechte Frau. Doch sie trauert wegen der Schmach, die auf ihr Haus gekommen ist.*«

»*Was für eine Schmach ist das?*«

»Οἶνος«, sagte er ungeduldig. »Φάρμακα. *Sie sucht zu zeigen, daß sein Körper keinen Wein enthält.*« (Und hier bediente er sich einer sehr eleganten und ganz unübersetzbaren Metapher: Der Bodensatz im leeren Weinschlauch seines Leibes...)

»*Und warum, sag, liegt ihr daran?*«

»*Weil ein großes Gerede ist unter den Bürgern. Es ist schmählich für einen jungen Mann, in Trunkenheit zu sterben.*«

Das stimmte, zumindest was das Gerede anging. Mrs. Corcoran, die sich bisher jedem zur Verfügung gestellt hatte, der ihr zuhören wollte, war erbost über die wenig schmeichelhafte Lage, in der sie sich jetzt befand. Die ersten Artikel, in denen sie als »gut gekleidet« und »hinreißend«, die Familie aber als »perfekt« geschildert worden waren, hatten anzüglichen und unterschwellig anklagenden Schlagzeilen à la MOM BEHAUPTET: MEIN JUNGE NICHT weichen müssen. Auch wenn eine arme Bierflasche der einzige Hinweis darauf war, daß Alkohol im Spiel gewesen sein könnte, und von Rauschgift überhaupt nicht die Rede sein konnte, wiesen in den Abendnachrichten jetzt Psychologen darauf hin, daß Suchttendenzen häufig von den Eltern an die Kinder weitergegeben wurden. Es war ein harter Schlag. Als Mrs. Corcoran Hampden verließ, durchschritt sie das Gedränge ihrer alten Freunde, der Reporter, mit abgewandtem Blick, die Zähne zu einem strahlenden, haßerfüllten Lächeln zusammengebissen.

Freilich, es *war* unfair. Wenn man den Berichten glauben wollte, mußte man Bunny für das Klischee eines »Drogenabhängigen« oder »auf die schiefe Bahn geratenen Teenagers« halten. Dabei kam es nicht die Spur darauf an, daß jeder, der ihn gekannt hatte (uns eingeschlossen: Bunny war kein jugendlicher Straftäter), dies alles bestritt. Es war gleichgültig, daß bei der Autopsie nur ein minimaler Blutalkoholgehalt und überhaupt kein Rauschgift ermittelt wurde, und es war egal, daß er überhaupt kein Teenager mehr gewesen war: Die Gerüchte – die wie die Geier über seinem Leichnam am Himmel kreisten – hatten sich endlich herabgesenkt und ihre Klauen in ihn geschlagen. Ein Artikel, in dem die Resultate der Autopsie ausführlich wiedergegeben wurden, erschien ganz hinten im *Hampden Examiner*. Aber in der College-Folklore lebt er als schwankender berauschter Teenager weiter; in dunklen Räumen wird für die Erstsemester noch immer sein bierdunstiger Geist heraufbeschworen, zusammen mit den enthaupteten Autounfallopfern und der jungen Studentin, die sich in Putnam House auf dem Speicher erhängte, und all den übrigen aus dem Schattenheer der Toten von Hampden.

Die Beerdigung war für Mittwoch angesetzt. Am Montag morgen fand ich zwei Umschläge in meinem Postfach; einer war von Henry, der andere von Julian. Ich öffnete den von Julian zuerst; er war in New York abgestempelt und hastig geschrieben, mit der roten Tinte, die er zum Korrigieren unserer Griechischarbeiten verwandte.

> Lieber Richard, wie unglücklich bin ich heute morgen, und ich weiß, ich werde es noch viele Male sein. Die Nachricht vom Tode unseres Freundes hat mich zutiefst betrübt. Ich weiß nicht, ob Sie versucht haben, mich zu erreichen; ich war nicht da, mir war nicht wohl, und ich bezweifle, daß ich vor der Beerdigung noch nach Hampden zurückkommen werde...
> Wie traurig, zu denken, daß wir diesen Mittwoch zum letztenmal alle zusammen sein werden. Ich hoffe, dieser Brief findet Sie wohlauf. Er bringt Ihnen meine Liebe.

Unten standen seine Initialen.

Henrys Brief aus Connecticut war gestelzt wie ein Kryptogramm von der Westfront.

> Lieber Richard, es geht Dir hoffentlich gut. Seit mehreren Tagen bin ich nun im Hause der Corcorans. Obgleich ich das Gefühl habe, ihnen weniger Trost zu sein, als sie in ihrer Trauer um den Verlust vielleicht glauben, haben sie mir doch erlaubt, ihnen in vielen kleinen Haushaltsdingen zu helfen. Mr. Corcoran hat mich gebeten, an Bunnys Freunde in der Schule zu schreiben und ihnen seine Einladung zu übermitteln, die Nacht vor der Beerdigung in seinem Hause zu verbringen. Wie ich höre, sollst Du im Keller einquartiert werden. Wenn es nicht Dein Plan ist, zugegen zu sein, rufe bitte Mrs. Corcoran an und laß es sie wissen. Ich freue mich darauf, Dich bei der Beerdigung – wenn nicht schon vorher – wiederzusehen.

Eine Unterschrift fehlte, aber statt dessen stand da ein Zitat aus der *Ilias* in griechischer Sprache.

Es stammte aus dem elften Buch, in dem Odysseus, von seinen Freunden abgeschnitten, sich allein in feindlichen Gefilden befindet:

> Sei stark, sagt mein Herz; ich bin Soldat;
> Ich habe Schlimmeres geseh'n als dies.

Ich fuhr mit Francis nach Connecticut hinunter. Ich hatte damit gerechnet, daß die Zwillinge mitkommen würden, aber sie fuhren schon einen Tag früher mit Cloke – der zu jedermanns Überraschung eine persönliche Einladung von Mrs. Corcoran selbst erhalten hatte. Wir hatten gedacht, er würde überhaupt nicht eingeladen werden. Nachdem Sciola und Davenport ihn erwischt hatten, wie er versucht hatte, die Stadt zu verlassen, hatte Mrs. Corcoran sich geweigert, auch nur mit ihm zu sprechen. (»Sie will ihr Gesicht wahren«, meinte Francis.) Jedenfalls hatte er eine persönliche Einladung bekommen, und wie er hatten auch – von Henry übermittelt – Clokes Freunde Rooney Wynne und Bram Guernsey eine erhalten.

Überhaupt hatten die Corcorans eine ganze Reihe Leute aus Hampden eingeladen – Wohnheimnachbarn, Leute, von denen ich gar nicht gewußt hatte, daß Bunny sie kannte. Ein Mädchen na-

mens Sophie Dearbold, das mit mir im Französischunterricht war, sollte mit Francis und mir hinunterfahren.
»War Bunny mit ihr besonders befreundet?« fragte ich Francis auf dem Weg zu ihrem Wohnhaus.
»Ich glaube, gar nicht. Nicht gut jedenfalls. Allerdings war er verknallt in sie, im ersten Jahr. Marion wird es bestimmt überhaupt nicht gefallen, daß sie sie eingeladen haben.«
Ich hatte befürchtet, daß es eine unbehagliche Fahrt werden würde, aber tatsächlich war es eine wunderbare Erleichterung, in Gesellschaft einer Fremden zu sein. Es machte fast Spaß; das Radio spielte, und Sophie (braune Augen und Sandpapierstimme) hing mit verschränkten Armen über der Lehne der Vordersitze und redete mit uns. Francis war so gut gelaunt, wie ich ihn seit einer Ewigkeit nicht mehr gesehen hatte. »Du siehst aus wie Audrey Hepburn«, sagte er zu ihr. »Wußtest du das?« Sie gab uns Kools und Kaugummikugeln mit Zimtgeschmack und erzählte lustige Geschichten. Ich lachte und schaute aus dem Fenster und betete, daß wir die Abfahrt verpassen möchten. Ich war im Leben noch nicht in Connecticut gewesen. Auf einer Beerdigung auch noch nicht.
Shady Brook lag an einer schmalen Straße, die scharf vom Highway abknickte und sich meilenweit dahinschlängelte, über Brükken und vorbei an Ackerland, Pferdeweiden und Feldern. Nach einer Weile gingen die welligen Hügel in einen Golfplatz über. »Shady Brook Country Club« stand in eingebrannten Lettern auf der Holztafel, die vor dem im Tudorstil erbauten Clubhaus schaukelte. Dahinter fingen die Häuser an – groß, hübsch, weit auseinander, jedes auf sechs, sieben Morgen Land.
Der Ort war ein Labyrinth. Francis hielt nach Nummern auf den Briefkästen Ausschau, nahm eine falsche Einfahrt nach der anderen, setzte rückwärts wieder hinaus, fluchte, ließ das Getriebe krachen. Es gab keine Schilder, und es lag keine ersichtliche Logik in den Hausnummern, und nachdem wir ungefähr eine halbe Stunde lang blind herumgekurvt waren, begann ich zu hoffen, daß wir es gar nicht finden würden, daß wir einfach umdrehen und fröhlich nach Hampden zurückfahren könnten.
Aber natürlich fanden wir es doch. Es war ein großes, modernes Haus von architektonischer Extravaganz am Ende einer langen Auffahrt: gebleichtes Zedernholz, die ineinandergeschobenen Etagen und asymmetrischen Terrassen von befangener Kahlheit. Der Vorplatz war mit schwarzer Asche bestreut, und es gab nichts

Grünes außer eine paar Gingko-Bäumen in postmodernen Kübeln, die in weitem Abstand plaziert waren.

»Wow«, sagte Sophie, ein echtes Hampden-Mädchen, stets pflichtbewußt in ihrer Ehrerbietung gegen alles Neue.

Ich warf einen Blick zu Francis, und der zuckte die Achseln.

»Sie mag moderne Architektur«, stellte er fest.

Ich hatte den Mann, der uns die Tür aufmachte, noch nie gesehen, aber mit einem flauen, traumartigen Gefühl erkannte ich ihn sofort. Er war groß und hatte ein rotes Gesicht, ein massiges Kinn und einen dichten weißen Haarschopf. Einen Moment lang starrte er uns an. Dann machte er überraschend jungenhaft und flink einen Satz nach vorn und packte Francis' Hand. »So«, sagte er. »So, so, so.« Seine Stimme klang nasal, zänkisch – Bunnys Stimme. »Wenn das nicht der alte Karottenkopf ist. Wie geht's dir, Junge?«

»Ganz gut«, sagte Francis, und ich war ein bißchen überrascht von der Tiefe und Wärme, mit der er es sagte, und von der Kraft, mit der er den Händedruck erwiderte.

Mr. Corcoran schlang ihm einen massigen Arm um den Hals und zog ihn an sich. »Das hier ist mein Junge«, sagte er zu Sophie und mir, und dabei hob er die Hand und zerzauste Francis das Haar. »Alle meine Brüder waren rothaarig, und unter meinen Söhnen ist kein einziger ehrlicher Rotschopf. Begreife das nicht. Wer bist du, mein Schatz?« fragte er Sophie, löste seinen Arm und griff nach ihrer Hand.

»Hallo, ich bin Sophie Dearbold.«

»Na, du bist aber mächtig hübsch. Ist sie nicht hübsch, Jungs? Du siehst ganz so aus wie deine Tante Jean, Honey.«

»Was?« fragte Sophie nach einer verwirrten Pause.

»Na, deine *Tante*, Honey. Die Schwester deines Daddys. Diese hübsche kleine Jean Lickford, die letztes Jahr draußen im Club das Damenturnier gewonnen hat.«

»Nein, Sir. *Dearbold*.«

»Dearfold. Na, ist das nicht komisch? Ich kenne keine Dearfolds hier in der Gegend. Also, ich kannte mal einen Burschen namens Breedlow, aber das muß, na, an die zwanzig Jahre her sein. Er war Geschäftsmann. Es hieß, er hätte coole fünf Millionen von seinem Partner unterschlagen.«

»Ich bin nicht aus dieser Gegend.«

Er zog eine Braue hoch; seine Art erinnerte an Buddy. »Nicht?« sagte er.

»Nein.«

»Nicht aus Shady Brook?« Er sagte es, als könne er es kaum glauben.

»Nein.«

»Woher kommst du dann, Honey? Aus Greenwich?«

»Aus Detroit.«

»Na, der Himmel segne dich. Von so weit her zu kommen.«

Sophie schüttelte lächelnd den Kopf und setzte zu einer Erklärung an, als Mr. Corcoran ihr absolut ohne jede Vorwarnung die Arme um den Hals warf und in Tränen ausbrach.

Wie waren starr vor Entsetzen. Sophies Augen starrten rund und fassungslos über seine zuckende Schulter, als habe er ihr ein Messer in den Leib gerannt.

»Oh, Darling«, heulte er, das Gesicht tief in ihrem Hals vergraben, »wie werden wir bloß ohne ihn auskommen?«

»Kommen Sie, Mr. Corcoran«, sagte Francis und zupfte ihn am Ärmel.

»Wir haben ihn sehr geliebt, Honey«, schluchzte Mr. Corcoran. »Nicht wahr? Er hat dich auch geliebt. Er würde wollen, daß du das weißt. Du weißt das, nicht wahr, Kind?«

»Mr. Corcoran.« Francis packte ihn bei den Schultern und schüttelte ihn heftig. »*Mr. Corcoran.*«

Da drehte er sich um und ließ sich brüllend gegen Francis fallen.

Ich lief um die beiden herum, und es gelang mir, seinen Arm um meinen Hals zu ziehen. Die Knie knickten ihm ein; fast hätte er mich umgerissen, aber irgendwie brachten Francis und ich es unter seinem Gewicht taumelnd fertig, ihn auf den Beinen zu halten, und zusammen manövrierten wir ihn ins Haus und torkelten mit ihm durch den Flur (»Oh, Scheiße«, hörte ich Sophie murmeln. »*Scheiße.*«), bis wir ihn in einen Sessel setzen konnten.

Er weinte immer noch. Sein Gesicht war puterrot. Als ich mich über ihn beugte, um seinen Kragen zu lockern, packte er mich beim Handgelenk. »Fort«, heulte er und sah mir in die Augen. »*Mein Baby.*«

Sein stierer Blick – hilflos und wild – traf mich wie ein Schlagstock. Plötzlich, und eigentlich zum erstenmal, erfaßte mich die bittere und unwiderrufliche Wahrheit, das Böse dessen, was wir getan hatten. Es war, als raste ich in vollem Tempo gegen eine Mauer. Ich ließ seinen Kragen los und fühlte mich absolut hilflos. Ich wollte sterben. »O Gott«, murmelte ich, »Gott, hilf mir, es tut mir leid...«

Ich bekam einen heftigen Tritt gegen den Fußknöchel. Es war Francis. Sein Gesicht war kalkweiß.

Ein Lichtstrahl splitterte schmerzhaft vor meinen Augen. Ich umklammerte die Sessellehne, schloß die Augen und sah ein rotes Leuchten, als das rhythmische Geräusch seines Schluchzens wieder und wieder auf mich herabfiel wie ein Knüppel.

Dann, ganz abrupt, hörte es auf. Alles war still. Ich öffnete die Augen. Mr. Corcoran – dem die letzten Tränen noch über die Wangen rannen, der aber sonst völlig gefaßt aussah – betrachtete interessiert eine Spanielwelpe, die verstohlen an seiner Schuhspitze nagte.

»*Jennie*«, sagte er streng. »*Böses* Mädchen. Hat Mama dich denn nicht rausgesetzt? Hm?«

Mit einem gurrenden Babylaut bückte er sich; er hob den kleinen Hund, der wild mit den Pfoten durch die Luft paddelte, hoch und trug ihn hinaus.

»Jetzt aber los«, hörte ich ihn munter rufen. »Ab mit dir.«

Irgendwo knarrte ein Fliegengitter. Einen Augenblick später war er wieder da, ruhig, strahlend, ein Dad aus einer Reklameanzeige.

»Einer von euch vielleicht ein Bier?« fragte er.

Wir waren alle drei völlig verdattert. Niemand antwortete. Ich starrte ihn an, zitternd, aschgrau im Gesicht.

»Na, kommt, Jungs«, sagte er und zwinkerte. »Keiner?«

Endlich räusperte Francis sich rauh. »Äh, ich glaube, ich würde eins nehmen, ja.«

Schweigen.

»Ich auch«, sagte Sophie.

»Drei?« Mr. Corcoran sah mich jovial an und hielt drei Finger in die Höhe.

Ich bewegte den Mund, aber es kam kein Laut über meine Lippen.

Er legte den Kopf auf die Seite, als müsse er mich mit einem Auge fixieren. »Ich glaube, wir kennen uns noch nicht, oder, mein Junge?«

Ich schüttelte den Kopf.

»MacDonald Corcoran«, sagte er, beugte sich vor und streckte mir die Hand entgegen. »Kannst mich Mack nennen.«

Ich murmelte meinen eigenen Namen.

»Was?« fragte er fröhlich und hielt sich die Hand hinters Ohr.

Ich sagte ihn noch einmal, lauter jetzt.

»Ah! Du bist also der aus Kalifornien! Wieso bist du nicht braun, mein Junge?« Er lachte laut über seinen Witz und ging das Bier holen.

Ich ließ mich in den Sessel fallen; ich war erschöpft, und fast war mir schlecht. Wir waren in einem überdimensionierten Raum wie aus dem *Architectural Digest*, mit Oberlichtern, einem Kamin aus Feldsteinen, weißen Ledersesseln, einem nierenförmigen Couchtisch – lauter modernem, teurem italienischem Zeug. Über die hintere Wand erstreckte sich eine lange Trophäenvitrine mit Pokalen, Wimpeln, Schul-und Sporterinnerungen; in ominöser Nachbarschaft dazu befanden sich mehrere große Totenkränze, die im Verband mit den Trophäen dafür sorgten, daß man beim Anblick dieser Ecke an das Kentucky-Derby denken mußte.

»Das ist ein wunderschöner Raum«, sagte Sophie. Ihre Stimme hallte zwischen den scharfkantigen Flächen und dem blanken Fußboden.

»Danke schön, Honey«, rief Mr. Corcoran aus der Küche. »Wir waren letztes Jahr in *House Beautiful*, und im Jahr davor im ›Heim und Wohnen‹-Teil der *Times*. Nicht ganz das, was ich mir selber aussuchen würde, aber Kathy ist die Innenarchitektin in dieser Familie, wißt ihr.«

Es läutete an der Tür. Wir schauten uns an. Es läutete noch einmal, zwei melodische Glockentöne, und Mrs. Corcoran kam klappernd von hinten durch das Haus nach vorn und ging an uns vorbei, ohne uns eines Wortes oder Blickes zu würdigen.

»*Henry*«, rief sie. »Deine Gäste sind hier.« Dann machte sie die Haustür auf. »Hallo«, sagte sie zu dem Boten, der draußen stand. »Welcher sind Sie? Vom ›Sunset Florists‹?«

»Ja, Ma'am. Bitte hier unterschreiben.«

»Einen Moment. Ich habe Sie vorhin angerufen. Ich möchte wissen, weshalb Sie all diese *Kränze* hier abgeliefert haben, als ich heute vormittag außer Haus war.«

»Ich habe sie nicht abgeliefert. Meine Schicht hat gerade erst angefangen.«

»Aber Sie sind doch von ›Sunset Florists‹, oder?«

»Ja, Ma'am.« Er tat mir leid. Er war noch Teenager und hatte Kleckse von fleischfarbenem Clearasil im ganzen Gesicht.

»Ich habe *ausdrücklich* darum gebeten, daß nur Blumenarrangements und Zimmerpflanzen hierher geschickt werden. Diese Kränze gehören alle ins Bestattungsinstitut.«

»Tut mir leid, Lady. Wenn Sie den Geschäftsführer anrufen oder so...«

»Ich fürchte, Sie haben mich nicht verstanden. Ich wünsche diese Kränze nicht in meinem Haus zu haben. Ich wünsche, daß Sie sie sofort wieder in Ihren Wagen packen und zum Bestattungsinstitut fahren. Und versuchen Sie ja nicht, mir den hier auch noch zu geben«, fügte sie hinzu, als er einen bunten Kranz aus roten und gelben Nelken hochhielt. »Sagen Sie mir bloß, von wem er ist.«

Der Junge blinzelte auf sein Clipboard. »›Herzliches Beileid, Mr. und Mrs. Robert Bartle‹.«

»Ah«, sagte Mr. Corcoran, der gerade mit dem Bier zurückkam; er hatte kein Tablett, sondern hielt alle Gläser unbeholfen in den Händen. »Von Betty und Bob?«

Mrs. Corcoran ignorierte ihn. »Ich denke, Sie können ruhig anfangen und diese Farne hereinbringen«, sagte sie zu dem Boten und beäugte die folienumhüllten Töpfe voller Abscheu.

Als er gegangen war, begann sie die Farne zu inspizieren; sie hob die Wedel hoch, suchte nach welken Blättern und machte sich hinten auf den Briefumschlägen Notizen mit einem dünnen silbernen Drehbleistift. Zu ihrem Mann sagte sie: »Hast du gesehen, was die Bartles geschickt haben?«

»War das nicht nett von denen?«

»Nein, ich halte es offen gestanden nicht für angemessen, wenn ein Angestellter etwas Derartiges schickt. Ich frage mich, ob Bob daran denkt, dich um eine Gehaltserhöhung zu bitten.«

»Aber Schatz...«

»Die Pflanzen hier sind auch unglaublich«, sagte sie und bohrte einen Zeigefinger in die Erde. »Das Usambaraveilchen ist fast verwelkt. Louise würde in den Boden versinken, wenn sie das wüßte.«

»Es kommt doch auf die gute Absicht an.«

»Ich weiß, aber trotzdem – wenn ich eines daraus gelernt habe, dann dies, daß ich bei ›Sunset Florists‹ nie wieder Blumen bestellen werde. Die Sachen von ›Tina's Flowerland‹ sind alle so viel hübscher. *Francis*«, sagte sie in dem gleichen gelangweilten Tonfall und ohne aufzublicken. »Du warst seit Ostern nicht mehr bei uns.«

Francis nahm einen Schluck Bier. »Oh, aber mir ist es prima gegangen«, sagte er gekünstelt. »Wie geht es Ihnen?«

Sie seufzte und schüttelte den Kopf. »Es war furchtbar hart«, sagte sie »Wir versuchen alle, nach und nach damit fertig zu werden. Mir war bis jetzt nie klar, wie schwer es für eine Mutter sein kann, einfach *loszulassen* und... Henry, bist du das?« rief sie scharf, als sie ein Füßescharren auf dem Treppenabsatz hörte.

Stille. »Nein, Mom, bloß ich.«

»Geh ihn suchen, Pat, und sag ihm, er soll herunterkommen«, rief sie und wandte sich wieder Francis zu. »Wir haben heute morgen einen wunderschönen Strauß Lilien von deiner Mutter bekommen. Wie geht es ihr?«

»Oh, gut. Sie ist jetzt in der Stadt. Es hat sie wirklich sehr aufgeregt«, fügte er unbehaglich hinzu, »als sie das von Bunny hörte.« (Francis hatte mir erzählt, daß sie am Telefon hysterisch geworden war und ein Beruhigungsmittel hatte nehmen müssen.)

»Sie ist eine so nette Person«, sagte Mrs. Corcoran zuckersüß. »Es hat mir so leid getan, als ich hörte, daß sie ins Betty-Ford-Center gehen mußte.«

»Da war sie nur zwei Tage«, sagte Francis.

Sie zog eine Braue hoch. »Ach? Hat sie so gute Fortschritte gemacht, ja, ich habe ja immer wieder gehört, es sei eine so ausgezeichnete therapeutische Anstalt.«

Francis räusperte sich. »Na, eigentlich ist sie hingegangen, um sich zu erholen. Das tun ziemlich viele Leute, wissen Sie.«

Mrs. Corcoran machte ein überraschtes Gesicht. »Oh, es macht dir nichts aus, darüber zu reden?« sagte sie. »Ich finde, das sollte es auch nicht. Ich finde es sehr modern von deiner Mutter, zu erkennen, daß sie Hilfe brauchte. Vor gar nicht allzu langer Zeit pflegte man Probleme dieser Art einfach nicht zuzugeben. Als ich klein war...«

»Ah, wenn man vom Teufel spricht«, dröhnte Mr. Corcoran.

Henry kam im dunklen Anzug die knarrende Treppe herunter; sein Schritt war steif und gemessen.

Francis stand auf, ich ebenfalls. Er ignorierte uns.

»Komm rein, mein Junge«, sagte Mr. Corcoran. »Schnapp dir ein Bierchen.«

»Vielen Dank, nein«, sagte Henry.

Aus der Nähe sah ich erschrocken, wie bleich er war. Sein Gesicht sah bleiern und angespannt aus, und Schweißperlen standen ihm auf der Stirn.

»Was habt ihr Jungs den ganzen Nachmittag da oben getrieben?« fragte Mr. Corcoran.

Henry sah ihn blinzelnd an.

»Hm?« fragte Mr. Corcoran freundlich. »Unanständige Magazine angeguckt? Ein Funkgerät gebastelt?«

Henry fuhr sich mit der Hand über die Stirn; ich sah, daß sie leicht zitterte. »Ich habe gelesen«, sagte er.

»*Gelesen?*« wiederholte Mr. Corcoran, als habe er so etwas noch nie gehört.

»Ja, Sir.«

»Was denn? Was Gutes?«

»Die Upanischaden.«

»Na, du bist aber klug. Weißt du, ich hab' unten im Keller auch ein ganzes Regal voll Bücher, wenn du mal gucken willst. Sogar ein paar alte Perry Masons dabei. Die sind ziemlich gut. Genau wie in der Fernsehserie, außer daß Perry sich da manchmal ein bißchen an Della ranmacht und ›verdammt‹ sagt.«

Mrs. Corcoran räusperte sich.

»Henry«, sagte sie geschmeidig und griff nach ihrem Glas. »Die *jungen Leute* möchten sicher gern sehen, wo sie schlafen. Vielleicht haben sie auch noch Gepäck im Auto.«

»Jawohl.«

»Sieh unten im Badezimmer nach, ob auch genug Waschlappen und Handtücher da sind. Wenn nicht, holst du welche aus dem Wäscheschrank im Flur.«

Henry nickte, aber bevor er antworten konnte, tauchte Mr. Corcoran plötzlich hinter ihm auf. »Dieser Junge«, sagte er und schlug ihm auf den Rücken – ich sah, wie Henrys Hals sich straffte und seine Zähne sich in die Unterlippe gruben –, »so einen gibt's nur *einmal* unter *Millionen*. Ist er nicht ein Prinz, Kathy?«

»Er war mir jedenfalls eine Hilfe«, sagte Mrs. Corcoran kühl.

»Darauf kannst du deine Stiefel wetten. Ich weiß gar nicht, was wir diese Woche ohne ihn gemacht hätten.« Mr. Corcorans Hand umspannte Henrys Schulter. »Ihr Kids könnt bloß hoffen, daß ihr solche Freunde habt. Die findet man nicht alle Tage. No, Sir. Ich werde nie vergessen, wie Bunny an seinem ersten Abend in Hampden anrief. ›Dad‹, sagte er, ›Dad, du solltest diesen Verrückten sehen, den sie mir als Zimmergenossen verpaßt haben.‹ – ›Halte durch, mein Junge‹, sagte ich zu ihm, ›gib der Sache 'ne Chance.‹ Und ehe man sich's versah, da hieß es ›Henry hier‹ und ›Henry da‹, und bald darauf wechselt er sein Hauptfach von was-immer-es-war zu Altgriechisch. Und dann ab nach Italien. Froh wie ein Schneekönig.« Tränen stiegen ihm in die Augen. »Da sieht man bloß«, sagte er und schüttelte Henrys Schulter mit rauher Zuneigung, »daß man ein Buch nicht nach dem Umschlag beurteilen soll. Der alte Henry hier mag aussehen, als ob er einen Stock verschluckt hätte, aber einen prächtigeren Kerl gibt es nicht auf der Welt. Ja, noch letztes Mal, als ich mit Bunny sprach, redete er ganz aufgeregt davon, daß er im Sommer mit diesem Burschen nach Frankreich fahren wollte...«

»Also, Mack...« sagte Mrs. Corcoran, aber es war zu spät. Er weinte wieder. Es war nicht so schlimm wie beim ersten Mal, aber immer noch schlimm. Er warf Henry die Arme um den Hals und schluchzte an seinem Revers, und Henry stand einfach da und blickte mit hagerer, stoischer Ruhe starr in die Ferne.

Alle waren verlegen. Mrs. Corcoran begann, an den Zimmerpflanzen herumzuzupfen, und ich starrte mit glühenden Ohren in meinen Schoß, als eine Tür zugeschlagen wurde und zwei junge Männer in den geräumigen Hausflur mit der hohen Balkendecke geschlendert kamen. Ich fragte mich nicht einen Augenblick lang, wer sie waren. Sie hatten das Licht hinter sich, und ich konnte sie beide nicht besonders gut sehen, aber sie lachten und redeten, und – o Gott –, wie grell durchzuckte es plötzlich mein Herz, als ich in ihrem Gelächter Bunnys Echo klingen hörte: rauh, spöttisch und durchdringend.

Sie ignorierten die Tränen ihres Vaters und marschierten geradewegs auf ihn zu. »Hey, Pop«, sagte der Ältere. Er war lockig und um die Dreißig, und sein Gesicht hatte große Ähnlichkeit mit Bunnys. Ein Baby mit einer Schirmmütze, auf der »Red Sox« stand, ritt auf seiner Hüfte.

Der andere Bruder – sommersprossig, dünner, mit einer allzu dunklen Sonnenbräune und schwarzen Ringen unter den blauen Augen – nahm ihm das Baby ab. »Hier«, sagte er, »geh zu Grandpa.«

Mr. Corcoran hörte sofort, mitten im Schluchzen, auf zu weinen; er hob das Baby hoch in die Luft und blickte anbetend zu ihm auf. »Na, Champ?« rief er. »Warst du spazieren mit Daddy und Onkel Brady?«

»Wir waren mit ihm bei McDonald's«, berichtete Brady. »Er hat 'ne Juniortüte gekriegt.«

Mr. Corcoran klappte staunend den Mund auf. »Und du hast alles aufgegessen?« fragte er das Baby. »Die ganze Juniortüte?«

»Sag ja«, gurrte der Vater des Babys. »›*Ja, Drampa.*‹«

»Das ist doch Quatsch, Ted«, sagte Brady lachend. »Er hat keinen Bissen davon gegessen.«

»Und einen Preis hat er auch drin gefunden, nicht wahr? Nicht wahr? He?«

»Laß mal sehen«, sagte Mr. Corcoran und bog geschäftig die Babyfinger auf.

»Henry«, sagte Mrs. Corcoran, »vielleicht hilfst du der jungen Dame mit ihrem Gepäck und zeigst ihr das Zimmer. Brady, du kannst die Jungen nach unten bringen.«

Mr. Corcoran hatte dem Baby das Gimmik – ein Plastikflugzeug – weggenommen und ließ es hin und her fliegen.

»Guck mal!« flüsterte er in staunendem Ton.

»Da es nur für eine Nacht ist«, sagte Mrs. Corcoran zu uns, »ist es doch sicher nicht schlimm, wenn Sie sich mit den anderen ein Zimmer teilen müssen.«

Als wir mit Brady hinausgingen, ließ Mr. Corcoran das Baby auf dem Teppich vor dem Kamin auf den Boden plumpsen, rollte es umher und kitzelte es.

Ich hörte die schrillen Entsetzens- und Entzückensschreie des Babys noch ganz unten auf der Treppe.

Wir sollten im Keller wohnen. An der hinteren Wand, bei den Pingpong- und Billardtischen, waren mehrere Feldbetten aufgestellt worden, und in der Ecke lag ein Haufen Schlafsäcke.

»Ist das nicht jämmerlich?« fragte Francis, als wir allein waren.

»Es ist ja nur für eine Nacht.«

»Ich kann nicht mit all den Leuten in einem Zimmer schlafen. Ich werde die ganze Nacht wach sein.«

Ich setzte mich auf eine Pritsche. Der Raum roch klamm und unbenutzt, und das Licht der Lampe über dem Billardtisch war grünlich und deprimierend.

»Staubig ist es auch«, sagte Francis. »Ich finde, wir sollten einfach in ein Hotel ziehen.«

Lautstark schniefend, beschwerte er sich über den Staub, während er einen Aschenbecher suchte. Von mir aus hätte tödliches Radon in den Raum sickern können; mir wäre es egal gewesen. Ich fragte mich nur, wie im Namen des Himmels und eines barmherzigen Gottes ich die vor mir liegenden Stunden überstehen sollte. Wir waren erst seit zwanzig Minuten da, und schon hätte ich mich am liebsten erschossen.

Francis klagte immer noch, und ich war nach wie vor verzweifelt, als Camilla die Treppe herunterkam.

Sie trug schwarze Ohrringe, Lackschuhe und ein enggeschnittenes schwarzes Samtkostüm.

»Hallo«, sagte Francis und reichte ihr eine Zigarette. »Laß uns ins Ramada Inn ziehen.«

Als sie die Zigarette zwischen ihre ausgetrockneten Lippen

steckte, erkannte ich, wie sehr ich sie in den letzten paar Tagen vermißt hatte.

»Oh, ihr habt's gar nicht so schlecht«, sagte sie. »Letzte Nacht mußte *ich* mit *Marion* schlafen.«

»Im selben Zimmer?«

»Im selben *Bett*.«

Francis riß bewundernd und entsetzt zugleich die Augen auf. »Oh, wirklich? Oh, ich muß schon sagen. Das ist grauenhaft«, sagte er in gedämpftem, respektvollem Ton.

»Charles ist jetzt oben bei ihr. Sie ist hysterisch, weil jemand das arme Mädchen eingeladen hat, das mit euch zusammen hergekommen ist.«

»Wo ist Henry?«

»Habt ihr ihn noch nicht gesehen?«

»Gesehen schon. Aber nicht mit ihm gesprochen.«

Sie schwieg und blies eine Rauchwolke von sich. »Wie kommt er euch vor?«

»Er hat schon besser ausgesehen. Warum?«

»Weil er krank ist. Diese Kopfschmerzen.«

»Die *schlimmen*?«

»Das sagt er wenigstens.«

Francis schaute sie ungläubig an. »Wie kann er dann aufsein und herumlaufen?«

»Keine Ahnung. Er ist vollgestopft mit Medikamenten. Er hat seine Tabletten, und die nimmt er seit Tagen.«

»Ja, und wo ist er jetzt? Warum ist er nicht im Bett?«

»Ich weiß nicht. Mrs. Corcoran hat ihn gerade zu ›Cumberland Farms‹ hinuntergeschickt, damit er einen Liter Milch für das verdammte Baby holt.«

»Kann er denn *Auto fahren*?«

»Keine Ahnung.«

»Francis«, sagte ich, »deine Zigarette.«

Er sprang auf, griff zu hastig danach und verbrannte sich die Finger. Er hatte sie auf die Kante des Billiardtisches gelegt; und die Glut war bis zum Holz heruntergebrannt; ein verkohlter Fleck breitete sich im Lack aus.

»Jungs?« rief Mrs. Corcoran von oben. »Jungs? Habt ihr etwas dagegen, wenn ich eben herunterkomme, um nach dem Thermostaten zu sehen?«

»Schnell«, wisperte Camilla und drückte ihre Zigarette aus. »Wir sollten hier unten nicht rauchen.«

»Ist was da unten nicht in Ordnung?« fragte Mrs. Corcoran scharf. »Brennt da etwas?«

»Nein, Ma'am«, sagte Francis; er wischte über den Brandfleck und versteckte hastig seinen Zigarettenstummel, als sie die Treppe herunterkam.

Es war eine der schlimmsten Nächte meines Lebens. Das Haus füllte sich mit Leuten, und die Stunden vergingen in einem furchtbaren, streifigen Nebel von Verwandten, Nachbarn, weinenden Kindern, zugedeckten Tellern, blockierten Einfahrten, schrillenden Telefonen, grellen Lichtern, fremden Gesichtern, unbehaglicher Konversation. Irgendein schweinischer, hartgesichtiger Mann hielt mich stundenlang in einem Zimmer fest und brüstete sich mit Angelturnieren und Geschäften in Chicago und Nashville und Kansas City, bis ich schließlich um Entschuldigung bat und mich oben in einem Badezimmer einschloß.

Das Abendessen wurde um sieben serviert, eine unappetitliche Kombination aus Gourmet-Service – Orzo-Salat, Ente in Campari, Mini-*foie-gras*-Pastetchen – und Sachen, die die Nachbarn gemacht hatten: Thunfisch-Aufläufe, Sülzen in Tupperware-Näpfen und ein entsetzliches Dessert namens »wacky cake«. Leute streiften mit Papptellern umher. Es war dunkel draußen, und es regnete. Hugh Corcoran ging hemdsärmelig mit einer Flasche umher, frischte Drinks auf, schob sich durch die dunkle, murmelnde Menge. Er streifte an mir vorbei, ohne mir einen Blick zuzuwerfen. Von allen Brüdern hatte er die größte Ähnlichkeit mit Bunny (Bunnys Tod kam mir allmählich vor wie ein furchtbarer Zeugungsakt: Immer neue Bunnys tauchten auf, wohin ich auch blickte; überall kamen Bunnys aus den Ecken), und es war, als könne man in die Zukunft schauen und sehen, wie Bunny mit fünfunddreißig ausgesehen hätte – ganz so, wie man ihn mit sechzig sah, wenn man seinen Vater anschaute. Ich kannte ihn, und er kannte mich nicht. Ich fühlte den starken, fast unwiderstehlichen Drang, ihn beim Arm zu fassen und ihm etwas zu sagen – was, wußte ich nicht: Nur um zu sehen, wie seine Brauen sich auf diese plötzliche Art zusammenzogen, die ich so gut kannte, und um den verblüfften Ausdruck in seinen naiven, trüben Augen zu sehen.

Ich war's, der die alte Pfandleiherin und ihre Schwester Lisaweta mit einer Axt erschlug und sie beraubte.

Gelächter, Schwindelgefühle. Immer wieder schlenderten Fremde heran und stellten mir Fragen. Ich eiste mich von einer von

Bunnys jungen Cousinen los – sie hatte gehört, daß ich aus Kalifornien war, und hatte angefangen, mir eine Menge höchst komplizierter Fragen über das Surfen zu stellen –, schwamm durch die dümpelnde Menge und suchte Henry. Er stand allein vor einer Glastür, mit dem Rücken zum Zimmer, und rauchte eine Zigarette. Ich blieb neben ihm stehen. Er sah mich nicht an und sagte auch nichts. Hinter der Glastür lag eine kahle, flutlichtüberstrahlte Terrasse – schwarze Asche, Liguster in Betonkübeln, die weißen Trümmer einer zerbrochenen Statue auf dem Boden. Regen wehte schräg durch das Licht der Lampen, die so angebracht waren, daß sie lange, dramatische Schatten warfen. Es war ein modischer postnuklearer Effekt, aber auch ein antiker – wie in einem aschebedeckten Atrium in Pompeji.

»Das ist der häßlichste Garten, den ich je gesehen habe«, sagte ich.

»Ja«, sagte Henry. Er war sehr bleich. »Schutt und Asche.«

Hinter uns redeten und lachten die Leute. Der Lichtschein, der durch das regennasse Fenster fiel, malte das Muster rinnender Tröpfchen auf sein Gesicht.

»Vielleicht solltest du dich lieber hinlegen«, meinte ich nach einer Weile.

Er biß sich auf die Lippe. Die Asche an seiner Zigarette war über zwei Zentimeter lang. »Ich habe keine Medizin mehr«, sagte er.

Ich sah ihn von der Seite an. »Kommst du zurecht?«

»Ich schätze, das werde ich müssen, nicht wahr?« sagte er regungslos.

Camilla schloß die Badezimmertür hinter uns ab, und zu zweit ließen wir uns auf Hände und Knie nieder und fingen an, den Wust von Medikamentenflaschen unter dem Waschbecken zu durchwühlen.

»›Gegen hohen Blutdruck‹«, las sie vor.

»Nein.«

»›Gegen Asthma‹.«

Es klopfte.

»Besetzt«, rief ich.

Camilla hatte den Kopf neben den Wasserleitungen in den Schrank geschoben und streckte den Hintern in die Luft. Ich hörte die Medizinfläschchen klirren. »›Innenohr‹?« fragte sie; ihre Stimme klang dumpf. »›Eine Kapsel zweimal täglich‹?«

»Zeig mal.«

Sie reichte mir ein Röhrchen Antibiotika heraus, mindestens zehn Jahre alt.

»Das geht nicht«, sagte ich und rutschte näher heran. »Ist da nichts mit einem ›Nicht nachfüllen‹-Aufkleber? Von einem Zahnarzt zum Beispiel?«

»Nein.«

»›Kann zu Benommenheit führen‹? ›Nicht Auto fahren oder schwere Maschinen führen‹?«

Wieder klopfte jemand an die Tür und rüttelte an der Klinke. Ich klopfte zurück, richtete mich dann auf und drehte beide Wasserhähne voll auf.

Aber wir fanden nichts. Wenn Henry an Giftefeu-Allergie gelitten hätte, an Heuschnupfen, Rheuma, Bindehautentzündung, hätten wir Erfolg gehabt, aber das einzige Schmerzmittel hier war Excedrin. Aus blanker Verzweiflung nahm ich eine Handvoll mit, außerdem zwei Kapseln von unklarer Bestimmung, deren Flasche zwar den »Vorsicht, Benommenheit«-Aufkleber trug, die aber vermutlich Antihistamine enthielten.

Ich hatte gedacht, der klopfende Unbekannte sei verschwunden, aber als ich hinausspähte, sah ich zu meinem Ärger, daß Cloke draußen herumlungerte. Er warf mir einen verachtungsvollen Blick zu, der sich in ein Glotzen verwandelte, als Camilla – zerzaust und ihren Rock zurechtziehend – hinter mir herauskam.

Wenn sie überrascht war, ihn zu sehen, so ließ sie es sich nicht anmerken. »Oh, hallo«, sagte sie zu ihm, und sie bückte sich und klopfte sich Staub von den Knien.

»Hallo.« Er schaute bemüht beiläufig zur Seite. Wir alle wußten, daß Cloke sich irgendwie für sie interessierte, aber selbst wenn er es nicht getan hätte, gehörte Camilla nicht gerade zu der Sorte Mädchen, von der man erwartete, daß sie es in verschlossenen Badezimmern trieb.

Sie schob sich an uns vorbei und ging die Treppe hinunter. Ich wollte ihr folgen, aber Cloke hustete vielsagend, und ich drehte mich um.

Er lehnte sich an die Wand und sah mich an, als habe er mich durchschaut, seit ich auf die Welt gekommen war. »So«, sagte er. Sein Hemd war ungebügelt und hing aus der Hose; seine Augen waren rot, aber ich wußte nicht, ob er stoned oder bloß müde war. »Wie läuft's denn?«

Ich blieb an der Treppe stehen. Camilla war schon unten und konnte uns nicht hören. »Ganz gut«, sagte ich.

»Was ist denn los?«
»Inwiefern?«
»Laßt euch lieber nicht von Kathy erwischen, wie ihr in ihrem Badezimmer rumvögelt. Die läßt euch zu Fuß zum Bus gehen.«
Sein Ton war gleichgültig. Trotzdem fühlte ich mich an die Sache mit Monas Boyfriend erinnert, die ich eine Woche zuvor erlebt hatte. Aber Cloke war keine oder doch keine nennenswerte physische Bedrohung für mich, und außerdem hatte er genug eigene Probleme.
»Hör mal«, sagte ich, »das siehst du falsch.«
»Ist mir egal. Ich sag's dir bloß.«
»Na, *ich* sag's dir *auch*. Ob du es glaubst oder nicht, ist mir egal.«
Cloke wühlte träge in seiner Hosentasche und holte eine Pakkung Marlboro heraus, die so zerknautscht und plattgedrückt war, daß unmöglich noch eine Zigarette darin sein konnte. »Ich dachte mir, daß sie mit jemandem geht«, sagte er.
»Herrgott noch mal.«
Er zuckte die Achseln. »Ist nicht meine Sache.« Er fummelte eine verbogene Zigarette hervor und zerdrückte die leere Packung in der Hand. »Die Leute im College gingen mir auf die Nerven; deshalb hab' ich bei ihnen auf der Couch geschlafen, bevor wir herkamen. Ich hab' sie telefonieren hören.«
»Und was hat sie gesagt?«
»Oh, gar nichts, aber wenn sie da um zwei, drei Uhr morgens rumtuschelt, da fragt man sich schon...« Er lächelte düster. »Ich schätze, die dachte, ich war hinüber, aber um die Wahrheit zu sagen, ich hab' nicht allzu gut geschlafen... Genau«, sagte er, als ich nicht antwortete. »Du weißt nichts darüber.«
»Nein.«
»Natürlich nicht.«
»Wirklich nicht.«
»Was habt ihr dann da drin gemacht?«
Ich schaute ihn einen Moment lang an. Dann holte ich eine Handvoll Tabletten aus der Tasche und zeigte sie ihm.
Er beugte sich vor und zog die Brauen zusammen, und ganz plötzlich wurden seine benebelten Augen intelligent und wachsam. Er nahm eine Kapsel und hielt sie geschäftsmäßig ins Licht. »Was ist das?« fragte er. »Weißt du das?«
»Sudafed«, sagte ich. »Bemüh dich nicht. Da ist nichts drin.«
Er gluckste. »Weißt du, wieso?« Zum erstenmal sah er mich

wirklich freundlich an. »Weil ihr an der falschen Stelle gesucht habt.«

»Was?«

Er sah sich um. »Den Gang runter. Durchs Schlafzimmer. Ich hätt's euch gesagt, wenn ihr gefragt hättet.«

Ich war verblüfft. »Woher weißt du das?«

Er steckte die Kapsel ein und sah mich mit hochgezogener Braue an. »Ich bin in diesem Hause praktisch aufgewachsen«, sagte er. »Die alte Kathy pfeift sich regelmäßig ungefähr sechzehn verschiedene Sorten Dope rein.«

Ich blickte zu der geschlossenen Schlafzimmertür hinüber.

»Nein«, sagte er. »Nicht jetzt.«

»Wieso nicht?«

»Bunnys Grandma. Sie muß sich hinlegen, wenn sie gegessen hat. Wir kommen später noch mal rauf.«

Unten hatte sich der Trubel ein wenig gelegt, aber nicht sehr. Camilla war nirgends zu sehen. Charles stand, gelangweilt und betrunken, angelehnt in einer Ecke und hielt sich ein Glas an die Schläfe, während eine in Tränen aufgelöste Marion auf ihn einplapperte. Sie hatte sich das Haar mit einer der riesigen Backfischschleifen aus dem Talbots-Katalog zurückgebunden. Ich hatte noch keine Chance gehabt, mit ihm zu reden, da sie ihn fast pausenlos beschattet hatte, seit wir hier waren. Weshalb sie sich so entschlossen an ihn hängte, weiß ich nicht, aber mit Cloke sprach sie nicht, Bunnys Brüder waren entweder verheiratet oder verlobt, und von den verbleibenden männlichen Wesen ihres Alters – Bunnys Cousins, Henry und ich, Bram Guernsey und Rooney Wynne – sah Charles mit Abstand am besten aus.

Er sah über ihre Schulter hinweg zu mir herüber. Ich brachte es nicht fertig, hinzugehen und ihn zu retten. Statt dessen machte ich mich auf die Suche nach Henry. Er stand mit Mr. Corcoran in der Küche, umringt von einem Halbkreis von Leuten; Mr. Corcoran hatte ihm den Arm um die Schultern gelegt und sah aus, als habe er ein paar zuviel getrunken.

»Also, Kathy und ich«, verkündete er mit lauter, belehrender Stimme, »haben immer ein offenes Haus für junge Leute gehabt. Immer einen freien Platz am Tisch. Und zuallererst kommen sie mit ihren Problemen dann auch zu Kathy und mir. Wie dieser Bursche hier«, sagte er und gab Henry einen Schubs. »Ich werde nie vergessen, wie er eines Abends zu mir kam. ›Mack‹, sagte er – die Kids nennen mich alle Mack – ›Mack, ich hätte gern Ihren Rat in einer Sache, so von Mann zu Mann.‹ – ›Nun, bevor du anfängst, mein Sohn‹, sagte ich, ›will ich dir nur eins sagen. Ich glaube, ich kenne euch Jungs ziemlich gut. Ich habe selbst fünf Stück großgezogen, und ich hatte vier Brüder zu Hause; also könnte man wohl sagen, ich bin eine ziemliche Autorität, was Jungs im allgemeinen angeht...‹«

Und er faselte weiter von seinen betrügerischen Erinnerungen, während Henry, blaß und krank, sein Schubsen und Schulterklopfen ertrug, wie ein gutgezogener Hund die Knüffe eines groben Kindes erträgt.

Ich hatte Cloke nicht restlos geglaubt, was er über die Medikamente gesagt hatte, die oben zu finden seien, aber als ich wieder mit ihm hinaufging, sah ich, daß er recht gehabt hatte. Durch das Schlafzimmer gelangte man in ein winziges Ankleidezimmer, und dort stand eine schwarze Lackkommode mit Unmengen von kleinen Fächern und einem winzigen Schlüssel, und in einem der Fächer war ein großes Glas mit Goodiva-Schokolade und eine säuberliche, wohlgeordnete Kollektion von bonbonfarbenen Pillen. Der Arzt, der sie verschrieben hatte – E. G. Hart, M. D., anscheinend ein sehr viel weichherzigerer Mensch, als sein Name vermuten ließ –, war äußerst großzügig, vor allem bei Amphetaminen. Ladies in Mrs. Corcorans Alter waren für gewöhnlich ziemlich heftig auf Valium und dergleichen, aber sie hatte genug Speed da, um eine ganze Horde von Hell's Angels auf einen Verwüstungstrip quer durchs Land zu schicken.

Ich war nervös. Das Zimmer roch nach neuen Kleidern und Parfüm; große Discospiegel an der Wand reproduzierten jede unserer Bewegungen in paranoider Vervielfältigung; es gab keinen Fluchtweg und keine denkbare Ausrede für das, was wir hier machten, sollte jemand hereinkommen. Ich behielt die Tür im Auge, während Cloke rasch und mit bewundernswerter Effizienz die Tablettenröhrchen inspizierte.

Dalmane. Gelb und orange. Darvon. Rot und grau. Fiorinal. Nembutal. Miltown. Ich nahm zwei aus jedem Röhrchen, das er mir gab.

»Was denn?« sagte er. »Willst du nicht mehr?«

»Sie soll ja nichts merken.«

»Scheiße«, sagte er, öffnete noch ein Röhrchen und schüttete sich die Hälfte des Inhalts in die Tasche. »Nimm, soviel du willst.

Sie wird glauben, es war eine von ihren Schwiegertöchtern oder so. Hier, nimm was von diesem Speed hier«, sagte er und ließ mir fast den ganzen Rest aus dem Röhrchen in die flache Hand rieseln. »Das ist 'n tolles Zeug. Pharmazeutisch. Bei Examen kriegst du dafür zehn bis fünfzehn Dollar pro Hit. Locker.«

Ich ging wieder hinunter. In meinen linken Jackentasche hatte ich lauter Upper, in der rechten lauter Downer. Francis stand unten an der Treppe. »Hör mal«, sagte ich, »weißt du, wo Henry ist?«
»Nein. Hast du Charles gesehen?« Er war halb hysterisch.
»Was ist denn los?« fragte ich.
»Er hat meine Autoschlüssel geklaut.«
»Was?«
»Er hat die Autoschlüssel aus meiner Manteltasche genommen und ist abgehauen. Camilla hat gesehen, wie er aus der Einfahrt fuhr. Er hatte das *Verdeck* runtergeklappt. Der Wagen macht bei Regen sowieso Zicken, aber wenn er... Scheiße.« Er fuhr sich mit der Hand durchs Haar. »Du weißt nichts darüber, oder?«
»Ich hab' ihn vor ungefähr einer Stunde gesehen. Mit Marion.«
»Ja, mit der hab' ich schon gesprochen. Er hat gesagt, er wolle Zigaretten holen gehen, aber das ist eine Stunde her. Du hast ihn gesehen? Du hast nicht mit ihm gesprochen?«
»Nein.«
»War er betrunken? Marion sagt, ja. Fandest du, daß er betrunken aussah?«
Francis sah selbst ziemlich betrunken aus. »Nicht sehr«, sagte ich. »Komm, hilf mir Henry suchen.«
»Ich sage doch, ich weiß nicht, wo er ist. Wieso suchst du ihn?«
»Ich habe etwas für ihn.«
»*Was ist es?*« fragte er auf griechisch. »*Pharmakon?*«
»Ja.«
»Na, dann gib mir auch was, um Gottes willen«, sagte er und schwankte glotzäugig nach vorn.

Er war viel zu betrunken für Schlaftabletten. Ich gab ihm eine Excedrin.

»Danke«, sagte er und schluckte sie mit einem großen, gurgelnden Schluck Whiskey. »Hoffentlich sterbe ich heute nacht. Was glaubst du überhaupt, wo er hingefahren ist? Wie spät ist es?«
»Ungefähr zehn.«
»Du glaubst doch nicht, daß er vorhat, *nach Hause* zu fahren, oder? Vielleicht hat er einfach das Auto genommen und ist nach

Hampden zurückgefahren. Camilla meint, bestimmt nicht, nicht, wo morgen die Beerdigung ist, aber ich weiß nicht, er ist einfach *verschwunden*. Wenn er wirklich bloß Zigaretten holen wollte, meinst du nicht auch, daß er dann schon wieder hier sein müßte? Ich kann mir nicht vorstellen, wo er sonst hingefahren sein sollte. Was meinst du?«

»Er wird schon wieder auftauchen«, sagte ich. »Hör mal, es tut mir leid, aber ich muß weiter. Bis gleich.«

Ich suchte im ganzen Haus nach Henry. Ich fand ihn unten im Keller; er saß allein im Dunkeln auf einem Feldbett.

Er sah mich aus dem Augenwinkel an, ohne den Kopf zu bewegen. »Was ist das?« fragte er, als ich ihm zwei Kapseln hinhielt.

»Nembutal. Nimm.«

Er nahm sie und schluckte sie ohne Wasser. »Hast du noch mehr?«

»Ja.«

»Gib her.«

»Du kannst nicht mehr als zwei nehmen.«

»Gib her.«

Ich gab sie ihm. »Das ist mein Ernst, Henry«, sagte ich. »Du solltest vorsichtig sein.«

Er sah sie an, und dann nahm er die blau emaillierte Pillendose aus der Tasche und tat die Kapseln sorgfältig hinein. »Ist wohl kaum möglich«, sagte er, »daß du hinaufgehst und mir etwas zu trinken holst?«

»Du solltest auf diese Pillen nichts trinken.«

»Ich habe bereits etwas getrunken.«

»Das weiß ich.«

Kurzes Schweigen.

»Hör mal«, sagte er und schob seine Brille an die Nasenwurzel hinauf. »Ich möchte einen Scotch mit Soda. In einem großen Glas. Viel Scotch, wenig Soda, eine Menge Eis, ein Glas einfaches Wasser ohne Eis dazu. Das möchte ich gern.«

»Ich werd's dir nicht holen.«

»Wenn du nicht gehst und es mir holst, muß ich eben selbst raufgehen und es mir besorgen.«

Also lief ich hinauf in die Küche und holte ihm, was er haben wollte; allerdings tat ich sehr viel mehr Soda hinein, als er wollte.

»Das ist für Henry«, stellte Camilla fest; sie kam in die Küche, als ich gerade den Drink fertig hatte und Leitungswasser in das zweite Glas laufen ließ.

»Ja.«

»Wo ist er?«

»Unten.«

»Wie geht's ihm?«

Wir waren allein in der Küche. Ich behielt die offene Tür im Auge und erzählte ihr von der Lackkommode.

»Das ist typisch Cloke«, sagte sie und lachte. »Er ist eigentlich ziemlich anständig, nicht? Bun sagte immer, er erinnerte ihn an dich.«

Ich war verblüfft und ein bißchen beleidigt; erst wollte ich etwas erwidern, aber dann stellte ich das Glas hin und fragte: »Mit wem telefonierst du denn um drei Uhr morgens?«

»Was?«

Ihre Überraschung wirkte völlig natürlich, aber sie war eine so erfahrene Schauspielerin, daß man nicht hätte sagen können, ob sie echt war.

Ich sah ihr in die Augen. Sie hielt meinen Blick stand, ohne mit der Wimper zu zucken, und als ich gerade fand, sie habe einen Herzschlag zu lange geschwiegen, da schüttelte sie den Kopf und lachte wieder. »Was ist denn mit dir los?« fragte sie. »Wovon redest du?«

Ich lachte ebenfalls. Es war unmöglich, sie in diesem Spiel zu überlisten; sie war zu ausgefuchst.

»Ich will dich nicht zur Rechenschaft ziehen«, sagte ich. »Aber du mußt vorsichtig sein mit dem, was du am Telefon sagst, wenn Cloke bei dir zu Hause ist.«

Sie war ungerührt. »Ich bin vorsichtig.«

»Hoffentlich, denn er hat gelauscht.«

»Er kann nichts gehört haben.«

»Na, man soll es nicht drauf ankommen lassen.«

Wir standen da und sahen einander an. Dicht unter ihrem Auge war ein atemberaubender rubinroter Schönheitsfleck, so groß wie ein Stecknadelkopf. Einem unwiderstehlichen Impuls folgend, beugte ich mich vor und gab ihr einen Kuß.

Sie lachte. »Wofür war das?«

Mein Herz – das, entzückt von meinem Wagemut, für einen Augenblick den Atem angehalten hatte – begann plötzlich wild zu pochen. Ich wandte mich ab und machte mir an den Gläsern zu schaffen. »Nur so«, sagte ich. »Du sahst einfach hübsch aus.« Ich hätte vielleicht noch mehr gesagt, wenn nicht Charles triefend naß zur Tür hereingestürmt wäre, dicht gefolgt von Francis.

»Warum hast du es mir nicht einfach *gesagt*?« zischte Francis wütend. Er war rot im Gesicht und zitterte. »Mal ganz davon abgesehen, daß die Sitze durchnäßt sind und wahrscheinlich schimmeln und faulen werden und daß ich außerdem morgen damit nach Hampden zurückfahren muß. Aber davon mal ganz abgesehen. Das ist mir egal. Was ich bloß nicht fassen kann, ist, daß du raufgehst, daß du *ganz bewußt* meinen Mantel suchst und die Schlüssel rausnimmst und...«

»Ich habe dich auch schon mit offenem Verdeck durch den Regen fahren sehen«, unterbrach Charles ihn knapp. Er ging an die Küchentheke, wandte Francis den Rücken zu und goß sich einen Drink ein. Das Haar klebte ihm am Kopf, und rings um seine Füße bildete sich eine kleine Pfütze auf dem Linoleum.

»Was«, sagte Francis mit zusammengebissenen Zähnen. »Das hab' ich noch nie...«

»Doch, hast du«, sagte Charles, ohne sich umzudrehen.

»Sag mir, wann.«

»Okay. Was war an dem Nachmittag, als wir beide in Manchester waren, ungefähr zwei Wochen bevor die Schule anfing, und wir zum Equinox House fuhren, um...«

»Das war an einem *Sommernachmittag*. Es hat *genieselt*.«

»Hat es nicht. Es hat heftig geregnet. Du willst jetzt bloß nicht darüber reden, weil das der Nachmittag war, an dem du versucht hast, mich rumzukriegen, damit ich...«

»Du spinnst ja«, sagte Francis. »Das hat überhaupt nichts damit zu tun. Es ist stockfinster, und es regnet in *Strömen*, und du bist sternhagelvoll. Es ist ein Wunder, daß du niemanden umgebracht hast. Wo, zum Teufel, bist du überhaupt gewesen, um Zigaretten zu holen? Hier ist kein einziger Laden im Umkreis von...«

»Ich bin nicht betrunken.«

»Ha, ha. Was du nicht sagst. Wo hast du die Zigaretten geholt? Das wüßte ich gern. Ich wette...«

»Ich sagte, ich bin nicht betrunken.«

»Ja, klar. Ich wette, du hast auch keine Zigaretten geholt. Wenn doch, müßten sie völlig durchgeweicht sein. Wo sind sie denn?«

»Laß mich in Ruhe.«

»Nein. Im Ernst. Zeig sie mir. Ich würde sie gern sehen, diese berühmten..,«

Charles knallte sein Glas auf die Theke und fuhr herum. »*Laß mich in Ruhe*«, zischte er.

Es war eigentlich weniger sein Ton, als vielmehr sein Gesichtsausdruck, der so schrecklich wirkte. Francis starrte ihn mit halboffenem Mund an. Ungefähr zehn Sekunden lang war kein Laut zu hören außer dem rhythmischen *tack-tack-tack* des Wassers, das von Charles' nassen Sachen auf den Boden tropfte.

Ich nahm Henrys Scotch mit Soda und viel Eis und sein Wasser ohne Eis und ging an Francis vorbei durch die Pendeltür und hinunter in den Keller.

Es regnete heftig die ganze Nacht. Meine Nase kribbelte von dem Staub im Schlafsack, und der Kellerfußboden – harter Beton unter einer dünnen, komfortlosen Auslegware – ließ mir in jeder Position die Knochen weh tun. Der Regen trommelte gegen die Fenster hoch oben in der Wand, und das Flutlicht, das von draußen hereinschien, malte ein Muster an die Wände, das aussah, als ob dunkle Wasserrinnsale von der Decke bis zum Boden herabliefen.

Charles schnarchte mit offenem Mund auf seiner Pritsche; Francis murmelte im Schlaf. Gelegentlich rauschte ein Auto durch den Regen vorbei; die Scheinwerfer schwenkten für einen Augenblick durch den Raum und erleuchteten ihn – den Billardtisch, die Schneeschuhe an der Wand, die Rudermaschine, den Sessel, in dem Henry saß, bewegungslos, ein Glas in der Hand, eine heruntergebrannte Zigarette zwischen den Fingern. Für einen Moment erfaßte das Scheinwerferlicht sein Gesicht, blaß und wachsam wie das eines Geistes, und dann verschwand es nach und nach wieder in der Dunkelheit.

Am Morgen wachte ich zerschlagen und desorientiert auf, weil irgendwo ein loser Fensterladen gegen die Mauer schlug. Es regnete noch stärker als zuvor. Der Regen peitschte in rhythmischen Wellen gegen die Fenster der weißen, hell erleuchteten Küche, in der wir Gäste um den Tisch saßen und schweigend und frostig unseren Frühstückskaffee tranken.

Die Corcorans waren oben und kleideten sich an. Cloke und Bram und Rooney hatten die Ellbogen auf den Tisch gestützt, tranken ihren Kaffee und redeten leise miteinander. Sie waren frisch geduscht und rasiert und wirkten aufgekratzt in ihren Sonntagsanzügen, aber auch unbehaglich, als müßten sie in eine Gerichtsverhandlung. Francis – die Augen verquollen, das steife rote Haar zu absurden Locken verdreht – war noch im Bademantel. Er war spät aufgestanden und in einem Zustand mühsam gebändigter Empörung, weil das gesamte heiße Wasser im Kellertank aufgebraucht war.

Er und Charles saßen sich gegenüber und vermieden es peinlichst, einander anzusehen. Marion – rotäugig und mit heißen Lockenwicklern im Haar – war ebenfalls mürrisch und schweigsam. Sie trug ein sehr adrettes Matrosenkostüm, aber flauschige pinkfarbene Pantoffeln über den fleischfarbenen Nylons. Ab und zu hob sie die Hände und betastete die Lockenwickler, um festzustellen, ob sie schon abgekühlt waren.

Henry war als einziger unter uns als Sargträger vorgesehen – die anderen fünf waren Freunde der Familie oder Geschäftspartner von Mr. Corcoran. Ich fragte mich, ob der Sarg wohl schwer war, und wenn ja, ob Henry die Last zu tragen vermöchte. Zwar verströmte er einen schwachen Ammoniakdunst von Schweiß und Scotch, aber er sah überhaupt nicht betrunken aus. Die Tabletten hatten ihn in eine abgrundtiefe, gläserne Ruhe versenkt. Es war ein Zustand, der verdächtig narkotisiert hätte erscheinen können, wenn er seinem gewohnten Verhalten nicht so ähnlich gewesen wäre.

Nach der Küchenuhr war es kurz nach halb zehn. Die Beerdigung war für elf Uhr angesetzt. Francis verschwand, um sich anzuziehen, und Marion, um ihre Lockenwickler herauszunehmen. Wir übrigen saßen immer noch um den Küchentisch, beklommen und träge, und taten, als tränken wir genüßlich unsere zweite und dritte Tasse Kaffee, als Teddys Frau hereinmarschiert kam. Sie war eine hübsche Schadenersatzanwältin mit hartem Gesicht, die ständig rauchte und das blonde Haar zum Bubikopf frisiert trug. Bei ihr war Hughs Frau, eine kleine, sanfte Frau, die viel zu jung und zierlich aussah, um so viele Kinder zur Welt gebracht zu haben, wie sie tatsächlich hatte. Ein unglücklicher Zufall wollte es, daß sie beide Lisa hießen, was für einige Verwirrung im Hause sorgte.

»Henry«, sagte Lisa, die Anwältin, beugte sich über den Tisch und rammte ihre halb aufgerauchte Vantage in den Aschenbecher, daß sie rechtwinklig herausragte. Ihr Parfüm war »Giorgio«, und sie hatte zuviel davon aufgelegt. »Wir fahren jetzt zur Kirche, um die Blumen im Chorraum zu arrangieren und die Karten einzusammeln, bevor der Gottesdienst anfängt. Teds Mutter« – beide Lisas hegten eine Abneigung gegen Mrs. Corcoran, die indessen von Herzen erwidert wurde – »meint, Sie sollten mit uns hinüberfahren, damit Sie sich mit den anderen Sargträgern treffen können. Okay?«

Henry ließ nicht erkennen, daß er sie gehört hatte. Das Licht blitzte auf dem Stahlgestell seiner Brille. Ich wollte ihm unter dem Tisch einen Tritt geben, als er sehr langsam aufblickte.

»Warum?« fragte er.

»Die Sargträger sollen sich um Viertel nach zehn im Vestibül treffen.«

»Warum?« widerholte Henry mit wedischer Ruhe.

»Ich weiß nicht, warum. Ich sage Ihnen nur, was sie gesagt hat. Der ganze Kram hier ist geplant wie ein verdammtes Synchronschwimmen oder so was. Sind Sie startbereit, oder brauchen Sie noch einen Moment?«

»Also, Brandon«, sagte Hughs Frau in kraftlosem Ton zu ihrem kleinen Sohn, der in die Küche gekommen war und jetzt versuchte, wie ein Affe am Arm seiner Mutter zu schaukeln. »Bitte. Du tust deiner Mutter weh. *Brandon.*«

»Lisa, du solltest ihm nicht erlauben, so an dir rumzuhängen«, sagte Lisa, die Anwältin, und sah auf die Uhr.

»*Bitte*, Brandon. Mutter muß jetzt gehen.«

»Er ist zu groß für dieses Benehmen. Das weißt du. Ich an deiner Stelle würde mit ihm ins Bad gehen und ihn in Stücke reißen.«

Mrs. Corcoran kam ungefähr zwanzig Minuten später herunter; sie wühlte in einer kleinen Handtasche aus gesteppten Leder. »Wo sind alle?« fragte sie, als sie nur noch Camilla, Sophie Dearbold und mich sah. Wir standen müßig vor der Trophäenvitrine.

Als niemand antwortete, blieb sie verärgert auf der Treppe stehen. »Nun?« sagte sie. »Sind alle schon weg? Wo ist Francis?«

»Ich glaube, er zieht sich gerade an«, sagte ich, froh, daß sie eine Frage gestellt hatte, die ich beantworten konnte, ohne zu lügen. Von der Treppe, auf der sie stand, konnte sie nicht sehen, was wir ganz deutlich durch die Glastür im Wohnzimmer sehen konnten: Cloke und Bram und Rooney und auch Charles standen unter einem Vordach auf der Terrasse und rauchten einen Joint. Es war merkwürdig, ausgerechnet Charles kiffen zu sehen; ich konnte es mir nur damit erklären, daß er glaubte, es werde ihn stärken, wie es ein harter Drink tun würde. Wenn das der Grund war, dann stand ihm zweifellos eine scheußliche Überraschung bevor. Mit zwölf, dreizehn Jahren pflegte ich mich in der High School jeden Tag zu bekiffen – nicht, weil es mir gefiel; ich bekam kalte Schweißausbrüche und Panikanfälle davon –, sondern weil es einem in den unteren Klassen ein fabelhaftes Prestige verlieh, für einen Pothead gehalten zu werden, außerdem aber auch, weil ich so geschickt darin war, die paranoischen, grippeartigen Symptome zu verbergen, die es bei mir auslöste.

Mrs. Corcoran sah mich an, als hätte ich einen Nazi-Fluch von mir gegeben. »Er zieht sich *an*?« wiederholte sie.

»Ich glaube.«

»Ist er noch nicht einmal angezogen? Was haben denn alle den ganzen Morgen über getan?«

Ich wußte nicht, was ich darauf sagen sollte. Sie kam die Treppe heruntergeschwebt, Stufe für Stufe, und als ihr Kopf über die Balustrade hinausgekommen war, hätte sie einen ungehinderten Blick auf die Terrassentüren gehabt – das regennasse Glas, die versunkenen Raucher dahinter –, wenn sie hingeschaut hätte. Wir waren starr vor Spannung. Manchmal wußten Mütter nicht, was Pot war, wenn sie es sahen, aber Mrs. Corcoran sah aus, als wisse sie genau Bescheid.

Sie ließ ihre Handtasche zuschnappen und ließ einen raubvogelhaften Blick umherschweifen – zweifellos das einzige an ihr, was mich an meinen Vater erinnern konnte, und es erinnerte mich an ihn.

»Nun?« sagte sie. »Würde ihm bitte *irgend jemand* sagen, er möge sich beeilen?«

Camilla sprang auf. »Ich hole ihn, Mrs. Corcoran«, sagte sie, aber kaum war sie um die Ecke verschwunden, huschte sie zur Terrassentür.

»Danke, meine Liebe«, sagte Mrs. Corcoran. Sie hatte gefunden, was sie suchte – ihre Sonnenbrille – und setzte sie auf.

»Ich weiß nicht, was los ist mit euch jungen Leuten«, sagte sie. »Ich meine nicht *Sie* speziell, aber dies ist eine sehr schwierige Zeit, und wir stehen alle unter großem Streß, und wir müssen uns bemühen, alles so reibungslos wie möglich vonstatten gehen zu lassen.«

Cloke blickte rotäugig und verständnislos auf, als Camilla an die Scheibe klopfte. Dann schaute er an ihr vorbei ins Wohnzimmer, und sein Gesichtsausdruck veränderte sich. »*Scheiße*«, sah ich ihn lautlos sagen, und eine Rauchwolke quoll aus seinem Mund.

Charles sah es auch und wäre fast erstickt. Cloke riß Bram den Joint aus dem Mund und drückte ihn mit Daumen und Zeigefinger aus.

Mrs. Corcoran mit ihrer großen Sonnenbrille bekam gottlob

nichts von den Dingen mit, die sich hinter ihrem Rücken abspielten. »Bis zur Kirche ist es eine ziemliche Strecke zu fahren, wissen Sie«, sagte sie, als Camilla um sie herumging, um Francis zu holen. »Mack und ich fahren mit dem Kombiwagen voraus, und Sie können entweder hinter uns oder hinter den Jungen herfahren. Ich nehme an, Sie werden mit drei Autos fahren müssen, obwohl Sie sich vielleicht in zwei quetschen könnten – *nicht rennen in Großmutters Haus!*« fuhr sie Brandon und seinen Cousin Neale an, die an ihr vorbei die Treppe heruntergesaust kamen und ins Wohnzimmer polterten. Sie trugen kleine blaue Anzüge und Schleifen mit Gummizug, und ihre Sonntagsschuhe machten ein schreckliches Getöse auf dem Fußboden.

Brandon duckte sich atemlos hinter das Sofa. »Er hat mich gehauen, Grandma.«

»Er hat Popowisch zu mir gesagt.«

»Hab' ich nicht.«

»Hast du wohl.«

»*Jungs*«, donnerte Mrs. Corcoran. »Ihr solltet euch *schämen.*« Sie machte eine dramatische Pause und musterte ihre erschrockenen, sprachlosen Gesichter. »Euer Onkel Bunny ist tot, und wißt ihr, was das bedeutet? Es bedeutet, daß er *für immer fort* ist. Ihr werdet ihn nie wiedersehen, *solange ihr lebt.*« Sie funkelte sie an. »Heute ist ein ganz besonderer Tag. Es ist ein Tag der Erinnerung an ihn. Ihr solltet euch still irgendwo hinsetzen und an all die netten Dinge denken, die er für euch getan hat, statt herumzurennen und diesen hübschen Fußboden zu verschrammen, den Großmutter gerade erst hat neu polieren lassen.«

Es war still. Neale trat bockig nach Brandon. »Einmal hat Onkel Bunny Drecksack zu mir gesagt«, murrte er.

Ich war nicht sicher, ob sie ihn wirklich nicht gehört hatte oder ob sie es vorzog, ihn zu ignorieren; der starre Ausdruck in ihrem Gesicht ließ mich vermuten, daß letzteres der Fall sei. Aber da glitt die Terrassentür auf, und Cloke kam mit Charles und Bram und Rooney herein.

»Oh. Da seid ihr also«, sagte Mrs. Corcoran mißtrauisch. »Was macht ihr da draußen im Regen?«

»Frische Luft«, sagte Cloke. Er sah mächtig zugedröhnt aus. Ein Visine-Röhrchen ragte ein kleines Stück weit aus der Brusttasche seines Anzugs.

Sie sahen alle mächtig zugedröhnt aus. Der arme Charles hatte Glubschaugen und schwitzte. Das hier war wahrscheinlich mehr, als er sich vorgestellt hatte: grelles Licht und er selbst viel zu high, und dann eine Konfrontation mit einer genervten Erwachsenen. Sie sah ihn an. Ich fragte mich, ob sie Bescheid wußte. Einen Moment lang dachte ich, sie werde etwas sagen, aber statt dessen packte sie Brandon beim Arm.

»Na, ihr solltet euch jetzt alle ein bißchen beeilen«, meinte sie und beugte sich herunter, um dem Jungen mit der Hand durch das zerzauste Haar zu fahren. »Es wird spät, und ich habe den Eindruck, daß es womöglich Probleme mit den Sitzplätzen geben wird.«

Die Kirche war im Jahr siebzehnhundertnochwas erbaut; so stand es im National Register of Historic Places. Es war ein altersschwarzes, gewölbeartiges Gebäude mit einem eigenen, holprigen kleinen Friedhof, der hinter der Kirche an einer welligen Landstraße lag.

Als wir ankamen, waren wir von den nassen Sitzen in Francis' Wagen unangenehm feucht. Autos, etwas schief in den grasbewachsenen Graben geneigt, säumten die Straße zu beiden Seiten wie bei einem Dorftanz oder einem Bingo-Abend. Ein grauer Nieselregen war im Gange. Wir parkten am Country Club, der ein Stück weit unten lag, und wanderten schweigend die Viertelmeile durch den Matsch zurück.

Die Kirche war matt erleuchtet; beim Eintreten blendete mich Kerzenglanz. Als meine Augen sich an die Umgebung gewöhnt hatten, sah ich eiserne Laternen, kaltfeuchte Steinplatten, Blumen überall. Verblüfft bemerkte ich, daß eines der Blumengebinde in der Nähe des Altars die Form der Zahl 27 hatte. »Ich dachte, er war vierundzwanzig«, flüsterte ich Camilla zu.

»Nein«, sagte sie, »das ist seine alte Footballnummer.«

In der Kirche war es rappelvoll. Ich suchte Henry, sah ihn aber nicht; dann erblickte ich jemanden, den ich für Julian hielt, aber als er sich umdrehte, erkannte ich, daß er es nicht war. Einen Augenblick lang standen wir ratlos zusammengedrängt da. An der hinteren Wand standen stählerne Klappstühle für die Leute, aber dann entdeckte einer von uns eine halbleere Bank, und wir nahmen Kurs darauf: Francis und Sophie, die Zwillinge und ich. Charles hielt sich dicht bei Camilla; er war offensichtlich kurz davor auszuflippen. Die düstere Horrorhausatmosphäre der Kirche machte die Sache nicht besser, und er starrte mit unverhohlenem Entsetzen in die Runde. Camilla nahm seinen Arm und steuerte ihn sanft in die Bank. Marion hatte sich zu ein paar Leuten aus Hampden gesetzt, und Cloke und Bram und Rooney waren irgendwo zwischen Auto und Kirche einfach verschwunden.

Es war ein langer Gottesdienst. Der Pfarrer, der seine Worte aus der Predigt über die Liebe im ersten Korintherbrief des hl. Paulus bezog, redete etwa eine halbe Stunde lang. (»Fanden Sie diesen Text nicht *höchst* unangemessen?« fragte Julian später; er hatte die düstere Einstellung des Heiden zum Tode, gepaart mit einem Grauen vor allem Unpassenden.) Als nächstes kam Hugh Corcoran (»Er war der beste kleine Bruder, den man haben kann«), und dann Bunnys alter Football-Coach, ein dynamischer Typ, der ausgiebig von Bunnys Teamgeist redete und eine aufwühlende Anekdote darüber erzählte, wie Bunny einmal ein Spiel gegen eine besonders rauhe Mannschaft aus dem »unteren« Connecticut (»Das heißt gegen eine schwarze Mannschaft«, wisperte Francis) gerettet hatte. Am Ende seiner Ansprache schwieg er und starrte auf das Pult; er schien bis zehn zu zählen und blickte dann mit offenem Ausdruck auf. »Ich weiß nicht besonders viel über den Himmel«, sagte er. »Mein Beruf besteht darin, den Jungen beizubringen, wie man ein Spiel spielt und wie man es hart spielt. Heute sind wir hier, um einen Jungen zu ehren, der schon früh aus dem Spiel genommen wurde. Aber das soll nicht heißen, daß er uns nicht *alles* gegeben hat, *was er hatte*, als er noch auf dem Spielfeld war. Das soll nicht heißen, daß er kein Sieger ist.« Eine lange, spannungsreiche Pause. »Bunny Corcoran«, sagte er dann bärbeißig, »war ein Sieger.«

Ich weiß nicht, ob ich außer im Kino je einen so bravourösen Auftritt gesehen habe. Als er sich setzte, war die halbe Gemeinde in Tränen aufgelöst, er selbst eingeschlossen. Niemand achtete mehr besonders auf den letzten Redner: Henry selbst. Er stieg auf das Podium und las, unhörbar und ohne Kommentar, ein kurzes Gedicht von A. E. Housman vor.

Das Gedicht hieß »Mein Herz ist voller Wehmut«. Keine Ahnung, warum er sich ausgerechnet dieses ausgesucht hatte. Wir wußten, daß die Corcorans ihn gebeten hatten, etwas vorzutragen, und vermutlich hatten sie darauf vertraut, daß er etwas Passendes wählen werde. Es wäre ihm doch sicher ein leichtes gewesen, etwas anderes zu finden; Herrgott, man hätte meinen mögen, er würde irgend etwas aus dem *Lykidas* oder aus den Upanischaden oder sonstwoher nehmen – jedenfalls nicht dieses Gedicht, das Bunny auswendig gekonnt hatte. Bunny hatte die kitschigen alten Gedichte, die er in der Schule gelernt hatte, sehr gern gehabt –»Der Angriff der leichten Brigade«, »In Flanders Fields«, lauter seltsames, sentimentales altes Zeug, von dem ich nicht einmal Autor oder Titel kannte. Wir anderen, die wir in solchen Dingen Snobs waren, hatten dies für eine schändliche Geschmacklosigkeit gehalten, vergleichbar mit seiner Vorliebe für süße Schokoriegel und Waffeln. Oft hatte ich gehört, wie Bunny dieses Housman-Gedicht laut aufsagte – ernsthaft, wenn er betrunken war, und eher spöttisch, wenn nüchtern –, so daß die Verse für mich in den Klang seiner Stimme gegossen und darin erstarrt waren; vielleicht erwachte deshalb, als ich sie jetzt hörte – in Henrys akademischer monotoner Sprechweise, umgeben von blakenden Kerzen, einem Luftzug, der die Blumen zittern ließ, und den Leuten, die ringsum weinten – ein so kurzer und doch entsetzlicher Schmerz wie von einer dieser gespenstisch ausgeklügelten japanischen Foltern, die darauf geeicht sind, in allerkürzester Zeit größtmögliches Elend hervorzurufen.

Es war ein sehr kurzes Gedicht.

Mein Herz ist voller Wehmut, denk' ich
An gold'ne Freunde, die ich hatt',
An manche Maid mit Rosenlippen,
An manchen Knaben, flink und glatt.

An Wassern, die zu breit zum Sprunge,
Die flinken Knaben heute ruhn,
Und wo die Rosen welken, schlummern
Die rosenlipp'gen Maiden nun.

Während des (überlangen) Schlußgebets merkte ich, daß ich schwankte, so heftig, daß die Ränder meiner neuen Schuhe sich in die empfindliche Stelle unter den Fußknöcheln gruben. Die Luft war stickig; Leute weinten, und ein beharrliches Summen klang dicht an meinem Ohr und wich wieder zurück. Dann erkannte ich, daß das Summen von einer dicken Wespe kam, die in ziellosen Zickzack- und Kreisbahnen über unseren Köpfen herumflog. Francis hatte mit seiner Gottesdienstbroschüre nutzlos herumgefuchtelt und sie damit wütend gemacht; nun stieß sie auf den Kopf der weinenden Sophie herunter, aber als diese nicht reagierte, ließ sie sich auf der Lehne der Bank nieder, um wieder zu sich zu kommen. Verstohlen lehnte Camilla sich zur Seite und fing an, ihren Schuh auszuziehen, aber bevor sie fertig war, hatte Charles sie mit dem Gebetbuch erschlagen, daß es hallend klatschte.

Der Pastor, der eben an einer entscheidenden Stelle seines Sermons angelangt war, schrak auf. Er öffnete die Augen, und sein Blick fiel auf Charles, der das schuldige Gebetbuch noch in der erhobenen Faust hielt. »›*Auf daß sie nicht jammern in unnützem Schmerz*‹«, fuhr er mit leichtem Nachdruck fort, »›und trauern wie jene, die keine Hoffnung haben, sondern stets aufblicken in ihren Tränen zu Dir...‹«

Hastig senkte ich den Kopf. Die Wespe klebte mit einem schwarzen Fühler an der Kante der Banklehne. Ich starrte sie an und dachte an Bunny, den armen Bunny, den erfahrenen Vernichter fliegenden Ungeziefers, wie er mit einem zusammengerollten Exemplar des *Hampden Examiner* auf Fliegenjagd ging.

Charles und Francis, die bis zum Gottesdienst nicht miteinander gesprochen hatten, hatten sich in seinem Verlauf irgendwie wieder als Freunde versöhnt. Nach dem letzten *Amen* verdrückten sie sich in stummem, vollkommenem Einvernehmen in einen leeren Korridor am Seitenschiff. Ich sah, wie sie wortlos hineinliefen und dann auf der Herrentoilette verschwanden; Francis warf noch einen letzten nervösen Blick zurück und griff bereits in seine Manteltasche: Ich wußte, was darin war – eine flache Halbliterflasche, die er aus dem Handschuhfach genommen hatte.

Es war ein matschiger, düsterer Tag draußen auf dem Friedhof. Es regnete nicht mehr, aber der Himmel war finster, und es war sehr windig. Jemand läutete die Kirchenglocke, aber er machte seine Sache nicht besonders gut; sie bimmelte unregelmäßig hin und her wie eine Glocke bei einer Séance.

Die Leute trotteten mit flatternden Kleidern zu ihren Autos und hielten ihre Hüte fest; ein paar Schritte vor mir kämpfte Camilla auf den Zehenspitzen mit ihrem Schirm, der sie in kleinen Trippelschrittchen voranzerrte – Mary Poppins in schwarzem Trauerkleid. Ich lief ein bißchen schneller, um ihr zu helfen, aber bevor ich sie erreichte, schlug der Schirm um. Einen Augenblick lang führte er ein grausiges Eigenleben; er kreischte und flatterte mit seinen stacheligen Schwingen wie ein Pterodaktylos. Mit einem jähen spitzen Aufschrei ließ sie ihn los, und sofort segelte er drei Meter hoch in die Luft und überschlug sich ein- oder zweimal, bevor er sich in den hohen Ästen einer Esche verfing.

»Verdammt«, sagte sie, schaute hinauf zu dem Schirm und dann auf ihren Finger; aus einem dünnen Riß rann Blut. »Verdammt, verdammt, verdammt.«

»Alles okay?«

Sie steckte den verletzten Finger in den Mund. »Das ist es nicht«, sagte sie mißmutig und schaute hinauf in den Baum. »Aber der Schirm ist von meiner Großmutter.«

Ich wühlte in meiner Tasche und gab ihr mein Taschentuch. Sie schüttelte es aus und hielt es an ihren Finger (*weißes Flattern, verwehtes Haar, dunkler Himmel*), und als ich es sah, blieb die Zeit stehen, und ich war durchbohrt von der gleißenden Klinge der Erinnerung; der Himmel war von dem gleichen gewittrigen Grau wie an jenem Tag, neue Blätter, die Haare waren ihr über den Mund geweht, genauso wie jetzt...

(weißes Flattern)

(...*an der Schlucht. Sie war mit Henry hinuntergeklettert und vor ihm wieder oben, wo wir anderen an der Kante warteten, kalter Wind, Nervenzittern, herbeispringen, um sie hochzuziehen; tot? ist er...? Sie zog ein Taschentuch aus der Tasche und wischte sich die Erde von den Händen, ohne einen von uns richtig anzusehen; ihr Haar wehte hell vor dem Himmel nach hinten, und ihr Gesicht war ausdruckslos und ohne alle Emotion, die man vielleicht hätte zeigen mögen...*)

Hinter uns sagte jemand sehr laut: »Dad?«

Ich fuhr hoch, erschrocken und schuldbewußt. Es war Hugh. Er lief schnell, rannte fast, und einen Augenblick später hatte er seinen Vater eingeholt. »Dad?« sagte er noch einmal und legte seinem Vater die Hand auf die hängende Schulter. Es kam keine Reaktion. Er schüttelte ihn sanft. Vor uns waren die Sargträger dabei (unter ihnen undeutlich erkennbar Henry), den Sarg durch die offene Klappe in den Leichenwagen zu schieben.

»Dad«, sagte Hugh; er war ungeheuer erregt. »*Dad*. Du mußt mir einen Augenblick zuhören.«

Die Wagentüren wurden zugeschlagen. Langsam, sehr langsam, drehte Mr. Corcoran sich um. Er trug das Baby auf dem Arm, das sie Champ nannten. Ein gehetzter, verlorener Ausdruck lag auf dem großen schlaffen Gesicht. Er starrte seinen Sohn an, als habe er ihn noch nie gesehen.

»*Dad*«, sagte Hugh. »Rate mal, wen ich gerade gesehen habe. Rate mal, wer gekommen ist. *Mr. Vanderfeller*«, sagte er drängend und drückte den Arm seines Vaters.

Die Silben dieses illustren Namens – den die Corcorans mit fast ebenso viel Respekt anriefen wie den des Allmächtigen Gottes – hatten, laut ausgesprochen, eine wunderbar heilende Wirkung auf Mr. Corcoran. »Vanderfeller ist hier?« fragte er und sah sich um. »Wo?«

Diese erhabene Persönlichkeit, die im kollektiven Unbewußten der Corcorans eine herausragende Position einnahm, war das Oberhaupt einer wohltätigen Stiftung – ins Leben gerufen von dem noch erhabeneren Großpapa –, die zufällig einen entscheidenden Anteil am Kapital von Mr. Corcorans Bank hielt. Dies brachte Vorstandssitzungen und gelegentliche gesellschaftliche Ereignisse mit sich, und die Corcorans verfügten über einen endlosen Vorrat von »entzückenden« Anekdoten über Paul Vanderfeller: wie »europäisch« er sei und wie bekannt für seinen »Witz«, und obgleich die »geistreichen« Bemerkungen, die sie bei jeder Gelegenheit wiederholten, mir kläglich vorkamen (das Wachpersonal an der College-Einfahrt oben in Hampden war witziger), wollten sich die Corcorans ausschütten vor urbanem und anscheinend völlig aufrichtigem Gelächter. Eine von Bunnys Lieblingseinleitungen für einen Satz hatte darin bestanden, daß er ganz beiläufig fallenließ: »Als mein Dad neulich mit Paul Vanderfeller zum Mittagessen ging...«

Und hier war er nun, der große Mann höchstselbst, und versengte uns alle mit den Strahlen seiner Glorie. Ich warf einen Blick in die Richtung, die Hugh Corcoran seinem Vater wies, und sah ihn – einen ganz normal aussehenden Mann mit dem gutmütigen Ausdruck eines Menschen, der es gewohnt ist, ständig bedient zu werden: Ende Vierzig und gut gekleidet, hatte er nichts besonders »Europäisches« an sich, abgesehen von seiner häßlichen Brille und dem Umstand, daß er beträchtlich kleiner war als die meisten hier.

Ein Ausdruck fast wie Zärtlichkeit breitete sich auf Mr. Corcorans Antlitz aus. Ohne ein Wort drückte er Hugh das Baby in die Arme und eilte über den Rasen davon.

Der Friedhof lag an einem Highway. Wir hielten an, stiegen aus dem Mustang (Autotüren schlossen sich mit flachem Klacken), und blieben blinzelnd am abfallübersäten Straßenrand stehen. Autos rauschten auf dem Asphalt vorbei, keine drei Schritt weit entfernt.

Es war ein großer Friedhof, windig, flach und anonym. Die

Grabsteine waren aneinandergereiht wie die Häuser einer Bungalowsiedlung. Der livrierte Fahrer des Bestattungsinstitutes ging um den Lincoln herum, um Mrs. Corcoran die Tür aufzuhalten. Sie hatte – ich wußte nicht, warum – einen kleinen Strauß Rosenknospen in der Hand. Patrick reichte ihr den Arm, und sie schob eine behandschuhte Hand in seine Ellenbeuge, ihr Gesicht unergründlich hinter der dunklen Brille und sie selbst ruhig wie eine Braut.

Die Hecktür des Leichenwagens wurde geöffnet, und der Sarg glitt hervor. Schweigend strömte die Gesellschaft hinterher, als er ins freie Feld hinausgetragen wurde, über dem Grasmeer dümpelnd wie ein kleines Boot. Gelbe Bänder flatterten fröhlich am Deckel. Der Himmel war feindselig und gewaltig. Wir kamen an einem Kindergrab vorbei, auf dem ein ausgeblichener Kürbiskopf aus Plastik grinste.

Ein grüngestreiftes Zeltdach, wie man es für Gartenparties benutzt, spannte sich über das Grab. Es hatte etwas Leeres, Blödes an sich, wie es so mitten im Nirgendwo flatterte, irgendwie sinnlos, banal, viehisch. Wir machten halt und standen unbeholfen in kleinen Gruppen zusammen. Irgendwie hatte ich gedacht, es werde mehr sein als nur das. Abfallfetzen, von Rasenmähern zerrissen, lagen im Gras verstreut. Zigarettenstummel, Papier von einer Twix-Packung, erkennbar.

Das ist so dumm, dachte ich mit jäher Panik. *Wie ist das gekommen?*

Oben auf der Schnellstraße flutete der Verkehr vorbei.

Das Grab war beinahe unsagbar grauenvoll. Ich hatte noch nie eins gesehen. Es war ein barbarisches Ding, ein blindes, lehmiges Loch, mit Klappstühlen für die Familie in kippliger Balance auf der einen und einem rohen Erdhaufen auf der anderen Seite. *Mein Gott*, dachte ich. Ich fing an, alles auf einmal mit sengender Klarheit zu sehen. Warum sich mit dem Sarg plagen, mit dem Zeltdach oder all dem anderen, wenn sie ihn einfach hineinkippen, die Erde zuschaufeln und nach Hause gehen wollten? War das alles? Ihn beseitigen wie ein Stück Müll?

Bun, dachte ich, *oh, Bun, es tut mir leid.*

Der Pfarrer rasselte die Andachtsgebete eilig herunter; sein Gesicht schimmerte grünlich unter dem Zeltdach. Julian war da – jetzt sah ich ihn; er schaute zu uns vieren herüber. Erst ging Francis, dann auch Charles und Camilla; sie stellten sich neben ihn, aber mir war es egal, ich war ganz benommen. Die Corcorans saßen still da, die Hände im Schoß: *Wie können sie einfach dasitzen*, dachte ich, *an dieser furchtbaren Grube, und nichts tun?* Es war Mittwoch, und mittwochs um zehn hatten wir griechische Aufsatzlehre, und dort hätten wir jetzt alle sein müssen. Der Sarg stand dumm neben dem Grab. Ich wußte, sie würden ihn nicht mehr aufmachen, aber ich wünschte, sie würden es tun. Jetzt erst dämmerte mir allmählich, daß ich ihn nie wiedersehen würde.

Die Sargträger standen in einer dunklen Reihe hinter dem Sarg wie der Chor der Alten in einer Tragödie. Henry war der Jüngste unter ihnen; still stand er da, die Hände vor sich gefaltet – große, weiße Gelehrtenhände, geschickt und gut gepflegt, dieselben Hände, die sich in Bunnys Hals gebohrt hatten, um nach dem Puls zu tasten, die seinen Kopf auf dem armen, gebrochenen Hals hin- und hergedreht hatten, während wir anderen uns atemlos über den Rand beugten und ihn beobachteten. Selbst aus dieser Entfernung konnten wir den grausigen Winkel des Halses sehen, den Schuh, der in die falsche Richtung zeigte, das Blut, das aus Nase und Mund tröpfelte. Er zog die Lider mit dem Daumen hoch und beugte sich dicht darüber; sorgsam achtete er darauf, die Brille nicht zu berühren, die schief oben auf Bunnys Kopf saß. Ein Bein zuckte noch in einem einsamen Krampf, der allmählich in leises Beben überging und dann ganz aufhörte. Camillas Armbanduhr hatte einen Sekundenzeiger. Wir sahen, wie sie sich leise berieten. Dann war er hinter ihr den Hang heraufgeklettert, hatte sich mit der flachen Hand auf das Knie gestützt, sich dann die Hände an der Hose abgewischt und unser lärmendes Getuschel – *tot? ist er...?* – mit dem kurzen, unpersönlichen Kopfnicken eines Arztes beantwortet...

- o Herr, wir bitten Dich: Während wir den Heimgang unseres Bruders Edmund Grayden Corcoran betrauern, erinnere Du uns daran, daß wir uns fest dazu bereiten, ihm nachzufolgen. Gib uns die Gnade der Vorbereitung auf diese letzte Stunde und beschütze uns vor einem jähen, unvorbereiteten Tod...

Er hatte es überhaupt nicht kommen sehen. Er hatte es nicht einmal verstanden; es war keine Zeit dazu gewesen. Rücklings taumelnd wie am Rand eines Schwimmbeckens, ein komisches Jodeln, rudernde Arme wie Windmühlenflügel. Dann der überraschende Alptraum des Fallens. Jemand, der nicht wußte, daß es auf der Welt so etwas wie den Tod gab, der ungläubig blieb, noch als er ihn sah, der sich nie hätte träumen lassen, daß er je zu ihm kommen würde.

Aufflatternde Krähen. Glänzende Käfer, die durchs Gestrüpp

krochen. Ein Fleck Himmel, gefroren in wolkiger Netzhaut, sich spiegelnd in einer Pfütze auf der Erde. Juu-huuu. Sein, und dann Nichts.

...ich bin die Auferstehung und das Leben; wer an mich glaubt, wird leben, auch wenn er gestorben ist, und wer lebt und an mich glaubt, wird niemals sterben...

Die Sargträger senkten den Sarg an langen, knarrenden Gurten ins Grab hinab. Henrys Muskeln bebten unter der Anstrengung; er biß die Zähne fest zusammen. Sein Jackett war auf dem Rücken durchgeschwitzt.

Ich steckte die Hand in die Tasche und vergewisserte mich, daß die Schmerztabletten noch da waren. Es würde eine lange Heimfahrt werden.

Die Gurte wurden hochgezogen. Der Pfarrer segnete das Grab und besprengte es dann mit Weihwasser. Erde und Dunkelheit. Mr. Corcoran hatte das Gesicht in den Händen vergraben und schluchzte monoton. Die Zeltplane knatterte im Wind.

Die erste Schaufel Erde. Der dumpfe Aufschlag auf dem hohlen Sargdeckel erweckte ein flaues, schwarzes, leeres Gefühl in mir. Mrs. Corcoran – Patrick auf der einen, der nüchterne Ted auf der anderen Seite – trat vor. Mit ihrer behandschuhten Hand warf sie den kleinen Rosenstrauß ins Grab.

Langsam, sehr langsam, mit drogendumpfer, unendlicher Ruhe bückte Henry sich und nahm eine Handvoll Erde. Er hielt sie über das Grab und ließ sie durch die Finger rieseln. Dann trat er mit grausiger Gefaßtheit zurück und strich sich geistesabwesend mit der Hand über die Brust; dabei beschmierte er Revers, Krawatte und sein gestärktes, makellos weißes Hemd mit Lehm.

Ich starrte ihn an; Julian, Francis und die Zwillinge taten es ebenfalls, und ihre Gesichter zeigten Entsetzen. Er schien nicht zu merken, daß er irgend etwas Außergewöhnliches getan hatte. Völlig still stand er da; der Wind zauste sein Haar, und das trübe Licht blinkte auf dem Rand seiner Brille.

ACHTES KAPITEL

Meine Erinnerung an die nachfolgende Beerdigungsgesellschaft bei den Corcorans sind sehr nebelhaft – möglicherweise eine Folge der verschiedenen Schmerztabletten, von denen ich auf dem Hinweg eine Handvoll geschluckt hatte. Aber selbst Morphium hätte das Grauen des Geschehens nicht restlos abtöten können. Julian war da, und das war so etwas wie ein Segen; er schwebte durch den Trubel wie ein guter Engel, trieb freundlichen Small talk, hatte für jeden genau das richtige Wort und benahm sich den Corcorans gegenüber (die er in Wirklichkeit ebenso wenig ausstehen konnte wie sie ihn) derart charmant und diplomatisch, daß sogar Mrs. Corcoran sich friedfertig zeigte. Außerdem erwies sich, daß er – der Gipfel der Herrlichkeit, soweit es die Corcorans betraf – ein alter Bekannter Paul Vanderfellers war; Francis, der zufällig daneben gestanden hatte, erzählte, was für ein herrliches Gesicht Mr. Corcoran gemacht hatte, als Vanderfeller Julian erkannte und ihn (»im europäischen Stil«, wie man Mrs. Corcoran einer Nachbarin erklären hörte) mit einer Umarmung und einem Wangenkuß begrüßte.

Die kleinen Corcorans – die auf die traurigen Ereignisse des Vormittags seltsam aufgekratzt reagierten – flitzten fröhlich umher: Sie warfen mit Croissants, kreischten vor Lachen und jagten durch das Gedränge mit einem grausigen Spielzeug, das explosionsartige Furzgeräusche von sich gab. Mit dem Partyservice war ebenfalls etwas schiefgelaufen – zuviel Schnaps und zuwenig zum Essen, ein verläßliches Rezept für eine bestimmte Art von Trouble. Ted und seine Frau stritten ohne Unterlaß. Bram Guernsey kotzte auf ein Leinensofa. Mr. Corcoran schwankte hin und her zwischen Euphorie und wilder Verzweiflung.

Nachdem es eine Weile so gegangen war, ging Mrs. Corcoran hinauf ins Schlafzimmer, und als sie wieder herunterkam, lag auf ihrem Gesicht ein furchtbarer Ausdruck. Mit leiser Stimme berichtete sie ihrem Mann, es habe »einen Einbruch« gegeben, eine Mitteilung, die sich – von einem wohlmeinenden Lauscher an seinen Nachbarn weitergegeben – wie ein Lauffeuer im Raum verbreitete und eine Welle unerwünschter Besorgnis in Gang setzte. Wann war es denn passiert? Was fehlte? War die Polizei informiert? Die Leute brachen ihre Unterhaltungen ab und umringten, magnetisch angezogen, Mrs. Corcoran in einem murmelnden Schwarm. Sie wich ihren Fragen meisterlich und mit einem Air einer Märtyrerin aus. Nein, sagte sie, es habe keinen Sinn, die Polizei zu benachrichtigen: Es fehlten Kleinigkeiten von eher sentimentalem Wert, für niemandem von Nutzen außer für sie selbst.

Cloke verabschiedete sich bei nächster Gelegenheit. Und obgleich niemand viel dazu sagte, war auch Henry nicht mehr da. Beinahe unmittelbar nach der Beerdigung hatte er sein Gepäck geholt, war in seinen Wagen gestiegen und weggefahren; er hatte sich äußerst flüchtig von den Corcorans verabschiedet und kein Wort zu Julian gesagt, der besorgt darauf brannte, mit ihm zu reden. »Er sieht elend aus«, sagte er zu Camilla und mir. »Ich glaube, er braucht einen Arzt.«

»Die letzte Woche war schwer für ihn«, sagte Camilla.

»Gewiß. Aber ich glaube, Henry ist sensibler, als man vielleicht meinen möchte. In vieler Hinsicht ist es schwer vorstellbar, daß er je darüber hinwegkommen wird. Die Beziehung zwischen ihm und Edmund war enger, als Ihnen vermutlich klar ist.« Er seufzte. »Das war ein eigenartiges Gedicht, das er da vorgelesen hat, nicht wahr? Ich hätte etwas aus dem *Phaidon* vorgeschlagen.«

Gegen zwei begann sich alles aufzulösen. Wir hätten noch zum Abendessen bleiben können, hätten – wenn Mr. Corcorans betrunkene Einladungen Gültigkeit gehabt hätten (das frostige Lächeln seiner Frau hinter seinem Rücken gab uns zu verstehen, daß sie keine hatten) – in alle Ewigkeit als Freunde der Familie bleiben, auf unseren eigenen Pritschen im Keller schlafen und gerne am Leben im Hause Corcoran mit all seinen täglichen Freuden und Leiden teilnehmen können: Familienfeste feiernd, die Kleinen beaufsichtigend, gelegentlich bei der Hausarbeit zupackend, alle zusammen *im Team* (das betonte er immer wieder), wie es Corcoransche Art war. Es würde kein gehätscheltes Leben sein – er hätschelte seine Jungs nicht –, aber dafür eines, das uns Charakter und Mumm und moralische Maßstäbe verleihen würde, wobei er, was letztere anging, nicht erwartete, daß unsere Eltern sich die Mühe gemacht hätten, uns welche beizubringen.

Es war vier, als wir endlich wegkamen. Jetzt sprachen Charles und

Camilla aus irgendeinem Grund nicht mehr miteinander. Sie hatten sich wegen irgend etwas gezankt – ich hatte sie im Hof streiten sehen –, und auf dem Heimweg saßen sie die ganze Zeit Seite an Seite auf dem Rücksitz und blickten starr geradeaus, die Arme in absolut identischer Weise vor der Brust verschränkt – ich bin sicher, sie wußten nicht, wie komisch das aussah.

Meine Abwesenheit war mir viel länger vorgekommen, als sie tatsächlich gewesen war. Mein Zimmer wirkte verlassen und klein, als habe es wochenlang leer gestanden. Ich machte das Fenster auf und legte mich auf das ungemachte Bett. Die Laken rochen muffig. Es dämmerte.

Endlich war es vorbei, aber ich fühlte mich seltsam im Stich gelassen. Ich hatte Kurse am Montag: Griechisch und Französisch. Ich war seit fast drei Wochen nicht mehr im Französischkurs gewesen, und es durchzuckte mich bang, wenn ich daran dachte. Abschlußarbeiten. Ich drehte mich auf den Bauch. Examen. Und in anderthalb Monaten Sommerferien, und wo um alles in der Welt sollte ich sie verbringen? Sollte ich etwa für Dr. Roland arbeiten? Oder als Tankwart in Plano?

Ich stand auf, nahm noch ein Beruhigungsmittel und legte mich wieder hin. Draußen war es fast dunkel. Durch die Wand hörte ich die Anlage meines Nachbarn: David Bowie: »*This is ground control to Major Tom...*«

Ich starrte zu den Schatten an der Decke hinauf.

In einem fremden Land zwischen Traum und Wachsein sah ich mich auf einem Friedhof, nicht auf dem, wo Bunny begraben worden war, sondern auf einem anderen, viel älteren und sehr berühmten – überzogen von Hecken und Immergrün, und überall rissige Marmorpavillons, die unter den Ranken erstickten. Ich ging einen schmalen gepflasterten Weg entlang. Als ich um eine Ecke bog, streiften die weißen Blüten einer Hortensie – eine leuchtende Blumenwolke, die unerwartet blaß im Halbdunkel schwebte – meine Wange.

Ich suchte das Grab eines berühmten Schriftstellers – Marcel Proust vielleicht, oder George Sand. Wer immer es war, ich wußte, er oder sie war hier begraben, aber es war alles so überwuchert, daß ich kaum die Namen auf den Steinen entziffern konnte, und außerdem wurde es dunkel.

Dann befand ich mich auf dem Gipfel einer Anhöhe in einem dunklen Kiefernhain; tief unter mir lag ein von Qualm und Rauch erfülltes Tal. Ich drehte mich um und schaute den Weg entlang, den ich gekommen war: ein Stachelwald von Marmortürmchen, düsteren Mausoleen, fahl in der zunehmenden Dunkelheit. Weit unten kam ein kleines Licht – eine Laterne vielleicht oder eine Taschenlampe – zwischen den dichtgedrängten Grabsteinen hindurch hüpfend auf mich zu. Ich beugte mich vor, um besser zu sehen, und hörte erschrocken ein Krachen im Gestrüpp hinter mir.

Es war das Baby, das die Corcorans Champ nannten. Es war der Länge nach hingefallen und versuchte, taumelnd auf die Beine zu kommen; aber nach kurzer Zeit gab es auf und blieb still liegen, barfuß, zitternd, und sein Bauch hob und senkte sich. Es trug nichts als eine Windelhose aus Plastik und hatte häßliche Schrammen an Armen und Beinen. Sprachlos starrte ich es an. Die Corcorans waren gedankenlos, aber das hier war unfaßbar: *Diese Monster*, dachte ich, *diese Schwachsinnigen – sie sind einfach abgehauen und haben es ganz allein hiergelassen.*

Das Baby wimmerte; die Beinchen waren blaufleckig von der Kälte. Eine fette Seesternhand umklammerte ein Plastikflugzeug. Ich bückte mich, um nachzusehen, ob ihm irgend etwas fehlte, doch da hörte ich ganz in der Nähe ein gekünsteltes, demonstratives Räuspern.

Was dann passierte, ging blitzschnell. Als ich mich umschaute, sah ich nur die allerflüchtigste Impression der Gestalt hinter mir, aber schon dieser kurze Blick ließ mich aufschreien und nach rückwärts taumeln, und ich fiel und fiel und fiel, bis ich schließlich in meinem eigenen Bett landete, das mir aus der Dunkelheit entgegenkam. Der Ruck schüttelte mich wach. Zitternd blieb ich einen Moment lang flach auf dem Rücken liegen; dann tastete ich nach der Nachttischlampe. Tisch, Tür, Stuhl. Ich ließ mich zurücksinken, immer noch zitternd. Die Gesichtszüge waren verklebt, zerkratzt und dick verkrustet gewesen, so daß ich mich selbst bei Licht nicht gern an sie erinnerte – und doch hatte ich sehr genau gewußt, wer es war, und im Traum hatte ich gewußt, daß ich es wußte.

Nach dem, was wir in den vergangenen Wochen durchgemacht hatten, war es kein Wunder, daß wir alle ein bißchen die Nase voll hatten voneinander. In den nächsten Tagen blieb jeder meist für sich, außer im Unterricht und beim Essen; nachdem Bun tot und begraben war, hatten wir vermutlich sehr viel weniger Gesprächsstoff und keinen Grund mehr, bis vier oder fünf Uhr morgens aufzubleiben.

Ich fühlte mich seltsam frei. Ich machte Spaziergänge, ging allein ins Kino und am Freitag abend auf eine Party außerhalb des Campus, wo ich bei irgendeinem Lehrer zu Hause auf der hinteren Veranda stand und Bier trank und hörte, wie ein Mädchen einem anderen Mädchen etwas über mich zuflüsterte. »Er sieht so traurig aus, findest du nicht?« Es war eine klare Nacht mit Grillen und einer Million Sternen. Das Mädchen war hübsch – der strahlende, übersprudelnde Typ, auf den ich stehe. Sie fing ein Gespräch an, und ich hätte mit ihr nach Hause gehen können; aber es war genug, einfach zu flirten, auf jene zarte, unsichere Art, wie tragische Figuren es im Kino tun (der Kriegsveteran mit dem Granatentrauma oder der brütende junge Witwer, der sich hingezogen fühlt zu der jungen Fremden, indes von einer dunklen Vergangenheit heimgesucht wird, die sie in ihrer Unschuld nicht mit ihm teilen kann), und mit Freude zu sehen, wie die Sterne der Empathie in ihren freundlichen Augen erblühten; ihren süßen Wunsch zu spüren, mich vor mir selbst zu retten (und, oh, meine Liebe, dachte ich, wenn du wüßtest, was für eine Aufgabe du da übernähmst, wenn du es nur wüßtest!) – und dabei zu wissen, wenn ich mit ihr nach Hause gehen wollte, dann könnte ich es tun.

Ich tat es aber nicht. Denn ich brauchte weder Gesellschaft noch Trost. Ich wollte nur allein sein.

Nach der Party ging ich nicht auf mein Zimmer, sondern in Dr. Rolands Büro; ich wußte, daß niemand auf die Idee kommen würde, mich dort zu suchen. Abends und an den Wochenenden war es wunderbar ruhig, und als wir aus Connecticut zurück waren, verbrachte ich viel Zeit dort – las, schlief auf seiner Couch, tat seine Arbeit und meine eigene.

Zu dieser Nachtzeit waren sogar die Hausmeister nicht mehr da. Das Gebäude lag im Dunkeln. Ich schloß die Bürotür hinter mir ab. Die Lampe auf Dr. Rolands Schreibtisch warf einen warmen, buttergelben Lichtkreis, und nachdem ich im Radio leise einen Klassiksender aus Boston eingestellt hatte, ließ ich mich mit meiner Französischgrammatik auf der Couch nieder. Später, wenn ich müde würde, gäbe es noch einen Kriminalroman und eine Tasse Tee, falls ich Lust darauf hätte. Dr. Rolands Bücherregale leuchteten warm und geheimnisvoll im Lampenschein. Obwohl ich nichts Unrechtes tat, war es irgendwie, als schliche ich mich umher, als führte ich ein heimliches Leben, das, so angenehm es auch war, früher oder später über mir zusammenbrechen würde.

Bei den Zwillingen herrschte immer noch Zwietracht. Ich hatte das Gefühl, die Schuld liege bei Charles, der mürrisch und verschlossen war und – was in letzter Zeit der Normalzustand war – ein bißchen mehr trank, als gut für ihn war. Francis behauptete, nichts darüber zu wissen, aber ich ahnte, daß er mehr wußte, als er sagte.

Mit Henry hatte ich seit der Beerdigung nicht mehr gesprochen; ich hatte ihn nicht einmal gesehen. Er kam nicht zum Essen und ging nicht ans Telefon. Samstag mittag bei Tisch fragte ich: »Ob mit Henry alles in Ordnung ist?«

»Oh, dem geht's prima«, sagte Camilla und hantierte geschäftig mit Messer und Gabel.

»Woher weißt du das?«

Sie schwieg einen Moment lang, und ihre Gabel verharrte auf halber Höhe in der Luft; ihr Blick war wie ein Lichtstrahl, der mir plötzlich ins Gesicht leuchtete. »Weil ich ihn gerade erst gesehen habe.«

»Wo?«

»In seiner Wohnung. Heute morgen«, sagte sie und wandte sich wieder ihrem Teller zu.

»Und wie geht es ihm?«

»Okay. Ein bißchen zittrig noch, aber ganz okay.«

Neben ihr hatte Charles das Kinn auf die Hand gestützt und starrte düster auf sein unberührtes Essen.

Keiner der Zwillinge erschien an diesem Tag zum Abendessen. Francis war redselig und guter Laune. Er kam eben aus Manchester zurück und war mit Einkaufstüten bepackt, und er zeigte mir nacheinander seine Einkäufe: Jacken, Strümpfe, Hosenträger, ein halbes Dutzend verschieden gestreifte Hemden, ein fabelhaftes Sortiment von Krawatten, von denen eine – eine grünbronzene Seidenkrawatte mit mandarinefarbenen Punkten – ein Geschenk für mich war.

In der Buchhandlung war er auch gewesen. Er hatte eine Biographie von Cortéz, eine Übersetzung von Gregor von Tours, eine Studie über viktorianische Mörderinnen, erschienen bei der Harvard University Press. Auch für Henry hatte er ein Geschenk gekauft: einen Band mit mykenischen Inschriften aus Knossos.

Ich schaute ihn mir an; es war ein gewaltiges Buch. Es enthielt keinen Text, sondern nur Fotos über Fotos von zerbrochenen Tafeln, deren Inschriften – in Linear-B – darunter im Faksimile reproduziert waren. Auf manchen der Fragmente stand nur ein einziges Schriftzeichen.

»Das wird ihm gefallen«, sagte ich.

»Ja, das glaube ich auch«, meinte Francis. »Es war das langweiligste Buch, das ich finden konnte. Ich dachte mir, ich bringe es ihm nach dem Essen vorbei.«

»Vielleicht komme ich mit«, sagte ich.

Francis zündete sich eine Zigarette an. »Kannst du, wenn du willst. Ich gehe aber nicht rein. Ich werde es einfach vor die Tür legen.«

»Ach so, na dann«, sagte ich und war merkwürdig erleichtert.

Ich verbrachte den ganzen Sonntag in Dr. Rolands Büro, von zehn Uhr morgens an. Gegen elf Uhr abends wurde mir klar, daß ich den ganzen Tag nichts zu mir genommen hatte, nichts als Kaffee und ein paar Kekse aus dem Büro; also packte ich meine Sachen zusammen, schloß ab und ging hinunter, um zu sehen, ob der »Rathskeller« noch offen war.

Er war. »The Rat« gehörte zur Snackbar; das Essen war überwiegend miserabel, aber es gab zwei Flipperautomaten und eine Musicbox, und wenn man auch keine richtigen Drinks bekam, kriegte man doch für nur sechzig Cent einen Plastikbecher verwässertes Bier.

An diesem Abend war es laut und sehr voll dort. »The Rat« machte mich nervös. Für Leute wie Judd und Frank, die dort waren, sobald der Laden öffnete, war es der Dreh- und Angelpunkt des Universums. Jetzt waren sie auch da; sie beherrschten einen Tisch voll begeisterter Arschkriecher und Mitläufer und spielten mit dem Schaum des Wohlbehagens vor dem Mund irgendein Spiel, das anscheinend unter anderem erforderte, daß sie versuchten, sich gegenseitig eine Glasscherbe in die Hand zu stechen.

Ich drängte mich ganz nach vorn und bestellte ein Stück Pizza und ein Bier. Während ich darauf wartete, daß die Pizza aus dem Ofen kam, sah ich Charles, der allein am Ende der Theke hockte.

Ich sagte hallo, und er drehte sich halb zu mir um. Er war betrunken; ich sah es an der Art, wie er dasaß: nicht in einer an sich trunkenen Haltung, aber so, als habe eine andere – träge, verdrossene – Person von seinem Körper Besitz ergriffen. »Oh«, sagte er. »Gut. Du bist das.«

Ich fragte mich, was ihn in diesen gräßlichen Laden trieb, wo er allein am Tresen saß und schlechtes Bier trank, während er zu Hause einen ganzen Schrank voll vom besten Schnaps hatte, den er sich nur wünschen konnte.

Er sagte etwas, aber bei der Musik und dem Gebrüll konnte ich ihn nicht verstehen. »Was?« fragte ich und beugte mich zu ihm hinüber.

»Ich sagte, kannst du mir Geld leihen?«
»Wieviel?«
Er zählte etwas an seinen Fingern ab. »Fünf Dollar.«
Ich gab sie ihm. Er war nicht so betrunken, daß er imstande gewesen wäre, es ohne wiederholte Entschuldigungen und Rückzahlungsversprechen anzunehmen.

»Ich hatte am Freitag noch zur Bank gehen wollen«, sagte er.
»Schon okay.«
»Nein, wirklich.« Behutsam holte er einen zerknüllten Scheck aus der Tasche. »Den hat meine Nana mir geschickt. Ich kann ihn Montag einlösen. Kein Problem.«

»Keine Sorge«, sagte ich. »Was machst du eigentlich hier?«
»Wollte 'n bißchen raus.«
»Wo ist Camilla?«
»Weiß nicht.«

Er war noch nicht so betrunken, daß er nicht allein nach Hause gekommen wäre; aber das »Rat« schloß erst in zwei Stunden, und der Gedanke, ihn allein hier sitzen zu lassen, gefiel mir nicht. Andererseits hatte ich auch keine Lust, in dieser Kaschemme herumzuhängen, bis Charles bereit war zu gehen. Jeder Versuch, ihn hinauszuziehen, das wußte ich, würde freilich nur dazu führen, daß er sich noch entschlossener hier festsetzte; wenn er betrunken war, hatte er eine perverse Art, immer das Gegenteil dessen zu wollen, was irgend jemand vorschlug.

»Weiß Camilla, daß du hier bist?« fragte ich.
Er lehnte sich herüber und stützte sich dabei mit der flachen Hand auf den Tresen. »Was?«

Ich wiederholte meine Frage, lauter diesmal. Sein Gesicht verdüsterte sich. »Geht sie nichts an«, sagte er und wandte sich wieder seinem Bier zu.

Mein Essen kam. Ich zahlte und sagte zu Charles: »Entschuldige, ich bin gleich wieder da.«

Das Männerklo lag an einem klammen, übelriechenden Korridor, der im rechten Winkel zur Theke verlief. Ich bog dort ein, so daß Charles mich nicht mehr sehen konnte, und ging zu dem

Münztelefon an der Wand. Aber da stand ein Mädchen und unterhielt sich auf deutsch. Ich wartete eine Ewigkeit und wollte gerade wieder gehen, als sie endlich auflegte; ich wühlte in meiner Tasche nach einem Vierteldollar und wählte die Nummer der Zwillinge. Aber es meldete sich niemand. Ich wählte noch einmal und sah auf die Uhr. Es war zwanzig nach elf. Ich konnte mir nicht vorstellen, wo Camilla um diese Zeit sein sollte – es sei denn, sie war unterwegs, um Charles abzuholen.

Ich legte auf. Die Münze fiel klimpernd unten ins Fach. Ich steckte sie ein und ging zu Charles an die Bar zurück. Einen Moment lang dachte ich, er sei irgendwo im Gedränge verschwunden, aber gleich darauf war mir klar, daß ich ihn nicht sah, weil er nicht da war. Er hatte sein Bier ausgetrunken und war gegangen.

Hampden war plötzlich wieder grün wie das Paradies. Die meisten Blüten hatte der Schnee vernichtet, von den spätblühenden Pflanzen wie Geißblatt und Flieder und dergleichen abgesehen, aber die Bäume schlugen jetzt buschiger aus als vorher, wie es schien: tief und dunkel war das Laub, so dicht, daß der Weg, der durch den Wald nach North Hampden führte, plötzlich sehr schmal war; grün drängte es zu beiden Seiten heran und verschluckte das Sonnenlicht auf dem feuchten, von Käfern wimmelnden Pfad.

Am Montag kam ich ein bißchen zu früh ins Lyzeum; in Julians Büro fand ich die Fenster offen, und Henry ordnete Päonien in einer Vase. Er sah aus, als ob er zehn oder fünfzehn Pfund abgenommen hätte, was bei seiner Größe nichts ausmachte; trotzdem sah ich, wie schmal sein Gesicht und sogar seine Handgelenke und Hände waren. Aber es war nicht das, sondern etwas anderes, Undefinierbares, was ihn verändert hatte, seit ich ihn das letztemal gesehen hatte.

Julian und er unterhielten sich – in scherzhaftem, spöttischem, pedantischem Latein – wie zwei Priester, die vor der Messe die Sakristei aufräumten. Der dunkle Duft von frisch aufgebrühtem Tee hing schwer in der Luft.

Henry blickte auf. »*Salve, amice*«, sagte er, und eine feine Lebhaftigkeit flackerte in seinen starren Zügen auf, die sonst so verschlossen, so distanziert wirkten. »*Valesne? Quid est rei?*«

»Du siehst gut aus«, sagte ich, und es stimmte.

Er neigte leicht den Kopf. Seine Augen, die während seiner Krankheit trüb und verschwommen ausgesehen hatten, waren jetzt von klarstem Blau.

»*Benigne dicis*«, sagte er. »Ich fühle mich auch viel besser.«
Julian räumte die Reste von Brötchen und Marmelade fort – er und Henry hatten zusammen gefrühstückt, und recht üppig, wie es aussah –, und er lachte und sagte etwas, was ich nicht ganz verstand – irgendein horazisch klingendes Epigramm des Inhalts, daß Fleisch gut sei für die Trauer. Er wirkte wieder so strahlend und heiter wie früher. Er hatte Bunny in fast unerklärlicher Weise gern gehabt, aber starke Emotionen waren ihm ein Graus, und eine nach modernen Maßstäben normale Zurschaustellung von Gefühlen wäre ihm exhibitionistisch und ein wenig schockierend vorgekommen: Ich war ziemlich sicher, daß dieser Tod ihn stärker berührt hatte, als er erkennen ließ. Dann wiederum hatte ich den Verdacht, daß Julians fröhliche, sokratische Gleichgültigkeit gegen Fragen von Leben und Tod ihn davor bewahrte, über irgend etwas allzu lange traurig zu sein.

Francis kam, und dann auch Camilla; Charles nicht – er lag wahrscheinlich mit einem Kater im Bett. Wir alle setzten uns an den großen runden Tisch.

»Und nun«, sagte Julian, als es still geworden war, »sind wir hoffentlich alle bereit, die Welt der Phänomene zu verlassen und ins Sublime einzudringen.«

Jetzt, so schien es, waren wir in Sicherheit; eine große Finsternis war von meiner Seele gewichen. Die Welt war ein frischer, wunderbarer Ort, grün und kräftigend und völlig neu. Ich unternahm oft lange Spaziergänge zum Battenkill River hinunter, ganz allein. Besonders gern ging ich in den kleinen ländlichen Lebensmittelladen in North Hampden (die steinalten Besitzer, Mutter und Sohn, hatten angeblich die Inspiration zu einer berühmten, häufig in Anthologien vertretenen Horrorstory aus den fünfziger Jahren geliefert), um mir dort eine Flasche Wein zu kaufen und dann zum Fluß hinunterzuwandern, wo ich sie austrank, und dann durchstreifte ich betrunken diese prachtvollen, goldenen, lodernden Nachmittage, bis es Abend wurde: reine Zeitverschwendung natürlich. Ich war in Rückstand geraten; ich hatte Seminararbeiten zu verfassen, und Examen dräuten am Horizont; aber noch war ich jung, das Gras war grün und die Luft schwer vom Summen der Bienen, und ich war soeben vom Rande des Todes zurückgekehrt, zurück zu Sonne und Luft. Jetzt war ich frei, und mein Leben, das ich schon verlorengegeben hatte, erstreckte sich unbeschreiblich kostbar und süß vor mir.

An einem dieser Nachmittage spazierte ich auf dem Rückweg an

Henrys Haus vorbei und fand ihn hinten im Garten, wo er ein Blumenbeet umgrub. Er hatte seine Gärtnersachen an – eine alte Hose, und die Hemdsärmel bis über die Ellbogen hochgekrempelt –, und in der Schubkarre waren Tomatenpflanzen, Gurken, Basilikum, Erdbeersetzlinge, Sonnenblumen und scharlachrote Geranien. Drei oder vier Rosenbüsche mit juteumwickelten Wurzelballen lehnten am Zaun.

Ich ging durch das Seitentor hinein. Ich war wirklich ziemlich betrunken. »Hallo«, sagte ich. »Hallo, hallo, hallo.«

Er hielt inne und stützte sich auf seine Schaufel. Rot glühte ein Sonnenbrand auf seinem Nasenrücken.

»Was machst du?« fragte ich.

»Ein bißchen Salat auspflanzen.«

In der langen Stille, die folgte, bemerkte ich die Farnkräuter, die er an dem Nachmittag ausgegraben hatte, als wir Bunny umgebracht hatten. Milzfarn hatte er sie genannt, wie ich mich erinnerte; Camilla hatte noch eine Bemerkung über den hexenhaften Klang dieses Namens gemacht. Er hatte sie in den Schatten des Hauses gepflanzt, dicht am Keller, wo sie in der Kühle dunkel und schaumig wucherten.

Ich wankte einen Schritt zurück und hielt mich am Torpfosten fest. »Wirst du diesen Sommer hierbleiben?« fragte ich.

Er sah mich aufmerksam an und klopfte sich die Hände an der Hose ab. »Ich denke, ja«, sagte er. »Und du?«

»Ich weiß noch nicht.« Ich hatte noch niemandem davon erzählt; erst einen Tag zuvor hatte ich mich im Studentensekretariat um einen Job als Haushüter in Brooklyn beworben; ein Geschichtsprofessor dort wollte den Sommer über zum Studium nach England. Es klang ideal – eine mietfreie Wohnung in einer hübschen Gegend von Brooklyn und keine Pflichten außer Blumengießen und der Versorgung zweier Boston-Terrier. Ich war noch nie in Brooklyn gewesen und wußte nichts darüber, aber mir gefielen die Vorstellung, in einer Großstadt zu leben – in irgendeiner Großstadt, vor allem in einer fremden –, und der Gedanke an Verkehr und Menschenmengen und die Arbeit in einem Buchladen oder als Kellner in einem Coffeeshop – wer weiß, in welches seltsame Einsiedlerleben ich da hineinrutschen würde? Allein essen, abends mit den Hunden spazierengehen und niemand, der wußte, wer ich war.

Henry sah mich immer noch an. Er schob seine Brille hoch. »Weißt du«, sagte er, »es ist noch ziemlich früh am Nachmittag.«

Ich lachte; ich wußte, was er dachte: erst Charles, jetzt ich. »Ich bin okay«, sagte ich.

»Ja?«

»Natürlich.«

Er machte sich wieder an die Arbeit: stieß die Schaufel in den Boden, trat dann mit einem von einer Khaki-Gamasche umhüllten Fuß hart auf eine Seite des Schaufelblatts. »Dann kannst du mir ja hier mit dem Salat helfen«, sagte er. »Im Werkzeugschuppen ist noch ein Spaten.«

Spät in der Nacht – es war zwei Uhr morgens – hämmerte meine Hausvorsitzende an meine Zimmertür und schrie, da sei ein Anruf für mich. Schlaftrunken zog ich meinen Bademantel über und taperte die Treppe hinunter.

Es war Francis. »Was willst du?« fragte ich.

»Richard, ich habe einen Herzanfall.«

Ich blickte mit einem Auge zu meiner Hausvorsitzenden hinüber – Veronica, Valerie, ich weiß nicht mehr, wie sie hieß –, die mit verschränkten Armen neben dem Telefon stehengeblieben war und in sorgenvoller Haltung den Kopf schräg gelegt hatte. Ich wandte ihr den Rücken zu. »Dir fehlt nichts«, sagte ich ins Telefon. »Geh wieder schlafen.«

»Hör doch.« Panik lag in seiner Stimme. »Ich habe einen Herzanfall. Ich glaube, ich werde sterben.«

»Nein, wirst du nicht.«

»Ich habe alle Symptome. Schmerzen im linken Arm. Beklemmungen in der Brust. Atemnot.«

»Was soll ich denn machen?«

»Du sollst herkommen und mich ins Krankenhaus fahren.«

»Wieso rufst du keinen Krankenwagen?« Ich war so verschlafen, daß mir immer wieder die Augen zufielen.

»Weil ich Angst habe vor dem Krankenwagen«, sagte Francis, aber was er noch sagte, konnte ich nicht verstehen, weil Veronica, die bei dem Wort *Krankenwagen* die Ohren gespitzt hatte, sich aufgeregt einschaltete.

»Wenn du einen Sanitäter brauchst – die Typen oben vom Wachdienst können Erste Hilfe«, sagte sie eifrig. »Sie haben von Mitternacht bis sechs Rufbereitschaft. Außerdem haben sie einen Fahrdienst zum Krankenhaus. Wenn du willst, hole ich...«

»Ich brauche keinen Sanitäter«, sagte ich. Francis wiederholte am anderen Ende völlig außer sich immer wieder meinen Namen.

»Ich bin hier«, sagte ich.

»Richard?« Seine Stimme klang schwach und gehaucht. »Mit wem redest du da? Was ist los?«

»Gar nichts. Jetzt hör zu...«

»Wer sagt da was von Sanitätern?«

»Niemand. Jetzt hör zu. *Hör zu*«, sagte ich, als er versuchte, über mich hinwegzureden. »Beruhige dich. Sag mir, was du hast.«

»Ich will, daß du rüberkommst. Ich fühle mich wirklich schlecht. Ich glaube, mein Herz hat gerade für einen Moment aufgehört zu schlagen. Ich...«

»Geht's da um Drogen?« fragte Veronica in vertraulichem Ton.

»Hör mal«, sagte ich zu ihr, »ich wünschte, du könntest still sein, damit ich hören kann, was dieser Mensch da zu sagen hat.«

»Richard?« sagte Francis. »Kommst du mich bitte einfach holen? Bitte?«

Ich schwieg einen Moment.

»Also gut«, sagte ich dann. »Gib mir ein paar Minuten Zeit.« Ich legte auf.

Als ich in seine Wohnung kam, lag er bis auf die Schuhe angezogen auf dem Bett. »Fühl mir den Puls«, sagte er.

Ich tat es, um ihn bei Laune zu halten. Sein Puls ging schnell und kräftig. Francis lag kraftlos und mit flatternden Lidern da. »Was glaubst du, was mir fehlt?« fragte er.

»Ich weiß es nicht«, sagte ich. Er war ein bißchen rot im Gesicht, aber eigentlich sah er so schlecht nicht aus. Immerhin war es möglich – obwohl es sicher Wahnsinn gewesen wäre, es in diesem Augenblick zu erwähnen –, daß er eine Lebensmittelvergiftung oder eine Blinddarmentzündung oder so etwas hatte.

»Glaubst du, ich sollte ins Krankenhaus gehen?«

»Das mußt du selbst wissen.«

Er lag einen Moment lang schweigend da. »Ich weiß nicht. Eigentlich glaube ich, ich sollte.«

»Okay. Wenn dir dann wohler ist. Komm. Du mußt dich aufrichten.«

Er war nicht zu krank, um auf der Fahrt zum Krankenhaus die ganze Zeit zu rauchen. Wir bogen in die Zufahrt ein und hielten vor dem breiten, hell erleuchteten Eingang mit dem Schild *Notaufnahme*. Ich stellte den Motor ab. Wir blieben noch sitzen. »Bist du sicher, daß du das machen willst?« fragte ich.

Er sah mich erstaunt und verachtungsvoll an.
»Du glaubst, ich *simuliere*«, stellte er fest.
»Nein«, sagte ich überrascht; und, um ehrlich zu sein, auf diese Idee war ich tatsächlich nicht gekommen. »Ich habe dir nur eine Frage gestellt.«
Er stieg aus und schlug die Wagentür zu.
Wir mußten ungefähr eine halbe Stunde warten. Francis füllte eine Karte aus, und dann saß er mürrisch da und las in alten Heften des *Smithsonian*-Magazins. Aber als die Schwester schließlich seinen Namen aufrief, stand er nicht auf.
»Das bist du«, sagte ich.
Er rührte sich immer noch nicht.
»Na los«, sagte ich.
Er antwortete nicht. Ein wilder Ausdruck lag in seinem Blick.
»Hör mal«, sagte er schließlich, »ich hab's mir anders überlegt.«
»*Was?*«
»Ich sage, ich hab's mir anders überlegt. Ich will nach Hause.«
Die Schwester stand in der Tür und hörte diesem Wortwechsel interessiert zu.
»Das ist doch blöd«, sagte ich zu ihm. »Jetzt hast du so lange gewartet.«
»Ich hab's mir anders überlegt.«
»Du warst doch derjenige, der herkommen wollte.«
Ich wußte, das würde ihn beschämen. Verärgert und meinem Blick ausweichend, knallte er die Zeitschrift auf den Tisch und stakste, ohne sich umzusehen, durch die Doppeltür.

Etwa zehn Minuten später steckte ein erschöpft aussehender Arzt in einem OP-Kittel den Kopf ins Wartezimmer. Ich war der einzige Anwesende.
»Hallo«, sagte er knapp. »Gehören Sie zu Mr. Abernathy?«
»Ja.«
»Würden Sie bitte für einen Augenblick mit nach hinten kommen?«
Ich stand auf und folgte ihm. Francis saß vollständig angezogen auf der Kante einer Untersuchungsliege, krümmte sich fast bis auf die Knie und sah sehr elend aus.
»Mr. Abernathy will sich nicht frei machen«, sagte der Arzt. »Und er läßt sich von der Schwester kein Blut abnehmen. Ich weiß nicht, wie wir ihn untersuchen sollen, wenn er nicht mitmacht.«

Es war still. Das Licht im Untersuchungszimmer war sehr grell. Ich war furchtbar verlegen.

Der Arzt ging zu einem Waschbecken und wusch sich die Hände. »Haben Sie heute abend irgendwas an Drogen genommen?« fragte er beiläufig.

Ich merkte, daß ich rot wurde. »Nein«, sagte ich.

»Ein bißchen Kokain? Speed vielleicht?«

»Nein.«

»Wenn Ihr Freund hier etwas genommen hat, wäre es hilfreich, wenn wir wüßten, was es war.«

»Francis«, sagte ich matt, und ein haßerfüllter Blick ließ mich verstummen: *Et tu, Brute.*

»Wie kannst du es wagen«, fauchte er. »Ich habe nichts genommen. Du weißt es ganz genau.«

»Beruhigen Sie sich«, sagte der Arzt. »Niemand will Sie beschuldigen. Aber Ihr Benehmen ist heute nacht ein bißchen irrational, finden Sie nicht auch?«

»Nein«, sagte Francis nach einer verwirrten Pause.

Der Arzt spülte die Hände unter fließendem Wasser ab und trocknete sie mit einem Handtuch. »Nicht?« sagte er. »Sie kommen mitten in der Nacht her und behaupten, Sie hätten einen Herzanfall, und dann lassen Sie niemanden an sich heran? Wie soll ich da wissen, was Ihnen fehlt?«

Francis antwortete nicht. Er atmete schwer. Sein Blick war gesenkt, sein Gesicht glühte rosig.

»Ich bin kein Gedankenleser«, sagte der Arzt schließlich. »Aber wenn jemand in Ihrem Alter sagt, er habe einen Herzanfall, gibt es nach meiner Erfahrung zwei Möglichkeiten.«

»Welche?« fragte ich schließlich.

»Na ja. Amphetamin-Vergiftung ist die eine.«

»Ist es aber nicht«, sagte Francis und hob den Kopf.

»Okay, okay. Was es auch sein könnte, wäre ein Paniksyndrom.«

»Was ist das?« fragte ich und vermied es sorgfältig, Francis dabei anzusehen.

»So etwas wie Beklemmungszustände. Ein plötzlich auftretender Anfall von Angst. Herzklopfen. Zittern und Schwitzen. Das kann eine ganz ernste Sache sein. Die Leute denken oft, sie sterben.«

Francis sagte nichts.

»Nun?« sagte der Arzt. »Meinen Sie, das könnte es sein?«

»Ich weiß es nicht«, sagte Francis nach einer verwirrten Pause. Der Arzt lehnte sich rückwärts an das Waschbecken. »Haben Sie oft Angst?« fragte er. »Ohne daß Sie einen guten Grund dafür wüßten?«

Als wir das Krankenhaus verließen, war es Viertel nach drei. Francis zündete sich auf dem Parkplatz eine Zigarette an. In der linken Hand zerknüllte er einen Zettel, auf den der Arzt den Namen eines Psychiaters in der Stadt geschrieben hatte.

»Bist du sauer?« fragte er, als wir im Wagen saßen.

Es war das zweitemal, daß er mich das fragte. »Nein«, sagte ich.

»Ich weiß, daß du sauer bist.«

Die Straßen waren traumartig erleuchtet und menschenleer. Das Autoverdeck war offen. Wir fuhren an dunklen Häusern vorbei und bogen auf eine überdachte Brücke. Die Reifen dröhnten dumpf über die Holzbohlen.

»Bitte sei nicht sauer auf mich«, sagte Francis.

Ich ignorierte ihn. »Wirst du zu diesem Psychiater gehen?« fragte ich.

»Das würde nichts nützen. Ich weiß ja, was nicht stimmt.«

Ich sagte nichts. Bei dem Wort *Psychiater* war ich erschrocken. Ich war kein gläubiger Anhänger der Psychiatrie – aber wer wußte schon, was ein geübtes Auge in einem Persönlichkeitstest, einem Traum oder auch schon in einem Versprecher alles sehen würde?

»Ich habe als Kind eine Analyse gemacht.« Francis klang, als sei er den Tränen nahe. »Ich schätze, ich muß elf oder zwölf gewesen sein. Meine Mutter war auf 'nem Yoga-Trip; sie zerrte mich aus meiner alten Schule in Boston und verfrachtete mich in diesen furchtbaren Laden in der Schweiz. Das So-und-so-Institut. Alle trugen Sandalen und Socken. Es gab Kurse für Derwischtänze und Kabbala. Wer zur Weißen Ebene gehörte – so nannten sie meine Klasse oder Gruppe, oder was immer es war –, mußte jeden Morgen chinesisches *Quigong* machen und vier Stunden Reichsche Analyse pro Woche. Ich mußte sechs.«

»Wie macht man bei einem zwölfjährigen Jungen eine Analyse?«

»Massenhaft Wortassoziationen. Und gespenstische Spielchen, die sie einen mit anatomisch korrekten Puppen machen ließen. Sie hatten mich und zwei kleine Französinnen dabei erwischt, wie wir uns vom Gelände schleichen wollten – wir waren halb verhungert, makrobiotisches Essen, weißt du, und wir wollten nur zum *bureau de tabac* hinunter, um Schokolade zu kaufen, aber natürlich beharrten sie darauf, daß es sich um einen sexuellen Zwischenfall gehandelt habe. Nicht, daß sie was dagegen hatten, aber sie hatten es gern, wenn man ihnen davon erzählte, und ich war zu ignorant, um ihnen den Gefallen zu tun. Die Mädchen wußten besser Bescheid, und sie hatten sich irgendeine wüste Franzosengeschichte ausgedacht, um dem Psychiater eine Freude zu machen – *ménage à trois* in einem Heuschober –, und du kannst dir nicht vorstellen, für wie krankhaft sie mich hielten, weil ich so etwas unterdrückte... Obwohl ich ihnen erzählt hätte, was sie wollten, wenn ich gedacht hätte, sie würden mich dann nach Hause schicken.«

Wir fuhren um eine Kurve. Plötzlich erschien im Lichtkegel der Scheinwerfer ein großes Tier mitten auf der Fahrbahn. Ich trat hart auf die Bremse. Eine Sekunde lang schaute ich durch die Windschutzscheibe in ein Paar glühende Augen. Dann sprang das Tier blitzartig davon.

Ich hielt an, und wir saßen einen Moment lang schreckensstarr da.

»Was war das?« fragte Francis schließlich.
»Ich weiß nicht. Ein Reh vielleicht.«
»Das war kein Reh.«
»Dann ein Hund.«
»Für mich sah das aus wie eine Art Katze.«

In Wahrheit hatte es für mich auch so ausgesehen. »Aber es war zu groß«, sagte ich.

»Vielleicht war es ein Puma oder so was.«
»Die gibt's hier nicht.«
»Gab's aber. Man nannte sie Catamounts. Cat-of-the-Mountain. Wie die Catamount Street in der Stadt.«

Der Nachtwind war kalt. Irgendwo bellte ein Hund. Es war nicht viel Verkehr auf den nächtlichen Straßen.

Ich fuhr weiter.

Francis hatte mich gebeten, niemandem von unserem Ausflug zur Notaufnahme zu erzählen, aber als ich am Sonntag abend bei den Zwillingen zu Hause ein bißchen zuviel getrunken hatte, berichtete ich Charles nach dem Essen in der Küche unversehens die ganze Geschichte.

Charles zeigte sich mitfühlend. Er hatte selbst getrunken, wenn auch nicht so viel wie ich. Er trug einen alten Baumwollkrepp-Anzug, der sehr lose an ihm herunterhing – er hatte ebenfalls ein bißchen abgenommen – und eine zerfranste alte Sulka-Krawatte.

»Der arme *François*«, sagte er. »Er ist so meschugge. Wird er denn zu dem Psychiater gehen?«

»Ich weiß es nicht.«

Er schüttelte eine Zigarette aus der Packung Lucky Strike, die Henry auf der Theke hatte liegenlassen. »Ich an deiner Stelle«, sagte er, und er klopfte mit der Zigarette auf die Innenseite seines Handgelenks und reckte den Hals, um sich zu vergewissern, daß niemand in der Diele war, »ich an deiner Stelle würde ihm raten, Henry gegenüber nichts davon zu erwähnen.«

Ich wartete, daß er weiterredete. Er zündete die Zigarette an und blies eine Rauchwolke von sich.

»Ich meine, ich trinke in letzter Zeit ein bißchen mehr, als ich sollte«, sagte er leise. »Ich bin der erste, der das zugibt. Aber, mein Gott, ich war auch derjenige, der sich mit den Cops herumschlagen mußte, nicht er. Ich bin derjenige, der *Marion* auf dem Hals hat, um Himmels willen. Sie ruft mich fast jeden Abend an. Soll *er* doch mal versuchen, eine Zeitlang mit ihr zu reden; mal sehen, wie er sich dann fühlt... Wenn ich täglich eine ganze Flasche Whiskey trinken wollte – ich wüßte nicht, was er dazu zu sagen hätte. Ich habe ihm gesagt, es geht ihn nichts an. Und was du tust, geht ihn auch nichts an.«

»Ich?«

Er sah mich mit verständnislosem Kinderblick an. Dann lachte er.

»Oh, du hast es noch nicht gehört?« sagte er. »Jetzt bist du es auch. Trinkst zuviel. Streunst am hellichten Tag betrunken herum. Bist auf die schiefe Bahn geraten.«

Ich war verblüfft. Er lachte wieder, als er meinen Gesichtsausdruck sah, aber dann hörten wir Schritte und das Klingen von Eis in einem Cocktailglas – Francis. Er steckte den Kopf durch die Tür und fing an, gut gelaunt über irgend etwas zu plappern. Nach ein paar Minuten nahmen wir unsere Gläser und gingen mit ihm ins Wohnzimmer.

Es war ein behaglicher Abend, ein glücklicher Abend: Lampenschein, Gläserfunkeln, Regen, der schwer auf das Dach prasselte. Die Baumwipfel draußen bogen und schüttelten sich mit schäumendem Rauschen; es klang wie ein Club-Soda, das im Glas aufsprudelt. Die Fenster waren offen, und ein feuchtkühler Wind wirbelte durch die Gardinen, behexend wild und süß.

Henry war in ausgezeichneter Stimmung. Entspannt saß er in

einem Sessel, die Beine von sich gestreckt; er war frisch und ausgeruht und rasch bei der Hand mit einem Lachen oder einer schlagfertigen Antwort. Camilla sah bezaubernd aus. Sie trug ein schmalgeschnittenes, ärmelloses Kleid in Lachsrosa, das ein Paar hübsche Schlüsselbeine und die süßen, zerbrechlichen Wirbel in ihrem Nacken sehen ließ – und entzückende Kniescheiben, entzückende Knöchel, entzückende nackte, muskulöse Beine. Das Kleid betonte ihre karge Figur, die unbewußte, leicht maskuline Anmut ihrer Haltung; ich liebte sie, liebte die köstliche Art, wie sie mit den Wimpern schlug, wenn sie eine Geschichte erzählte, oder wie sie (ein leises Echo von Charles) eine Zigarette hielt, eingeklemmt zwischen den Knöcheln ihrer Finger mit den zerbissenen Nägeln.

Sie und Charles hatten sich anscheinend wieder versöhnt. Sie sprachen nicht viel miteinander, aber das alte wortlose Band der Zwillingsschaft war wieder an seinem Platz. Einer saß beim anderen auf der Armlehne, und sie trugen Drinks hin und her (ein eigenartiges Zwillingsritual, komplex und bedeutungsgeladen). Obgleich ich diese Beobachtungen nicht restlos zu deuten wußte, waren sie doch meistens ein Zeichen dafür, daß alles in Ordnung war. Irgendwie schien sie dabei die Versöhnlichere von beiden zu sein, was anscheinend die Hypothese widerlegte, daß er der schuldige Teil gewesen war.

Der Spiegel über dem Kamin stand im Mittelpunkt der Aufmerksamkeit, ein wolkiger alter Spiegel in einem Rosenholzrahmen, nicht weiter bemerkenswert eigentlich; sie hatten ihn auf einem Trödel gekauft, aber er war das erste, was man erblickte, wenn man hereinkam, und jetzt war er noch auffälliger, weil er gesprungen war – zu einem dramatischen Stern zerborsten, der von der Mitte zu den Rändern ausstrahlte wie ein Spinnennetz. Wie es dazu gekommen war, war eine so komische Geschichte, daß Charles sie zweimal erzählen mußte; allerdings war seine schauspielerische Darstellung des Ereignisses das eigentlich Komische daran – Frühjahrsputz, Charles jämmerlich niesend von all dem Staub, und wie er sich schließlich von der Trittleiter geniest hatte und auf dem Spiegel gelandet war, der, gerade abgewaschen, noch auf dem Boden stand.

»Was ich nicht verstehe«, sagte Henry, »ist, wie du ihn hast aufhängen können, ohne daß das Glas herausfällt.«

»Das war auch fast ein Wunder. Aber jetzt fasse ich ihn nicht mehr an. Findet ihr nicht, daß es irgendwie wunderbar aussieht?«

Es sah wirklich wunderbar aus, das war nicht zu bestreiten: das fleckige, dunkle Glas, zersplittert wie ein Kaleidoskop, in dem das Zimmer sich hundertfach brach.

Erst als es Zeit zum Gehen war, entdeckte ich ganz zufällig, wie der Spiegel wirklich zerbrochen worden war. Ich stand am Kamin, und meine Hand ruhte auf dem Sims, als mein Blick in die Feuerstelle fiel. Der Kamin funktionierte nicht; er hatte ein Funkengitter und einen Holzrost, aber die Scheite, die darauf lagen, waren pelzig von Staub. Als ich jetzt genauer hinschaute, sah ich dort unten noch etwas anderes: silbernes Funkeln, nadelblinkende Splitter von dem zerbrochenen Spiegel, vermischt mit den großen, unverwechselbaren Scherben eines goldgeränderten Highball-Glases, zwillingshaft dem ähnlich, das ich in der Hand hielt. Es waren schwere, alte Gläser mit zolldickem Boden. Das dort hatte jemand heftig und mit starkem Arm quer durch das Zimmer geworfen, heftig genug, um es zu zerbrechen und um den Spiegel zu zerschmettern, den Spiegel hinter meinem Kopf.

Zwei Nächte später wurde ich wiederum von einem Klopfen an meiner Tür geweckt. Verwirrt und übellaunig, knipste ich die Nachttischlampe an und langte blinzelnd nach meiner Uhr. Es war drei. »Wer ist da?« rief ich.

»Henry«, war die überraschende Antwort.

Ich ließ ihn ein bißchen widerstrebend herein. Er setzte sich nicht. »Hör zu«, sagte er, »es tut mir leid, daß ich dich störe, aber es ist sehr wichtig. Ich muß dich um einen Gefallen bitten.«

Er sprach schnell und geschäftsmäßig; sein Tonfall erschreckte mich. Ich setzte mich auf die Bettkante.

»Hörst du zu?«

»Was ist denn?«

»Vor etwa fünfzehn Minuten bekam ich einen Anruf von der Polizei. Charles ist im Gefängnis. Er wurde wegen Trunkenheit am Steuer verhaftet. Ich möchte, daß du hinfährst und ihn herausholst.«

Ein Kribbeln stieg mir im Nacken herauf. »Was?«

»Er war mit meinem Wagen unterwegs. Sie hatten meinen Namen aus den Papieren. Ich habe keine Ahnung, in was für einem Zustand er ist.« Er griff in die Tasche und reichte mir einen verschlossenen Umschlag. »Ich schätze, es wird etwas kosten, ihn herauszuholen; ich weiß nicht, wieviel.«

Ich schaute in den Umschlag; ein Blankoscheck mit Henrys Unterschrift war darin, und dabei lag ein Zwanzigdollarschein.

»Ich habe der Polizei schon gesagt, daß ich ihm das Auto geliehen habe«, sagte er. »Wenn es da noch Fragen gibt, sollen sie mich anrufen.« Er stand am Fenster und schaute hinaus. »Morgen früh spreche ich mit einem Anwalt. Du sollst ihn jetzt nur da herausholen, so schnell du kannst.«

Ich brauchte ein, zwei Augenblicke, um das alles zu verdauen. »Was ist mit dem Geld?« fragte ich schließlich.

»Bezahl, was immer es kostet.«

»Ich meine die zwanzig Dollar.«

»Du wirst ein Taxi nehmen müssen. Ich bin mit einem hergekommen. Es wartet unten.«

Es war lange still. Ich war immer noch nicht wach. In Unterhemd und Boxershorts saß ich auf der Bettkante.

Während ich mich anzog, stand er am Fenster und schaute hinaus auf den dunklen Rasen, die Hände auf dem Rücken verschränkt; er achtete nicht auf das Scheppern der Kleiderbügel und auf mein täppisches, schlaftrunkenes Gewühle in den Kommodenschubladen – gelassen und gedankenversunken stand er da, anscheinend vertieft in seine eigenen abstrakten Angelegenheiten.

Das Gefängnis von Hampden lag in einem Anbau des Gerichtsgebäudes. Es war das einzige Gebäude am ganzen Platz, in dem zu dieser Nachtzeit Licht brannte. Ich ließ den Taxifahrer warten und ging hinein.

Zwei Polizisten saßen in einem großen, gutbeleuchteten Raum. Zahlreiche Aktenschränke standen da, und Stahlschreibtische hinter Trennwänden, ein altmodischer Trinkwasserkühler, ein Automat mit Kaugummikugeln, aufgestellt vom Civitan Club (»Wenn Sie sich ändern, ändert das alles«). Einen der Polizisten – einen Typ mit rotem Schnurrbart – erkannte ich von der Suchaktion her wieder. Die beiden aßen ein Brathähnchen, wie sie im Supermarkt unter Heizstrahlern liegen, und sahen sich »Sally Jessy Raphaël« in einem tragbaren Schwarzweißfernseher an.

»Hallo«, sagte ich.

Sie blickten auf.

»Ich wollte fragen, ob ich meinen Freund aus dem Gefängnis holen kann.«

Der mit dem roten Schnurrbart wischte sich mit einer Serviette den Mund ab. Er war groß und sah nett aus; ich schätzte, daß er um die Dreißig war. »Das ist Charles Macaulay, möchte ich wetten«, sagte er.

Es klang, als sei Charles ein alter Freund von ihm. Vielleicht war er das auch. Charles hatte eine Menge Zeit hier unten verbracht, als die Sache mit Bunny gelaufen war. Die Cops, hatte er gesagt, waren nett zu ihm gewesen; sie hatten Sandwiches kommen lassen und ihm Coke aus dem Automaten spendiert.

»Sie sind nicht der, mit dem ich telefoniert habe«, sagte der andere. Er war groß und entspannt, etwa vierzig, mit grauem Haar und einem Froschmaul. »Ist das Ihr Auto da draußen?«

Ich erklärte ihnen die Situation. Sie aßen ihr Hähnchen und hörten zu, große, freundliche Kerle mit großen .38er Polizeirevolvern an den Hüften. Die Wände waren mit Behördenplakaten bedeckt: KAMPF DEN GEBURTSSCHÄDEN, STELLEN SIE EINEN VETERANEN EIN, POSTDIEBSTÄHLE MELDEN!

»Tja, wissen Sie, wir können Ihnen den Wagen nicht übergeben«, sagte der Polizist mit dem roten Schnurrbart. »Mr. Winter wird schon selbst herkommen und ihn abholen müssen.«

»Das Auto ist mir egal. Ich möchte nur gern meinen Freund aus dem Gefängnis holen.«

Der andere Polizist sah auf die Uhr. »Na«, sagte er, »dann kommen Sie mal in sechs Stunden wieder.«

War das ein Witz? »Ich habe das Geld«, sagte ich.

»Wir können keine Kaution festsetzen. Das macht der Richter, wenn er die Anklage erhebt. Punkt neun Uhr.«

Anklage? Ich bekam Herzklopfen. Was, zum Teufel, sollte das heißen? Die Cops schauten mich milde an, als wollten sie sagen: »War's das?«

»Können Sie mir sagen, was passiert ist?« fragte ich.

»Was?«

Meine eigene Stimme klang flach und fremd. »Was genau hat er gemacht?«

»Wurde von einer Verkehrsstreife draußen auf der Deep Kill Road angehalten«, sagte der grauhaarige Polizist. Wie er es sagte, klang es, als lese er es vor. »Stand offensichtlich unter Alkoholeinfluß. War mit einem Alkotest einverstanden, und der verlief positiv. Die Streife hat ihn hergebracht, und wir haben ihn eingesperrt. Das war gegen zwei Uhr fünfundzwanzig heute morgen.«

Die Sache war mir immer noch nicht klar, aber ich wußte beim besten Willen nicht, welches die richtigen Fragen waren. Schließlich sagte ich: »Kann ich ihn sehen?«

»Es geht ihm prima, mein Junge«, sagte der mit dem roten Schnurrbart. »Gleich morgen früh können Sie ihn sehen.«

Beide lächelten sehr freundlich. Es gab nichts weiter zu sagen. Ich bedankte mich und ging.

Als ich herauskam, war das Taxi weg. Ich hatte noch fünfzehn Dollar von Henrys Zwanziger, aber um ein neues Taxi zu rufen, hätte ich noch einmal ins Gefängnis gehen müssen, und das wollte ich nicht. Also ging ich zu Fuß die Main Street hinunter bis zum südlichen Ende, wo vor einem Imbiß ein Münztelefon hing. Es funktionierte nicht.

So müde, daß ich fast träumte, ging ich zurück zum Platz – vorbei an der Post, vorbei am Haushaltswarengeschäft, vorbei am Kino mit seiner ausgestorbenen Eingangsfront unter der Markise: Schaufensterscheiben, rissige Gehwegplatten, Sterne. Bergkatzen pirschten in einem Relieffries über der städtischen Bücherei. Lange ging ich so, bis die Geschäfte allmählich weniger wurden und die Straße dunkler war, ging am düster singenden Rand des Highways entlang, bis ich zur Greyhound-Busstation kam, die traurig im Mondschein lag: das erste, was ich je von Hampden gesehen hatte. Der Busbahnhof war geschlossen. Ich setzte mich draußen auf eine Holzbank unter einer gelben Glühbirne und wartete, daß geöffnet würde, damit ich hineingehen, telefonieren und eine Tasse Kaffee trinken könnte.

Der Angestellte, ein dicker Mann mit leblosen Augen, kam um sechs und schloß die Tür auf. Wir waren die einzigen dort. Ich ging auf die Herrentoilette, wusch mir das Gesicht und trank zwei Tassen Kaffee, die der Schalterangestellte mir mürrisch aus einer Kanne verkaufte, die er hinter der Theke auf einer Herdplatte aufgebrüht hatte.

Inzwischen war die Sonne aufgegangen, aber es war schwer, durch die dreckverschmierten Fenster etwas zu sehen. Die Wände waren mit ungültig gewordenen Fahrplänen tapeziert; Zigarettenstummel und Kaugummis waren tief ins Linoleum eingetreten. Die Tür der Telefonzelle war von Fingerabdrücken übersät. Ich schloß sie hinter mir und wählte Henrys Nummer; halb rechnete ich damit, daß er sich nicht melden würde, aber nach dem zweiten Klingeln nahm er ab.

»Wo bist du? Was ist los?« fragte er.

Ich berichtete, was passiert war. Ominöses Schweigen am anderen Ende.

»War er allein in einer Zelle?« fragte er schließlich.

»Ich weiß es nicht.«

»War er bei Bewußtsein? Ich meine, konnte er sprechen?«
»Ich weiß es nicht.«
Wiederum langes Schweigen.
»Hör mal«, sagte ich, »er wird um neun dem Richter vorgeführt. Warum treffen wir uns nicht am Gericht?«
Henry antwortete nicht gleich. Dann sagte er: »Am besten, du kümmerst dich um die Sache. Da sind noch andere Überlegungen zu berücksichtigen.«
»Wenn es noch andere Überlegungen zu berücksichtigen gibt, dann wäre ich dir sehr verbunden, wenn ich erfahren könnte, welche das sind.«
»Sei nicht sauer«, sagte er rasch. »Es ist nur, daß ich so viel mit der Polizei zu tun hatte. Sie kennen mich, und ihn kennen sie auch. Außerdem« – er zögerte –, »ich fürchte, ich bin der letzte, den Charles zu sehen wünscht.«
»Und warum?«
»Weil wir gestern abend einen Streit hatten. Es ist eine lange Geschichte«, fuhr er fort, als ich ihn unterbrechen wollte. »Aber er war sehr aufgebracht, als ich ihn zuletzt gesehen habe. Von uns allen, glaube ich, hast du zur Zeit das beste Verhältnis zu ihm.«
»Hmph«, sagte ich, aber insgeheim war ich besänftigt.
»Charles mag dich sehr gern. Das weißt du. Außerdem weiß die Polizei nicht, wer du bist. Ich halt' es nicht für wahrscheinlich, daß sie dich mit dieser anderen Geschichte in einen Zusammenhang bringen.«
»Ich wüßte nicht, wieso das jetzt noch von Bedeutung sein sollte.«
»Ich fürchte, es ist noch von Bedeutung. Von größerer Bedeutung, als du vielleicht denkst.«
Schweigen folgte, und dabei empfand ich akut, wie hoffnungslos alle Versuche waren, mit Henry jemals einer Sache auf den Grund zu kommen. Er war wie ein Propagandist, der routiniert Informationen zurückhielt und nur das durchsickern ließ, was seinen Absichten nützte. »Was willst du damit sagen?« fragte ich.
»Dies ist nicht der richtige Augenblick, um darüber zu sprechen.«
»Wenn du willst, daß ich noch mal hingehe, solltest du mir lieber sagen, wovon du redest.«
Als er antwortete, klang seine Stimme knisternd und fern. »Sagen wir, eine Zeitlang stand es wirklich auf Messers Schneide, und zwar mehr, als dir klar war. Charles hat es schwer gehabt. Es kann

eigentlich niemand etwas dazu, aber er hat mehr als nur seinen Teil der Last tragen müssen.«

Schweigen.

»So viel ist es doch nicht, was ich von dir verlange.«

Nur, daß ich tue, was du sagst, dachte ich, als ich auflegte.

Der Gerichtssaal lag am Ende des Korridors. Er sah ganz so aus wie alles andere hier im Gerichtsgebäude: erbaut um 1950, mit zerfurchten Linoleumfliesen und einer vergilbten Holztäfelung, deren honigfarbener Lack klebrig aussah.

Ich hatte nicht damit gerechnet, daß so viele Leute dasein würden. Vor der Richterbank standen zwei Tische; an einem saßen zwei Verkehrspolizisten, am anderen drei oder vier schwer einzuordnende Männer. Eine Gerichtsschreiberin mit ihrer komischen kleinen Schreibmaschine war da, außerdem saßen drei weitere Unbekannte ziemlich weit auseinander im Zuschauerraum, und dann war da noch eine arme, ausgemergelte Lady in einem braunen Regenmantel, die aussah, als werde sie ziemlich regelmäßig von jemandem verprügelt.

Wir standen auf, als der Richter hereinkam. Charles' Fall wurde als erster verhandelt.

Er kam wie ein Schlafwandler auf Strümpfen durch die Tür getappt, dicht gefolgt von einem Gerichtsbeamten. Sein Gesicht war dick verquollen. Sie hatten ihm nicht nur die Schuhe, sondern auch Gürtel und Krawatte abgenommen, und er sah ein bißchen aus wie im Schlafanzug.

Der Richter, ein Mann von etwa sechzig Jahren mit saurer Miene und mit dem schmalen Mund und den dicken, fleischigen Lefzen eines Bluthunds, spähte zu ihm herunter. »Sie haben einen Anwalt?« fragte er mit starkem Vermonter Akzent.

»Nein, Sir«, sagte Charles.

»Ehefrau oder Eltern anwesend?«

»Nein, Sir.«

»Können Sie Kaution stellen?«

»Nein, Sir.« Charles sah verschwitzt und desorientiert aus.

Ich stand auf. Charles sah mich nicht, aber der Richter. »Sind Sie hier, um die Kaution für Mr. Macaulay zu stellen?« fragte er.

»Jawohl.«

Charles drehte sich um und starrte mich mit offenem Mund an; sein Gesichtsausdruck war leer und tranceartig wie bei einem Zwölfjährigen.

»Das macht fünfhundert Dollar. Sie können am Schalter zahlen, den Gang hinunter links«, sagte der Richter gelangweilt und monoton. »Sie müssen in zwei Wochen wieder hier erscheinen, und ich schlage vor, daß Sie dann einen Anwalt mitbringen. Haben Sie einen Beruf, für den Sie Ihr Fahrzeug benötigen?«

Einer der schäbig aussehenden Männer mittleren Alters, die vorn saßen, meldete sich. »Der Wagen gehört ihm nicht, Euer Ehren.«

Der Richter funkelte Charles an; er sah plötzlich wütend aus. »Ist das korrekt?« fragte er.

»Mit dem Eigentümer wurde bereits Kontakt aufgenommen. Ein Henry Winter. Besucht das College oben. Er sagt, er hat Mr. Macaulay den Wagen für den Abend geliehen.«

Der Richter schnaubte. Barsch sagte er zu Charles: »Ihr Führerschein ist bis zum Abschluß des Verfahrens vorläufig eingezogen; sorgen Sie dafür, daß Mr. Winter am Achtundzwanzigsten hier erscheint.«

Die ganze Sache ging erstaunlich schnell. Um zehn nach neun verließen wir das Gerichtsgebäude.

Es war ein taufeuchter Morgen, kalt für Mai. Vögel zwitscherten in den schwarzen Baumwipfeln. Ich war benommen vor lauter Müdigkeit.

Charles schlang die Arme um die Schultern. »Gott, ist das kalt«, sagte er.

Auf der anderen Seite der leeren Straße, auf der gegenüberliegenden Seite des Platzes, gingen bei der Bank soeben die Jalousien hoch. »Warte hier«, sagte ich. »Ich rufe uns ein Taxi.«

Er faßte mich beim Arm. Er war immer noch betrunken, aber seine Saufnacht schien nur seine Kleidung mitgenommen zu haben. Sein Gesicht jedenfalls war frisch und gerötet wie das eines Kindes. »Richard«, sagte er.

»Was?«

»Du bist mein Freund, oder?«

Ich hatte keine Lust, auf der Gerichtstreppe herumzustehen und mir dieses Zeug anzuhören. »Na klar«, sagte ich und versuchte, ihm meinen Arm zu entwinden.

Aber er hielt mich nur um so fester. »Guter alter Richard«, sagte er. »Ich weiß, daß du das bist. Ich bin so froh, daß du es warst, der gekommen ist. Aber du mußt mir einen ganz kleinen Gefallen tun.«

»Welchen?«

»Bring mich nicht nach Hause.«

»Wie meinst du das?«

»Bring mich aufs Land. Zu Francis. Ich hab' zwar den Schlüssel nicht, aber Mrs. Hatch könnte mich reinlassen, oder ich könnte ein Fenster einschlagen oder so was – nein, paß *auf*. Hör zu. Ich könnte durch den Keller einsteigen. Hab' ich schon eine Million Male gemacht. Warte«, sagte er, als ich versuchte, ihn zu unterbrechen. »Du könntest doch auch mitkommen. Du könntest bei der Schule vorbeifahren und dir ein paar Sachen holen, und dann…«

»Stop«, sagte ich zum drittenmal. »Ich kann dich überhaupt nirgends hinbringen. Ich habe nämlich kein Auto.«

Seine Miene veränderte sich, und er ließ meinen Arm los. »Oh, richtig«, sagte er mit plötzlicher Verbitterung. »Vielen herzlichen Dank auch.«

»Hör *zu*. Ich *kann* nicht. Ich habe kein Auto. Ich bin mit einem Taxi hergekommen.«

»Wir können mit Henrys Wagen fahren.«

»Nein, das können wir nicht. Die Polizei hat die Schlüssel.«

Seine Hände zitterten. Er fuhr sich damit durch das wirre Haar. »Dann komm mit mir nach Hause. Ich will nicht allein nach Hause.«

»Also schön«, sagte ich. Ich war so müde, daß ich Flecken vor den Augen sah. »Also schön. Warte. Ich rufe ein Taxi.«

»Nein. Kein Taxi«, sagte er und wankte zurück. »Ich fühl' mich nicht so toll. Ich glaube, ich möchte lieber laufen.«

Die Strecke von der Gerichtstreppe zu Charles' Wohnung in North Hampden war nicht zu verachten. Mindestens drei Meilen, und ein guter Teil davon führte an einem Highway entlang.

Autos rauschten in Strömen von Auspuffdunst vorüber. Ich war todmüde; ich hatte Kopfschmerzen, und meine Füße waren wie Blei. Aber die Morgenluft war klar und frisch und schien Charles wieder ein bißchen zu sich zu bringen. Auf halber Strecke blieb er vor dem staubigen Straßenverkaufsfenster eines »Tastee Freeze« stehen, gegenüber vom Veterans Hospital auf der anderen Seite des Highway, und kaufte ein Eiscreme-Soda.

Unsere Schritte knirschten im Kies. Charles rauchte eine Zigarette und schlürfte sein Soda durch einen rot-weiß gestreiften Strohhalm. Fliegen summten um unsere Ohren.

»Du und Henry, ihr hattet also einen Streit«, sagte ich, nur um etwas zu sagen.

»Wer hat dir das erzählt? Er?«
»Ja.«
»Ich kann mich gar nicht mehr erinnern. Ist auch egal. Ich hab's satt, daß er mir sagt, was ich machen soll.«
»Weißt du, was ich mich frage?« sagte ich.
»Nein.«
»Nicht, warum er uns sagt, was wir machen sollen. Aber warum wir immer machen, was er sagt.«
»Keine Ahnung«, sagte Charles. »Nicht, daß dabei viel Gutes rausgekommen wäre.«
»Ach, das weißt du gar nicht.«
»Machst du Witze? Schon die Idee mit diesem Scheiß-Bacchanal – wer hatte die wohl? Und wessen Idee war es, Bunny nach Italien mitzunehmen? Und dann das Tagebuch rumliegen zu lassen? Dieser Schweinehund. Für mich ist er restlos an allem schuld. Außerdem, du hast keine Ahnung, wie nah sie uns auf den Fersen waren.«
»Wer?« fragte ich erschrocken. »Die Polizei?«
»Die Leute vom FBI. Gegen Ende gab es vieles, was wir euch anderen gar nicht mehr erzählt haben. Ich mußte Henry schwören, es euch nicht zu sagen.«
»Wieso? Was ist denn passiert?«
Er warf seine Zigarette weg. »Na, ich meine, sie haben alles durcheinandergebracht«, sagte er. »Sie dachten, Cloke steckte mit drin. Sie dachten eine Menge Zeug. Es ist komisch. Wir sind so sehr an Henry gewöhnt. Wir machen uns manchmal nicht klar, wie er auf andere Leute wirkt.«
»Wie meinst du das?«
»Oh, ich weiß nicht. Ich könnte dir eine Million Beispiele geben.« Er lachte müde. »Ich weiß noch, wie ich im letzten Sommer, als er so versessen darauf war, ein Farmhaus zu mieten, mit ihm zu einem Maklerbüro rausfuhr. Es war eine absolut klare Sache. Er hatte ein spezielles Haus im Sinn – ein großes altes Anwesen aus dem neunzehnten Jahrhundert, weit draußen an einem Feldweg, riesiges Grundstück, mit Dienstbotenhaus und allem Drum und Dran. Er hatte sogar das Geld dabei. Sie müssen zwei Stunden miteinander geredet haben. Die Maklerin rief ihren Geschäftsführer zu Hause an und ließ ihn ins Büro kommen. Der Geschäftsführer stellte Henry eine Million Fragen. Rief jede einzelne seiner Referenzen an. Alles war in Ordnung, aber nicht mal da wollten sie es ihm vermieten.«

»Warum nicht?«

Er lachte. »Na, wie Henry aussieht, das ist einfach zu gut, um wahr zu sein, oder? Sie konnten einfach nicht glauben, daß jemand in seinem Alter, ein Collegestudent, so viel Geld für ein so großes und abgelegenes Anwesen zahlen würde, bloß um da ganz allein zu wohnen und die Zwölf Großen Kulturen zu studieren.«

»Wieso denn? Hielten sie ihn für eine Art Gauner?«

»Sie hielten ihn jedenfalls nicht für ganz astrein, um es mal so auszudrücken. Anscheinend dachten die Männer vom FBI das gleiche. Sie glaubten nicht, daß er Bunny umgebracht hätte, aber sie glaubten, daß er etwas wüßte, was er ihnen nicht sagte. Offensichtlich hatte es in Italien Differenzen gegeben. Marion wußte das. Cloke wußte es, und sogar Julian. Selbst mich haben sie mit ihren Tricks dazu gebracht, daß ich es zugegeben habe, was ich Henry allerdings nicht erzählt habe. Wenn du mich fragst, in Wirklichkeit glaubten sie, er und Bunny hätten irgendwelches Geld in Clokes Rauschgiftgeschäfte gesteckt. Diese Reise nach Rom war ein großer Fehler. Sie hätten sich unauffällig verhalten können; aber Henry hat ein Vermögen ausgegeben, hat das Geld rausgepulvert wie ein Verrückter. Sie haben in einem *Palazzo* gewohnt, Herrgott noch mal. Ich meine, du kennst Henry; er ist einfach so, aber du mußt es mal von ihrem Standpunkt aus betrachten. Seine Krankheit muß ja auch ziemlich verdächtig ausgesehen haben. Telegrafiert einem Arzt in den Staaten, daß er Demerol haben will. Und dann die Tickets nach Südamerika. Daß er sie mit seiner Kreditkarte bezahlt hat, war das Dümmste, was er je getan hat.«

»Das haben sie herausgefunden?« Ich war entsetzt.

»Natürlich. Wenn sie jemanden wegen Rauschgifthandels verdächtigen, überprüfen sie als erstes die finanziellen Unterlagen – und dann, gütiger Gott, ausgerechnet Süda*meri*ka. Ein Glück, daß Henrys Dad wirklich dort unten Land besitzt. Henry konnte sich was ziemlich Plausibles ausdenken – nicht, daß sie ihm geglaubt hätten. Es war eher so, daß sie ihm nicht das Gegenteil beweisen konnten.«

»Aber ich verstehe nicht, wie sie auf diesen Rauschgiftkram kamen.«

»Du mußt dir vorstellen, wie es für sie aussah. Einerseits war da Cloke. Die Polizei wußte, daß er in ziemlich beträchtlichem Umfang mit Drogen handelte; sie dachten sich außerdem, daß er wahrscheinlich als Mittelsmann für jemanden fungierte, der um etliche Nummern größer war. Zwischen dieser Sachen und Bunny gab es keinen Zusammenhang – aber da war dann Bunnys bester Freund mit diesem *unheimlich* vielen Geld, von dem sie nicht so genau wissen, wo es herkommt. Und in den ganzen letzten Monaten hat Bunny auch mit ziemlich viel Geld durch die Gegend geworfen. Er hatte es natürlich von Henry, aber das wußten sie nicht. Schicke Restaurants. Italienische Anzüge. Außerdem – Henry sieht einfach verdächtig *aus*. Wie er sich benimmt. Sogar wie er sich kleidet. Er sieht aus wie einer von diesen Typen mit Hornbrille und Armbinden in einem Gangsterfilm, weißt du, einer, der für Al Capone die Bücher frisiert oder so was.« Er zündete sich eine neue Zigarette an. »Erinnerst du dich an den Abend, bevor sie Bunnys Leiche fanden?« sagte er dann. »Als wir beide in dieser schrecklichen Kneipe waren, mit dem Fernsehapparat, wo ich mich so sehr betrunken habe?«

»Ja.«

»Das war eine der schlimmsten Nächte meines Lebens. Es sah ziemlich schlecht aus für uns beide. Henry war beinahe sicher, daß sie ihn am nächsten Tag verhaften würden.«

Ich war so entsetzt, daß ich einen Augenblick lang kein Wort herausbrachte. »Wieso denn, um Gottes willen?« fragte ich schließlich.

Er nahm einen tiefen Zug von seiner Zigarette. »Die FBI-Leute waren an dem Nachmittag bei ihm gewesen«, sagte er. »Nicht lange nachdem sie Cloke in Gewahrsam genommen hatten. Sie sagten Henry, sie hätten genügend Anhaltspunkte, um ein halbes Dutzend Leute, ihn eingeschlossen, zu verhaften – entweder wegen Bildung einer Verschwörung oder wegen Zurückhaltens von Beweismaterial.«

»O Gott.« Ich war platt. »Ein halbes Dutzend Leute? Wen denn?«

»Das weiß ich nicht genau. Vielleicht war es ein Bluff, aber Henry war ganz krank vor Angst. Er warnte mich: Sie würden wahrscheinlich zu mir nach Hause unterwegs sein. Ich mußte da einfach raus; ich konnte nicht rumsitzen und auf sie warten. Ich mußte ihm versprechen, dir nichts zu erzählen. Nicht mal Camilla wußte es.«

Er machte eine lange Pause.

»Aber sie haben dich nicht verhaftet«, sagte ich.

Charles lachte. Ich sah, daß seine Hände immer noch ein bißchen zitterten. »Ich glaube, das haben wir dem guten alten Hampden College zu verdanken«, meinte er. »Natürlich, vieles von dem

Zeug ließ sich einfach nicht beweisen; das wußten sie nach ihren Gesprächen mit Cloke. Aber sie wußten, daß man ihnen nicht die Wahrheit sagte, und sie wären wahrscheinlich an der Sache drangeblieben, wenn das College ein bißchen hilfsbereiter gewesen wäre. Aber als Bunnys Leiche gefunden worden war, wollte die Verwaltung alles nur noch vertuschen. Zuviel schlechte Publicity. Die Studienplatzbewerbungen waren um ungefähr zwanzig Prozent zurückgegangen. Und die Stadtpolizei – die eigentlich zuständig war – ist wirklich sehr entgegenkommend in solchen Dingen. Cloke hatte großen Trouble, weißt du – diese Drogengeschichten waren zum Teil ziemlich ernst; er hätte dafür in den Knast gehen können. Aber er kam mit Bewährung und fünfzig Stunden Sozialdienst davon. Die Sache kam nicht mal in seine Schulakte.«

Ich brauchte eine Weile, um das alles zu verdauen. Autos und Lastwagen rauschten vorbei.

Nach einer Weile lachte Charles wieder. »Es ist komisch«, sagte er und bohrte die Fäuste tief in die Taschen. »Wir dachten, wir hätten unser As an die Front geschickt, aber wenn einer von uns anderen die Sache geregelt hätte, wäre alles sehr viel besser gelaufen. Du zum Beispiel. Oder Francis. Sogar meine Schwester. Die Hälfte von all dem hätte sich vermeiden lassen.«

»Das ist doch gleichgültig. Jetzt ist es vorüber.«

»Aber das verdanken wir nicht ihm. *Ich* war derjenige, der mit der Polizei verhandeln mußte. Er kassiert den Lorbeer, aber ich war derjenige, der zu den unmöglichsten Zeiten in diesem verdammten Revier herumsitzen und Kaffee trinken mußte; ich mußte versuchen, sie dazu zu bringen, daß sie mich mochten, verstehst du, mußte sie davon überzeugen, daß wir alle bloß eine Bande von ganz normalen Kids wären. Das gleiche gilt für das FBI, und mit denen war es noch schlimmer. Ich mußte *alle* decken, verstehst du, mußte *immer* auf der Hut sein und genau das Richtige sagen und mein Bestes tun, um die Sache von ihrem Standpunkt aus einzuschätzen; und man mußte immer genau den richtigen Ton bei diesen Leuten treffen und durfte ihn nicht eine Sekunde lang fallenlassen, mußte mitteilsam und offen sein, aber auch besorgt, weißt du, und gleichzeitig überhaupt nicht nervös; dabei konnte ich kaum eine Tasse hochheben, ohne Angst zu haben, daß ich alles verschütten würde, und ein- oder zweimal war ich derart in Panik, daß ich dachte, ich kriege ein Blackout oder einen Breakdown oder so was. Weißt du, wie schwer das war? Glaubst du, Henry würde sich dazu herablassen, so etwas zu tun? Nein. Es war natürlich ganz in Ordnung, daß *ich* es tat, aber er konnte sich damit nicht abgeben. Diese Leute hatten so was wie Henry im Leben noch nicht gesehen. Ich sage dir, über was für Sachen er sich den Kopf zerbrochen hat. Zum Beispiel, ob er das richtige *Buch* mit sich rumschleppte, ob Homer einen besseren Eindruck machen würde als Thomas von Aquin. Er war wie ein Ding von einem anderen Planeten. Wenn sie sich allein an ihn hätten halten müssen, dann hätte er uns alle in die Gaskammer gebracht.«

Ein Holzlaster rumpelte vorbei.

»Gütiger Gott«, sagte ich schließlich; ich war ganz erschlagen. »Ich bin froh, daß ich davon nichts wußte.«

Er zuckte die Achseln. »Tja, das kannst du wohl sagen. Es ist ja alles gut ausgegangen. Aber es paßt mir immer noch nicht, wie er versucht, mich herumzukommandieren.«

Lange Zeit gingen wir weiter, ohne etwas zu sagen.

»Weißt du schon, wo du den Sommer verbringen wirst?« fragte Charles schließlich.

»Ich habe noch nicht viel darüber nachgedacht«, sagte ich; ich hatte von der Sache mit Brooklyn noch nichts gehört, so daß ich allmählich glaubte, sie habe wohl nicht geklappt.

»Ich fahre nach Boston«, sagte Charles. »Francis' Großtante hat ein Apartment in der Marlboro Street. Nur ein paar Häuser weit vom Public Garden entfernt. Sie fährt den Sommer über aufs Land, und Francis meinte, wenn ich da wohnen wollte, könnte ich's.«

»Klingt nett.«

»Ist ein großes Haus. Wenn du willst, kannst du mitkommen.«

»Mal sehen.«

»Es würde dir gefallen. Francis wird in New York sein, aber er kommt manchmal rauf. Warst du schon mal in Boston?«

»Nein.«

»Wir gehen ins Gardner-Museum. Und in die Piano-Bar im Ritz.«

Er erzählte mir von einem Museum in Harvard, irgendein Haus, in dem es eine Million verschiedene Blumen gäbe, allesamt aus buntem Glas, als plötzlich und mit alarmierender Rasanz ein gelber Volkswagen von der Gegenfahrbahn herumschleuderte und knirschend neben uns zum Stehen kam.

Es war Judy Pooveys Freundin Tracy. Sie kurbelte das Fenster herunter und schenkte uns ein strahlendes Lächeln. »Hallo, Jungs«, sagte sie. »Mitfahren?«

Sie setzte uns bei Charles zu Hause ab. Es war zehn Uhr. Camilla war nicht zu Hause.

»Gott«, sagte Charles und wand sich aus der Jacke; sie fiel zerknüllt auf den Boden.

»Wie fühlst du dich?«

»Betrunken.«

»Willst du einen Kaffee?«

»Da ist welcher in der Küche«, sagte Charles; er gähnte und fuhr sich mit der Hand durchs Haar. »Was dagegen, wenn ich bade?«

»Nur zu.«

»Es dauert nur 'ne Minute. Die Zelle war saudreckig. Ich glaube, ich hab' vielleicht Flöhe.«

Es dauerte mehr als eine Minute. Ich hörte, wie er nieste, Heiß- und Kaltwasserhahn aufdrehte, vor sich hin summte. Ich ging in die Küche, goß mir ein Glas Orangensaft ein und schob eine Scheibe Rosinenbrot in den Toaster.

Als ich im Schrank nach Kaffee suchte, fand ich hinten auf dem Bord ein halbvolles Glas Horlick's Malzmilch. Das Etikett starrte mich vorwurfsvoll an. Bunny war der einzige von uns gewesen, der je Malzmilch trank. Ich schob das Glas ganz nach hinten, hinter einen Krug Ahornsirup.

Der Kaffee war fertig, und ich war bei meinem zweiten Toast, als ich einen Schlüssel im Schloß hörte; dann ging die Wohnungstür auf. Camilla steckte den Kopf in die Küche.

»Hallo, du«, sagte sie. Ihr Haar war in Unordnung, ihr Gesicht blaß und wachsam; sie sah aus wie ein kleiner Junge.

»Selber hallo. Willst du auch frühstücken?«

Sie setzte sich zu mir an den Tisch. »Wie ist es gegangen?« fragte sie.

Ich erzählte ihr alles. Sie hörte aufmerksam zu, und dabei nahm sie sich ein dreieckiges Stück Buttertoast von meinem Teller und aß es.

»Ist er okay?« fragte sie schließlich.

Ich wußte nicht genau, was sie damit meinte – »okay«. »'türlich«, sagte ich.

Es war lange still. Sehr leise hörte man im unteren Stockwerk eine muntere Frauenstimme ein Lied über Joghurt singen, begleitet von einem Chor muhender Kühe.

Sie aß ihren Toast auf und erhob sich, um sich Kaffee zu holen. Der Kühlschrank brummte. Ich sah ihr zu, wie sie im Schrank nach einer Tasse suchte.

»Weißt du«, sagte ich, »ihr solltet mal das Glas Malzmilchpulver wegschmeißen, das ihr da habt.«

Es dauerte einen Moment, bis sie antwortete. »Ich weiß«, sagte sie. »Im Wandschrank ist ein Schal, den er hiergelassen hat, als er das letztemal da war. Er fällt mir immer wieder in die Hände. Er riecht noch nach ihm.«

»Wieso wirfst du ihn nicht weg?«

»Ich hoffe immer, daß ich es nicht muß. Ich hoffe, eines Tages mache ich den Schrank auf, und dann ist er weg.«

»Ich dachte doch, daß ich dich höre«, sagte Charles, der – ich weiß nicht, wie lange schon – in der Küchentür stand. Sein Haar war naß, und er hatte nur einen Bademantel an; in seiner Stimme war immer noch ein Rest von dieser Alkoholschwere, die ich so gut kannte. »Ich dachte, du bist im College.«

»Wir waren nicht allzu viele heute. Julian hat uns früher gehen lassen. Wie fühlst du dich?«

»Fabelhaft.« Charles kam in die Küche getappt; auf dem glänzenden, tomatenroten Linoleum hinterließen seine feuchten Füße Abdrücke, die sofort verdunsteten. Er trat hinter sie und legte ihr die Hände auf die Schultern; dann beugte er sich herunter, und seine Lippen näherten sich ihrem Nacken. »Wie wär's mit einem Kuß für deinen Knastbruder?«

Sie wandte sich halb um, als wolle sie mit den Lippen seine Wange berühren, aber er schob eine Hand an ihrem Rücken herunter, hob mit der anderen ihr Gesicht zu sich und küßte sie mitten auf den Mund – nicht mit einem brüderlichen Kuß, so sah es nicht aus, sondern mit einem langen, langsamen, gierigen Kuß, naß und wollüstig. Sein Bademantel öffnete sich leicht, während seine linke Hand von ihrem Kinn zum Hals herunterglitt, zum Schlüsselbein, zur Kehle, und seine Fingerspitzen schoben sich unter den Rand ihrer dünnen gepunkteten Bluse und verharrten dort bebend über der warmen Haut.

Ich war verblüfft. Sie zuckte nicht zurück, rührte sich nicht. Als er sich aufrichtete, um Luft zu holen, rückte sie ihren Stuhl dicht an den Tisch und griff nach dem Zuckertopf, als sei nichts geschehen. Der Geruch von Charles – süß vom Lindenwasser, das er zum Rasieren benutzte – hing schwer in der Luft. Sie hob die Tasse und trank einen Schluck, und erst da fiel es mir ein: Camilla mochte keinen Zucker im Kaffee. Sie trank ihn ungesüßt, mit Milch.

Ich war fassungslos. Ich hatte das Gefühl, ich müßte etwas sagen – irgend etwas –, aber mir fiel nichts ein.

Es war Charles, der das Schweigen schließlich brach. »Ich verhungere bald«, sagte er, knotete sich den Bademantel wieder zu und schlurfte hinüber zum Kühlschrank. Die weiße Tür öffnete sich klirrend. Er bückte sich, um hineinzuschauen, und Gletscherlicht überstrahlte sein Gesicht.

»Ich glaube, ich mache ein paar Rühreier«, sagte er. »Will noch jemand welche?«

Spät am Nachmittag, als ich nach Hause gegangen war, geduscht und ein bißchen geschlafen hatte, ging ich zu Francis.

»Komm rein, komm rein«, sagte er hektisch winkend. Seine Griechischbücher waren auf dem Schreibtisch ausgebreitet; eine brennende Zigarette lag im vollen Aschenbecher. »Was ist letzte Nacht passiert? Charles ist *verhaftet* worden? Henry wollte mir nichts erzählen. Einen Teil der Geschichte kenne ich von Camilla, aber sie wußte keine Einzelheiten... Setz dich. Willst du was trinken? Was kann ich dir anbieten?«

Es machte immer Spaß, Francis eine Geschichte zu erzählen. Er beugte sich dann vor und verschlang jedes Wort, und in angemessenen Abständen reagierte er mit Staunen, Sympathie oder Bestürzung. Wenn ich fertig war, bombardierte er mich mit Fragen. Normalerweise hätte ich seine hingerissene Aufmerksamkeit genossen und meine Geschichte viel mehr in die Länge gezogen; aber nach der ersten richtigen Pause sagte ich: »Jetzt möchte ich dich etwas fragen.«

Er zündete sich eine neue Zigarette an, ließ das Feuerzeug klickend zuschnappen und zog die Brauen zusammen. »Was denn?«

Ich hatte zwar mehrere Möglichkeiten erwogen, diese Frage zu formulieren, aber im Interesse der Klarheit erschien es mir am ratsamsten, direkt zur Sache zu kommen. »Glaubst du, Charles und Camilla schlafen miteinander?«

Er hatte gerade den Rauch tief in die Lunge gesogen. Als er meine Frage hörte, schoß er ihm auf dem falschen Weg durch die Nase heraus.

»Glaubst du das?«

Er hustete. »Wie kommst du auf eine solche Frage?« brachte er schließlich hervor.

Ich erzählte ihm, was ich an diesem Morgen erlebt hatte. Er hörte zu, und seine Augen waren rot und tränten noch vom Rauch.

»Das bedeutet nichts«, sagte er. »Er war wahrscheinlich noch betrunken.«

»Du hast meine Frage nicht beantwortet.«

Er legte die brennende Zigarette in den Aschenbecher. »Also schön«, sagte er blinzelnd. »Wenn du meine Meinung hören willst... Ja. Ich glaube, manchmal tun sie es.«

Es war lange still. Francis schloß die Augen und rieb sie mit Daumen und Zeigefinger.

»Ich glaube nicht, daß es etwas ist, was allzu häufig vorkommt«, sagte er. »Aber man kann nie wissen. Bunny hat immer behauptet, er hätte sie mal erwischt.«

Ich starrte ihn an.

»Das hat er Henry erzählt, nicht mir. Ich kenne leider die Einzelheiten nicht. Anscheinend hatte er einen Schlüssel, und du weißt ja, wie er immer hereinplatzte, ohne anzuklopfen – jetzt komm«, sagte er, »du mußt doch so was geahnt haben.«

»Nein«, sagte ich, obwohl ich natürlich doch etwas geahnt hatte, und zwar seit ich ihnen das erstemal begegnet war. Ich hatte es meiner eigenen perversen Phantasie zugeschrieben, irgendeiner degenerierten Gedankenverirrung, einer Projektion meines eigenen Verlangens – weil er ihr Bruder war, weil sie sich furchtbar ähnlich sahen und weil der Gedanke an die beiden zusammen neben den erwartungsgemäßen Zuckungen von Neid, Skrupeln, Überraschung noch ein anderes, sehr viel schärferes Gefühl von Erregung mit sich brachte.

Francis sah mich aufmerksam an. Plötzlich hatte ich das Gefühl, daß er genau wußte, was ich dachte.

»Sie sind sehr eifersüchtig aufeinander«, sagte er. »Er noch viel mehr als sie. Ich fand es immer kindlich bezaubernd, weißt du, rein verbales Gepolter, und sogar Julian hat sie immer damit aufgezogen – ich meine, ich bin ein Einzelkind, und Henry ebenfalls; was verstehen wir also von diesen Dingen? Wir haben uns immer darüber unterhalten, wieviel Spaß es machen würde, eine Schwester zu haben.« Er gluckste. »Mehr Spaß, als einer von uns es sich vorstellen konnte, scheint mir«, sagte er. »Ich finde es auch gar nicht so schrecklich – vom moralischen Standpunkt aus betrachtet, meine ich –, aber es ist nun ganz und gar nicht eine so beiläufige, natürlich gute Sache, wie man sich vielleicht erhoffen könnte. Es ist doch sehr viel tiefgehender, unangenehmer. Im letzten Herbst, etwa um die Zeit, als dieser Farmertyp...«

Er verlor sich in Gedanken und saß ein paar Augenblicke lang rauchend da, und auf seinem Gesicht lag ein Ausdruck von Frustration und unbestimmtem Ärger.

»Na?« drängte ich. »Was war da?«

»Speziell?« Er zuckte die Achseln. »Ich kann es dir nicht sagen. Ich erinnere mich kaum an etwas, das in dieser Nacht passierte – was nicht heißen soll, daß der Tenor nicht klar genug wäre...« Er verstummte, wollte etwas sagen, besann sich, schüttelte den Kopf. »Ich meine, nach jener Nacht war es für jeden offenkundig. Nicht, daß man's nicht auch schon vorher gewußt hätte. Es ist bloß, daß Charles so viel schlimmer war, als irgend jemand erwartet hätte. Ich...«

Er starrte eine Zeitlang ins Leere. Dann schüttelte er den Kopf und griff nach einer neuen Zigarette.

»Es ist unmöglich, das zu erklären«, sagte er. »Aber man kann es auch auf einem extrem einfachen Level betrachten. Sie waren immer scharf aufeinander, diese beiden. Und ich bin zwar nicht prüde, aber diese Eifersucht finde ich doch erstaunlich. Eins muß ich Camilla zugute halten: Sie ist vernünftiger in diesem Punkt. Vielleicht muß sie es sein.«

»In welchem Punkt?«

»Was Charles angeht, und daß er mit Leuten ins Bett geht.«

»Mit wem ist er denn ins Bett gegangen?«

Er hob sein Glas und trank einen großen Schluck. »Mit mir zum Beispiel. Das dürfte dich nicht überraschen. Wenn du so viel trinken würdest wie er, das wage ich zu behaupten, wäre ich auch schon mit dir im Bett gewesen.«

Trotz der spöttischen Anspielung – die mich normalerweise geärgert hätte – lag eine melancholische Note in seinem Ton. Er trank seinen Whiskey aus und setzte das Glas mit einem Knall auf dem Beistelltisch ab. Nach einer Pause fuhr er fort. »Es ist nicht oft vorgekommen. Drei- oder viermal. Das erstemal, als ich im zweiten Studienjahr war und er neu. Wir waren bis in die Nacht hinein aufgeblieben, hatten in meinem Zimmer getrunken, eines führte zum anderen... Jede Menge Spaß in einer Regennacht, aber du hättest uns am nächsten Morgen beim Frühstück sehen sollen.« Er lachte verzweifelt. »Erinnerst du dich an die Nacht, als Bunny gestorben war?« fragte er. »Als ich bei dir im Zimmer war? Und als Charles uns in diesem ziemlich unglücklichen Augenblick störte?«

Ich wußte, was er mir erzählen würde. »Du bist mit ihm weggegangen«, sagte ich.

»Ja. Er war schrecklich betrunken. Genau genommen ein bißchen zu betrunken. Was ihm sehr entgegenkam, denn am nächsten Tag tat er so, als könne er sich an nichts erinnern. Charles neigt jedesmal zu solchen Anfällen von Gedächtnisschwund, wenn er die Nacht bei mir verbracht hat.« Er sah mich aus dem Augenwinkel an. »Er leugnet dann alles ganz überzeugend, und was noch mehr ist: Er erwartet, daß ich mitspiele, weißt du, und so tue, als sei das alles nie passiert«, sagte er. »Ich glaube nicht mal, daß er es tut, weil er ein schlechtes Gewissen hat. Tatsächlich tut er es auf diese so besonders unbeschwerte Art und Weise, die mich zur Raserei treibt.«

»Du hast ihn sehr gern, nicht wahr?«

Ich weiß nicht, was mich trieb, das zu sagen. Francis zuckte nicht mit der Wimper. »Ich weiß nicht«, sagte er kalt und griff mit langen, nikotingelben Fingern nach einer Zigarette. »Ich mag ihn ganz gern, nehme ich an. Wir sind alte Freunde. Ich mache mir keineswegs vor, daß es mehr als das sein könnte. Aber ich habe viel Spaß mit ihm gehabt, und das ist mehr, als du über Camilla sagen kannst.«

Bunny hätte das einen Schuß vor den Bug genannt. Ich war zu überrascht, um zu antworten.

Francis konnte seine Genugtuung nicht verbergen, aber er kommentierte den Punktgewinn nicht weiter. Er lehnte sich in seinem Sessel vor dem Fenster zurück; die Konturen seines Haarschopfes leuchteten metallisch rot in der Sonne. »Es ist unglückselig, aber so ist es nun mal«, sagte er. »Keinem der beiden liegt etwas an irgend jemandem außer an sich selbst. Sie präsentieren sich gern als geeinte Front, aber ich weiß nicht mal, wieviel ihnen eigentlich aneinander liegt. Auf alle Fälle bereitet es ihnen ein perverses Vergnügen, jemanden an der Nase herumzuführen – o ja, das tun sie mit dir«, fuhr er fort, als ich ihm ins Wort fallen wollte. »Ich hab' sie beobachtet. Auch bei Henry. Er war immer verrückt nach ihr; das ist dir sicher bekannt, und nach allem, was ich weiß, ist er es immer noch. Was Charles angeht – nun, im Prinzip steht er auf Mädchen. Wenn er betrunken ist, genüge ich ihm. Aber – gerade wenn es mir gelungen ist, meine Gefühle zu panzern, dreht er sich um und ist *so süß*. Ich falle immer wieder drauf rein. Ich weiß nicht, warum.« Er schwieg für einen Moment. »Wir sehen nicht besonders toll aus in meiner Familie, weißt du – spitze Knöchel und Wangenknochen und Hakennasen«, sagte er. »Vielleicht habe ich deshalb die Neigung, physische Schönheit mit Qualitäten gleichzusetzen, mit denen sie absolut nichts zu tun hat. Ich sehe einen hübschen Mund oder ein Paar schwermütige Augen und bilde mir alle möglichen Arten von tiefgehender Affinität und besonderer

Seelenverwandtschaft ein. Auch wenn sich tausendmal ein halbes Dutzend Idioten um dieselbe Person drängeln, weil sie auf dasselbe Paar Augen reingefallen sind.« Er lehnte sich hinüber und drückte energisch die Zigarette aus. »Sie würde sich sehr viel mehr wie Charles benehmen, wenn sie dürfte; aber er ist so besitzergreifend und hält sie an ziemlich kurzer Leine. Kannst du dir eine schlimmere Situation vorstellen? Er beobachtet sie mit Falkenaugen. Und er ist auch ziemlich arm – nicht, daß es besonders wichtig wäre«, fügte er hastig hinzu, als ihm einfiel, mit wem er da redete, »aber es ist ihm unaufhörlich bewußt. Sehr stolz auf seine Familie, weißt du, und sich sehr im klaren darüber, daß er ein Säufer ist. Es hat etwas Römisches an sich, all diese Rücksicht auf die *caritas* seiner Schwester. Bunny ist nicht in Camillas Nähe gekommen, weißt du; er hat sie kaum *angesehen*. Er behauptete immer, sie sei nicht sein Typ, aber ich glaube, der alte Holländer in ihm wußte, daß sie böse Medizin ist. Mein Gott... ich weiß noch, vor langer Zeit haben wir mal in einem lächerlichen Chinarestaurant in Bennington gegessen, im ›Lobster Pagoda‹. Das ist inzwischen geschlossen. Rote Perlenvorhänge und ein Buddha-Altar mit einem künstlichen Wasserfall. Wir haben eine Menge Drinks mit Papierschirmchen getrunken, und Charles war *furchtbar* blau – nicht, daß es unbedingt seine Schuld war; wir waren alle betrunken. Die Cocktails in solchen Läden sind immer zu stark, und außerdem weiß man nie ganz genau, was sie einem reintun, nicht wahr? Draußen hatten sie einen kleinen Steg, der über einen Wassergraben mit zahmen Enten und Goldfischen zum Parkplatz führte. Irgendwie wurden Camilla und ich von den anderen getrennt, und wir warteten dort. Dabei verglichen wir die Weissagungen aus unseren Glückskeksen. Auf ihrem Zettel stand so was wie: ›Erwarte einen Kuß vom Mann deiner Träume.‹ Das war nun zu gut, als daß man es hätte versäumen dürfen; also habe ich sie – na ja, wir waren beide betrunken, und so ging es ein bißchen mit uns durch. Und dann kam Charles von nirgendwo herangeschossen und packte mich am Genick, und ich dachte, er würde mich über das Brückengeländer schmeißen. Bunny war dabei, und er riß ihn zurück, und Charles hatte Verstand genug zu sagen, er habe nur Spaß gemacht. Aber das hatte er nicht: Er hat mir *weh getan*, hat mir den Arm auf den Rücken gedreht und ihn fast ausgekugelt. Ich weiß nicht, wo Henry war. Guckte wahrscheinlich gerade in den Mond und rezitierte ein Gedicht aus der T'ang-Dynastie.«

Die folgenden Ereignisse hatten es aus meiner Erinnerung verdrängt, aber die Erwähnung Henrys ließ mich an das denken, was Charles mir am Morgen über das FBI erzählt hatte – und über eine andere Frage, die ebenfalls Henry betraf. Ich überlegte, ob dies der rechte Augenblick war, das eine oder das andere zur Sprache zu bringen, aber da sagte Francis abrupt und in einem Ton, der vermuten ließ, daß Schlimmes bevorstand: »Weißt du, ich war heute beim Arzt.«

Ich wartete darauf, daß er weitersprach. Aber das tat er nicht.

»Weshalb?« fragte ich schließlich.

»Wieder das gleiche. Schwindelgefühle. Schmerzen in der Brust. Ich wache nachts auf und kriege keine Luft. Letzte Woche bin ich noch mal ins Krankenhaus zurückgefahren und hab' sie ein paar Tests machen lassen, aber dabei hat sich nichts ergeben. Sie haben mich zu diesem anderen Typen überwiesen. Zu einem Neurologen.«

»Und?«

Er rutschte unruhig in seinem Sessel hin und her. »Der hat auch nichts gefunden. Diese Hinterwaldärzte taugen alle nichts. Julian hat mir den Namen eines Mannes in New York gegeben; er sagt, er ist der beste Diagnostiker im ganzen Land und einer der besten auf der ganzen Welt. Er ist zwei Jahre im voraus ausgebucht, aber Julian meint, wenn er ihn anruft, ist er vielleicht bereit, mit mir zu sprechen.«

Er griff nach einer neuen Zigarette; dabei glühte noch eine unberührte im Aschenbecher.

»So, wie du rauchst«, sagte ich, »ist es kein Wunder, wenn du Atemnot hast.«

»Das hat nichts damit zu tun«, sagte er gereizt und klopfte die Zigarette auf den Handrücken. »Genau das erzählen dir auch diese blöden Vermonter. Hören Sie auf zu rauchen, lassen Sie den Schnaps und den Kaffee weg. Ich habe mein halbes Leben lang geraucht. Glaubst du, ich weiß nicht, wie sich das auf mich auswirkt? Man kriegt von Zigaretten keine scheußlichen Krämpfe in der Brust, und auch nicht von ein paar Drinks. Außerdem habe ich all die anderen Symptome. Herzflattern. Klingeln in den Ohren.«

»Rauchen kann eine unheimlich komische Wirkung auf den Körper haben.«

Francis machte sich oft über mich lustig, wenn ich eine Formulierung benutzte, die er als kalifornisch empfand. »*Unheimlich komisch?*« wiederholte er boshaft und ahmte dabei meinen Tonfall nach: vorstädtisch, hohl, flach. »*Echt?*«

Ich sah ihn an, wie er in seinem Sessel hing: gepunktete Krawatte, schmale Bally-Schuhe, schmales Fuchsgesicht. Er grinste auch wie ein Fuchs und zeigte dabei zu viele Zähne. Ich hatte die Nase voll von ihm. Ich stand auf. Das Zimmer war so verqualmt, daß mir die Augen tränten. »Yeah«, sagte ich. »Ich muß jetzt gehen.«

Sein hämischer Gesichtsausdruck verflog. »Du bist sauer, was?« sagte er besorgt.

»Nein.«

»Doch, bist du.«

»Nein, bin ich nicht.« Seine plötzlichen panischen Versöhnungsversuche ärgerten mich mehr als seine Beleidigungen.

»Es tut mir leid. Ich bin betrunken. Ich bin krank. Ich hab's nicht so gemeint.«

Unversehens hatte ich eine Vision: Ich sah ihn zwanzig Jahre später, fünfzig Jahre später, im Rollstuhl. Und mich selbst, ebenfalls älter, wie ich mit ihm in irgendeinem verräucherten Zimmer herumsaß und wir diese Auseinandersetzung zum eintausendsten Mal wiederholten. Früher einmal hatte mir der Gedanke gefallen, daß die Tat uns zumindest miteinander verband; wir waren keine gewöhnlichen Freunde, sondern Freunde, bis daß der Tod uns scheiden würde. Dieser Gedanke war in der Zeit nach Bunnys Tod mein einziger Trost gewesen. Jetzt widerte es mich an zu wissen, daß es keinen Ausweg gab. Ich war an sie kettet, an sie alle, für immer.

Zwar war der Wirbel um Bunny größtenteils verweht, aber das College war doch noch nicht ganz zu seinem normalen Alltag zurückgekehrt – und überhaupt noch nicht, was den neuartigen »Rasterfahndungs«-Geist der Rauschgiftbekämpfung anging, der sich auf dem Campus ausgebreitet hatte. Vorüber waren die Abende, wo es vorkam, daß man auf dem Heimweg vom »Rathskeller« dann und wann einen Lehrer unter der blanken Glühbirne im Keller von Durbinstall hantieren sah – Arnie Weinstein zum Beispiel, den marxistischen Wirtschaftswissenschaftler (Berkeley '69), oder den dürren, zottelhaarigen Engländer, der Literaturseminare über Sterne und Defoe veranstaltete.

Lange vorüber. Ich hatte gesehen, wie grimmige Sicherheitsleute das unterirdische Labor demontierten und kartonweise Reagenzgläser und Kupferröhrchen herausschleppten, während der Oberchemiker vom Durbinstall, ein kleiner pickelgesichtiger Junge aus

Akron namens Cal Clarken, weinend daneben stand, noch in seinem Laborkittel mit der Markennamensaufschrift und den hohen Turnschuhen. Der Anthropologie-Dozent, der seit zwanzig Jahren ein Seminar mit dem Titel »Stimmen und Visionen: Carlos Castaneda und sein Denken« veranstaltete (einen Kurs, an dessen Ende ein obligatorisches Lagerfeuerritual stand, bei dem Pot geraucht wurde), gab ganz plötzlich bekannt, daß er ein Sabbatjahr einlegen und nach Mexiko reisen wolle. Arnie Weinstein verlegte sich auf die Kneipen in der Stadt, wo er versuchte, mit feindseligen Wirten marxistische Theorie zu diskutieren. Der zottelhaarige Engländer hatte sich seinem Hauptinteresse zugewandt und stellte wieder Mädchen nach, die zwanzig Jahre jünger waren als er selbst.

Aber obgleich das Geschäft dramatisch zurückgegangen war, stellte ich, ohne überrascht zu sein, fest, daß Cloke seinen Handel noch immer betrieb, wenn auch um einiges diskreter als in den alten Zeiten. An einem Donnerstag abend ging ich zu Judys Zimmer, weil ich sie um ein Aspirin bitten wollte; nachdem man mir durch die verschlossene Tür ein paar kurze, aber mysteriöse Fragen gestellt hatte, traf ich Cloke drinnen, der bei zugezogenen Vorhängen mit ihrem Spiegel und ihrer Apothekerwaage hantierte.

»Hallo«, sagte er, zog mich hastig hinein und schloß die Tür wieder ab. »Was kann ich heute abend für dich tun?«

»Äh, nichts, danke«, sagte ich. »Ich wollte zu Judy. Wo ist sie?«

»Oh«, sagte er und ging wieder an seine Arbeit, »die ist in der Kostümwerkstatt; ich dachte, sie hätte dich hergeschickt. Ich hab' Judy gern, aber sie muß aus allem immer einen Riesenzirkus machen, und das finde ich entschieden nicht cool. Über-hauptnicht...«, sorgfältig bemaß er ein Quantum Pulver mit tappendem Finger in ein Stück gefaltetes Papier, »cool.« Seine Hände zitterten; es war offenkundig, daß er ziemlich großzügig an seiner eigenen Ware genascht hatte. »Aber ich mußte meine eigene Waage wegschmeißen, weißt du, nachdem diese ganze Scheiße passiert war, und was soll ich denn machen, verdammt? Zur Krankenstation gehen? Und sie rennt den ganzen Tag rum, mittags in der Mensa und sonstwo, und reibt sich die Nase und sagt: ›*Gram*ma ist da, *Gram*ma ist da‹ – ein Glück bloß, daß keiner wußte, wovon sie redet, verdammt. Aber trotzdem...« Er deutete mit dem Kopf auf das aufgeschlagene Kunstgeschichtebuch, das neben ihm lag – Jansons *History of Art* – und das praktisch in Fetzen geschnipselt war. »Und dann auch noch diese Scheiß-Briefchen. Sie hat die fixe Idee, daß ich sie schick und bunt machen muß – Herrgott, du machst das Ding auf, und da ist ein gottverdammter Tintoretto drin. Und dann ist sie noch sauer, wenn ich sie nicht so ausschneide, daß der Arsch von dem Engelchen, oder was es ist, genau in der Mitte sitzt. Was macht Camilla?« fragte er plötzlich und blickte auf.

»Ihr geht's prima«, sagte ich. Ich wollte nicht an Camilla denken. Ich wollte an überhaupt nichts denken, was mit Griechisch oder mit dem Griechischen zu tun hatte.

»Wie gefällt's ihr in der neuen Wohnung?« fragte Cloke.

»Was?«

Er lachte. »Weißt du das nicht?« sagte er. »Sie ist umgezogen.«

»Was? Wohin denn?«

»Weiß nicht. 'n Stück die Straße runter wahrscheinlich. Bin gestern bei den Zwillingen – gib mir mal die Rasierklinge, ja? –, bin gestern bei den beiden vorbeigegangen, und da war Henry da und half ihr, ihren Kram in Kisten zu verpacken.«

Er hatte seine Arbeit mit der Waage beendet und schnitt jetzt auf dem Spiegel Lines zurecht. »Charles fährt über den Sommer nach Boston, und sie bleibt hier. Sie sagt, sie will nicht allein in der Wohnung bleiben, und es sei zu nervig, einen Untermieter reinzunehmen. Sieht so aus, als ob diesen Sommer viele von uns hier sein werden.« Er schob mir den Spiegel und einen zusammengerollten Zwanziger herüber. »Bram und ich suchen gerade 'ne Bude.«

»Das ist sehr gut«, sagte ich eine halbe Minute später, als die ersten Funken der Euphorie in meinen Synapsen losknisterten.

»Yeah. Ausge*zeichnet*, nicht? Zumal nach dieser grausigen Scheiße von Laura, die da im Umlauf war. Die FBI-Typen haben das Zeug analysiert und meinten, es sei zu achtzig Prozent Talkumpulver oder so was.« Er wischte sich über die Nase. »Übrigens, haben die eigentlich je mit dir gesprochen?«

»Die vom FBI? Nein.«

»Wundert mich. Nach dieser ganzen Rettungsbootscheiße, mit der sie alle vollgesülzt haben.«

»Wovon redest du?«

»Herrgott. Die haben alles mögliche komische Zeug geredet. Da wär' 'ne Verschwörung im Gange. Sie wüßten, daß Henry und Charles und ich mit drinsteckten. Wir säßen alle böse in der Patsche, und im Rettungsboot wär' bloß für einen Platz. Nämlich für den, der als erster reden würde.« Er sniffte noch eine Line und rieb sich die Nase mit dem Knöchel. »In gewisser Weise wurde es schlimmer, *nachdem* mein Dad den Anwalt raufgeschickt hatte.

›Wieso brauchen Sie einen Anwalt, wenn Sie unschuldig sind?‹ Solche Scheiße. Die Sache ist bloß, selbst dieser bescheuerte Anwalt konnte nicht rauskriegen, was sie eigentlich von mir gestanden haben *wollten*. Sie erzählten mir dauernd, daß meine Freunde – Henry und Charles – mich in die Pfanne gehauen hätten. Daß *sie* die Schuldigen wären, und wenn ich nicht bald den Mund aufmachte, würde ich vielleicht die Verantwortung für etwas übernehmen müssen, was ich gar nicht getan hätte.«

Ich hatte Herzklopfen, und zwar nicht nur vom Kokain. »Den Mund aufmachen?« fragte ich. »Worüber denn?«

»Frag mich nicht. Mein Anwalt meinte, ich sollte mir keine Sorgen machen; die würden nur rumspinnen. Ich hab' mit Charles geredet, und er sagte, ihm erzählten sie das gleiche. Und ich meine – ich weiß, du magst Henry, aber ich finde, er ist in der ganzen Sache ziemlich ausgerastet.«

»Wieso?«

»Na ja, ich meine, er ist so straight, daß er wahrscheinlich noch die Ausleihfrist in der Bücherei überschritten hat – und da fällt aus heiterem Himmel das gottverdammte FBI über ihn her. Ich hab' keine Ahnung, was, zum Teufel, er denen gesagt hat, aber er hat sich eine Riesenmühe gegeben, sie in alle möglichen Richtungen von sich wegzulenken.«

»In welche Richtung zum Beispiel?«

»In meine Richtung zum Beispiel.« Er nahm sich eine Zigarette. »Und, so ungern ich es sage, ich denke, auch in deine Richtung.«

»In *meine*?«

»Ich hab' deinen Namen nie erwähnt, Mann. Scheiße, ich kenne dich doch kaum. Aber irgendwoher hatten sie ihn. Nicht von mir.«

»Soll daß heißen, sie haben tatsächlich *meinen Namen genannt*?« fragte ich nach verdattertem Schweigen.

»Vielleicht hatten sie ihn von Marion oder so. Ich weiß es doch nicht. Weiß Gott, sie hatten auch Bram, Laura, sogar Judd MakKenna... Dein Name ist nur ein- oder zweimal gefallen, gegen Ende. Frag mich nicht, wieso, aber ich dachte irgendwie, die FBI-Bullen wären zu dir gegangen, um mit dir zu reden. Ich schätze, das dürfte an dem Abend gewesen sein, bevor sie Bunnys Leiche fanden. Sie wollten noch mal zu Charles, das weiß ich; aber Henry hat ihn telefonisch gewarnt, daß sie zu ihm unterwegs waren. Das war, als ich bei den Zwillingen wohnte. Na, *ich* hatte auch keine Lust, sie zu sehen; also verzog ich mich rüber zu Bram, und ich glaube, Charles ging einfach in irgendeine Kneipe und soff sich völlig zu.«

Mein Herz klopfte so heftig, daß ich glaubte, es werde mir gleich in der Brust zerplatzen wie ein roter Ballon. Hatte Henry etwa Angst gekommen und versucht, das FBI auf mich zu hetzen? Das ergab keinen Sinn. Es gab keine Möglichkeit – zumindest keine, die ich hätte erkennen können –, mir etwas anzuhängen, ohne daß er sich selbst belastet hätte. Dann wiederum (*Paranoia*, dachte ich, *ich muß damit aufhören*) war es vielleicht kein Zufall gewesen, daß Charles an diesem Abend auf dem Weg zur Kneipe bei mir vorbeigekommen war. Vielleicht hatte er von all dem gewußt, war – ohne Henrys Wissen – herübergekommen und hatte mich erfolgreich aus der Gefahrenzone gelockt. »Du siehst aus, als ob du einen Drink gebrauchen könntest, Mann«, sagte Cloke.

»Ja«, sagte ich. Ich hatte lange Zeit dagesessen, ohne ein Wort zu sagen. »Ja, das glaube ich auch.«

»Wieso gehst du nicht heute abend in den ›Villager‹? Durstiger Donnerstag heute. Zwei Drinks zum Preis von einem.«

»Gehst du hin?«

»Alle gehen hin. Scheiße. Willst du mir etwa erzählen, du bist noch nie zum Durstigen Donnerstag gegangen?«

Also ging ich zum Durstigen Donnerstag – mit Cloke und Judy, mit Sophie Dearbold und ein paar Freundinnen von Sophie und einer Menge anderen Leuten, die ich gar nicht kannte; ich weiß nicht, wann ich nach Hause kam, aber ich wachte erst am nächsten Abend um sechs auf, als Sophie an meine Tür klopfte. Ich hatte Magenschmerzen, und mein Schädel drohte zu platzen, aber ich zog meinen Bademantel an und ließ sie herein. Sie kam eben aus dem Keramikkurs und trug ein T-Shirt und eine ausgeblichene Jeans. Sie brachte mir ein getoastetes Brötchen aus der Snackbar.

»Alles okay?« sagte sie.

»Ja«, sagte ich, aber ich mußte mich an der Stuhllehne festhalten, um stehenzubleiben.

»Du warst echt betrunken gestern abend.«

»Ich weiß«, sagte ich. Nachdem ich aufgestanden war, fühlte ich mich plötzlich viel schlechter. Rote Flecken tanzten vor meinen Augen herum.

»Ich hab' mir Sorgen gemacht. Ich dachte, ich schau' mal lieber nach.« Sie lachte. »Den ganzen Tag hat dich niemand gesehen. Dann hat jemand erzählt, daß die Fahne an der Einfahrt auf Halbmast hängt, und ich hatte Angst, du könntest vielleicht gestorben sein.«

Ich setzte mich schwer atmend aufs Bett und starrte sie an. Ihr Gesicht kam mir vor wie ein halb erinnerter Traumfetzen. *Bar?* dachte ich. Da war diese Bar gewesen – irische Whiskeysorten und eine Runde Flippern mit Bram, und Sophies Gesicht blau im schmuddeligen Neonlicht. Noch mehr Kokain, mit einer Kreditkarte auf einer CD-Schachtel zu Lines zusammengeschoben. Dann eine Fahrt auf der Ladefläche eines Lasters, eine Gulf-Reklame am Highway... eine Wohnung? Der Rest des Abends war schwarz. Unscharf erinnerte ich mich an ein langes, ernstes Gespräch mit Sophie vor einem mit Eiswürfeln gefüllten Spülbecken in einer fremden Küche (»MeisterBrau« und »Genessee«, ein Tolkien-Kalender an der Wand). Bestimmt – Angst schlang sich in meinem Magen zu einem Knoten –, bestimmt hatte ich nichts über Bunny gesagt. Bestimmt nicht. Halbwegs in Panik durchforschte ich mein Gedächtnis. Wenn ich es getan hätte, wäre sie jetzt bestimmt nicht bei mir im Zimmer und schaute mich an, wie sie es tat, hätte mir nicht diesen Toast auf dem Pappteller gebracht, dessen Geruch (es war ein Zwiebeltoast) mich würgen ließ.

»Wie bin ich nach Hause gekommen?« fragte ich und sah zu ihr auf.

»Weißt du es nicht mehr?«

»Nein.« Das Blut hämmerte mir alptraumhaft in den Schläfen.

»Dann warst du *wirklich* betrunken. Wir haben bei Jack Teitelbaum ein Taxi genommen.«

»Und wohin sind wir gefahren?«

»Hierher.«

Hatten wir miteinander geschlafen? Ihr Gesichtsausdruck war neutral und ohne jeden Hinweis. Wenn ich es getan hatte, tat es mir nicht leid – ich mochte Sophie, und ich wußte, daß sie mich mochte, und außerdem war sie eins der hübschesten Mädchen in Hampden –, aber in solchen Dingen war man doch ganz gern sicher. Ich versuchte, mir zu überlegen, wie ich sie taktvoll fragen könnte, als jemand an die Tür klopfte. Es klang wie Gewehrschüsse. Ein scharfer Schmerz sauste mir wie ein Querschläger durch den Kopf.

»Herein«, sagte Sophie.

Francis schob seinen Kopf durch den Türspalt. »Na, sieh mal einer an«, sagte er. Er mochte Sophie. »Da findet hier ein Autofahrt-Jubiläumstreffen statt, und keiner sagt mir Bescheid.«

Sophie stand auf. »Francis! Hallo! Wie geht's denn?«

»Gut, danke. Ich hab' dich seit der Beerdigung nicht mehr gesehen.«

Ich ließ mich auf dem Bett zurücksinken; in meinem Magen brodelte es. Die beiden unterhielten sich angeregt. Ich wünschte, sie wären gegangen.

»So, so«, sagte Francis nach geraumer Zeit und spähte über Sophies Schulter zu mir herüber. »Was hat denn unser kleiner Patient?«

»Hat zuviel getrunken.«

Er kam zu mir ans Bett. Aus der Nähe gesehen, wirkte er leicht erregt. »Na, hoffentlich hast du deine Lektion gelernt«, sagte er, und dann fügte er auf griechisch hinzu: »*Wichtige Neuigkeiten, mein Freund.*«

Mein Herz setzte aus. Ich hatte Mist gemacht. Ich war unvorsichtig gewesen, hatte zuviel geredet, irgend etwas Unheimliches erzählt. »Was hab' ich gemacht?« fragte ich.

Ich hatte Englisch gesprochen. Wenn Francis verwirrt war, ließ er es sich nicht anmerken. »Ich habe nicht die leiseste Ahnung«, sagte er. »Möchtest du Tee oder so was?«

Ich versuchte herauszufinden, was er mir sagen wollte. Der hämmernde Schmerz in meinem Schädel war so heftig, daß ich mich auf nichts konzentrieren konnte. Übelkeit wälzte sich in einer großen, grünen Woge heran, erzitterte auf ihrem Scheitelpunkt, sank zurück und rollte von neuem heran. Ich war von Verzweiflung durchtränkt. Alles, dachte ich bebend, alles wäre okay, wenn ich nur ein paar Augenblicke Ruhe haben könnte und wenn ich ganz, ganz still läge.

»Nein«, sagte ich schließlich. »Bitte.«

»Bitte was?«

Die Woge schwoll wieder an. Ich wälzte mich auf den Bauch und gab ein langes, erbarmungswürdiges Stöhnen von mir.

Sophie begriff zuerst. »Komm«, sagte sie zu Francis, »laß uns gehen. Ich denke, wir sollten ihn weiterschlafen lassen.«

Ich verfiel in einen qualvollen Halbtraumzustand, aus dem ich ein paar Stunden später erwachte, weil es leise an der Tür klopfte. Es war inzwischen dunkel im Zimmer. Die Tür öffnete sich knarrend, und eine Lichtfahne wehte ins Zimmer. Francis schlüpfte herein und machte die Tür hinter sich zu.

Er knipste die trübe Leselampe auf meinem Schreibtisch an und zog den Stuhl herüber zu meinem Bett. »Tut mir leid, aber ich muß mit dir reden«, sagte er. »Es ist etwas sehr Merkwürdiges passiert.«

Ich hatte den ersten Schrecken schon wieder vergessen; jetzt kehrte er in einer üblen, gallebitteren Welle zurück. »Was denn?«

»Camilla ist *umgezogen*. Sie ist aus dem Apartment ausgezogen. Alle ihre Sachen sind weg. Charles ist jetzt da, beinahe besinnungslos betrunken. Er sagt, sie wohnt im Albemarle Inn. Kannst du dir das vorstellen? Im Albemarle?«

Ich rieb mir die Augen und versuchte, meine Gedanken auf die Reihe zu bringen. »Aber ich wußte das«, sagte ich schließlich.

»Du wußtest es?« Er war verblüfft. »Wer hat es dir erzählt?«

»Ich glaube, das war Cloke.«

»*Cloke?* Wann war das?«

Ich berichtete, soweit mein Gedächtnis es zuließ. »Ich hatte es ganz vergessen«, endete ich.

»*Vergessen?* Wie konntest du so was vergessen?«

Ich richtete mich ein kleines Stück auf. Frischer Schmerz durchzuckte meinen Kopf. »Was macht das schon aus?« fragte ich. »Wenn sie weg will, kann ich es ihr nicht verdenken. Charles wird sich einfach am Riemen reißen müssen, das ist alles.«

»Aber das Albemarle«, sagte Francis. »Hast du eine Ahnung, wie teuer es da ist?«

»Natürlich«, antwortete ich gereizt. Das Albemarle war das hübscheste Hotel in der Stadt. Präsidenten waren dort abgestiegen, und Filmstars. »Na und?«

Francis ließ den Kopf auf die Hände sinken. »Richard«, sagte er, »du bist bescheuert. Du mußt einen Hirnschaden haben.«

»Ich weiß nicht, wovon du redest.«

»Zum Beispiel von zweihundert Dollar pro Nacht. Meinst du, die Zwillinge haben so viel Geld? Was, zum Teufel, glaubst du, wer das bezahlt?«

Ich glotzte ihn an.

»Henry. Der bezahlt das«, sagte Francis. »Er ist gekommen, als Charles nicht da war, und hat sie mit all ihrem Zeug rübergebracht. Charles kam nach Hause, und ihre Sachen waren weg. Kannst du dir das vorstellen? Er kann sie nicht mal erreichen, weil sie sich unter einem anderen Namen eingemietet hat. Henry sagt gar nichts. Mir übrigens auch nicht. Charles ist absolut außer sich. Er hat mich gebeten, Henry anzurufen und zu sehen, ob ich nichts aus ihm rauskriege. Aber ich hab's natürlich nicht geschafft. Er war wie eine Mauer.«

»Was soll denn dieser Aufstand? Warum diese Heimlichtuerei?«

»Ich weiß es nicht. Ich weiß nicht, warum Camilla all das tut, aber was Henry angeht, denke ich, er benimmt sich sehr töricht.«
»Vielleicht hat sie ihre Gründe.«
»Nein, nein«, erwiderte Francis genervt. »Ich kenne Henry. Das ist genau die Sorte Sachen, die er macht, und genau die Art, wie er sie macht. Aber selbst wenn es einen guten Grund dafür gäbe, ist es die falsche Art. *Besonders* jetzt. Charles kriegt Zustände. Henry sollte klug genug sein, ihn nach der Nacht neulich nicht weiter gegen sich aufzubringen.«

Voller Unbehagen dachte ich an den Heimweg vom Polizeirevier. »Weißt du, da ist etwas, das ich dir erzählen wollte«, sagte ich und berichtete dann von Charles' Ausbruch.

»Oh, er ist allerdings sauer auf Henry«, sagte Francis knapp. »Er hat mir das gleiche erzählt – daß Henry alles auf ihn abgeschoben hätte, im Prinzip. Aber was will er? Wenn man sich's recht überlegt, finde ich nicht, daß Henry allzuviel von ihm verlangt hat. Das ist auch nicht der Grund, weshalb er wütend ist. Der wahre Grund ist Camilla. Willst du meine Theorie hören?«

»Ja?«

»Ich glaube, daß Camilla und Henry sich seit einer Weile miteinander rumdrücken. Und ich glaube, daß Charles schon geraume Zeit mißtrauisch ist, aber bis vor kurzem hatte er keinen Beweis. Dann hat er was herausgefunden. Ich weiß nicht genau, was«, sagte er, »aber es ist nicht schwer, es sich vorzustellen. Ich denke, es ist etwas, das er unten bei den Corcorans rausgefunden hat. Etwas, das er gesehen oder gehört hat. Und ich denke, es muß passiert sein, bevor wir kamen. Am Abend, bevor sie mit Cloke nach Connecticut fuhren, schien alles okay zu sein, aber du erinnerst dich, wie Charles war, als wir ankamen. Und als wir abreisten, sprachen sie nicht mal mehr miteinander.«

Ich erzählte Francis, was Cloke mir oben im Gang gesagt hatte.

»Gott weiß, was da passiert ist, wenn Cloke gerissen genug war, um es zu merken«, meinte Francis. »Henry war krank und konnte wahrscheinlich nicht allzu klar denken. Und in der Woche nachdem wir zurückgekommen waren, weißt du, als er sich in seiner Wohnung verkroch, da war Camilla, glaube ich, oft bei ihm, und ich denke, sie könnte sogar ein- oder zweimal die Nacht dort verbracht haben. Aber dann kam er wieder auf die Beine, und Camilla kam nach Hause, und danach war eine Zeitlang alles okay. Erinnerst du dich? Um die Zeit, als du mich ins Krankenhaus brachtest?«

»Das weiß ich nicht«, sagte ich und erzählte ihm von dem Glas, das ich zerbrochen im Kamin der Zwillinge hatte liegen sehen.

»Na, wer weiß, was da in Wirklichkeit vor sich ging. Jedenfalls *schien* es besser zu gehen. Und Henry war auch wieder guter Dinge. Dann kam dieser Streit, an dem Abend, an dem Charles dann im Gefängnis landete. Anscheinend will niemand genau sagen, worum es *dabei* nun wieder ging, aber ich wette, es hatte etwas mit ihr zu tun. Und jetzt das. Gütiger Gott. Charles ist rasend vor Wut.«

»Glaubst du, er schläft mit ihr? Henry, meine ich?«

»Na, wenn nicht, dann hat er jedenfalls alles Menschenmögliche getan, um Charles davon zu überzeugen, daß er es tut.« Er stand auf. »Ich habe noch mal versucht, ihn anzurufen, bevor ich herkam«, sagte er. »Er war nicht da. Ich schätze, er ist im Albemarle. Ich werde mal vorbeifahren und sehen, ob sein Auto dasteht.«

»Es muß doch möglich sein, herauszufinden, in welchem Zimmer sie wohnt.«

»Darüber hab' ich schon nachgedacht. Von der Rezeption ist nichts zu erfahren. Vielleicht hätte ich mehr Glück, wenn ich mit einem der Zimmermädchen reden könnte, aber ich fürchte, ich bin in diesen Dingen nicht allzu gut.« Er seufzte. »Ich wünschte, ich könnte sie nur fünf Minuten sehen.«

»Wenn du sie findest, glaubst du, du kannst sie überreden, wieder nach Hause zu kommen?«

»Ich weiß nicht. Ich muß sagen, ich hätte im Moment keine Lust, mit Charles zusammenzuwohnen. Aber ich denke immer noch, es wäre alles okay, wenn Henry sich raushalten wollte.«

Als Francis gegangen war, schlief ich wieder ein. Ich wachte um vier Uhr morgens auf; ich hatte fast vierundzwanzig Stunden geschlafen.

In diesem Frühjahr waren die Nächte ungewöhnlich kalt, und diese war kälter als die meisten; in den Wohnhäusern war die Heizung an – eine Dampfheizung, die mit Volldampf arbeitete, so daß es selbst bei offenem Fenster unglaublich stickig war. Mein Bettzeug war feucht von Schweiß. Ich stand auf, steckte den Kopf aus dem Fenster und holte ein paarmal tief Luft. Die kalte Luft war so erfrischend, daß ich beschloß, mich anzuziehen und einen Spaziergang zu machen.

Der Vollmond war sehr hell. Alles war still bis auf das Zirpen der Grillen und das volle, schaumige Rauschen des Windes in den Bäumen. Unten am Vorschulcenter, wo Marion arbeitete, schwangen die Schaukeln sanft knarrend hin und her, und die spiralige Rutschbahn blinkte silbern im Mondlicht.

Das auffälligste Objekt auf dem Spielplatz war ohne Zweifel die Riesenschnecke. Ein paar Kunststudenten hatten sie nach dem Vorbild der Riesenschnecke in dem Film *Dr. Dolittle* gebaut. Sie war rosarot und aus Fiberglas, fast zweieinhalb Meter hoch und hohl, so daß die Kinder darin spielen konnten. Schweigend hockte sie im Mondschein wie ein geduldiges prähistorisches Geschöpf, das von den Bergen heruntergekrochen war: Dumm und einsam ließ es hier die Zeit vergehen, unbeeindruckt von den Gegenständen kindlicher Zerstreuung, die es umgaben.

Den Zugang ins Innere der Schnecke erlangte man durch einen kindergroßen, gut halbmeterhohen Tunnel am Schwanzende. Mit äußerstem Schrecken sah ich aus diesem Tunnel ein Paar Männerfüße herausgucken, die in seltsam vertrauten braun-weißen Schuhen steckten.

Ich ließ mich auf Hände und Knie nieder und schob den Kopf in den Tunnel; der rauhe, machtvolle Whiskeygestank war überwältigend. Leises Schnarchen hallte in der engen, schnapsdunstigen Dunkelheit. Das Schneckenhaus wirkte offenbar wie ein Cognacschwenker, in dem sich die Dünste sammelten und konzentrierten, bis sie so stechend waren, daß einem vom bloßen Einatmen übel wurde.

Ich packte ein knochiges Knie und schüttelte es. »Charles!« Meine Stimme hallte dröhnend durch das dunkle Schneckenhaus. »*Charles!*«

Er fing an, wild um sich zu schlagen, als sei er unversehens in drei Meter tiefem Wasser aufgewacht. Endlich, und nach der wiederholt ausgesprochenen Versicherung, daß ich tatsächlich der sei, der ich zu sein behauptete, ließ er sich schweratmend auf den Rücken fallen.

»Richard«, sagte er mit belegter Stimme. »Gott sei Dank. Ich dachte schon, du bist eine Kreatur aus dem Weltraum.«

Anfangs war es stockfinster in dem Schneckenhaus gewesen, aber als meine Augen sich daran gewöhnt hatten, nahm ich ein mattes, rosiges Licht wahr, Mondlicht, das gerade so hell durch die durchscheinenden Wände drang, daß man ein bißchen sehen konnte. »Was machst du hier?« fragte ich.

Er nieste. »Ich war deprimiert«, sagte er. »Ich dachte, wenn ich hier schlafe, geht's mir besser.«

»Und – geht's besser?«

»Nein.« Er nieste noch einmal, fünf- oder sechsmal hintereinander. Dann ließ er sich wieder zu Boden sinken.

Ich dachte an die Vorschulkinder, wie sie sich am nächsten Morgen um Charles drängen würden wie die Liliputaner um den schlafenden Gulliver. Die Leiterin des Centers – eine Psychiaterin, deren Büro am selben Flur lag wie das von Dr. Roland – machte einen freundlichen, großmütterlichen Eindruck auf mich, aber wer wußte schon, wie sie reagieren würde, wenn sie einen Betrunkenen schlafend auf dem Spielplatz fände. »Wach auf, Charles«, sagte ich.

»Laß mich in Ruhe.«

»Du kannst hier nicht schlafen.«

»Ich kann machen, was ich will«, sagte er hochfahrend.

»Wieso kommst du nicht mit mir nach Hause? Wir trinken noch einen.«

»Mir gefällt's hier.«

»Ach, komm doch.«

»Na gut – aber nur einen.«

Er stieß sich heftig den Kopf, als er herauskrabbelte. Die Kleinen würden entzückt sein über den Jonny-Walker-Geruch, wenn sie in ein paar Stunden herkämen.

Auf dem Weg zum Monmouth House mußte er sich auf mich stützen.

»Aber nur einen«, erinnerte er mich.

Ich war selber nicht gerade in bester Form und hatte große Mühe, ihn die Treppe hinaufzuwuchten. Endlich kam ich in mein Zimmer und deponierte ihn auf dem Bett. Er leistete kaum Widerstand; murmelnd lag er da, während ich in die Küche hinunterging.

Der angebotene Drink war eine List gewesen. Hastig durchsuchte ich den Kühlschrank, aber ich fand nur eine Flasche mit Schraubverschluß, in der ein sirupartiges, koscheres Zeug mit Erdbeergeschmack war; die Flasche stand schon seit Hanukkah hier. Ich hatte einmal davon gekostet, weil ich sie vielleicht klauen wollte, aber hastig hatte ich das Zeug ausgespuckt und die Flasche wieder ins Fach gestellt. Das war jetzt Monate her. Ich schob sie unter meine Jacke, aber als ich wieder nach oben kam, war Charles' Kopf rückwärts gegen die Wand gerollt, wo das Kopfteil des Bettes fehlte, und er schnarchte.

Leise stellte ich die Flasche auf den Tisch, nahm mir ein Buch und ging. In Dr. Rolands Büro legte ich mich auf die Couch und deckte mich mit meiner Jacke zu; als die Sonne aufging, machte ich das Licht aus und schlief ein.

Ich wachte gegen zehn auf. Es war Samstag, was mich ein bißchen überraschte: Ich hatte den Überblick über die Tage verloren. Ich ging zu einem späten Frühstück in die Mensa – Tee und weichgekochte Eier, das erste, was ich seit Donnerstag in den Magen bekam. Als ich gegen Mittag in mein Zimmer zurückkehrte, schlief Charles immer noch. Ich rasierte mich, zog ein sauberes Hemd an, nahm meine Griechischbücher und ging wieder in Dr. Rolands Büro.

Ich lag erbärmlich weit zurück mit meiner Arbeit, aber (wie es oft der Fall ist) auch wieder nicht so weit, wie ich gedacht hatte. Die Stunden verstrichen, und ich merkte es nicht. Gegen sechs bekam ich Hunger; ich ging an den Kühlschrank im Büro der Gesellschaftswissenschaften und fand ein paar übriggebliebene Hors d'œuvres und ein Stück Geburtstagskuchen. Ich setzte mich damit an Dr. Rolands Schreibtisch und aß mit den Fingern von einem Pappteller.

Gegen elf ging ich schließlich wieder nach Hause, aber als ich die Tür aufschloß und das Licht einschaltete, sah ich zu meiner Verblüffung, daß Charles noch immer in meinem Bett lag. Er schlief, und die Flasche mit koscherem Wein auf meinem Schreibtisch war halb leer. Sein Gesicht war hitzig gerötet. Als ich ihn schüttelte, fühlte er sich an, als habe er Fieber.

»Bunny«, sagte er und schrak hoch. »Wo ist er hin?«

»Du träumst.«

»Aber er war hier«, sagte er und starrte wild umher. »Ganz lange. Ich hab' ihn gesehen.«

»Du träumst, Charles.«

»Ich hab' ihn *gesehen*. Er war hier. Er hat da am Fußende gesessen.«

Ich ging nach nebenan, um mir ein Thermometer auszuleihen. Charles hatte fast vierzig Grad Fieber. Ich gab ihm zwei Tylenol und ein Glas Wasser, und während er sich die Augen rieb und Unsinn faselte, ging ich nach unten und rief Francis an.

Francis war nicht zu Hause. Ich beschloß, es bei Henry zu versuchen. Zu meiner Überraschung meldete sich Francis, nicht Henry.

»Francis? Was machst du da?« fragte ich.

»Oh, hallo, Richard«, sagte Francis mit einer Bühnenstimme, die offenbar für Henry bestimmt war.

»Ich nehme an, du kannst im Moment nicht gut sprechen.«

»Nein.«

»Aber hör zu. Ich muß dich was fragen.« Ich berichtete von Charles, wie ich ihn auf dem Spielplatz gefunden hatte und so weiter. »Er scheint ziemlich krank zu sein. Was meinst du, was ich tun soll?«

»In der Schnecke?« fragte Francis. »Du hast ihn in der Riesenschnecke gefunden?«

»Unten beim Vorschulcenter, Francis. Hör mal, das ist jetzt nicht so wichtig. Was soll ich machen? Ich bin irgendwie beunruhigt.«

Francis legte die Hand auf den Hörer, und ich hörte eine gedämpfte Diskussion. Gleich darauf meldete sich Henry. »Hallo, Richard«, sagte er. »Was gibt's denn?«

Ich mußte alles noch einmal erzählen.

»Wieviel, sagst du? Knapp vierzig Grad?«

»Ja.«

»Das ist ziemlich viel, was?«

»Ich dächte schon«, sagte ich.

»Hast du ihm Aspirin gegeben?«

»Vor ein paar Minuten.«

»Na, dann warte doch erst mal ab. Ich bin sicher, er wird schon wieder.«

Genau das hatte ich hören wollen.

»Du hast recht«, sagte ich.

»Wahrscheinlich hat er sich erkältet, weil er draußen geschlafen hat. Bestimmt geht es ihm morgen früh wieder besser.«

Ich verbrachte die Nacht auf Dr. Rolands Couch. Nach dem Frühstück kehrte ich mit Blaubeertörtchen und einem Zweiliterkarton Orangensaft auf mein Zimmer zurück; ich hatte die Sachen unter außergewöhnlichen Schwierigkeiten vom Büffet in der Mensa klauen können.

Charles war wach, aber er wirkte fiebrig und durcheinander. Nach dem Zustand des Bettzeugs zu urteilen – es war zerknüllt und zerwühlt, die Decke hing auf den Boden, und man sah den fleckigen Drillich der Matratze, wo er das Laken beiseite gezogen hatte –, war es keine gute Nacht für ihn gewesen. Er sei nicht hungrig, sagte er, aber er brachte matt ein paar Schluck Orangensaft herunter. Der Rest des koscheren Weins war, wie ich sah, im Laufe der Nacht verschwunden.

»Wie fühlst du dich?« fragte ich ihn.

Er ließ den Kopf auf dem zerdrückten Kissen herumrollen. »Kopfschmerzen«, sagte er. »Ich hab' von Dante geträumt.«
»Alighieri?«
»Ja.«
»Was denn?«
»Wir waren bei den Corcorans«, murmelte er. »Dante war auch da. Er hatte einen fetten Freund im karierten Hemd dabei, der uns anbrüllte.«

Ich maß seine Temperatur; es waren glatte achtunddreißig Grad, deutlich weniger also, aber immer noch ein bißchen hoch für die frühe Stunde. Ich gab ihm noch ein paar Aspirin und schrieb ihm meine Nummer in Dr. Rolands Büro auf, falls er mich anrufen wollte; aber als ihm klar wurde, daß ich gehen wollte, drehte er den Kopf herum und warf mir einen so benommenen und hoffnungslosen Blick zu, daß ich erschrocken innehielt.

»Oder – ich könnte auch hierbleiben«, sagte ich. »Das heißt, falls es dich nicht stört.«

Er stemmte sich auf den Ellbogen hoch. Seine Augen waren blutunterlaufen und glänzten stark. »Geh nicht«, sagte er. »Ich hab' Angst. Bleib ein bißchen hier.«

Dann bat er mich, ihm vorzulesen, aber ich hatte nur meine Griechischbücher da, und er wollte nicht, daß ich in die Bibliothek ging. Also spielten wir Euchre auf einem Lexikon, das er auf dem Schoß balancierte, und als sich das als etwas schwierig erwies, wechselten wir zu Casino über. Er gewann die ersten beiden Spiele. Dann fing er an zu verlieren. In der letzten Runde – er mußte geben – mischte er die Karten so schlecht, daß sie in buchstäblich gleicher Reihenfolge erneut verteilt wurden, was das Spiel nicht gerade zu einer Herausforderung werden ließ; aber er spielte derart geistesabwesend, daß er einfach nichts zustande brachte. Als ich bei einem Griff nach den Karten einmal seine Hand berührte, fühlte ich erschrocken, wie heiß und trocken sie sich anfühlte. Und obwohl es warm im Zimmer war, fröstelte ihn. Ich maß noch einmal seine Temperatur. Sie war wieder auf neununddreißigfünf hinaufgeschossen.

Ich lief nach unten, um Francis anzurufen, aber weder er noch Henry waren zu Hause. Also ging ich wieder hinauf. Es gab keinen Zweifel: Charles sah schrecklich aus. Ich blieb in der Tür stehen und sah ihn an; dann sagte ich: »Warte mal einen Augenblick«, und ich ging den Gang hinunter zu Judys Zimmer.

Sie lag auf ihrem Bett und sah sich einen Mel-Gibson-Film auf einem Videorecorder an, den sie aus der Videoabteilung entliehen hatte. Irgendwie schaffte sie es, sich gleichzeitig die Fingernägel zu lackieren, eine Zigarette zu rauchen und eine Diät-Coke zu trinken.

»Guck dir Mel an«, sagte sie. »Ist er nicht entzückend? Wenn er anrufen und mich fragen würde, ob ich ihn heirate: Ich würd's machen, echt sofort.«

»Judy, was würdest du machen, wenn du vierzig Grad Fieber hättest?«

»Scheiße, ich würde zum Arzt gehen«, sagte sie, ohne den Blick vom Bildschirm zu wenden.

Ich berichtete von Charles. »Er ist wirklich krank«, sagte ich. »Was meinst du, was soll ich machen?«

Sie fächelte mit einer rot bekrallten Hand in der Luft, um den Nagellack zu trocknen, und ihr Blick blieb starr auf den Fernseher gerichtet. »Bring ihn zur Notaufnahme.«

»Meinst du?«

»Du wirst am Sonntag nachmittag keinen Arzt finden. Willst du meinen Wagen nehmen?«

»Das wäre toll.«

»Schlüssel sind auf dem Tisch«, sagte sie abwesend. »'bye.«

Ich fuhr Charles mit der roten Corvette ins Krankenhaus. Mit glänzenden Augen saß er still da und blickte geradeaus, die rechte Wange an die kühle Scheibe gelehnt. Im Wartezimmer blätterte ich in Illustrierten, die ich schon kannte, und er saß bewegungslos da und starrte auf ein verblichenes Farbfoto auf einem Plakat aus den sechziger Jahren: Eine Krankenschwester drückte einen Finger mit weißem Nagel gegen einen mit weißem Lippenstift geschminkten, unbestimmt pornographisch aussehenden Mund – eine sexy wirkende Aufforderung, sich im Krankenhaus leise zu verhalten.

Es war eine Ärztin, die Dienst hatte. Sie war nur fünf bis zehn Minuten bei Charles gewesen, als sie mit seiner Karte von hinten zurückkam; sie lehnte sich über die Theke und besprach sich kurz mit der Krankenschwester an der Aufnahme, die zu mir herüberdeutete.

Die Ärztin kam heran und setzte sich zu mir. Sie war wie diese jungen Mediziner in Hawaii-Hemden und Tennisschuhen, die man in den Fernsehserien sieht. »Hallo«, sagte sie, »ich habe mir gerade Ihren Freund angesehen. Ich glaube, wir werden ihn zwei Tage bei uns behalten müssen.« Ich ließ meine Illustrierte sinken. Damit hatte ich nicht gerechnet. »Was hat er denn?« fragte ich.

»Es sieht aus wie eine Bronchitis, aber er ist völlig dehydriert. Ich möchte ihm eine Infusion geben. Außerdem müssen wir das Fieber herunterbringen. Er wird wieder auf die Beine kommen, aber er braucht Ruhe und ein paar starke Antibiotika, und damit sie wirken können, so schnell es geht, sollten wir sie ebenfalls intravenös verabreichen, zumindest während der ersten achtundvierzig Stunden. Gehen Sie beide oben aufs College?«

»Ja.«

»Steht er unter großem Streß? Muß er eine Examensarbeit schreiben oder so was?«

»Er arbeitet ziemlich angestrengt«, sagte ich vorsichtig. »Warum?«

»Oh, nur so. Wie er aussieht, hat er nicht richtig gegessen. Hat Blutergüsse an Armen und Beinen, was nach Vitamin-C-Mangel aussieht, und vielleicht fehlen ihm auch ein paar B-Vitamine.«

Sie wollte mich nicht zu ihm lassen; sie sagte, sie wolle noch ein paar Blutuntersuchungen erledigen lassen, bevor die Laborantinnen Feierabend machten, und so fuhr ich zum Apartment der Zwillinge, um ein paar von seinen Sachen zu holen. In der Wohnung herrschte ominöse Ordnung. Ich packte Schlafanzug, Zahnbürste, Rasierzeug und zwei Taschenbücher ein (von P. G. Wodehouse; ich dachte, das würde ihn aufmuntern), und dann gab ich den Koffer in der Aufnahme ab.

Früh am nächsten Morgen, bevor ich zum Griechischkurs ging, klopfte Judy bei mir an und sagte, unten sei ein Anruf für mich. Ich dachte, es sei Francis oder Henry – die ich beide in der Nacht mehrmals zu erreichen versucht hatte –, vielleicht sogar Camilla, aber es war Charles.

»Hallo«, sagte ich. »Wie geht's dir?«

»Oh, sehr gut.« Seine Stimme klang eigenartig und gezwungen fröhlich. »Es ist ganz behaglich hier. Danke, daß du den Koffer vorbeigebracht hast.«

»Kein Problem. Hast du eins von diesen Betten, die man rauf- und runterkurbeln kann?«

»Ja, hab' ich. Hör mal. Ich möchte dich was fragen. Tust du mir einen Gefallen?«

»Natürlich.«

»Ich möchte, daß du mir ein paar Sachen bringst.« Er bat um ein Buch, um Briefpapier und um einen Bademantel, der an der Innenseite der Schranktür hänge. »Außerdem«, fügte er hastig hinzu, »ist da noch eine Flasche Scotch. Du findest sie in meiner Nachttischschublade. Meinst du, die kannst du heute vormittag eben abholen?«

»Ich muß zum Griechischkurs.«

»Na, dann eben nach dem Griechischkurs. Wann, glaubst du, kannst du hier sein?«

Ich sagte, ich müsse sehen, wo ich mir ein Auto leihen könne.

»Zerbrech dir deshalb nicht den Kopf. Nimm ein Taxi. Ich gebe dir das Geld zurück. Ich weiß das wirklich zu schätzen, verstehst du. Wann kann ich mit dir rechnen? Halb elf? Elf?«

»Wahrscheinlich eher halb zwölf.«

»Prima. Hör zu, ich kann jetzt nicht sprechen; ich bin im Aufenthaltsraum, und ich muß ins Bett zurück, bevor sie mich da vermissen. Du kommst doch, oder?«

»Ich komme.«

»Bademantel und Briefpapier.«

»Ja.«

»Und den Scotch.«

»Natürlich.«

Camilla erschien an diesem Morgen nicht zum Kurs, aber Francis und Henry waren anwesend. Julian war schon da, als ich eintraf, und ich berichtete, daß Charles im Krankenhaus sei.

Zwar konnte Julian unter allen möglichen schwierigen Umständen wunderbar mitfühlend sein, aber manchmal hatte ich das Gefühl, daß es gar kein wirkliches Mitfühlen war, sondern daß es ihm bloß um die Eleganz der Geste selbst ging. Es ermutigte mich deshalb zu sehen, daß er ernstlich besorgt zu sein schien. »Der arme Charles«, sagte er. »Es ist doch nichts Ernstes, oder?«

»Das glaube ich nicht.«

»Darf er Besuch bekommen? Ich werde ihn heute nachmittag auf alle Fälle anrufen. Wüßten Sie irgend etwas, worüber er sich vielleicht freuen würde? Das Essen ist ja so grauenhaft im Krankenhaus. Ich weiß noch, als vor Jahren in New York eine liebe Freundin von mir im Columbia Presbyterian lag – im verwünschten Harkness-Pavillon, um Gottes willen –, da pflegte der Küchenchef aus dem ›Le Chasseur‹ ihr jeden Tag ein Essen zu schicken ...«

Henry saß mir gegenüber am Tisch und machte eine undurchdringliche Miene. Ich versuchte Francis' Blick zu erhaschen, aber er sah mich nur einmal kurz an, biß sich auf die Lippe und schaute weg.

»... und Blumen«, fuhr Julian fort. »Noch nie haben Sie so viele Blumen gesehen – es waren so viele, daß mir der Verdacht kommen mußte, sie schickte sich mindestens einige davon selbst.« Er lachte. »Na ja. Ich nehme an, es erübrigt sich, zu fragen, wo Camilla heute morgen ist.«

Ich sah, daß Francis die Augen aufriß. Einen Moment lang war ich selbst erschrocken, bis mir klar wurde, daß er – ganz natürlich – annahm, sie sei im Krankenhaus bei Charles.

Julian zog die Brauen zusammen. »Was ist los?« fragte er.

Die absolute Ausdruckslosigkeit der Blicke, mit denen seine Frage beantwortet wurde, ließ ihn lächeln.

»Es ist nicht gut, in diesen Dingen allzu spartanisch zu sein«, erklärte er nach einer sehr langen Pause freundlich; ich sah dankbar, daß er wie gewöhnlich seine eigene geschmackvolle Deutung in unsere Verwirrung projizierte. »Edmund war Ihr Freund. Auch ich bin sehr traurig über seinen Tod. Aber ich finde, Sie machen sich krank mit Ihrem Schmerz um ihn; das hilft ihm nicht, und es schadet Ihnen. Außerdem – ist der Tod denn wirklich etwas so Schreckliches? Ihnen erscheint er schrecklich, weil Sie jung sind, aber wer kann sagen, ob es ihm jetzt nicht bessergeht als Ihnen? Oder – wenn der Tod eine Reise an einen anderen Ort ist – daß Sie ihn nicht wiedersehen werden?«

Er schlug sein Buch auf und suchte nach seiner Stelle. »Es geht nicht an, daß man sich vor Dingen fürchtet, von denen man nichts weiß«, sagte er. »Sie sind wie Kinder. Fürchten sich vor der Dunkelheit.«

Francis hatte seinen Wagen nicht dabei; deshalb ließ ich mich nach dem Griechischunterricht von Henry in Charles' Wohnung fahren. Francis kam mit; er war nervös und gereizt; er rauchte eine Zigarette nach der anderen und ging im Flur auf und ab, während Henry in der Schlafzimmertür stand und zusah, wie ich Charles' Sachen holte: Ruhig und ausdruckslos verfolgte sein Blick mich mit einer abstrakten Berechnung, die es mir absolut unmöglich machte, mich nach Camilla zu erkundigen – was ich hatte tun wollen, sobald wir allein waren – oder ihn überhaupt nach irgend etwas zu fragen.

Ich holte das Buch, das Briefpapier, den Bademantel. Bei dem Scotch zögerte ich.

»Was ist los?« fragte Henry.

Ich stellte die Flasche wieder in die Schublade und schloß sie.

»Nichts«, sagte ich. Charles würde toben, das wußte ich, und ich würde mir eine gute Ausrede einfallen lassen müssen.

Henry deutete mit dem Kopf auf die geschlossene Schublade. »Hat er dich gebeten, den mitzubringen?« fragte er.

Ich hatte keine Lust, Charles' persönliche Angelegenheiten mit Henry zu erörtern. »Er hat auch um Zigaretten gebeten«, sagte ich. »Aber ich finde nicht, daß er welche haben sollte.«

Francis war wie ein rastloser Kater draußen auf und ab gegangen. Bei unserem Wortwechsel war er in der Tür stehengeblieben. Jetzt sah ich, daß er Henry einen kurzen, sorgenvollen Blick zuwarf. »Na ja, weißt du...« begann er zögernd.

Henry sagte: »Wenn er sie haben will – die Flasche, meine ich –, dann finde ich, du solltest sie ihm lieber bringen.«

Sein Ton ärgerte mich. »Er ist krank«, sagte ich. »Du hast ihn nicht gesehen. Wenn du glaubst, du tust ihm einen Gefallen, indem...«

»Richard, er hat recht«, schaltete Francis sich nervös ein und tippte Zigarettenasche in die flache Hand. »Wenn man trinkt, kann es manchmal gefährlich sein, allzu plötzlich aufzuhören. Man wird krank davon. Man kann sogar sterben.«

Ich war schockiert. So schlimm war mir Charles' Trinkerei nie vorgekommen. Aber ich äußerte mich dazu nicht weiter, sondern sagte nur: »Na, wenn er so übel dran ist, dann ist er im Krankenhaus sehr viel besser aufgehoben, nicht wahr?«

»Wie meinst du das?« fragte Francis. »Willst du, daß sie ihn in den Entzug sperren? Weißt du, wie das ist? Als meine Mutter damals zum erstenmal mit dem Trinken aufhörte, hat sie fast den Verstand verloren. Hat Sachen gesehen. Hat sich mit der Krankenschwester geprügelt und aus Leibeskräften verrücktes Zeug geschrien.«

»Ich stelle mir ungern vor, wie Charles im Catamount Memorial Hospital ins Delirium tremens verfällt«, sagte Henry. Er ging zum Nachttisch und nahm die Flasche heraus. Sie war etwas weniger als halb voll. »Er wird Mühe haben, sie zu verstecken«, sagte er und hielt sie am Hals hoch.

»Wir könnten es in was anderes schütten«, meinte Francis.

»Ich glaube, es wäre einfacher, wenn wir ihm eine neue kaufen. Da ist das Risiko nicht so groß, daß sie ausläuft und alles durchtränkt. Und wenn wir eine von diesen flachen Flaschen besorgen, kann er sie ohne Schwierigkeiten unter dem Kopfkissen verwahren.«

Es nieselte an diesem Vormittag; der Himmel war bedeckt und grau. Henry fuhr nicht mit ins Krankenhaus. Er ließ sich unter irgendeinem Vorwand vor seiner Wohnung absetzen, und als er ausstieg, gab er mir einen Hundertdollarschein.

»Hier«, sagte er. »Grüß ihn herzlich von mir. Kaufst du ihm ein paar Blumen oder so was?«

Ich starrte den Schein an und war einen Moment lang sprachlos. Francis riß ihn mir aus der Hand und streckte ihn Henry entgegen.

»Jetzt komm schon, Henry«, sagte er, und seine Verärgerung überraschte mich. »Hör auf damit.«

»Ich möchte, daß ihr es behaltet.«

»*Genau*. Wir sollen ihm für hundert Dollar Blumen kaufen.«

»Vergeßt nicht, am Schnapsladen vorbeizufahren«, sagte Henry kalt. »Mit dem Rest des Geldes könnt ihr machen, was ihr wollt. Gebt ihm einfach das Wechselgeld, wenn ihr wollt. Das ist mir egal.«

Er drückte mir das Geld wieder in die Hand und schloß die Wagentür mit einem Klicken, das verächtlicher klang, als wenn er die Tür zugeschlagen hätte. Ich starrte seinen steifen, breiten Rücken an, als er den Weg hinaufging.

Wir kauften Whiskey – eine flache Flasche Cutty Sark –, einen Korb Obst, eine Schachtel Petits fours und ein chinesisches Brettspiel, und statt im Blumenladen in der Stadt den Tagesbestand an Nelken aufzukaufen, erstanden wir eine Oncidium-Orchidee, gelb mit braunen Tigerstreifen, in einem roten Tontopf.

Auf der Fahrt zum Krankenhaus fragte ich Francis, was am Wochenende passiert sei.

»Es regt mich zu sehr auf. Ich will jetzt nicht darüber reden«, sagte er. »Ich habe sie gesehen. Bei Henry drüben.«

»Wie geht's ihr?«

»Gut. Sie wirkt ein bißchen zerstreut, aber im Grunde ganz okay. Sie sagte, sie wollte nicht, daß Charles weiß, wo sie ist, und damit hatte sich's. Ich hätte zu gern allein mit ihr gesprochen, aber natürlich hat Henry nicht für eine Sekunde das Zimmer verlassen.« Rastlos wühlte er in seiner Tasche nach einer Zigarette. »Das klingt vielleicht verrückt«, sagte er. »Aber ich hab' mir ein bißchen Sorgen gemacht, weißt du? Daß ihr vielleicht etwas zugestoßen sein könnte.«

Ich sagte nichts. Der gleiche Gedanke war mir auch schon gekommen, und nicht nur einmal.

»Ich meine – nicht, daß ich dachte, Henry würde sie *umbringen* oder so was, aber weißt du... Es war seltsam. Verschwindet einfach so, ohne ein Wort zu jemandem zu sagen. Ich...« Er schüttelte den Kopf. »Ich sag's ungern, aber manchmal frage ich mich, ob Henry... Vor allem, wenn – na, du weißt, was ich meine, oder?«

Ich antwortete nicht. Ich wußte durchaus sehr wohl, was er meinte. Aber es war zu grauenhaft, als daß es einer von uns hätte aussprechen können.

Charles hatte ein Zweibettzimmer. Sein Bett stand näher bei der Tür und war durch einen Vorhang von seinem Zimmergenossen getrennt, dem Postmeister von Hampden County, wie wir später erfuhren, der wegen einer Prostata-Operation hier war. Auf seiner Seite standen zahlreiche Blumensträuße, und kitschige Genesungspostkarten hingen mit Klebestreifen an der Wand; er saß aufrecht im Bett und unterhielt sich mit lärmenden Verwandten: Essensgerüche, Gelächter, alles ganz fröhlich und gemütlich. Hinter Francis und mir kam weiterer Besuch für ihn; die Leute blieben für einen Augenblick stehen und spähten neugierig über den Vorhang hinweg zu Charles, der schweigend und allein flach auf dem Rücken lag, eine Infusionskanüle im Arm. Sein Gesicht war aufgedunsen, und seine Haut, rauh und grob, war an einigen Stellen rissig von irgendeinem Ausschlag. Sein Haar war so schmutzig, daß es braun aussah. Er schaute sich gewalttätige Zeichentrickfilme im Fernsehen an: Kleine Tiere, die aussahen wie Wiesel, zertrümmerten Autos und prügelten einander auf die Schädel.

Er setzte sich mühsam auf, als wir in sein Abteil traten. Francis zog den Vorhang zu – praktisch vor den Nasen der neugierigen Besucher des Postmeisters, zweier Damen mittleren Alters, die danach lechzten, einen gründlichen Blick auf Charles zu werfen; die eine hatte den Kopf hereingeschoben und krähte »Guten Morgen!« durch die Vorhanglücke, weil sie hoffte, vielleicht ein Gespräch in Gang zu bringen.

»Dorothy! Louise!« rief jemand von der anderen Seite. »Hier drüben!«

Schnelle Schritte klapperten über das Linoleum, und man hörte hühnerartiges Gegacker und spitze Begrüßungsschreie.

»Zum Teufel mit denen«, sagte Charles. Er war sehr heiser; seine Stimme war kaum mehr als ein Flüstern. »Der hat dauernd Leute da. Sie kommen und gehen und versuchen, mich anzugaffen.«

Um ihn abzulenken, überreichte ich ihm die Orchidee.

»Wirklich? Die hast du für mich gekauft, Richard?« Er wirkte gerührt. Ich wollte ihm erklären, daß sie von uns allen sei – ohne mit der Tür ins Haus zu fallen und Henry ausdrücklich zu erwähnen –, aber Francis warf mir einen warnenden Blick zu, und ich hielt den Mund.

Wir packten unseren Geschenkesack aus. Ich hatte halb damit gerechnet, daß er sich auf die Cutty-Sark-Flasche stürzen und sie vor unseren Augen aufreißen würde, aber er bedankte sich nur und schob die Flasche in das Fach unter dem hochgeklappten Bett-Tablett aus grauem Plastik.

»Hast du mit meiner Schwester gesprochen?« fragte er Francis. Es klang sehr kalt – etwa so, als hätte er gefragt: *Hast du mit meinem Anwalt gesprochen?*

»Ja«, sagte Francis.

»Ist sie okay?«

»Sieht so aus.«

»Was hat sie zu sagen?«

»Ich weiß nicht, was du meinst.«

»Du hast ihr hoffentlich ausgerichtet, daß sie zum Teufel gehen soll?«

Francis gab keine Antwort. Charles nahm eines der Bücher, die ich ihm mitgebracht hatte, und fing an, flüchtig darin zu blättern.

»Danke, daß ihr gekommen seid«, sagte er. »Ich bin jetzt irgendwie müde.«

»Er sieht furchtbar aus«, sagte Francis im Auto.

»Es muß doch eine Möglichkeit geben, alles wieder einzurenken«, sagte ich. »Wir können Henry doch bestimmt überreden, ihn anzurufen und sich zu entschuldigen.«

»Und was, glaubst du, wird das nützen? Solange Camilla im Albermarle wohnt?«

»Na, sie weiß noch nicht, daß er im Krankenhaus ist, oder? Das ist so was wie ein Notfall.«

»Ich weiß nicht.«

Die Scheibenwischer fuhren klickend hin und her. Ein Cop im Regenmantel regelte den Verkehr auf der Kreuzung. Es war der Cop mit dem roten Schnurrbart. Als er Henrys Auto erkannte, lächelte er uns zu und winkte uns durch. Wir lächelten und winkten zurück – *happy day*, zwei Jungs auf Spazierfahrt – und fuhren ein oder zwei Blocks weit in grimmigem, abergläubischem Schweigen.

»Es muß doch etwas geben, was wir tun können«, sagte ich schließlich.
»Ich glaube, wir sollten uns da lieber raushalten.«
»Du kannst mir nicht erzählen, daß sie nicht binnen fünf Minuten im Krankenhaus erscheinen würde, wenn sie wüßte, wie krank er ist.«
»Es ist mein Ernst. Ich glaube, wir sollten uns da lieber raushalten.«
»Wieso?«
Aber er zündete sich nur eine Zigarette an und sagte nichts mehr, so sehr ich ihn auch löcherte.

Als ich in mein Zimmer kam, saß Camilla an meinem Schreibtisch und las in einem Buch. »Hallo«, sagte sie und blickte auf. »Die Tür war offen. Du hast hoffentlich nichts dagegen.«
Ihr Anblick wirkte wie ein Stromschlag. Ganz unverhofft stieg Ärger in mir auf. Regen wehte durchs Fenster herein, und ich ging hinüber und machte es zu.
»Was machst du hier?« fragte ich.
»Ich wollte mit dir reden.«
»Worüber?«
»Über meinen Bruder.«
»Wieso gehst du nicht selbst zu ihm?«
Sie legte das Buch hin – *ah, so schön*, dachte ich hilflos; ich liebte sie, liebte ihren großen Anblick. Sie trug einen Kaschmirpullover in sanftem Graugrün, und ihre grauen Augen leuchteten grünlich. »Du glaubst, du mußt Partei nehmen«, sagte sie. »Aber das mußt du nicht.«
»Ich ergreife für niemanden Partei. Ich finde bloß, was immer du vorhast, du hast dir einen schlechten Zeitpunkt dafür ausgesucht.«
»Und was wäre ein guter Zeitpunkt?« fragte sie. »Ich möchte dir etwas zeigen. Schau.«
Sie hielt eine helle Haarsträhne an ihrer Schläfe hoch. Darunter war ein verkrusteter Fleck von der Größe eines Vierteldollars, wo jemand offenbar ein Büschel Haare mit den Wurzeln ausgerissen hatte. Ich war zu verblüfft, um etwas zu sagen.
»Und das hier.« Sie schob den Ärmel ihres Pullovers hoch. Das Handgelenk war geschwollen und ein bißchen verfärbt, aber das Entsetzliche war ein kleiner, bösartiger Brandfleck an der Unterseite des Armes: ein Zigarettenbrandfleck, tief und häßlich ins elfenbeinfarbene Fleisch geschmort.

Es dauerte einen Augenblick, bevor ich meine Sprache wiederfand. »Mein Gott, Camilla! Hat Charles das getan?«

Sie zog den Ärmel wieder herunter. »Siehst du, was ich meine?« sagte sie. Ihre Stimme war emotionslos, ihr Gesichtsausdruck wachsam, beinahe spöttisch.

»Wie lange geht das schon?«

Sie ignorierte meine Frage. »Ich kenne Charles«, sagte sie. »Besser als du. Wegzubleiben ist im Moment sehr viel klüger.«

»Wessen Idee war es, ins Albermarle zu gehen?«

»Henrys.«

»Was hat der damit zu tun?«

Sie antwortete nicht.

Ein schrecklicher Gedanke durchfuhr mich. »*Er* hat das doch nicht getan, oder?«

Sie sah mich überrascht an. »Nein. Wie kommst du darauf?«

Die Sonne kam plötzlich hinter einer Regenwolke hervor und durchflutete das Zimmer mit einem prachtvollen Licht, das über die Wände flirrte wie Wasser. Camillas Gesicht erstrahlte in leuchtender Blüte. Einen Augenblick lang war alles – Spiegel, Decke, Fußboden – unscharf konstruiert und gleißend wie in einem Traum. Ich verspürte das wilde, beinahe unwiderstehliche Verlangen, Camilla bei dem mißhandelten Handgelenk zu packen, ihr den Arm auf den Rücken zu drehen, bis sie schrie, sie auf mein Bett zu schleudern: sie zu erwürgen, zu vergewaltigen, ich weiß nicht, was. Aber dann schob die Wolke sich wieder vor die Sonne, und das Leben wich aus allem.

»Warum bist du hergekommen?« sagte ich.

»Weil ich dich sehen wollte.«

»Ich weiß nicht, ob dich interessiert, was ich denke« – ich haßte den Klang meiner Stimme, war außerstande, ihn zu beherrschen; alles, was ich sagte, kam in demselben hochfahrenden, beleidigenden Ton heraus –, »ich weiß nicht, ob dich interessiert, was ich denke, aber ich denke, du machst alles nur noch schlimmer, indem du im Albermarle wohnst.«

»Und was denkst *du,* was ich machen sollte?«

»Warum wohnst du nicht bei Francis?«

Sie lachte. »Weil Charles den armen Francis zu Tode drangsalieren würde«, sagte sie. »Francis meint es gut. Das weiß ich. Aber gegen Charles kommt er keine fünf Minuten an.«

»Wenn du ihn fragen würdest, würde er dir Geld geben, damit du woanders hingehen kannst.«

»Das weiß ich. Er hat es mir angeboten.« Sie holte Zigaretten aus der Tasche; es durchzuckte mich schmerzhaft, als ich sah, daß es Lucky Strikes waren, Henrys Marke.

»Du könntest das Geld nehmen und wohnen, wo du willst«, sagte ich. »Du brauchst ihm nicht zu sagen, wo.«

»Francis und ich haben das alles durchgesprochen.« Sie schwieg einen Moment. »Die Sache ist, ich habe Angst vor Charles. Und Charles hat Angst vor Henry. Das ist eigentlich alles.«

Ich war schockiert über die Kälte, mit der sie das sagte.

»Das ist es also?« fragte ich.

»Was meinst du?«

»Du willst deine eigenen Interessen schützen?«

»Er hat versucht, mich umzubringen«, sagte sie schlicht. Sie sah mir in die Augen, offen und klar.

»Und hat Henry nicht auch Angst vor Charles?« fragte ich.

»Warum sollte er?«

»Du weißt, warum.«

Als sie begriffen hatte, was ich meinte, war ich verblüfft, wie eilig sie ihn verteidigte. »Das würde Charles niemals tun«, sagte sie mit kindlicher Hast.

»Angenommen, er täte es doch. Ginge zur Polizei.«

»Aber das täte er *nicht*.«

»Woher weißt du das?«

»Und uns alle mit hineinziehen? Sich selbst auch?«

»Zum jetzigen Zeitpunkt könnte ich mir vorstellen, daß es ihm egal ist.«

Das hatte ich gesagt, um sie zu verletzen, und zu meiner Freude sah ich, daß es gelungen war. Erschrocken sah sie mich an. »Vielleicht«, sagte sie. »Aber du darfst nicht vergessen, Charles ist jetzt *krank*. Er ist nicht er selbst.« Sie schwieg. »Ich liebe Charles«, sagte sie dann. »Und ich kenne ihn besser als irgend jemand auf der Welt. Aber er steht unter furchtbarem Druck, und wenn er so trinkt – ich weiß nicht, er wird einfach ein anderer Mensch. Er hört auf niemanden mehr; ich weiß nicht, ob er sich auch nur an die Hälfte dessen, was er tut, erinnert. Deshalb danke ich Gott dafür, daß er im Krankenhaus ist. Wenn er ein, zwei Tage aufhören muß, wird er vielleicht wieder anfangen, klar zu denken.«

Was würde sie denken, dachte ich, wenn sie wüßte, daß Henry ihm Whiskey schickt?

»Und du glaubst wirklich, Henry will nur das Beste für Charles?«

»Natürlich«, sagte sie erschrocken.
»Und für dich auch?«
»Sicher. Weshalb sollte er nicht?«
»Du hast eine Menge Vertrauen zu Henry, nicht wahr?«
»Er hat mich nie im Stich gelassen.«
Aus irgendeinem Grund fühlte ich neuerlichen Ärger. »Und Charles?« fragte ich.
»Ich weiß nicht.«
»Er wird bald aus dem Krankenhaus kommen. Du wirst ihn sehen müssen. Was machst du dann?«
»Warum bist du so wütend auf mich, Richard?«
Ich blickte auf meine Hand. Sie zitterte. Ich hatte es gar nicht gemerkt. Ich zitterte vor Wut am ganzen Leib.
»Bitte geh«, sagte ich. »Ich wünschte, du würdest gehen.«
»Was ist denn?«
»Geh einfach. Bitte.«
Sie stand auf und kam einen Schritt auf mich zu. Ich wich zurück. »Okay«, sagte sie. »Okay.« Und sie wandte sich ab und ging.

Es regnete den ganzen Tag und den Rest der Nacht. Ich nahm ein paar Beruhigungstabletten und ging ins Kino: ein japanischer Film; ich konnte ihm irgendwie nicht folgen. Die Personen lungerten in leeren Räumen herum, niemand sagte etwas, alles war minutenlang still, und man hörte nur das Brummen des Projektors und das Rauschen des Regens auf dem Dach. Das Kino war leer bis auf den Schatten eines Mannes, der hinten saß. Stäubchen schwebten im Strahl der Projektion. Es regnete, als ich herauskam, keine Sterne, der Himmel schwarz wie die Decke des Kinos. Die Lichter des Eingangs zerschmolzen auf dem nassen Pflaster zu langem, weißem Glanz. Ich ging durch die Glastür zurück, um drinnen in der teppichgedämpften, nach Popcorn riechenden Lobby auf mein Taxi zu warten. Ich rief Charles vom Münztelefon aus an, aber die Zentrale im Krankenhaus wollte mich nicht mehr verbinden: Die Besuchszeit sei vorbei, sagte die Telefonistin, und alles schlafe. Ich diskutierte noch mit ihr, als das Taxi am Bordstein hielt; lange, schräge Regenschleier tanzten im Licht der Scheinwerfer, und die Reifen wirbelten kleine Wasserfächer auf.

Ich träumte in dieser Nacht wieder von der Treppe. Es war ein Traum, den ich in jenem Winter oft träumte, aber seitdem nur noch selten. Ich stand wieder auf der durchgerosteten und geländerlosen Eisentreppe bei Leo, aber jetzt erstreckte sie sich hinunter in dunkle Unendlichkeit, und die Stufen waren alle unterschiedlich groß: manche hoch, manche kurz, manche so schmal wie mein Schuh. Zu beiden Seiten gähnte bodenlose Tiefe. Aus irgendeinem Grund mußte ich mich beeilen, obwohl ich furchtbare Angst hatte zu fallen. Hinunter und immer weiter hinunter. Die Treppe wurde immer halsbrecherischer, bis es schließlich gar keine Treppe mehr war. Weiter unten – und aus irgendeinem Grund war das immer das Schrecklichste – ging ein Mann hinunter, weit vor mir, sehr schnell...

Ich wachte gegen vier Uhr auf und konnte nicht mehr schlafen. Zu viele von Mrs. Corcorans Tranquilizern – in meinem Organismus begann sich der Gegeneffekt bemerkbar zu machen. Ich stand auf und setzte mich ans Fenster. Mein Herzschlag vibrierte in meinen Fingerspitzen. Draußen vor den schwarzen Scheiben, hinter meinem gespenstischen Spiegelbild im Glas *(warum so blaß und zart, Geliebter?),* hörte ich den Wind in den Bäumen, und ich spürte, wie die Berge sich im Dunkeln ringsum herandrängten.

Ich wünschte, ich könnte das Denken abstellen. Aber jetzt fiel mir plötzlich alles mögliche ein. Zum Beispiel: Warum hatte Henry mich eingeweiht, vor nur zwei Monaten (Jahre schien es her zu sein, ein ganzes Leben)? Denn jetzt war es offensichtlich, daß sein Entschluß, mir alles zu erzählen, ein berechneter Schachzug gewesen war. Er hatte an meine Eitelkeit appelliert, hatte mich glauben lassen, ich sei selbst darauf gekommen *(Gut für dich,* hatte er gesagt und sich im Sessel zurückgelegt, *du bist genauso clever, wie ich dachte),* und ich hatte mich im Glanz seines Lobes beglückwünscht, während er mich in Wirklichkeit – jetzt sah ich es, aber damals war ich zu eitel gewesen, um es zu sehen – geradewegs hingeführt hatte, lockend und schmeichelnd. Vielleicht – der Gedanke kroch über mich hinweg wie kalter Schweiß –, vielleicht war sogar meine erste zufällige Entdeckung absichtlich eingefädelt worden. Das Lexikon zum Beispiel, das verlegt worden war: Hatte Henry es mitgenommen, weil er wußte, daß ich es holen kommen würde? Und die chaotische Wohnung, in die ich zweifellos kommen würde, die Flugnummern und das alles, absichtlich neben dem Telefon deponiert, wie es jetzt schien, denn beides waren Versehen, die Henrys nicht würdig waren. Vielleicht hatte er die Feigheit in mir – ganz zutreffend – geahnt, diesen scheußlichen Herdentrieb, der mich befähigen würde, mich ihnen ohne Frage anzuschließen.

497

Und es ging nicht nur darum, daß ich den Mund gehalten hatte, dachte ich und starrte mit flauem Gefühl mein verschwommenes Spiegelbild in der Fensterscheibe an. *Denn sie hätten es ohne mich nicht tun können.* Bunny war zu mir gekommen, und ich hatte ihn Henry in die Hände geliefert. Und ich hatte nicht zweimal darüber nachgedacht.

»*Du warst die Alarmglocke, Richard*«, hatte Henry gesagt. »Nachdem er es dir nun erzählt hat, habe ich das Gefühl, daß wir eine lawinenartige Abfolge von weiteren Dummheiten zu gewärtigen haben.«

Eine lawinenartige Abfolge von Dummheiten. Ich bekam eine Gänsehaut, als ich an den ironischen, fast humorvollen Unterton dachte, den er in die letzten Worte gelegt hatte – o Gott, dachte ich, mein Gott, wie konnte ich nur auf ihn hören? Und recht hatte er gehabt, zumindest was die Rasanz der Ereignisse anging. Weniger als zwölf Stunden später war Bunny tot gewesen. Zwar hatte ich ihn nicht mit eigener Hand gestoßen – was mir einmal als wesentlicher Unterschied erschienen war –, aber das war jetzt nicht mehr wichtig.

Und immer noch bemühte ich mich, den schwärzesten Gedanken von allen niederzukämpfen; seine bloße Andeutung schon ließ die Rattenfüße der Panik an meiner Wirbelsäule hinauftrippeln. Hatte Henry die Absicht gehabt, mich zum Sündenbock zu machen, wenn sein Plan scheitern sollte? Wenn ja, dann wußte ich nicht genau, wie er das hätte zuwege bringen wollen; aber wenn er Lust dazu gehabt hätte, wäre er auch dazu imstande gewesen; daran zweifelte ich keinen Augenblick. So vieles von dem, was ich wußte, wußte ich aus zweiter Hand, so vieles hatte nur er mir erzählt, und wenn man sich's recht überlegte, wußte ich eine ganze Menge überhaupt nicht. Und auch wenn anscheinend keine unmittelbare Gefahr mehr bestand, gab es doch keine Garantie dafür, daß die Dinge nicht in einem Jahr, in zwanzig Jahren, in fünfzig Jahren wieder ins Rollen kommen würden. Ich wußte aus dem Fernsehen, daß Mord nicht verjährte. Neues Beweismaterial entdeckt. Ermittlungen wiederaufgenommen. So etwas las man immer wieder.

Es war immer noch dunkel. Vögel zirpten in der Dachrinne. Ich zog die Schreibtischschublade auf und zählte die restlichen Tranquilizer, bonbonfarbige Dinger, die sich hübsch auf dem Schreibmaschinenpapier ausmachten, auf dem sie lagen. Es waren immer noch ziemlich viele – genug für meine Zwecke. (Ob Mrs. Corcoran wohler sein würde, wenn sie von dieser Wendung wüßte: daß die Pillen, die man ihr gestohlen hatte, den Mörder ihres Sohnes getötet hatten?) Es war so leicht, mir vorzustellen, wie sie durch meine Kehle glitten, aber als ich jetzt ins grelle Licht der Schreibtischlampe blinzelte, überkam mich eine Woge von Ekel, so stark, daß mich fast Übelkeit überkam. So grauenvoll sie war, die jetzige Dunkelheit, ich hatte doch Angst, sie zu verlassen und in jene andere, ewige Dunkelheit hinüberzuwechseln – schleimig aufgedunsen in schlammiger Grube. Den Schatten davon hatte ich auf Bunnys Gesicht gesehen, stupider Schrecken, die ganze Welt aus den Angeln kippend, als sein Leben im Krähendonner explodierte und der Himmel sich über seinem Bauch dehnte wie ein weißer Ozean. Dann nichts. Modrige Stümpfe, Mistkäfer krabbelnd in totem Laub. Dreck und Dunkelheit.

Ich legte mich aufs Bett. Ich fühlte, wie mein Herz in der Brust hinkte, ein jämmerlicher Muskel, krank und blutig, der gegen meine Rippen pulsierte. Regen strömte an den Fensterscheiben herunter. Der Rasen draußen war naß und sumpfig. Als es hell wurde, sah ich im dünnen, kalten Licht des Morgengrauens, daß die Steinplatten vor dem Haus von Regenwürmern übersät waren: zart und eklig, Hunderte, die sich blind und hilflos wanden auf dem regennassen Schiefer.

Im Unterricht erwähnte Julian am Dienstag, daß er mit Charles telefoniert habe. »Sie haben recht«, sagte er leise. »Er hört sich nicht gut an. Höchst benommen und verwirrt, finden Sie nicht? Vermutlich bekommt er Beruhigungsmittel?« Lächelnd blätterte er in seinen Papieren. »Armer Charles. Ich habe gefragt, wo Camilla sei – ich wollte, daß sie an den Apparat kam, denn auf das, was er mir zu sagen versuchte, konnte ich mir keinen Reim machen – und er sagte« – (und an dieser Stelle veränderte seine Stimme sich leicht, um Charles zu imitieren, wie ein Fremder hätte annehmen können, aber es war tatsächlich immer noch Julians Stimme, kultiviert und schnurrend, nur leicht im Ton erhöht, als könne er es nicht einmal in der Mimikry ertragen, ihren eigenen melodiösen Klang substantiell zu ändern) –, »er sagte in höchst melancholischem Ton: ›Sie versteckt sich vor mir.‹ Er träumte natürlich. Ich fand es reizend. Um ihm entgegenzukommen, sagte ich deshalb: ›Nun, dann müssen Sie die Augen schließen und bis zehn zählen, und dann wird sie zurückkommen.‹«

Er lachte. »Aber da wurde er zornig auf mich. Es war wirklich ganz charmant. ›Nein‹, sagte er. ›Nein, das wird sie nicht tun.‹ – ›Aber Sie träumen‹, wandte ich ein. ›Nein‹, sagte er. ›Nein, ich träume nicht. Es ist kein Traum. Es ist Wirklichkeit.‹«

Die Ärzte konnten sich nicht recht erklären, was Charles eigentlich fehlte. Sie versuchten es im Laufe der Woche mit zwei verschiedenen Antibiotika, aber die Infektion – was immer es war – reagierte nicht. Als Francis ihn Mittwoch und Donnerstag besuchen ging, sagte man ihm, daß es ihm besser gehe, und wenn sich alles gut entwickle, könne er am Wochenende nach Hause.

Am Freitag gegen zehn ging ich nach einer weiteren schlaflosen Nacht zu Francis hinüber. Es war ein warmer Morgen; die Bäume schimmerten in der Hitze. Ich fühlte mich ausgemergelt und erschöpft. Die warme Luft vibrierte vom Summen der Wespen und vom Dröhnen der Rasenmäher. Schwalben schossen zwitschernd in flatternden Paaren durch den Himmel.

Ich hatte Kopfschmerzen und wünschte mir eine Sonnenbrille herbei. Mit Francis war ich erst für halb zwölf verabredet, aber mein Zimmer war das reinste Schlachtfeld; ich hatte seit Wochen keine Wäsche mehr gewaschen, war apathisch auf meinem zerwühlten Bett gelegen, schwitzend und bemüht, die Bässe der Anlage meines Nachbarn zu ignorieren, die stampfend durch die Wand dröhnten. Judd und Frank bauten ein riesiges, wackliges, modernistisches Objekt auf den Rasen vor dem Commons, und die Hammerschläge und Preßluftbohrer hatten schon frühmorgens eingesetzt. Ich wußte nicht, was es werden sollte – ich hatte unterschiedliche Auskünfte bekommen: eine Bühnenkulisse, eine Skulptur, ein Denkmal für die Grateful Dead im Stil von Stonehenge –, aber als ich das erstemal aus dem Fenster geschaut und, benommen vom Fiorinal, die senkrechten Pfosten schroff auf dem Rasen hatte aufragen sehen, da hatte mich ein schwarzes, irrationales Grauen durchflutet: *Ein Galgen,* hatte ich gedacht, *sie zimmern einen Galgen, es wird einer gehängt auf dem Rasen vor dem Commons...* Die Halluzination war gleich wieder vorbei gewesen, aber auf eine seltsame Art hatte sie Bestand gehabt und in verschiedenem Licht immer wieder Gestalt angenommen wie eins dieser Bilder auf den Covers der Horrortaschenbücher im Supermarkt: Drehte man sie hierhin, sah man ein lächelndes blondes Kind, und dorthin gedreht, erschien ein flammender Totenschädel. Manchmal sah das Gerüst profan, albern, völlig harmlos aus; aber, sagen wir frühmorgens oder in der Abenddämmerung, versank die

Welt ringsum, und ein Galgen ragte empor, mittelalterlich und schwarz, und die Vögel kreisten tief am Himmel darüber. Nachts warf er seinen langen Schatten durch den unruhigen Schlaf, den ich fand.

Im Grunde bestand das Problem darin, daß ich zu viele Tabletten genommen hatte – Uppers jetzt, die ich periodisch mit Downers mixte, weil die letzteren, wiewohl sie mir keinen Schlaf mehr brachten, mich doch tagsüber verkatert sein ließen, so daß ich in stetigem Zwielicht umherlief. Schlaf ohne Medikamente war eine Unmöglichkeit, ein Märchen, ein ferner Kindheitstraum. Aber die Downers gingen mir allmählich aus; und obwohl ich wußte, daß ich wahrscheinlich von Cloke oder Bram oder sonst wem neue würde kriegen können, beschloß ich, ein, zwei Tage damit auszusetzen – abstrakt gesehen eine gute Idee, aber es war eine Qual, aus meinem gespenstischen U-Boot-Dasein aufzutauchen in diese schroffe Stampede aus Lärm und Licht. Die Welt klirrte mit scharfer, dissonanter Klarheit: Grün überall, Schweiß und Säfte, Unkraut in den verstreuten Rissen des alten Marmorgehsteigs, in den geäderten weißen Platten, wellig und aufgewölbt nach einem Jahrhundert harter Januarfröste. Ein Millionär hatte sie anlegen lassen, diese marmornen Gehwege in Hampden, ein Mann, der den Sommer in Hampden verbracht und der sich in den zwanziger Jahren an der Park Avenue aus einem Fenster gestürzt hatte. Hinter den Bergen war der Himmel bedeckt, so dunkel wie Schiefer. Die Luft war drückend; Regen kam, bald. Geranien loderten vor weißen Hausfassaden, und ihr Rot vor den kreidefahlen Holzverschalungen war wild und bedrohlich.

Ich bog in die Water Street ein, die nordwärts an Henrys Haus vorbeiführte, und als ich näher kam, sah ich einen dunklen Schatten hinten in seinem Garten. *Nein,* dachte ich.

Aber er war es. Er kniete neben einem Wassereimer und einem Lappen, und als ich herankam, sah ich, daß er nicht die Steinplatten des Weges putzte, wie ich zunächst gedacht hatte, sondern einen Rosenstrauch wusch. Er beugte sich darüber und polierte die Blätter mit peinlicher Sorgfalt – wie ein verrückter Gärtner aus *Alice im Wunderland.*

Ich glaubte, daß er jeden Moment damit aufhören müsse, aber er tat es nicht, und schließlich machte ich das Gartentor auf und trat ein. »Henry«, sagte ich, »was machst du da?«

Er blickte auf, ruhig und gar nicht überrascht. »Spinnmilben«, sagte er. »Wir hatten einen feuchten Frühling. Ich habe zweimal gesprüht, aber um die Eier abzukriegen, wäscht man sie am besten mit der Hand.« Er warf den Lappen in den Eimer. Ich sah – nicht zum erstenmal in letzter Zeit –, wie gut er aussah, wie seine steife, traurige Haltung entspannter und natürlicher geworden war. Ich hatte nie gefunden, daß Henry ein gutaussehender Typ sei – im Gegenteil, ich hatte eigentlich immer den Verdacht gehabt, daß nur die Förmlichkeit seines Auftretens ihn, was das Aussehen anging, vor der Mittelmäßigkeit bewahrte –, aber jetzt, nicht mehr so starr und verschlossen in seinen Bewegungen, hatte er eine sichere, tigerhafte Anmut, deren Behendigkeit und Leichtigkeit mich überraschte. Eine Haarlocke wehte ihm über die Stirn. »Das ist eine ›Reine des Violettes‹«, sagte er und deutete auf den Rosenstrauch. »Eine hübsche alte Rose. Eingeführt im Jahr 1860. Und das da ist eine ›Madame Isaac Pereire‹. Die Blüten duften nach Himbeeren.«

»Ist Camilla hier?« fragte ich.

Sein Gesicht zeigte keinerlei Emotion oder auch nur die Bemühung, eine solche zu verbergen. »Nein«, sagte er und wandte sich wieder seiner Arbeit zu. »Sie schlief, als ich ging. Ich wollte sie nicht wecken.«

Es war ein Schock, ihn derart intim über sie sprechen zu hören. Pluto und Persephone. Ich sah seinen Rücken an, aufrecht wie der eines Pfarrers, versuchte, mir die beiden zusammen vorzustellen.

Henry fragte unverhofft: »Wie geht es Charles?«

»Ganz gut«, sagte ich nach einer verlegenen Pause.

»Er kommt bald nach Hause, nehme ich an.«

Eine schmutzige Plane flatterte geräuschvoll oben auf dem Dach. Henry arbeitete weiter. Mit seiner dunklen Hose, dem weißen Hemd und den auf dem Rücken gekreuzten Hosenträgern sah er fast aus wie ein Amisch.

»Henry«, sagte ich.

Er blickte nicht auf.

»Henry, es geht mich nichts an, aber ich hoffe bei Gott, daß du weißt, was du tust.« Ich schwieg; ich erwartete irgendeine Antwort, aber es kam keine. »Du hast Charles nicht gesehen, aber ich; ich glaube nicht, daß dir klar ist, in welcher Verfassung er ist. Frag Francis, wenn du mir nicht glaubst. Sogar Julian hat es gemerkt. Ich meine, ich habe versucht, es dir zu sagen, aber ich glaube einfach nicht, daß du es begriffen hast. Er ist von Sinnen, und Camilla hat keine Ahnung davon, und ich weiß nicht, was wir alle machen werden, wenn er nach Hause kommt. Ich bin nicht mal sicher, daß er allein sein kann. Ich meine...«

»Entschuldige«, unterbrach Henry mich, »aber hättest du etwas dagegen, mir die Schere da zu reichen?«

Es war lange still. Schließlich reckte er sich hinüber und holte die Schere selbst. »Also gut«, sagte er freundlich. »Macht ja nichts.« Äußerst gewissenhaft teilte er die Stiele und schnitt in der Mitte einen ab; dabei hielt er die Schere vorsichtig schräg, damit er nicht einen benachbarten Stiel verletzte.

»Was, zum Teufel, ist los mit dir?« Ich hatte große Mühe, leise zu sprechen. In der oberen Wohnung, die nach hinten hinaus gelegen war, standen die Fenster offen; Leute plauderten dort, hörten Radio, gingen umher. »Warum mußt du es allen so schwermachen?« Er drehte sich nicht um. Da riß ich ihm die Schere aus der Hand und warf sie klappernd auf den Pflasterweg. »*Antworte mir*«, sagte ich.

Wir sahen einander lange an. Seine Augen hinter der Brille blickten fest und waren sehr blau.

Schließlich sagte er leise: »Erzähl's mir.«

Die Intensität seines Blicks machte mir angst. »Was denn?«

»Du hast keine besonders starken Empfindungen für andere Leute, nicht wahr?«

Ich war verdattert. »Wovon redest du?« fragte ich. »Natürlich hab' ich die.«

»Ach ja?« Er zog eine Braue hoch. »Ich glaube nicht. Ist aber auch nicht wichtig«, sagte er nach einer langen angespannten Pause. »Ich habe auch keine.«

»Worauf willst du hinaus?«

Er zuckte die Achseln. »Auf nichts weiter. Nur, daß mein Leben zum überwiegenden Teil ziemlich schal und farblos geworden ist. Tot, meine ich. Die Welt war für mich immer ein leerer Ort. Ich war außerstande, mich an den einfachsten Dingen zu freuen. Ich fühlte mich tot bei allem, was ich tat.« Er streifte sich die Erde von den Händen. »Aber dann wurde es anders«, sagte er. »In der Nacht, als ich diesen Mann umbrachte.«

Ich war entsetzt – und auch ein bißchen bestürzt – über die ganz und gar unverblümte Erwähnung eines Sachverhalts, der einer stillschweigenden Übereinkunft gemäß nahezu ausschließlich mit Codes, Stichwörtern und hundert verschiedenen Euphemismen bezeichnet wurde.

»Es war die wichtigste Nacht meines Lebens«, sagte er ruhig. »Sie hat mich befähigt, zu tun, was ich mir immer am meisten gewünscht habe.«

»Und das wäre?«

»Zu leben, ohne zu denken.«

Bienen summten laut im Geißblatt. Er wandte sich wieder seinem Rosenstrauch zu und dünnte die kleineren Zweige an der Spitze aus.

»Vorher war ich gelähmt, obwohl ich es eigentlich nicht wußte«, sagte er. »Es lag daran, daß ich zuviel dachte, zuviel im Geist lebte. Es war schwer, Entscheidungen zu treffen. Ich fühlte mich erstarrt.«

»Und jetzt?«

»Jetzt«, sagte er, »jetzt weiß ich, daß ich alles tun kann, was ich will.« Er blickte auf. »Und wenn ich mich nicht sehr irre, hast du etwas sehr Ähnliches erfahren.«

»Ich weiß nicht, wovon du redest.«

»Oh, aber ich glaube, du weißt es doch. Diese Woge von Macht und Entzücken, von Zuversicht und Herrschaft. Das plötzliche Gefühl für die Vielfalt der Welt. Ihre unbegrenzten Möglichkeiten.« Er sprach von der Schlucht. Und zu meinem Entsetzen begriff ich, daß er recht hatte. So grauenhaft es gewesen war, es war doch nicht zu leugnen, daß der Mord an Bunny alle folgenden Ereignisse gleichsam in ein gleißendes Technicolor getaucht hatte. Und auch wenn diese neue Klarheit der Sicht häufig nervenaufreibend war, so war doch ebensowenig zu leugnen, daß das Gefühl nicht völlig unangenehm war.

»Ich verstehe nicht, was das mit irgendwas zu tun haben soll«, sagte ich zu seinem Rücken.

»Ich bin auch nicht sicher, daß ich es verstehe«, sagte er und begutachtete dabei die Ausgewogenheit seines Rosenstrauchs; dann entfernte er sehr sorgfältig noch einen Trieb in der Mitte. »Außer, daß es kaum etwas gibt, was besonders wichtig wäre. Die letzten sechs Monate haben das gezeigt. Und in letzter Zeit erscheint es wichtig, ein oder zwei Dinge zu finden, die es doch sind. Das ist alles.«

Während er das sagte, verlor er sich in Gedanken. »So«, sagte er schließlich. »Sieht es so gut aus? Oder muß ich es in der Mitte noch ein bißchen öffnen?«

»Henry«, sagte ich, »hör doch.«

»Ich will nicht zuviel wegnehmen«, sagte er unbestimmt. »Ich hätte das schon vor einem Monat tun sollen. Die Triebe bluten, wenn man sie so spät zurückschneidet – aber besser spät als nie, wie man so sagt.«

»Henry. *Bitte.*« Ich war den Tränen nahe. »Was ist los mit dir? Bist du verrückt geworden? Begreifst du nicht, was hier los ist?«

Er stand auf und klopfte sich die Hände an der Hose ab. »Ich muß jetzt ins Haus«, sagte er.

Ich sah zu, wie er die Schere an einen Haken hängte und davonging. Am Ende dachte ich, würde er sich umdrehen und noch etwas sagen – auf Wiedersehen oder sonst irgend etwas. Aber er tat es nicht. Er ging ins Haus. Die Tür schloß sich hinter ihm.

In Francis' Apartment war es dunkel. Rasiermesserfeine Lichtstreifen strahlten durch die Schlitze der geschlossenen Jalousien. Er schlief. Es roch sauer in der Wohnung, nach Asche, Zigarettenstummel schwammen in einem Ginglas. Im Lack des Nachttisches an seinem Bett war ein schwarzer, blasiger Brandfleck.

Er zog die Jalousien hoch, um etwas Sonne hereinzulassen. Er rieb sich die Augen und redete mich mit einem fremden Namen an. Dann erkannte er mich. »Oh«, sagte er; sein Gesicht war zerknautscht und albinobleich. »*Du.* Was machst du hier?«

Ich erinnerte ihn daran, daß wir uns verabredet hatten, Charles zu besuchen.

»Welcher Tag ist heute?«

»Freitag.«

»Freitag.« Er ließ sich ins Bett zurückfallen. »Ich hasse Freitage. Mittwoche übrigens auch. Unglückstage. Schmerzensreicher Rosenkranz.« Er lag im Bett und starrte an die Decke. Dann sagte er: »Hast du auch das Gefühl, daß etwas wirklich Furchtbares passieren wird?«

Ich erschrak. »Nein«, sagte ich abwehrend, aber das war alles andere als die Wahrheit. »Was glaubst du denn, was passieren wird?«

»Ich weiß nicht«, sagte er, ohne sich zu rühren. »Vielleicht irre ich mich auch.«

»Du solltest mal ein Fenster aufmachen«, sagte ich. »Es riecht hier drin.«

»Ist mir egal. Ich kann nichts riechen. Ich habe eine Sinusinfektion.« Lustlos tastete er mit einer Hand nach den Zigaretten auf dem Nachttisch. »O Gott, ich bin so deprimiert«, sagte er. »Ich schaffe es im Moment nicht, Charles zu sehen.«

»Wir müssen aber.«

»Wie spät ist es?«

»Ungefähr elf.«

Er schwieg einen Moment. Dann sagte er: »Hör mal. Ich hab' eine Idee. Laß uns irgendwo essen. Danach gehen wir hin.«
»Wir werden uns die ganze Zeit den Kopf zerbrechen.«
»Dann laß uns Julian einladen. Ich wette, er kommt.«
»Wieso willst du Julian einladen?«
»Weil ich deprimiert bin. Überhaupt, es ist immer nett, ihn zu sehen.« Er rollte sich auf den Bauch. »Vielleicht auch nicht, ich weiß es nicht.«

Julian machte die Tür auf – nur einen Spaltbreit, wie damals, als ich das erstemal bei ihm angeklopft hatte – und öffnete sie weit, als er sah, wer da war. Sofort fragte Francis, ob er mit zum Mittagessen kommen wolle.
»Natürlich. Mit Vergnügen.« Er lachte. »Das ist wirklich ein sonderbarer Vormittag. *Höchst* eigenartig. Kommen Sie herein!«
Dinge, die nach Julians Definition eigenartig waren, erwiesen sich oft als amüsant profan. Aus freien Stücken pflegte er so wenig Kontakt mit der Außenwelt, daß er das Normale häufig als bizarr betrachtete: einen Bankautomaten, zum Beispiel, oder irgendeine neue Eigentümlichkeit im Supermarkt – Frühstücksflocken in Vampirgestalt oder ungekühlten Joghurt, der in Konservendosen mit Aufreißring verkauft wurde. Uns allen machte es Spaß, von seinen kleinen Ausflügen ins zwanzigste Jahrhundert zu hören, und so bedrängten Francis und ich ihn, uns zu erzählen, was nun wieder passiert sei.
»Nun, die Sekretärin von der literatur- und sprachenwissenschaftlichen Fakultät war eben hier«, sagte er. »Sie hatte einen Brief für mich. Im Fakultätsbüro haben sie Eingangs- und Ausgangsfächer, wissen Sie – man kann Sachen zum Tippen dalassen oder Nachrichten abholen, auch wenn ich das nie tue. Jeder, mit dem ich auch nur im geringsten zu sprechen wünsche, weiß mich hier zu erreichen. Dieser Brief« – er deutete auf den Tisch, wo der Brief offen neben seiner Lesebrille lag –, »der an mich gerichtet war, landete irgendwie im Fach eines Mr. Morse, der anscheinend gerade ein Sabbatjahr hat. Sein Sohn kam heute morgen vorbei, um seine Post abzuholen, und stellte fest, daß er aus Versehen im Fach seines Vaters abgelegt worden war.«
»Was ist es für ein Brief?« fragte Francis und beugte sich herüber. »Von wem ist er?«
»Von Bunny«, sagte Julian.
Schrecken durchfuhr mein Herz wie ein blitzendes Messer. Wie

vom Donner gerührt, starrten wir ihn an. Julian lächelte und legte eine dramatische Pause ein, damit unsere Verblüffung zu voller Blüte heranreifen konnte.

»Nun, natürlich ist er nicht *wirklich* von Edmund«, sagte er. »Es ist eine Fälschung, und nicht einmal eine besonders gute. Das Ding ist mit der Maschine geschrieben, und es trägt weder Unterschrift noch Datum. Das macht keinen völlig echten Eindruck, nicht wahr?«

Francis hatte die Sprache wiedergefunden. »Maschinengeschrieben?« fragte er.

»Ja.«

»Bunny hatte keine Schreibmaschine.«

»Nun, er hat fast vier Jahre lang bei mir studiert, und bei *mir* hat er niemals etwas Maschinengeschriebenes abgeliefert. Soweit ich weiß, konnte er überhaupt nicht maschinenschreiben. Oder?« Er blickte auf und machte ein durchtriebenes Gesicht.

»Nein«, sagte Francis nach einer ernsten, nachdenklichen Pause, »nein, ich glaube, da haben Sie recht.« Ich wiederholte es wie ein Echo, obwohl ich wußte – und Francis wußte es auch –, daß Bunny sehr wohl hatte maschinenschreiben können. Er hatte keine eigene Maschine besessen, das stimmte; aber er hatte sich oft die von Francis ausgeliehen oder eine der klebrigen alten mechanischen in der Bibliothek benutzt. Tatsache war – auch wenn darauf niemand hinzuweisen gedachte –, daß keiner von uns Julian je etwas Getipptes ausgehändigt hatte. Das hatte einen einfachen Grund. Es war unmöglich, das griechische Alphabet mit einer englischen Schreibmaschine zu schreiben; und obwohl Henry sogar irgendwo eine kleine tragbare Schreibmaschine mit griechischen Typen hatte, die er in den Ferien auf Mykonos gekauft hatte, benutzte er sie nie, weil die Tastatur, wie er mir erklärte, anders angelegt war als die englische und er fünf Minuten brauchte, nur um seinen eigenen Namen zu tippen.

»Es ist schrecklich traurig, daß jemand auf die Idee kommt, einen solchen Streich zu spielen«, meinte Julian. »Ich kann mir nicht vorstellen, wer so etwas tun sollte.«

»Wie lange lag er denn im Postfach?« fragte Francis. »Wissen Sie das?«

»Ja, das ist auch so eine Sache«, sagte Julian. »Er kann jederzeit hineingelegt worden sein. Die Sekretärin sagte, der Sohn von Mr. Morse sei seit März nicht mehr da gewesen, um nach der Post seines Vaters zu sehen. Was natürlich heißt, daß er auch gestern hineingelegt worden sein kann.« Er deutete auf den Umschlag, der auf dem Tisch lag. »Sehen Sie. Da steht nur mein Name in Maschinenschrift auf der Vorderseite, kein Absender, kein Datum und natürlich keine Briefmarke. Offensichtlich ist es das Werk eines Spinners. Aber ich kann mir nicht vorstellen, weshalb jemand einen so grausamen Scherz machen sollte. Ich hätte fast Lust, den Dekan zu informieren, obwohl der Himmel weiß, daß ich die Sache nach all dem Wirbel nicht noch einmal aufrühren möchte.«

Jetzt, nachdem der erste Schreck sich gelegt hatte, konnte ich allmählich wieder ein bißchen leichter atmen. »Was ist es denn für ein Brief?« fragte ich.

Julian zuckte die Achseln. »Sie können ihn sich ansehen, wenn Sie möchten.«

Ich nahm den Brief. Francis schaute mir über die Schulter. Er war engzeilig geschrieben, auf fünf oder sechs kleinen Blättern, von denen einige einem Schreibpapier, das Bunny einmal gehabt hatte, nicht unähnlich waren. Aber obwohl die Blätter ungefähr gleich groß waren, paßten sie nicht alle zusammen. Daran, daß das Farbband manchmal eine Type halb rot, halb schwarz abgedruckt hatte, erkannte ich, daß der Brief auf der Schreibmaschine in dem Tag und Nacht geöffneten Arbeitsraum getippt worden war.

Der Brief selbst war sprunghaft, unzusammenhängend und – wie ich mit verblüfften Augen sah – unzweifelhaft echt. Ich überflog ihn nur kurz und erinnere mich derart lückenhaft daran, daß ich ihn hier nicht wiedergeben kann, aber ich weiß noch, daß ich dachte, wenn Bunny ihn geschrieben habe, müsse er einem Zusammenbruch sehr viel näher gewesen sein, als wir alle gedacht hatten. Er wimmelte von Gossenausdrücken unterschiedlichster Art, und es war schwer vorstellbar, wie Bunny sie selbst unter schwierigsten Umständen in einem Brief an Julian hätte benutzen können. Er war nicht unterschrieben, aber es gab mehrere klare Hinweise, die deutlich machten, daß Bunny Corcoran oder jemand, der Bunny zu sein vorgab, der Verfasser war. Die Orthographie war mangelhaft und enthielt viele von Bunnys typischen Fehlern, was Julian zum Glück nicht weiter auffallen konnte, weil Bunny ein so schlechter Schreiber gewesen war, daß er alles, was er abgab, vorher von jemandem hatte überarbeiten lassen. Aber das Ding war so verworren und paranoid, daß selbst ich an seiner Autorschaft gezweifelt hätte, wäre da nicht der Hinweis auf den Mord in Battenkill gewesen: »Er« – (Henry nämlich; so ähnlich lautete es an einer Stelle des Briefes ungefähr) – »ist ein gottverdammtes Monster. Er hat einen Mann umgebracht, und er will Mich auch umbringen. Alle steken mit drin. Den Mann haben sie im October umgebracht, in Battenkill County. Er hieß McRee. Ich glaube, sie haben ihn totgeschlagen, aber ich bin nicht sicher.« Es gab noch weitere Anschuldigungen; einige stimmten (die Sexualpraktiken der Zwillinge), andere nicht – und alle waren so wüst, daß sie nur dazu beitrugen, das Ganze zu diskreditieren. Mein Name kam nicht vor. Der Brief war in einem verzweifelten, betrunkenen Tonfall geschrieben, der mir ganz vertraut vorkam. Ich kam erst später darauf, aber heute glaube ich, er muß in derselben Nacht in den Arbeitsraum gegangen sein und den Brief geschrieben haben, als er betrunken bei mir im Zimmer gewesen war, und zwar unmittelbar davor oder danach – wahrscheinlich danach –, und in diesem Fall war es ein reines Glück, daß wir einander nicht über den Weg gelaufen waren, als ich zum Gebäude der Naturwissenschaften ging, um Henry anzurufen. Ich erinnere mich nur noch an eins, nämlich an den letzten Satz, der mir als einziges einen Stich versetzte: »Bitte helfen Sie Mir, darum schreibe ich Ihnen, Sie Sind der Einzige der das kann.«

»Na, ich weiß ja nicht, wer das geschrieben hat«, sagte Francis schließlich obenhin und absolut beiläufig, »aber wer immer es war, von Rechtschreibung hat er keinen Schimmer.«

Julian lachte. Ich wußte, er ahnte nicht einmal, daß der Brief echt war.

Francis nahm den Brief und blätterte ihn nachdenklich durch. Bei dem vorletzten Blatt – das von etwas anderer Farbe war als die anderen – hielt er inne und drehte es wie absichtslos um. »Mir scheint, daß ...« Er brach ab.

»Was scheint Ihnen?« fragte Julian freundlich.

Nach einer kurzen Pause fuhr Francis fort. »Mir scheint, daß derjenige, der das geschrieben hat, ein neues Farbband gebrauchen könnte«, sagte er; aber das war nicht das, was er dachte oder was ich dachte oder was er hatte sagen wollen. Denn das war ihm völlig entfallen, als er das anders gefärbte Blatt umwandte und wir beide entsetzt sahen, was sich auf der Rückseite befand. Es war nämlich ein Blatt Hotelpapier, auf dem oben eingeprägt die Adresse und der Briefkopf des Excelsior prangte: des Hotels, in dem Bunny und Henry in Rom gewohnt hatten. Offensichtlich war ihm das Papier ausgegangen, und er hatte seinen Schreibtisch durchwühlt, bis er dieses etwa ebenso große Blatt gefunden hatte, das er dann auf der Rückseite beschrieben hatte.

Ich versuchte, nicht hinzuschauen, aber immer wieder schob es sich seitlich in mein Gesichtsfeld. Ein Palast, in blauer Farbe gedruckt, mit einer fließenden Schrift, wie man sie auf italienischen Speisekarten findet. Ein blauer Rand um den Bogen. Ganz unverkennbar.

»Um Ihnen die Wahrheit zu sagen«, sagte Julian, »ich habe den Brief nicht einmal zu Ende gelesen. Offensichtlich ist der dafür Verantwortliche ziemlich gestört. Man kann es natürlich nicht sagen, aber ich denke, ein anderer Student muß der Schreiber sein. Meinen Sie nicht auch?«

»Ich kann mir nicht vorstellen, daß ein Mitglied des Lehrkörpers so etwas schreiben könnte, wenn Sie das meinen«, sagte Francis und drehte den Briefbogen wieder um. Wir sahen uns nicht an; ich wußte genau, was er dachte: *Wie können wir dieses Blatt stehlen? Wie können wir es wegschaffen?*

Um Julians Aufmerksamkeit abzulenken, ging ich zum Fenster. »Es ist schön heute, nicht wahr?« sagte ich und drehte beiden den Rücken zu. »Es ist kaum zu glauben, daß noch vor einem Monat Schnee gelegen hat...« Ich plapperte immer weiter; ich merkte kaum, was ich sagte, und wagte nicht, mich umzudrehen.

»Ja«, sagte Julian höflich. »Ja, es ist schön draußen.« Seine Stimme kam nicht von da, wo ich ihn vermutete, sondern von weiter her, aus der Nähe des Bücherschrankes. Ich drehte mich um und sah, daß er den Mantel anzog. Francis sah ich am Gesicht an, daß er keinen Erfolg gehabt hatte. Er war halb abgewandt und beobachtete Julian aus dem Augenwinkel; als Julian sich umdrehte, um zu husten, sah es einen Moment lang so aus, als würde er es schaffen, aber er hatte das Blatt gerade herausgezogen, als Julian sich wieder umwandte, und es blieb ihm nichts anderes übrig, als es wieder zurückzuschieben, als wären die einzelnen Blätter in Unordnung geraten, und er ordne sie nun wieder.

Julian lächelte uns von der Tür aus an. »Sind Sie so weit, meine Jungen?«

»Natürlich«, sagte Francis, und ich wußte, ihm war längst nicht so begeistert zumute, wie er sich anhörte. Er legte den Brief zusammengefaltet auf den Tisch, und wir beide folgten Julian hinaus, lächelnd, plaudernd, aber ich sah die Anspannung in Francis' Schultern und biß mir selbst vor lauter Frustration auf die Innenseite der Unterlippe.

Das Mittagessen verlief elend. Ich kann mich an fast keine Einzelheit erinnern – außer, daß es ein strahlender Tag war und wir zu nah am Fenster saßen, so daß das grelle Licht, das mir in die Augen schien, nur meine Verwirrung und mein Unbehagen verstärkte. Und die ganze Zeit redeten wir über den Brief, den Brief, den Brief. Hegte der Absender einen Groll gegen Julian? Oder war jemand wütend auf uns? Francis war gefaßter als ich, aber er kippte ein Glas Hauswein nach dem anderen herunter, und feiner Schweiß stand ihm auf der Stirn.

Julian hielt den Brief für eine Fälschung. Das war offenkundig. Aber wenn er den Briefkopf sähe, wäre das Spiel aus, denn er wußte so gut wie wir, daß Bunny und Henry zwei Wochen im Excelsior gewohnt hatten. Wir konnten nur darauf hoffen, daß er ihn einfach wegwerfen würde, ohne ihn noch jemandem zu zeigen oder selbst eingehender zu untersuchen. Aber Julian liebte Intrigen und Geheimnisse, und über eine solche Geschichte konnte er tagelang spekulieren. Ich mußte immer daran denken, daß er davon gesprochen hatte, den Brief dem Dekan zu zeigen. Wir mußten ihn irgendwie in unsere Hände bringen. Vielleicht in sein Büro einbrechen. Aber selbst angenommen, er hatte ihn dagelassen, an einem Ort, wo wir ihn finden könnten, hieß das immer noch, daß wir sechs oder sieben Stunden warten müßten.

Ich trank ziemlich viel beim Essen, aber als wir fertig waren, war ich immer noch so nervös, daß ich zum Nachtisch Brandy statt Kaffee nahm. Zweimal verdrückte Francis sich, um zu telefonieren. Ich wußte, daß er versuchte, Henry zu erreichen, um ihn zu bitten, ins Büro hinüberzueilen und den Brief zu entwenden, während wir Julian in der Brasserie festhielten; ich sah aber auch an seinem angespannten Lächeln bei seiner Rückkehr, daß er kein Glück gehabt hatte.

In der gespannten Stille auf der Rückfahrt zur Schule merkte ich plötzlich, wie sehr wir uns immer darauf verlassen hatten, miteinander kommunizieren zu können, wann immer wir wollten. Immer hatten wir uns bis jetzt im Notfall alles auf griechisch sagen können, verkleidet als Aphorismus oder Zitat. Aber das war jetzt unmöglich.

Julian lud uns nicht ein, oben noch einen Kaffee mit ihm zu trinken. Wir sahen ihm nach, wie er den Weg hinaufging, und winkten, als er sich im Eingang des Lyzeums noch einmal umdrehte. Jetzt war es ungefähr halb zwei nachmittags.

Als er verschwunden war, saßen wir eine Weile bewegungslos im Wagen. Francis' freundliches Abschiedslächeln war auf seinem Gesicht erstorben. Plötzlich, und mit einer Wut, die mich erschreckte, warf er sich nach vorn und schlug mit der Stirn auf das Lenkrad. »Scheiße!« schrie er. »Scheiße! Scheiße!«

Ich packte ihn beim Arm und schüttelte ihn. »Hör auf«, sagte ich.

»Oh, Scheiße!« heulte er, ließ den Kopf in den Nacken rollen und preßte die Handballen an die Schläfen. »Scheiße. Das war's, Richard.«

»Halt den Mund.«

»Es ist aus. Wir sind erledigt. Wir gehen in den Knast.«

»Halt den Mund«, sagte ich noch einmal. Seine Panik hatte mich merkwürdigerweise ernüchtert. »Wir müssen uns überlegen, was wir jetzt machen.«

»Hör mal«, sagte Francis, »laß uns einfach abhauen. Wenn wir jetzt losfahren, können wir in Montreal sein, wenn es dunkel wird. Niemand wird uns je finden.«

»Du redest Unsinn.«

»Wir bleiben zwei Tage in Montreal und verkaufen den Wagen. Dann nehmen wir den Bus – was weiß ich, wohin – Saskatchewan oder so was. Wir fahren an den verrücktesten Ort, den wir finden können.«

»Francis, beruhige dich. Für eine Minute wenigstens. Ich glaube, wir werden damit fertig.«

»*Was sollen wir denn machen?*«

»Na, als erstes, denke ich, müssen wir Henry finden.«

»Henry?« Er starrte mich erstaunt an. »Wie kommst du auf die Idee, daß er helfen kann? Der ist so durchgeknallt, daß er gar nicht mehr weiß, in welche Richtung...«

»Hat er nicht einen Schlüssel zu Julians Büro?«

Er war einen Moment lang still. »Ja«, sagte er dann. »Ja, ich glaube, er hat einen. Er hatte ihn jedenfalls.«

»Also«, sagte ich. »Dann suchen wir jetzt Henry und fahren mit ihm her. Er kann Julian unter irgendeinem Vorwand aus dem Büro locken. Und dann kann sich einer von uns mit dem Schlüssel über die Hintertreppe hinaufschleichen.«

Es war ein guter Plan. Das Problem war nur, daß es nicht so leicht war, Henry aufzustöbern, wie wir gehofft hatten. Er war nicht in seiner Wohnung, und als wir am Albemarle vorbeifuhren, stand sein Auto dort auch nicht.

Wir fuhren zurück zum Campus, um in der Bibliothek nachzusehen, und dann noch einmal zurück zum Albemarle. Diesmal stiegen Francis und ich aus und gingen um das Grundstück herum.

Das Albemarle war im 19. Jahrhundert erbaut worden, als Sanatorium für reiche Leute. Es war schattig und luxuriös, mit hohen Blendläden und einer weitläufigen, kühlen Veranda – jeder, von Rudyard Kipling bis F.D. Roosevelt, hatte hier mal gewohnt –, aber es war kaum größer als ein großes Privathaus.

»Hast du es schon an der Rezeption versucht?« fragte ich Francis.

»Kannst du dir gleich aus dem Kopf schlagen. Die haben sich unter falschem Namen eingetragen, und ich bin sicher, Henry hat der Chefin irgendeine Geschichte erzählt, denn als ich neulich abends versuchte, mit ihr zu reden, wurde sie nach einer Sekunde schweigsam wie ein Grab.«

»Gibt es eine Möglichkeit reinzukommen, ohne durch die Lobby zu gehen?«

»Keine Ahnung. Meine Mutter und Chris sind mal hier abgestiegen. So groß ist der Laden nicht. Es gibt nur eine Treppe, soweit ich weiß, und um da hinzukommen, mußt du an der Rezeption vorbei.«

»Und im Parterre?«

»Nein, ich glaube, sie sind in einem oberen Stockwerk. Camilla hat irgendwas davon gesagt, das Gepäck nach oben zu bringen. Kann sein, daß es eine Feuertreppe gibt, aber ich wüßte nicht, wie man die finden soll.«

Wir traten auf die Veranda. Durch die Glastür sahen wir eine dunkle, kühle Lobby und hinter der Rezeption einen Mann von etwa sechzig Jahren, die halbmondförmigen Brillengläser tief unten auf der Nase, während er in einer Nummer des *Bennington Banner* las.

»Ist das der Typ, mit dem du gesprochen hast?« flüsterte ich.

»Nein. Das war seine Frau.«

»Hat er dich schon mal gesehen?«

»Nein.«

Ich stieß die Tür auf, schob den Kopf kurz hindurch und trat dann ein. Der Hotelier blickte von seiner Zeitung auf und musterte uns herablassend von Kopf bis Fuß. Er war einer dieser pinselhaften Pensionäre, die man in New England häufig sieht – Typen, die Antiquitätenmagazine abonnieren und mit Segeltuchtaschen herumlaufen, wie man sie im Privatfernsehen als Prämie geschenkt kriegt.

Ich schenkte ihm mein schönstes Lächeln. Hinter der Rezeption, sah ich, hing ein Schlüsselbrett mit lauter Zimmerschlüsseln. Sie waren, den Stockwerken entsprechend, reihenweise angeordnet. Drei Schlüssel – 2-B, 2-C und 2-E – fehlten im zweiten Stock und nur einer – 3-A – im dritten.

Er sah uns frostig an. »Was kann ich für Sie tun?« fragte er.

»Entschuldigen Sie«, sagte ich, »aber wissen Sie, ob unsere Eltern schon aus Kalifornien angekommen sind?«

Jetzt war er überrascht. Er klappte ein Buch auf. »Wie ist der Name?«

»Rayburn. Mr. und Mrs. Cloke Rayburn.«

»Ich habe hier keine Reservierung.«

»Ich weiß nicht genau, ob sie reserviert haben.«

Er schaute mich über seine Brillengläser hinweg an. »Normalerweise verlangen wir eine Reservierung plus Anzahlung mindestens achtundvierzig Stunden im voraus.«

»Sie haben wohl gedacht, um diese Jahreszeit brauchen sie keine.«

»Tja, dann gibt es keine Garantie, daß sie ein Zimmer haben können, wenn sie kommen«, sagte er knapp.

Gern hätte ich darauf hingewiesen, daß diese Herberge mehr als halb leer sei und daß man nicht gerade erkennen könne, wie die Gäste sich prügelten, um hereinzukommen, aber statt dessen lächelte ich wieder und sagte: »Ich schätze, dann müssen sie es einfach drauf ankommen lassen. Ihr Flugzeug ist mittags in Albany gelandet. Sie müßten jeden Augenblick hier sein.«

»Schön, dann...«

»Haben Sie was dagegen, wenn wir warten?«

Er hatte, ganz offensichtlich. Aber das konnte er nicht sagen. Er nickte mit geschürzten Lippen – und dachte ohne Zweifel schon an den Vortrag über Reservierungsgepflogenheiten, den er meinen Eltern halten würde –, und mit ostentativem Geraschel widmete er sich wieder seiner Zeitung.

Wir setzten uns auf ein beengtes viktorianisches Sofa, möglichst weit weg von der Rezeption.

Francis war zappelig und drehte sich immer wieder um. »Ich will hier nicht bleiben«, wisperte er, fast ohne die Lippen zu bewegen, dicht an meinem Ohr. »Ich habe Angst, die Frau kommt zurück.«

»Der Typ ist aus der Hölle, was?«

»Sie ist noch schlimmer.«

Der Hotelier schaute äußerst pointiert nicht in unsere Richtung, ja, er wandte uns sogar den Rücken zu. Ich legte Francis die Hand auf den Arm. »Ich bin gleich wieder da«, flüsterte ich. »Sag ihm, ich suche die Herrentoilette.«

Die Treppe war mit einem Teppich belegt, und ich konnte fast geräuschlos hinauflaufen. Ich hastete den Korridor hinunter, bis ich 2-C und daneben 2-B sah. Die Türen wirkten ausdruckslos und düster, aber zum Zögern war keine Zeit. Ich klopfte an 2-C. Keine Antwort. Ich klopfte noch einmal, lauter diesmal. »Camilla!« rief ich.

Daraufhin fing ein kleiner Hund an zu randalieren, weiter unten in 2-E. *Egal*, dachte ich und wollte gerade zum drittenmal klopfen, als die Tür aufging und eine Frau mittleren Alters im Golfkleid vor mir stand. »Entschuldigung«, sagte sie, »suchen Sie jemanden?«

Komisch, dachte ich, während ich die letzte Treppe hinaufrannte, aber ich hatte irgendwie geahnt, daß sie ganz oben sein würden. Im Korridor begegnete ich einer hageren Frau um die sechzig – mit bedrucktem Kleid, Harlekinbrille und einem scharfen, unangenehmen Pudelgesicht –, die einen Stapel gefalteter Handtücher trug. »Halt!« japste sie. »Wo wollen Sie hin?«

Aber ich war schon an ihr vorbei den Gang entlanggelaufen und hämmerte an die Tür von 3-A. »Camilla!« schrie ich. »Richard hier! Laß mich rein!«

Und dann stand sie da wie ein Wunder. Die Sonne schien hinter ihr durch die Tür in den Gang, und sie war barfuß und blinzelte. »Hallo«, sagte sie. »Hallo! Was machst du hier?« Und hinter mir hörte ich die Frau des Hoteliers: »Was glauben Sie, was Sie hier machen? Wer sind Sie?«

»Es ist in Ordnung«, sagte Camilla.

Ich war außer Atem. »Laß mich rein«, keuchte ich.

Sie zog die Tür zu. Es war ein wunderschönes Zimmer – Eichenholztäfelung, Kamin und im Nachbarzimmer nur ein Bett, wie ich sah, das Bettzeug am Fußende zusammengeknüllt... »Ist Henry hier?« fragte ich.

»Was ist denn passiert?« Runde rote Flecken glühten hoch auf ihren Wangen. »Es ist Charles, nicht wahr? Was ist passiert?«

Charles. Den hatte ich ganz vergessen. Ich rang nach Luft. »Nein«, sagte ich. »Ich hab' keine Zeit, es dir zu erklären. Wir müssen Henry finden. Wo ist er?«

»Warum« – sie sah auf die Uhr –, »ich glaube, er ist bei Julian im Büro.«

»Bei *Julian*?«

»Ja. Was ist denn?« fragte sie, als sie die Verblüffung in meinem Gesicht sah. »Er war mit ihm verabredet – ich glaube um zwei.«

Ich hastete nach unten, um Francis zu holen, bevor der Hotelier und seine Frau sich über das Erlebte einigen konnten.

»Was machen wir jetzt?« fragte Francis auf der Fahrt zurück zur Schule. »Draußen auf ihn warten?«

»Ich habe Angst, daß wir ihn dann verlieren. Ich glaube, es ist besser, wenn einer von uns hochläuft und ihn holt.«

Francis zündete sich eine Zigarette an. »Vielleicht ist alles okay«, sagte er. »Vielleicht hat Henry das Ding schon.«

»Ich weiß nicht«, sagte ich, aber ich dachte das gleiche wie er. Wenn Henry den Briefkopf sähe, würde er höchstwahrscheinlich auch versuchen, ihn zu klauen, und höchstwahrscheinlich würde er sich besser darauf verstehen als Francis oder ich. Außerdem – es klang kleinlich, aber es war wahr: Henry war Julians Liebling. Wenn er es darauf anlegte, würde er ihm den ganzen Brief abschwatzen können: unter dem Vorwand, ihn der Polizei zu geben, die Schrift analysieren zu lassen – der Himmel wußte, was er sich würde einfallen lassen.

Francis warf mir einen Seitenblick zu. »Wenn Julian es herausfände – was, glaubst du, würde er tun?«

»Ich weiß es nicht«, sagte ich, und ich wußte es wirklich nicht. Es war eine derart undenkbare Aussicht, daß die einzige Reaktion, die ich mir bei ihm vorstellen konnte, melodramatisch und unwahrscheinlich war: Julian, wie er einen tödlichen Herzanfall erlitt, Julian, wie er hemmungslos weinte, ein gebrochener Mann.

»Ich kann mir nicht vorstellen, daß er uns anzeigen würde.«

»Ich weiß es nicht.«

»Das könnte er nicht. Er *liebt* uns.«

Ich sagte nichts. Ungeachtet dessen, was Julian für mich empfand, war nicht zu leugnen, daß das, was ich ihm entgegenbrachte, echte Liebe und Vertrauen war. Während meine Eltern sich mehr und mehr von mir entfernt hatten – ein Rückzug, den sie schon seit vielen Jahren betrieben –, hatte Julian sich zur einzigen Gestalt väterlichen Wohlwollens in meinem Leben entwickelt – oder überhaupt jeglicher Art von Wohlwollen. Für mich war es, als sei er mein einziger Beschützer auf der Welt.

»Es war ein Fehler«, sagte Francis. »Er muß das verstehen.«
»Vielleicht«, sagte ich. Ich konnte mir nicht vorstellen, wie er es herausfand, aber wenn ich versuchte, mir vorzustellen, daß ich diese Katastrophe jemandem erklärte, erkannte ich, daß wir es Julian sehr viel leichter würden erklären können als irgend jemandem sonst. Vielleicht, dachte ich, würde er ähnlich reagieren wie ich. Vielleicht würde er diese Morde als traurige, wilde Sache sehen, spukhaft und pittoresk (»Ich habe alles gemacht«, pflegte der alte Tolstoi sich zu brüsten, »ich habe sogar einen Mann getötet«), und nicht als die selbstsüchtigen, bösen Taten, die sie im Grunde gewesen waren.

»*Richard*«, sagte Julian in einem Ton, der mich willkommen hieß und mir gleichzeitig zu verstehen gab, daß ich zu einer ungünstigen Zeit gekommen sei.

»Ist Henry da? Ich muß etwas mit ihm besprechen.«

Er machte ein überraschtes Gesicht. »Natürlich«, sagte er und hielt mir die Tür auf.

Henry saß an dem Tisch, an dem wir unseren Griechischunterricht abhielten. Julians leerer Stuhl an der Fensterseite stand dicht neben seinem. Es lagen noch andere Papiere auf dem Tisch, aber vorn war der Brief. Henry blickte auf. Er war anscheinend nicht erfreut, mich zu sehen.

»Henry, kann ich dich sprechen?«

»Natürlich«, sagte er kühl.

Ich drehte mich um und wollte in den Gang hinaustreten, aber er traf keine Anstalten, mir zu folgen. Er mied meinen Blick. *Zum Teufel mit ihm*, dachte ich. Er glaubte, ich wollte unser Gespräch aus dem Garten fortsetzen.

»Könntest du für einen Augenblick herkommen?« sagte ich.

»Was ist denn?«

»Ich muß dir etwas sagen.«

Er zog eine Braue hoch. »Du meinst, du willst mir etwas *unter vier Augen* sagen?«

Ich hätte ihn umbringen können. Julian hatte höflich so getan, als achte er nicht auf unseren Wortwechsel, aber jetzt erwachte doch seine Neugier. Er blieb abwartend hinter seinem Stuhl stehen. »Ach du meine Güte«, sagte er. »Ich hoffe, es ist nichts Unangenehmes. Soll ich hinausgehen?«

»Aber nein, Julian«, sagte Henry, und dabei sah er nicht Julian, sondern mich an. »Lassen Sie nur.«

»Ist alles in Ordnung?« fragte Julian mich.

»Ja, ja«, sagte ich. »Ich muß Henry nur einen Moment sprechen. Es ist ziemlich wichtig.«

»Hat es nicht Zeit?« fragte Henry.

Der Brief lag ausgebreitet auf dem Tisch. Entsetzt sah ich, daß er die einzelnen Seiten langsam umblätterte, wie ein Buch, und so tat, als betrachte er sie nacheinander aufmerksam. Er hatte den Briefkopf noch nicht gesehen. Er wußte nicht, daß er da war.

»Henry«, sagte ich, »es ist ein Notfall. Ich muß dich *sofort* sprechen.«

Mein drängender Ton ließ ihn aufhorchen. Er hielt inne und wandte sich auf dem Stuhl um – jetzt starrten sie mich beide an –, und im Zuge dieser Bewegung drehte er das Blatt um, das er in der Hand hatte. Mein Herz schlug einen Salto. Da lag der Briefkopf aufgedeckt auf dem Tisch. Ein weißer Palast in blauen Schnörkeln.

»Also gut«, sagte Henry, und zu Julian gewandt fügte er hinzu: »Entschuldigen Sie. Wir sind gleich wieder da.«

»Gewiß«, sagte Julian. Er machte ein ernstes und besorgtes Gesicht. »Ich hoffe, es ist nichts passiert.«

Ich hätte am liebsten losgeheult. Jetzt hatte ich Henrys Aufmerksamkeit. Ich hatte sie, aber ich wollte sie nicht mehr. Der Briefkopf lag offen auf dem Tisch.

»Was ist denn?« Henry schaute mir in die Augen.

Er war wachsam und angespannt wie ein Kater. Julian schaute mich ebenfalls an. Der Brief lag zwischen ihnen auf dem Tisch, geradewegs in Julians Blickrichtung. Er brauchte nur den Kopf zu senken.

Ich warf einen schnellen Blick auf den Brief und sah wieder Henry an. Er verstand sofort, drehte sich um, geschmeidig und schnell, aber nicht schnell genug, und in diesem Sekundenbruchteil senkte Julian den Blick – beiläufig, nur weil es ihm gerade einfiel, aber eben eine Sekunde zu früh.

Ich denke nicht gern an die Stille, die nun folgte. Julian beugte sich vor und betrachtete den Briefkopf lange Zeit. Dann nahm er das Blatt in die Hand und studierte es. *Excelsior. Via Veneto.* Blau getuschte Schloßmauern. Ich fühlte mich seltsam leicht und leer im Kopf.

Julian setzte die Brille auf und ließ sich auf seinen Stuhl sinken. Er las das ganze Ding durch, sehr aufmerksam, von Anfang bis Ende. Ich hörte Kinder lachen, leise, irgendwo draußen. Endlich faltete er den Brief zusammen und schob ihn in seine Innentasche.

»So«, sagte er. »So, so, so.«

Wie fast immer im Leben, wenn etwas Schlimmes beginnt, hatte ich mich auf diese Möglichkeit eigentlich nicht vorbereitet. Und was ich jetzt empfand, als ich dastand, war nicht Angst oder Reue, sondern nur eine furchtbare, zermalmende Demütigung, eine grauenvolle, rotglühende Scham, wie ich sie seit meiner Kindheit nicht mehr verspürt hatte. Und noch schlimmer war es, Henry zu sehen und zu wissen, daß er das gleiche empfand, allenfalls noch schneidender als ich. Ich haßte ihn – war so wütend, daß ich ihn umbringen wollte –, aber irgendwie war ich nicht darauf vorbereitet, ihn so zu sehen.

Niemand sagte etwas. Stäubchen schwebten in einem Sonnenstrahl. Ich dachte an Camilla im Albemarle, an Charles im Krankenhaus, an Francis, der vertrauensvoll im Auto wartete.

»Julian«, sagte Henry. »Ich kann das erklären.«

»Bitte«, sagte Julian.

Seine Stimme ging mir eisig bis ins Mark. Zwar waren ihm und Henry eine spürbare Kälte im Benehmen gemeinsam – manchmal war es fast, als sinke die Temperatur in ihrer Umgebung –, aber ich hatte Henrys Kälte immer als eingefleischte Eigenschaft seines Wesens empfunden, Julians hingegen wie ein Furnier, das eine im Grunde warmherzige und gütige Natur überzog. Aber als ich Julian jetzt ansah, war das Zwinkern in seinen Augen mechanisch und leblos. Es war, als sei der bezaubernde Theatervorhang gefallen, und ich sah ihn zum erstenmal, wie er wirklich war: nicht der gütige alte Weise, der nachsichtige, beschützende Pate meiner Träume, sondern ein Mensch mit vielen Gesichtern und ohne moralische Prinzipien, dessen betörende Staffage ein Wesen verhüllte, das wachsam, launisch und herzlos war.

Henry fing an zu reden. Es tat so weh, ihn zu hören – Henry! –, wie er über seine Worte stolperte, daß ich, wie ich fürchte, vieles von dem, was er sagte, gar nicht erst aufnahm. Er begann auf typische Weise, indem er versuchte, sich zu rechtfertigen, aber dieser Versuch scheitere rasch im grellweißen Licht von Julians Schweigen. Dann – mich schaudert immer noch, wenn ich daran denke – kroch ein verzweifelter, bettelnder Unterton in seine Stimme. »Es mißfiel mir natürlich, daß ich lügen mußte« – es »mißfiel« mir! Als redete er von einer häßlichen Krawatte, einer langweiligen Dinnerparty! –, »wir *wollten* Sie ja nie belügen, aber es war nötig. Das heißt, ich hatte das Gefühl, es war nötig. Die erste Sache war ein Unfall; es hatte doch keinen Sinn, Sie damit zu belasten, oder? Und dann, bei Bunny... er war nicht mehr glücklich in diesen letzten paar Monaten. Das wissen Sie sicher. Er hatte eine Menge persönliche Probleme, Probleme mit seiner Familie...«

Er redete und redete. Julians Schweigen war unermeßlich, arktisch. Ein düsteres Summen hallte in meinem Kopf. *Ich halte das nicht aus*, dachte ich, *ich muß weg hier*, aber Henry redete immer noch, und ich stand immer noch da und fühlte mich immer kränker und düsterer, als ich Henrys Stimme hörte und diesen Ausdruck in Julians Gesicht sah.

Als ich es schließlich nicht mehr ertragen konnte, wandte ich mich zum Gehen. Julian sah es.

Unvermittelt schnitt er Henry das Wort ab. »Das genügt«, sagte er.

Eine schreckliche Pause trat ein. Ich starrte ihn an. *Das war's*, dachte ich, von fasziniertem Grauen erfüllt. *Er will nicht mehr zuhören. Er will nicht mit ihm allein gelassen werden.*

Julian griff in die Tasche. Sein Gesichtsausdruck war nicht zu deuten. Er zog den Brief heraus und gab ihn Henry. »Ich glaube, das behalten Sie besser«, sagte er.

Er stand nicht auf. Henry und ich verließen ohne ein Wort sein Büro. Komisch, wenn ich jetzt daran denke. Es war das letztemal, daß ich ihn gesehen habe.

Henry und ich sprachen auch im Korridor nicht. Langsam ließen wir uns hinaustreiben, den Blick abgewandt, wie zwei Fremde. Als ich die Treppe hinunterging, stand er oben am Fenster und schaute hinaus, blind und blicklos.

Francis geriet in Panik, als er mein Gesicht sah. »O nein«, sagte er. »O mein Gott. Was ist passiert?«

Es verging eine ganze Weile, bevor ich etwas sagen konnte. »Julian hat ihn gesehen«, sagte ich schließlich.

»*Was?*«

»Er hat den Briefkopf gesehen. Henry hat ihn jetzt.«

»Wie hat er ihn gekriegt?«

»Julian hat ihn ihm gegeben.«

Francis jubelte. »Er hat ihn ihm gegeben? Er hat Henry den Brief gegeben?«

»Ja.«

»Und er wird niemandem etwas sagen?«

»Nein, ich glaube nicht.«

Die Düsternis in meiner Stimme erschreckte ihn.

»Aber was ist denn noch?« fragte er schrill. »Ihr habt ihn doch, oder? Es ist okay. Alles okay jetzt. Oder?«

Ich starrte durch das Autofenster zum Fenster von Julians Büro hinauf.

»Nein«, sagte ich. »Das glaube ich eigentlich nicht.«

Vor Jahren habe ich in ein altes Notizbuch geschrieben: »Eine von Julians angenehmsten Eigenschaften ist seine Unfähigkeit, irgend jemanden – oder etwas – in seinem wahren Licht zu sehen.« Und darunter, mit anderer Tinte: »Vielleicht auch eine *meiner* angenehmsten Eigenschaften (?).«

Es war immer schwer für mich, über Julian zu reden, ohne ihn romantisch zu verklären. In vieler Hinsicht habe ich ihn von allen am meisten geliebt; und bei ihm ist die Versuchung für mich am größten, ihn auszuschmücken, neu zu erfinden, ihm prinzipiell zu vergeben. Ich glaube, das liegt daran, daß Julian selbst unablässig dabei war, die Leute und Ereignisse in seiner Umgebung neu zu erfinden und Gutes, Weises, Tapferes, Bezauberndes in Handlungen zu legen, die nichts dergleichen enthielten. Das war einer der Gründe, weshalb ich ihn liebte: um des schmeichelhaften Lichtes willen, in dem er mich sah, um des Menschen willen, der ich war, wenn ich bei ihm war, um all dessentwillen, was er mir zu sein erlaubte.

Jetzt wäre es natürlich ein leichtes für mich, ins andere Extrem umzuschwenken. Ich könnte sagen, das Geheimnis seines Charmes habe darin gelegen, daß er sich an junge Leute hängte, die das Gefühl haben wollten, besser zu sein als jedermann sonst; er habe die seltsame Gabe gehabt, Minderwertigkeitsgefühle zu Überlegenheit und Arroganz zu verdrehen. Ich könnte auch sagen, er habe dies nicht aus altruistischen Beweggründen getan, sondern aus Selbstsucht – um irgendeinen eigenen egozentrischen Impuls zu befriedigen. Und ich könnte das alles recht ausführlich und, wie ich glaube, angemessen zutreffend darlegen. Aber das würde dennoch nicht erklären, worin der fundamentale Zauber seiner Persönlichkeit bestand oder weshalb ich – sogar im Lichte der folgenden Ereignisse – immer noch den überwältigenden Wunsch verspüre, ihn so zu sehen, wie ich ihn beim erstenmal sah: als weisen alten Mann, der mir auf einem trostlosen Stück Weges aus dem Nichts erschien und mir das verhexende Angebot machte, alle meine Träume wahr werden zu lassen.

Aber selbst im Märchen sind diese gütigen alten Herren mit ihren faszinierenden Angeboten nicht immer das, was sie zu sein scheinen. Das dürfte für mich inzwischen keine besonders schwer zu akzeptierende Wahrheit mehr sein, aber aus irgendeinem Grunde ist es das doch. Mehr als alles andere wünschte ich mir, ich könnte sagen, Julians Gesicht sei zerfallen, als er hörte, was wir getan hatten. Ich wünschte, ich könnte sagen, er habe den Kopf auf den Tisch sinken lassen und geweint, geweint um Bunny, geweint um uns, geweint um die falschen Wege und das vergeudete Leben: geweint um sich selbst, weil er so blind gewesen war, weil er sich wieder und wieder geweigert hatte zu sehen.

Und die Sache ist die, daß ich mich sehr versucht gefühlt habe, zu sagen, er habe es getan, obwohl es überhaupt nicht stimmt.

George Orwell – ein scharfer Beobachter dessen, was sich hinter dem Flitter konstruierter Fassaden, gesellschaftlicher und anderer, verbarg – war Julian mehrmals begegnet und hatte ihn nicht leiden können. Einem Freund schrieb er: »Wenn man Julian Morrow begegnet, hat man den Eindruck, er sei ein Mann von außergewöhnlicher Einfühlsamkeit und Wärme. Aber was Sie seine ›asiatische Heiterkeit‹ nennen, ist, glaube ich, die Maske vor einer großen Kälte. Das Gesicht, das man ihm zeigt, spiegelt er unweigerlich wider, und so schafft er die Illusion von Wärme und Tiefe, wo er in Wirklichkeit spröde und flach ist wie ein Spiegel. Acton« – anscheinend Harold Acton, der damals ebenfalls in Paris und mit Orwell wie mit Julian befreundet war – »ist anderer Meinung. Aber ich glaube, dem Mann ist nicht zu trauen.«

Ich habe viel über diese Stelle nachgedacht, und auch über eine besonders scharfsinnige Bemerkung, die ausgerechnet Bunny einmal machte. »Weißt du«, sagte er, »Julian ist wie einer, der alle seine Lieblingspralinen aus der Schachtel frißt und den Rest übrigläßt.« Das hört sich auf Anhieb ziemlich rätselhaft an, aber tatsächlich fällt mir keine bessere Metapher für Julians Persönlichkeit ein. Eine ähnliche Bemerkung hat Georges Laforgue mir gegenüber einmal gemacht, als ich Julian gerade in den Himmel gepriesen hatte. »Julian«, sagte er knapp, »wird nie ein Wissenschaftler allererster Güte sein, und zwar deshalb, weil er die Dinge nur auf einer selektiven Basis sehen kann.«

Als ich – eifrig – widersprach und fragte, was daran auszusetzen sei, daß einer seine gesamte Aufmerksamkeit auf nur zwei Dinge konzentriere, nämlich auf Kunst und Schönheit, antwortete Laforgue: »An der Liebe zur Schönheit ist nichts auszusetzen. Aber

Schönheit ist – sofern sie nicht mit etwas Sinnvollerem vermählt ist – immer nur oberflächlich. Es geht nicht darum, daß Ihr Julian es vorzieht, sich ausschließlich auf bestimmte exaltierte Dinge zu konzentrieren, sondern darum, daß er es vorzieht, andere, ebenso wichtige, zu ignorieren.«

Es ist komisch. In den ersten Entwürfen zu diesen Erinnerungen habe ich mich gegen die Tendenz gewehrt, Julian zu sentimentalisieren, ihn als Heiligen erscheinen zu lassen – und ihn damit im Prinzip zu fälschen –, um unsere Verehrung für ihn erklärlicher zu machen: kurz, um den Eindruck zu erwecken, daß es sich um mehr handelte als um meine fatale Neigung dazu, interessante Leute zu guten Leuten zu machen. Und ich weiß, daß ich anfangs gesagt habe, er sei vollkommen gewesen, aber er war nicht vollkommen, ganz im Gegenteil, er konnte albern und eitel und abwesend und oft grausam sein, und wir liebten ihn immer noch, trotzdem, deshalb.

Charles kam am Tag darauf aus dem Krankenhaus. Zwar bestand Francis darauf, daß er für eine Weile zu ihm ziehe, aber Charles wollte unbedingt in seine eigene Wohnung zurück. Seine Wangen waren eingefallen, er hatte stark abgenommen, und er hatte einen Haarschnitt nötig. Er war mürrisch und deprimiert. Wir erzählten ihm nicht, was passiert war.

Francis tat mir leid. Ich sah, daß er sich Sorgen um Charles machte und daß er beunruhigt war, weil dieser so feindselig und verschlossen war. »Willst du was essen?« fragte er ihn.

»Nein.«

»Komm schon. Wir gehen in die Brasserie.«

»Ich hab' keinen Hunger.«

»Es ist bestimmt gut. Ich spendiere dir eine von diesen Bisquitrouladen, die du so gern zum Nachtisch ißt.«

Also gingen wir in die Brasserie. Es war elf Uhr vormittags. Durch einen unglücklichen Zufall setzte uns der Kellner an den Fenstertisch, an dem Francis und ich keine vierundzwanzig Stunden zuvor mit Julian gesessen hatten. Charles wollte die Speisekarte nicht sehen. Er bestellte zwei Bloody Marys und trank sie schnell hintereinander. Dann bestellte er eine dritte.

Francis und ich ließen die Gabeln sinken und wechselten einen unbehaglichen Blick.

»Charles«, sagte Francis, »wieso nimmst du nicht ein Omelett oder so was?«

»Ich habe doch gesagt, ich habe keinen Hunger.«

Francis nahm die Speisekarte und überflog sie rasch. Dann winkte er dem Kellner.

»Ich sage, *ich habe keinen Hunger, verdammt noch mal*«, sagte Charles, ohne aufzublicken. Er hatte große Mühe, seine Zigarette zwischen Zeige- und Mittelfinger festzuhalten.

Danach hatte niemand mehr viel zu sagen. Wir aßen zu Ende und ließen uns die Rechnung geben – aber bis dahin hatte Charles seine dritte Bloody Mary getrunken und die vierte bestellt. Wir mußten ihm ins Auto helfen.

Ich freute mich nicht besonders auf den Griechischunterricht, aber als es Montag geworden war, stand ich doch auf und ging hin. Henry und Camilla kamen einzeln – für den Fall, daß Charles sich entschließen würde aufzukreuzen, denke ich. Was er, gottlob, nicht tat. Ich sah, daß Henrys Gesicht verquollen und sehr bleich war. Er starrte zum Fenster hinaus und ignorierte Francis und mich.

Camilla war nervös; vielleicht machte Henrys Benehmen sie verlegen. Sie brannte darauf, von Charles zu hören, und stellte eine Reihe von Fragen, aber auf die meisten bekam sie überhaupt keine Antwort. Bald wurde es zehn nach, dann Viertel nach.

»Ich habe noch nie erlebt, daß Julian so spät kam«, sagte Camilla und sah auf die Uhr.

Plötzlich räusperte Henry sich. Seine Stimme klang fremd und rostig, als sei sie lange nicht benutzt worden. »Er kommt nicht«, sagte er.

Wir drehten uns um und sahen ihn an.

»Was?« sagte Francis.

»Ich glaube nicht, daß er heute kommt.«

In diesem Augenblick hörten wir Schritte, und es klopfte an der Tür. Es war nicht Julian, sondern der Studiendekan. Er öffnete die knarrende Tür und spähte herein.

»So, so«, sagte er. Er war ein verschlagener, schütterer Mann von Anfang Fünfzig, der in dem Ruf stand, ein Klugscheißer zu sein. »So also sieht das Innere Heiligtum aus. Das Allerheiligste. Ich habe nie heraufkommen dürfen.«

Wir schauten ihn an.

»Nicht schlecht«, sagte er versonnen. »Ich weiß noch, vor ungefähr fünfzehn Jahren, bevor das neue Gebäude der Naturwissenschaften fertig war, da mußten ein paar der Berater hier oben untergebracht werden. Da war eine Psychologin dabei, die immer gern ihre Tür offenstehen ließ, weil sie meinte, das vermittle ein freundliches Gefühl. ›Guten Morgen‹, sagte sie zu Julian, wann immer er an ihrer Tür vorbeikam, ›und einen schönen Tag noch.‹ Können Sie sich vorstellen, daß Julian schließlich Manning Williams anrief, meinen bösen Vorgänger, und ihm drohte, er werde kündigen, wenn sie nicht entfernt werde?« Er gluckste. »›Diese grausige Frau.‹ So hat er sie genannt. ›Ich ertrage es nicht, daß diese grausige Frau mich jedesmal anspricht, wenn ich vorbeigehe.‹«

Das war eine Geschichte, die in Hampden ziemlich geläufig war, und der Dekan hatte ein paar Sachen ausgelassen. Die Psychologin hatte nicht nur ihre eigene Tür offenstehen lassen, sie hatte auch versucht, Julian dazu zu bewegen, es ebenfalls zu tun.

»Um die Wahrheit zu sagen«, sagte der Dekan, »ich hatte es mir etwas klassischer vorgestellt. Öllampen. Diskuswerfer. Nackte Jünglinge, die auf dem Boden miteinander ringen.«

»Was wollen Sie?« fragte Camilla nicht sehr höflich.

Er hielt überrascht inne und schenkte ihr ein öliges Lächeln. »Wir müssen uns ein wenig unterhalten«, sagte er. »Mein Büro hat soeben erfahren, daß Julian sehr plötzlich fortgerufen wurde. Er hat sich auf unbestimmte Zeit beurlauben lassen und weiß nicht, wann er zurückkommen kann. Es versteht sich von selbst« – eine Phrase, die er mit delikatem Sarkasmus vortrug –, »daß Sie alle damit in eine ziemlich interessante Lage geraten, akademisch gesehen, zumal da es nur noch drei Wochen bis Semesterende sind. Wenn ich recht informiert bin, war es nicht seine Gewohnheit, Sie einer schriftlichen Prüfung zu unterziehen?«

Wir starrten ihn an.

»Haben Sie Hausarbeiten geschrieben? *Ein Lied gesungen?*« Wie pflegte er Ihre Abschlußzensuren festzulegen?«

»Mit einer mündlichen Prüfung zu den Tutorien«, sagte Camilla, »und einer Semesterarbeit für den Kurs in Kulturgeschichte.« Sie war als einzige gefaßt genug, um etwas zu sagen. »Für das Sprachseminar eine umfangreiche Übersetzung aus dem Englischen ins Griechische nach einem Text seiner Wahl.«

Der Dekan tat, als erwäge er das alles. Dann holte er Luft und sagte: »Das Problem, dem Sie gegenüberstehen, besteht – wie Ihnen zweifellos bewußt ist – darin, daß wir zur Zeit keinen anderen Lehrer haben, der Ihren Kurs übernehmen könnte. Mr. Delgado kann Griechisch lesen; er wäre zwar, sagte er, mit Vergnügen bereit, sich Ihre schriftlichen Arbeiten anzusehen, aber er ist mit der Lehre in diesem Semester voll ausgelastet. Julian selbst war alles andere als hilfreich in dieser Frage. Ich habe ihn gebeten, einen möglichen Vertreter vorzuschlagen, und er sagte, er wisse keinen.«

Er nahm ein Stück Papier aus der Tasche. »Nun, hier sind die drei möglichen Alternativen, die mir einfallen. Die erste wäre, Sie setzen jetzt aus und beenden die Kursarbeit im Herbst. Die Sache ist allerdings die, daß ich ganz und gar nicht sicher bin, daß die literatur- und sprachwissenschaftliche Fakultät noch einmal einen Altsprachenlehrer einstellen wird. Das Interesse an dem Fach ist ja so gering, und anscheinend ist man sich allgemein darin einig, daß es abgeschafft werden sollte, zumal da wir im Augenblick bemüht sind, die neue Semiotik-Abteilung aufzubauen.« Er holte tief Luft. »Die zweite Alternative ist, Sie setzen jetzt aus und beenden die Arbeit im Sommerkurs. Die dritte Möglichkeit ist, wir beschaffen – *befristet*, wohlgemerkt – einen Ersatzlehrer. Aber Sie müssen sich darüber im klaren sein: Zum jetzigen Zeitpunkt ist es höchst zweifelhaft, daß wir das Studium der klassischen Sprachen in Hampden weiter anbieten werden. Sollten Sie sich entschließen, bei uns zu bleiben, bin ich sicher, daß die Englisch-Abteilung Sie unter minimaler Pflichtstunden-Einbuße wird aufnehmen können; ich nehme allerdings an, daß jeder von Ihnen zur Erfüllung der Anforderungen in dieser Fakultät mit zwei Semestern Arbeit zusätzlich und über das von Ihnen für Ihr Examen vermutlich Veranschlagte hinaus zu rechnen hat. Jedenfalls...« Er schaute auf seine Liste. »Sie haben bestimmt von Hackett gehört, der Vorbereitungsschule für Jungen«, sagte er. »Hackett verfügt über ein ausgedehntes Angebot auf dem Gebiet der klassischen Sprachen. Ich habe heute morgen mit dem Schulleiter gesprochen, und er sagte, er sei gern bereit, zweimal wöchentlich einen Lehrer herüberzuschicken, der Sie beaufsichtigen kann. Diese Lösung mag aus Ihrer Perspektive vielleicht als die beste erscheinen, aber sie wäre keineswegs ideal, weil sie gewissermaßen abhängig vom Wohlwollen...«

Just diesen Augenblick erwählte sich Charles, um krachend zur Tür hereinzupoltern.

Nach ein, zwei taumelnden Schritten schaute er sich um. Er war in diesem Augenblick, technisch gesehen, vielleicht nicht betrunken, aber er war es vor so kurzer Zeit noch gewesen, daß der Unterschied von akademischem Interesse war. Das Hemd hing ihm aus der Hose, und die Haare fielen ihm in langen, schmutzigen Strähnen über die Augen.

»Was denn?« sagte er nach einigen Augenblicken. »Wo ist Julian?«

»Klopfen Sie nicht an?« fragte der Dekan.

Charles drehte sich schwankend um und sah ihn an.

»Was ist?« fragte er. »Wer, zum Teufel, sind Sie?«

»Ich«, sagte der Dekan honigsüß, »bin der Studiendekan.«

»Was haben Sie mit Julian gemacht?«

»Er hat Sie verlassen. Gewissermaßen im Stich gelassen, wenn ich das so sagen darf. Er wurde sehr plötzlich aufs Land gerufen und weiß nicht – oder hat noch nicht darüber nachgedacht –, wann er zurückkommt.« Er lachte beifällig und konsultierte dann wieder sein Papier. »Jedenfalls. Ich habe verabredet, daß der Lehrer aus Hackett morgen um fünfzehn Uhr herkommt, um sich hier mit Ihnen zu treffen. Ich hoffe, es gibt für keinen von Ihnen Terminkonflikte. Sollte es doch der Fall sein, wären Sie gut beraten, Ihre Prioritäten noch einmal zu überdenken, weil er nur dieses eine Mal zur Verfügung steht, um Ihnen Antwort auf alle Ihre...«

Ich wußte, Camilla hatte Charles seit über einer Woche nicht mehr gesehen, und ich wußte, sie konnte nicht darauf vorbereitet sein, daß er dermaßen schlecht aussah; aber sie starrte ihn weniger überrascht als vielmehr mit panischem Grauen an. Sogar Henry wirkte entsetzt.

»... und selbstverständlich erfordert diese Lösung auch einen, sagen wir, kompromißbereiten Geist auf Ihrer Seite, da ja...«

»Was?« unterbrach Charles ihn. »Was haben Sie gesagt? Sie sagen, Julian ist *weg*?«

»Ich gratuliere Ihnen, junger Mann, zu Ihrer vorzüglichen Beherrschung der englischen Sprache.«

»Was ist passiert? Er hat einfach gepackt und ist abgehauen?«

»Kurz gesagt, ja.«

Es trat eine kurze Pause ein. Dann sagte Charles mit lauter, klarer Stimme: »Henry, wieso glaube ich aus irgendeinem Grunde, daß das nur deine Schuld ist?«

Darauf folgte ein langes, nicht allzu angenehmes Schweigen. Dann wirbelte Charles herum, stürmte hinaus und schlug die Tür hinter sich zu.

Der Dekan räusperte sich.

»Wie ich soeben *sagte*...«, fuhr er fort.

Es ist seltsam, aber wahr, daß ich zu diesem Zeitpunkt immer noch in der Lage war, über die Tatsache, daß meine Karriere in Hampden weitgehend den Bach hinuntergegangen war, bestürzt zu sein. Als der Dekan von »zwei Semestern zusätzlich«, gesprochen hatte, war mir das Blut in den Adern gefroren. Ich wußte so sicher, wie die Nacht auf den Tag folgt, daß ich meine Eltern unter keinen Umständen dazu würde bringen können, ihren dürftigen, aber absolut notwendigen Beitrag noch ein weiteres Jahr zu leisten. Ich hatte durch den dreimaligen Wechsel meines Hauptfaches und durch den Umzug von Kalifornien bereits Zeit verloren, und ich würde noch mehr Zeit verlieren, wenn ich noch einmal wechselte – vorausgesetzt, eine andere Schule würde mich mit meinen durchwachsenen Zeugnissen, meinen durchwachsenen Leistungen überhaupt nehmen und ich würde ein weiteres Stipendium bekommen. Warum, fragte ich mich, oh, warum war ich so töricht gewesen; warum hatte ich mich nicht für etwas entschieden und war dann dabei geblieben? Wie konnte es möglich sein, daß ich jetzt am Ende meines dritten Jahres am College angelangt war und im Grunde nichts vorzuweisen hatte?

Was mich noch wütender machte, war die Tatsache, daß es die anderen anscheinend überhaupt nicht zu kümmern schien. Ihnen, das wußte ich, machte es nicht das geringste aus. Was machte es schon, wenn sie durchs Examen fielen, wenn sie nach Hause fahren mußten? Zumindest *hatten* sie ein Zuhause. Sie hatten Treuhandfonds, Taschengeld, Dividendenschecks, liebevolle Großmütter, Onkel mit guten Beziehungen, liebende Familien. Das College war nur eine Station am Wege, eine Art jugendlicher Zerstreuung. Aber für mich war es die Hauptchance, die einzige. Und ich hatte sie verpatzt.

Ich verbrachte hektische zwei Stunden damit, in meinem Zimmer auf und ab zu gehen – das heißt, ich hatte mir angewöhnt, es als »mein Zimmer« zu betrachten, aber das war es eigentlich nicht; ich mußte es in drei Wochen räumen, und schon jetzt schien es sich mit einer herzlos unpersönlichen Atmosphäre zu füllen – und eine Notiz an die Fördergeldstelle zu entwerfen. Die einzige Möglichkeit, noch an mein Abschlußexamen zu gelangen – letzten Endes die einzige Möglichkeit, die Mittel zu bekommen, mir auf eine halbwegs erträgliche Weise meinen Lebensunterhalt zu verdienen –, bestand darin, daß Hampden sich bereit fand, für dieses zusätzliche Jahr die gesamten Ausbildungskosten für mich zu tragen. Ich wies ein bißchen aggressiv darauf hin, daß es nicht meine Schuld sei, wenn Julian beschlossen habe zu gehen. Ich führte jede einzelne jämmerliche Belobigung und Prämie auf, die ich seit der achten Klasse gewonnen hatte. Ich argumentierte, daß ein einjähriges Studium der klassischen Sprachen für diesen nunmehr höchst erstrebenswerten Kurs in englischer Literatur nur zuträglich und bereichernd sein könne.

Schließlich, als mein Bittantrag vollendet und meine Handschrift zu einem leidenschaftlichen Kritzeln geworden war, fiel ich ins Bett und schlief ein. Um elf wachte ich wieder auf, nahm noch ein paar Veränderungen an meinem Antrag vor und ging in den rund um die Uhr geöffneten Arbeitsraum, um ihn zu tippen. Unterwegs ging ich am Postzimmer vorbei, wo mich zu meiner ungeheuren Genugtuung eine Notiz in meinem Fach davon in Kenntnis setzte, daß ich den Job als Hüter des Apartments in Brooklyn bekommen hatte und daß der Professor sich irgendwann in der nächsten Woche mit mir treffen wollte, um die Einzelheiten zu besprechen.

So, dachte ich, damit ist der Sommer erledigt.

Es war eine schöne Nacht – Vollmond, die Wiese wie Silber, und die Häuserfronten warfen kantige schwarze Schatten, scharf wie Scherenschnitte. Die meisten Fenster waren dunkel: Alles schlief, war früh zu Bett gegangen. Ich lief quer über den Rasen zur Bibliothek, wo die Lichter des Nachtarbeitsraums – »Das Haus des Ewigen Lernens« hatte Bunny es in glücklicheren Tagen genannt – klar und hell im oberen Stockwerk brannten und gelb durch die Baumwipfel funkelten. Ich stieg die Außentreppe hinauf – eine Eisentreppe wie eine Feuerleiter, wie die Treppe in meinem Alptraum –, und das Klappern meiner Schuhe auf dem Metall hätte mir, wäre ich weniger abgelenkt gewesen, die Haare zu Berge stehen lassen.

Dann erblickte ich durch das Fenster eine dunkle Gestalt im schwarzen Anzug, allein. Es war Henry. Bücher türmten sich vor ihm, aber er arbeitete nicht. Er starrte stier vor sich hin. Aus irgendeinem Grund mußte ich an jene Februarnacht denken, als ich ihn im Schatten unter dem Fenster von Dr. Rolands Büro hatte stehen sehen, dunkel und einsam, die Hände in den Manteltaschen, während der Schnee hoch im leeren Lichtschein der Straßenlaternen wirbelte.

Ich trat ein und schloß die Tür. »Henry«, sagte ich. »Henry, ich bin's.«

Er drehte sich nicht um. »Ich war eben bei Julian zu Hause«, sagte er monoton.

Ich setzte mich. »Und?«

»Es ist alles abgeschlossen. Er ist weg.«
Es war lange still.
»Es fällt mir sehr schwer, zu glauben, daß er das wirklich getan hat, weißt du.« Das Licht blinkte an seiner Brille. Sein Haar glänzte dunkel; es war ebenso schwarz wie sein Gesicht bleich. »Es ist einfach so feige. Deshalb ist er nämlich fortgegangen, weißt du. Weil er Angst hatte.«
Die Fenster waren offen. Der feuchte Wind raschelte in den Bäumen. Dahinter segelten Wolken am Mond vorbei, schnell und wild.
Henry nahm die Brille ab. Ich konnte mich nie daran gewöhnen, ihn ohne sie zu sehen – an den nackten, verletzlichen Anblick, den er dann immer bot.
»Er ist ein Feigling«, sagte er. »In unserer Lage hätte er genau das gleiche getan wie wir. Er ist nur ein solcher Heuchler, daß er es nicht zugibt.«
Ich schwieg.
»Es kümmert ihn nicht einmal, daß Bunny tot ist. Ich könnte ihm vergeben, wenn er deshalb so empfinden würde, aber das ist es nicht. Ihn würde es nicht kümmern, wenn wir ein halbes Dutzend Leute umgebracht hätten. Ihn interessiert nur, daß sein eigener Name nicht in die Sache hineingerät. Das ist im wesentlichen das, was er mir sagte, als ich gestern abend mit ihm sprach.«
»Du warst bei ihm?«
»Ja. Man hätte hoffen mögen, daß die Angelegenheit für ihn mehr als nur eine Frage des eigenen Wohlbefindens gewesen wäre. Selbst wenn er uns angezeigt hätte, hätte das eine gewisse Charakterstärke gezeigt – nicht, daß ich angezeigt werden wollte. Aber das hier ist nichts als Feigheit. So wegzulaufen.«
Trotz allem, was passiert war, tat die Bitterkeit und Enttäuschung in seiner Stimme mir im Herzen weh.
»Henry«, sagte ich. Ich wollte etwas sagen, etwas Profundes – daß Julian auch nur ein Mensch sei, daß er alt sei, daß Fleisch und Blut schwach und gebrechlich seien und daß eine Zeit komme, da wir über unseren Lehrer hinauswachsen müßten. Aber ich sah mich außerstande, überhaupt irgend etwas zu sagen.
Er wandte seine blinden, blicklosen Augen zu mir.
»Ich habe ihn mehr geliebt als meinen eigenen Vater«, sagte er. »Ich habe ihn mehr geliebt als irgend jemanden auf der Welt.«

Am nächsten Nachmittag um drei ging ich zu dem Treffen mit dem neuen Lehrer.

Als ich in Julians Büro kam, erwartete mich ein Schock. Es war völlig leer. Bücher, Teppiche, der große runde Tisch – alles war weg. Übrig waren nur die Gardinen an den Fenstern und ein mit Heftzwecken an der Wand befestigter japanischer Druck, den Bunny ihm geschenkt hatte. Camilla war da, Francis, der ziemlich unbehaglich aussah, und Henry. Er stand am Fenster und tat sein Bestes, den Fremden zu ignorieren.

Der Lehrer hatte ein paar Stühle aus dem Speisesaal hereingeschleppt. Er war ein rundgesichtiger, blonder Mann um die Dreißig in Rollkragenpullover und Jeans. Ein Ehering blinkte auffällig an seiner rosigen Hand, und ebenso auffällig war der Geruch von After-shave. »Willkommen«, sagte er und beugte sich vor, um mir die Hand zu schütteln. In seiner Stimme hörte ich den Enthusiasmus und die Herablassung eines Mannes, der es gewöhnt ist, mit Halbwüchsigen zu arbeiten. »Ich heiße Dick Spence. Und Sie?«

Die Stunde war ein Alptraum. Ich habe wirklich nicht den Mut, darauf einzugehen – sein gönnerhafter Ton am Anfang (er verteilte eine Seite aus dem Neuen Testament und sagte: »Natürlich erwarte ich nicht, daß Sie die *Feinheiten* herausarbeiten – wenn Sie den Sinn rüberbringen, ist es schon okay«), ein Ton, der sich allmählich zur Überraschung wandelte (»Oho! Ziemlich weit fortgeschritten für Undergraduates!«), dann defensiv klang (»Es ist ja schon eine Weile her, daß ich mit Studenten Ihres Semesters gearbeitet habe«) und schließlich in Verlegenheit mündete. Er war Kaplan in Hackett, und sein Griechisch, das er überwiegend im Seminar gelernt hatte, war selbst nach meinen Maßstäben grob und minderwertig. Er war einer von den Sprachlehrern, die großes Gewicht auf Gedächtnistechniken legen (»*Agathon.* Wissen Sie, wie ich mir dieses Wort merke? ›Agatha Christie schreibt *gute* Krimis‹«). Die Verachtung in Henrys Blick war unbeschreiblich. Wir anderen schwiegen gedemütigt. Die Sache wurde nicht besser, als Charles – offensichtlich betrunken – zwanzig Minuten zu spät hereingestolpert kam. Sein Erscheinen rief eine zweite Auflage erledigter Formalitäten hervor (»Willkommen! Ich heiße Dick Spence. Und Sie?«) und sogar – es war nicht zu fassen – eine Wiederholung der *Agathon*-Peinlichkeit.

Henry bemerkte sehr kühl und in wunderschönem attischen Griechisch: »Ohne deine Geduld, mein vorzüglicher Freund, wateten wir in Unwissenheit wie lauter Schweine in ihren Koben.«

Als der Unterricht vorüber war (der Lehrer, nach einem verstohlenen Blick auf die Armbanduhr: »Tja! Sieht aus, als sei die Zeit um!«), trotteten wir fünf in grimmigem Schweigen hintereinander hinaus.

»Na, es sind ja nur noch zwei Wochen«, sagte Francis, als wir draußen waren.

Henry zündete sich eine Zigarette an. »Ich gehe nicht wieder hin«, sagte er.

»Yeah«, sagte Charles sarkastisch. »Genau. *Da* wird er sich aber umgucken.«

»Aber Henry«, sagte Francis, »du mußt hingehen.«

Henry rauchte seine Zigarette mit schmallippigen, resoluten Zügen. »Nein, das muß ich keineswegs.«

»Zwei Wochen. Mehr nicht.«

»Der arme Kerl«, sagte Camilla. »Er tut sein Bestes.«

»Aber *ihm* ist das nicht gut genug«, sagte Charles laut. »*Fuck*, wen erwartet er eigentlich? Richmond Lattimore?«

»Henry, wenn du nicht mehr hingehst, fällst du durch«, sagte Francis.

»Das ist mir egal.«

»*Er braucht nicht zur Schule zu gehen*«, sagte Charles. »*Fuck*, er kann doch machen, was er will. *Fuck*, er kann bei jeder beschissenen Prüfung durchfallen, und sein Dad schickt ihm trotzdem jeden Monat einen fetten Scheck...«

»Sag nicht noch einmal ›fuck‹«, unterbrach Henry ihn in ruhigem, aber bedrohlichem Ton.

»›Fuck‹? Was ist los, Henry? Hast du das Wort noch nie gehört? Ist es nicht das, was du jede Nacht mit meiner Schwester machst?«

Ich erinnere mich, daß ich als Kind einmal gesehen habe, wie mein Vater meine Mutter ohne jeden vernünftigen Grund schlug. Obwohl er das gleiche auch manchmal mit mir tat, war mir nicht klar, daß es aus blanker Übellaunigkeit geschah; ich glaubte, daß seine vorgeschützten Begründungen (»Du redest zuviel«; »Guck mich nicht so an«) diese Strafe irgendwie rechtfertigen. Aber an dem Tag, als ich ihn meine Mutter schlagen sah (nachdem sie ganz unschuldig bemerkt hatte, daß die Nachbarn an ihrem Haus einen Anbau vornehmen wollten – später sollte er behaupten, sie habe ihn provoziert, und es sei ein Vorwurf wegen seines Unvermögens, es zu Geld zu bringen, gewesen, was sie dann tränenreich bestätigte), wurde mir klar, daß der kindliche Eindruck eines »gerechten Gesetzgebers«, den mein Vater immer auf mich gemacht hatte, völlig falsch war. Wir waren restlos abhängig von diesem Mann, der nicht nur ein größenwahnsinniger Ignorant, sondern in jeder Hinsicht inkompetent war. Und mehr noch, ich wußte, daß meine Mutter unfähig war, sich gegen ihn zu behaupten. Es war, als komme man ins Cockpit eines Flugzeugs und finde Pilot und Kopilot besinnungslos betrunken auf ihren Sitzen. Und als wir jetzt draußen vor dem Hörsaalgebäude standen, erfüllte mich plötzlich ein schwarzes, fassungsloses Grauen, ganz ähnlich dem, das ich mit zwölf gefühlt hatte, damals auf einem Barhocker in unserer sonnigen kleinen Küche in Plano. *Wer hat hier das Kommando?* dachte ich entsetzt. *Wer fliegt dieses Flugzeug?*

Und dabei sollten Charles und Henry in weniger als einer Woche zusammen vor Gericht erscheinen, wegen der Sache mit Henrys Auto.

Camilla, das wußte ich, war krank vor Sorgen. Sie – bei der ich nie erlebt hatte, daß sie sich vor irgend etwas gefürchtet hätte –, sie hatte jetzt Angst; und obgleich mich ihre Not in einer perversen Weise freute, war es nicht zu leugnen: Wenn Henry und Charles – die praktisch jedesmal kurz vor einer Prügelei standen, wenn sie zusammen in einem Zimmer waren – gezwungenermaßen vor einem Richter erschienen, und zwar in demonstrativer Freundschaft vereint, konnte das nur in eine Katastrophe münden.

Henry hatte sich einen Anwalt aus der Stadt genommen. Die Hoffnung, daß ein Außenstehender die Differenzen zwischen den beiden würde ausgleichen können, hatte bei Camilla ein wenig Optimismus aufkommen lassen – aber am Nachmittag des Termins bekam ich einen Anruf von ihr.

»Richard«, sagte sie. »Ich muß mit dir und Francis sprechen.«

Ihr Ton machte mir angst. Als ich in Francis' Wohnung kam, fand ich ihn zutiefst erschüttert und Camilla in Tränen aufgelöst.

Ich hatte sie bis dahin nur einmal weinen sehen, und da, glaube ich, auch nur aus nervöser Erschöpfung. Aber diesmal war es anders. Sie blickte leer und hohläugig, und ihre Miene war verzweifelt. Tränen rollten ihr über die Wangen.

»Camilla«, sagte ich, »was ist los?«

Sie antwortete nicht sofort. Sie rauchte eine Zigarette, dann noch eine. Nach und nach erfuhr ich die Geschichte. Henry und Charles waren zu dem Anwalt gegangen, und Camilla war als Friedensstifterin mitgekommen. Anfangs hatte es ausgesehen, als werde doch noch alles gut. Henry hatte den Anwalt anscheinend nicht ausschließlich aus altruistischen Motiven engagiert, sondern weil der Richter, vor dem sie erscheinen sollten, in dem Ruf stand, bei Trunkenheit am Steuer ziemlich scharf zu verfahren; deshalb war es möglich – da Charles weder einen gültigen Führerschein besaß, noch von Henrys Versicherung abgedeckt wurde –, daß Henry seinen Führerschein oder sein Auto oder beides los würde. Charles sah sich zwar offensichtlich als Märtyrer in der ganzen Angelegenheit, war aber gleichwohl bereit gewesen mitzugehen: nicht, wie er jedem erzählte, der es hören wollte, aus Zuneigung zu Henry, sondern weil er es satt habe, sich Dinge vorwerfen zu lassen, für die er nichts könne, und wenn Henry seinen Führerschein abgenommen bekäme, würde er sich das in alle Ewigkeit anhören müssen.

Aber das Treffen war eine Katastrophe. In der Anwaltskanzlei zeigte Charles sich mürrisch und wortkarg. Das war nur peinlich, aber dann – als der Anwalt ihn ein bißchen zu energisch zum Reden drängte – verlor er ganz plötzlich und ohne jede Vorwarnung den Kopf. »Du hättest ihn hören sollen«, sagte Camilla. »Er sagte zu Henry, von ihm aus könnten sie ihm den Wagen ruhig wegnehmen. Von ihm aus könnte der Richter sie beide für fünfzig Jahre in den Knast stecken. Und Henry – na, du kannst dir vorstellen, wie Henry darauf reagierte. Er *explodierte*. Der Anwalt war überzeugt, daß sie beide den Verstand verloren hätten. Er bemühte sich immer wieder, Charles zu beruhigen und ihn zur Vernunft zu bringen. Und Charles sagte: ›Es ist mir egal, was mit ihm passiert. Von mir aus kann er sterben. Ich wünschte, er wäre tot.‹«

Es wurde so schlimm, erzählte sie, daß der Anwalt sie schließlich hinauswarf. Überall am Korridor gingen die Türen auf – ein Versicherungsagent, ein Steuerberater, ein Zahnarzt im weißen Kittel, alle steckten die Köpfe heraus, um zu sehen, was der Aufruhr zu bedeuten hatte. Charles stürmte davon – ging zu Fuß nach Hause, nahm sich ein Taxi, sie wußte es nicht.

»Und Henry?«

Sie schüttelte den Kopf. »Er war wütend«, sagte sie; ihre Stimme klang erschöpft und hoffnungslos. »Ich wollte ihm zum Wagen nachgehen, aber der Anwalt nahm mich beiseite. ›Hören Sie‹, sagte er, ›ich kenne die Hintergründe nicht, aber Ihr Bruder ist offensichtlich schwer gestört. Bitte versuchen Sie ihm zu erklären, daß er sehr viel mehr Schwierigkeiten bekommen wird, als er sich so denkt, wenn er sich nicht beruhigt. Dieser Richter wird nicht besonders freundlich zu den beiden sein, selbst wenn sie wie zwei

Lämmchen hereinspaziert kommen. Es ist so gut wie sicher, daß Ihr Bruder die Auflage bekommt, sich einer Alkoholtherapie zu unterziehen, was nach dem, was ich heute gesehen habe, vermutlich nicht mal eine schlechte Idee wäre. Es besteht eine ziemlich gute Chance, daß der Richter ihm Bewährung gibt, aber allzusehr würde ich mich nicht darauf verlassen wollen. Ja, es ist sogar mehr als wahrscheinlich, daß er doch eine Gefängnisstrafe bekommt oder in die geschlossene Abteilung des Entzugszentrums drüben in Manchester eingewiesen wird.‹«

Sie war zutiefst erregt. Francis war aschgrau im Gesicht.

»Was sagt Henry denn?« fragte ich sie.

»Er sagt, das Auto ist ihm egal«, antwortete sie. »Ihm ist alles egal. ›Laß ihn in den Knast gehen‹, sagt er.«

»Hast du den Richter gesehen?« fragte Francis mich.

»Ja.«

»Wie war er denn?«

»Um die Wahrheit zu sagen, er schien ein ziemlich scharfer Hund zu sein.«

Francis zündete sich eine Zigarette an. »Was würde passieren«, sagte er, »wenn Charles nicht erscheint?«

»Weiß ich nicht genau. Aber ich bin fast sicher, daß sie ihn dann suchen werden.«

»Und wenn sie ihn nicht finden?«

»Was willst du damit sagen?«

»Ich denke, wir sollten Charles für eine Weile aus der Stadt schaffen«, sagte Francis. Er wirkte angespannt und besorgt. »Die Schule ist fast zu Ende. Es ist ja nicht so, daß ihn irgend etwas hier festhielte. Ich finde, wir sollten ihn für ein, zwei Wochen zu meiner Mutter und Chris nach New York packen.«

»So, wie er sich jetzt aufführt?«

»Mit seiner Trinkerei? Glaubst du, meine Mutter hat etwas gegen Trinker? Er wäre da so sicher wie ein Baby.«

»Ich glaube nicht«, sagte Camilla, »daß du ihn überreden kannst zu fahren.«

»Ich könnte ihn selber hinbringen«, sagte Francis.

»Aber was ist, wenn er abhaut?« gab ich zu bedenken. »Vermont ist eine Sache, aber in New York könnte er eine Menge Trouble kriegen.«

»Okay«, sagte Francis gereizt. »Okay. War ja nur eine Idee.« Er fuhr sich mit der Hand durchs Haar. »Wißt ihr, was wir machen könnten? Wir könnten ihn aufs Land bringen.«

»In dein Haus, meinst du?«

»Ja.«

»Und was soll das bringen?«

»Zum einen wäre es kein Problem, ihn hinzuschaffen. Und wenn er einmal draußen ist, was macht er dann? Er hat kein Auto. Es ist meilenweit von jeder Straße weg. Kein Hampdener Taxifahrer wird dich da abholen, nicht für Geld und gute Worte.«

Camilla sah ihn nachdenklich an.

»Charles ist gern auf dem Land«, sagte sie.

»Ich weiß.« Francis war erfreut. »Was könnte einfacher sein? Und wir brauchen ihn ja nicht lange dazulassen. Außerdem könnten Richard und ich bei ihm bleiben. Ich kaufe eine Kiste Champagner. Wir lassen es aussehen wie eine Party.«

Es war nicht leicht, Charles an die Tür zu holen. Wir klopften, wie es schien, eine halbe Stunde lang. Camilla hatte uns einen Schlüssel gegeben, aber wir wollten ihn nicht benutzen, wenn es nicht unbedingt nötig wäre; als wir erwogen, es doch zu tun, schnappte der Riegel zurück, und Charles spähte durch den Türspalt heraus.

Er sah schrecklich verwahrlost aus. »Was wollt ihr?«

»Nichts«, sagte Francis leichthin, allerdings erst nach einer kurzen Entsetzenspause von etwa einer Sekunde. »Können wir reinkommen?«

Charles' Blick ging zwischen uns beiden hin und her. »Ist jemand bei euch?«

»Nein«, sagte Francis.

Er hielt die Tür auf und ließ uns eintreten. Die Jalousien waren heruntergezogen, und die Wohnung stank sauer nach Müll. Als meine Augen sich an das Halbdunkel gewöhnt hatten, sah ich einen Wust von schmutzigem Geschirr, Apfelkistchen und Suppendosen auf jeder erdenklichen Fläche. Neben dem Kühlschrank stand in perverser Ordnung eine Reihe leerer Scotchflaschen.

Ein kleiner Schatten huschte über die Küchentheke und wieselte zwischen schmutzigen Töpfen und leeren Milchkartons hindurch. *O Gott*, dachte ich, *ist das eine Ratte?* Aber dann sprang das Tier mit peitschendem Schwanz auf den Boden, und ich sah, daß es eine Katze war. Ihre Augen glühten in der Dunkelheit.

»Hab' sie auf einem brachliegenden Grundstück gefunden«, sagte Charles. Sein Atem, merkte ich, roch nicht nach Alkohol, sondern verdächtig nach Pfefferminz. »Sie ist nicht allzu zahm.«

Er schob den Ärmel seines Bademantels hoch und zeigte uns ein verfärbtes, giftig aussehendes Gewirr von Kratzern auf seinem Unterarm.

»Charles«, sagte Francis und klimperte nervös mit seinem Autoschlüssel, »wir sind vorbeigekommen, weil wir aufs Land fahren wollen. Wir dachten, es wäre ganz nett, mal für eine Weile hier rauszukommen. Kommst du mit?«

Charles' Augen wurden schmal. Er zog den Ärmel herunter. »Hat Henry euch geschickt?«

»Du lieber Gott, nein«, sagte Francis überrascht.

»Bestimmt nicht?«

»Ich habe ihn seit Tagen nicht mehr gesehen.«

Charles sah immer noch nicht überzeugt aus.

»Wir haben nicht mal mit ihm gesprochen«, sagte ich.

Charles sah mich an. Seine Augen blickten wäßrig und ein bißchen unscharf. »Richard«, sagte er. »Hallo.«

»Hallo.«

»Weißt du«, sagte er, »ich hab' dich immer sehr gemocht.«

»Ich dich auch.«

»Du würdest mich nicht hintergehen, oder?«

»Natürlich nicht.«

»Denn *er*«, sagte er und deutete mit dem Kopf auf Francis, »denn *er* würde es tun; das weiß ich.«

Francis klappte den Mund auf und wieder zu. Er sah aus, als habe er einen Schlag ins Gesicht bekommen.

»Du unterschätzt Francis«, sagte ich in ruhigem und gelassenem Ton zu Charles. Die anderen begingen oft den Fehler, ihm gegenüber methodisch und aggressiv zu argumentieren, wenn er lediglich getröstet werden wollte wie ein Kind. »Francis hat dich sehr gern. Er ist dein Freund. Genau wie ich.«

»Bist du das?« fragte er.

»Natürlich.«

Er zog einen Küchenstuhl heran und ließ sich schwer darauf fallen. Die Katze strich heran und fing an, sich um seine Beine zu schmiegen. »Ich habe Angst«, sagte er heiser. »Ich habe Angst, Henry will mich umbringen.«

Francis und ich sahen einander an.

»Warum denn?« fragte Francis. »Warum sollte er das tun?«

»Weil ich im Weg bin.« Er sah zu uns auf. »Und er würde es machen, wißt ihr«, sagte er. »Für zwei Cents.« Mit einer Kopfbewegung deutete er auf eine kleine, nicht etikettierte Pillenflasche auf der Theke. »Seht ihr das?« fragte er. »Hat Henry mir gegeben. Vor zwei Tagen.«

Ich nahm das Fläschchen. Ein Frösteln überlief mich, als ich das Nembutal erkannte, das ich bei den Corcorans für Henry geklaut hatte.

»Ist mir egal, was es ist«, sagte Charles und strich sich die schmutzigen Haare aus den Augen. »Er sagte, davon könnte ich schlafen. Gott weiß, daß ich so was brauche, aber die nehme ich nicht.«

Ich reichte Francis das Fläschchen. Er betrachtete es und sah mich dann entsetzt an.

»Und Kapseln noch dazu«, sagte Charles. »Man kann nie wissen, was er da reingefüllt hat.«

Aber das wäre gar nicht nötig gewesen; das war das Bösartige daran. Ich erinnerte mich mit flauem Gefühl, wie ich mich bemüht hatte, Henry nachdrücklich klarzumachen, wie gefährlich dieses Medikament in Verbindung mit Alkohol sei.

Charles fuhr sich mit der Hand über die Augen. »Ich habe ihn nachts hier rumschleichen sehen«, sagte er. »Draußen hinter dem Haus. Ich weiß nicht, was er da macht.«

»*Henry?*«

»Ja. Aber wenn er irgendwas bei mir versucht, wird das der größte Fehler seines Lebens sein.«

Wir hatten weniger Schwierigkeiten als erwartet, ihn zum Auto zu locken. Er war in einer weitschweifigen, paranoiden Stimmung, und unsere Fürsorglichkeit tröstete ihn ein wenig. Mehrmals fragte er, ob Henry wisse, wohin wir führen. »Ihr habt nicht mit ihm geredet, oder?«

»Nein«, versicherten wir ihm, »natürlich nicht.«

Er bestand darauf, die Katze mitzunehmen. Wir mußten uns furchtbar plagen, sie einzufangen – Francis und ich schlichen in der dunklen Küche herum, stießen Geschirr zu Boden und bemühten uns, das Tier hinter dem Wasserboiler in die Ecke zu drängen, während Charles ängstlich dastand und »Na, komm« und »Brave Mieze« und dergleichen sagte. Schließlich packte ich die Katze voller Verzweiflung bei ihrem struppigen schwarzen Hinterteil – sie schlug um sich und bohrte mir die Zähne in den Unterarm –, und zusammen gelang es uns, sie in ein Geschirrtuch zu wickeln, so daß nur noch der Kopf herausschaute, mit vorquellenden Augen, die Ohren fest an den Kopf gepreßt. Das fauchende Mumien-

bündel drückten wir Charles in den Arm. »Jetzt halt sie bloß fest«, sagte Francis noch im Auto immer wieder und warf dabei besorgte Blicke in den Rückspiegel. »Paß auf und laß sie nicht abhauen...«
Aber natürlich haute sie doch ab; sie flog auf den Vordersitz, so daß Francis um ein Haar von der Straße abgekommen wäre. Nachdem sie dann unter Gas- und Bremspedal herumgekrabbelt war – wobei Francis sich fassungslos gleichzeitig bemühte, sie nicht zu berühren und sie mit einem Fußtritt von sich weg zu befördern –, ließ sie sich neben meinen Füßen auf dem Boden nieder, ergab sich einer Durchfallattacke und verfiel dann in eine augenfunkelnde, haarsträubende Trance.

Ich war seit der Woche, in der Bunny gestorben war, nicht mehr bei Francis draußen gewesen. Die Bäume in der Zufahrt standen in vollem Laub, und der Garten war zugewuchert und dunkel. Bienen summten im Flieder. Mr. Hatch, der vielleicht dreißig Schritt weit entfernt den Rasen mähte, nickte und grüßte mit erhobener Hand.

Im Haus war es schattig und kühl. Ein paar der Möbel waren mit Laken zugedeckt, und auf dem Hartholzboden lagen Staubflokken. Wir sperrten die Katze in ein Badezimmer im Obergeschoß, und Charles ging hinunter in die Küche – um sich etwas zu essen zu machen, wie er sagte. Er kam mit einer Schale Erdnüsse und einem doppelten Martini in einem Wasserglas herauf, ging damit in sein Zimmer und schloß die Tür.

In den nächsten sechsunddreißig Stunden bekamen wir ihn kaum zu sehen. Er blieb in seinem Zimmer, aß Erdnüsse und trank, und manchmal schaute er aus dem Fenster wie der alte Pirat in der *Schatzinsel*. Einmal kam er herunter in die Bibliothek, als Francis und ich Karten spielten, aber unsere Einladung zum Mitspielen lehnte er ab; statt dessen stöberte er lustlos in den Bücherregalen herum und mäanderte schließlich wieder die Treppe hinauf, ohne ein Buch mitzunehmen. Morgens kam er in einem alten Bademantel von Francis herunter, um Kaffee zu trinken; dann saß er am Küchenfenster und schaute düster über den Rasen hinaus, als warte er auf jemanden.

»Was glaubst du, wann er das letztemal gebadet hat?« fragte Francis mich flüsternd.

Er hatte alles Interesse an der Katze verloren. Francis schickte Mr. Hatch los, um Katzenfutter zu kaufen, und jeden Morgen und jeden Abend ging Francis hinauf in das Badezimmer, um das Tier zu füttern (»Hau ab«, hörte ich ihn knurren. »Geh weg von mir, du

Teufel«), und dann kam er mit einer verschmutzten, zusammengeknüllten Zeitung wieder heraus, die er mit ausgestrecktem Arm vor sich hertrug.

Gegen sechs Uhr nachmittags am dritten Tag war Francis oben auf dem Dachboden und suchte nach einem Glas mit alten Münzen, die er, so hatte seine Tante gesagt, behalten durfte, wenn er sie fände, und ich lag unten auf der Couch, trank Eistee und bemühte mich, mir die unregelmäßigen französischen Konjunktive einzuprägen (denn in weniger als einer Woche sollte mein Abschlußexamen sein), als ich in der Küche das Telefon klingeln hörte. Ich ging hin und nahm den Hörer ab.

Es war Henry. »Da seid ihr also«, sagte er.

»Ja.«

Es folgte ein langes, knisterndes Schweigen. Schließlich sagte er: »Kann ich Francis sprechen?«

»Er kann nicht ans Telefon kommen«, sagte ich. »Was gibt's denn?«

»Ich nehme an, ihr habt Charles da draußen bei euch.«

»Hör mal, Henry«, sagte ich. »Was war das für eine tolle Idee mit den Schlaftabletten, die du Charles gegeben hast?«

Seine Stimme klang scharf und kühl. »Ich weiß nicht, wovon du redest.«

»Doch, das weißt du. Ich habe sie gesehen.«

»Die Tabletten, die du mir gegeben hast, meinst du?«

»Ja.«

»Nun, wenn er sie hat, muß er sie aus meinem Medizinschrank genommen haben.«

»Er sagt, du hast sie ihm gegeben«, sagte ich. »Er glaubt, daß du ihn vergiften willst.«

»Das ist Unsinn.«

»Ja?«

»Er ist da, nicht wahr?«

»Ja«, sagte ich. »Wir haben ihn vorgestern hergebracht...« Ich brach ab; mir war, als hätte ich bei den ersten Worten dieses Satzes ein verstohlenes, aber unverkennbares Klicken gehört, als habe jemand an einem Nebenanschluß den Hörer abgenommen.

»Nun, dann hör zu«, sagte Henry. »Ich wäre euch dankbar, wenn ihr ihn noch einen oder zwei Tage dabehalten könntet. Anscheinend finden alle, es sollte ein großes Geheimnis sein, aber glaub mir, ich bin froh, ihn eine Zeitlang los zu sein. Wenn er nicht vor Gericht erscheint, wird man ihn wegen Abwesenheit schuldig sprechen, aber ich glaube nicht, daß sie ihm schrecklich viel tun können.«

Ich hatte das Gefühl, daß ich in der Leitung jemanden atmen hörte.

»Was ist los?« fragte Henry, plötzlich wachsam.

Einen Moment lang sagte keiner von uns etwas.

»Charles?« fragte ich. »Charles, bist du das?«

Oben wurde der Hörer auf die Gabel geworfen.

Ich ging hinauf und klopfte an seiner Zimmertür. Stille. Als ich am Türknopf drehte, merkte ich, daß die Tür abgeschlossen war.

»Charles«, sagte ich. »Laß mich rein.«

Keine Antwort.

»Charles, es war nichts«, sagte ich. »Er hat aus heiterem Himmel angerufen. Ich habe lediglich den Hörer abgenommen.«

Immer noch nichts. Ich blieb eine Weile im Flur stehen. Die Nachmittagssonne glänzte golden auf dem blanken Eichenholzboden.

»Wirklich, Charles, ich finde, du benimmst dich ein bißchen albern. Henry kann dir nichts tun. Du bist völlig sicher hier draußen.«

»Blödsinn«, kam die gedämpfte Antwort von drinnen.

Es gab nichts weiter zu sagen. Ich ging hinunter, zurück zu meinen Konjunktiven.

Ich muß auf der Couch eingeschlafen sein, und ich weiß nicht, wieviel Zeit vergangen war – nicht sehr viel, denn es war immer noch hell draußen –, als Francis mich nicht allzu behutsam wach rüttelte.

»Richard«, sagte er. »Richard, du mußt aufwachen. Charles ist weg.«

Ich setzte mich auf und rieb mir die Augen. »Weg?« wiederholte ich. »Aber wo kann er denn hin sein?«

»Ich weiß nicht. Aber er ist nicht im Hause.«

»Bist du sicher?«

»Ich habe überall gesucht.«

»Er muß doch irgendwo sein. Vielleicht ist er im Garten.«

»Ich kann ihn aber nicht finden.«

»Vielleicht hat er sich versteckt.«

»Steh auf und hilf mir suchen.«

Ich ging die Treppe hinauf. Francis lief nach draußen. Die Fliegendrahttür knallte zu.

Charles' Zimmer war voller Unordnung; auf dem Nachttisch stand eine halbleere Flasche Bombay-Gin – aus dem Spirituosenschrank in der Bibliothek. Von seinen Sachen fehlte nichts.

Ich schaute in allen Zimmern im oberen Stockwerk nach und stieg dann auf den Dachboden hinauf. Lampenschirme und Bilderrahmen, Partykleider aus Organdy, gelb vom Alter. Graue, breite Bodendielen, so abgetreten, daß sie beinahe faserig waren. Ein Strahl von staubigem Kathedralenlicht drang durch das Buntglas-Bullauge in der Giebelwand.

Ich ging durch das hintere Treppenhaus wieder hinunter – es war niedrig und eng, kaum einen Meter breit, daß man Platzangst bekommen konnte, – und durch Küche und Geschirrkammer hinaus auf die hintere Veranda. In einiger Entfernung sah ich Francis und Mr. Hatch in der Einfahrt stehen. Mr. Hatch redete mit Francis. Ich hatte ihn nie viel sprechen hören, und jetzt war ihm offensichtlich sehr unwohl zumute. Er strich sich immer wieder mit der Hand über den Schädel. Seine Haltung war unterwürfig und entschuldigend.

Ich ging Francis entgegen, als er zum Haus zurückkam.

»Na«, sagte er, »das ist eine höllische Neuigkeit.« Er wirkte ein bißchen verdattert. »Mr. Hatch sagt, er hat Charles vor ungefähr anderthalb Stunden die Schlüssel zu seinem Kleinlaster gegeben.«

»*Was?*«

»Er sagt, Charles sei zu ihm gekommen und habe ihm gesagt, er müsse etwas erledigen. Er habe versprochen, den Wagen in einer Viertelstunde wieder zurückzubringen.«

Wir starrten einander an.

»Was glaubst du, wo er hingefahren ist?« fragte ich.

»Woher soll ich das wissen?«

»Meinst du, er ist einfach abgehauen?«

»Sieht ganz so aus, nicht wahr?«

Wir gingen ins Haus zurück – hier herrschte jetzt dämmriges Zwielicht – und setzten uns am Fenster auf ein langes Sofa, das mit einem Laken bedeckt war. Die warme Luft duftete nach Flieder. Hinten auf dem Rasen hörten wir, wie Mr. Hatch den Rasenmäher wieder zu starten versuchte.

Francis hatte die Arme auf der Rückenlehne des Sofas verschränkt und das Kinn draufgelegt. Er schaute aus dem Fenster. »Ich weiß nicht, was ich machen soll«, sagte er. »Er hat den Laster gestohlen, weißt du.«

»Vielleicht kommt er ja zurück.«

»Ich habe Angst, er könnte einen Unfall bauen. Oder ein Cop winkt ihn raus. Ich wette, er ist besoffen. Das fehlte ihm gerade noch, daß er wegen Trunkenheit am Steuer angehalten wird.«
»Sollten wir ihn nicht suchen?«
»Ich wüßte nicht, wo ich anfangen soll. Er könnte schon halb in Boston sein, nach allem, was wir wissen.«
»Was können wir sonst machen? Hier rumsitzen und warten, daß das Telefon klingelt?«

Als erstes suchten wir die Bars ab: »Farmer's Inn«, »Village«, »Boulder Tap« und »Notty Pine«. »The Notch«. »The Four Squires«. »The Man of Kent«. Wir hatten eine dunstige, prachtvolle Sommerdämmerung, und die kiesbedeckten Parkplätze waren vollgestopft mit Kleinlastern, aber keiner davon gehörte Mr. Hatch.

Ohne uns viel davon zu versprechen, fuhren wir noch bei der Staatlichen Spirituosenhandlung vorbei. Die Gänge dort waren hell erleuchtet und leer; knallige Rum-Reklamen (»Tropeninsel zu gewinnen!«) konkurrierten mit nüchternen, medizinisch aussehenden Reihen von Wodka- und Ginflaschen. Eine Pappsilhouette mit einer Werbung für Weinschorle drehte sich unter der Decke. Es waren keine Kunden da; ein fetter alter Mann, der eine nackte Frau auf den Unterarm tätowiert hatte, lehnte an der Registrierkasse und vertrieb sich die Zeit mit einem Jungen, der im Supermarkt nebenan arbeitete.

»Und da«, hörte ich ihn mit gedämpfter Stimme sagen, als ich vorbeiging, »da zieht der Kerl eine abgesägte Schrotflinte raus. Emmett steht so neben mir, genau da, wo ich jetzt bin. ›Wir haben keinen Schlüssel für den Geldschrank‹, sagt Emmet. Da drückt der Kerl ab, und ich sehe Emmetts Gehirn« – er machte eine Geste –, »wie es dahinten überall an die Wand klatscht...«

Wir fuhren auf dem ganzen Campus herum, sogar über den Parkplatz der Bibliothek, und kämmten dann noch einmal die Bars durch.

»Er ist weggefahren«, sagte Francis. »Ich weiß es.«
»Glaubst du, Mr. Hatch ruft die Polizei?«
»Was würdest du denn machen, wenn es dein Laster wäre? Er wird nichts unternehmen, ohne mit mir zu reden, aber wenn Charles, sagen wir, morgen nachmittag noch nicht zurück ist...«

Wir beschlossen, am Albemarle vorbeizufahren. Henrys Wagen parkte draußen. Francis und ich betraten vorsichtig die Lobby;

wir wußten nicht recht, wie wir uns dem Hotelier gegenüber verhalten sollten, aber wunderbarerweise war niemand an der Rezeption.

Wir gingen die Treppe hinauf nach 3-A. Camilla machte uns die Tür auf. Sie und Henry saßen beim Abendessen, das sie sich vom Zimmerservice hatten heraufbringen lassen – Lammkoteletts, eine Flasche Burgunder, eine gelbe Rose in einer Vase.

Henry war nicht gerade erfreut, uns zu sehen. »Was kann ich für euch tun?« fragte er und legte die Gabel hin.

»Es geht um Charles«, sagte Francis. »Er ist verschwunden.«

Und er erzählte die Geschichte von dem Kleinlaster. Ich setzte mich neben Camilla; ich hatte Hunger, und ihre Koteletts sahen ziemlich gut aus. Sie sah, daß ich sie anschaute, und schob mir abwesend den Teller herüber. »Hier, iß nur«, sagte sie.

Das tat ich, und ein Glas Wein nahm ich mir auch. Henry aß gleichmäßig weiter, während er zuhörte. »Was glaubt ihr, wo er hin ist?« fragte er, als Francis geendet hatte.

»Woher, zum Teufel, soll ich das wissen?«

»Du kannst doch verhindern, daß Mr. Hatch ihn anzeigt, oder?«

»Nicht, wenn er seinen Laster nicht zurückkriegt. Oder wenn Charles ihn kaputtfährt.«

»Was könnte so ein Kleinlaster denn kosten? Mal vorausgesetzt, daß deine Tante ihn nicht überhaupt gekauft hat.«

»Darum geht es nicht.«

Henry wischte sich mit einer Serviette den Mund ab und holte seine Zigaretten aus der Tasche. »Charles entwickelt sich zu einem ziemlichen Problem. Wißt ihr, was ich mir schon überlegt habe? Ich habe mich gefragt, was es wohl kostet, eine private Krankenschwester zu engagieren.«

»Um ihn vom Trinken runterzubringen, meinst du?«

»Natürlich. Wir können ihn selbstverständlich nicht in die Klinik schicken. Vielleicht, wenn wir ein Hotelzimmer besorgen könnten – nicht hier natürlich, sondern irgendwo anders –, und wenn wir eine vertrauenswürdige Person hätten, vielleicht jemanden, der nicht besonders gut Englisch spricht...«

Camilla sah krank aus. Sie saß zusammengesackt auf ihrem Stuhl. »Henry«, sagte sie, »was willst du denn machen? Ihn kidnappen?«

»*Kidnappen* ist nicht das Wort, das ich benutzen würde.«

»Ich habe Angst, daß ihm etwas passiert. Ich finde, wir sollten ihn suchen gehen.«

»Wir haben die ganze Stadt nach ihm abgesucht«, sagte Francis. »Ich glaube, er ist nicht mehr in Hampden.«
»Habt ihr im Krankenhaus angerufen?«
»Nein.«
»Ich denke, was wir wirklich tun sollten«, sagte Henry, »ist die Polizei anrufen. Nachfragen, ob ein Verkehrsunfall gemeldet worden ist. Glaubst du, Mr. Hatch ist bereit, zu erklären, daß er Charles den Wagen geliehen hat?«
»Er *hat* Charles den Wagen geliehen.«
»In diesem Fall«, sagte Henry, »dürfte es kein Problem geben. Es sei denn, natürlich, er wird wegen Alkohol am Steuer gestoppt.«
»Oder wir finden ihn nicht.«
»Von meinem Standpunkt aus«, meinte Henry, »könnte Charles zur Zeit nichts Besseres tun, als spurlos vom Antlitz der Erde zu verschwinden.«

Plötzlich donnerte es laut und frenetisch an der Tür. Wir schauten einander an.

Camillas Gesicht war ausdruckslos vor Erleichterung. »Charles«, sagte sie. »*Charles*«, und sie sprang auf und wollte zur Tür laufen. Aber niemand hatte hinter uns abgeschlossen, und ehe sie hinkam, flog die Tür krachend auf.

Es war Charles. Er stand in der Tür und blinzelte betrunken im Zimmer umher, und ich war so überrascht und froh, ihn zu sehen, daß es einen Augenblick dauerte, bis ich begriff, daß er eine Pistole in der Hand hielt.

Er kam herein und trat die Tür hinter sich zu. Er hatte die kleine Beretta, die Francis' Tante in ihrem Nachttisch aufbewahrte und mit der wir im vergangenen Herbst Schießübungen gemacht hatten. Wie vom Donner gerührt, starrten wir ihn an.

Schließlich sagte Camilla mit ziemlich fester Stimme: »Charles, was glaubst du, was du da machst?«

»Aus dem Weg«, sagte Charles. Er war sehr betrunken.

»Du bist also gekommen, um mich umzubringen«, sagte Henry. Er hielt seine Zigarette zwischen den Fingern und war bemerkenswert gefaßt. »Ist es so?«

»Ja.«

»Und was, glaubst du, wird das lösen?«

»Du hast mein Leben ruiniert, du Schweinehund.« Er zielte mit der Pistole auf Henrys Gesicht. Mit einem flauen Gefühl fiel mir ein, was für ein guter Schütze er war, wie er die Einmachgläser reihenweise nacheinander zerschossen hatte.

»Sei kein Idiot«, fauchte Henry, und ich spürte das erste Prickeln echter Panik im Nacken. Dieser streitsüchtige Kommandoton mochte bei Francis funktionieren, vielleicht sogar bei mir, aber im Umgang mit Charles war er eine Katastrophe. »Wenn jemand für deine Probleme verantwortlich ist, dann du selbst.«

Ich wollte ihm sagen, er solle den Mund halten, aber bevor ich ein Wort herausbrachte, trat Camilla ihrem Bruder in den Weg. »Charles, gib mir die Pistole«, sagte sie.

Er strich sich mit dem Unterarm die Haare aus den Augen und hielt die Pistole mit der anderen Hand bemerkenswert ruhig. »Ich sag's dir, Milly.« Das war sein Kosename für sie, den er nur sehr selten benutzte. »Geh lieber aus dem Weg.«

»Charles«, sagte Francis. Er war bleich wie ein Gespenst. »Setz dich hin. Trink ein Glas Wein. Laß uns das alles vergessen.«

Das Fenster stand offen, und das Zirpen der Grillen wehte hart und kraftvoll herein.

»Du Schwein«, sagte Charles und taumelte wild rückwärts; es dauerte einen Augenblick, bis ich erschrocken erkannte, daß er nicht Francis oder Henry meinte, sondern mich. »Ich hab' dir vertraut. Und du hast ihm gesagt, wo ich war.«

Ich war so starr vor Schrecken, daß ich nicht antworten konnte. Ich starrte ihn an und klapperte mit den Lidern.

»Ich wußte, wo du warst«, sagte Henry kühl. »Wenn du mich erschießen willst, Charles, nur zu. Es wird das Dümmste sein, was du in deinem Leben je getan hast.«

Was als nächstes passierte, dauerte nur einen Augenblick. Charles hob den Arm, und blitzschnell warf Francis, der ihm am nächsten stand, ihm ein Weinglas ins Gesicht. Gleichzeitig sprang Henry vom Stuhl hoch und stürzte sich auf ihn. Es knallte viermal schnell hintereinander, wie Platzpatronen. Mit dem zweiten Knall hörte ich eine Scheibe zerklirren. Und beim dritten spürte ich ein warmes, stechendes Gefühl im Bauch, links neben meinem Nabel.

Henry hielt Charles' rechten Unterarm mit beiden Händen über dem Kopf und drückte ihn hintenüber; Charles bemühte sich, die Pistole mit der Linken zu fassen, aber Henry entwand sie ihm, und sie fiel auf den Teppich. Charles duckte sich hinterher, aber Henry war zu schnell.

Ich stand immer noch da. *Ich bin getroffen*, dachte ich, *ich bin getroffen*. Ich berührte meinen Bauch mit der Hand. Blut. Ein kleines Loch, leicht versengt, in meinem weißen Hemd. *Mein Paul-Smith-Hemd*, dachte ich schmerzlich betrübt. Ich hatte in

San Francisco hundertvierzig Dollar dafür bezahlt. Mein Bauch fühlte sich sehr heiß an. Hitzewellen strahlten von dem Loch nach außen.

Henry hatte die Waffe. Er bog Charles den Arm auf den Rücken – Charles wehrte sich und schlug wild um sich –, drückte ihm die Pistole ins Kreuz und stieß ihn weg von der Tür.

Ich hatte immer noch nicht ganz begriffen, was passiert war. *Vielleicht sollte ich mich hinsetzen,* dachte ich. Steckte die Kugel noch in mir? Mußte ich sterben? Der Gedanke war lächerlich; er erschien ganz unmöglich. Mein Bauch brannte, aber ich fühlte mich seltsam ruhig. Erschossen zu werden, hatte ich immer gedacht, müßte sehr viel mehr weh tun. Behutsam ging ich rückwärts, bis ich den Stuhl, auf dem ich gesessen hatte, an meinen Kniekehlen fühlte. Ich setzte mich.

Obwohl Charles der eine Arm auf den Rücken gedreht wurde, versuchte er, Henry den Ellbogen des anderen in den Magen zu rammen. Henry stieß ihn taumelnd quer durch das Zimmer in einen Sessel. »Hinsetzen«, sagte er.

Charles wollte wieder aufstehen. Henry stieß ihn zurück. Er versuchte es ein zweites Mal, und Henry schlug ihm mit der flachen Hand ins Gesicht. Es knallte lauter als die Schüsse vorhin. Dann trat er mit der Pistole in der Hand ans Fenster und zog die Vorhänge zu.

Ich legte die Hand auf das Loch in meinem Hemd. Als ich mich leicht nach vorn beugte, durchzuckte mich ein scharfer Schmerz. Ich erwartete, daß alle innehielten und zu mir herüberschauten. Aber niemand tat es. Ich fragte mich, ob ich sie auf mich aufmerksam machen sollte.

Charles' Kopf war nach hinten auf die Sessellehne gerollt. Ich sah, daß er Blut am Mund hatte. Seine Augen blickten glasig.

Unbeholfen – er hielt die Pistole in der Rechten – nahm Henry die Brille ab und rieb die Gläser an seinem Hemd. Dann hakte er sie sich wieder hinter die Ohren. »Tja, Charles«, sagte er. »Jetzt hast du's geschafft.«

Durchs offene Fenster hörte ich Aufruhr von unten – Schritte, Stimmen, eine Tür, die zugeschlagen wurde.

»Glaubst du, das hat jemand gehört?« fragte Francis bang.

»Das möchte ich annehmen«, sagte Henry.

Camilla ging zu Charles. Betrunken versuchte er sie wegzustoßen.

»Geh weg von ihm«, sagte Henry.

»Was machen wir mit diesem Fenster?« fragte Francis.
»Was machen wir mit *mir*?« fragte ich.
Alle drehten sich um und schauten mich an.
»Er hat auf mich *geschossen*.«
Aus irgendeinem Grund rief diese Eröffnung nicht die dramatische Reaktion hervor, die ich erhofft hatte. Bevor ich Gelegenheit zu weiteren Ausführungen hatte, hörte man Schritte auf der Treppe, und dann hämmerte jemand gegen die Tür.
»Was ist los da drinnen?« Ich erkannte die Stimme des Hoteliers. »Was geht da vor?«
Francis schlug die Hände vors Gesicht. »Oh, Scheiße«, sagte er.
»Aufmachen, da drinnen.«
Charles murmelte betrunken irgend etwas und wollte den Kopf heben. Henry biß sich auf die Lippe. Er ging ans Fenster und schaute hinter dem Vorhang nach draußen.
Dann drehte er sich um. Noch immer hatte er die Pistole in der Hand. »Komm her«, sagte er zu Camilla.
Sie schaute ihn entsetzt an. Ich und Francis ebenfalls.
Er winkte sie mit der Pistole zu sich. »Komm her«, sagte er. »Schnell.«
Ich war einer Ohnmacht nahe. *Was hat er vor?* dachte ich hilflos.
Camilla wich einen Schritt zurück. Ihre Augen waren rund und angstvoll. »Nein, Henry«, sagte sie. »Nicht...«
Zu meiner Überraschung lächelte er sie an. »Glaubst du, ich würde dir etwas antun?« sagte er. »Komm her.«
Sie ging zu ihm. Er küßte sie auf die Stirn und flüsterte ihr etwas ins Ohr – bis heute frage ich mich, was.
»Ich habe einen Schlüssel«, schrie der Hotelier und hämmerte an die Tür. »Ich werde ihn benutzen.«
Das Zimmer verschwamm vor meinen Augen. *Idiot*, dachte ich wild. *Versuch's doch mal mit dem Türknopf.*
Henry küßte Camilla noch einmal. »Ich liebe dich«, sagte er. Und laut rief er. »Kommen Sie herein.«
Die Tür flog auf. Henry hob den Arm mit der Pistole. Er wird sie erschießen, dachte ich benommen; der Wirt und seine Frau hinter ihm dachten das gleiche, denn sie blieben wie angewurzelt stehen, als sie drei Schritt weiter hereingekommen waren – aber dann hörte ich Camilla schreien. »*Nein*, Henry!« und zu spät begriff ich, was er vorhatte.
Er drückte sich die Pistole an die Schläfe und schoß zweimal.

Zwei flache Explosionen. Sie schleuderten seinen Kopf nach links. Ich glaube, es war der Rückstoß der Pistole, der den zweiten Schuß auslöste.

Sein Mund klappte auf. Ein Luftzug, der durch die offene Tür hereinwehte, sog die Vorhänge in das offene Fenster. Ein, zwei Augenblicke lang schmiegten sie sich bebend an das Fliegengitter. Dann atmeten sie seufzend wieder aus. Henry preßte die Augen fest zu, seine Knie gaben nach, und er fiel mit dumpfem Schlag auf den Teppich.

EPILOG

Ach, armer Gentleman,
Er sah nicht aus wie die Ruine seiner Jugend,
sondern wie die Ruine dieser Ruine.

JOHN FORD
Das gebrochene Herz

Es gelang mir, mich von der Französischprüfung in der folgenden Woche suspendieren zu lassen, und zwar dank der vorzüglichen Entschuldigung einer Schußwunde im Bauch.

Im Krankenhaus sagten sie, ich hätte Glück gehabt, und vermutlich stimmte das. Die Kugel war glatt durch mich hindurchgefahren, hatte das Bauchfell nur um einen oder zwei Millimeter und die Milz um nicht viel mehr verfehlt und war etwa dreieinhalb Zentimeter weiter rechts von der Einschußstelle wieder ausgetreten. Ich lag flach auf dem Rücken im Krankenwagen, fühlte, wie die Sommernacht warm und geheimnisvoll vorüberraste – Kids auf Fahrrädern, Motten, die die Straßenlaternen umspukten –, und fragte mich, ob es das nun also war, ob sich das Leben so beschleunigte, wenn man im Begriff stand zu sterben. Blut floß reichlich, alle Empfindungen verblaßten an den Rändern. Ich dachte immer: wie komisch, diese dunkle Fahrt in die Unterwelt, und der Tunnel beleuchtet von Shell Oil und Burger King. Der Sanitäter, der hinten mitfuhr, war nicht viel älter als ich, ein Junge eigentlich, mit schlechter Haut und einem flaumigen kleinen Schnurrbart. Er hatte noch nie eine Schußwunde gesehen und fragte dauernd, wie es sich anfühlte – dumpf oder scharf? Pochen oder Brennen? In meinem Kopf drehte sich alles, und natürlich konnte ich ihm keinerlei zusammenhängende Antwort geben, aber ich erinnere mich, daß ich verschwommen dachte, daß es irgendwie so war wie beim ersten Mal, als ich betrunken war oder mit einem Mädchen schlief – nicht ganz das, was man erwartete, aber als es einmal so weit war, erkannte man auch, daß es nicht anders sein konnte. Neonlichter: Motel 6, Dairy Queen. Farben, so hell, daß sie mir fast das Herz brachen.

Henry starb natürlich. Mit zwei Kugeln im Kopf, nehme ich an, blieb ihm nicht viel anderes übrig. Immerhin lebte er noch mehr als zwölf Stunden, eine Leistung, die die Ärzte in Erstaunen versetzte. (Ich selbst stand unter Beruhigungsmitteln; es ist das, was man mir erzählte.) So schwere Verletzungen, meinten sie, hätten die meisten Menschen auf der Stelle getötet. Ich frage mich, ob das bedeutet, daß er nicht sterben wollte – und wenn nicht, weshalb er sich dann überhaupt erschossen hat. So schlimm die Sache aussah, dort im Albemarle – ich glaube immer noch, wir hätten es schon irgendwie wieder hingekriegt. Es war nicht Verzweiflung, die ihn dazu trieb. Und ich glaube auch nicht, daß es Angst war. Die Sache mit Julian lag ihm schwer auf dem Herzen; sie hatte ihn tief berührt. Ich glaube, er verspürte die Notwendigkeit einer großen Geste, die uns und ihm selbst beweisen würde, daß es tatsächlich möglich war, diese hehren, kalten Prinzipien, die Julian uns gelehrt hatte, zu leben: *Pflicht, Frömmigkeit, Loyalität, Opferwille*. Ich erinnere mich an sein Bild im Spiegel, als er die Pistole an den Kopf hob. Sein Gesichtsausdruck zeigte hingerissene Konzentration, Triumph, fast wie bei einem Turmspringer, der auf das Ende des Sprungbretts zuläuft: die Augen fest geschlossen, in freudiger Erwartung des großen Klatschens.

Tatsächlich denke ich ziemlich oft darüber nach, über diesen Ausdruck in seinem Gesicht. Ich denke über vieles nach. Ich denke daran, wie ich das erste Mal eine Birke sah, an das letzte Mal, daß wir Julian sahen, an den ersten griechischen Satz, den ich lernte: Χαλεπὰ τὰ καλά. *Schönheit ist rauh.*

Ich machte am Ende doch meine Prüfung in Hampden, und mein Hauptfach war Englische Literatur. Und dann ging ich nach Brooklyn, den Bauch verpflastert wie ein Gangster (»Na!« sagte der Professor. »Das hier ist Brooklyn Heights, nicht Bensonhurst!«), und verbrachte den Sommer dösend auf seinem Dach, wo ich Zigaretten rauchte, Proust las und von Tod und Trägheit und Schönheit und Zeit träumte. Die Schußwunde verheilte und hinterließ eine Brandnarbe auf meinem Bauch. Im Herbst kehrte ich zurück zur Schule: Es war ein trockener, prachtvoller September; Sie würden nicht glauben, wie schön die Bäume waren in jenem Jahr: klarer Himmel, laubübersäte Haine, und die Leute tuschelten, wenn ich vorbeikam.

Francis kam in diesem Herbst nicht zurück zur Schule. Die Zwillinge auch nicht. Die Geschichte im Albemarle klärte sich einfach, erzählte sich selbst: Henry mit Selbstmordabsicht, ein Kampf um die Waffe, am Ende ich verwundet und er tot. In gewisser Weise fand ich es unfair gegen Henry, aber dann auch wieder nicht. Und ich fühlte mich auf eine obskure Art besser: Ich konnte mich als Held sehen, wie ich mich furchtlos auf die Waffe stürzte, statt in der Flugbahn einer Kugel herumzulungern wie irgendein am Rande Stehender, der ich so wesentlich bin.

Camilla nahm Charles am Tag von Henrys Beerdigung mit hinunter nach Virginia. Es war zufällig genau der Tag, an dem Henry und Charles vor Gericht hätten erscheinen müssen. Die Beerdigung fand in St. Louis statt. Von uns war niemand außer Francis dabei. Ich lag noch im Krankenhaus, halb im Delirium, und sah immer wieder das Weinglas über den Teppich rollen, sah die Eichenlaubtapete im Albemarle.

Ein paar Tage zuvor war Henrys Mutter hereingekommen, um mich zu besuchen, nachdem sie weiter unten ihren eigenen Sohn in der Leichenkammer gesehen hatte. Ich wünschte, ich hätte mehr Erinnerung an ihren Besuch. Aber ich erinnere mich nur an eine hübsche Dame mit dunklem Haar und Henrys Augen: eine in einem Strom von Besuchern, reale wie geträumte, lebende wie tote, die in mein Zimmer herein- und wieder hinaustrieben und sich zu allen Zeiten um mein Bett drängten. Julian. Mein toter Großvater. Bunny, der sich mit gleichgültiger Miene die Fingernägel schnitt.

Sie hielt meine Hand. Ich hatte versucht, ihrem Sohn das Leben zu retten. Ein Arzt war im Zimmer, eine oder zwei Krankenschwestern. Hinter ihrer Schulter sah ich Henry selbst; er stand in der Ecke und hatte seine alten Gärtnersachen an.

Erst als ich aus dem Krankenhaus entlassen wurde und unter meinen Sachen den Schlüssel von Henrys Auto fand, erinnerte ich mich wieder an etwas von dem, was sie mir zu sagen versucht hatte. Bei der Durchsicht seiner Angelegenheiten hatte sie festgestellt, daß er vor seinem Tod dabeigewesen war, die Zulassung seines Wagens auf meinen Namen zu übertragen (was säuberlich zu unserer offiziellen Story paßte: Junger Mann mit Selbstmordabsichten gibt seine Habe weg; niemand, nicht einmal die Polizei, kam je auf die Idee, diese Großzügigkeit mit der Tatsache zu vereinbaren, daß Henry zur Zeit seines Todes glaubte, er sei in der Gefahr, sein Auto zu verlieren). Jedenfalls gehörte der BMW mir. Sie habe ihn selbst ausgesucht, erzählte sie mir, als Geschenk zu seinem neunzehnten Geburtstag. Sie könne es nicht ertragen, ihn zu verkaufen oder auch nur wiederzusehen. Das versuchte sie mir zu sagen, und dabei weinte sie leise an meinem Bett, während Henry im Schatten hinter ihr umhertappte und gedankenverloren und unbemerkt von den Schwestern mit peinlicher Sorgfalt eine in Unordnung geratene Blumenvase neu richtete.

Nach allem, was wir durchgemacht hatten, sollte man glauben, daß Francis, die Zwillinge und ich im Laufe der Jahre besser Kontakt bewahrt hätten. Aber nach Henrys Tod war es, als sei ein Faden, der uns miteinander verbunden hatte, abrupt durchtrennt worden, und kurz darauf begannen wir auseinanderzutreiben.

Francis war den Sommer über, den ich in Brooklyn verbrachte, in Manhattan. In der ganzen Zeit telefonierten wir vielleicht fünfmal miteinander, und wir sahen uns zweimal, beide Male in einer Bar auf der Upper East Side, unmittelbar vor der Haustür des Apartments seiner Mutter dort. Er wagte sich nicht gern weit von zu Hause weg, sagte er; Menschenansammlungen machten ihn nervös, und er hatte oft das Gefühl, die Häuser würden über ihm zusammenstürzen. Seine Hände fummelten am Aschenbecher herum. Er war in ärztlicher Behandlung. Er las viel. Die Leute in der Bar schienen ihn alle zu kennen.

Die Zwillinge waren in Virginia, abgeschieden bei ihrer Großmutter, *incommunicado*. Camilla schickte mir in diesem Sommer drei Postkarten und rief zweimal an. Im Oktober, als ich wieder in der Schule war, schrieb sie mir dann, Charles habe aufgehört zu trinken, habe seit über einem Monat keinen Tropfen mehr zu sich genommen. Eine Weihnachtskarte kam. Im Februar dann eine Karte zu meinem Geburtstag – auf der Neuigkeiten über Charles auffällig abwesend waren. Und dann, danach, lange Zeit gar nichts.

Um die Zeit meines Abschlußexamens kam es zu einer sporadischen Erneuerung unserer Korrespondenz. »Wer hätte gedacht«, schrieb Francis, »daß Du der einzige von uns sein würdest, der mit einem Diplom davonkommt?« Camilla schickte Glückwünsche und rief auch zweimal an. Beide sprachen davon, nach Hampden heraufzukommen und mit mir zusammen auf der Abschlußfeier den Mittelgang hinaufzugehen, aber es kam nicht dazu, und ich war darüber nicht besonders überrascht.

Seit meinem Hauptstudium hatte ich angefangen, mit Sophie Dearbold zu gehen, und im letzten Semester zog ich zu ihr in ein Apartment außerhalb des Campus: in der Water Street, nur wenige Häuser weit von Henrys Wohnung entfernt, wo seine »Madame Isaac Pereire«-Rosen im Garten wild wucherten (er hat sie nie blühen sehen, fällt mir jetzt ein, diese Rosen mit dem Duft von Himbeeren) und wo der Boxerhund, einsamer Überlebender seiner chemischen Experimente, herausgelaufen kam und mich anbellte, wenn ich vorbeiging. Nach der Schule bekam Sophie einen Job bei einer Tanztruppe in Los Angeles. Wir dachten, wir liebten uns. Vom Heiraten war die Rede. Obgleich alles in meinem Unterbewußtsein mich davor warnte (ich träumte von Unfällen, Autobahn-Heckenschützen, den glühenden Augen wilder Hunde auf vorstädtischen Parkplätzen), beschränkte ich meine Bewerbung um Graduiertenstipendien auf Universitäten in Südkalifornien.

Wir waren keine sechs Monate dort, als Sophie und ich uns trennten. Ich sei zu verschlossen, sagte sie. Sie wisse nie, was ich gerade dächte. Und wie ich sie manchmal anschaute, wenn ich morgens aufwachte, das mache ihr angst.

Ich verbrachte all meine Zeit in der Bibliothek und las die Dramatiker aus der Zeit von James I. Webster und Middleton. Tourneur und Ford. Es war eine obskure Spezialisierung, aber das von Kerzenlicht und Verrat beherrschte Universum, in dem sie sich bewegten – ein Universum der straflosen Sünde und der zerstörten Unschuld –, war eines, das mich ansprach. Schon die Titel ihrer Stücke waren seltsam verführerisch, Falltüren zu etwas Schönem und Bösem, das unter der Oberfläche der Sterblichkeit dahinrinnt: *Der Unzufriedene. Der weiße Teufel. Das gebrochene Herz.* Ich brütete über ihnen, schrieb Notizen an den Rand. Die Jakobäer hatten ein sicheres Gefühl für die Katastrophe. Sie verstanden nicht nur das Böse, wie es schien, sondern auch die extravaganten Tricks, mit denen sich das Böse als gut präsentiert. Ich fand, sie schnitten glatt hindurch bis zum Herzen der Dinge, bis zum verrotteten Wesen der Welt.

Christopher Marlowe hatte ich immer schon geliebt, und es ergab sich, daß ich auch über ihn oft nachdachte. »Der gütige Kit Marlowe«, so hatte ein Zeitgenosse ihn genannt. Er war ein Gelehrter, befreundet mit Taleigh und Nashe, den brillantesten und gebildetsten Köpfen an der Universität von Cambridge. Er verkehrte in den erhabensten literarischen und politischen Kreisen; unter allen Dichterkollegen war er der einzige, auf den Shakespeare jemals direkt anspielte. Und doch war er zugleich ein Fälscher, ein Mörder, ein Mann, der sich mit den verkommensten Kumpanen und Gewohnheiten abgab und der mit neunundzwanzig Jahren in einer Schenke »fluchend starb«. Seine Kameraden an diesem Tag waren ein Spitzel, ein Taschendieb und ein »liederlicher Dienstmann«. Einer von ihnen stach mit dem Messer nach

Marlowe und traf ihn tödlich, dicht über dem Auge, »an welcher Verletzung besagter Christ. Marlowe auf der Stelle verstarb«.
Ich dachte oft an eine Stelle aus seinem *Doctor Faustus*:

> Mein Herr, so denk' ich, will wohl sterben bald,
> Denn er hat mir gegeben all sein Gut...

Und auch an diese, die beiseite gesprochen wird, als Faustus vor dem Kaiserlichen Gericht erscheint:

> Wahrhaft, er sieht mir aus grad' wie ein Zauberer.

Als ich meine Dissertation über Tourneurs *Des Rächers Tragödie* schrieb, bekam ich den folgenden Brief von Francis.

24. April

Lieber Richard,
ich wünschte, ich könnte sagen, es falle mir schwer, diesen Brief zu schreiben, aber das ist nicht so. Mein Leben befindet sich seit Jahren in einem Prozeß der Auflösung, und mir scheint, daß jetzt endlich die Zeit gekommen ist, das Ehrenhafte zu tun.
Dies ist also für mich die letzte Gelegenheit, mit Dir zu sprechen, zumindest in dieser Welt. Sagen möchte ich Dir folgendes: Arbeite hart. Sei glücklich mit Sophie. [Er wußte nicht, daß wir uns schon getrennt hatten.] Vergib mir alles, was ich getan habe, aber besonders das, was ich nicht getan habe.
Mais, vrai, j'ai trop pleuré! Les aubes sont navrantes. Was für ein trauriger und schöner Vers. Ich habe immer darauf gehofft, daß ich eines Tages Gelegenheit haben würde, ihn zu verwenden. Und vielleicht graut der Morgen weniger herzzerreißend in dem Land, in das ich nun bald reisen werde. Andererseits – für die Athener ist der Tod ja nur ein Schlaf. Bald werde ich es selbst wissen.
Ich frage mich, ob ich Henry auf der anderen Seite sehen werde. Wenn ja, dann freue ich mich schon darauf, ihn zu fragen, weshalb zum Teufel er uns nicht einfach alle erschossen und es damit hinter uns gebracht hat.
Nimm Dir das alles nicht allzu sehr zu Herzen. Wirklich nicht.

In Fröhlichkeit
Francis

Ich hatte ihn seit drei Jahren nicht gesehen. Der Brief war vier Tage zuvor in Boston abgestempelt. Ich ließ alles stehen und liegen, fuhr zum Flughafen und nahm das erste Flugzeug nach Boston. Ich fand Francis im Brigham and Women's Hospital. Er hatte sich die Handgelenke mit einer Rasierklinge aufgeschnitten.

Er sah furchtbar aus, bleich wie ein Leichnam. Das Hausmädchen, sagte er, hatte ihn in der Badewanne gefunden.

Er hatte ein Privatzimmer. Regen trommelte an graue Fensterscheiben. Ich war schrecklich froh, ihn zu sehen, und er freute sich, glaube ich, genauso, weil er mich sah. Wir unterhielten uns stundenlang, über nichts Besonderes.

»Hast du gehört, daß ich heiraten werde?« fragte er dann.

»Nein«, sagte ich verblüfft.

Ich dachte, es sei ein Witz. Aber er stemmte sich in seinem Bett hoch, wühlte in seinem Nachttisch und förderte eine Fotografie zutage, die er mir zeigte. Eine blauäugige Blondine, geschmackvoll gekleidet, Typ Marion.

»Sie ist hübsch.«

»Sie ist doof«, sagte Francis leidenschaftlich. »Ich hasse sie. Weißt du, wie meine Verwandten sie nennen? ›Das Schwarze Loch‹.«

»Warum?«

»Weil jedes Gespräch in einem Vakuum verschwindet, wenn sie hereinkommt.«

»Wieso willst du sie dann heiraten?«

Erst antwortete er nicht. Dann sagte er: »Ich hatte einen Geliebten. Einen Rechtsanwalt. Er trinkt ein bißchen, aber das ist okay. Er war in Harvard. Du würdest ihn mögen. Er heißt Kim.«

»Und?«

»Und mein Großvater hat es herausgekriegt. Auf die melodramatischste Art, die du dir nur vorstellen kannst.«

Er griff nach einer Zigarette. Ich mußte sie ihm anzünden, wegen seiner Hände. Er hatte eine der Sehnen verletzt, die den Daumen bewegten.

»So«, sagte er und blies eine Rauchwolke von sich. »Und jetzt muß ich heiraten.«

»Was passiert sonst?«

»Sonst sperrt mein Großvater mir den letzten Cent.«

»Kommst du nicht allein zurecht?«

»Nein.«

Das sagte er mit solcher Sicherheit, daß es mich ärgerte.

»Ich schon«, sagte ich.

»Aber du bist auch daran gewöhnt.«

In diesem Augenblick öffnete sich die Zimmertür einen Spaltbreit. Es war die Krankenschwester – keine vom Krankenhaus, sondern eine, die seine Mutter privat engagiert hatte.

»Mr. Abernathy!« sagte sie fröhlich. »Mr. Abernathy, hier ist Besuch für Sie!«

Francis schloß die Augen und öffnete sie wieder. »Das ist sie«, sagte er.

Die Schwester zog sich zurück. Wir schauten einander an.

»Mach's nicht, Francis«, sagte ich.

»Ich muß.«

Die Tür ging auf, und die Blondine von dem Foto kam strahlend lächelnd hereingetanzt; sie trug einen pinkfarbenen Pullover, in den ein Schneeflockenmuster hineingestrickt war, und hatte das Haar mit einem pinkfarbenen Band zurückgebunden. Eigentlich war sie ganz hübsch. Sie hatte einen Arm voller Geschenke, darunter ein Teddybär, Fruchtgummis in Zellophan und Zeitschriften: *Gentleman's Quarterly*, *The Atlantic Monthly* und *Esquire*. Gütiger Gott, dachte ich, seit wann liest Francis denn Illustrierte?

Sie kam zum Bett und küßte ihn munter auf die Stirn. »Aber Sweetie«, sagte sie zu ihm, »ich dachte, wir hätten uns vorgenommen, nicht mehr zu rauchen?«

Und zu meiner Überraschung pflückte sie ihm die Zigarette aus dem Mund und drückte sie im Aschenbecher aus. Dann schaute sie zu mir herüber und strahlte mich an.

Francis fuhr sich mit einer bandagierten Hand durchs Haar. »Priscilla«, sagte er tonlos. »Das ist mein Freund Richard.«

Ihre blauen Augen weiteten sich. »Hallo!« sagte sie. »Ich habe schon so viel von dir gehört!«

»Ich von dir auch«, sagte ich höflich.

Sie zog sich einen Stuhl ans Bett. Freundlich und immer noch lächelnd, setzte sie sich.

Und wie durch Zauberei verstummte unsere Unterhaltung.

Camilla erschien am Tag darauf in Boston; auch sie hatte einen Brief von Francis bekommen.

Ich saß dösend auf einem Stuhl neben dem Bett; ich hatte Francis aus Dickens' *Unser gemeinsamer Freund* vorgelesen – komisch, wenn ich's mir jetzt überlege, wie sehr meine Zeit bei Francis im Krankenhaus in Boston jener Zeit ähnelte, die Henry bei mir im Krankenhaus in Vermont verbracht hatte –, und als ich erwachte, weil Francis überrascht aufschrie, und sie im trüben Bostoner Licht vor mir stehen sah, glaubte ich zu träumen.

Sie sah älter aus. Die Wangen ein bißchen hohler. Das Haar anders, sehr kurz geschnitten. Ohne es zu merken, hatte ich inzwischen angefangen, auch an sie wie an einen Geist zu denken: Aber als ich sie jetzt *sah*, wie sie bleich, aber immer noch schön, leibhaftig vor mir stand, da tat mein Herz einen so glücklichen, wilden Satz, daß ich dachte, ich würde platzen, dachte, ich würde sterben, gleich hier und jetzt.

Francis setzte sich im Bett auf und streckte die Arme aus. »Darling«, sagte er. »Komm her.«

Vier Tage waren wir drei in Boston zusammen. Es regnete die ganze Zeit. Francis kam am zweiten Tag aus dem Krankenhaus – zufällig am Aschermittwoch.

Ich war nie zuvor in Boston gewesen; ich fand, es sah aus wie London, das ich auch noch nie gesehen hatte. Grauer Himmel, rußgeschwärzte backsteinerne Stadthäuser, chinesische Magnolien im Nebel. Camilla und Francis wollten zur Messe gehen, und ich ging mit. In der Kirche war es voll und zugig. Ich ging mit ihnen zum Altar, um mir das Aschenkreuz zu holen, schlurfte in schwankender Reihe mit ihnen nach vorn. Der Priester war gebeugt, schwarz gekleidet, sehr alt. Er malte mir mit dem Daumen ein Kreuz auf die Stirn. *Staub bist du, und zu Staub sollst du wieder werden.* Ich stand wieder auf, als die Kommunion gereicht wurde, aber Camilla faßte mich beim Arm und zog mich zurück. Wir drei blieben sitzen, als die Bänke sich leerten und wiederum eine lange Reihe dem Altar entgegenschlurfte.

»Wißt ihr«, sagte Francis, als wir hinausgingen, »Ich habe einmal den Fehler begangen, Bunny zu fragen, ob er je über die Sünde nachdächte.«

»Was hat er gesagt?« fragte Camilla.

Francis schnaubte. »Er hat gesagt: ›Nein, natürlich nicht. Ich bin doch nicht *katholisch*.‹«

Wir saßen den ganzen Nachmittag in einer dunklen kleinen Bar an der Boylston Street herum, rauchten Zigaretten und tranken irischen Whiskey. Das Gespräch kam auf Charles. Er war in den letzten paar Jahren anscheinend immer wieder mal zu Gast bei Francis gewesen.

»Francis hat ihm vor zwei Jahren ziemlich viel Geld geliehen«, sagte Camilla. »Das war nett von ihm, aber er hätte es nicht tun sollen.«

Francis zuckte die Achseln und trank sein Glas leer. Man sah, daß das Thema ihm unangenehm war. »Ich wollte es aber«, sagte er.

»Du wirst es nie wiedersehen.«

»Das ist in Ordnung.«

Ich verging fast vor Neugier. »Wo *ist* Charles?«

»Oh, er kommt zurecht«, sagte Camilla. Offensichtlich bereitete das Thema auch ihr Unbehagen. »Er hat eine Zeitlang bei meinem Onkel gearbeitet. Dann hatte er einen Job als Pianist in einer Bar – was, wie du dir vorstellen kannst, nicht so gut lief. Unsere Nana war sehr unglücklich. Schließlich mußte sie meinen Onkel veranlassen, ihm zu sagen, wenn er sich nicht zusammenreißen könne, müsse er ausziehen. Da zog er aus. Er nahm sich ein Zimmer in der Stadt und arbeitete weiter in der Bar. Aber schließlich flog er da raus und mußte wieder nach Hause kommen. Da fing er dann an, hier heraufzukommen. Es war schön von dir«, sagte sie zu Francis, »daß du dich so mit ihm abgegeben hast.«

Er starrte in sein Glas. »Ach«, sagte er, »das ist schon okay.«

»Du warst sehr lieb zu ihm.«

»Er war mein Freund.«

»Francis«, sagte Camilla, »hat Charles Geld geliehen, damit er in eine Therapie gehen konnte. Eine Klinik. Aber da ist er nur ungefähr eine Woche geblieben. Dann ist er mit einer dreißigjährigen Frau weggelaufen, die er in der Entziehungsstation kennengelernt hatte. Ungefähr zwei Monate lang hat niemand etwas von ihnen gehört. Schließlich hat der Ehemann der Frau...«

»Die war verheiratet?«

»Ja. Hatte auch ein Baby. Einen Jungen. Jedenfalls, der Mann dieser Frau hat dann einen Privatdetektiv engagiert, und der hat sie in San Antonio aufgestöbert. Sie wohnten in einer heruntergekommenen Bude, einem Drecklock. Charles arbeitete als Tellerwäscher in einer Imbißbude, und sie... na, ich weiß nicht, was *sie* machte. Sie waren beide in ziemlich übler Verfassung. Aber sie wollten beide nicht nach Hause kommen. Sie seien sehr glücklich, sagten sie.«

Sie schwieg und nahm einen Schluck von ihrem Drink.

»Und?« fragte ich.

»Sie sind immer noch da«, sagte sie. »Da unten in Texas. Eine

Zeitlang waren sie in Corpus Christi. Zuletzt haben wir gehört, sie seien nach Galveston gezogen.«
»Ruft er denn nie an?«
Es trat eine lange Pause ein. Schließlich sagte sie: »Charles und ich sprechen eigentlich nicht mehr miteinander.«
»Überhaupt nicht?«
»Eigentlich nicht, nein.« Sie nahm wieder einen Schluck Whiskey. »Meiner Nana hat es das Herz gebrochen.«

In der regnerischen Dämmerung gingen wir durch die Public Gardens zurück zu Francis' Apartment. Die Straßenlaternen brannten.
Ganz plötzlich sagte Francis: »Wißt ihr, ich denke dauernd, gleich kreuzt Henry auf.«
Das verstörte mich ein bißchen. Ich hatte es zwar nicht gesagt, aber es ging mir genauso. Und mehr noch: Seit meiner Ankunft in Boston passierte es immer wieder, daß ich einen Blick auf jemanden erhaschte und dachte, es sei er: dunkle Gestalten, die im Taxi vorbeisausten oder in Bürohäusern verschwanden.
»Wißt ihr, ich glaubte ihn zu sehen, als ich da in der Badewanne lag«, sagte Francis. »Der Hahn tropfte, und die ganze verdammte Bude war voll Blut. Ich dachte, ich sehe ihn da stehen in seinem Bademantel – ihr wißt schon, der mit den Taschen, in denen er seine Zigaretten und all das aufbewahrte –, drüben am Fenster, halb abgewandt, und dann sagt er ganz angewidert zu mir: ›Na, Francis, hoffentlich bist du jetzt zufrieden.‹«
Wir gingen weiter, und niemand sagte etwas.
»Es ist komisch«, sagte Francis, »aber es fällt mir schwer, zu glauben, daß er wirklich tot ist. Ich meine – ich weiß, daß er seinen Tod unmöglich *vorgetäuscht* haben kann – aber, wißt ihr, wenn jemand einen Weg finden könnte, um zurückzukommen, dann er. Es ist ein bißchen wie bei Sherlock Holmes. Der Sturz in den Reichenbach-Wasserfall. Ich rechne dauernd damit, zu erfahren, daß es alles nur ein Trick war. Daß er jeden Tag auftaucht und irgendeine verzwickte Erklärung für alles hat.«
Wir überquerten eine Brücke. Gelbe Bänder vom Laternenlicht funkelten hell auf dem tintenschwarzen Wasser.
»Vielleicht hast du ihn wirklich gesehen«, sagte ich.
»Wie meinst du das?«
»Ich dachte auch schon, ich sehe ihn«, sagte ich nach einer langen nachdenklichen Pause. »In meinem Zimmer. Als ich im Krankenhaus war.«

»Na, du weißt ja, was Julian sagen würde«, sagte Francis. »So was wie Geister *gibt* es. Das haben die Menschen überall schon immer gewußt. Und wir glauben daran, genauso, wie Homer es tat. Nur nennen wir sie heute anders. Erinnerungen. Das Unbewußte.«
»Hättet ihr was dagegen, das Thema zu wechseln?« fragte Camilla ganz plötzlich. »Bitte?«

Camilla mußte am Freitag morgen abreisen. Ihre Großmutter sei nicht gesund, sagte sie; sie müsse zurück. Ich brauchte erst in der folgenden Woche wieder in Kalifornien zu sein.

Als ich mit ihr auf dem Bahnsteig stand – sie tappte ungeduldig mit dem Fuß und beugte sich immer wieder vor, um an den Gleisen entlangzuspähen –, war mir, als könnte ich nicht ertragen, sie jetzt wieder wegfahren zu sehen. Francis war um die Ecke verschwunden, um ihr ein Buch für unterwegs zu kaufen.

»Ich möchte nicht, daß du wegfährst«, sagte ich.
»Ich möchte es auch nicht.«
»Dann tu's nicht.«
»Ich muß.«
Wir standen da und schauten einander an. Es regnete. Sie sah mich an mit ihren regenfarbenen Augen.
»Camilla, ich liebe dich«, sagte ich. »Laß uns heiraten.«
Sie antwortete eine Ewigkeit lang nicht. Schließlich sagte sie: »Richard, du weißt, das ich das nicht kann.«
»Warum nicht?«
»Ich kann nicht. Ich kann nicht einfach meine Sachen packen und nach Kalifornien gehen. Meine Großmutter ist alt. Sie kommt allein nicht mehr zurecht. Sie braucht jemanden, der sich um sie kümmert.«
»Vergiß Kalifornien. Ich komme wieder in den Osten.«
»Richard, das kannst du nicht. Was ist mit deiner Dissertation? Mit deinem Studium?«
»Das ist mir egal.«
Lange standen wir da und schauten einander in die Augen. Dann blickte sie weg.
»Du müßtest sehen, wie ich jetzt lebe, Richard«, sagte sie. »Meine Nana ist in schlechter Verfassung. Es erfordert meine ganze Kraft, sie zu versorgen und das große Haus dazu. Ich habe keinen einzigen Freund in meinem Alter. Ich kann mich nicht erinnern, wann ich das letztemal ein Buch gelesen habe.«
»Ich könnte dir helfen.«

»Ich will nicht, daß du mir hilfst.« Sie hob den Kopf und sah mich an; ihr Blick durchfuhr mich scharf und süß wie eine Morphiumspritze.

»Ich falle auf die Knie, wenn du willst«, sagte ich. »Wirklich, das tue ich.«

Sie schloß die Augen – dunkle Lider, dunkle Schatten darunter; sie war wirklich älter, nicht mehr das Mädchen mit dem silbernen Blick, in das ich mich verliebt hatte, aber deshalb nicht weniger schön, schön auf eine Weise jetzt, die nicht so sehr meine Sinne erregte, als mir vielmehr das Herz zerriß.

»Ich kann dich nicht heiraten«, sagte sie.

»Warum nicht?«

Ich dachte, sie werde sagen: »*Weil ich dich nicht liebe.*« Das wäre wahrscheinlich mehr oder weniger die Wahrheit gewesen. Aber statt dessen sagte sie zu meiner Überraschung: »Weil ich Henry liebe.«

»Henry ist tot.«

»Ich kann's nicht ändern. Ich liebe ihn trotzdem.«

»Ich habe ihn auch geliebt.«

Einen Augenblick lang glaubte ich zu spüren, daß sie wankte. Aber dann wandte sie den Blick ab.

»Das weiß ich«, sagte sie. »Aber es ist nicht genug.«

Der Regen blieb auf dem ganzen Weg nach Kalifornien bei mir. Ich wußte, eine abrupte Abreise hätte ich nicht ertragen; wenn ich den Osten überhaupt verlassen sollte, dann mußte es allmählich geschehen; also mietete ich mir ein Auto und fuhr und fuhr, bis die Landschaft sich schließlich veränderte und ich im Mittelwesten war, und dann war der Regen alles, was mir von Camillas Abschiedskuß noch geblieben war. Regentropfen auf der Frontscheibe, Radiosender, die kamen und schwanden. Maisfelder, trist in all diesen grauen, weit offenen Ebenen. Ich hatte ihr schon einmal Lebewohl gesagt, aber es erforderte meine ganze Kraft, um ihr jetzt noch einmal Lebewohl zu sagen, zum letzten Mal: *hinc illae lacrimae*. Daher die Tränen.

Vermutlich bleibt nun nichts weiter übrig, als Ihnen noch zu berichten, was aus den übrigen Mitspielern in unserer Geschichte geworden ist, soweit ich es weiß.

Cloke Rayburn studierte erstaunlicherweise Jura. Heute ist er Anwalt bei Milbank Tweed in New York, zuständig für Fusionen und Akquisitionen, und interessanterweise ist Hugh Corcoran kürzlich Partner in dieser Firma geworden. Es heißt, Hugh habe ihm den Job verschafft. Vielleicht stimmt es, vielleicht nicht; aber ich denke, es stimmt, denn es ist so gut wie sicher, daß Cloke sich nicht besonders ausgezeichnet hat, wo immer er studiert haben mag. Er wohnt nicht weit von Francis und Priscilla, Ecke Lexington und Einundachtzigste (Francis soll dort übrigens ein unglaubliches Apartment haben; Priscillas Dad, der im Immobiliengeschäft tätig ist, hat es ihnen zur Hochzeit geschenkt), und Francis, der immer noch Schlafstörungen hat, sagt, daß er ihn manchmal frühmorgens in dem koreanischen Laden trifft, wo sie beide ihre Zigaretten kaufen.

Judy Poovey ist inzwischen so was wie eine kleine Berühmtheit. Als ausgebildete Aerobic-Lehrerin erscheint sie regelmäßig – mit einem Schwarm weiterer wohlbemuskelter Schönheiten – in einer Trainingssendung – »Power Moves!« – im Kabelfernsehen.

Nach der Schule taten Frank und Judd sich zusammen und kauften das »Farmer's Inn«, das sich seitdem zum bevorzugten Treffpunkt von Hampden entwickelt hat. Angeblich machen sie großartige Geschäfte. Eine Menge alter Bewohner von Hampden arbeiten für sie, darunter Jack Teitelbaum und Rooney Wynne; so stand es wenigstens vor kurzem in einem Artikel in der Ehemaligenzeitung.

Jemand hat mir erzählt, Bram Guernsey sei bei den Ledernakken, aber das glaube ich eher nicht.

Georges Laforgue gehört immer noch zum Lehrkörper für Literatur und Sprachen in Hampden; seine Feinde haben es immer noch nicht geschafft, ihn zu ersetzen.

Dr. Roland hat sich aus dem aktiven Lehrerdasein zurückgezogen. Er wohnt in Hampden Town und hat ein Fotobuch über das College im Wandel der Zeiten herausgegeben, was ihn zu einem begehrten Tischredner in den diversen Clubs der Stadt hat werden lassen. Seinetwegen wäre ich beinahe nicht zum Universitätsstudium zugelassen worden, weil er mir eine Empfehlung ausstellte, in der er mich – so glühend er mich lobte – wiederholt »Jerry« nannte.

Die wilde Katze, die Charles gefunden hatte, entpuppte sich überraschenderweise als ziemlich nettes Haustier. Sie freundete sich im Laufe des Sommers mit Francis' Cousine Mildred an und zog im Herbst mit ihr nach Boston, wo sie jetzt ganz zufrieden unter dem Namen »Princess« in einer Zehnzimmerwohnung an der Exeter Street wohnt.

Marion ist verheiratet, und zwar mit Brady Corcoran. Sie wohnen in Tarrytown, New York – von dort aus hat Brady es nicht weit zur City –, und inzwischen haben die beiden ein Baby, ein Mädchen. Es zeichnet sich dadurch aus, daß es seit – niemand weiß, wie vielen – Generationen das erste weibliche Wesen ist, das in den Corcoran-Klan hineingeboren wurde. Francis berichtet, daß Mr. Corcoran absolut verrückt nach ihr ist und alle seine anderen Kinder, Enkelkinder und Haustiere darüber vergißt. Sie wurde auf den Namen Mary Katherine getauft, aber dieser Name fällt mehr und mehr der Vergessenheit anheim, da die Corcorans – aus Gründen, die sie selbst sicher am besten kennen – es vorgezogen haben, ihr den Spitznamen »Bunny« zu verpassen.

Von Sophie höre ich hin und wieder. Sie hatte sich das Bein verletzt und mußte bei ihrer Tanztruppe eine Weile aussetzen, aber kürzlich hat sie eine große Rolle in einer neuen Einstudierung bekommen. Wir gehen manchmal zusammen essen. Wenn sie anruft, ist es meistens spätabends, und dann will sie über ihre Probleme mit ihrem Freund reden. Ich mag Sophie gern. Ich schätze, man könnte sagen, sie ist meine beste Freundin hier. Aber irgendwie habe ich ihr nie wirklich verziehen, daß sie mich gezwungen hat, in diese gottverlassene Gegend zurückzuziehen.

Julian habe ich seit jenem Nachmittag mit Henry in seinem Büro nicht mehr zu Gesicht bekommen. Francis hat es – unter außergewöhnlichen Schwierigkeiten – geschafft, ihn zwei Tage vor Henrys Beerdigung zu erreichen. Er erzählte, Julian habe ihn herzlich begrüßt, sich höflich die Nachricht von Henrys Ableben angehört und dann gesagt: »Ich bin Ihnen dankbar, Francis, aber ich fürchte, da gibt es wirklich nichts mehr, was ich noch tun kann.«

Vor etwa einem Jahr hörte ich von Francis ein Gerücht – wir haben später herausgefunden, daß es eine romantische Erfindung gewesen war –, demzufolge Julian zum Königlichen Hauslehrer des kleinen Kronprinzen von Suaoriland, irgendwo in Ostafrika, ernannt worden sei. Aber diese Geschichte, so falsch sie war, gewann in meiner Phantasie ein kurioses Eigenleben. Konnte es ein besseres Schicksal für Julian geben, als eines Tages die Macht hinter dem Thron von Suaori zu sein und seinen Schüler in einen Philosophen-König zu verwandeln? (Der Prinz in dieser Legende war erst acht Jahre alt. Ich frage mich, was ich heute wäre, wenn Julian mich in die Hand bekommen hätte, als ich acht war.) Ich stelle mir gern vor, daß er – wie Aristoteles – einen Mann erziehen würde, der später die Welt erobert. Oder, wie Francis meint, vielleicht auch nicht.

Was aus Agent Davenport geworden ist, weiß ich nicht – ich nehme an, er wohnt immer noch in Nashua, New Hampshire – aber Detective Sciola ist tot. Er ist vor drei Jahren an Lungenkrebs gestorben. Das weiß ich aus einem Spot der Gesundheitsbehörde, den ich eines späten Abends im Fernsehen gesehen habe. Man sah Sciola, hager und dantesk, vor einem schwarzen Hintergrund stehen. »Wenn Sie diesen Spot sehen«, sagte er, »werde ich tot sein.« Und dann erzählte er, daß es nicht sein Beruf als Verbrechensbekämpfer gewesen sei, der ihn das Leben gekostet habe, sondern zwei Schachteln Zigaretten täglich. Ich sah diesen Film gegen drei Uhr morgens allein in meinem Apartment in einem alten Schwarzweißfernseher mit starken Störungen. Rauschen und Schnee. Er schien unmittelbar mich anzusprechen, aus dem Fernsehapparat heraus. Einen Moment lang war ich desorientiert und von Panik erfaßt: Konnte ein Geist in Wellenlängen Gestalt annehmen, in elektronischen Punkten und Bildröhren? Was sind die Toten überhaupt anderes als Wellen und Energie? Lichtschein von einem toten Stern?

Das ist übrigens eine Formulierung von Julian. Ich erinnere mich, daß er in einem Vortrag über die *Ilias* davon sprach; Patroklos erscheint Achilles im Traum, und in einer bewegenden Stelle will Achilles – überglücklich über die Erscheinung – den Geist des alten Freundes umarmen, und dieser verschwindet. *Die Toten erscheinen uns im Traum*, sagte Julian, *weil sie nur so sichtbar für uns werden können: Was wir sehen, ist eine Projektion, ein Strahl aus weiter Ferne, Lichtschein von einem toten Stern...*

Das erinnert mich übrigens an einen Traum, den ich vor zwei Wochen hatte.

Ich war in einer seltsamen, verlassenen Stadt – einer alten Stadt, wie London –, von Krieg oder Krankheit entvölkert. Es war Nacht; die Straßen waren dunkel, zerbombt, verlassen. Lange wanderte ich ziellos umher – vorbei an verwüsteten Parks, zerschossenen Statuen, Brachgrundstücken voller Unkraut, übersät von den Trümmern eingestürzter Apartmenthäuser, aus deren Flanken rostige Träger wie Rippen hervorstachen. Aber hier und da, weit verstreut zwischen den trostlosen Hülsen wuchtiger alter öffentlicher Bauten, sah ich auch neue Gebäude, miteinander verbunden durch futuristische Brücken, von unten beleuchtet. Moderne Architektur mit langgestreckten, kühlen Perspektiven, die sich phosphoreszierend und gespenstisch aus dem Schutt erhob.

Ich betrat eines dieser neuen Gebäude. Es sah aus wie ein Laboratorium, vielleicht auch wie ein Museum. Meine Schritte hallten auf dem Fliesenboden. Eine Gruppe von Männern, die alle Pfeife rauchten, umdrängte ein Ausstellungsstück in einer Glasvitrine, die im Halbdunkel schimmerte und ihre Gesichter dämonisch von unten bestrahlte.

Ich ging näher heran. In der Vitrine war eine Maschine, die langsam auf einer Drehscheibe kreiste, eine Maschine mit Metallteilen, die hinein- und herausglitten und in sich zusammenfielen, nur um neue Formen zu bilden. Ein Inka-Tempel... klick, klick, klick... die Pyramiden... das Pantheon. Geschichte verging vor meinen Augen und änderte sich jeden Moment.

»Ich dachte mir, daß ich dich hier finden würde«, sagte eine Stimme neben mir.

Es war Henry. Sein Blick war fest und leidenschaftslos im trüben Licht. Über seinem Ohr, unter dem Drahtbügel seiner Brille, konnte ich mit Mühe die Schmauchspuren und das dunkle Loch in der rechten Schläfe erkennen.

Ich war erfreut, ihn zu sehen, aber eigentlich nicht überrascht. »Weißt du«, sagte ich, »alle behaupten, du seist tot.«

Er starrte die Maschine an. Das Colosseum... klick, klick, klick... das Pantheon. »Ich bin nicht tot«, sagte er. »Ich habe nur ein kleines Problem mit meinem Paß.«

»Was?«

Er räusperte sich. »Mein Bewegungsspielraum ist eingeschränkt«, erklärte er. »Ich kann nicht mehr so ungehindert reisen, wie ich es gern täte.«

Hagia Sophia. St. Markus in Venedig. »Was ist das hier für ein Ort?« fragte ich ihn.

»Diese Information ist leider geheim.«

Ich sah mich neugierig um. Anscheinend war ich der einzige Besucher. »Ist es für die Öffentlichkeit zugänglich?«

»Normalerweise nicht, nein.«

Ich sah ihn an. Es gab so vieles, was ich ihn gern fragen wollte, so vieles, was ich ihm sagen wollte, aber irgendwie wußte ich, daß dazu keine Zeit war und daß alles ohnedies nicht von Belang war.

»Bist du glücklich hier?« fragte ich ihn schließlich.

Er überlegte einen Moment. »Nicht besonders«, sagte er. »Aber du bist auch nicht sehr glücklich da, wo du bist.«

St. Basilius in Moskau. Chartres. Salisbury und Amiens. Er sah auf die Uhr.

»Ich hoffe, du wirst mich entschuldigen«, sagte er. »Ich komme zu spät zu einer Verabredung.«

Er wandte sich ab und ging davon. Ich sah ihm nach, wie er sich durch die lange, schimmernde Halle entfernte.

DANKSAGUNGEN

Dank an Binky Urban für zahllose Bemühungen um dieses Buch, die mich sprachlos sein lassen, an Sonny Mehta dafür, daß alles überhaupt möglich wurde, an Gary Fisketjon, *il miglior fabbro*, und an Garth Battista und Marie Behan, die soviel Geduld mit mir haben, daß ich manchmal weinen möchte.

Und – auch wenn ich riskiere, daß es klingt wie ein Homerischer Schiffskatalog – all den folgenden Leuten ist für Hilfe, Inspiration und Liebe zu danken: Russ Dallen, Greta Edwards-Anthony, Claude Fredericks, Cheryl Gilman, Edna Golding, Barry Hannah, Ben Herring, Beatrice Hill, Mary Minter Krotzer, Antoinette Linn, Caitlin McCaffrey, Paul und Louise McGloin, Joe McGinniss, Mark McNairy, Willie Morris, Erin »Maxfield« Parish, Delia Reid, Pascale Retourner-Raab, Jim und Mary Robinson, Elizabeth Seelig, Mark Shaw, Orianne Smith, Maura Spiegel, Richard Stilwell, Mackenzie Stubbins, Rebecca Tartt, Minnie Lou Thompson, Arturo Vivante, Taylor Weatherall, Alice Welsh, Thomas Yarker und, vor allem, der lieben alten bösen alten Familie Boushé.

ERLESENES von GOLDMANN

Ilse Gräfin von Bredow
Der Spatz in der Hand

Mark Childress
Verrückt in Alabama

Utta Danella
Wo hohe Türme sind

Fruttero & Lucentini
Der Liebhaber ohne festen Wohnsitz

Elizabeth George
Denn bitter ist der Tod

Robert Goddard
Nimm niemals Abschied

Susan Isaacs
Und das nach all den Jahren

Faye Kellerman
Becca

Tanja Kinkel
Die Puppenspieler

Sidney Sheldon
Das Imperium

Donna Tartt
Die geheime Geschichte

Robert James Waller
Die Brücken am Fluß

Das besondere Geschenk in exquisiter Ausstattung

ERLESENES VON GOLDMANN

MARIA ALICE BARROSO
Sag mir seinen Namen und ich töte ihn

EMILY BRONTË
Sturmhöhe

UTTA DANELLA
Meine Freundin Elaine

ANNE DELBEE
Der Kuß

ELIZABETH GEORGE
Keiner werfe den ersten Stein

SUSAN HOWATCH
Die Erben von Penmarric

TANJA KINKEL
Die Löwin von Aquitanien

IRINA KORSCHUNOW
Der Eulenruf

COLLEEN MCCULLOUGH
Dornenvögel

RUTH RENDELL
Das Haus der geheimen Wünsche

ANNE RICE
Die Mumie

DANIELLE STEEL
Abschied von St. Petersburg

Das besondere Geschenk in exquisiter Ausstattung